35
ANOS

O PASSADO

ALAN PAULS

O passado

Tradução
Josely Vianna Baptista

Companhia Das Letras

Copyright © 2003 by Alan Pauls

Grafia atualizada segundo o Acordo Ortográfico da Língua Portuguesa de 1990, que entrou em vigor no Brasil em 2009.

Título original
El pasado

Capa
Violaine Cadinot

Imagem de capa
Ilustração: Cristiana Couceiro
Foto homem: Bert Hardy/ Picture Post/ Hulton Archive/ Getty Images
Foto mulher: Express/ Hulton Archive/ Getty Images

Revisão
Erika Nogueira Vieira
Thiago Passos

Dados Internacionais de Catalogação na Publicação (CIP)
(Câmara Brasileira do Livro, SP, Brasil)

Pauls, Alan
    O passado / Alan Pauls ; tradução Josely Vianna Baptista. —
1ª ed. — São Paulo : Companhia das Letras, 2022.

    Título original: El pasado.
    ISBN 978-65-5921-257-6

    1. Ficção argentina I. Título.

21-88208   CDD-AR863

Índice para catálogo sistemático:
1. Ficção : Literatura argentina   AR863

Maria Alice Ferreira — Bibliotecária — CRB-8/7967

[2022]
Todos os direitos desta edição reservados à
EDITORA SCHWARCZ S.A.
Rua Bandeira Paulista, 702, cj. 32
04532-002 — São Paulo — SP
Telefone: (11) 3707-3500
www.companhiadasletras.com.br
www.blogdacompanhia.com.br
facebook.com/companhiadasletras
instagram.com/companhiadasletras
twitter.com/cialetras

Já faz tempo que me acostumei a estar morta.
Gradiva Jensen

PRIMEIRA

1.

Rímini estava no chuveiro quando o interfone tocou. Saiu coberto com uma toalhinha de mão — a única que conseguiu achar naquele bazar de perfumes, toucas, cremes, sais, óleos, remédios e massageadores em que Vera transformara o banheiro —, e um rastilho de gotas obedientes o seguiu até a cozinha. "Correio", ouviu alguém dizer entre dois rugidos de ônibus. Rímini pediu que lhe passassem a carta por debaixo da porta, e de repente, como se a sombra de um intruso o flagrasse num quarto que pensava estar deserto, viu-se nu, tremendo, no vidro de uma porta que um golpe de vento acabara de abrir. A clássica estampa da contrariedade: trivial, eficaz, excessivamente deliberada. As volutas de vapor que vinham flutuando do banheiro — deixara a água correndo, com a ideia de que assim abreviaria a interrupção — provocaram-lhe algo parecido com uma náusea. "Precisa assinar", gritaram pelo interfone. Rímini, bufando, apertou a tecla e abriu, vendo, impávido, como a paisagem de sua felicidade trincava-se por inteiro.

A manhã em casa, a felicidade do raio de sol que estivera

acariciando seu rosto enquanto tomava banho, essa disponibilidade nova, como de um primeiro dia de viagem, que sentia quando acordava e descobria estar sozinho, seus primeiros movimentos, desajeitados e jovens, fazendo ranger o silêncio de toda uma noite, a beligerância vital, um pouco ingênua, que as longas horas de amor com Vera costumavam deixar-lhe — tudo desmoronava. Se bem que, talvez... Rímini ocultou a orelha na palma da mão e ficou imóvel por alguns segundos, um pouco encurvado sobre a bancada, como se tentasse ficar invisível. Mas o interfone soou novamente, e quase sem ruído, como num filme de cinema mudo, os últimos vidros de sua euforia matinal terminaram de se estilhaçar. Rímini, que detestava antes de tudo o modo como o mundo, por vezes, punha-se a decalcar suas contrariedades particulares, desta vez não se sentiu plagiado. Estava em perigo. Já não era vítima de uma glosa, e sim de um complô. Resignou-se, porém, e atendeu de novo, e enquanto fitava seus pés — uns pés de gigante, ao redor dos quais cresciam dois minúsculos oceanos humanos — conseguiu ouvir o que desde o início temia: a porta da rua estava fechada à chave.

Quando chegou ao térreo, depois de vencer às pressas os três intermináveis andares que amaldiçoava todos os dias ("Legal: *odeio* elevadores!", Vera exclamara no dia em que viram o apartamento pela primeira vez, enquanto admirava a espiral escura da escada), Rímini abriu a porta, olhou para todos os lados e não viu ninguém. Sentiu tanta raiva que achou que não ia aguentar. Era possível uma coisa dessa? Uma velha jardineira cruzou sua frente em câmera lenta, povoada de braços bronzeados que transbordavam das janelas. Soou uma buzina interminável. "Beleza!", gritou--lhe uma voz brincalhona, emergindo entre a penca de braços. Rímini olhou de novo para os pés (a sandália esquerda no direito, a direita no esquerdo: o típico roque de xadrez matutino), a toalha cor-de-rosa, como de gladiador romano, cobrindo-lhe até o meio das coxas, o impermeável que se umedecia em seus ombros — mas fingiu que não era com ele. Estava prestes a entrar de volta quando um rosto sorridente brotou da banca ao lado e o freou. Era um rapaz bem jovem, magro como um faquir; tinha aquela magreza fibrosa, cheia de veias salientes, que o rock roubara a Egon Schiele. Mas não era alto, e também não usava uniforme. "Rémini?", perguntou, hasteando um envelope no ar. Rímini ia corrigi--lo, mas preferiu tomar um atalho: "Onde é que eu assino?". O outro lhe estendeu a carta e uma planilha amassada, cheia de casas retangulares onde floresciam assinaturas e números de documentos. Rímini esperou: uma esferográfica, um lápis, qualquer coisa. Mas o carteiro limitou-se a olhar para as unhas de seus pés, que fulguravam ao sol, e a produzir, com um canudinho mordido, estranhas bolhas sonoras no fundo vazio de uma lata. "Tem alguma coisa aí que escreva?", disse Rímini. "Sabe que não? Que tonto, né?", respondeu o outro, como se essa simples declaração de espanto o absolvesse de sua imbecilidade.

Dez minutos mais tarde, no auge do mau humor (Rímini pediu uma caneta emprestada na banca, o jornaleiro só consentiu em vendê-la, Rímini — cujo traje de emergência não incluía carteira — prometeu pagá-la depois e reclamou a carta, o carteiro--faquir a reteve como se ela fosse um refém, obrigando-o, para obtê-la, a comprar-lhe uma rifa de Natal, Rímini argumentou que não tinha dinheiro à mão, o carteiro — piscando o olho cúmplice para a banca — sugeriu-lhe usar o crédito com que acabara de comprar a caneta), Rímini se jogou no sofá e pela primeira vez olhou a carta. Sentiu um alívio profundo, como se o pequeno envelope retangular, agora em primeiro plano, fosse o único talismã capaz de esconjurar a manhã de pesadelo.

A forma chamou menos sua atenção do que o papel — envernizado, suntuoso como a seda — e a cor, um azul-celeste anêmico que algum tempo antes, quando comprado, devia ter sido cor-de-lavanda. Como se observasse um protocolo obrigatório para os que recebem cartas fora de moda, Rímini levou o envelope ao nariz. O perfume (um misto de gasolina, nicotina e chiclete de morango ou cereja) combinava menos com o papel e a cor do envelope do que com os dedos do carteiro, que deixara parte de suas impressões digitais gravadas num dos lados. Não havia remetente; a caligrafia tampouco lhe dizia grande coisa. O endereço de Rímini estava escrito em letras de fôrma, maiúsculas, impessoais demais para serem espontâneas (*não foram ditadas pelo coração, mas pela astúcia*, pensou, subitamente perdido entre as páginas de um romance libertino): nada, também, que o acaso ou uma escassa familiaridade com a prática de escrever cartas pudessem explicar. Estranhou o modo como tinham sido encurraladas num ângulo do envelope, como se o autor da carta tivesse reservado o espaço principal para algo que nunca chegou a lhe ocorrer ou que desistiu de escrever. Aí tem coisa, pensou, e lhe ocorreu que talvez a destruição de sua felicidade matinal não fosse totalmente gratuita. Olhou os selos do correio, leu "Londres". Multiplicado por três, um rosto sob uma peruca, insolente e consumido, contemplava-o das estampas. Decifrou, a duras penas, a data da postagem, cujos números desenhavam um bigode ralo num dos rostos. Calculou um mês e meio. Numa fração de segundo, Rímini imaginou as peripécias de um itinerário tortuoso, atravancado por greves, carteiros bêbados, caixas postais equivocadas. Pareceu-lhe que um mês e meio de viagem era tempo demais para uma carta dirigida a alguém que não tinha o costume de recebê-las.

Rímini, na verdade, nem sequer sabia abri-las. Quis rasgar um dos cantos do envelope; algo ofereceu resistência. Rasgou-o com os dentes, com uma fúria canina, e ao cuspir um pedacinho de papel descobriu que mutilara, também, uma parte do conteúdo. Era uma foto colorida: no centro, exposta numa vitrine, havia uma rosa vermelha pousada num modesto pedestal preto;

um pouco abaixo, em letras pequenas, mas legíveis, uma placa branca dizia: "*In memoriam* Jeremy Riltse, 1917-1995". Uma rajada escura o sacudiu: umidade, pó, essas alquimias rançosas que de repente começam a se filtrar pela fresta de uma porta. Um pouco de sua inocência desmoronou. Quando virou a foto, Rímini, pressentindo o que encontraria, era menos jovem do que dez segundos antes. Tinta azul-escura permanente, letra microscópica, penteada para a direita. E a antiga compulsão de abrir parênteses por qualquer motivo. Leu: "*Em Londres (como há seis anos), mas agora a janela do apartamento (alugado de uma mulher chinesa com um curativo num olho) dá para um pátio sem flores onde alguns cães (acho que sempre os mesmos) rasgam todas as noites os sacos de lixo e se pegam por alguns ossos tristes. (Você devia ver a paisagem com a qual acordo todas as manhãs.) Há duas noites um sonho longo e doce me tirou o sono: não me lembro muito dele, mas você estava lá, ansioso, como sempre, por alguma coisa que não tinha a menor importância. Exatamente enquanto eu sonhava (soube disso mais tarde), J.R. se matava. As coisas passam; passam por predestinação, sem que ninguém as arrebate. Pode fazer o que quiser com isto. (Estou mudada, Rímini, tão mudada que você não me reconheceria.) Este papel parece feito especialmente para você: tudo o que se escreve nele pode ser apagado com o dedo, sem deixar marcas. Pode ser, mesmo, que estas linhas já tenham desaparecido quando você as receber. Mas nem J.R. nem a foto são culpados de nada. Se estivesse no meu lugar (e estava: meu sonho jura que estava), você também a teria tirado. A única diferença é que eu me atrevo a mandá-la. Espero que a jovem Vera não sinta ciúme de um pobre pintor morto. Espero que você saiba ser feliz. S.*".

Rímini virou a foto e examinou-a novamente. Reconheceu o museu, e depois, na borda direita, fora do alcance do flash, a sombra de um quadro de Riltse que não notara antes. Agora a vitrine parecia meio nublada por uma sobreimpressão. Aproximou a foto dos olhos e viu, refletidos no vidro que protegia a rosa, o clarão branco, a pequena câmera automática e, por fim, deslumbrante como uma coroa de luz, o grande halo loiro dos cabelos de Sofía.

2.

O que o surpreendia tanto? A última coisa que soubera dela, há cerca de seis meses, um ano e meio depois da separação, também lhe viera numa mensagem escrita. Não foi uma carta, nem mesmo uma folha de papel, mas a metade — cortada à mão, com aquela pequena sobra na parte superior que um rasgo negligente ou raivoso costuma deixar sobre a linha traçada com a unha do polegar — de uma folha amarela em cujo pé, órfão de timbre, sobrevivia um endereço do bairro de Belgrano.

Rímini fazia aniversário. Decidira, novamente, não comemorar, ou limitar a comemoração ao prazer solitário de ir listando num bloco os nomes dos amigos que ao longo do dia deixavam-lhe os parabéns na secretária eletrônica. Mas Vera, que interpretava sua reticência como um modo viril de coquetismo (e Vera estava certa), roubou-lhe, num descuido, sua lista de firmes lealdades telefônicas, contou-as e reservou uma mesa para doze num restaurante do centro. (Apenas dez anos separavam a franqueza dela da histeria dele: Rímini nascera com a Revolução Cubana; Vera, com o primeiro pouso na Lua.) Víctor foi o primeiro a chegar; Rímini o viu entrar, varrer o restaurante com um olhar apressado e atravessar o salão deserto com o torso excessivamente inclinado para a frente, num equilíbrio instável que Rímini atribuía ao tamanho de seus pés, desproporcionalmente pequenos, e deduziu que também seria o primeiro a ir embora. Sentou-se a seu lado, ofegante, e não o cumprimentou. Estava afobado por algum motivo. "E Vera?", perguntou em voz baixa. Rímini apontou para o balcão, onde Vera, esfregando a panturrilha com o peito do pé, passava a limpo o menu da noite com o maître. "Cruzei com Sofía esta tarde", disse Víctor. Rímini sentiu, de repente, uma pressão nas costelas, como se estivesse sendo assaltado, e baixou os olhos. A mão de Víctor se abriu: uma flor delicada, carnívora, de pétalas longas e pontas esmaltadas. Rímini viu sobre a palma um pedaço de papel que se espreguiçava após um momento de cativeiro, e depois de dar uma olhada para o balcão (Vera já se encaminhava para eles), num rápido passe de mágica o fez desaparecer. "Desculpe", sussurrou Víctor, já aliviado, enquanto se levantava para cumprimentar Vera, "mas assim que ela soube que eu ia vê-lo não houve jeito de detê-la."

Rímini só se lembrou dessa bomba-relógio secreta três horas mais tarde, no banheiro, quando tentava dissipar um enjoo olhando-se fixamente no espelho, e procurava uma moeda para a máquina automática de sabonete líquido. Tocou, com as pontas dos dedos, as chaves, a tampa da esferográfica que, nesse exato momento, acéfala, manchava um dos bolsos de seu paletó, um bilhete de metrô com a borda sulcada e, por fim, o fio do papel. Esse simples contato o deixou em sobressalto; teve a impressão de que se o abrisse desencadearia uma cascata de catástrofes. Mas era agora ou nunca. Abriu a mensagem e leu-a diante do espelho, apoiando-se e afastando-se da borda da pia, sob a luz que começara a piscar: *"Maldito. Feliz aniversário. Como é possível que você continue fazendo anos sem mim? Hoje acordei cedo, muito cedo (não tenho certeza, na verdade, de ter dormido), e logo que fui para a rua (o casaco em cima da camisola, meias de lã, tênis) descobri o porquê. Outro 14 de maio! Comprei uma coisa para você (não pude evitar, juro). É uma besteirinha, está aqui comigo. Não vou dá-la ao Víctor porque tenho vergonha (e você sabe muito bem que não quero comprometê-lo diante de minha sucessora), mas assim que ele for embora (trate-o bem, cuide para que a jovem Vera o trate bem, lembre-o de tomar os remédios) vou me arrepender, na certa, só que aí será tarde. Se quiser, me ligue. Estou sempre no mesmo lugar. S. (Não tenha medo: esta mensagem se autodestruirá em quinze segundos.)".*

Empurraram a porta. Rímini sentiu um golpe nas costas e, pensando ter sido descoberto, abriu a torneira para disfarçar. O papel escapuliu de seus dedos e aterrissou no fundo da pia, onde foi batizado por três tímidos filetes de água. "Miserável", ouviu uma voz conhecida dizer. Rímini virou-se um pouco, enquanto a letra de Sofía se desfazia sob a água em volutas de tinta pálida. Era Sergio, um de seus convidados. "Você mandou todas sozinho." Rímini sorriu: "Tenho direito, não? Era um presente de aniversário".

3.

Essa compulsão de escrever não era nova para ele. Quantas vezes a sofrera? Quantas vezes, ao longo do tempo que estava separado de Sofía, e quantas *durante* os quase doze anos que passara com ela? Confrontados com um limite sentimental, esse ponto sem retorno no qual uma paixão imperiosa exige que mudem de linguagem, as personagens das óperas deixam de falar e cantam, os atores das comédias musicais deixam de caminhar e dançam. Sofía *escrevia*. Quando menina estudara canto (o protótipo da menina sobrecarregada por atividades extracurriculares, sempre sonolenta e sempre feliz), e no circuito de suas "pesquisas corporais" (como denominava a variedade de cursos e oficinas a que se entregara ao sair da adolescência), mais de uma vez acabara topando com a disciplina da dança. Mas quando o amor a sufocava, quando um de seus acidentes, o mais feliz e o mais infeliz, o êxtase, por exemplo, ou o desespero, cruzava o umbral com que o amor limita a validade das palavras e os gestos, Sofía emudecia e se retirava, como se para seguir em frente precisasse desaparecer. Uma hora, um dia, às vezes uma semana

18

mais tarde, quando a economia do amor já recuperara seu equilíbrio cotidiano e o "incidente", como Rímini batizara em particular esses episódios de afasia, parecia ter cicatrizado espontaneamente, ele topava de imprevisto com uma mensagem, uma carta, três linhas apressadas ou páginas inteiras de abnegação confessional que Sofía redigira a sós, nos raros intervalos em que existia sem Rímini, mas para ele: fechada num quarto, sentada num bar, debruçada numa mesa forrada de guardanapinhos, ou insone em plena madrugada, junto à mesa da cozinha, enquanto Rímini, dormindo na diagonal, aproveitava para ocupar toda a cama com o quatro perfeito que suas pernas desenhavam. Duas linhas românticas, deslizadas como que por acaso no meio de um inventário de verduras e produtos de limpeza, assaltavam-no sem aviso quando repassava a lista de compras. Abria sua carteira, de pé no ponto de ônibus, e entre duas notas amarfanhadas descobria a borda intrusa de um envelope, com suas iniciais amorosamente lavradas na frente, e dentro, os frutos da recapitulação passional amontoados numa folha de receituário médico. As mensagens de Sofía o surpreendiam na caixa de primeiros socorros do banheiro, no fundo do bolso de um paletó, no bloco ao lado do telefone, entre as páginas do documento que Rímini tinha de traduzir (onde Sofía as deixava cair como marcadores sigilosos), e até mesmo na geladeira, onde o esperavam durante horas, hirtas, mas estoicas, apoiadas numa caixa de leite ou num copo de iogurte.

De início, Rímini considerou-as oferendas de amor e se sentiu lisonjeado. Redigidas quase sempre no verso de um papel já escrito, como pedidos de ajuda ou mensagens clandestinas, tinham algo de joias domésticas, o encanto de um artesanato sentimental, ansioso e conjuntural, que comove tanto por suas perspicácias quanto por suas negligências. Assim que as encontrava, Rímini sentia a urgência de lê-las, réplica tardia da urgência que Sofía teria experimentado ao escrevê-las, e para saborear aquelas frasezinhas intempestivas era capaz de abrir uma boca do fogão e se esquecer de acendê-la, interromper um trabalho pela metade, parar no meio do cruzamento de uma avenida ou deixar flutuando no ar, com a descortesia clássica dos apaixonados, a pergunta que alguém lhe fizera há pouco. Cada mensagem era um bálsamo, um jorro de felicidade, a pequena dose com que uma droga absoluta, o amor que sentia por Sofía, revitalizava seu vício quando Rímini menos esperava. Ou quando o hábito — e a ausência momentânea de Sofía — o levara a acreditar que poderia abster-se dela. O que o comovia não era o fato de encontrá-las, e sim o fato de que elas, infalíveis, sempre o encontravam, atravessando e vencendo como mensageiros suicidas todos os obstáculos que o mundo interpunha entre ele e Sofía. Sempre as lia de imediato, às vezes nas situações mais arriscadas, quando qualquer distração podia prejudicá-lo ou deixá-lo em perigo. Mas ele se achava invulnerável: as cartas — e, sobretudo, essa nuvem deliciosa em que o envolviam — eram sua couraça e seu antídoto. E depois de lê-las, quase sempre em voz baixa, com a ilusão de que assim a voz de Sofía se faria ouvir nas entrelinhas da sua, Rímini fazia de conta que retomava a tarefa que as cartas haviam interrompido e voltava a trabalhar, a falar, a caminhar pela rua com a eficácia mecânica de um sonâmbulo, abrigando-as demoradamente no côncavo da mão, como um talismã secreto. E depois, ao anoitecer, quando se viam novamente, Sofía nem precisava perguntar se ele as lera, porque Rímini, adiantando-se, abandonava-se em seus braços, ao mesmo tempo eufórico e vencido, e antes mesmo de cumprimentá-la, arrebatado pela ventura de finalmente poder corresponder ao testemunho de amor que Sofía lhe enviara, ele a cobria de beijos e, aos atropelos, retomava a mensagem no mesmo ponto em que ela decidira dar-lhe um fim. Tinham passado apenas oito, dez horas distantes, às vezes até menos, mas a simples intervenção da carta — que Rímini, apesar de familiarizado com o sistema, sempre recebia com surpresa e algum desamparo, como se recebem as intervenções do acaso — parecia dilatar o tempo da separação a limites insuportáveis, multiplicando a distância entre os mundos nos quais, ao longo dessas horas, cada um vivera sem o outro. (Certa vez, surpreendido por uma mensagem enquanto andava de metrô, Rímini, ao reconhecer, tocando-a com os olhos, a letra de Sofía, esteve à beira de um desmaio: pegou-se pensando que Sofía estava morta, morta há anos, e constatando, ao mesmo tempo, com espanto, como aquele parágrafo solto numa página furtiva de sua agenda, feito uma voz do além ou um inesperado sinal de vida, estilhaçava essa crença no próprio instante em que a inoculava em si.) Era esse estranho *recrudescimento* do amor, fruto, sem dúvida, mais da ilusão retrospectiva que do próprio amor, o que explicava o transe extremo e meio desesperado em que Rímini e Sofía mergulhavam ao se reencontrar. Não se abraçavam como amantes, mas como vítimas, vítimas finalmente libertadas, e as palavras de amor que suspiravam entre beijos, quase inaudíveis, longe de aludir a um distanciamento fatal da vida cotidiana, pareciam antes celebrar o fim de uma tortura atroz, a suspensão de uma pena que os tinha mantido separados por uma eternidade.

Com o tempo, Rímini chegou a ter uma considerável coleção de mensagens. Guardava-as em lugares secretos que mudava periodicamente, temendo que Sofía as descobrisse. Nunca as relia: bastava-lhe possuí-las; mas poucas coisas o excitavam tanto, principalmente quando ouvia os passos de Sofía se aproximando, quanto fuçar numa velha caixa de sapatos, num livro ou no bolso de um paletó sem uso, para somar uma nova peça à sua coleção. (Rímini, que não condenava o adultério, mas o considerava o cúmulo do alheio, algo tão extravagante e inacessível quanto a levitação, a astrologia ou o vício das drogas, encontrara, no entanto, um modo singular de praticá-lo: enganar sua amada com as provas de amor que ela mesma lhe dedicava.) Guardava as mensagens como outros guardam fotografias, mechas de cabelo, bolachas de chope, entradas de teatro, cartões de embarque ou postais de países estrangeiros, relíquias em que os amantes vez por outra se abstraem, a fim de recordar a dimensão histórica de uma paixão cotidiana, ou então para revitalizá-la, para avivar seu calor quando, estancada num remanso de languidez, tende a se confundir com um horizonte de puras repetições.

Um dia — um dia como outros, sem presságios ou signos excepcionais — Rímini encontrou uma mensagem e, pela primeira vez, adiou sua leitura. Estava chegando tarde a algum lugar. Descia de três em três os degraus do metrô, abrindo caminho em meio a uma multidão sonolenta, quando ouviu o trem parando na plataforma. Procurou um bilhete no bolso; seus dedos, às escuras, precisaram resgatá-la dentre as dobras de papel onde se entrincheirara. Cruzou a catraca, esquivou-se de um cordão de passageiros que retrocediam e freou o fechamento das portas metendo meio corpo no vagão. Viajou duas estações cabisbaixo, com vergonha de seu próprio alarde de audácia, e quando enfiou as mãos nos bolsos — para não dar na vista, como se tentasse amenizar, com esse gesto de civismo que ninguém notou, a insolência de sua irrupção — esbarrou novamente na mensagem. Imaginou que se a lesse ali, naquela situação extrema, estampado contra as portas do vagão, isso seria uma prova de amor irresistível, mas hesitou, e depois de apalpar as bordas com os dedos, como se quisesse aquietar essa voz muda que o chamava, deixou-a descansar no bolso. Mas continuou chegando tarde, vítima desse estranho efeito encadeado que uma primeira impontualidade desata, e passou o resto do dia, apenas começado, tentando recuperar os dez ou doze minutos que perdera de manhã. Não conseguiu. Tomou todas as decisões erradas, confundiu horários e lugares de encontros, protagonizou incidentes de rua, almoçou e trabalhou mal, crispado, encarniçando-se com detalhes insignificantes (leu um oito em vez de um três na conta e pensou que tivesse sido logrado; defendeu, quase com escândalo, uma indefensável nota ao pé de uma tradução). E esqueceu completamente a mensagem de Sofía.

Dois dias depois, enquanto jantavam, Sofía perguntou se a lera. Rímini sentiu uma vertigem, como se um vento lhe subisse pela boca do estômago. "Sim", conseguiu dizer, "claro." Comeram em silêncio por alguns minutos, sem se olhar. Rímini via tudo em branco, esse branco-mate, infinito e culpado que volta e meia cobre a memória de um estudante diante de uma mesa de prova. Brincou um pouco com a comida e, quase sem perceber, cruzou os talheres no prato. Depois, na cama, foram pegando no sono enquanto viam na TV um velho filme argentino. Rímini viu-se lutando para manter os olhos abertos; o som do filme chegava até ele como um rumor sujo, em segundo plano, uma espécie de espuma antiga sobre a qual se recortava o vaivém da respiração de Sofía. Nem mesmo se atrevia a olhar para ela. Espreitava seu alento, os mais ínfimos estremecimentos de seu corpo, o modo como o braço de Sofía, atravessado sobre seu peito, parecia tornar-se mais pesado ou mais leve. Teve a impressão, por um momento, de que toda a sua vida dependia de qual dos dois ia sucumbir primeiro ao sono, e que esse instante-chave, que eles costumavam esperar, confiados e felizes, como uma bênção amorosa, o umbral da noite no qual um deles, o mais frágil, finalmente se entregava à vigília do outro, agora se transformava na batalha que decidiria uma guerra desconhecida.

Uma mulher jovem, de costas para a câmera, desnudava-se diante dos olhos lascivos de um escultor e quase ao mesmo tempo morria envenenada, como que em êxtase. Sonhava com uma imagem (a mão muito branca, parecendo de marfim, cujos dedos se abriam e deixavam cair um diminuto frasco de veneno) quando acordou. Estava sozinho. Era de manhã, mais de onze horas, provavelmente. Começava a se vestir quando viu, pendurado numa chave do armário, um cabide com a calça que Sofía resgatara da tinturaria na noite anterior. Decidiu vesti-la. Enfiou a mão no bolso e reconheceu no fundo um pedaço de papel endurecido, enrugado, cujas bordas se desfaziam ao tato.

4.

Dizer que gostavam de Riltse teria sido um ultraje — o pior, o mais mesquinho, o ultraje filisteu por excelência. Eles o *adoravam*. Sempre o adoraram, desde que fizeram uso da razão, uma era cujo início costumavam datar — para si mesmos e também cada um separadamente, para as testemunhas incrédulas que concordassem em escutá-los — do dia em que descobriram que se amavam. Rímini tinha dezesseis anos; Sofía, sete meses a mais — uma diferença a que Rímini nunca se acostumaria completamente, e que imaginava tão inconsolável quanto os metros, poucos, mas definitivos, que sempre separariam Aquiles da tartaruga. Adoravam Riltse e amavam Tanguy, Fauxpass, Aubrey Beardsley, toda essa suspeita família de artistas que os estudantes ilustrados — esses profissionais da ingenuidade e da petulância — ostentavam na capa de suas pastas para humilhar os inimigos, que as cobriam com fotos de atores ou de astros do rock. O tempo não tardou a desiludi-los. Dois ou três anos mais tarde, os objetos derretidos, as estalactites no formato de casais de amantes, as camas antigas, os olhos e chapéus suspensos em céus de um azul puríssimo, todo esse repertório de astúcias, que sempre reverenciaram como o auge da imaginação, era pura fraude e só os escandalizava. Descobriram (embora só tenham percebido isso depois, quando foram morar juntos numa diminuta toca atapetada em Belgrano R e seus ex-colegas de escola, num típico arroubo de admiração ominosa, falavam deles como de um par de "anciãos precoces") que a adolescência não adora nem artistas nem obras, mas apenas formas alternativas de família, e que do outro lado dessa adoração indiscriminada espreitavam decepções igualmente indiscriminadas. A comprovação machucou-os. Sentiram-se irremediavelmente idiotas, porque os orgulhos que a retrospecção exuma como inépcias sempre valem em dobro — e nessa ferida que agora começava a queimá-los viram consumir-se uma parte, menor, mas valiosa, de sua juventude. Foi essa sensata autocrítica, no entanto, que os salvou; os dois, do escárnio dos outros e do mundo, que sempre costumam adiantar-se na detecção de bobagens; Riltse, do furor despeitado com que Rímini e Sofía, depois de tê-los idolatrado, acabaram por se desfazer de toda aquela turba de enganadores.

Com Tanguy foram expeditos. O pintor recompensou-os dissipando as poucas cinzas de sua glória no orvalho que ainda fazia brilhar as cristas do capim. Fauxpass foi todo queimado numa única tarde, na selva cheia de moscas que uma avó de Sofía mantinha nos fundos de sua casa em City Bell. Eles nem perderam tempo vendo como as chamas purificavam seus corações traídos. Max Brauner deu-lhes menos trabalho: quase não tinham reproduções de seus quadros. Conheciam-nos de segunda mão, pelas descrições exaltadas que figuravam na autobiografia de um contemporâneo bem vivo que fracassara como pintor, mas, quarenta anos depois, quando Brauner já estava apodrecendo há trinta num cemitério polonês, era o marchand mais rico e esquivo da União Soviética. Também acabaram com a autobiografia.

Era a vez de Riltse. Sofía reuniu as lâminas. Rímini, a essa altura um piromaníaco consumado, preparou o querosene e os fósforos. Até esse momento, menos por rancor que por superstição, tinham negado aos condenados esse último olhar, que despede, mas jamais absolve, com que ao menos se alivia o caminho para o patíbulo. Com Riltse, no entanto, Sofía vacilou, como se a sombra de um erro irreparável a tocasse. Por um instante, as lâminas tremeram sobre as chamas. Rímini, cujos dedos já estavam ficando chamuscados, soltou-as. Então Sofía as salvou e procurou uma com desespero, como quem busca entre papéis inúteis, todos muito parecidos entre si, o salvo-conduto que lhe permitirá cruzar uma fronteira. Rímini teve ímpetos de protesto. Era teimoso; nada lhe custava tanto quanto infringir as regras que ele mesmo se impunha. Aproveitou que ruminava seu desacordo para olhar o fogo por alguns segundos; depois, dando por encerrado o prazo que sua mente concedera a Sofía para se retratar, virou-se para ela e a viu de costas, sentada na grama, os ombros agitados por um tremor suave. Aproximou-se, perguntou-lhe o que era. Sofía chorava em silêncio: entre suas pernas, como pequenos cadáveres acalentados, tinha as três reproduções da série dos *Suplícios*. Rímini contemplou outra vez os tablados redondos, os corpos pendurados como gado, as longas costelas brancas, os trajes a rigor pendurados com esmero nos cabideiros rolantes, e sorriu. E Riltse sobreviveu.

A primeira viagem que fizeram à Europa foi apenas um pretexto para ver os originais do mestre. Sofía já viajara antes com os pais, de modo que aproveitou essa segunda leve vantagem e obrigou o pai de Rímini, um dos investidores da travessia, a decalcar o itinerário sobre os rastros um pouco fora de moda, mas inesquecíveis, da anterior, que os pais de Sofía, por sua vez, tinham herdado de um casal amigo "com muito mundo", adepto da roupa esportiva (Rímini jurava que tinham sido os pioneiros do jogging — a roupa, a disciplina, a militância — em Belgrano, talvez na Argentina), das miniaturas de vidro e dos fascículos de arte espanhóis. Dos setenta dias que duraria a viagem, divididos entre meia dúzia de países, quinze seriam passados somente na Áustria. Para Rímini, a porcentagem soou um pouco desproporcional. Não tinha nada contra a Áustria, mas foi só olhar um mapa da Europa Central, medir a olho o tamanho do país e o de sua ignorância do alemão, e então projetar essa medida sobre o intervalo de duas semanas, para perceber que não tinha todos os elementos de julgamento necessários para entender a situação. Sofía só lhe confessou no avião de ida, estimulada pela garrafinha de vinho que pedira para acompanhar o jantar: o casal amigo de seus pais era austríaco.

Rímini, contudo, encarou isso como uma esquisitice simpática, uma das muitas que marcavam sua relação com Sofía com essa excentricidade levemente murcha que arrancava respeito e malícia de seus amigos mais próximos. Mais da metade da turma na qual haviam terminado o colégio viajou à Europa naquele mesmo ano. Mas, à exceção de César Lichter, cujos óculos Rímini teve a impressão de ver brilharem atrás de uma revista de carros esportivos na estação onde tinham descido para corrigir um mal-entendido ferroviário, em setenta dias jamais toparam com nenhum ex-condiscípulo. Na verdade, as Europas que percorriam só eram o mesmo continente nos guias de turismo e nos mapas das agências de viagem. Fels e Matheu ziguezagueavam por Amsterdã entupidos de drogas, cachecóis e miniaturas pornográficas; Catania voltava a sua Turim natal e entrava num grupo de "discussão teórica" — embrião intelectual, como depois se saberia, das primeiras células das *Brigate Rosse* —; Bialobroda, com seu lendário duo de caninos — um quebrado, o outro de ouro —, punha fim a duas décadas de vida desregrada enforcando-se com um cinto no *Hotel du Vieux Paris*, a duas quadras do Sena, num quarto que nunca terminou de pagar; Maure dormia ao relento em Ibiza; e Nepper, loiro, magro como um varapau, riquíssimo, era detido no banheiro de um bar do bairro chinês de Barcelona. Nesse meio--tempo, Rímini e Sofía, preservados pelo amianto de uma Europa paralela, mais alpina e menos inquietante, colecionavam vilarejos medievais, montanhas encapuzadas de neve, praças limpas como sanatórios, trajes típicos, bondes, edredons sufocantes, festas da cerveja, canções folclóricas, com rouxinóis, colinas, lavouras, co-rações, que meia dúzia de chopes bebidos com atitude enérgica bastavam para transformar em verdadeiros hinos de guerra.

Mais de uma vez, ao descer de um trem para pegar outro, aborrecido com a promíscua pontualidade do Eurailpass, Rí-mini, carregado de malas, xingou seu *gamulán*[*] — contribui-ção de última hora de sua mãe —, que o obrigava a caminhar como um boneco de neve entalado, e desconfiou que estava fazendo a viagem errada. Não tinha muito a objetar: os trens eram confortáveis, e o serviço, eficiente; os nativos compensa-vam com amabilidade as dificuldades de comunicação; nos cafés havia jornais do mundo todo esperando em deliciosas prensas de madeira; a confeitaria era irresistível. Sofía, quase irreconhecível pelo exagero de agasalho, arrastava-o pela mão por becos sem saída, instigada pelas lembranças de sua viagem anterior, geralmente imprecisas, que procurava corroborar na agenda de bolso onde estavam anotadas. "Espere... tinha uma loja de rendas in-crí-vel por aqui... está anotado... Aqui: ren-das! 'No fim da ruazinha dos Ferreiros'... É por ela que esta-mos indo, não? 'Passando a confeitaria Grillpärzer'... Ali: essa

---

[*] *Gamulán* (lunfardo): casaco de couro forrado com pele de cordeiro ou simi-lar. (N. T.)

é a Grillpär... deve ser por aqui... Faziam um strudel... depois entramos... Ali! É ali, lembro perfeitamente! A vitrine era toda branca..." "É uma loja de música, Sofía." "Não seja negativo. Vamos atravessar." "Está vendo? Instrumentos antigos." "Não pode ser." "Você veio há dois anos, Sofía: aqui as coisas mudam também." "Veja esse alaúde! Não é lindo?" Mas para Rímini o problema não eram as rendas (que se concentravam, como era de prever, na rua das Rendas), nem o strudel da Grillpärzer (delicioso), nem os alaúdes (ainda que o dono da loja, assim que eles entraram, tenha pedido que apagassem os cigarros, sacudissem os sapatos lá fora e baixassem a voz), nem nada do que lhe cabia viver. O problema era tudo o que *não vivia*, esse tipo de viagem negativa que de vez em quando, entre tanta furtiva felicidade austríaca, interceptava-o insidiosamente, como uma dívida não paga, e inspirava-lhe receios secretos. Não devíamos estar um pouco mais sujos? Não devíamos ter perdido o passaporte? Não devíamos brigar um pouco mais? A polícia não devia nos olhar com desconfiança, nos parar e nos pedir documentos? Onde estavam as discotecas, as pessoas como nós, os albergues da juventude, as seringas?

Foram apenas suspeitas — o adejar próximo de um pássaro distraído, muito fugaz para ser nocivo, pensava Rímini —, e não deixaram sequelas. Além do mais, cada ponto do itinerário parecia apagar as suspeitas inoculadas pelo anterior. Salzburgo corrigia os pontos cegos de Innsbruck, Viena os de Salzburgo, e assim por diante. E em Viena, por fim, logo que Sofía emergiu, bela e macilenta, do calvário gripal que a mantivera prostrada por cinco dias, os quadros de Klimt, Egon Schiele e Kokoshka, como aperitivos do êxtase que sonhava experimentar em Londres com os de Riltse, terminaram de aplacá-lo. Até então, Rímini permanecera em vigília junto da cama onde Sofía delirava de febre, perdida entre os lençóis. No primeiro dia foi-lhe impossível distinguir quando ela dormia e quando estava acordada. Sacudia os lençóis como se a queimassem, e cinco minutos depois, tremendo de frio, procurava-os com desespero na penumbra do quarto. Levantava-se no meio da noite, balbuciando, com lábios lívidos, palavras numa língua desconhecida. Rímini mandou chamar o médico do hotel; falou com a recepcionista, com o vigia de plantão, com o maître do restaurante e por fim com o gerente, e uma vez esgotado o elenco de anglófonos disponíveis pensou entender, ele também esgotado, que "o doutor Kleber ficou doente pela primeira vez em vinte anos". Mas não o abandonariam. Mandaram subir aspirinas, sopas quase frias (havia seis andares entre a cozinha e o quarto que ocupavam), jogos de toalhas com o monograma de outro hotel, um termômetro anormalmente lento, alguns exemplares velhos da revista da companhia aérea austríaca. Rímini ia e vinha; nunca abrira tantas vezes a mesma porta, e nunca sentira tanto desânimo ao fechá-la. Cada vez que Sofía passava dez minutos corridos sem se mover, sentia-se rejuvenescer de felicidade; aproximava-se da janela descalço, na ponta dos pés, e comemorava o milagre olhando os flocos de neve caírem, lentos e imbecis, numa noite espantosamente vermelha.

No dia seguinte a febre cedeu alguns graus. Sofía já começava a avaliar certas obsolescências do quarto quando Rímini, insone mas lúcido, abriu a lista telefônica e encontrou o endereço do Hospital Britânico. Pouco depois eram atendidos por um médico jovem, de modos distintos, vestido com um avental tão limpo que estalava. Para congraçar-se com eles, talvez para praticar, pronunciou, ceceando, algumas palavras em castelhano — Rímini deduziu que passava férias na Espanha —, receitou-lhes antibióticos — falava com os dois, como se Rímini estivesse tão doente quanto Sofía — e teve a deferência de sugerir-lhes uma farmácia onde falavam inglês. Saíram para a rua e se abraçaram. Inundados de gratidão, ambos tiveram a impressão de que quem estava prestes a cair no choro era o outro. Sofía sugeriu que fossem comprar os remédios e, de volta ao hotel, escrevessem ao médico uma carta de agradecimento. Tinha de saber, disse, tudo o que fizera por eles: era algo que não podia se *perder*. Rímini, uma vez mais, dissuadiu-a. Ao longo da viagem havia abortado uma meia dúzia de arroubos epistolares nesse estilo, destinados a retribuir a generosidade de gondoleiros, motoristas de táxi, guardas de museus, garçons e caixas de banco — salvadores anônimos cujos méritos, na grande maioria dos casos, reduziam-se a soletrar corretamente o nome de uma rua, perguntar de onde eram, sorrir sem motivo ou, simplesmente, não levantar a voz para eles.

Sofía melhorou. Já começava a comer com apetite; depois de limpar seu próprio prato atacava as guarnições de *spätzle* que Rímini deixara intactas. No quinto dia, quando Rímini já não precisava ir até a janela para descrever tudo o que acontecia na porção de esquina para a qual dava o quarto, Sofía sugeriu-lhe que fosse dar uma volta. Rímini protestou. "Um instante só", ela insistiu, "uma horinha. O que pode acontecer?" Rímini aproveitou para visitar a casa de Freud, uma ideia que no último mês e meio assaltara três dúzias e meia de argentinos, como lhe informou o livro de visitantes. Examinou-o com alguma curiosidade, mas não encontrou nenhum sobrenome conhecido. No entanto, assim que estampou sua assinatura ao pé da lista — nenhum comentário: apenas nome e sobrenome, irreconhecíveis, deformados pela vertigem do traço, e a data —, alguma coisa o obrigou a desviar os olhos sobre a página: uma "irregularidade", algo indefinível que não estava em seu campo visual, mas antes na borda, à espreita, e que de repente parecia ter se sacudido como um galho preto, e depois de varrer de baixo para cima a coluna de visitantes Rímini tocou num nome quase ilegível — Ezequiel,

Rafael, Gabriel — escrito com letras que eram talos e flores, e descartou-o. Eram cinco e meia da tarde quando saiu. A noite fechada. Não nevava, o ar estava limpo, e os halos de névoa que costumavam envolver as luzes da rua tinham desaparecido. Rímini sentiu algo estranho. Uma hora sem Sofía e já tinha a impressão, não totalmente desconhecida, de que era o único ser vivo em toda a cidade. Sentiu uma solidão atroz: justamente agora, que Sofía retornara à vida, a viagem pareceu-lhe uma fatídica insensatez. Pensou em ligar para Buenos Aires, perguntar ao pai por que tinham incluído Viena no itinerário. Fustigado pelo frio, quis ignorar um semáforo adverso e cruzar correndo a avenida deserta, mas foi dissuadido pelos latidos do dachshund que sua dona, uma mulher encurvada e trêmula, acabava de estacionar junto de uma árvore. Dez ou doze quadras depois, um telefone público recusou sua chamada a cobrar, mas aceitou, sem devolvê-las, as duas moedas a mais que Rímini colocara com medo de que a ligação caísse. Do outro lado da linha, uma empregada nova, que repetiu várias vezes o nome de Rímini entre sinais de interrogação, informou com alguma desconfiança que seu pai fora passar o fim de semana na Vila Gesell.

Porém, dois dias mais tarde (os dois dias que Viena, segundo os resultados da contabilidade final, acabaria por roubar a Londres), quando entraram na Osterreichische Galerie, na sala dos Klimt — Rímini desafiante, Sofía frágil e adorável, envolta num poncho como uma beduína invernal, os dois alegrando o ar aquecido com as nuvenzinhas brancas que traziam da rua —, Rímini sentiu o amparo de quem volta a uma pátria depois de um longo exílio de tristezas. Percorreu as salas, amodorrado pela suave luz amarelada, e olhou os quadros com um desânimo feliz, como se estivesse tão longe de tudo que nem a beleza pudesse frustrar seu bem-estar. Pararam diante de *O beijo* e o contemplaram abraçados, vítimas desse mimetismo que se apossa dos apaixonados quando olham a imagem que sempre acreditaram fitá-los e falar com eles. *O pior já passou*, pensou Rímini, e quando quis nomear "o pior", o que lhe veio à cabeça não foi Viena, nem os contratempos do idioma, nem a febre, nem mesmo o dinheiro e o tempo que o "erro austríaco", como passara a chamá-lo, roubara deles, mas a simples possibilidade, que não vislumbrava no futuro, mas no passado, naquele par de horas que dois dias antes passara sozinho, de que Sofía, essa pequena e compacta massa de calor que agora se apertava contra seu corpo, tivesse desaparecido de sua vida para sempre. Como o sobrevivente que, a cada noite, antes de dormir, assiste diversas vezes ao acidente que quase o mata, e só depois de revivê-lo em pormenores descobre não ter havido nesse dia distrações, nem pavimentos molhados, nem carros fatais, e que esse acidente jamais acontecido roubou, mesmo assim, uma parte de seu futuro, abrindo-lhe uma horrível ferida na alma, Rímini voltou a se ver longe de Sofía, enxergou-se sem ela, e essa figura órfã, como que saqueada, gelou-o de espanto. Acabara de vislumbrar o que resta de um homem quando de tudo o que ele é, de tudo o que acredita ser, retira-se a mulher amada.

As membranas do amor são delicadas; o toque mais casual pode dilacerá-las. Se as suspeitas de Rímini as tinham afetado, expondo-as a essa infecção que está à espreita, para o apaixonado, na tentação de experimentar uma vida diferente, a antevisão da catástrofe bastou para regenerá-las. Talvez essa fosse a verdadeira função daquelas tragédias improváveis, que só aconteciam num mundo e num tempo criados pela imaginação retrospectiva: afundá-lo no horror e resgatá-lo em seguida; aniquilá-lo e salvá-lo, e reduzir, até quase ridicularizá-las, as contingências indesejáveis que no futuro pudessem embaçar sua vida amorosa. Sofía não desaparecera, não morrera, estava com ele e ainda o amava: o que era o resto, *qualquer* resto, senão pura frivolidade?

5.

Essa mistura de humildade e superstição, Rímini já a cultivava há três anos; era natural que a considerasse consubstancial ao seu relacionamento, já que a contraíra seis meses depois de se unir a Sofía. Entusiasmado, numa espécie de transe, Rímini acabava de lhe contar a conversa que tivera de tarde com um amigo. Tinham falado, disse, do "compromisso amoroso". O amigo desacreditava completamente a monogamia. Embora fosse um veterano precoce da dissipação, a vida amorosa de Rímini — sua insólita regularidade, sua profundidade, sua lealdade laboriosa, como de um ourives — não deixava de espantá-lo. Seis meses com a mesma mulher? A duras penas ele suportava ver à luz do dia a cara da mulher com quem passara a noite. Como era possível? Não desejava outras? Não precisava de outras? Rímini tinha consciência de que por trás dessa perplexidade havia uma teoria, mas nunca tentava rebatê-la. Nessa tarde, como em algumas outras antes, Rímini desdenhou-a e, como o figurante que passa despercebido durante quase três atos e finalmente chega ao solilóquio que o redimirá, que fixará seu rosto insípido na memória do espectador mais desatento, chateou-o com um monólogo sobre a confiança, sobre a forma espontânea, e portanto mágica, como a confiança, quando recíproca, podia suspender — Rímini corrigiu-se, quis dizer *abolir*, mas o verbo resistiu, escapuliu e não voltou a aparecer — as necessidades aparentemente mais naturais.

Esse foi o elogio do amor que Rímini, de pé, acabava de reproduzir diante de Sofía, que o escutara sentada na beira da cama — um monólogo desajeitado, arrebatado de ardor, com palpitações, como se afinal lhe coubesse recitá-lo à pessoa a quem, verdadeiramente, estava dedicado. Comovido com o próprio arrazoado, ao terminá-lo Rímini percebeu que Sofía se mantinha em silêncio, sem olhar para ele, e que uma obscura emoção lhe marcava o rosto. *Confiança... Reciprocidade...* Rímini, como num sonho, pensou ouvir sua própria voz que fugia, desfiando-se. "Rímini", disse então Sofía muito rápido, "eu fui pra cama com o Rafael." Por um segundo, Rímini viu desfilarem as possibilidades indignas que disputavam seu próprio corpo de cornudo atordoado. Morria. Vomitava. Destroçava seu quarto, ferindo — acidentalmente, claro — Sofía. Perdia a fala para sempre. Uma embolia o fulminava. Alguém entrava no quarto por engano, e ele precisava disfarçar. Viu-as, mas as possibilidades se afastaram, como que atraídas por algum outro candidato. Então abriu a boca e começou a chorar, e alguém com lábios menos trêmulos que os seus falou em seu lugar, e exigiu a satisfação mais trivial, mais sórdida, mais voluptuosa: os detalhes da traição. Sofía fingiu não ter ouvido. "Você sabe", disse, "era uma coisa que estava pendente. Eu não poderia continuar com você se não tivesse feito isso." Sofía levantou-se. Rímini, encostado à janela, olhava a fonte três andares abaixo, no jardim, por entre um véu de lágrimas. Sentiu a ponta dos dedos de Sofía perto de seu rosto e em seguida lhe tocando a face, menos para consolá-lo do que para que a olhasse, e uma profunda vergonha o invadiu. Parou de chorar no ato, como num passe de mágica. Sofía o fitava bem de perto. Então Rímini soube que, para algum dia poder deixar de amá-la, algo mais forte que outro homem, que outra mulher, algo tão desumano e cego quanto um desastre, uma queda de avião, um terremoto, teria de arrancá-la do seu lado e extirpá-la de sua alma. Mas Sofía não olhava exatamente para ele, e sem dúvida não o fitava nos olhos: observava, com uma curiosidade quase lasciva, alguma coisa que Rímini tinha debaixo do olho. Rímini, virando-se para a janela, contemplou-se no vidro e viu um ponto escuro, algo que parecia uma pinta, a crostazinha de uma ferida mínima, que nem mesmo se lembrava de ter feito. Sofía continuou absorta mais um ou dois segundos, até que saiu do transe e, ruborizada, acariciou-lhe suavemente a mão. "Me ligue. Vou estar em casa", disse.

6.

Mesmo os admiradores mais obstinados concordam: *Spectre's Portrait* não é o melhor Riltse. É um quadro pequeno (Riltse sempre brilhou nas grandes dimensões) e escuro (o mestre continuava pintando *contra* a luz de Cézanne), lancinado por uma tensão caprichosa: enquanto suas formas se debatem num fervor expressionista, o ânimo do pintor, na ponta dos pés, tenta escapulir por uma porta lateral. Um típico quadro de transição, no qual as vozes do passado se negam a morrer e o futuro, com suas efusões de luz e de maldade, não passa de um balbucio desconcertado. Riltse queria voltar a Londres. Tinha dívidas de jogo, o sol lhe era intolerável, acabavam de manifestar-se os primeiros sintomas da doença: duas placas violáceas nas pernas, tremores matutinos, certa dificuldade para lembrar os fatos ocorridos na última meia hora. Só a relação com Pierre-Gilles, já em sua fase final, segurava-o em Aix-en-Provence. Matá-lo ou matar-se? Matá-lo *e* matar-se? Não havia dia nem hora do dia em que Riltse não estudasse por um segundo essas alternativas. Saía para pintar o campo com o único propósito de se afastar de seu amante, talvez com a esperança, também, de que um quadro novo ou uma insolação desalojassem para sempre esse espinho de seu coração atormentado. À sua maneira infantil, *Spectre's Portrait* ilustra o fracasso dessas tentativas. Embora Riltse o lambuze com camadas e camadas de um roxo sujo, embora substitua a luz do meio-dia por uma escuridão de caverna, a paisagem do quadro continua sendo a do campo, com seu ar imóvel, seu horizonte de tédio e suas árvores, que, embora irreconhecíveis, continuam prenhes de frutos. É como se Riltse pintasse o campo *com seus olhos*, com os olhos desses frutos, porém não no estado em que estavam então, no começo da primavera, quando ele os contemplava, mas numa etapa ulterior, na rápida putrefação que a imaginação de Riltse parecia desejar-lhes. Há duas manchas em primeiro plano, os dois únicos toques de claridade a quebrar a monotonia do quadro e que, à primeira vista, poderiam ser confundidos com os halos de luz de dois faróis, ou com dois vaga-lumes agigantados pela proximidade. Olhando-as melhor, no entanto, essa impressão geral de luminosidade se desvanece ou se define, e ambas as manchas revelam a mesma estrutura interior, feita de finíssimos anéis concêntricos que, como os dos troncos das árvores, parecem irradiar-se a partir de um escuro ponto central. O efeito é bizarro, mas, no fim de alguns instantes, muito eficaz: o ponto escuro é uma boca aberta a uivar de espanto, os círculos são o eco desse uivo, e as manchas, por fim, são os rostos desenhados pelas reverberações do espanto. Mais um passo e tudo se define com nitidez, como as nervuras de uma folha sob uma lupa que acaba de fazer foco: no ponto escuro da boca surgem os dentes e a língua; acima, nasce um nariz; os olhos, acompanhando o espanto da boca, estão desorbitados e olham *diretamente* para o espectador, que a essa altura, se o sortilégio surtiu efeito, já deve estar com o rosto colado ao quadro. O espectador entende, pensa entender que estão lhe pedindo ajuda e se compadece. Mas depois desvia os olhos para a placa de bronze, lê o título do quadro e compreende, ao mesmo tempo, a grosseria de seu erro e a vontade secreta do artista. *Spectre's Portrait*. É seu próprio rosto que inspira o espanto das manchas. Ele mesmo é o espectro que Riltse retratou.

Míopes pelo entusiasmo, olhavam o quadro tão de perto que tinham começado a embaçar o vidro com o hálito. Por um segundo, as duas auréolas de umidade borraram as duas pequenas manchas que os contemplavam com pavor. Quem teria censurado essa devota impertinência? Afinal de contas era assim, a essa distância, que o pintor queria que seu quadro fosse contemplado. *Spectre's Portrait*, por outro lado, era o *único* Riltse que estava exposto. Alguém — um argentino, um desses mensageiros de furos fatídicos que os argentinos adoram interpretar quando descobrem um compatriota no exterior — antecipou-lhes quando subiam, ébrios de euforia, as escadas do museu: o resto da obra (os dípticos, os trípticos, as fotografias retocadas, mesmo o monumental A *metade do acontecimento*, repatriado depois de um quarto de século do ignominioso cativeiro alemão) fora transladado para um depósito oficial nos subúrbios de Londres, onde dormiria os três meses que o Estado levaria para reformar o museu.

Enquanto Sofía tentava corroborar a notícia na recepção do museu, Rímini passou vinte minutos ao ar livre, protestando em voz alta e estorvando deliberadamente o trânsito dos operários entre os andaimes. E toda aquela viagem para…? Tinham o direito…? Não deviam ao menos tê-los avisado…? Procurava razões, algum consolo; só lhe ocorriam represálias. Pensou, de repente, ter dado com a pior, a mais agressiva: ir embora assim, sem entrar. "Que se danem…" "Você acha?", disse Sofía, que já se via essa noite tendo de aplacar o desconsolo de seu arrependimento. "Já estamos aqui, Rímini. Melhor um do que nada: vamos entrar." Entraram. Rímini, para não dar o braço a torcer, arrastava os pés fazendo barulho, como um peregrino inconformado. Sofía sugeriu que dessem uma parada na cafeteria do museu: talvez tomar alguma coisa a distraísse de sua decepção. A de Rímini, porém, recrudesceu. Como o resto do museu, a cafeteria era apenas a metade, um quarto do que já fora um dia; alguns tabiques precários dividiam o setor habilitado, com sua dúzia de mesas, suas luzes piscantes, seu piso coberto de páginas duplas de jornal, da área em obras, de onde vinham o som metódico das marteladas e umas joviais nuvens de pó branco. Sofía, que jamais fugia da responsabilidade quando tomava uma decisão errada, dispôs--se, como compensação, a entrar na fila para buscar as bebidas. Rímini, estranhamente, aceitou. (Sofía, predisposta a que ele não aceitasse, como costumava fazer toda vez que ela se dispunha a sacrificar-se por ele, ficou um pouco desconcertada e permaneceu imóvel por uma fração de segundo, como que congelada no ponto exato em que as duas situações — uma virtual, a outra real — acabavam de se cruzar.) Rímini, com efeito, sentira o apelo do cavalheirismo, mas estava tão cansado — as desilusões lhe causavam um efeito muito mais físico do que moral ou psicológico — que só conseguia pensar em se livrar do peso imenso de seu corpo. Cinco minutos mais tarde, quando a palma de suas mãos, seus antebraços e até sua face esquerda (que pousara um instante sobre a mesa) já estavam completamente brancos, maquilados pela poeira da obra, Sofía apareceu com uma bandeja, dois copos de isopor com café e um pratinho de plástico com dois brownies. Atrás dela vinha um homem alto e magro, de terno, com aquele ar de decência precária — sustentada com pedacinhos de fio, fita adesiva, clipes, fechos de metal — forjado pelas pessoas que passam semanas sem tomar banho. Segurava na mão uma garrafa de cerveja. Sofía sentou-se. Ao passar por eles, o homem a cumprimentou com uma reverência um pouco antiquada. "Quem é?", perguntou Rímini, meio tonto pelo rastro de pestilência que o desconhecido deixara. "Não sei. Estava na fila. Pedia umas moedas para poder comprar alguma coisa. Que gente sacana, os ingleses: você não acredita como olhavam pra ele. Bah, ainda se olhassem. Teria sido alguma coisa, pelo menos." "Você lhe deu?" "Sim." "Não tinha decidido parar com as esmolas?" "Isto é diferente. Tenho certeza de que é *alguém*. Humm... experimente os brownies: estão ótimos." "Alguém?" Rímini começava a ficar impaciente. "Como é que você sabe?" "Eu sei. Eu *vejo*." "Devia cheirar, também." "Estou um pouco resfriada ainda, depois da gripe de Viena." Sofía inclinou-se bruscamente e farejou o prato, os copos fumegantes. "Alguma coisa não está boa? Podemos trocar, o.k.?" "E depois, todo mundo é alguém. Não é um requisito um pouco fraco para ter pena de um desconhecido?" "Tonto. Alguém *importante*, quero dizer." "O diretor do museu, por exemplo", caçoou Rímini. Sofía olhou por cima de seu ombro e sorriu para longe enquanto mastigava, depois tampou a boca com o dorso da mão. "Não se vire, mas tenho quase certeza de que..." Rímini percebeu que ela tinha enrubescido. "De quê?" "Não, é loucura." "Tem certeza de quê?" "Nada, nada: não ligue pra mim. Quer creme?"

Entraram na sala, cada um por si, sem se falar. Dos dois, só Rímini estava consciente da situação. Como sempre quando algo os distanciava, Rímini era o único cujo comportamento parecia ficar ancorado no episódio desencadeador da tensão, girando ao seu redor como um planeta ocioso, infantil, um pouco ridículo. Já Sofía parecia logo esquecer o incidente, de modo que tudo o que fazia depois — tudo o que, no caso de Rímini, não passava do fruto triste e estéril da desavença — obedecia a outras causas e a outros estímulos, provavelmente menores, mas novos. Enquanto para Rímini a vida havia empacado num ponto fixo de dor, obstinado e meio insondável, para Sofía ela continuava. Mas só Rímini notava essa diferença, e só ele via o abismo que se abria nela. E como sempre que pretendia fingir indiferença, seu corpo se transformara num feixe de impulsos hostis. Sentia calor, mas já não lhe restava roupa para tirar. Detectou umas migalhas de chocolate presas numa manga e as varreu com a mão como se fossem venenosas. Alguém — alguém exatamente da sua altura — interpôs-se entre ele e um Turner, e Rímini, com um prazer do qual não se sabia capaz, descarregou contra sua nuca um longo e mudo rosário de imprecações argentinas. Até que viu o Riltse. Descobriu-o de repente, ao mesmo tempo que Sofía o descobria, e pensou, satisfeito, que essa coincidência poria fim à insultante autonomia com que ela se movera depois do incidente na cafeteria. De forma que quando se virou e o procurou, com o evidente objetivo de convidá-lo para que o contemplassem juntos, ele deu meia-volta e, fingindo distrair-se, a modo de vingança, deixou-a sozinha diante do quadro. Só depois, aproveitando que ela lhe dava as costas, Rímini olhou para ele.

Pendurado ali, sozinho entre quadros enormes, de outros pintores, parecia excessivamente modesto ou excessivamente acanhado. Rímini não o conhecia. Os poucos visitantes que estavam no museu — um contingente de turistas, uma dúzia de estudantes sonolentos, um casal de amantes que saltavam de quadro em quadro abraçados, entrelaçando as pernas como ginastas obscenos — passavam ao largo, como se não o vissem. Rímini sentiu um fervor novo, tão intenso que ficou inquieto; era o êxtase, a felicidade messiânica que o idólatra experimenta quando seu ídolo, numa situação desesperadora, decide honrá-lo e o incumbe da tarefa mais difícil, mais decisiva do mundo: redimi-lo. Rímini não era uma vítima, era um eleito; e *Spectre's Portrait* não era seu consolo, mas seu privilégio. Percorreu toda a sala com uma lentidão exaustiva, detendo-se em pinturas insípidas, seguindo sílaba por sílaba os comentários dos guias do museu e até ajudando um par de estudantes perdidos, com os narizes perolados de ranho, a se reunir aos colegas antes que o professor que os guiava desse por sua falta. Sofrendo, Rímini matava dois coelhos de uma cajadada: adiava o prazer de encontrar-se frente a frente com o Riltse, com Sofía, e ao mesmo tempo transformava esse encontro numa forma de casualidade.

Enfeitiçada, Sofía já estava se aproximando do quadro quando Rímini parou a seu lado. Não se olharam, nem mesmo se dirigiram a palavra, mas Rímini sentiu o halo de comunhão no qual o quadro os envolvia, depôs o rancor e se rendeu. Estavam assim, bem juntos, inclinados a quase noventa graus, com os narizes avermelhados contra o vidro do quadro, quando uma voz às suas costas sobressaltou-os: "Se eu fosse vocês não me aproximaria tanto". Pensando ser um guarda, abriram os braços instintivamente, em sinal de inocência, como tinham se acostumado a fazer toda vez que saíam de uma loja e os alarmes começavam a tocar, e recuaram alguns passos. Rímini levantou um pouco a vista e fitou o olho vermelho dos sensores piscando. "Não", disse o homem, rindo com certo desdém, "quem dera fosse esse o problema." Rímini teve a impressão de que a voz agora estava mais próxima. Veio-lhe uma lufada de cheiro acre, como de roupa mal enxaguada, uma mistura de cândida e mofo, o mesmo cheiro que o deixara tonto meia hora antes. Virou a cabeça com cuidado; não pretendia olhá-lo — estava muito intimidado pela brutalidade com que o outro irrompera em sua vida —; conformava-se em incluí-lo num canto de seu campo visual e retratá-lo rápido, sem maiores detalhes, só para ter uma ideia de quem era e substituir o esboço fugaz que compusera na cafeteria. O desconhecido adiantou-se. "Eu sou o responsável por esse horror", disse, apontando para o quadro de Riltse, num inglês desgostoso, como se só o falasse por não ter outro remédio. "O que foi que eu disse? Eu *vejo*, Rímini", sussurrou-lhe Sofía. Rímini, pego de surpresa, viu-se obrigado a prestar atenção no homem. Era alto, de ombros assimétricos, pele e osso sob um terno fora de moda há vinte anos. Tinha o cabelo comprido, com restos de uma velha tintura e alisado por uma camada de gordura; uma barba de semanas lhe crescia em desordem sobre as faces, e as mãos, tão pálidas que as veias azuis brilhavam, parecendo desenhos, permaneciam no alto, imóveis diante do rosto, como que suspensas antes ou depois de um gesto. Os dedos se agitaram e tremeram por um segundo; Rímini conseguiu ver seus lábios, muito vermelhos e brilhantes, como os dos bêbados, movendo-se em silêncio como se rezassem. O homem olhou-o de repente, com certo espanto. "Eu sou…", começou a repetir, como quem se apresenta. "Você, eu: todos", interrompeu-o Rímini, "é essa a ideia do quadro, não?" O homem agitou a mão no ar, fechou e apertou os olhos com força. Tinha escamas vermelhas e secas nas pálpebras, na testa, ao longo da orelha, onde lhe nascia o cabelo. Uma delas, no septo nasal, começara a sangrar. "A ideia do quadro?", repetiu, olhando para Rímini. Rímini sentiu um puxão no cotovelo e viu Sofía a seu lado com a boca contraída, como se tapada por uma mordaça invisível, apontando com o queixo alguma coisa no chão. "A ideia do quadro?", ouviu novamente Rímini — mas agora o tom havia passado do espanto à contrariedade —, enquanto baixava os olhos e topava com dois borzeguins sem cadarço, os dois do mesmo pé, o esquerdo, mas cada um de um par diferente, e atrás das linguetas, viradas para a frente com uma languidez quase calculada, viu diretamente a pele, a pele nua do peito do pé, tatuada por outras escamas brilhantes que subiam até desaparecer sob a barra da calça. Quando Rímini voltou a olhá-lo, o homem estava bem perto, abraçando-os, praticamente, com sua nuvem fétida. "Não tem o direito", ameaçou, mas em sua voz abria caminho uma estranha angústia. "Só eu tenho o direito de olhar esse quadro e de dizer 'Eu'. Eu sou a coisa que essas duas caras espantadas estão olhando. Eu, eu, eu.

Há quarenta e dois anos. Eu sou a coisa, a causa. Eu estive lá. Belo lugar. Ordenhava as vacas com a bosta até os tornozelos enquanto o sol... Tem que saber olhar... Está tudo aí. O campo, a roupa estendida no varal, a rede, as frutas podres, bicadas pelos pássaros... O canalha colocou tudo menos minha cara. Por quê? Toque-me. Vamos, toque-me, não sou um monstro. Volto, isso é tudo. Condenado a voltar. A lei diz que não posso ficar a menos de cem metros. Sou um homem do campo: 'metros' não significam nada para mim. Quarenta e cinco por quarenta e cinco. E a lei não diz nada sobre este quadro. Ou sim? Sou um homem do campo: não sei nada de quadros. O amor, senhorita. *O amor é uma torrente contínua.* Você sabe do que estou falando. Espere aí, por favor. É a minha vez. Será só um segundo, mais nada."

Não foi um, claro, mas quem seria mesquinho de reprovar um erro de cálculo a um homem que já está há mais de quarenta anos com o coração dilacerado? Além do mais, ninguém leva *um* segundo para dar cabo do sonho de toda uma vida, muito menos quando o sonho consiste em destroçar a machadadas o único quadro de Jeremy Riltse exposto no museu mais seguro de Londres. Na verdade, foram três minutos — contados a partir do momento em que o pobre Pierre-Gilles (aliás Douglas Durban, aliás Stephen Stacy, aliás Richard Right, aliás outra meia dúzia de identidades falsas — todas fiéis a essa superstição cinematográfica, sem dúvida inoculada por Riltse, que afirma ser a repetição da mesma inicial no nome e no sobrenome uma garantia de glória — que Pierre-Gilles usou durante quarenta anos, depois de romper com Riltse, para despistar as autoridades da imigração inglesa e assediar seu ex-amante com uma dose dupla de ressentimentos: Riltse — o coração partido, mas impassível — descartou diversas vezes os amorosos; a justiça inglesa, os legais; todos absolutamente disparatados) depositou seu porta-moedas nas mãos de Sofía, pegou o pequeno machado (o mesmo utensílio, como declarou depois, com o qual Riltse certa vez quase resolvera uma das muitas discussões estéreis que povoavam as sestas no sul da França, e o mesmo com que ele, Pierre-Gilles, cumprindo uma antiga promessa, decepara o próprio sexo sobre a mesa de carpinteiro da galeria, depois de ler a carta na qual Riltse lhe explicava por que o deixava para sempre) do bolso interno do paletó e estilhaçou o vidro que protegia o quadro —, três minutos até o momento em que o pessoal de segurança do museu, assistido por dois guardas da sala, lerdos, mas corpulentos, finalmente conseguiu desarmá-lo e dominá-lo no chão, em meio a um revoo de vidros quebrados, tiras de tela pintada e pedaços de moldura e alvenaria.

7.

Acreditavam no modo como se amavam, e essa crença era mais forte que qualquer natureza, qualquer sinal que o mundo lhes dirigisse para desmenti-los ou ridicularizá-los. Eram arrogantes e modestos, altivos e extraordinariamente prestativos. Não dividiam seus problemas com ninguém — havia algo de mafioso, um espírito de corpo e uma discrição inflexíveis, ditados pelo amor, mas avivados por uma espécie de medo da catástrofe, em sua maneira de evitar as infiltrações —, porém o pequeno apartamento de Belgrano R não demorou a se transformar na clínica sentimental, aberta vinte e quatro horas por dia, pela qual acabaram passando praticamente todos os seus amigos. Todos: os que a cada 1º de janeiro lhes vaticinavam secretamente o fim, os que tentavam desesperadamente copiá-los, os equidistantes, que aprovavam o prodígio, mas volta e meia lhes expunham suas "reservas" — e também seus pais, sedentos da clareza e da sabedoria que seus próprios modos de se amar, ao que parece, não estavam em condições de lhes proporcionar. Nunca julgavam: ouviam. Eram amplos, tolerantes, de uma equanimidade irrepreensível.

Talvez essa fosse a única coisa da qual, depois de terminadas as "consultas", em particular, eles aceitassem se gabar: monógamos, conservadores, partidários de uma disciplina amorosa que exigia água e ar e luz diários, não lhes custava nada entender os amigos que militavam na facção oposta — paixões efêmeras, desejo insensato, descontinuidade, inconstância —, mesmo quando a ajuda que lhes prestavam fosse inconcebível na direção contrária. Salvo pela digressão de Sofía com Rafael — tão rapidamente assimilada pela mística de sinceridade da relação que acabou sendo, mais que um trauma, um saudável desafio, uma oportunidade para crescer, ir mais longe, consolidando neles, inclusive, a ideia que no começo parecia ter se pulverizado: que o amor era uma fortaleza —, nenhum dos dois tinha experiência em matéria de armadilhas, traições, triângulos. No entanto, mesmo parecendo alheio, era como se soubessem tudo desse mundo. Conheciam o mecanismo do ardor, a lógica do engano, as molas secretas da dominação e do desprezo, todas as chaves que moviam, davam brilho e às vezes aniquilavam a vida dos outros. Seus quadros da situação eram precisos; raras vezes falhavam ao fazer um diagnóstico; e quando davam conselhos — uma coisa excepcional, que só concordavam em fazer nos casos mais graves ou urgentes, de tão reativos que eram a tudo que pudesse confundir-se com a manipulação emocional —, cuidavam muito bem das fragilidades, dos impulsos, das propensões capazes de viciar a operação de parcialidade. Lidavam com amigos íntimos, cujo sofrimento os fazia sofrer, cujas infelicidades os tornavam infelizes e a cujos entusiasmos aderiam incondicionalmente; nas "consultas", porém, essa proximidade, longe de predispô-los à cumplicidade, parecia reforçar certa política de sobriedade, e, mesmo, de desapego. Agiam de maneira desinteressada, o que lhes permitia enunciar as verdades mais cruas sem se tornar ferinos. Era simples: não sentiam que tivessem de ser leais aos amigos, nem sequer a seus sentimentos; deviam toda a sua lealdade à situação, aos ideais da situação: amor, confiança, intimidade, respeito, profundidade — essas perfeições pelas quais estavam dispostos a sofrer, a quebrar lanças, a sacrificar tudo.

Quase não pareciam humanos. Mas eram humanos — pelo menos Rímini. Quantas vezes, ocupado em ventilar a sala, esvaziar os cinzeiros de bitucas amolecidas pelas lágrimas, arrancar da agenda telefônica as folhas onde os amigos, num arroubo de automatismo cubista, esboçavam o retrato — quadrados, triângulos, chaminés: sempre a mesma coisa — de seus sofrimentos, quantas vezes sentira nas pernas a força de um cansaço injusto, e quantas — como mais de uma vez lhe sucedera durante a viagem à Europa — ele se pegara pensando se tudo aquilo, a disposição para escutar, a equidistância, essa espécie de idoneidade existencial suprema, que combinava a abnegação de um hospital público com a sabedoria remota de um casal de gurus, não escondia, no fundo, alguma outra coisa, uma borra escura, desconhecida, diante da qual provavelmente recuaria espantado se a visse nua. Viviam nesse além onde vivem os que têm a impressão de participar de uma experiência única, ou viviam a experiência única que vivem os que têm a impressão de participar de um além inacessível para a maioria dos mortais. Como tinham chegado até ali, isso eles não sabiam. Se soubessem, provavelmente jamais teriam chegado. De modo que haviam eliminado até a instância da chegada. Gostavam de imaginar que *sempre* tinham estado ali, que ele podia ter nascido numa clínica de Banfield e ela numa de Caballito, mas que juntos haviam nascido ali, nesse além de onde podiam dar-se ao luxo de compreender tudo sem ter necessidade de experimentar. Às vezes Rímini fraquejava, distraía-se e fugia de Sofía, envergonhado pelo medo de não estar à altura. Sua própria fragilidade o enfurecia.

Certa vez foi contratado para legendar a toque de caixa um

filme argentino que ia competir num festival de cinema europeu. Ficou quase dois dias sem dormir, absorto diante de um par de monitores de vídeo, soletrando a uma editora de cabelo em V e sobrancelhas unidas a versão francesa de expressões como "se liga, cara" ou "guenta aí, é só um minutinho". Terminaram intoxicados de café, de cigarros, das guloseimas extravagantes que ela saía para comprar no meio da noite, quando só o ronco do vigia perturbava o silêncio do estúdio. E de madrugada, quando se despediram na porta do estúdio, esquivando-se das golfadas de água vindas do balde que uma vizinha de pantufas jogava na calçada ao lado, rindo porque ao se despedirem tinham usado, sem perceber, duas das piores frases do filme, ela, que se chamava Maira ou Mirna ou algo assim, como Rímini sempre se encarregaria de confundir, apoiou-se em seu antebraço e o beijou na comissura dos lábios com uma suavidade casual, menos com intenção que pela letargia da hora e do sono. Rímini pensou que seu coração estava literalmente girando e teve um leve vislumbre, misericordioso, de tudo o que poderia acontecer se por um momento, como o vigia do estúdio, deixasse de vigiar e cedesse ao cansaço.

Sofía era forte. Podia não ficar sabendo dos sobressaltos que volta e meia o coração de Rímini sofria, mas os intuía e chegava a desejá-los, convencida, como toda crente, de que a fé que abraçavam não mereceria esse nome até que sobrevivesse intacta, e até fortalecida, a todos os contratempos que a pusessem à prova. Não lhe interessava saber: já sabia sempre. Era como se os dezesseis, os vinte, os vinte e cinco, os vinte e oito anos, todas as idades com as quais Rímini a conhecera fossem apenas idades oficiais, visíveis, de uma vida incomensurável e milenar — uma vida na qual aprendera a saber tudo. Assim, Rímini era transparente. Sofía via através dele como através de um vidro, ou até melhor — porque o vidro, resignado a ser matéria inerte, conformava-se em não oferecer resistência, enquanto Rímini, que não podia deixar de se rebelar contra essa condenação, multiplicava os fogos de artifício, as cortinas de fumaça, as manobras diversionistas, acreditando que assim ganharia um pouco de opacidade. Sofía o deixava tentar e comemorava seus truques em silêncio, como números de um malabarismo involuntário. Sabia tudo, e é provável que entre tudo o que sabia estivesse o fato de saber que Rímini nunca iria mais longe, em matéria de ameaças, do que fora ao oferecer sua face à editora na porta do estúdio para, um instante depois, já em casa, extenuado, recusar o convite de Sofía de tirar a roupa e se enfiar na cama com ela, como se temesse que Sofía, vendo-o nu, pudesse detectar as marcas da traição que ele *não* cometera. Salvo uma alusão à editora, tão extemporânea, tão desnecessariamente sarcástica — "uma garota devagar", disse, sem que Sofía tivesse perguntado nada: tão devagar que tinham demorado "dois dias para fazer uma coisa que teria exigido no máximo um" —, deixando evidente que se tratava de um despiste, Rímini não disse uma palavra. Mas Sofía podia imaginar a cena em todos os detalhes: a luz fraca da madrugada, o ar fresco, a hipersensibilidade apoderando-se daqueles corpos sonolentos, a falta de vontade, a intimidade ilusória, mas eficaz, que Rímini compartilhara com a garota... Não, não era uma sensação agradável — Sofía sentiu uma ponta de dor —, mas a certeza de estar vendo a cena tal como havia sido — de tê-la visto mesmo antes que acontecesse e de agora estar simplesmente confirmando-a — de algum modo a atenuava e suavizava, a ponto de transformá-la numa dessas impressões físicas confusas, difíceis mas excitantes, que são o preço a pagar por certas satisfações de ordem superior.

Pois para eles o amor era de ordem superior. Rímini o imaginava como um lugar pequeno e bem aquecido, forrado de tapetes, com as paredes recobertas de livros, onde os estremecimentos do mundo só entravam traduzidos para o dialeto poroso que era a língua local. Salvo por algum toque oriental — tapetes *também* nas paredes, volutas de fumaça perfumada saindo de algum lugar, cortinas para dividir ambientes, uma sensação geral de abarrotamento tóxico — que em sua fantasia era mais pronunciado, imaginava-o exatamente como a sala que compartilhava com Sofía. Não, não lhe faltava imaginação. Mas sabia reconhecer a eficácia do real. Por que representar se de outro modo a ordem do mundo vivia nele, envolvido nele, se esse era seu meio ambiente cotidiano e podia descrevê-lo de memória, até o menor detalhe, sem se equivocar? E no entanto *era real?* Essa a pergunta com que os amigos mais céticos acabavam sempre por desafiá-lo. Rímini olhava para eles perplexo, como se a pergunta o transformasse automaticamente numa criatura de uma espécie muito exótica, e depois só conseguia perguntar: "Está falando sério?". Ora, o que eles estavam pensando? Que tudo era uma ilusão? Que a forma de amor que cultivavam era uma fachada? Que Sofía e ele viviam adormecidos, narcotizados por alguma droga quimérica? Estavam em meados da década de 1970. Rímini chegara a pensar que esses reparos eram fruto menos da observação, das impressões que sua vida conjugal suscitava, que de uma das teorias políticas mais proeminentes da época, segundo a qual toda ideologia era fatalmente a inversão das condições reais da existência, e para desmantelar seus efeitos ilusórios bastava inverter de novo o processo original de inversão, pôr do lado direito o que a ideologia pusera do avesso, virar o avesso do avesso. A seu modo, sem nem mesmo saber disso — não era preciso: estava no ar da época, como o vírus da gripe no inverno ou as partículas do pérfido pólen na primavera —, os opositores que perseguiam Rímini também eram althusserianos, só que haviam ampliado o campo da reflexão, tradicionalmente composto pelas regiões da ideologia, da religião, da arte, para uma esfera que até então não se mostrara muito permeável à inspeção política: a esfera do amor. Assim, do mesmo modo como celebravam e promoviam qualquer conflito social, qualquer ruptura que pusesse em perigo as instituições burguesas, qualquer fissura pela qual a ordem real, profunda, invisível filtrasse suas escuras dissonâncias na superfície da ordem visível — tão entusiasmados com os litígios que eram dirimidos a seu favor quanto com aqueles cujo resultado os prejudicava —, também estavam dispostos a celebrar qualquer incerteza que pudesse abalar Rímini e Sofía, aprofundar suas fraquezas e até favorecer, escudados numa espécie de moral higiênica, as oportunidades que os desviassem do caminho de reciprocidade exclusiva que haviam escolhido.

Tudo em vão. As fendas nunca eram suficientemente grandes, ou a membrana que os protegia era resistente demais, ou — escândalo máximo — o tempo, inimigo clássico de toda persistência amorosa, parecia, nesse caso, de uma benevolência extraordinária, a tal ponto que seus famosos venenos — a erosão, o hábito, o sopor de uma familiaridade sem fundos falsos —, em contato com eles, mudavam de registro e tornavam-se remédios, poções estranhas que, misturadas ao amor, faziam-no paciente, sólido, invulnerável. Tinham o tempo a seu lado. Esse era o segredo. Com os anos, os amigos — todos, partidários e detratores — foram renunciando: continuaram por perto, a amizade não diminuiu, mas desistiram da ambição de possuir algo desse segredo que só Rímini e Sofía pareciam possuir, inclusive a parte ínfima, porém decisiva, que lhes permitiria aniquilar a ordem superior em que viviam, ou então roubá-la e adotá-la para si, e o amor deles, não mais admirado nem invejado nem detestado, mas fixo, eterno como uma pedra que o sol e o vento e a água vão polindo e esculpindo e pondo a brilhar um pouco mais a cada dia, foi atravessando o tempo, fazendo aniversário e saindo de moda, como se a membrana que o amparava fosse também o conservante que o mantinha intacto, separado de tudo, inocente e rançoso ao mesmo tempo, vencido, como essas personagens de filme de ficção científica que, um segundo antes da catástrofe, conseguem ter acesso a um abrigo antiatômico e permanecem anos confinadas, ruminando sozinhas o privilégio da sobrevivência, e quando por fim saem outra vez à superfície, pensando que o perigo passou e que o mundo voltou ao seu lugar, descobrem que a catástrofe nunca aconteceu, que se não se inteiraram foi graças, precisamente, ao hermetismo e à profundidade do abrigo, e que o mundo, agora, tantos anos depois de terem participado dele pela última vez, está desfigurado, é irreconhecível, é indiferente e os observa com o aturdimento divertido com que, dentro de alguns anos, não muitos, a população infantil do mundo contemplará todas as coisas que hoje são o emblema do presente.

8.

Anos mais tarde, a apenas setenta e dois dias (exatamente o tempo que Riltse levou para pintar a primeira de suas três extraordinárias *Metades de Pierre-Gilles*) de completar seu duodécimo aniversário, Rímini e Sofía se separaram. Tinham batido todas as marcas de longevidade conjugal que conheciam. Embora tivessem tido a delicadeza de dá-lo a conhecer de modo paulatino, num processo escalonado — das amizades mais novas às mais antigas, dos amigos solteiros aos que formavam um casal, da família dele, divorcistas pioneiros, à dela, que acabava de comemorar bodas de prata —, quando o rompimento adquiriu status oficial, no entanto, todo mundo vacilou, como se um tremor abalasse a terra ou um trovão estilhaçasse um silêncio de séculos. Não era possível. Alguns — os pouquíssimos que continuavam se gabando de ter antecipado o desenlace — lamentaram a notícia com satisfação e melancolia, como quem deplora o desaparecimento de uma instituição decrépita, mas entranhável, que ninguém frequenta, mas que já faz parte de um patrimônio cultural atávico. Outros, surpresos, comentaram-na com o tom que merecem os prodígios, como se Rímini e Sofía fossem dois irmãos siameses que a cirurgia acabava de separar e, talvez, de aniquilar. Houve um terceiro grupo que se sentiu traído e passou a odiá-los sem trégua e negou-se a atender seus telefonemas e deixou de vê-los durante meses, até que a convalescença chegou ao fim e tudo voltou a uma certa normalidade. "É como se de um dia para o outro mudássemos, sei lá... de moeda!", sugeriu alguém num dos tantos conclaves privados que os amigos, então, dedicavam ao debate do milagre, da fatalidade, da catástrofe. Dada a inconstância da economia argentina da época, a analogia beirava o cinismo, mas deve ter sido certeira, porque ninguém fez nenhuma objeção.

Foram dias estranhos, de uma atividade febril. Ondas de revisionismo abateram-se sobre eles, sobre o *caso* no qual o tempo acabara por transformá-los — doze anos de amor!, *esses* doze anos! —, em busca da sequência que explicasse o desenlace. Já não importava se tinham sido conservadores ou vanguardistas, hipócritas ou néscios, antiquados ou pioneiros. Importava a lógica dos acontecimentos, que de repente começaram a se encadear e desenhavam tramas secretas onde um filete de minúsculas profecias, que na época passaram despercebidas, por obnubilação ou inépcia, desmentia o caráter inesperado da separação. Tudo começara em algum momento — era evidente. Mas quando? Com a mudança? Com a viagem ao Brasil? Era possível. Por alguma razão, Rímini resistiu até o último instante. Aceitou quando se viu encurralado, mas tentou trocar a Bahia de São Salvador — as feijoadas, as noites de candomblé na praia, o pelourinho, todos os saborosos tormentos com que Sofía pretendia tentá-lo — pelo Rio de Janeiro. Essa exigência menor, formulada, para completar, *depois* de ceder no ponto fundamental do litígio (Brasil), adejou um instante nos ouvidos de Sofía e dissipou-se como o voo de um inseto venenoso, mas pouco dado a insistir. Quando voltaram, eram outros. Sofía estava grávida; Rímini, praticamente desfigurado por um surto de alergia e pelos cremes naturais — jojoba, manga, *Aloe vera* — com que Sofía jurou que a Bahia, a própria Bahia que o deixara doente, poderia curá-lo.

Abortaram. Falavam assim, pensando que o plural atenuaria a tristeza. Num sábado de manhã a mãe de Sofía acompanhou-os até Vicente López e ficou no pátio coberto que servia de sala de espera durante a hora e meia que levou tudo aquilo, abrigando a mão de Rímini entre as suas, dando-lhe calor, como disse, enquanto a chuva açoitava a telha ondulada e uma enfermeira de pantufas regava plantas macilentas com uma chaleira. O aborto os deteve, mas não os separou. Maleável, a "ordem superior" deu um jeito, novamente, de absorvê-lo. Por acaso não tinham tomado a decisão *juntos*? O matiz era leve, mas decisivo: incorporava o acidente exterior e sua violência ao organismo do amor, e assim, assimilando-os, reduzindo-os a uma função interna, neutralizava seus efeitos mais nocivos. Dois meses mais tarde, quando Rímini e Sofía ainda faziam amor com medo, o aborto resplandecia nos anais da relação como uma batalha terrível, mas *ganha*.

Talvez o famoso "ponto de inflexão" fosse, então, a separação temporária, que, ocorrida mais ou menos aos oito anos de relacionamento, ninguém se animou a atribuir a nenhum acontecimento em particular. E mais: todo mundo, enquanto acontecia, dava por certo que seria efêmera. Durou oito meses: um mês de separação para cada ano de relação — até nisso eram escrupulosos. Sofía ficou no confortável apartamento que substituíra a toca de Belgrano R; Rímini, ajudado por um desses amigos novos e persuasivos que a correnteza costuma trazer à praia do separado, mudou-se para um ex-consultório deprimente nos arredores da faculdade de medicina, onde pagava pouco, matava o tempo arrancando tiras do velho papel de parede e distraía a angústia contemplando pernas ortopédicas e cadeiras de dentista nas vitrines das lojas da região. Houve, de cada lado, dois simulacros de amor, ambos fogosos, mas que não levaram a lugar nenhum. Mantinham contato telefônico diário. Costumavam trocar presentes. Da dúzia de cartas que escreveu, Sofía chegou a enviar-lhe oito; as outras quatro leu pessoalmente para ele quando voltaram a viver juntos. Viam-se de uma a três vezes a cada quinze dias, quase sempre na casa de Sofía. Os encontros, marcados por essa estranha forma de amoralidade que supõe enganar uma amante de dias com uma esposa de anos, desembocavam em longos certames confessionais (Rímini *por fim* chorava) ou em sessões de amor vulcânicas em que aproveitavam para mostrar os truques aprendidos longe do outro.

Não havia rupturas. Nada havia murchado. Passavam longas temporadas sem fazer amor, é verdade, mas nem mesmo a palavra "deterioração" parecia oportuna: o sexo nunca tivera uma importância especial para eles. Certa noite — estavam na cama: Sofía já cochilava, Rímini perseguia frases num livro com a lanterna-caneta que ela lhe dera de presente —, Sofía rolou sobre o travesseiro e, como se gastasse seu último alento de vigília antes de sucumbir ao sono, contemplou-o com olhos feito ranhuras e sorriu com tristeza, com o desalento que inspira algo muito belo e muito inútil, e quando ele quis lhe pedir uma explicação, iluminando-a com a caneta-lanterna, ela se virou e lhe deu as costas e ficou um momento manobrando com o queixo e a face sobre o travesseiro, como um animalzinho que se acomoda, até que, de repente, como se estivesse sonhando em voz alta, murmurou: "Somos uma obra de arte".

Duas ou três noites mais tarde foram ao cinema ver *Rocco e seus irmãos*, um filme pelo qual competiam com um fanatismo selvagem. Quantas vezes já o tinham visto? Doze? Dezessete? Alguns segundos antes de chegar à cena com Annie Girardot e

Delon no telhado da catedral — a cena em que Rímini perdia o controle e chorava como um menino —, Sofía apenas olhou para ele, como se o escrutasse na escuridão, e antes que Rímini desmoronasse aproximou a mão aberta de sua nuca e a manteve ali por alguns segundos, irradiando seu calor, como um desses curandeiros que não precisam ter contato com o corpo para curá-lo. Tinham substituído o consolo pela prevenção. A cena passou, Annie Girardot saiu correndo pelo terraço. Delon perseguiu-a, os dedos de Sofía tremeram levemente junto à nuca de Rímini, e Rímini, naturalmente, não chorou. Não chorou dessa vez nem nunca mais, e *Rocco* foi engolido nessa noite terrível. Tinham alcançado uma forma rara de perfeição. Viviam no interior de um interior, como nesses ambientes que reproduzem por meios artificiais, entre quatro paredes, atrás de um gigantesco tabique de vidro, para que os visitantes possam admirar seu realismo, a temperatura e a umidade e a pressão e a fauna e a flora de ecossistemas exóticos. Não havia região da bolha que não estivesse recoberta pela membrana. Rímini e Sofía respiravam normalmente, mas o exterior já começava a se tornar um pouco borrado para eles, embaçado pelas velaturas que, ao exalarem, deixavam nas paredes de vidro.

Tinham feito tudo. Defloraram-se; raptaram-se de suas respectivas famílias; viveram e viajaram juntos; juntos sobreviveram à adolescência e depois à juventude e chegaram à vida adulta; juntos foram pais e choraram o morto diminuto que nunca chegaram a ver; juntos conheceram professores, amigos, idiomas, trabalhos, prazeres, lugares de veraneio, decepções, costumes, pratos exóticos, doenças — todas as atrações que uma versão prudente, mas versátil, desse misto de surpresa e fugacidade que normalmente se chama *vida* podia oferecer-lhes, e de cada uma tinham conservado algo, o rastro singular que lhes permitia recordá-la e voltar a ser, por um momento, os mesmos que a haviam experimentado. E para que a coleção ficasse completa, *definitivamente* completa, eles mesmos acrescentaram a peça fundamental: a separação. Como tudo, eles a planejaram juntos, com o cuidado, a dedicação, a minúcia artesanal com que haviam cunhado os troféus do amor ao longo do tempo, e durante o mês e meio que levaram para organizá-la, nada, nem uma pitada de despeito ou desconsideração, atreveu-se a sombrear a pureza com que tinham decidido despedir-se. A separação não era o além do amor: era seu limite, seu auge, a borda interna de seu confim; se fosse consumada como eles se propunham a consumá-la, amorosamente, era o que lhe permitiria morrer *bem*; ou seja, em suas palavras, continuar vivendo *sem eles* no interior da bolha que haviam criado.

Combinaram que Rímini se mudaria. Toda manhã ele procurava apartamento nos classificados do jornal e lia em voz alta os anúncios mais atraentes. Sofía o escutava com atenção enquanto preparava o café da manhã, intercalando, vez por outra, alguma reticência — "Você acha, ir para o Microcentro?", ou "Humm…, não consigo imaginar você num apartamento *atípico*", ou "Ligue e pergunte quantos anos tem o edifício" — que o obrigava a definir melhor ou revisar suas próprias necessidades imobiliárias. Como era previsível, o exercício de decifrar o jargão dos anúncios não demorou a absorvê-los; podiam passar horas lendo entrelinhas, imaginando com desdém os tapetes turquesa, os revestimentos de madeira, os azulejos decorados que espreitavam atrás da palavra "joia" ou as torneiras douradas que prometia a expressão "como novo". Era como se o tecido esgarçado do amor se reconstruísse numa velocidade inconcebível, sozinho, e suas fibras, seguindo de cor o desenho original, de novo se trançassem até apagar todo traço de ruptura. Uma tarde, na biblioteca do instituto, enquanto consultava uma bibliografia para a tradução na qual trabalhava, Rímini, como se pensasse em voz alta, comentou que estava procurando apartamento, e um ex-colega de faculdade — alguém completamente desconhecido para ele, com quem não devia ter trocado nem dez palavras em cinco anos de curso — apareceu entre duas fileiras de livros e, com um sorriso radiante, disse-lhe que estava prestes a ir morar com a namorada e que ela estava saindo de um apartamento "genial", a três quadras da estação Colegiales.

Era raro que Sofía ligasse para ele no instituto, mas nessa tarde ligou. Não tinha nada especial para dizer; só "queria conversar". Foi ela declarar isso para os dois ficarem em silêncio. Por fim, Rímini, com alguma lentidão, confessou-lhe que estava saindo para ver um apartamento. "Olha só que rápido", disse ela, como que para si mesma, e sua voz tremeu, e Rímini quase conseguiu vê-la afastando o telefone do rosto para não se delatar. Depois, já recuperada, passou em revista com ele todos os requisitos que o apartamento devia cumprir. Como era de prever, o apartamento "genial" da namorada do tal colega não satisfazia nenhum: era escuro, barulhento, e bastava pôr a mão fora da janela para enfiá-la no apartamento vizinho; as paredes suavam sob um papel florido que a garota, enquanto o mostrava, ia descascando com a longa unha de seu indicador para provar que se ele não gostasse não havia problema, porque "saía fácil". Depois lhe serviram um chá frio e lhe disseram algo sobre os custos, que eram altíssimos ou irrisórios. O ar da rua o despertou. Rímini sabia que já não iria recuar.

Voltou de muito bom humor. Descobriu-se desfiando para Sofía os defeitos do apartamento com um grau de detalhes insólito, como se sua memória tivesse se detido em coisas que seus olhos nunca viram. Mas Sofía não o escutava. Naquela tarde, ao terminar a conversa pelo telefone, tomara uma decisão: ela também se mudaria. "Não poderia continuar aqui", disse, "cercada por todas estas coisas." Rímini ficou mudo. Sentiu-se fraco, brus camente desvalido. Não era a decisão de Sofía que o afetava, mas o fato, puramente estratégico — porque é nas separações, com a baixa da maré do amor, que sai à luz, como um leito de caracóis afiados, a lógica de forças que o amor dissimulava —, de que, de repente, apenas Rímini dava todos os sinais de ter se decidido a mudar de vida. Sofía, que até então assumira o papel do que fica, teria roubado dele a iniciativa.

Na manhã seguinte, bem cedo, quando abriu a porta da rua, o jornal não estava sobre o capacho. Pareceu-lhe um mau sinal. Percorreu o apartamento chamando Sofía. O jornal estava na cozinha, junto do bule de café, mas as páginas dos anúncios classificados estavam à parte. Havia três anúncios emoldurados em vermelho e três em azul. Rímini encontrou esta nota debaixo de uma xícara: *"Os vermelhos são os meus; os azuis, os seus. (Prefiro que a gente não se encontre para ver o mesmo apartamento. Do jeito que odeio os funcionários das imobiliárias...) Se eu fosse você, iria ver primeiro o de Las Heras, o de dois ambientes e meio. Parece muito bom. E se eu alugar o da Cerviño, vamos ser vizinhos, e quem sabe... (Acho que meu café ficou fraco de novo.)"*.

Mas Sofía não alugou o da Cerviño. Muito "certinho". Não queria se apressar. Ficaria mais um tempo em Belgrano e esperaria com calma sua oportunidade. A renúncia lhe deixava muito tempo livre, de modo que acompanhou Rímini na visita a Las Heras, aspirou, deliciada, o perfume das tílias da rua, celebrou a sacada que dava para o jardim do pátio interno, e discutiu o preço do aluguel com a empregada da imobiliária, uma mulher pálida, atacada por um enxame de tiques nervosos, que os seguia de quarto em quarto com um bloco de notas na mão, completamente desconcertada. "Você tem de alugá-lo", disse-lhe Sofía quando já estavam na rua, "se você morasse aqui eu não me incomodaria de visitá-lo." Rímini se lembrou dessas duas frases quando pagava o sinal, e durante uma fração de segundo uma suspeita atroz o deteve: E se Las Heras, e se o porteiro de Las Heras, e a dona de Las Heras, e o novo bairro, e os novos hábitos, e tudo o que ele chamava de "minha vida", com o entusiasmo trôpego e transbordante que brotava de sua longuíssima virgindade, não fossem conquistas dele, nem emblemas de sua recente independência, mas as primeiras medidas com que Sofía garantia seu controle? E se, ao pensar que a deixava para trás, Rímini só estivesse afundando cada vez mais nela? Mas pagou, e uma semana mais tarde, depois de alegar todo tipo de falácias para impedir que Sofía o acompanhasse, assinou o contrato de aluguel. Rímini teve a impressão de que essa singela cerimônia jurídica, celebrada a meia-luz num escritório vulgar, sob as ordens de um escrivão que lia como se rezasse, obrigava-o a cruzar um umbral, lançava-o longe e o deixava — agora sim, e ele sentiu que desta vez era para sempre — do outro lado de Sofía.

Ao contrário do que Rímini esperava, não tiveram problemas na partilha dos móveis. Tinham-nos escolhido e comprado sempre juntos, e sua densidade sentimental, em muitos casos, chegara a eclipsar completamente seu valor funcional ou estético. Era isso, precisamente, que tornava a tarefa de reparti-los, a priori, impossível. Se eram frutos do amor, perguntava-se Rímini, se cada móvel era, de algum modo, o monumento que comemorava um episódio da história sentimental, que tipo de vida poderiam ter uma vez que essa história acabasse? No entanto, ao longo dos doze anos que haviam passado juntos, Sofía, sem que Rímini soubesse, dedicara-se a decifrar as afinidades secretas e recíprocas que cada um havia estabelecido com as coisas, de modo que agora, mitigando a violência da partilha pelo efeito de uma lei natural, espontânea, ditada por essas simpatias da vida cotidiana que só eram visíveis para seus olhos, podia reconhecer a quem cabia o quê, sem a menor hesitação, com o mesmo grau de certeza com que era capaz de identificar a origem de um risco numa mesa de madeira ou de um rasgo no estofado de uma poltrona.

Rímini não fez objeções: teria sido incapaz de adotar um critério idôneo para a partilha, e a distribuição de Sofía foi irrepreensível. No entanto, mesmo liberado, Rímini começou a sentir certo enjoo, como se, de tão civilizada, a separação irradiasse o aroma excessivamente doce de uma fruta passada. Era curioso: a extinção do amor só fizera multiplicar as formas, os cuidados, as atmosferas do amor. Não houve controvérsia sobre a sucessão dos móveis; porém, mais de uma vez, no transcurso da manhã que passou em Belgrano executando-a, Rímini sentiu que suava além da conta, que seu coração queria sair pela garganta, que estava à beira de um desmaio. Viajavam de cômodo em cômodo como um par de avaliadores enternecidos, e Sofía, detendo-se em algum móvel, evocava com precisão fotográfica o momento e o lugar em que o compraram, o tempo que levaram para encontrá-lo, quanto pagaram por ele, onde foram depois para comemorar — todas as marcas que os anos e o amor tinham deixado ali. Era possível recordar tanto, tão bem? Não estaria inventando tudo? Não, não, era tal e qual. Embora a exatidão dessas reconstruções lhe parecesse inconcebível, assim que Sofía as desfraldava, no entanto, Rímini não podia não concordar, não reconhecer, não seguir o caminho para o passado que essas marcas desenhavam. A loja de móveis de carvalho de Escobar, o almoço numa churrascaria da estrada, o sotaque italiano do carpinteiro, a cadeira de balanço com assento de vime, o espelho do cabideiro no qual se refletiam seus dois semblantes triunfais, idiotas de felicidade... A partilha de bens era como um concentrado, uma essência de amor, amor sem relato, simplesmente cristalizado numa série de pontos de imobilidade. Sofía tinha razão: tudo fora assim, tudo era verdade — mas esses blocos de experiência, miniaturas de amor, troféus intactos de uma cole-

65

cionadora obsessiva, pareciam descer e pesar sobre Rímini como densas nuvens hipnóticas. Queria acabar, acabar de uma vez com tudo. As mesinhas de luz, as cortinas de bambu, o móvel do aparelho de som, os quadros, outro cesto de vime que se decompunha. Como acontecera na primeira viagem à Europa, teve a impressão de que faltava algo à cena: altercações, alguma desavença, uma dose de rancor, gritos, alguma irregularidade que aguçasse um pouco essa espécie de doçura arredondada, protetora... Bruscamente, Rímini disse que precisava ir embora. "Mas...", alarmou-se Sofía. "Tenho coisas a fazer. Está lá embaixo o caminhão", disse ele, atropelando as frases. "Cada coisa tem sua etiquetinha. Não vou fazer falta." Sofía ouviu o tremor de medo que havia em sua voz e aproveitou para dizer: "Faltam as fotos. O que vamos fazer com as fotos?". Rímini pensou ver uma caixa de papelão imensa, num ângulo esconso, deformada por uma grande angular — era tão grande que só podia vê-la como maquete —, onde milhões de rostos e lugares e épocas e animais domésticos e balneários e carros e camisetas e cortes de cabelo e parentes e caminhos levantavam seus pobres bracinhos órfãos para chamar sua atenção, suplicando-lhe — na meia língua que fala o passado — que não se esquecesse deles.

"Outro dia. Tenho umas coisas pra fazer", disse Rímini, teimoso como um menino, sem outra convicção que a que lhe dava a perspectiva aterrorizante de perder o pé e se afogar nesse mar de obscenidades fotográficas. "Tudo bem, mas não vamos deixar passar muito tempo", disse Sofía. "Não", disse ele. Vestiu a jaqueta. Calculou quantos metros o separavam da porta. "Me ligue você, está bem?", disse ela, corrigindo-lhe o rumo de uma das mãos, que insistia em se enfiar na manga errada. "Sim, sim" — mas Sofía já estava perto dele, tocando seu rosto com os dedos, decidida a dar à despedida a intensidade emocional que mereciam doze anos de amor. A campainha tocou. Rímini beijou-a rapidamente, com um estudado descuido, num canto da boca; Sofía quis prolongar o contato e empurrou com seus lábios quando ele já recuava. Segurou-o pela mão, implorando: "Vai me ligar?". "Claro", disse Rímini, e abriu a porta e saiu. Assim que saiu, suados e exaustos mesmo antes de começarem a trabalhar, como sempre, entraram os empregados da empresa de mudanças.

Rímini mergulhou num táxi — o primeiro que passou, um Dodge 1500 que fumegava na tarde fria — e deu um endereço vago, "para o centro", como se assim o motorista soubesse que ele só queria estar longe dali e rápido, o mais rápido possível. Acabava de cometer um erro, o tipo de imprudência que, projetada numa tela de cinema, estremece de espanto e excitação o espectador menos impressionável e lhe arranca uns gritos de alarme que só se lembra de ter dado quando criança, num remoto espetáculo de fantoches. Mas Rímini não era um cínico; ninguém aterrorizado tem tempo para o cinismo: renunciar à partilha das fotos — porque o adiamento era apenas a máscara de algo mais definitivo: uma deserção — não era uma questão de cálculo, mas de sobrevivência. *Fugia.* Há os que fogem de um vulcão, de um terremoto, de uma peste fatídica. Rímini, do seu jeito imprudente e traidor, displicente e até ridículo, fugia de algo tão convencional e doméstico quanto uma cena de partilha de lembranças, mas imaginar os dois sentados no chão com as pernas cruzadas, inclinados sobre a caixa de fotos, exumando imagens que ela recordava com a mesma precisão com que ele esquecera, de modo que o que para ela eram caras conhecidas para ele eram mistérios forçosos, essa composição "amistosa" da cena não a tornava menos catastrófica, e se Rímini fugia dela era porque nesse monte de fotos já não podia reconhecer nada que lhe fosse próprio, nada que provasse que existira e fora feliz, e sim, ao contrário, uma *quantidade sentimental* que não estava em condições físicas de suportar.

Mas fora um erro, e se tivesse abarcado com o olhar o horizonte que sua deserção acabava de abrir em sua vida, Rímini teria descido do táxi em movimento e voltado correndo ao apartamento onde os homens da mudança já estavam riscando as paredes com as quinas dos móveis. Teria aceitado a inquietação, os estertores de ternura, a intimidade estéril desse rito fúnebre e também, inclusive, seus possíveis efeitos imediatos: o consolo, as carícias, esse *maelström* de tremor, lábios congestionados e lágrimas, que frequentemente termina com um jorro amargo e lânguido sobre o tapete, com a roupa em desordem e as fotos coladas à pele das nádegas, restos de um obsceno leito de folhas murchas. Os móveis nunca são um problema nas separações. Por mais impregnados que estejam de significados, sempre *servem*, e essa utilidade de algum modo lhes permite continuar vivendo, refazer sua vida em condições e contextos novos. Mas as fotografias, como a maioria dessas quinquilharias simbólicas que os casais acumulam ao longo do tempo, perdem tudo quando o contexto que lhes dava sentido se dissolve: não servem literalmente para nada, não têm nenhuma posteridade. De certo modo, só lhes restam dois destinos: a destruição — Rímini tinha pensado nisso, mas desanimou ao se imaginar passeando com prazer por um campo atapetado de fotos queimadas, como um Átila conjugal — ou a partilha. O erro de Rímini fora não decidir nada: ter se limitado a renunciar. De modo que as fotos ficaram ali, estancadas em sua indeterminação, como amuletos que, retirados de circulação, não tivessem outra coisa a fazer a não ser acumular energia e significado.

9.

O mundo brilhava como um objeto novo em folha, e Rímini, cansado, mas feliz, com a voracidade do estrangeiro que, depois de uma viagem interminável, acaba de aterrissar numa cidade desconhecida, estava concentrado demais em habitá-lo para distrair-se com o passado. Não pensava em Sofía. Às vezes, às duas ou três da manhã, quando voltava a Las Heras e desabava na cama, dava-se conta de que durante todo o dia não pensara uma só vez em Sofía nem em nada que tivesse a ver com ela, e não conseguia acreditar nisso. Era como se a tivessem extirpado dele. Chegou a pensar que alguém, em algum momento — um desses lapsos de tempo que uma máquina ou um sábio louco rouba de uma sequência e que então, depois de trabalhar e de abarrotá-lo com todo tipo de informações novas, reintroduz na sequência como se nada tivesse acontecido —, tivesse feito nele uma limpeza mental, uma lavagem cerebral de última geração, absolutamente perfeita, porque seu método de higiene incluía também órgãos secundários e à primeira vista irrelevantes, como o coração, o estômago, a pele. Mas lhe bastava comprovar o desaparecimento de Sofía para começar a pensar nela, e em meia hora — a última meia hora que passava acordado, sem sequer tirar a roupa, virando-se na cama — reparava os danos causados por sua desconsideração. Como o condenado que pretende diminuir a pena com trabalhos voluntários, Rímini embaralhava lembranças, pensamentos, cenas imaginárias protagonizadas por Sofía, e se preocupava em acompanhar cada evocação com o tipo de emoção que a teria escoltado se tivesse brotado espontaneamente. Assim, todas as noites, com um pé na vigília e outro no sono, Rímini se entristecia, tinha medo, sentia saudade, arrependia-se; odiava e desfigurava e se reconciliava com o passado, e toda noite, como outros fazem uma oração, prestava seu tributo ao amor morto. Mas depois amanhecia, e a primeira brisa, entrando pela janela que não conseguira fechar, tocava suavemente suas faces, e Rímini entreabria os olhos e olhava sem ver a franja avermelhada no céu, as vésperas frescas de um dia quente. Tremia um pouco. Um estremecimento de prazer, quase doloroso, deslizava por sua pele ao tirar a roupa, como se seus dedos, ao roçá-la, rasgassem-na, e uma vez que se metia na cama, inebriado pelo frescor dos lençóis enredando-se em suas pernas, quase adormecido outra vez, masturbava-se lenta, longa, distraidamente.

Alguns dias depois da mudança Sofía ligou e perguntou — tentando limar qualquer aresta de reprovação — se ele ligara para ela. Sua secretária eletrônica estava quebrada, disse: pensou que talvez Rímini tivesse deixado um recado pensando que estava sendo gravado e... Rímini, por sua vez, pensou em aproveitar e mentir. Não, disse, não tinha ligado. Houve um silêncio. "Não tínhamos combinado isso?", ela perguntou. "Sim", respondeu ele e pediu desculpas, detalhando todas as coisas que tivera de fazer. Sofía quis saber como ele organizara os móveis no apartamento. Lembrava-se perfeitamente da distribuição e do tamanho dos ambientes, e muitas das correções que sugeriu pelo telefone, sem ver sequer como ficara o apartamento, foram absolutamente certeiras. Era como se a conversa tivesse dois fundos: um, técnico, dedicado aos detalhes, problemas e soluções, ao aspecto anedótico de suas novas vidas (uma expressão que entre eles só aparecia na boca de Sofía, e apenas para designar a vida dele); e o outro, sentimental, um rumor imenso que se ouvia em segundo plano, em surdina, como o avesso deteriorado de uma toalha que se usa de um só lado. "E você? Conseguiu uma casa?", perguntava Rímini, tentando de todo modo aferrar-se aos pormenores técnicos. Não. Tinha parado de procurar. Não estava com pique. Por outro lado, onde conseguiria um apartamento melhor que o dela? "Não", dizia Rímini, "como você tinha falado..." "Sim", dizia ela, e seu tom de voz passava da apatia para a antessala do furor, "mas esta é a minha casa, este é o lugar onde eu quero viver. Por que vou sair daqui? Quem está me mandando embora?" "Não sei. Para mudar..." "*Não quero* mudar. Tudo já está muito mudado. Alguma coisa tem de ficar como estava, não é? É verdade: tudo está carregado demais, mas e daí? *Eu* carreguei. *Eu e você* carregamos. Por que deveria ir embora?" Era o problema dos pormenores — não duravam. O supermercado, os bares das redondezas, a estação de metrô próxima, o coxear do porteiro, o casal de vizinhos gêmeos, a mulher da lavanderia que lia Mallea: esses tesouros anedóticos, Rímini os procurava, recolhia-os e expunha-os com um entusiasmo transbordante, como se tentasse demonstrar que só o fato de existirem provava que nada tinha terminado. Mas algo neles era frágil, efêmero, não convencia, ou talvez ficassem assim por algum fenômeno químico, ao entrar em contato com Sofía, ou quando Sofía ou algo em Sofía — uma certa crença na densidade, a ideia de que tudo o que não era denso era uma traição da experiência — recortava-os contra o fundo sentimental da conversa, onde se enfraqueciam como estrelas fugazes. Rímini os via brilhar, um a um, alcançar um rápido auge e desvanecer-se no ar, varridos por uma noite espessa, e quando Sofía entrava no calor, reconfortada pelo triunfo do essencial sobre o anedótico ("Temos que conseguir viver com o que fomos, Rímini: essa é a melhor lição que nosso amor poderia nos dar"), Rímini só tinha uma ideia na cabeça: desligar. Falavam mais um pouco, até que cada palavra fosse uma ilhota minúscula à deriva num mar de silêncio e pigarros, e Rímini, quase travado pelo desconforto, terminava forjando alguma urgência para apressar a despedida. "Desculpe, o interfone está tocando." "Não ouvi nada. De onde você está falando?" "Do quarto." Outro silêncio. Algo crepitava na voz de Sofía. "É uma garota?" "Não sei", dizia Rímini, rindo, "acho que não." "Vai me ligar?" "Sim, claro. Já na semana que vem vou estar..." "Não esqueça que você me deve uma coisa." "Eu lhe devo...?" "*Nos* deve. As fotos. Você se deve isso, também. Ontem estive vendo: acho que são, sei lá, umas mil, mil e quinhentas fotos."

Rímini não cumpriu o trato, e Sofía ligou de novo para ele uma semana mais tarde. Estava contente: ia ao Chile por quinze dias com Frida Breitenbach, sua professora, assessorá-la num seminário para artistas com problemas de motricidade. Tinham ligado para o pai de Rímini em razão das passagens. "Posso, né?", disse ela, cúmplice e sarcástica, "estamos separados, mas eu continuo achando que ele é o melhor sogro do mundo." Rímini achou-a tão feliz, tão pouco *ameaçada*, que pensou que se a visse nesse estado poderia voltar a se apaixonar por ela. Propôs que se vissem na volta. Sentia-se seguro: pensou que os detalhes da viagem não deixariam a conversa descambar em confidências sentimentais. "Claro, ótimo", disse ela, "e já aproveito para ver como está ficando sua casa." "Não vai ver nada de novo", ele recuou, "é melhor nos encontrarmos no bar da Canning com a Cabello." "Aquele das cadeiras cromadas?" "É." "Odeio cromo, esqueceu? Tem um melhor, todo de madeira, na Paunero com a Cerviño." Rímini aceitou, embora tivesse passado uma ou duas vezes pelo local, ao voltar para casa, e se lembrasse claramente do cheiro estranho — queijo rançoso, desinfetante, uma velha mistura de ambos — que cruzara seu caminho. Alguns dias depois, como se tivesse passado toda a noite a ruminá-la, acordou com uma ideia fixa: cortar o cabelo. Decidiu cortá-lo muito, bem curto, e já que iria pôr fim a quinze anos de cabelo comprido — um dogma que seu pai lhe inoculara desde menino, arrebatado pela liberalização capilar dos anos 1970 que a calvície o impedia de pôr em prática consigo mesmo, e que Sofía mais tarde havia referendado e celebrado —, durante todo o dia ficou reunindo argumentos para abafar o escândalo com que previa que fossem reagir. Hesitou. Achou que não seria capaz e sentiu-se miserável. Para aliviar seu peso, rebaixou a decisão ao grau de um repente irrefletido e se enfiou subitamente num pequeno local da galeria que ficava junto do apartamento de Las Heras, uma barbearia pela qual nunca passava sem se perguntar quem seria tão idiota a ponto de entrar ali. Sentou-se numa poltrona — a única que não tinha forma de avião nem de caiaque nem de elefante — e topou com sua cara no espelho, assustada entre decalcomanias infantis, e quando o barbeiro apareceu, estalando uma tesoura de cabo rosado perto de sua cabeça, limitou-se a dizer: "Bem curto". O resto — a meia hora que passou suando debaixo de um enorme babador quadriculado, atormentado pela luz tórrida do local — foi dedicado ao arrependimento. Vez por outra dava uma olhada para fora e olhava com assombro as pessoas que o olhavam com assombro: não conseguia acreditar que com ele ali, cativo, sendo gradualmente "jibarizado"[*] por um barbeiro que insistia em falar com ele em diminutivos, as pessoas continuassem

---

[*] De *jíbaro*, povo ameríndio que habita a Amazônia peruana, conhecido por seu ritual de "redução de cabeças" dos inimigos. As cabeças "jibarizadas" são chamadas de *tsantsas*. (N. T.)

caminhando, olhando vitrines, levando sua vida normal. E de repente, entre todas essas caras espantadas, viu uma que o observava com excessiva insistência, quase provocando. Dois segundos depois a reconheceu: era Víctor. Entre volutas de talco, Rímini fez sinais para que o esperasse lá fora, como se dissuadi-lo de entrar lhe poupasse uma humilhação suplementar, e recusou o espelho de mão e as balas *Media Hora* e pagou, decidido a apagar pelas dez horas seguintes essa atrocidade que acabavam de fazer com sua imagem no espelho. "Opa", disse Víctor, antes que Rímini pudesse contar seu plano. "Que mudança." Abraçaram-se. Fazia tempo que não se viam. No cisma que a separação abrira entre os amigos, Víctor ficara do lado de Sofía. Era lógico: tinham sido namorados aos doze ou treze anos, e Rímini o conhecera por intermédio dela. Mas Víctor, que não temia reconhecer diante de Rímini de que time fazia parte, tinha ao mesmo tempo uma estranha equanimidade, a mistura exata de interesse e distância, de compromisso e imparcialidade, que Rímini raras vezes encontrava em outros amigos. De pé na galeria — a separação era muito recente para que fossem beber alguma coisa —, enquanto Rímini olhava como o barbeiro varria suas mechas de cabelo com uma vassoura, e Víctor, as catástrofes parciais que as tesouras tinham deixado na cabeça de Rímini, falaram de Sofía. Rímini disse que se veriam quando ela voltasse da viagem. "Sim, ela me contou antes de ir", disse Víctor. Exagerando o entusiasmo, Rímini disse que se surpreendera com a responsabilidade que Frida delegara a Sofía, que para ele era, sem dúvida, uma espécie de "promoção". "Você acha?", disse Víctor. "Bem, ela tem quantos: cem, duzentos alunos? Poderia ter escolhido qualquer um." "Sim, qualquer um que aceitasse um trabalho como esse." "Também não é assim: estão acostumadas a lidar com deficientes." Víctor o fitou com certo espanto. Rímini insistiu: "Você diz isso porque é um seminário para atores com problemas, não é?". Víctor sorriu, incomodado, e seu sorriso apagou-se num esgar de inquietação. "É Frida quem tem problemas", disse. "Operaram seus quadris há dois meses. Sofía não vai pelo seminário: vai como acompanhante terapêutica. Como muleta."

Voltou uma semana antes do previsto. "Não me interessou: tudo era muito elementar", disse-lhe por telefone. Sua voz estava enfática e tensa, o tipo de voz com que alguém tenta se convencer de alguma coisa usando seu interlocutor como área de testes. Adiantaram o encontro. Rímini ia lhe propor que mudassem de bar. "Trouxe algo para você, sabe?", disse-lhe Sofía, com o cego senso de oportunidade que o desespero infunde. Quase não se reconhecem. Com olheiras, Sofía estava bem bronzeada pelo sol chileno — esse sol invernal, de esquiadores, que parece untar a pele com uma pátina de maquilagem laranja — e tinha um herpes num dos lábios que lhe deformava metade da boca. Passou os primeiros dez minutos do encontro contemplando, absorta, a cabeça de Rímini, sem se atrever a tocá-la — chegou a esboçar o gesto, mas seus dedos, como que repelidos por uma descarga elétrica, dobraram-se antes de acertar no alvo —, enquanto girava em suas mãos um ídolo de terracota cheio de fitinhas coloridas e pedaços de corda, e o longo arrazoado de Rímini, com seu pedido apócrifo — "Não muito curto, por favor" —, sua descrição exaustiva e mal-intencionada do barbeiro e sua decisão, também apócrifa, de não lhe pagar o corte em represália, enfraquecia sem tocar seus ouvidos. Por fim empurrou o ídolo para Rímini com uma desmaiada determinação, como quem investe tudo o que lhe resta num só ato antes de adentrar um deserto. Disse: "É uma espécie de Ekeko* chileno. Dizem que dá sor..." — e começou

---

* Do aimará *Iqiqu*: tradicional amuleto, cuja origem remonta a culturas andinas pré-hispânicas, que representa o deus da abundância, da alegria e da união sexual. (N. T.)

a chorar. "Nunca mais. Nunca mais", repetia entre soluços. "Vou lhe pedir, por favor, Rímini: da próxima vez que eu disser... Não me deixe... Não importa o que lhe... Você não me deixe. Nunca, nunca mais, meu Deus. E ainda por cima me aparece esta coisa monstruosa na boca... Não, não olhe pra mim, por favor."

Uma semana de pesadelo. Frida sofria dores contínuas; o quarto do hotel — um só, para as duas, com uma única cama — ficava no terceiro andar, com acesso pela escada; o hotel estava lotado, os cinco andares ocupados por uma delegação de vôlei cubana cujos jogadores jamais se deitavam antes das quatro e meia da manhã. Desde o início, prevenida por um desses rumores avessos que circulam em Buenos Aires, Frida negara-se a consumir mariscos e peixes. "Esses chilenos não vão me envenenar", dizia. Só comia batatas cozidas. Com os dias, começou a inchar, a passar as noites em claro e a maltratar seus alunos. Eram cinco. Dois desertaram no terceiro dia, depois de apresentar à direção do centro onde se ministrava o seminário um protesto formal contra a professora convidada, que descreviam como uma "psicopata profissional". Um terceiro, um homem jovem, epiléptico, que falava em voz bem baixa e fora astro da TV chilena, ela quase obrigara a fazer um exercício de renascimento, segundo Sofía, um dos mais arriscados, ao fim do qual tiveram de interná-lo em plena crise convulsiva. O seminário foi suspenso. Aproveitaram para passar um dia ao sol, na montanha, e nessa mesma noite Sofía sentira o primeiro prurido no lábio. Frida, muito alterada, reprovou sua fragilidade. Como era possível que uma discípula de Frida Breitenbach tivesse as defesas *tão* baixas? Ameaçou-a: se o herpes chegasse a florescer, assim que voltassem a Buenos Aires iria mudá-la de grupo. Começaria o quarto ano outra vez, desde o início. Repetiria o terceiro, se fosse preciso. O seminário não foi retomado, o centro só pagou os dias em que houve aula, e Frida, alegando "motivos de força maior", eliminou Sofía de sua lista de gastos. Nessa noite foram mandadas embora do hotel, depois que o preparador físico da equipe de voleibol denunciou Frida (ou sua sósia de noitadas, que descreveu, na presença de uma intrigada dupla de carabineiros, como "um monstro ofegante, salpicado de sardas, com uns cabelos que pareciam eletrificados, que avançava para mim vomitando obscenidades num idioma satânico") por assédio sexual e ameaças com uma bengala num trecho da escada particularmente escuro entre o segundo e o terceiro andar. "Eu devia ter seguido minha intuição", disse Frida no voo de volta, acariciando misericordiosamente a face de Sofía. "Você é uma frangota: não está preparada para esse nível de experiência."

"Bem, já passou", disse Rímini, estendendo a mão e remexendo um pouco seus cabelos. Foi um gesto estranho: medido e afetuoso, mas profissional demais, como de enfermeiro. Assim que sentiu a carícia, porém, Sofía, que estava com o rosto afundado entre os antebraços, levantou a cabeça e ofereceu a paisagem completa de sua desolação: os olhos irritados, o rímel borrado, o nariz vermelho que pingava, a pequena lagarta púrpura sobre o lábio. Como se executasse um golpe de caratê — um golpe de caratê amoroso, concebido para reconquistar um velho amante —, Sofía interceptou bruscamente no ar a mão de Rímini, que pretendia voltar a sua base, e levou-a aos lábios, e beijou-a: uma vez na palma, duas no canto, três no dorso, e a virou e, forçando-a a se abrir, porque a mão se fechara como um porco-espinho, voltou a beijá-la, como se a adorasse, no centro da palma, e Rímini, que ficara paralisado, teve a impressão de que estava sendo submetido a um tratamento vagamente esotérico, como se uma boca com herpes pudesse curar, beijando um número estipulado de vezes, uma mão saudável. "Mas não foi tão ruim", disse Sofía, sorrindo pela primeira vez, enquanto Rímini recuperava sua mão com o pretexto de chamar o garçom. Olhou-o. Olhou-o com decisão, com calma, com um aprumo imortal, como se uma semana de infelicidade junto de Frida Breitenbach em Santiago, traduzida para o sistema métrico que media suas emoções, fosse se multiplicando numa experiência de séculos e lhe conferisse a autoridade de uma divindade egípcia. "Tive tempo para pensar, sabe", disse Sofía. "Pensei muito em nós, no que aconteceu conosco..." Rímini assentiu mecanicamente com a cabeça. Sofía voltou a sorrir e o fitou com um ar inquisitivo, como se o convidasse para algo. "O quê?", perguntou Rímini, "o que houve?" "Você", ela respondeu, "pensou em alguma coisa?" Rímini procurou, procurou, procurou, mas o quarto estava completamente às escuras. "Tudo é muito recente", disse. "Tudo bem", respondeu Sofía, aproximando um pouco sua cabeça da dele, como se procurasse seu centro, "você deve ter pensado em alguma coisa." "Não sei, não poderia lhe dizer nada, tá?" "Ei. Sou eu, Sofía. Não vai acontecer nada com você, né?" Ficaram uns segundos em silêncio, imóveis, ela muito perto dele, olhando-o de baixo, sempre esperando, enquanto ele fingia distrair-se com as sombras que cruzavam, de quando em quando, o fundo queimado da rua. Algum prazo secreto deve ter se cumprido, porque Sofía, suspirando, abriu a bolsa e disse: "Escrevi uma carta pra você".

10.

São três e dez da manhã, a Bruxa acaba de dormir, e eu desci ao bar do hotel com seu velho exemplar de Ada (não procure mais por ele: ficou lá em casa, você o esqueceu e não se animou a pedi-lo de volta; agora é meu, e você não tem o direito de protestar), o cartão com o espectro de Riltse e meu caderninho Gloria, para lhe escrever, quase às escuras, uma carta capaz de dizer tudo o que eu lhe diria se por uma vez você parasse de fugir e estivéssemos em Buenos Aires, juntos, você e eu, Rímini, Rímini e Sofía, juntos. (Não enxergo direito, esta letra é um desastre: amanhã prometo passar tudo a limpo.) Desde que você foi embora de casa encho cadernos com coisas que me vêm à cabeça, lembranças, frases, coisas que leio ("O esquecimento é um espetáculo que se representa todas as noites", Ada, p. 263). Escrever me faz tão bem, Rímini. Não sei por quê, quando escrevo tenho a impressão de que você está perto, olhando para mim, e muitas vezes me pego fazendo como no colégio, quando levantava a capa do caderno para que a tonta da Venanzi não colasse. Não está *se esquecendo de mim? Diga que não, por favor, Rímini. Eu não suportaria. Diga que me odeia, que gostaria de me bater, me fazer sangrar, que se apaixonou por outra mulher, que está indo morar noutro país, mas não me diga que está se esquecendo de mim. É um crime. São doze anos, Rímini. (Quase a metade de nossas vidas!) Ninguém (não se nota, a esferográfica está falhando, mas "ninguém" está sublinhado duas vezes) pode esquecer doze anos assim, de um dia para o outro. Você pode tentar, se quiser (eu tentei, Rímini, não pense que não, mas não consegui, simples assim), você pode fazer todo o esforço do mundo, mas não tem sentido. Não vai conseguir. (O hotel está cheio de jogadores de vôlei cubanos. Ontem eu os vi jogando na rua diante do hotel e me lembrei. Não, não me lembrei. Vi você, Rímini. Vi você pulando do lado de uma rede numa praia, loiro e magro, tão jovenzinho que fiquei com vontade de chorar.) (Me desculpe. Acho que Ada me faz mal. Riltse me faz mal. Tudo me faz mal.)*

11.

Mas Rímini não a leu. Dobrou o envelope em dois e guardou-o no bolso, como faria sempre que Sofía lhe entregasse em mãos algo que escrevera, e Sofía o fitou com tristeza e decepção, como faria sempre que Rímini a privasse de seu prazer mais sublime: contemplar seu rosto enquanto lia o que havia escrito para ele, sem ele, longe dele, só para ele. Não leu diante dela a carta que ela lhe escrevera no Chile, nem a que ela lhe escreveu tempos depois na sala de espera do consultório do homeopata (*"Estamos decididos, Rímini: vamos lidar com o herpes até o final"*), nem aquela em que ela pensou mais tarde, com todo o lábio inferior colonizado pela lagarta púrpura, quando o metrô que a levava a um dermatologista fanático por corticoides parou por vinte minutos entre duas estações (*"Onde você está, meu amor? Diz que posso contar com você, mas onde está agora, quando preciso de você?"*), nem a que ela começou a redigir mentalmente na casa de Frida na noite em que mestra e discípula se reconciliaram, abençoadas por um documentário inglês sobre a linguagem dos surdos (*"Apoio a mão em meu coração e depois no seu: a Bruxa diz que duas pessoas como nós não podem se separar"*), e tampouco as dez linhas sedentas, completamente desesperadas, com a tinta azul de meia dúzia de palavras borrada pelas lágrimas, que Sofía jurava ter lhe escrito quase quinze anos antes, depois de lhe contar que tinha ido para a cama com Rafael, que nunca lhe dera para ler e que, no entanto, fora guardada no mesmo porta-joias onde ela guardava a mecha de cabelo de Rímini aos seis anos.

Uma tarde, cruzaram-se na rua por acaso. Chovia a cântaros. Enquanto o abrigava sob seu guarda-chuva, Sofía lhe propôs que fossem tomar alguma coisa. Mais uma vez, Rímini surpreendeu-se e admirou sua eterna condição ociosa; era como se, depois da separação, Sofía tivesse todo o tempo livre *para o amor*. Pediu desculpas: ia chegar atrasado em algum lugar. Mas foi extremamente amável, como sempre que estava apressado, e observou com curiosidade o pedacinho de gaze e o esparadrapo que tinham desalojado o herpes do lábio de Sofía. Fora operado. "Opera-se herpes?", ele perguntou. Agora que sabia que *tinha* de ir embora, um interesse inexplicável, mas genuíno, segurava-o junto dela. Sofía o fitou com tristeza. "Leu minha carta?", perguntou. "Sim, claro", respondeu Rímini, e depois perguntou: "Anestesia local, ou geral?" "Leu minha carta?", ela repetiu. "Sim. Acabei de dizer. Levou pontos?" "Então por que está me perguntando tudo o que eu já contei na carta?" Discutiram sob a chuva, encurralados pelo exíguo perímetro de proteção do guarda-chuva. Rímini fez gestos grandiloquentes e sem querer bateu em seu queixo, bem perto da ferida, e pediu desculpas. Dois homens que corriam com portfólios sobre a cabeça tiveram de descer da calçada para desviar deles. Rímini ouviu, em meio à chuva, um desses insultos marcados pela inveja que, volta e meia, maldizem uma cena romântica com o pretexto de considerá-la inoportuna, como se um contexto inclemente — dilúvio, vento, calçada estreita, o Microcentro — exacerbasse de maneira imperdoável o exibicionismo de um homem e uma mulher que se mostram juntos, muito perto um do outro, em público. Terminaram de pé junto ao balcão de um café sombrio, de paredes vagamente amarelas, cercados por cadetes e funcionários de escritório que bebiam e comiam olhando para todo lado, como fugitivos de algum desfalque. Levantando a voz por sobre o barulho da máquina de café, Sofía lembrou-lhe a questão pendente das fotos e lhe deu um ultimato. Enquanto a ponta do guarda-chuva pingava sobre o peito de seu sapato, Rímini defendeu-se com franqueza e disse que não se sentia capaz. Era isso, simplesmente. Pensava na tarefa que tinham pela frente e lhe parecia impossível, materialmente impossível. Não porque fossem mil e quinhentas fotos. Isso, ao contrário, facilitava as coisas. Bastava-lhe pensar em *uma*, uma única foto, e não das mais significativas, uma foto qualquer, das que costumam se perder sem deixar o menor rastro, para sentir que a empresa era uma loucura, que o passado era um bloco único, indivisível, e que era preciso possuí-lo ou abandoná-lo assim, em bloco, como um todo. Houve um silêncio. O guarda-chuva tinha parado de pingar. Rímini pensou que ia chorar e desviou os olhos rapidamente. Foi um ato reflexo; sabia que não tinha a menor chance de disfarçar: para os signos do amor — e no amor ela incluía também tudo o que vinha antes e depois do amor, tudo o que o escoltava, o que ficava em seu caminho, o que flutuava como uma nuvem ao seu redor, o que o amor havia desalojado e o que havia desalojado o amor: *tudo* —, os olhos de Sofía eram tão rápidos e certeiros quanto são os dos crupiês para aquele alfabeto de mãos, números e cores com que se escrevem todas as noites os panos das mesas de roleta. Sofía, como que em êxtase, aproximou a mão da mão de Rímini e procurou seus olhos — ele sentiu uma espécie de estirão no pescoço, como se algo diminuto, mas tenaz, serpeasse sob sua pele em direção ao rosto —, e depois enfiou os dedos no vão que havia entre a manga da camisa e o pulso de Rímini. "Já sei", disse Sofía. "Você acha que não acontece a mesma coisa comigo?" Rímini sentiu um certo alívio. Virou-se de leve e começou a olhá-la pouco a pouco, como se quisesse se familiarizar devagar com o que veria. "Mas temos que fazer alguma coisa, Rímini. Você sozinho não consegue; eu também não. Temos que fazer alguma coisa *os dois*. Nem que seja a última. Por favor. Não me deixe sozinha com esse morto. Vou acabar ficando louca."

12.

"Sou eu. São seis e meia: você já devia ter chegado há uma hora. Estou preocupada, Rímini. Alô? Alô? Não está aí... Bom, sei lá. Estou esperando. Me ligue, por favor. A qualquer hora. Vou ficar no estúdio..." Rímini estendeu a mão para baixar o volume da secretária eletrônica, e no caminho, arrebatado por uma espécie de rajada que soprava dentro de seu corpo, esbarrou numa quina da escrivaninha e derrubou uma garrafa de água mineral, um porta-lápis de acrílico, uma pilha de livros. A voz de Sofía foi diminuindo até desaparecer por completo, como que tragada por um poço muito profundo. Enquanto organizava o desastre — o terceiro do dia: comparado com os outros dois, um acidente menor —, Rímini teve a impressão de que sentia algo parecido com culpa, mas o sentia de um modo remoto, apaziguado pela distância, do mesmo modo como a pele, quando está anestesiada, reduz a dor de uma incisão a um prurido supérfluo. Mais do que senti-la, na verdade, ele a *registrava*. A cocaína o transformava numa máquina de registrar, ubíqua e vigilante, como um radar ou uma dessas câmeras de TV que olham sem ver, dias a fio, um pátio de estacionamento. E se pensava na culpa era quase por reflexo, simplesmente por fidelidade à experiência, e não porque reconhecesse nele seus efeitos morais. Considerava-a como uma ideia, uma construção intelectual, como se a visse esfolada atrás de um vidro, num museu, completamente privada de qualquer capacidade de afetá-lo.

Não tivera nenhuma intenção de deixá-la plantada. Mas já não precisava de intenções para fazer as coisas. E agora que descobria que efetivamente o fizera, pensava: *Claro. Como poderia ter ido?* Tudo lhe parecia alheio e fatal, como se estivesse escrito num livro que não lera, e essa fatalidade era o leito suave e fofo no qual aprendera a descansar o corpo maltratado. Tudo o que acontecia — tudo o que não lhe importava: tudo *menos* traduzir e, nos últimos dez dias, receber as visitas de Vera — acontecia em algum outro plano, numa dimensão paralela de paredes acolchoadas, com isolamento acústico, onde os acontecimentos, mais que se produzirem, eram representados com languidez para um público entediado. Rímini entrava nesse teatrinho deserto, fingia esquadrinhá-lo e saía, e essa fugaz concessão ao mundo dos fatos depois lhe parecia, quando se inclinava sobre os livros e retomava o trabalho, uma distração imperdoável.

Fazia apenas uma semana que começara a se drogar, mas a vida já se apresentava a ele como uma batalha sem nuances. Só queria traduzir. O resto — escovar os dentes, comer, sair, falar ao telefone, vestir-se, ver gente, abrir a porta para o dedetizador — eram obstáculos, interferências, tentativas de sabotagem. Em uma semana, como se seu encontro com a droga não tivesse sido novidade, o princípio de algo, mas a coroação de um processo longo, porém imperceptível, Rímini aprendera praticamente tudo. Falava com seu fornecedor com desenvoltura, no idioma neutro e sem sotaques das transações, longe da gíria que só utilizam, para convencer e convencer-se de que estão incluídos, os excluídos da prática da droga. Ligava e dizia: "Oi, é o Rímini. Posso passar aí?". Isso era tudo. Nunca lhe passava pela cabeça nomear a cocaína por telefone, tentação irreprimível dos novatos, que, mais excitados com o perigo do que com o pó, multiplicam sinônimos e apelidos para congraçar-se com os vendedores e desconcertar, de passagem, os ouvidos policiais supostamente pendurados na linha. Era discreto e rápido. Pagava exatamente o que comprava. Tinha um único lema: não ficar devendo. Na primeira vez que comprou, terminou de picar as pedrinhas e preparou as fileiras com uma rapidez profissional, e só parou um instante quando, ao mergulhar no vidro para cheirar a primeira carreira, viu manchas coloridas e depois uma cor de pele e depois algo que parecia uma boca, um rosto que tentava desesperadamente formar-se debaixo do seu, que se refletia no vidro, e por fim se deu conta de que a bandeja na qual havia esticado as carreiras de pó era uma foto emoldurada de Sofía, o único retrato que conseguira burlar o cerco maciço de suas fronteiras. Eram onze da manhã, Rímini ainda estava sóbrio, mas a simultaneidade da aparição do retrato de Sofía e de seu début na cocaína — comprada com seu próprio dinheiro de um fornecedor que acabava de incluí-lo em sua relação de clientes —, esse fato fortuito, que em outro momento o teria levado a considerar as coisas de um ponto de vista sentimental, psicológico ou simplesmente histórico agora parecia, no entanto, determinado pela própria lógica da droga, que o cortava em duas metades para descartar uma, o sentido do fato, por ser irrelevante, e ficar com a outra, o fato, por sua mera eficácia de fato: o vidro era grande, limpo, perfeito; comportava, comodamente, seis carreiras.

Tudo fora vertiginoso: a aparição de Vera, a droga, as traduções. Em quinze dias, essa miríade de possibilidades que a vida de Rímini tinha sido desde sua separação de Sofía havia se *precipitado* num fundo denso, compacto, extraordinariamente concentrado, onde todas as promessas que antes pensava reconhecer, lançadas do futuro, eram traduzidas para a linguagem ensimesmada de um presente que não terminava de passar. Quinze dias antes ia para a rua com uma excitação voraz, como quem entra num parque de diversões para jogar todos os jogos de uma vez, e não importava o que o dia lhe oferecesse, esse entusiasmo o alimentava durante horas, a ponto mesmo de sufocá-lo, até que ele voltava e se encerrava em Las Heras e recapitulava não o que acontecera, porque o inventário de fatos, variável de um dia para outro, era contingente, mas tudo o que *poderia* ter lhe acontecido, inventário fatalmente infinito e, portanto, essencial, e que ele se dera ao luxo de deixar passar. Agora nada mais era possível: tudo era *atual*. Cheirava um papelote de cocaína por dia, às vezes dois. Via Vera dia sim, dia não. Traduzia três livros ao mesmo tempo, para três editoras diferentes, num ritmo de quarenta páginas diárias. Já não sentia sufoco: era um operário feliz.

Vera, por sua vez, era jovem e arisca. Quando a viu pela primeira vez, numa tarde de sexta-feira, vinte e quatro horas antes de entrar na cocaína, estava sozinha, falando num telefone sem fio que segurava entre o queixo e o ombro, dando largas e enérgicas passadas do outro lado da vitrine da loja em que trabalhava. Um animal, pensou Rímini: um animal preso numa jaula de vidro, recém-roubado de uma selva à qual nunca voltaria, tentando respirar um ar estrangeiro. Aproximou-se da vitrine, fingiu desejar uma repugnante pulseira de caracóis e ficou contemplando-a durante alguns minutos, com a ponta do nariz colada no vidro, enquanto sua profética imaginação ia encadeando as fases de uma cena completamente impossível: ele, Rímini, humilhado de antemão, entrando no local, movendo-se desajeitado naqueles dez metros quadrados de tapete, lâmpadas dicroicas e estantes de mármore falso, ruminando as primeiras palavras que diria e, quase num ataque de pânico, como um enxadrista mal preparado, lutando para prever as que ela responderia, tudo para chegar, finalmente, ao consolo de um diálogo trivial e a uma transação insensata, ao cabo da qual a garota voltaria a discar o mesmo número com que discutia antes enquanto Rímini se desvaneceria como uma exalação, com os bolsos empobrecidos e um envelopezinho de repugnante papel dourado com o prêmio de sua ousadia na mão: o anel de rodocrosita, ou o amuleto de ônix, ou a clave de sol de peltre que um mendigo com faro encontraria mais tarde, ao explorar o lixo da galeria.

Jamais cometera tal loucura: falar com uma mulher da qual ignorava tudo. Para dar qualquer passo exigia um prólogo, um mínimo estoque de passado comum, algum contexto que lhe servisse de preparação e de amparo. Mas o peltre, a rodocrosita e o ovo de ônix se mancharam num borrão cego, e Rímini levantou somente os olhos e a fitou — Vera se virava sem parar, como se estivesse se esquivando de golpes ou os desferisse, o telefone sempre calçado entre o ombro e o rosto —, e em certo momento, um dos poucos em que conseguiu vê-la direito, descobriu o V que o cabelo desenhava em sua testa e resolveu entrar. Tudo lhe pareceu hostil: o calor, a proximidade com as coisas, a peculiar hospitalidade dos objetos artesanais (o dorso dentado de um dinossauro de vidro quase lhe corta um dedo, e para salvar um hipocampo em perigo por um triz não joga no chão um casario peruano de cerâmica) e, sobretudo, sua própria falta de senso de oportunidade. Vera falava ao telefone, brigava por telefone com alguém cujo nome, mordido, chegava aos ouvidos de Rímini de um modo irreconhecível, baixava a voz e voltava a levantá-la em súbitas exclamações de escândalo, encolhia-se, como que se preservando do olhar de Rímini em seu pequeno litígio particular, e gesticulava, e de quando em quando entrava nuns parênteses de gelada lucidez e reclamava detalhes a propósito de uma cena confusa, exigia horas, lugares, nomes de testemunhas, durações, e repetia com raiva cada resposta que lhe davam, como se ao escutá-las da própria boca se convencesse finalmente de que eram falsas. Uma única vez, distraídos por um vendedor que apareceu para oferecer-lhe um café, seus olhos varreram rapidamente o local, toparam com o rosto intimidado de Rímini e o atravessaram como se fosse de vidro. Rímini teve a impressão de que eram verdes e resistiu. Deu outra volta, hesitou entre um porta-joias de pedra e um porta-lápis de vime — por que tudo o que via no local tinha um nome composto? "Você pensa que eu sou idiota?", gritava Vera ao telefone. "Que não tenho olhos, que não vejo, que não escuto?" Ele se perguntou por que continuava ali. Para humilhá-la? Um pouco afobado, olhou para fora: encostada no batente da porta da loja defronte — um bazar de roupa indiana —, uma mulher o fitou com desconfiança, enquanto lixava as unhas. "Mais provas?", ouviu. "O quê? Quer que eu mande alguém seguir você? Quer fotos, como nos filmes? Fotos de você trepando? Com aquela putinha?" Rímini, de costas, ouviu como a voz ia perdendo o fôlego. "Miserável. Seu miserável. Suma da minha vida. Quero ver você morto." Vera chorava. "Não", acrescentou, "nem mesmo isso: nunca mais quero ver você. Nem morto." Rímini ouviu um baque surdo sobre o tapete e se virou. Viu o telefone no chão, com a luzinha verde ainda acesa, e Vera, que chorava, imóvel, sem ruído, como uma imagem de cinema a que tivessem tirado o som. Enquanto avançava na direção dela, Rímini viu umas manchinhas avermelhadas que tomavam posição em suas faces pálidas. Pareceu-lhe tão bela que quase caiu no choro, ele também. "Quanto... quanto custa?" Vera desviou os olhos do peito de Rímini, onde tinham se fixado, e cravou-os no porta-lápis. Parou de chorar no ato; Rímini poderia jurar que as lágrimas subiam novamente pelo rosto para ser reabsorvidas nos canais lacrimais, como se visse toda a sequência projetada ao contrário. "Nada: é de graça", ela disse. "Pode levar." Abriu uma gavetinha do balcão, apanhou as poucas notas pequenas que havia, colocou-as numa carteira transparente e, antes de sair, disse: "Leve o que quiser".

Dez minutos mais tarde, no bar onde a descobriu, sentada na mesa mais inóspita e de costas para o mundo, como se pagasse uma penitência, Rímini parou a seu lado e entregou-lhe o molho de chaves com que fechara a porta da loja. "Você as esqueceu na fechadura", explicou, como se pedisse desculpas. Ela arrastou as chaves sobre a mesa e deixou-as cair na bolsa. Depois esvaziou o copo de um trago — conhaque, ele pensou, ou uma dessas bebidas anônimas que só existem quando todas as outras acabaram, para embebedar pessoas desesperadas —, disse "Mas...", como se encadeasse a frase a um parágrafo anterior, do qual Rímini não fora testemunha e que já durava, era essa sua impressão, dias, meses ou anos inteiros transcorrendo em silêncio dentro de sua cabeça, e começou a falar e falou sem parar durante meia hora. Rímini a escutou sem dizer palavra, primeiro de pé, junto à mesa, mudando de quando em quando o ponto de apoio do corpo, depois, aproveitando a parada em que ela, com uma voz frágil e mendicante que não parecia a sua, pediu que enchessem seu copo novamente, sentado a seu lado, olhando a brancura de suas mãos infantis e suas cutículas arrebentadas. Ouviu-a reconstruir como em sonhos um calvário atroz, salpicado de sinais, avisos menosprezados, evidências que deixara passar como uma idiota e que agora evocava e voltava a desdobrar como quem dispõe sobre um pano as peças de um jogo, um jogo cujas regras ignorava e que jogou mesmo assim e que perdeu e que agora, que já não tem segredos para ela, pretende reviver com o único objetivo de confirmar que tinha razão, que tudo estava perdido desde o início. Rímini estava ali, bem perto dela (o toque casual de seus antebraços o deixara todo arrepiado), mas não tinha esperanças: Vera não falava *para* ele; falava *diante* dele, essa instância abstrata e ideal perante a qual comparece aquele que alega numa corte, e na precisão com que recuperava cada detalhe do passado havia menos despeito que uma espécie de objetividade obstinada, insubornável, muito mais jurídica que sentimental. Era de uma lucidez extraordinária. Lembrava-se de tudo: chegadas tarde, trocas de roupa, marcas no pescoço, explicações contraditórias, o perfume de um banho recente, encontros cancelados no último instante, nomes novos pronunciados com um tom casual, páginas arrancadas da agenda, e com todos esses signos que repatriava sem emoção ia tecendo sua teia, avançava sobre o canalha que os emitira e o envolvia, enfrentando-o com a verdade nua da traição. Rímini sentiu uma espécie de vertigem, como se de repente se descobrisse no ar, suspenso por um fio muito fino; debateu-se ou fingiu debater-se alguns segundos e no primeiro descuido aproveitou e propôs que se vissem ainda naquela noite. Ela parou de falar e olhou para ele, piscando rápido, várias vezes, como se a névoa que até então velava seus olhos se dissipasse bruscamente e só agora pudesse vê-lo. Ele a viu sorrir. Pareceu-lhe que rejuvenescia e se tornava tímida, friorenta, assustadiça. "Me dê licença um minuto", disse Vera de repente, e, piscando outra vez, inclinou a cabeça para a frente e levou as duas mãos ao rosto. Rímini desviou os olhos, como quem se nega a assistir a outra cena privada. Ao fim de alguns segundos, quando quis olhá-la novamente, algo o pegou de surpresa, como se durante esse breve intervalo de pudor uma espécie de ilusão óptica, sutil, mas eficaz, tivesse sido corrigida. Não soube o que fazer, a que atribuir sua estranheza. Não havia mudanças visíveis, mas tudo era diferente, como nas séries fantásticas que tinham atormentado sua infância. Ele conseguiu vencer a apreensão, olhou bem para ela, e quase ao mesmo tempo que notava a diminuta lente brilhando na ponta de um de seus dedos, descobriu que a íris verde de seu olho direito já não era verde, e sim âmbar. Mas o V do cabelo na testa era autêntico. Além do mais, Rímini sucumbira a algo muito menos falsificável que a cor dos olhos: o cerco, a prisão, o tormento delicioso e quase exótico do ciúme. Quanto não pagaria para ser capaz de despertar esse interesse insone, para ser o alvo dessas avalanches de furor. O que não daria para estar no coração da teia, vendo como a sombra de Vera se aproximava dele lentamente para vingar-se. Nessa noite, na casa de Sergio, enquanto Vera, como um náufrago entre nativos barulhentos, procurava-o com desespero num tumulto de rostos desconhecidos, Rímini, um pouco cambaleante, fechava-se no banheiro e, com uma destreza insólita para um novato, além de bêbado, aprendida em parte em todas as versões da cena que vira no cinema, e em parte também na escola sigilosa formada por nossos desejos desconhecidos, que pouco a pouco nos inoculam o saber que só poremos em prática muito mais tarde, quando por fim vierem à superfície, detonava com um par de inalações decididas as duas carreiras que um homem acabava de esticar sobre o mármore negro da bancada da pia. Rímini levantou-se de repente, arrebatado pelo impulso da última cheirada, e sentiu que todo o seu corpo se dilatava, como que estremecido por uma porção suplementar de sangue. Logo depois, dissipado o estouro de lucidez que acabava de ofuscá-lo, olhou ao redor e viu que além do homem que preparara as carreiras havia uma garota. Teve a impressão de que o banheiro era muito pequeno ou eles eram grandes demais e ninguém conseguia se mexer sem tocar o outro. Estavam tão próximos que Rímini chegou a ver, quando a garota se inclinou sobre o mármore para cheirar sua porção, a cicatriz redonda, do tamanho de uma lágrima, que brilhava na base de sua nuca como um diamante entre dois fios de cabelo. Rímini estava pasmo. Essa intimidade com desconhecidos, que em outro momento lhe teria sido intolerável, agora só lhe dava proteção e calma. Estava tão disponível quanto antes, pensou, mas esses rostos sem nome que tinha diante de si eram também seu limite, uma espécie de horizonte dentro do horizonte, menor, mais portátil, que de algum modo apaziguava sua vertigem e seu medo. O homem deslizou um dedo sobre o mármore e limpou os restos de pó. Abriu a torneira e começou a lavar as mãos. "Você não vai nessa?", perguntou-lhe Rímini. "Não", respondeu, enquanto ficava de perfil e se examinava no espelho. "Não me cai bem." Rímini o olhou de soslaio, um pouco amedrontado. Não, não havia nenhum tipo de intimidade com ele: se Rímini e a garota eram planos, o homem era tridimensional, ou vice-versa. Sergio o apresentara meio de passagem, sem dar-lhe importância, ou disfarçando. "Um amigo de...", disse. Rímini esqueceu seu nome e o do amigo, mas ao longo da noite topou uma ou duas vezes com ele e não pôde deixar de observá-lo com certa desconfiança. Chamava sua atenção a distância que parecia separá-lo dos demais, a sobriedade desinteressada com que se movia na festa, sempre sozinho, com um copo de água mineral na mão, e como alguns minutos depois, loquaz, aceso, passava a ser o centro das atenções dos mesmos convidados que o haviam ignorado. Não flutuava na mesma dimensão dos demais, mas numa um pouco superior, controlada e eficiente, uma dimensão que Rímini, a vinte centímetros dele, no banheiro, por alguma razão imaginava como um grande ginásio ensurdecido de música, povoado de gente como ele, vestida de preto, que não parava de suar, de aquecer freneticamente os músculos, de treinar. "Saiam vocês primeiro", ouviu-o dizer, e Rímini sentiu sua voz como uma mão pesada, mas amistosa, que lhe pousava no ombro.

Saíram — primeiro a garota, com o batom ainda na mão, em seguida Rímini, que deu dois passos e, como se voltasse à tona depois de nadar no fundo de uma piscina gelada, completamente restauradora, sentiu um impulso de abraçar as cinquenta ou sessenta pessoas que dançavam na penumbra. Vera, alta e órfã, estava quase abandonando sua busca quando virou o rosto e o viu saindo do banheiro, precedido pela garota ruiva que retocava os lábios às cegas. Tudo aconteceu rápido demais. Rímini não a reconheceu ou foi reconhecendo aos poucos, por partes, conforme o ritmo em que a luz estroboscópica pulverizava sua fuga. Primeiro viu uns olhos cravados nele e pensou que *podia* ser ela, mas quando a procurou ela já desaparecera. Viu o contorno de um corpo deslocar-se para a porta, mas quando achou que tinha reconhecido o cabelo, a faixa, o ímpeto um pouco esportivo com que abria caminho entre as pessoas, algo se interpôs entre a imagem e ele, um idiota que rebolava, e voltou a perdê-la. Via tudo com nitidez, mas só conseguia *ler* com um segundo de demora, como esses filmes nos quais o som chega um pouco mais tarde do que a imagem, de modo que quando pensava estar certo de que era ela, ela já não estava lá para confirmar. Viu uma bolsa branca brilhando rente à porta, viu a porta entreaberta, e depois, quase em seguida, a mão que a fechava com duas voltas da chave. Mas tudo isso que viu só soube que vira dez ou quinze minutos mais tarde, quando, depois de procurá-la por toda a casa, irrompeu no quarto dos casacos e Sergio, assomando a cabeça entre jaquetas, disse que tinha a impressão de tê-la visto indo embora.

No dia seguinte, depois de uma série de telefonemas inúteis, Rímini finalmente a localizou. "Rápido, por favor: estava de saída", disse ela, envolta num frenesi de chaves. Tinha uma ira altiva e ensimesmada, dessas que necessitam autoalimentar-se continuamente para não desmoronar. Rímini perguntou-lhe por que tinha ido embora daquele jeito. *"Por quê? Daquele jeito?"*, disse ela. Tinha um ouvido fino, como todo ciumento doentio, e o usava, antes de qualquer coisa, para dar realce à crueldade alheia, para fazer brilhar as causas de seu sofrimento nas palavras de quem acabava de infligi-lo. "Sim", ele insistiu, "por quê, daquele jeito", mas quando quis continuar teve a impressão de que um exército inimigo avançava para ele pela linha telefônica. Ouviu uma observação criminosa sobre as ruivas, outra, tão obscena que o ruborizou, sobre o nível de atraso das empresas de cosméticos, que ainda não conseguiam fabricar batons à prova de ejaculação, e depois, em seguida, a descrição fria, quase entediada, do complô *evidente* que Rímini havia orquestrado com a cumplicidade de Sergio para expô-la ao ridículo. "Mas eu nem a conhecia!", protestou Rímini. *"Não a conhecia.* Pior ainda!", gritou Vera, "muito pior!", e a cada ligação deixava o telefone tocar um pouco mais, como se a duração dos toques encerrasse alguma chave amorosa. Tinha certeza de que Vera continuava ali, ao lado do telefone, e a satisfação que podia imaginar que ela sentia — o prazer de deixá-lo falando sozinho, ou o de vê-lo discando inutilmente o mesmo número uma e outra vez — multiplicava de maneira incalculável a que ele sentia, sozinho, indefeso, já capturado na teia de aranha do amor.

Vera não atendeu mais. Rímini conseguiu contatá-la à noitinha, logo que voltou de sua primeira excursão de comprador. Numa das mãos segurava o papelote e na outra o telefone. Tremia. Nunca lhe parecera tão evidente a que ponto o entusiasmo é feito de terror, do terror puro, vulgar, que faz tremer, que molha a palma das mãos e resseca a boca. Pôs o telefone entre o ombro e a face, como tinha visto Vera fazer na loja, e começou a discar o número enquanto usava a outra mão para desdobrar cuidadosamente o papelote. Vera atendeu de imediato. Parecia deprimida, sedada, ou talvez as duas coisas. Rímini a imaginou recostada numa cama por fazer, com as persianas baixas e a TV ligada sem volume, rodeada de pratos com restos de comida e cinzeiros su-

jos. Falaram longamente. Vera traduziu seu arrazoado do meio-
-dia para o idioma civilizado da fatalidade. O tempo passara: isso
era tudo; a conversa era a mesma. Rímini, qualificado de "sexo-
pata de banheiro", descobria um talento para a promiscuidade
que jamais desconfiara que tivesse, e também descobria, sorrindo
como diante de um milagre, que a matéria-prima do amor não
tinha por que ser uma crença compartilhada, incondicional e
contínua; podia ser exatamente o contrário: a incredulidade radical, a desconfiança, o receio. Riu e negou tudo. Vera aceitou suas
razões com o único objetivo de mudar de assunto, mas sob sua
docilidade Rímini, que, como todo alvo do ciúme, também começava a aguçar os ouvidos, a sincronizá-los nas frequências
quase inaudíveis em que transcorrem as ruminações dos ciumen-
tos, continuava detectando as escaramuças da suspeita. "Espere",
teve de dizer-lhe em determinado momento. Parou de falar,
como se uma dor o dobrasse. Não era exatamente uma dor, mas
algo mais conhecido: era como se o tivessem esfolado, e o contato
entre ele e tudo o que estava fora dele — a voz de Vera, em primeiro lugar — se desse sem mediação, diretamente, como o contato entre dois organismos em carne viva. Permaneceu alguns
segundos quieto, com os olhos fechados. Depois, tapando o telefone com a mão, inclinou-se sobre o rosto jovem e bronzeado de
Sofía e cheirou a longa carreira que esticara. "Você não está com
alguém, está?", perguntou-lhe Vera quando voltou a ouvi-lo.
Rímini não teve problemas para tranquilizá-la. Arrebatado pela
droga, cujos efeitos, talvez por ser a primeira dose que comprava,
pareciam-lhe desta vez muito mais intensos que na noite anterior, falou muito, muito, e com rara precisão, atento ao menor
matiz, como se quisesse *ocupar* com suas palavras todos os pequenos abismos que a incerteza abria em Vera. Não estava muito
consciente do que dizia, mas algo nele, que não era sua vontade,
nem seu senso de prudência, e sim talvez uma mistura de devo-

ção amorosa, cinismo e controle, exatamente os tipos de elementos diversos que a cocaína se especializa em amalgamar, a tal ponto que, uma vez amalgamados, ninguém diria que poderiam existir separados — algo lhe ditava onde apoiar os pés, onde fazer pressão e onde ceder, quando tomar a iniciativa, o que declarar e o que ocultar, e, à medida que falava, maravilhado, Rímini ia confirmando no silêncio de Vera a eficácia extraordinária de suas palavras. Como o salva-vidas que devolve à praia um banhista ousado demais, salvando-o do afogamento, mas também neutralizando os golpes, os pontapés, a resistência que sua inconsciência ou sua vergonha lhe opõem, Rímini a foi repatriando do redemoinho de ódio no qual se debatia e aproximando-a dessa franja intermediária, que não é mais mar aberto, mas também não é ainda a terra firme da costa, onde o ciúme, cansado de ser feroz, volta à matriz da qual certa vez desterrou-o o rancor: a matriz do desamparo. Então, quando depois de monologar longamente voltou a ouvi-la, não mais hostil, porém trêmula, indefesa, como alguém que, ciente do desastre que acaba de causar, nega-se a reconhecer inteiramente sua responsabilidade mas evita mostrar-se em público, e ela, com um fio de voz, primeiro perguntou e depois pediu, *exigiu*, com a qualidade comovente das exigências formuladas em condições de extrema fragilidade, que, caso ele desejasse outra mulher, caso *houvesse* outra mulher, que lhe dissesse sem rodeios, porque, como já falara, o que ela achava intolerável não eram a traição nem o abandono, mas a ignorância, o fato de não saber — então Rímini disse que sim, prometeu e jurou que sim, que diria a ela, embora duvidasse que isso pudesse acontecer, e teve certeza de que sua vida realmente começara a mudar.

Em pouco tempo, quando, alarmados pela frequência com que se viam, começavam a experimentar, cada qual por seu lado, sem consultar-se, essa peculiar avidez que distingue as relações promissoras das efêmeras, e que é menos uma impressão sentimental do que um efeito físico, semelhante ao que devem sentir os pulmões quando, depois de um intervalo de sufocação, voltam a receber uma injeção de ar, Rímini pôde comprovar a que ponto as palavras *ditas*, que para qualquer apaixonado, por mais comprometidas que sejam, sempre retêm uma dose de leveza que lhes permite mudar, sofrer correções, e mesmo contradizer-se, sem fazer soçobrar o contrato amoroso no qual foram proferidas — a que ponto para o ciumento, sobretudo quando aludem à hipótese do engano, coração último do drama, são graves, lapidares, e não pertencem tanto à dimensão aérea do amor quanto a essa outra, tão familiar para o ciumento, tão desconcertante para todos os demais, que é a dimensão legal, espécie de "direito de amor" no qual toda promessa é um juramento e toda declaração um compromisso.

Um dia se encontraram por acaso, perto de Las Heras. Durante alguns segundos não souberam muito bem o que fazer. Eram duas da tarde: salvo no dia em que se conheceram, nunca antes tinham se visto à luz do sol. Olhavam-se como duas pessoas que trabalham juntas e se encontram pela primeira vez sem uniforme, com roupa de rua. Além do mais, umas horas antes, por telefone, haviam combinado que Vera passaria na casa de Rímini ao anoitecer, o que deixava tudo mais confuso. Que fazer? Manter o encontro original e despedir-se até mais tarde? Unir o encontro casual com o encontro marcado? E se descobrissem que o amor era só uma ilusão noturna? Mas os dois estavam famélicos, e quando ficaram em silêncio, intimidados, como se estivessem nus, o estômago dele emitiu um barulhinho em espiral, nítido como os dos desenhos animados, e o de Vera lhe fez eco, e os dois riram e desviaram os olhos na mesma direção. Descobriram, com esse assombro lunático, totalmente desproporcional, com que as pessoas ensimesmadas descobrem de repente que estão no lugar onde era óbvio que estariam, que estavam ao lado de uma rotisseria. Compraram comida, muita, porções que dariam para uma longa reclusão, que iam pedindo por turnos, primeiro ele, depois ela, pensando menos em que teriam de comê-las dez minutos mais tarde e mais em desfraldar diante do outro o repertório ilustrado de seus gostos pessoais, e subiram ao apartamento de Rímini, e enquanto Rímini espalhava as pequenas bandejas de papelão na cozinha, Vera, gritando da sala, pediu licença para pôr uma música. Uma canção a fustigara a manhã inteira. Queria ouvi-la com ele, queria saber se gostava dela. "Ponha o que quiser", disse Rímini. Ocupado em organizar o almoço, sentiu que Vera continuava falando com ele, mas sua voz começava a perder-se, como se estivesse se afastando. Abriu a geladeira, procurou tudo o que sabia que não tinha e voltou a fechá-la de um golpe: "Pensei que tinha mostarda...", desculpou-se em voz alta. "Ou maionese... Ou ketchup... Ou manteiga...", ia dizendo, meio para si, meio para Vera, como se exibisse o espetáculo de sua contrariedade, enquanto lavava com urgência dois copos e vacilava entre usar uma faca de plástico — butim de algum voo de cabotagem — e cortar com o garfo. "Não se impressione com o luxo...", disse. Pareceu-lhe, então, que sua voz soara demasiado *sozinha*. Ficou quieto, escutando. Não se ouvia nada: nem música, nem passos, nem nada. Uma rajada de terror o sacudiu. Recapitulou a toda a velocidade: descera à rua em pleno trabalho, pensando que voltaria logo, sem companhia; acabava de inaugurar seu papelote do dia; não tomara nenhuma precaução — deixou a bandeja na sala e foi na ponta dos pés até o quarto em que trabalhava: Vera estava de pé diante da escrivaninha, completamente imóvel. Rímini aproximou-se devagar. Ela estava muito pálida, mas uma manchinha vermelha já atacava uma face e outra o queixo. Não piscava; de tanto apertá-la, a alça da bolsa cavava uns sulcos vermelhos em sua mão. "Quem é?", perguntou por fim com uma voz de além-túmulo. Rímini viu o retrato sobre o dicionário, fazendo de marcador; viu primeiro os rastros de cocaína dispersos, como vestígios de nuvens, e só depois topou com o primeiro plano radiante de Sofía, a mecha de cabelo atravessada sobre o olho esquerdo, a trama azul do céu, o vértice da bandeira vermelha despontando por um dos lados, a pinta no ombro direito...

Precisava agir rápido. Rímini pesou e contrapesou razões e decidiu passar Sofía para a clandestinidade — justamente a opção que em seu debate mental havia descartado. Por quê? Por quê — se tinha certeza de que a história havia terminado e Sofía já não representava uma ameaça? E, no entanto, assim que a tomou, Rímini sentiu uma satisfação imediata, como se a decisão, apesar de sua irracionalidade, ou talvez em razão dela, tivesse se encaixado perfeitamente no molde da incerteza que começara a assediá-lo nos últimos tempos. Até esse momento só fizera adiá-la, na esperança de que uma política dissuasiva desanimaria em Sofía qualquer ilusão. Agora, de repente, tudo mudara. Agora *apagaria* Sofía de sua vida. Vera seria sua Causa — Vera, cujo ciúme, por mais perturbador que fosse, só fazia corroborar um dos poucos princípios que Rímini reconhecia em sua vida sentimental: não é de morte natural que morre um amor genuíno, mas banhado em sangue, sob os golpes que lhe assesta outro, não necessariamente genuíno — porque ali as leis do amor, cegas aos títulos de nobreza, não têm nenhuma misericórdia —, mas sim oportuno e, sobretudo, impelido por essa crueldade entusiasta que anima todas as emoções jovens.

Os dias, a cocaína, as horas absortas nas traduções e as visitas de Vera fizeram o resto. A extirpação, a princípio brutal, não demorou a tornar-se cotidiana. Sofía ligava e Rímini a deixava falando no gravador da secretária eletrônica, lançando perguntas e broncas para uma posteridade impossível. Mais tarde, ao ver que não cedia, decidiu deixar a zero o volume do aparelho. Recopilava as ligações do dia às duas ou três da manhã, quando Vera dormia atravessada em sua cama e ele, insone por causa da droga, começava a traduzir outra vez. Mal detectava a voz de Sofía, apertava a tecla *forward* e passava para a mensagem seguinte. Quase nem tinha de escutá-la para saber que era ela; bastava reconhecer o silêncio que inaugurava todas as suas mensagens, esse vazio tenso e desalentado — Rímini podia ouvir sua respiração contida — no qual Sofía, contrariada pelo fato de ter de falar pela enésima vez com a máquina, revisava a mensagem que havia preparado, com suas proporções equilibradas de seriedade e leveza, e decidia substituí-la pelos lamentos desvalidos que finalmente deixava gravados. As fotos, as fotos. Sempre terminava voltando às fotos. Ficava furiosa, e sua cólera, direta e reativa, tinha todo o imediatismo da dor. Mas também experimentava, deixando mensagens de serena maturidade; dizia entender perfeitamente a desconsideração de Rímini — porque ela também, *se quisesse*, podia agir como ele: não lhe custava nada — e lhe concedia as mesmas margens de graça que as mães concedem aos filhos adolescentes quando os surpreendem em flagrante delito. Ela também, *se quisesse*, podia desligar-se completamente: bastava saber que alguém que não ela estava cuidando de tudo. Mas a compreensão é um dom que exige resposta. Se não produz alguma forma de intercâmbio, extingue-se sem remédio, e quando se extingue, no mesmo solo onde antes florescia a tolerância, nasce a dureza seca e árida da guerra. "Oi. Sou eu de novo. Vejo que você não está outra vez. Faça o favor de me ligar. Temos assuntos pendentes. Hoje vou estar em casa entre as sete e as nove, nove e meia. Não, sete e nove. Você tem duas horas." Concisão, idioma telegráfico, o grau zero da emoção — tudo marcado pelo tédio menor, indigno, que produz um contratempo completamente supérfluo. Mas "assuntos pendentes" era geral demais, vago demais: ninguém comparecia por "assuntos pendentes". Já as fotos justificavam um encontro: tinham um caráter material, eram um capital, um bem, podiam ser divididas e mudar de mãos. Rímini sempre podia não comparecer, como de fato fazia, mas cada vez que faltava ao encontro punha em evidência o caráter interessado e arbitrário de sua decisão, e sua falta de resposta já não era o exercício de um direito, mas um desaforo injustificável. Rímini sabia que estava em dívida, mas o que podia fazer? Ninguém interrompia uma cirurgia pela metade. Era preciso continuar, ainda que continuar fosse manchar-se de sangue, do velho sangue conhecido, e ainda que a coisa extirpada continuasse ali, em algum lugar, lembrando-o de seu monstruoso crime. E, além disso, havia Vera. Se uma única foto de Sofía a deixara à beira da catatonia, o que não fariam as mil que ainda esperavam sua vez? E como ela faria para suportar a longa tarde de pungente intimidade na qual Rímini e Sofía as repartiriam? *Uma* foto era a diferença absoluta, o umbral que separava a felicidade do inferno.

Nessa tarde, a tarde do encontro casual, a da foto, Rímini tentou aplacar o pranto de Vera com um resumo de seu passado com Sofía, uma sinopse seca, sem carne, sem alma, sem emoção. Mas só o conseguiu com uma promessa: desfazer-se do retrato. Vera não parou de chorar, mas levantou os olhos e o fitou pela primeira vez em muito tempo. Rímini repetiu-lhe a promessa sílaba por sílaba, como se falasse com uma estrangeira. Vera assoou o nariz, sacudiu a cabeça, apertou o lenço — o mesmo que usava desde os seis anos — contra o nariz avermelhado. "Não-a-cre-di-to-em-vo-cê", disse entre soluços. "Juro", ele insistiu, e soltou-lhe um longo fio de cabelo úmido da face. Vera reprimiu um soluço tardio: "Você faria isso?". "Claro." Uma espécie de êxtase o inundou; sentiu que estava à beira de um desmaio. "Agora?", ela quis saber.

O retrato continuou ali, mas não tinha mais uma só vida, e

sim duas: uma vida diurna e útil na escrivaninha, entre livros e dicionários, que Rímini renovava cada vez que vertia os pequenos montículos de pó branco sobre o vidro; e uma vida noturna, estéril, sufocante, que começava pontualmente às sete da noite, quando Vera tocava o interfone e Rímini, antes mesmo de atender, apressava-se em dissimulá-lo entre as páginas de algum livro particularmente ilegível e o fazia sumir no lugar mais inacessível da biblioteca. E no entanto, Rímini se desfizera dele. A prova é que, nessa tarde, enquanto rolavam ainda vestidos sobre a cama e caíam e faziam amor no chão, excitados com a resistência que a roupa oferecia, como se os zíperes, as camisas, as bordas elásticas da calcinha, o fecho do sutiã, as calças, todos esses obstáculos têxteis lhes tivessem devolvido uma espécie de ferocidade desajeitada e virginal, o retrato de Sofía expirava na lata de lixo da cozinha. Ali Rímini o descobriu meia hora mais tarde, quando, depois de despedir-se de Vera, ainda tremendo, entrou na cozinha para beber alguma coisa e ao abrir a geladeira bateu com a porta na lixeira e a derrubou, e entre a selva de cascas de fruta e folhas de alface e papéis viu surgir uma ponta brilhante e dura. Só depois de um momento veio-lhe a ideia de que era um retrato. A primeira coisa que percebeu, na verdade, foi uma incongruência escandalosa: o contraste da imagem — o vidro e os restos de comida, a moldura de metal e o lixo, o rosto impresso cheio de cor e a decomposição orgânica — tinha algo monstruoso, como de pesadelo. Reprimindo uma náusea, Rímini resgatou a foto no ato, como se uma demora de segundos pudesse comprometer sua sobrevivência. Não, não a salvara por uma questão de afeto nem de fidelidade, mas para corrigir essa espécie de aberração casual; se depois, quando Rímini reconheceu que era efetivamente o retrato, decidiu conservá-lo, desafiando duplamente o jovem equilíbrio que havia restabelecido em sua relação com Vera — primeiro, porque ao conservar a foto preservava a possibilidade de magoá-la; segundo e principal, porque violava secretamente o compromisso que acabava de assumir diante dela —, foi, na verdade, por superstição. Rímini pensou: *Nem Sofía nem a existência de meu passado com Sofía dependem desta foto.* Pensou: *A existência de minha relação com Vera depende desta foto.* Pensou: *Há algo mais profundo, que não é meu passado com Sofía nem minha relação com Vera, que depende desta foto.* Não conseguia definir exatamente o quê. Mas o certo é que limpou o retrato com cuidado, como se reparasse a ofensa infligida, e cinco minutos depois, sentado à escrivaninha, com tudo pronto para retomar o trabalho, seu nariz voltava a viajar sobre o vidro para inalar uma longa carreira de pó.

13.

Foi o período mais exaltado de sua vida. Sentava-se para trabalhar às duas da tarde, depois de um café da manhã tardio, nu, num estado de excitação inconcebível. Os livros, as teclas da máquina de escrever, os papéis nos quais anotava variantes à medida que traduzia, a própria escrivaninha, com sua madeira mórbida e suas irregularidades — tudo lhe parecia incandescente e voluptuoso, como feito de carne, secretamente percorrido por milhões de filamentos nervosos. Sentar-se já era um delicioso ritual masoquista: a bunda marcada pelo assento ripado, os fios verticais do encosto mordendo-lhe os rins... Rímini sentia-se no epicentro de um cataclismo sexual. Abria a primeira gaveta da escrivaninha, resgatava o papelote de cocaína do porta-cartões em que o escondia e libertava o retrato de Sofía de seu cativeiro na biblioteca. Sentia a primeira comichão quando, depois de desdobrar o papelote prateado, acumulava um pouco da droga num canto e a vertia, ajudando-se com batidinhas suaves. Depois, enquanto preparava as primeiras carreiras, a comichão se transformava num ímpeto, e o ímpeto, gradualmente, numa ereção portentosa. Com a ponta do pau podia tocar a parte de baixo da gaveta central da escrivaninha. Cheirava a primeira carreira, sempre a mais longa de todas, e uma espécie de êmbolo brutal, ativado pela droga, limpava sua cabeça de tudo o que a povoara desde a última cheirada, ao anoitecer do dia anterior. Essa espécie de abolição seletiva do passado foi um dos primeiros efeitos que o impressionaram. Ao contrário da maconha, que, pela natureza digestiva de sua influência, sempre induz à distração, a pensar em *outra* coisa, a cocaína era autorreferencial: eliminava literalmente tudo o que não era ela. Mais do que o papelote, com seu luxo de prata e suas dobras, e do que o pó, a droga, no caso da cocaína, era a própria *cheirada*. Mais de uma vez, ao longo de uma fase de reclusão quase completa que durou seis meses, Rímini teria dado *qualquer coisa* por ela — não para conseguir a melhor droga, a mais pura e cara, mas para curtir a cheirada mais longa, uma cheirada cuja duração absorvesse a própria existência do mundo. Daí que a primeira carreira do dia fosse crucial: *editava* esse ponto particular do presente com o último ponto análogo registrado no passado, a frase que Rímini tinha agora diante dos olhos, intacta, velada pela pele de sua língua original, com a última frase que traduzira na noite anterior, aquela que, depois de ouvir o som do interfone, pusera fim a sua jornada de trabalho. Então, à medida que começava a traduzir, que sua língua materna ia percebendo e reconhecendo os cheiros da outra língua, ponto de partida de uma perseguição e, em seguida, de uma caçada que dia após dia Rímini empreendia cegamente, impelido por uma força desconhecida, e da qual no fim de cada jornada saía completamente alienado, exausto, com forças apenas para prometer-se o que sempre prometia e nunca cumpria, que nunca mais aceitaria essa forma desapiedada de escravidão que é traduzir — a ereção cedia, a comichão ao redor do ânus e do saco diminuía, e uma languidez indolente, a princípio extremamente agradável, substituía a crispação sexual do começo, cobrindo toda a zona com um suave e gelado orvalho. Traduzia e cheirava, traduzia e cheirava. Só mudava de posição para ir ao banheiro mijar, o que fazia sempre com impaciência, sacudindo repetidamente o pau e dilatando o esfíncter para acelerar o processo, chegando mesmo, com frequência, a dar por terminada a micção antes do tempo, o que explicava o rastilho de gotas no chão de madeira, sinal do retorno prematuro ao trabalho ou, também, da viagem até a cozinha, onde ia renovar a garrafa de água mineral que consumia sem pausa, uma atrás da outra, direto no gargalo — a presença de um copo o teria deixado completamente irritado —, em goles que às vezes levavam um quarto da garrafa — e tudo isso num estado de exasperação limite. Às vezes se levantava e voltava a desabar na cadeira, incapaz de manter-se em pé. Suas pernas dormiam, coisa que Rímini só percebia quando se lembrava de usá-las, mas também as nádegas e os genitais, e quando se deixava cair na cadeira, inerte, ainda que ofuscado pelo tempo que teria de esperar antes que seus membros reagissem e ele retomasse o controle sobre eles, tempo completamente morto, como ele o considerava, o que em seu estado era o pior, o pior, sem sombra de dúvida, pensava compreender, ao menos por um momento, o que deviam sentir, ou melhor, não sentir, os inválidos que, quando menino, ao sair do colégio, via através do alambrado patrulhando em suas cadeiras de rodas as quadras de basquete do Instituto do Deficiente Físico — não dor, nem atrofia, nem mesmo estranheza: o nada total. Mas esse adormecimento da carne, fruto da imobilidade e do esquecimento em que a afundava o estado ensimesmado de Rímini, sempre acabava, bem ou mal, passando, e depois de alguns minutos que tentava abreviar com beliscões, cutucando-se com pontas de esferográficas ou, nos casos mais extremos, açoitando-se com uma longa régua de acrílico, provavelmente a única lembrança que guardava da escola secundária, Rímini entrava outra vez na posse do próprio corpo. Havia outra sonolência, menos drástica, sem dúvida, embora também mais inquietante, que durava mais e que, tão sigilosa quanto aquela, porque aquela, mais ostensiva, frequentemente a eclipsava e porque Rímini tampouco a percebia, concentrado que estava na tradução, era no entanto muito mais profunda e parecia agir num plano orgânico central. Mais que sonolência, na realidade, era um sopor, estranho estado de vigília no qual um membro entra quando recebe uma dose suave de anestesia: o membro não desapareceu da percepção, continua sendo sensível aos estímulos externos, mas quem pode garantir que, posto diante da necessidade de agir, de dar resposta, terá um desempenho satisfatório? Esses efeitos não eram novos; Rímini já os experimentara das primeiras vezes, quando, depois de cheirar uma carreira, copiando deliberadamente a operação que muitos anos antes vira um ex-chefe fazendo, um publicitário por medida de sobrevivência, mas escritor e editor de escritores órfãos, como gostava de definir-se, e, principalmente, alguém que ficaria na memória de Rímini como o primeiro, o primeiro não só a cheirar cocaína em sua presença, mas também a usar sapatos náuticos e a escrever com o modelo retrô das canetas-tinteiro Montblanc, três hábitos nos quais, dada a época, 1977, talvez 1978, em todo caso início da ditadura militar, era sem dúvida um pioneiro, recolhia na ponta de um dedo as sobras de pó e, esfregando as gengivas com elas, entorpecia a boca em questão de segundos, a tal ponto que se a droga, por um deslize, entrasse também em contato com os lábios, Rímini já não seria capaz de beber da garrafa sem derramar água em cima de si, de modo que devia contentar-se, como algum tipo de doente, com os goles minúsculos que cabiam numa colherinha de chá. Teria aceitado essas consequências ingratas como fruto de um suplício odontológico, não de sua livre decisão de estimular-se, de modo que não demorou a abandonar a prática. Graças a ela, no entanto, Rímini pudera formar uma ideia bem concreta da ação propriamente química que a droga exercia sobre seu corpo, e também seu caráter paradoxal: por um lado, hiperatividade, reservas inesgotáveis de energia, máxima concentração, vontade de esgotar as possibilidades do presente; por outro, anestesia, apatia, desafeição, supressão de sensibilidade. E, familiarizado com esse tipo de efeito, que ao circunscrever-se às gengivas adquiria uma nitidez formidável, descobri-lo em outra região do corpo, exercido a distância, sem a mediação de uma aplicação direta, não foi algo que o pegasse de surpresa. Traduzia e cheirava, traduzia e cheirava. A carne, os ossos, o sangue — tudo isso parecia fazer parte de uma dimensão antiga e superada, onde a complexidade ainda era um valor e a diversidade, a lei encomiástica das coisas. Com a droga, tudo se tornara liso, homogêneo, uniforme: era só questão de abandonar-se a essa espécie de furor que ia consumindo frases, páginas, horas. E, no entanto, o corpo voltava — ou do corpo, melhor dizendo, voltava o pior: a evidência de que havia desaparecido. Tudo ia bem enquanto Rímini queimava palavras, enquanto avançava sobre a tradução com fluidez, como um bólido de noite numa estrada deserta. Em algum momento, porém, algo o obrigava a frear, uma irregularidade, um acidente, algo que na primeira leitura de Rímini, esse rastreamento geral, mas atento, com que prolongava o momento da tradução propriamente dita, ele não detectara, e, forçado a resolvê-lo, não só pelo próprio desafio de dissipar a dificuldade, muito menos pelo de apagá-la na passagem para a outra língua sem deixar marcas, mas apenas pela urgência de retomar a marcha, seguir adiante o mais rápido possível, pela própria lógica do acidente, que interrompe a continuidade das coisas e trabalha, portanto, inserindo tempo no tempo, Rímini se lembrava, de repente, de que havia algo chamado corpo, um território próprio, com efeito, mas meio abandonado, do qual o frenesi da tradução passava horas distraindo-o. Assim, enquanto consultava dicionários, manuais de uso, breviários de dificuldades e versões anteriores, enquanto alterava, invertia e flexionava de mil maneiras a frase que lhe oferecia resistência, com a mesma energia avassaladora com que um minuto antes devorava a frase seguinte, só que freada, quieta, forçada, de algum modo, a funcionar no vazio de um mesmo ponto, Rímini, confuso, como se despertasse de um colapso, ia recuperando gradualmente a consciência dos pés, dos tornozelos, dos joelhos. E tão logo a recuperava descobria, num flash de espanto, que eles não lhe serviam, que pareciam estar esvaziados. Como aquele que toca o bolso que uma mão veloz acaba de saquear, Rímini levava a mão ao pau e o apalpava para certificar-se de que continuava ali, entre suas pernas, e perguntava-se se era *assim* que devia sentir a vara, tão pequena e tão mole. Roçava-a com os dedos, puxava suavemente o prepúcio, levantava-a e a deixava cair sobre a madeira da cadeira. Sim, sentia tudo, mas sentia *longe*, superficialmente, como se sente uma língua estrangeira completamente desconhecida: o desenho do som em si, nítido, mas do plano que o rege nem sombra — como certa vez, deitado de bruços numa maca forrada de courino preto, depois de receber uma dose de anestesia, sentira a ponta e o gume de um ou de vários instrumentos cirúrgicos fisgando-lhe o quisto que lhe nascera na base da nuca. Então, de repente, lembrava que Vera viria vê-lo essa noite e olhava o relógio. Nunca era tarde, mas tampouco era cedo. Faltavam três, quatro horas para ela chegar — fazia duas ou três que traduzia e cheirava. Estava *no meio* e pensava se o pó não lhe teria esvaziado o pau. Às quatro da tarde começava a masturbar-se — no máximo às quatro e meia. Ia ao banheiro e, de pé diante da privada, posição que escolhia por comodidade, para não ter depois que ficar limpando o sêmen, e também pelo parentesco que reconhecia entre o sêmen e outras excrescências humanas, apoiava-se na parede, forcejava com a vara, com esse peixe inerte que teria dado tudo para poder chamar de vara, e depois de um momento, desanimado, voltava ao escritório, olhava outra vez o relógio, e rastreava na biblioteca uma edição de bolso de *As onze mil varas*, um dos poucos souvenirs que conservava, justamente, de sua passagem pela agência de publicidade, onde, além de trabalhar em campanhas que nunca viam a luz pública, de redigir roteiros jamais filmados e de criar, sob as ordens do diretor, produtos imaginários para necessidades imaginárias, começara a traduzir alguns clássicos da literatura pornográfica, *As onze mil varas*, entre outros, para uma coleção que o pioneiro no uso dos sapatos náuticos pretendia vender em bancas, em kits de três, embalados em saquinhos. Voltava ao banheiro. Folheava o livro, que conhecia bem, procurando a toda a velocidade as passagens cuja densidade sexual não estivesse totalmente neutralizada pela comicidade geral do tom, e retomava as fricções apenas quando se estabelecia numa página, da qual só se retirava ao ejacular, muito tempo depois, às vezes até dez ou quinze minutos. Bem rápido, a frase que inaugura a sequência da orgia que o vice-cônsul da Sérvia celebra no primeiro andar da sede diplomática, na qual o protagonista se imiscui sem ter sido convidado — *Chegando à porta do vice-consulado da Sérvia, Mony mijou longamente contra a fachada, depois tocou a campainha* —, bem rápido foi para Rímini o salvo-conduto que lhe franqueava o acesso a uma cena irresistível e lhe garantia, num prazo sensato, a ressurreição plena do pau e do desejo sexual. Então limpava a tampa da privada com duas ou três folhas superpostas de papel higiênico, cuidando para não deixar passar o menor respingo, e voltava aliviado e sentava-se à escrivaninha acomodando o pau, que já começava a distender-se, para ratificar que, mesmo depois da ejaculação, ele continuava acordado. Inclinava-se sobre o livro, localizava o nó que o forçara a deter-se, assinalado no texto com a mesma régua de acrílico que usava para despertar as pernas quando elas dormiam, e depois de resolvê-lo, o que conseguia com uma facilidade milagrosa, como se alguém, enquanto ele regava com seu esperma a louça branca, tivesse aproveitado sua ausência para simplificar o problema, Rímini, à guisa de recompensa, ou talvez para estrear com brio a nova fase do dia que inaugurara com a ejaculação, cheirava duas carreiras seguidas, longas, a primeira com a narina direita, a segunda com a esquerda, e se atirava sobre a máquina de escrever. Traduzia sem parar, praticamente sem se mover, durante uma hora e meia; só dava um respiro para abastecer suas fossas nasais com toques rápidos que dava de passagem, sem sequer interromper o trabalho. Poderia continuar assim durante anos, séculos. Quando pensava nisso, a cocaína, nesse contexto, parecia-lhe de certo modo uma redundância. A droga, a verdadeira droga, era traduzir: a verdadeira sujeição, a ânsia, a promessa. Talvez tudo o que Rímini soubesse da droga, nem muito nem pouco, mas completamente desproporcional, sem dúvida, em relação a sua condição de recém-chegado, ele aprendera, sem perceber, traduzindo. Talvez traduzir tenha sido sua escola de droga. Porque mesmo antes, muito antes de cheirar cocaína pela primeira vez, na adolescência, quando, nos domingos ensolarados de primavera, enquanto seus amigos ganhavam as praças, uniformizados com as cores de seus times de futebol favoritos, baixava as persianas de seu quarto, sintonizava o rádio na estação que transmitia a partida mais importante da jornada e, às escuras, iluminado apenas por uma lâmpada de escritório, de roupão, como um tuberculoso, literalmente devorava livros com sua voracidade de tradutor, liquidava-os, mas ao mesmo tempo se submetia a eles, como se algo encerrado entre as dobras dessas linhas o chamasse, obrigando-o a comparecer diante delas, a arrancá-las de uma língua e levá-las para outra, Rímini já descobrira a que ponto traduzir não era uma tarefa livre, escolhida sem coerção, em estado de discernimento, mas sim uma compulsão, a resposta fatal a uma ordem, um mandado, uma súplica alojada no coração de um livro escrito em outra língua. O simples fato de que algo estivesse escrito em outra língua, uma língua que ele conhecia, mas que não era sua língua materna, bastava para despertar nele a ideia, completamente automática, por outro lado, de que esse livro, artigo, relato ou poema estava *em dívida*, devia algo imenso, impossível de calcular, e portanto, naturalmente, de pagar, e ele, Rímini, o tradutor, era quem devia se encarregar da dívida *traduzindo*. Assim, traduzia para pagar, para libertar o devedor das correntes de sua dívida, para emancipá-lo, e por isso a tarefa de traduzir implicava para o tradutor o esforço físico, o sacrifício, a subordinação e a impossibilidade de renúncia de um trabalho forçado. Perguntavam-lhe, principalmente os amigos de seus pais, se era difícil traduzir. Rímini, desanimado, respondia que não, mas pensava que importância podia ter se era difícil ou não. Perguntavam-lhe como se fazia para traduzir, e Rímini dizia que não, não, traduzir não era algo que se fizesse, mas algo que não se podia deixar de fazer. Já naquela época, aos treze, catorze anos, com sua experiência de aprendiz, curta, mas de uma intensidade surpreendente, enfrentara a evidência que cedo ou tarde todo tradutor enfrenta: a de que se está traduzindo o tempo todo, as vinte e quatro horas do dia, sem parar, e todo o resto, o que em geral se chama vida, não passa da módica série de tréguas e férias que só o tradutor com vontade de ferro consegue arrancar desse aparelho de dominação contínua que é a tradução. Num fim de semana, desde as dez ou onze da noite de sexta-feira, quando começava, até a madrugada da segunda, duas ou três horas antes de se vestir, completamente tonto de sono, para ir ao colégio, quando organizava os livros, dicionários e cadernos e apagava todo rastro da febre que o consumira, Rímini era capaz de traduzir um livro completo e chegar não a uma versão provisória, feita ao correr da pena e adiando as questões de detalhe para uma revisão ulterior, mas definitiva, com todas as notas, correções e ajustes necessários para sua eventual publicação. Praticamente não levantava a cabeça do livro. Na época, quando a cocaína não era nada para ele, qualquer interrupção, um telefonema, o interfone, a própria necessidade de comer ou de mijar, qualquer presença humana, sua mãe ou o marido de sua mãe, presenças de todo modo raras, já que, instigados por Rímini, passavam a maioria dos fins de semana numa casa de campo alugada, a menor interferência do mundo exterior bastava para exasperá-lo. Chutava móveis, atirava objetos no chão quando ouvia o interfone tocando na cozinha. Assim, vinte anos mais tarde, a cocaína não acrescentara nada, apenas havia formalizado, posto por escrito, como se diz, o caráter abismal da tarefa de traduzir e, sobretudo, seu principal fator de vício: a contagem regressiva. O livro tinha começo e fim, como os fins de semana de clausura de sua adolescência e, também, como a série do dez ao um, e cada frase traduzida, cada hora gasta em traduzir frases, iam abreviando inexoravelmente a distância que o separava do ponto final. Dez, nove, oito, sete, seis… Tinha de terminar. Mas uma hora e meia mais tarde, quando os efeitos da última carreira, depois do choque inicial, tinham se dissolvido numa languidez orgânica geral, agravada, além do mais, pelo cansaço derivado de horas de atividade ininterrupta, Rímini voltava a ter medo. Faltavam duas horas para a chegada de Vera, e ele voltava a ter um buraco entre as pernas, ali onde um momento antes, refletidas nos velhos azulejos amarelos do banheiro, suas mãos, alternando-se, tinham lhe arrancado um suave gemido de prazer. Ao entorpecimento da droga somava-se agora o do jorro, da satisfação. Vai que Vera se adianta. Imaginou-a no quarto, esperando-o, e procurou o pau para estabelecer, tornar mais explícita a conexão entre essa imagem e o fundo surdo onde dormia seu desejo. Procurou e procurou e dez segundos depois percebeu que já fazia tempo que o segurava na mão. Nem sequer pesava. Sentiu a boca muito seca, um tremor como de febre. Foi buscar o exemplar de *As onze mil varas*, voltou a se instalar no banheiro e, durante um momento, mais que se masturbar, ficou simplesmente se esfregando, amassando sua matéria genital, como se antes de entregar--se a sua satisfação, um pouco aterrorizado, tivesse necessidade de reconhecer os órgãos que a proporcionariam. Mas *Vibescu aproximou-se suavemente e, fazendo passar o imenso caralho entre as largas nádegas de Mira, introduziu-o na buceta entreaberta e úmida da bela jovem,* e Rímini teve a impressão de que um estremecimento distante, breve como um piscar de olhos, avivava muito timidamente a argila informe que amassava. A essa altura demorava um quarto de hora para transformar esse espreguiçamento numa ereção razoável, e outros dez ou quinze minutos para gozar, o que, nesse caso, diferentemente da primeira vez, absorto que estava em chegar finalmente a esse ponto, fazia sem tomar nenhum tipo de precaução, entregue ao acaso dos espasmos, lambuzando indiscriminadamente as lajotas de granito, a borda e a tampa da privada, algum azulejo desprevenido. Que importava limpar, ajoelhar-se no chão gelado, onde sempre havia o risco de estampar-se uma gota perdida, e rastrear cada respingo para apagá-lo, de modo a garantir que Vera não topasse com nenhum, se Rímini tinha provado que não era um corpo sem vida, que continuava tendo sangue e nervos no corpo e que seu sexo, devidamente estimulado — e Rímini deduzia que nem as mais desenfreadas aventuras do protagonista de *As onze mil varas* podiam comparar-se com a atração que Vera exercia sobre ele —, era capaz de funcionar de maneira perfeitamente normal? Era preciso comemorar, Rímini aspirava as carreiras já preparadas sobre o retrato, o medo se dissipava. Mas era preciso esticar novas, esticar imediatamente, não tanto para continuar cheirando, mas para saber que, em caso de necessidade, lá estariam elas, perfeitamente alinhadas, e para evitar a imagem do vidro do retrato vazio, de longe a pior imagem possível para Rímini na tarde consagrada a traduzir, e depois de desdobrar o papelote metalizado, ao verter seu conteúdo sobre o vidro, Rímini, sacudindo o papelote no ar, compreendia que a minúscula montanhazinha de pó que via ali, branqueando por acaso a pupila do olho direito de Sofía, era *toda* a droga que lhe restava. Se era muito ou pouco, Rímini jamais poderia dizer. A cocaína só lhe dava duas alternativas: ou a tinha *toda*, que era, tivesse comprado um grama ou dez, trinta dólares ou trezentos, a impressão indefectível com que saía do local onde a comprava, um apartamento interno na esquina da Rivadavia com a Bulnes, sempre iluminado com a luz branca, noturna, de dois tubos fluorescentes, mobiliado com essas poltronas e mesas de madeira amarela e barata, cheia de nós, que costumam ser incluídas no aluguel dos apartamentos, ou já não tinha *nada*, que era a revelação terrível que o sacudia quando, entre as seis e as seis e meia da tarde, em geral, percebia isso com uma brutalidade um pouco inexplicável, como se a dose que ao meio-dia tirara da gaveta da escrivaninha não tivesse diminuído progressivamente, aspirada por suas próprias fossas nasais, mas de repente, por algum tipo de passe instantâneo e mágico. A quantidade de droga só se apresentava como algo relevante, algo que de fato alterava seu ânimo, seu humor, e mesmo seu estado orgânico, quando a reconhecia como quantidade *ameaçada* e quando, correlativamente, compreendia a que ponto, com que incrível convicção ele, necessitado da droga que era, acreditara que sua porção de cocaína não acabaria *nunca*. A quantidade sempre era um problema retrospectivo, que existia somente nesse estranho misto de retrospecção e antecipação no qual Rímini afundava quando, mesmo antes de terminar sua dose, já a contemplava da perspectiva de quem a consumiu toda. Fazer o quê? Comprar mais — nem se discute. Vera chegaria, no mais tardar, em uma hora, e Rímini jamais cheirava em sua presença. Não suportaria ter um grama esperando por ele na gaveta da escrivaninha e não poder usá-lo. Fazer o quê? Uma possibilidade era fracionar o que restava em carreiras pequenas, mas numerosas, e cheirá-las escalonadamente, a intervalos mais ou menos regulares, de modo a cobrir o lapso de tempo e de trabalho que faltava até a chegada de Vera. A outra, dividi-lo em carreiras opulentas e acabar com elas de uma só vez, agora, já, numa cheirada apoteótica que fechasse o dia. Como nunca conseguia se decidir por um só critério, Rímini alternava. Quando fracionava, cheirava a primeira carreira e, embora insatisfeito, porque sua vontade de inalar sempre era inversamente proporcional à quantidade de pó que ia sobrando no retrato, punha-se outra vez a trabalhar, e a tarefa de traduzir, com sua maneira própria de drogá-lo, a princípio parecia dilatar, providencialmente, os efeitos da cheirada. Mas mesmo assim a exiguidade das carreiras, agravada por sua ansiedade, fazia que o espaço entre uma cheirada e outra fosse se abreviando, de modo que Rímini, em apenas meia hora, traduzira, a duras penas, trinta linhas, no melhor dos casos uma página, e quase sempre com todo tipo de erros, zonas de confusão e soluções provisórias, o que o obrigava a revisá-las e às vezes refazê-las inteiras no dia seguinte, quando tudo começava de novo, mas tinha acabado por completo com o hexagrama de pó branco que esticara no vidro da fotografia. Então, como um possuído, metia-se debaixo do chuveiro, e depois de esvaziar o nariz de restos de pó, limpando o interior das narinas com água e sabonete, de modo a evitar que Vera, ao escarafunchar nelas com a língua, como já acontecera, encontrasse o gosto amargo que certa vez confundira com novocaína, ficava longo tempo ensaboando o corpo de cima a baixo, massageando os músculos, revitalizando as partes mais afetadas pela ação anestésica da droga e as que, supunha, mais necessitaria quando Vera chegasse, em primeiro lugar as mãos lentas, como que picadas de dentro para fora por milhões de diminutos alfinetes, depois toda a região da boca e do nariz, onde a pele parecia ter secado completamente e os músculos, de tão retesados que os sentia, pareciam ter encurtado, e finalmente a língua, espessa, pesada, e o pau, essa linguiça flácida, sem o menor sinal de vida, que cabia inteiro dentro de sua mão fechada e que puxava primeiro distraidamente, na esperança de que esse estímulo, somado às massagens da ducha, bastasse para reanimá-lo, e depois se atracava com ele exclusiva e encarniçadamente, lubrificando-o com a espuma do sabonete e submetendo-o a toda espécie de operações, até arrancar-lhe, ao cabo de vinte minutos de trabalho e em meio a um ardor atroz, sem dúvida causado pelo contato do sabonete com a pele irritada da glande, de um vermelho agora quase sangrento, três ou quatro gotas de um sêmen anormalmente espesso, quase cinza comparado ao branco da espuma, que ficavam um momento ali, coladas à pele que une polegar e indicador, e depois eram varridas pela corrente de água. Fracionada a droga em doses curtas ou consumida de uma só vez, numa inalação longa, interminável, ao cabo da qual permanecia quieto por um instante, em estado de máxima tensão, com as veias do pescoço inchadas, e logo depois, porque sabia que ficara definitivamente sem droga, já lhe era impossível continuar traduzindo, nos dois casos a ducha sempre eram favas contadas, a ducha e também, naturalmente, a última masturbação sob a ducha, acometida quase na hora da chegada de Vera, portanto no auge da ansiedade. No entanto, apesar de moribundas, essas últimas gotas de esperma, e sobretudo a ereção, tardia mas firme e ardente, injetavam-lhe uma estranha vitalidade, o tipo de entusiasmo e bem-estar inesperados, compostos somente de satisfação, que se experimentava, às vezes, depois de um exercício físico exaustivo, e Rímini saía do banho com uma toalha amarrada à cintura, deitava-se no chão de madeira da sala, junto dos alto-falantes do aparelho de som, e deixava-se envolver, literalmente esmagar, dado o volume em que ouvia, pelo quinteto de abortos sonoros que encabeçava a lista de vendas da estação de rádio mais fuleira de todo o *dial*, cujas melodias pareciam estremecer seu coração diretamente, sem passar pelo ouvido, e cujas letras, de tanto ouvir, chegara a conhecer de cor e cantava primeiro suavemente, deixando-se levar pela corrente da música e eclipsar-se pelas vozes dos cantores, depois mais forte, como se travasse uma batalha com o que ouvia, e por fim esganiçando, aos gritos, enquanto batia no carpete com os calcanhares para marcar melhor suas entradas, num estado de desenfreio tal que mais de uma vez o vizinho subira e batera à sua porta para se queixar, até que o sol caía e uma mancha púrpura rebentava no pano retangular do céu que via pela janela e o interfone tocava e Rímini, jogado no chão, dizia com alívio: *É ela, é Vera.*

14.

Certa noite, Rímini terminou de repassar as mensagens do dia e percebeu que estava faltando alguma coisa. Nenhum sopro, nenhum silêncio suspeito, nenhum telefone desligado com chateação, nenhuma gravação insultante. (Na última, sobre o fundo de uma emissão radiofônica de tango, uma voz desorbitada augurava-lhe toda espécie de sofrimentos exóticos.) Recapitulou: fazia uma semana que sua secretária eletrônica não lhe trazia surpresas. Sentiu que essa falta contagiava o ar da noite, e nu, sentado junto à escrivaninha, prestou atenção. O ronco de Vera chegava do quarto, infantil, sobressaltado de quando em quando por inspirações que pareciam soluços. Da sala, contínuo, vinha flutuando o zumbido do aparelho de som. Tinham cruzado as lanças de suas respectivas preguiças, com um triste empate como resultado: nenhum dos dois topou se levantar para desligá-lo. Rímini era o vértice onde se encontravam todos os sons da casa.

Ficou aliviado com o telefone "limpo", talvez agora pudesse rebobinar os telefonemas do dia na presença de Vera, mas sentiu principalmente uma espécie de euforia triunfal, estranhamente magnânima, o tipo de orgulho que deve inundar os médicos quando o remédio prescrito, que escandalizou os pacientes e que, num primeiro momento, longe de dissipar a doença, agravou de maneira alarmante os sintomas, demonstra a eficácia na qual só eles confiavam. Talvez Sofía tivesse reconsiderado. Rímini deixaria passar um tempo, o suficiente para que o novo estado de coisas se assentasse, e depois provavelmente ligaria para ela. Aí, pensou, a partilha das fotografias seria apenas um trâmite.

Dias depois, uma sexta-feira, seu pai fazia aniversário. Sem avisá-lo, Rímini decidiu passar em seu escritório e levá-lo para almoçar. Caminhou um pouco pela Florida procurando algum presente para ele. Comparada ao brilho que despedia em sua lembrança, a rua — com seus comércios de saldos, suas lojas de casacos de couro, suas livrarias para turistas, seus mendigos, seus fast foods e seus vendedores, que, fartos de ver suas lojas vazias, iam para a rua interceptar clientes com modos imperiosos, sussurrando ofertas de bolsas e visons com o mesmo tom clandestino com que um pouco adiante, a quatro ou cinco quadras, onde a Florida mudava bruscamente de estatuto social, os entregadores de panfletos tentavam sem sucesso recrutar interessados para uma sauna ou uma sessão contínua de striptease — impressionou-o por sua vulgaridade. Chegou à Viamonte e resolveu voltar. O cheiro de fritura recrudescia; bem perto dali, distorcida por um megafone, uma mulher ameaçava os transeuntes com uma variante particularmente desapiedada, mas evitável, de castigo divino. Já começava a pensar em adiar o presente quando viu numa vitrine um pulôver grosso, com zíper e remendos de couro costurados nos cotovelos. Comprou-o. Assim que saiu, com o pulôver embrulhado no fundo de uma sacola de papel, um enxame de dúvidas o assaltou. A cor — um bordô forte, quase roxo — não parecia combinar muito com seu pai; afora o preto, o cinza, o branco e o bege, sua máxima concessão à estridência, tudo lhe parecia berrante, extravagante ou feminino; a participação de um fecho éclair num pulôver também o deixaria desconcertado, e os remendos — uma palavra completamente alheia, *pitucones*, passou por sua cabeça e desapareceu, deixando o ar cheio de vibrações mínimas. Mas quando chegou ao edifício onde o pai trabalhava, Rímini juntou todas as objeções ao pulôver que o haviam perseguido nas últimas três quadras e decidiu transformá-las nas *razões* pelas quais decidira comprá-lo e presenteá-lo.

Tocou uma campainha. Rímini forcejou com a porta e dirigiu-se ao escritório do pai, o último de uma série de boxes desmontáveis, todos iguais. Entrou direto, sem bater, e a primeira coisa que viu foi uma mancha bordô movendo-se diante dele. Ficou paralisado junto da porta, a mão morta na maçaneta. Por um segundo, pensou que estava alucinando: via a dois metros de distância o pulôver que descansava no fundo da sacola. Mas era seu pai, que bufava e pelejava com o zíper de um pulôver de lã grossa, bordô, com remendos, irmão gêmeo do que Rímini acabara de comprar para ele. Conseguiu subir o zíper e, com o ar de atordoado triunfo daqueles que superaram uma inabilidade, mas jamais saberão como, fitou-o sorrindo, abriu os braços, exibindo-se, e perguntou: "O que acha?". Caía-lhe perfeitamente. Assim, exatamente assim Rímini imaginara *seu* presente no corpo do pai, supondo que tivesse concordado em prová-lo. Mas franziu a boca e disse: "Humm... Não sei. Essa cor. Depois, desde quando você gosta de pulôveres com zíper?". "Não gosto", disse o pai, concentrado em esticá-lo. "Acabo de ganhá-lo de presente. Mas não ficou ruim, não é? Se tivesse um espelho..." Cruzou-lhe a frente e foi para o corredor. Rímini conseguiu ler na etiqueta que lhe pendia do pescoço: a mesma loja. Saiu atrás dele em pleno ataque de mau humor. O pai posava diante de um espelho vertical, suficientemente estreito para refletir só um braço por vez. "Feliz aniversário", disse Rímini, escondendo instintivamente a sacola com o seu presente. "*Nada* mau", repetiu seu pai, satisfeito, e, olhando para os cotovelos, acrescentou: "Até os *pitucones*". "Os o quê?" Duas ou três cabeças se viraram alarmadas para ele: Rímini percebeu que havia gritado. "Isto", disse o pai, apontando para os remendos de camurça, "chamam-se *pitucones*." Rímini quis sorrir, mas um esgar indefinível adiantou-se a ele. "Sério. Foi Sofía quem me disse", e depois, baixo e muito rápido, acrescentou: "Foi ela que me deu o presente" — como costumava deixar escapar as coisas que não queria calar, mas que, tampouco, queria que prejudicassem alguém. "Que bom que você veio", disse, enquanto o empurrava outra vez para o escritório. Rímini olhou diretamente em seus olhos: "Você viu Sofía?". "Acaba de sair. Cinco minutos antes você teria cruzado com ela." Fechou a porta; fingiu não perceber a sacola que Rímini escondia atrás das pernas. "Fico lhe devendo um presente", disse Rímini, "mas o convido para o almoço." "Ótimo. Como está lá fora?" "Friozinho." "Então vou com o pulôver." "Vai ficar com calor." "Se ficar eu tiro." Estavam saindo. "Você não se incomoda, não é?" "O quê?" "Que eu saia com o pulôver." "Pai, o que está dizendo?" "Não sei. Nem todo mundo reage da mesma maneira." Passaram pela recepcionista. "Volto às três horas", disse o pai. Esperaram o elevador; o pai acariciava o pulôver com a palma das mãos, como se o alisasse. "Achei-a linda. Mais linda que da última vez, pelo menos. Deixou um beijo pra você."

Sentados na mesa do fundo de um restaurante italiano, ameaçados, como sempre, pelo cartaz gigantesco pendurado sobre eles, onde uma ponte do Brooklyn feita de lampadazinhas coloridas se acendia e se apagava com regularidade, estranharam que houvesse tão pouca gente. Comentaram isso com o garçom, o mesmo que os atendia há anos. Sim, a clientela tinha diminuído, admitiu, o que era perfeitamente normal depois dos incidentes da semana passada. "Incidentes?", perguntou o pai de Rímini. Um par de turistas sentava-se a uma mesa vizinha. O garçom se inclinou e, baixando a voz, em tom confidencial, disse: "Entraram ladrões. Três: dois gordos e uma mulher. Por mero acaso havia um policial no banheiro. Quando saiu sacou a arma e apontou para eles. A mulher disparou primeiro. *Madonna santa*. Tiroteio total. Eu mandei para o inferno os *rigattoni* da mesa dezesseis e me joguei no chão. Aqui, bem aqui. Na maior. Saldo: um cliente morto, outro ferido, o policial com um ferimento leve, um delinquente abatido e dois fugitivos. *Due spaghetti carbonara*, como sempre?".

Assim que o garçom saiu, o pai, como se comemorasse a intimidade recuperada, bateu carinhosamente na mão de Rímini e disse: "Bom, me conte". Era a forma imperiosa e desigual que haviam adotado seus encontros desde que Rímini se separara de Sofía. Durante anos tinha sido exatamente o contrário: Rímini, do alto de sua incomovível estabilidade sentimental, punha os ouvidos e sua infinita capacidade de compreensão à disposição do pai, divorciado profissional que fazia e desfazia noivados, mudava de casa como de camisa, brigava e voltava a reconciliar-se, negociava com advogados, casava-se via Paraguai ou México e empreendia inesperadas luas de mel, frequentava casas de jogo particulares onde jogava — ele dizia "investia" — pôquer e depenava ou era depenado pelos mesmos gerentes e comissários de bordo que de dia, amnésicos, interceptavam-no para cumprimentá-lo no Microcentro, ou descarregava sua paixão fazendo visitas rápidas ao Cassino. Rímini, outra vez "solteiro" — ou seja: *sem Sofía*, o único fator que seu pai parecia considerar para determinar seu estado civil —, agora passara a ser uma fonte potencial de relatos de aventuras. Mas no convite para contá-las com que seu pai abria o jogo cada vez que se encontravam, Rímini acreditava perceber, além da expectativa, uma espécie de magnanimidade que o irritava, como se o pai acreditasse que a responsabilidade da mudança de Rímini fosse sua, ou, antes, de sua decisão de ceder-

-lhe o privilégio de levar uma vida mais ou menos desafortunada, e não da lógica própria da vida de Rímini. Rímini, contudo, obedecia e fazia o relatório. Havia temas de eficácia garantida: a autogestão doméstica, a disponibilidade, a falta de limites na vida cotidiana. E, naturalmente, a relação com Vera, que seu pai dizia querer conhecer com pouca convicção, como se desconfiasse que podia ser invenção de Rímini, da timidez ou da ansiedade de Rímini, e não quisesse confirmar nem pôr o filho à prova.

Nessa tarde, Rímini teve a impressão de que o pai não o escutava. Assentia e o contemplava com seus velhos olhos úmidos, e de quando em quando batia na mesa com a palma da mão para manifestar escândalo ou espanto. Mas por trás de todos esses sinais de atenção, que eram automáticos, não havia nada. Mexiam ao mesmo tempo as xícaras de café. Rímini já falara de Vera, da avalanche de trabalho que desabara sobre ele, inclusive de sua experiência com a cocaína, cuja frequência e cujas doses achou prudente reduzir, quando olhou para o pai e viu que entrecerrava os olhos e cabeceava, como se estivesse dormindo. Achou-o velho, isolado e protegido ao mesmo tempo por esse mundo de digestões lentas, calafrios, sonolências inoportunas, onde o pulôver novo em folha brilhava como um turista endinheirado num país pobre. Então bateu em sua mão com carinho, acordando-o, e perguntou por Sofía. Seu pai reagiu no ato, como se essa fosse a única pergunta capaz de acendê-lo, mas quis despachar a questão com um par de frases de compromisso. "Papai", deteve-o Rímini, arrancando-lhe um sorriso incômodo. "Não, é que não quero que...", começou a desculpar-se. "Não quer o quê", disse Rímini, "você ficou o almoço todo com o pulôver e agora dá uma de reticente?"

Não, não a achara bem. Nada bem. Com olheiras, disse o pai de Rímini. Como se não dormisse o suficiente. Alternava inexplicáveis ataques de entusiasmo com longos momentos de silêncio e imobilidade. Irradiava o ar descuidado de quem há dias não passa pela própria casa. A mão tremia ao segurar a xícara de café. A voz entrecortada, como se tivesse acabado ou estivesse à beira do choro. O pai de Rímini não podia garantir, mas teve a impressão, por momentos, de que ficava estrábica. "Falaram de mim?", perguntou Rímini. "Um pouco, assim, de passagem", respondeu o pai. "O que ela disse?", ele insistiu. "Nada." "Papai…" "O que dizem todas as mulheres quando há separação: que você a evita. Que sumiu do mapa." Ficaram em silêncio. Rímini sentiu o peso dos olhos do pai. "Cuido da minha vida. Depois de doze anos, tenho esse direito, não?" "Não sei. Depois desse tempo todo, ficar nessa situação. Deve ser duro", disse o pai. "Isso é textual dela, não?" Rímini começava a ficar com raiva. Olhou o tecido do pulôver, a grossura deliberadamente anacrônica da lã, as bordas dos remendos gastas de propósito… Teve vontade de pedir que o tirasse. "O que custa pra você?", disse o pai. Rímini levantou a mão para pedir a conta. "Eu sei como é. Não estou sugerindo que você vá vê-la. Um telefonema de vez em quando, só isso. Até tudo se acomodar. É uma fase, você vai ver. Depois passa. E tudo fica no lugar."

Rímini queria ir embora. Queria voltar imediatamente a Las Heras, onde o esperavam um papelote de cocaína inteiro, trinta páginas para traduzir e o armário onde finalmente poderia se desfazer do pulôver gêmeo. Despediu-se do pai na rua, junto da entrada do prédio de escritórios. Tinha o costume de ficar olhando para ele, sem se mover, até vê-lo desaparecer. Esticando a barra do pulôver, o pai de Rímini chegou aos elevadores, parou, enfiou a mão no bolso, deu meia-volta e foi outra vez até ele. Rímini pensou que ia lhe dar dinheiro, como fazia há quinze anos, todas as sextas-feiras, cada vez que se despediam. Mas o que seu pai tirou do bolso foi uma pequena foto em preto e branco. "Ela me pediu que lhe entregasse", disse — mas Rímini, pego de surpresa, já estava contemplando a foto antes de aceitá--la, já recuava no tempo dez, vinte, trinta anos, já se transformava outra vez em criança de uniforme, calças curtas e botinas, que afundava o rosto jovem entre os barrotes de uma jaula do zoológico.

Voltou a Las Heras alarmado, depois de uma corrida de táxi muito parecida com um pesadelo. Da cintura para baixo, tudo era hipersensibilidade: o simples roçar da cueca contra a pele das coxas arrancava-lhe gemidos ambíguos, a meio caminho entre a dor e o deleite. Por um momento, tudo vacilou: Rímini entrou, fechou a porta com duas voltas na chave, pôs o rádio no último volume, como se quisesse ensurdecer um exército de microfones clandestinos, meteu-se na cama vestido e só então, coberto até o queixo, atreveu-se a olhar novamente a foto, a virá-la e ler o que haviam escrito do outro lado: *Não quero falar com o culpado que confunde viver com fugir, esconder-se, "proteger-se" do que ama (e do que o ama). Quero falar (porque o conheço, porque me comove, porque vem antes de tudo) com o inocente que aos sete anos (você aí tinha sete, não?) iluminava as tardes com sua curiosidade e cobria os sapatos de pó. Se ainda está vivo, se ainda está em algum lugar (e eu acho que sim, que está), que bata três vezes nesta foto, e eu vou lhe abrir a porta.*

Rímini olhou o verso da foto de perto e confirmou o pior: estava escrito a lápis. Um clássico de Sofía: uma de suas maneiras preferidas de aparecer, de intervir e marcar o mundo, deixando-lhe uma ranhura respeitosa, quase imperceptível, mas ao mesmo tempo decisiva, uma vez que, exigente como era, bastava que houvesse um olhar capaz de detectá-la, um apenas, para que seu sentido, como esses animais desidratados que, por serem minúsculos, por obra da água, passam a encher aquários enormes, adquirisse dimensões extraordinárias. Ao escrever com lápis, lápis macio e, consequentemente, fácil de apagar, Sofía dava-lhe uma gama de opções: ler a mensagem e não fazer nada, ler e apagar, apagar direto sem ler, mas sempre preservando a integridade da foto. Mais uma vez, Rímini sentiu que tinha *caído*. Que Sofía telefonasse para ele, que lhe mandasse cartas ou enfeitiçasse seu pai com seus malabarismos patéticos — seu pai, que depois de três divórcios continuava saindo de cada derrocada amorosa certo de que era o *verdadeiro* culpado —, não era esse o problema. O problema era o olho de Rímini: seu olfato, sua intuição, sua sensibilidade à forma sutil, como que na ponta dos pés, que Sofía tinha de surgir no horizonte de sua vida. Que sentido havia em ficar quieto, abaixar a secretária eletrônica, ignorar as investidas telefônicas, se Sofía não precisava confirmar para saber que sim, que sua mensagem, e não só as palavras e o que significavam, mas também, e sobretudo, o fato de terem sido escritas com a ideia de que uma das sortes que podiam caber-lhes era o desaparecimento, e, em vez de fazer todo o possível para impedir, fazer todo o possível para *permitir* — sua mensagem chegara, acertara o alvo, fora decifrada como ela, sem declarar, exigia? O que não daria por um pouco de indiferença. Tiritando na cama, Rímini se sentia fraco, exposto, mas principalmente desanimado, como o convalescente que, depois de algumas semanas de progresso contínuo, já quase sem sintomas, quando, não fosse pela camisola de hospital que usa, os demais internos, os enfermeiros e mesmo os médicos o confundiriam com um visitante saudável, sofre uma recaída, volta ao estado de prostração que pensara ter deixado para trás para sempre e descobre, menos com horror que com desassossego, que o que chamava de saúde era algo tão precário, frágil e efêmero que, como a primeira pele que cresce sobre um ferimento, basta a menor pressão para rachá-lo.

Rímini não cedeu. Típica vingança do que se abstém de agir, sentia prazer pensando que se Sofía não tivesse escolhido essa forma indireta, descaradamente sentimental, de intervir em sua vida, ele provavelmente teria ligado para ela ou teria respondido de algum modo a algum dos sinais que recebia dela. Chegava até a mentir para si mesmo; citava impulsos — telefonar para ela, por exemplo, ou devolver-lhe alguma carta — que nunca tivera. Tudo o submetia a uma espécie de reescritura maníaca, o tempo todo. Não que Sofía tivesse reaberto uma ferida que continuava viva nele, apesar dele, contra essa vida "cicatrizada" que ele levava; imperdoavelmente, Sofía sacrificara uma oportunidade, e Rímini, favorecido pelo veredicto dessa discutível justiça retrospectiva, agora podia fazer o que até então, por amor ou por medo, evitara: esquecê-la *completamente*.

Pôs a foto numa estante da biblioteca, reclinada contra a lombada dos livros. Nessa tarde, mais de uma vez, ao longo das seis horas que passou traduzindo, drogando-se e, em três ocasiões, masturbando-se no banheiro com um tal frenesi que, no final da terceira vez, a mais trabalhosa e também a mais desesperada, um tênue fio de sangue, fruto do adelgaçamento da pele da glande causado pela fricção, tingiu de vermelho a insignificante carga de sêmen que conseguira arrancar de si, Rímini flagrou-se levantando os olhos e contemplando-a com uma obscura inquietação. Alguma coisa na foto parecia se esconder cada vez que Rímini a olhava — algo que, invisível, mas entocado, fazia que a foto não fosse totalmente sua. Saindo do banheiro, enquanto se desfazia do exemplar de *As onze mil varas*, ocorreu-lhe uma ideia alarmante: e se a foto estivesse possuída? Talvez ela não estivesse restituindo nada, pensou: talvez a foto fosse simplesmente o veículo, o único que Rímini não havia freado ou ignorado, por meio do qual Sofía tentava entrar na nova vida de Rímini, entrar e se estabelecer nela sem precisar se mexer, como se a foto fosse seu agente a distância ou seu fantasma.

Vera chegou quando estava anoitecendo, e ele, com o ímpeto da cocaína, que transforma o viciado num monarca e o resto do mundo numa vasta coleção de províncias anexáveis, submeteu a ideia a sua consideração. "Fotos possuídas?", Vera sorriu, apontando-o com um dedo perspicaz: agora descobrira a que dedicava suas famosas tardes "de trabalho". Rímini vacilou e ficou bem quieto, como se estivesse à beira de um precipício. "Vamos ver, cinema fantástico!", exclamou ela, e avançou, jogou-o na poltrona e imobilizou-o cravando-lhe um joelho no peito. Vera — uma amazona de braços magros e cutículas roídas, vítima do rubor, da ira, da beleza. Rímini sentiu que era extraordinariamente sortudo. Cinco minutos atrás, antes de Vera chegar, o mundo lhe parecia um lugar inóspito, envelhecido pelo rancor e pela intriga, cheio de fundos falsos imprestáveis. Agora, enquanto fingia se debater e sacudia a cabeça de um lado para o outro, como uma donzela prestes a ser violada, avassalado pelo vigor desse corpo que não o temia, Rímini sentia como se lhe tivessem dado uma prorrogação milagrosa. "Vou fazer xixi", disse Vera, e assim como o tombara, afastou-se e desapareceu rumo ao banheiro. Rímini ficou deitado no sofá. Era a hora mais indecisa de sua vida de drogado: não iria cheirar mais até o dia seguinte, e as últimas carreiras, fracionadas ao máximo pela necessidade de racionamento, começavam a ficar para trás, mas seu coração, sua percepção das coisas e sobretudo seu sentido do tempo ainda estavam sob o efeito da cocaína, de modo que sua relação com o mundo mudava minuto a minuto. A fuga de Vera, por exemplo, fora um acontecimento quase sobrenatural, algo súbito como um relâmpago, e ao mesmo tempo longo como a passagem das nuvens no céu, só que concentrado numa porção mínima de espaço — algo que, a princípio, só conseguiu contemplar impávido, como se tivesse lugar numa dimensão inacessível, e que somente depois, quando descobriu que a sombra amarela de seu vestido demorava demais a voltar, o fez reagir, levantar-se da poltrona e precipitar-se, inquieto, na direção do banheiro, tentando imaginar por que ela demorava. Um metro antes de chegar, ao passar pelo escritório, um de seus pés nus pisou em algo que quase o fez escorregar. Era mais que "algo": um pedaço de seu rosto, do rosto que tivera aos sete anos, mas que já não tinha condições de iluminar nada. Agachou-se e reconheceu noutro pedaço uns barrotes cortados e, um pouco adiante, parte de um cotovelo ou de um joelho, e um pedaço de céu, e um lóbulo de orelha que surgia sob uns fios de cabelo ruivo, e um coto de frase (*ardes com sua/ está vivo, se ainda está/ ta três vezes*) que quase o fez chorar de dor. O som do elevador o sobressaltou. Estava subindo. Vera não estava no banheiro, mas fora, na entrada, chorando com o rosto colado contra a porta gradeada do elevador. "Por quê?", disse Rímini. Quis tocar seu braço. Vera se afastou com violência. Rímini voltou a tocá-la, como se quisesse certificar--se de que estava ali e era real. "Tire a mão de cima de mim", ela disse, "você é um lixo, um filho da puta." "Era eu", dizia Rímini, "eu aos sete anos, no zoológico. Meu pai a tirou com uma Kodak Instamatic." Vera se virou e olhou-o com espanto, como se estivesse vendo um monstro. "Você não pode ser tão cínico", disse. "Íamos lá todos os sábados à tarde. Eu levava um bloco de papel Canson…" Avançou sobre ele e, como uma máquina que de repente pusesse em marcha todas as suas funções ao mesmo tempo, começou a bater-lhe na cara, a arranhá-lo, a puxar seus cabelos, enquanto o empurrava e o obrigava a recuar. A porta do apartamento da frente abriu-se: dois cães husky começaram a latir, a puxar as coleiras amarelas, e arrastaram ao patamar um homem de jogging de tecido de avião, com uma juba de cabelo avermelhado penteada para a frente, que ao ver Rímini de roupão desviou os olhos com pudor. Rímini viu o rosto de Vera bem perto do seu, enorme, desfigurado, monstruoso. Então bateu nela: uma bofetada suave e rápida. Vera ficou paralisada. Até os huskies emudeceram. O elevador acabava de chegar, banhando-os com sua luz quadriculada. "… e uma caixa de lápis Stabylo de trinta e seis cores que minha avó me deu de presente…", disse Rímini, e bateu nela pela segunda vez. Vera recuou e bateu na porta do elevador, espantando o cão que pretendia farejar seus sapatos. "Comprávamos aqueles biscoitinhos com formato de bichos e eu os colocava sobre o papel e passava um lápis preto pelas bordas para desenhar os contornos…" O terceiro golpe não chegou a seu destino: Vera tinha se virado para o elevador, de modo que a mão de Rímini bateu tristemente contra um lado de sua bolsa e foi se enfiar num dos vãos da porta gradeada, justo no momento em que Vera a abria de uma vez. Rímini uivou, como se uma tesoura tivesse fatiado sua mão. Vera pulou para dentro do elevador, e atrás dela, outra vez atiçados, enfileiraram-se os cães e o homem de jogging, que ao passar por Rímini cobriu-o com um longo olhar de desprezo. Só então, quando o vizinho e Vera sincronizaram seus movimentos, um fechando a primeira porta de um golpe, a outra fechando a segunda e apertando o botão do térreo, Rímini conseguiu recuperar sua mão em chamas.

Três ou quatro dias depois, parado a um metro de onde se passaram os fatos, Rímini segurava com a mão enfaixada uma prancheta do correio e com a outra, a esquerda, garatujava uma farsa de assinatura na célula junto de seu sobrenome, e em troca desse alarde de invalidez e recursos um carteiro asmático entregava-lhe um pequeno envelope acolchoado. Desta vez, a foto tinha as bordas dentadas: Rímini viajava lento, lentíssimo, quase imóvel, pelo lago do Rosedal, a cabeça apoiada no peito do pai, que pedalava a bicicleta aquática. Desta vez não havia texto. Tampouco o houve alguns dias depois, quando outro carteiro entregou-lhe outro envelope com outra foto na qual Rímini não conseguiu se reconhecer tão facilmente. Tinha seis anos, estreava o corte de cabelo que ele mesmo fizera, sem outra ajuda que a da tesoura que roubara de um costureiro durante uma sesta e que por milagre não lhe cortara uma orelha, e se na foto estava sozinho, afastado dos demais meninos, com as mãos nos bolsos, absorto na forma e no tamanho de cada galhinho que seus pés faziam crepitar, não era pelas represálias que ganhara, que, salvo por obrigá-lo a recolher os restos de cabelo e atirá-los no lixo, nunca chegaram a ter uma forma definida, mas antes por convicção, por lealdade à imagem de atormentada precocidade que havia inaugurado com essa meia dúzia de tesouradas brutais.

Era evidente que Sofía havia reconsiderado, ou ao menos mudado de estratégia: substituía o assédio por uma presença regular, benévola, que de quebra resolvia a questão da partilha das fotos. Rímini, por sua vez, recuperava seu patrimônio, de infância e de fotos. Não cedera, mas tampouco tinha ilusões. Embora gozasse da tolerância com que Vera tentava purgar seu desplante, já sabia que nunca poderia compartilhar com ela nada que fizesse parte de seu passado, uma palavra que Vera não conseguia pronunciar sem engolir saliva, com a qual designava não a vida já transcorrida de Rímini em geral, mas a vida de Rímini *sem ela*, que incluía o Rímini adulto, sexual e sentimentalmente ativo, mas também, por mais inofensivos que fossem, o Rímini recém--nascido, o lactente, o desdentado, o que tinha medo do escuro, o incansável retratista de animais, o disléxico estacional, o fanático por *Esses homens maravilhosos e suas máquinas voadoras, O calhambeque mágico* e *Um dólar furado*, e que provava que ela nem sempre fora indispensável para ele. De modo que Rímini recebeu as duas fotos e, quase sem pensar, como se o incidente do elevador tivesse dividido sua vida em duas etapas, paralelas, mas mutuamente indiferentes, foi guardá-las numa caixa que comprou especialmente para a ocasião, e sem emoção alguma, menos ocultando-a do que a pondo em seu lugar natural, guardou a caixa na gaveta mais alta do armário do quarto. E enquanto fechava a porta com um empurrão, Rímini, levemente excitado, perguntava-se: *Como será a próxima? Quantos anos terei? De que estarei brincando?*

Mas não houve mais fotos. Certa manhã, Rímini estava tomando banho e Vera, enrolada no roupão dele, lia rapidamente o jornal para ele enquanto mordiscava uma torrada. Era uma rotina a que se entregavam com prazer: Rímini gostava de receber o jornal de manhã, mas não de lê-lo, e Vera, em quem as notícias, a menos que fossem verdadeiramente extravagantes, não despertavam a menor curiosidade, adorava ler coisas em voz alta, o que fazia com uma dedicação e um entusiasmo extraordinários, aperfeiçoando sua dicção como uma professora de idiomas e pronunciando *todos* os sons das palavras. Rímini tentava capturar o sabonete, uma espécie de tijolo cremoso imenso, caríssimo, que seu amigo farmacêutico o fizera comprar, quando teve a impressão de ouvir a palavra "Riltse". O sabonete acabou de escapulir, deu dois pulos na pista de azulejos, bateu na cortina e deslizou até cair, imóvel, no chão. Vera passou-o para ele enquanto continuava lendo: "… nesta quinta, encerrando uma turnê internacional que começou há nove meses no Palazzo Pitti de Florença, continuou no Centro Beaubourg de Paris e passou pela Galeria Sperone de Nova York, chega ao Museu de Belas-Artes *A mão menor*, mostra que reúne desenhos, rascunhos, esboços e outras obras 'privadas' do extraordinário artista inglês…".

Como alguns sonhos persistentes, que além de atormentarem durante o sono continuam acompanhando quem os sonha mesmo depois de acordado, a reaparição de Riltse marcou o dia de Rímini com um tom sombrio. Não voltou a pensar nele; porém, em alguma parte de sua cabeça, não deixou de sentir a pressão discreta, mas incessante, de uma presença estranha, monótona como o eco de uma dor. Mergulhou no trabalho. Traduzia, ou melhor, reescrevia, uma antologia de ensaios ilegíveis sobre a perversão, esperando a chegada de cada história clínica como os leitores de verão esperam as cenas de sexo num romanção de ambiente asiático. Drogou-se como nunca. Um quarto do papelote do dia anterior, que não tinha conseguido cheirar porque Vera adiantara inesperadamente sua visita, liquidou alguns segundos depois da despedida, numa única cheirada, sem sequer mudar de orifício nasal. O misto de ardor e insensibilidade que o invadiu era tão intolerável que precisou se masturbar quatro vezes em três horas, e para levar a última a bom termo, dado o estado de infertilidade em que o haviam deixado as três anteriores, teve de envolver o pau numa das calcinhas que Vera, de uns tempos para cá, começara a esquecer no apartamento com alguma regularidade.

De todos os efeitos da separação, ao menos de todos aqueles dos quais tinha consciência, o único que verdadeiramente continuava a pegá-lo de surpresa era o fato de que os sinais do amor que ficara para trás, sinais "da outra vida", como frequentemente gostava de chamá-la, tivessem sobrevivido à catástrofe e continuassem vivendo em meio à nova vida mais ou menos ilesos, prenhes do mesmo significado de sempre. Como era possível que tudo mudasse, *menos* isso? Que espécie de criatura podia ter a força, a obstinação necessárias para atravessar essa verdadeira mudança de era geológica que era a extinção de um amor de doze anos? Às vezes, enquanto caminhava pela rua, acontecia de levantar de repente os olhos e descobrir ou derrubar, literalmente, uma placa com o nome de um bar, o cartaz de uma marca de roupa, a boca de uma estação de metrô, a capa de um livro exibido numa mesa na calçada, uma revista pendurada numa banca, uma raça de cão, uma praia promovida na vitrine de uma agência de viagens, e sentia que pela mão de um só desses signos banais um bloco inteiro de passado, surgindo da noite sem aviso, fazia sua alma ranger com uma violência brutal, como se fosse partir-se em duas. Então, em meio a essa aflição física, fruto do choque de duas magnitudes de tempo, e não de duas experiências sentimentais, Rímini pensava que, se houvesse algum recurso cirúrgico que lhe garantisse o esvaziamento de todos e de cada um daqueles signos, sua restituição a um estado de opacidade original, ele teria se submetido ao procedimento sem um pio, com os olhos fechados, ou sonhava entristecido com um mundo que promovesse o uso pessoal e voluntário da amnésia, uma vida em que qualquer um fosse capaz, mediante alguns passes simples, de extirpar dos signos todos os sentidos que o passar do tempo tivesse feito caducar, assim como qualquer um elimina de um ano para o outro, do índice telefônico de sua agenda, os nomes e números de que não vai mais precisar.

Às seis, seis e meia, perseguido pela dor de cabeça, com a boca tão seca que parecia de areia, Rímini levantou-se da escrivaninha e foi reanimar-se na cozinha. Sentia-se um trapo. O menor movimento lhe arrancava uma série de grunhidos mal-humorados. Pela primeira vez a perspectiva de drogar-se parecia-lhe uma brincadeira de criança mesquinha, insatisfatória. Embora o álcool nunca tivesse sido uma tentação, ficou aliviado ao descobrir uma garrafa de uísque no fundo do guarda-comida. Nem se lembrava de tê-la comprado. Serviu-se dois dedos e esvaziou o copo de um trago. Teve calafrios; um rastilho de fogo viajava por suas veias a toda a velocidade. Estava servindo o segundo copo quando o sobressaltou o baque do elevador que se punha em marcha. Ficou alarmado. Pôs um pouco mais de uísque no copo, mas depois, de repente, ergueu levemente o gargalo da garrafa no ar, de modo que o álcool balançou numa linha horizontal, dentro dela, até ficar completamente quieto, e parou. O elevador subia. Estremeceu-o o roçar da beira da bancada de mármore contra seu sexo, que assomava, exangue, entre as bordas do roupão. Sentiu que estava acordando de um sono infinitesimal. Mas quando quis mudar o foco de atenção foi detido por um pressentimento: a ideia, nem tão disparatada, por outro lado, de que algo importante podia depender de que ele estivesse ou não ali, velando na cozinha. O elevador subia acompanhado por uma nota contínua, bem baixa, menos um som que uma profunda vibração interna, e a cada andar emitia uma espécie de estalo metálico, como se cruzasse uma barreira. Rímini começou a contar os andares mentalmente. Tinha palpitações. *Segundo...* *terceiro... quarto...* — mas interrompeu a conta quando pensou ouvir, recortada contra o estrépito, uma voz de mulher trauteando uma melodia. Outro baque, desta vez bem perto, e a vibração desapareceu, e todos os outros ruídos do edifício se alvoroçaram por um instante, até que o silêncio os devorou. Rímini não se mexeu: desconfiava de tudo. Era em seu andar? Mais embaixo? Por que não se ouvia nada? Sentiu-se *visto*; o pudor obrigou-o a fechar o roupão e amarrá-lo com o cinto. Então ouviu as portas do elevador se abrindo. Teve um impulso de correr e espiar pelo olho mágico, mas achou que não tinha tempo, que o mais importante, a essa altura, era não se delatar. Levantou os olhos — o único movimento mudo de que se sentia capaz — como quem se distrai, olhou através do vidro sujo da janela da cozinha o apartamento da frente, um andar acima, e descobriu um rosto imberbe, de óculos, que o olhava. Do outro lado da porta, lentamente, uns pés que pareciam de doente arrastaram-se em círculos, como se avaliassem todas as portas antes de decidir-se a bater em alguma. Depois, ao fim de alguns segundos, a campainha soou uma vez, seca e breve, mas não lá fora, no ar, e sim no próprio interior de sua cabeça. Contraiu o estômago e conteve o fôlego. A segunda campainha soou mais forte, mas também mais longe, misturada com o ruído de uma chave que escarafunchava na fechadura de uma porta vizinha. Rímini reconheceu as patas dos huskies arranhando as lajotas, os latidos afônicos, o sussurro com que o dono tentava acalmá-los. Depois, uma mão segura, embora um pouco cansada, bateu três vezes à sua porta. "Insista, que ele está em casa", ouviu o vizinho dizer, enquanto os cães investiam contra as portas do elevador. Ouviu também um agradecimento e, em seguida, cinco batidinhas fracas, agora ligeiramente arrítmicas, contra a porta. O elevador descia, levando o delator com seus sabujos. As pernas de Rímini doíam; um princípio de cãibra começava a endurecer-lhe o arco de um pé, e tinha as costas banhadas de suor. Precisou olhar para a garrafa de uísque que segurava para lembrar que tinha mão. Responderia, pensou. Abriria a porta e pronto. Deu alguns passos vacilantes, que lhe pareceram os primeiros em anos, e saiu da cozinha. Pousou a mão na maçaneta da porta; estava prestes a abri-la quando um de seus passos fez o piso ranger. Ficou quieto; teve a impressão de que do outro lado da porta faziam o mesmo. Mas depois de alguns segundos ouviu um roçar de roupa, esse sussurro que acompanha um corpo que se agacha, e quando baixou a vista viu a ponta de um pequeno envelope cor de lavanda abrindo caminho por debaixo da porta.

15.

Sim, odeio você. Sim, perdoo você.

O amor é uma torrente contínua.

Como sei que não vai ser capaz de ir sozinho à mostra de Riltse (já posso ouvi-lo: "lembranças" demais — as aspas são suas), na quinta às sete vou estar na porta do museu.

Sou a garota baixa e de olheiras, de impermeável amarelo (se estiver chovendo), ou a que acaba de descer sem fôlego de sua bicicleta verde (se o tempo estiver bom).

Você não tem como errar.

Odeio ter que lhe dizer isto, mas é sua última chance.

16.

Choveu durante vinte horas, da madrugada até bem entrada a noite, sem interrupção, e tanto, com uma violência tão intensa e uniforme, que um fragor contínuo, semelhante ao de uma esquadrilha de aviões, ensurdeceu o ar durante todo o dia. As partes mais baixas da cidade ficaram completamente inundadas; verdadeiros rios naturais, usando, a modo de leito, o percurso das ruas, arrastavam carros ao longo de quadras inteiras até fazê-los bater contra algum monumento ou embuti-los diretamente nas recepções dos edifícios mais elegantes do Baixo. Rímini assistira ao princípio do dilúvio. Insone, lia na poltrona da sala com a música bem baixa, para não acordar Vera, quando viu que duas ou três caixas de discos empilhadas sobre a mesa começaram a vibrar, friccionando-se entre si, até que uma, que estava mais próxima da beirada da mesa, finalmente caiu no chão. Só então ele ouviu, distante mas imenso, o estremecimento subterrâneo que se aproximava. Olhou pela janela e em dois minutos, não mais, viu o céu passar do preto pleno e sem matizes da noite a um cinza avermelhado, e daí, em menos de trinta segundos, a um amarelo malsão, semelhante à pele doente, estriado por fugazes descargas de eletricidade. Abriu a janela: uma brisa quente envolveu-lhe o rosto. Viu gente saindo às sacadas, homens atordoados fechando postigos, mulheres abotoando penhoares ou acalmando bebês nos braços, e esses instantes de cumplicidade e anonimato, estranhamente suspensos no meio da noite, lembraram-lhe o efeito de comunhão que, quando menino, gostava de reconhecer nos filmes de cinema-catástrofe. Só então, quando compreendeu que o que imaginara ser um tremor subterrâneo era o reflexo de um estremecimento do céu, Rímini teve ideia da magnitude da tormenta. Estourou um trovão fenomenal, desses que parecem fazer o mundo em pedaços, e Rímini recebeu na cara o golpe das primeiras gotas. Em poucos minutos, esse gotejar irregular, um pouco vacilante, transformou-se numa cortina de chuva feroz que não deixava ver nada a dois metros de distância. Rímini foi dormir com a imagem de uma mancha amarela flutuando em sua cabeça — não o impermeável prometido por Sofía, mas essas capas de borracha que os motoristas usam para fazer entregas nos dias de chuva.

Quando acordou, tarde, as colunas de água eram tão densas e caíam com tanta regularidade que pareciam quietas. Vera tinha ido embora. Arrastou-se até o banheiro, esmagando com os calcanhares a borda das pantufas, e parou diante da pia. Ao levantar os olhos quase deu um pulo: em vez de seu rosto, no espelho do armarinho havia um bilhete de despedida colado com fita *scotch*. Reconheceu a letra de Vera, didática, cheia de ondas, e arrancou o papel sem lê-lo. Odiava receber surpresas ao acordar, quando só a rotina mais monótona lhe garantia uma boa transição para a vigília. Mas além disso havia o fato desagradável, e inconfessável, de que os bilhetes de Vera, parentes jovens, românticos e saudáveis, mas parentes, enfim, não podiam deixar de cair na órbita da cadeia de escritos de Sofía, cuja máxima — *dei-*

xar por escrito o que o amor torna impossível de dizer — pareciam compartilhar, e Rímini, que por princípio era inimigo de comparações, não podia evitar vê-los como imitações condenadas ao fracasso. De modo que saiu do banheiro e começou a se drogar antes do tempo, sem ter tomado café da manhã e antes mesmo de escovar os dentes, operação completamente mecânica que via, no entanto, como a verdadeira fronteira entre a noite e o dia. Antes das duas da tarde, a hora em que pensava, como de hábito, em sentar-se para traduzir, já tinha liquidado o papelote que devia durar o dia todo. Ligou para o fornecedor, avisou que passaria lá em quinze minutos, desligou antes que pudessem responder-lhe. Saiu do edifício fora de si, num estado de impaciência extrema, e só então, quando se viu com água na altura dos tornozelos, lembrou-se do temporal que estava enlouquecendo a cidade há oito horas. Só ônibus circulavam, e a uma velocidade tão reduzida que Rímini, caminhando ao mesmo tempo, podia tirar-lhes amplas vantagens numa só quadra. Às quinze para as quatro, completamente ensopado e hirto de frio, chegou ao apartamento da Bulnes com a Rivadavia. Um grande pedaço de alvenaria, certamente amolecido pela ação contínua da água, desmoronou junto dele e não o machucou por milagre, quando ele percorria o longo corredor interno rumo ao segundo bloco do edifício.

Abriram-lhe a porta. A luz acesa em todos os ambientes, a estufa de gás com seu calor doce e perfumado, o rosto sorridente do fornecedor e as duas presenças entrevistas no apartamento, que interromperam um segundo a conversa para olhá-lo e depois, com o mesmo sorriso do fornecedor, reataram-na — tudo lhe causou um efeito de reconciliação, como se a cena, armada com elementos que em qualquer outra circunstância Rímini teria objetado, em primeiro lugar a estufa de gás, sem saída para o exterior, conectada ao bico de gás do rodapé por uma mangueira de borracha, depois o mais velho dos dois homens que conversavam animados ao redor da mesa, um cantor relativamente célebre, de cabelo muito escorrido, cortado de forma escalonada, de cujo nome Rímini não se lembrava, mas cujo rosto vira muitas vezes num programa de TV dos sábados, no qual executava sempre o mesmo repertório de canções românticas e agradecia com seus dentes deslumbrantes os uivos que lhe dedicavam suas admiradoras, apinhadas nas primeiras filas da plateia do estúdio, e onde, mais de uma vez, Rímini o vira declarar o asco visceral que lhe despertava o flagelo da droga e vangloriar-se dos concertos que costumava dar em benefício das instituições que, como ele, estavam empenhadas em combatê-lo até o fim — como se essa cena conservasse, para a testemunha desfigurada em que o dilúvio tinha transformado Rímini, os restos de uma civilização que lá fora acabava de extinguir-se. Passaram-lhe uma toalha seca, uma xícara de café, e convidaram-no a se juntar à conversa, ao fogão, nas palavras do cantor, que de quando em quando se reanimavam, inclinando-se em uníssono sobre as carreiras esticadas numa bandeja de acrílico transparente, cortesia da casa, segundo disse o fornecedor. Assim que Rímini sentou-se, o cantor, sem olhar para ele nem interromper o relato no qual havia embarcado, um informe detalhado sobre os caprichos sexuais de um colega com quem saía sempre em turnê, empurrou a bandeja em sua direção. "Duas carreiras", pensou Rímini, "duas carreiras e vou embora." Não podia evitar o desgosto que o cantor lhe causava, agora agravado pela sanha com que o via trazer à luz a intimidade obscena de seu colega e pela pele de seu rosto, que, mais de perto, iluminada pela lâmpada suspensa, no estilo de bilhar, sobre a mesa, tinha o brilho coriáceo da pele de lagarto e estava semeada de pequenos poços, mas tampouco queria ser descortês, de modo que cheirou as duas primeiras carreiras e esperou. Deixaria passar alguns minutos, compraria sua dose e se despediria. Mas os minutos se dilataram, e a impressão de desagrado que o cantor lhe causara deu lugar à curiosidade, depois ao interesse e por fim a uma certa forma de confiança, que selava de maneira instantânea o tipo de intimidade a que qualquer relação de amizade só podia ter acesso depois de anos. Logo estavam se tratando como amigos de infância. O cantor exumava casos remotos de sua carreira profissional, e Rímini, que os ignorava por completo, sempre tinha na ponta da língua a réplica justa, campo fértil onde a história se ramificava em mil derivações entusiastas. Concordavam em tudo; tiravam, como se diz, as palavras da boca um do outro, e cada coincidência era comemorada como o indício de algo mais profundo que algum dia, mais tarde, talvez se dedicassem a desvelar. Rímini, de repente, parecia conhecer todas as canções que o outro fazia vir à baila, em geral para espraiar-se sobre os discos de platina que ganhara, os festivais nos quais colhera prêmios ou as admiradoras com as quais, aproveitando-se do feitiço que suas melodias exerciam sobre elas, transava no camarim, na Kombi que o transportava ou nas suítes dos hotéis onde parava quando saía em turnê. E riam às gargalhadas. O cantor sacudia todo o corpo; Rímini batia com a palma da mão na mesa e com o pé no chão. Foi como uma febre. Às cinco e meia da tarde, quando quis se levantar, Rímini sentiu que teria de desfazer uma espécie de casulo de algodão que o envolvia dos pés à cabeça. Era seu corpo, ou as emanações da estufa? "Vou dar uma mijada", disse em voz alta. Teve de passar por trás do cantor, que ajeitava com dois dedos o cabelo atrás das orelhas, e ao baixar os olhos viu as cicatrizes que percorriam como trilhas de formigas as bordas de seu couro cabeludo. No banheiro, demorou-se procurando o pau, que a droga tinha "jibarizado" ao máximo, e contemplando a incrível variedade de toalhas limpas e a coleção de frascos de laquê, gel, tintura e mousse para cabelo que ocupava as duas estantes estendidas sob o espelho. Saiu precipitadamente, como se quisesse corrigir a demora; na pressa, não abriu a porta direito e bateu a testa na quina. Nem o fornecedor nem o cantor o viram; estavam na cozinha, falando em voz baixa. Rímini passou diante deles e murmurou um cumprimento confuso. O fornecedor o parou quando estava chegando à porta. "Vai embora assim, de mãozinhas vazias?", ouviu-o dizer às suas costas. Rímini riu de sua própria inexperiência. Compraria dois gramas. O vendedor sentou-se à mesa, levantou do chão uma caixa-forte vermelha, do tamanho de uma nécessaire de banho, abriu-a e apanhou dois papelotes de cor turquesa metalizada. Rímini descobriu que seu dinheiro não daria. Ficou com as notas na mão, olhando para o vazio. "Leve um", sugeriu o vendedor, ficando com um dos papelotes. "Não seja muquirana", interveio o cantor, aproveitando que vestia o impermeável para pegar um maço de notas do bolso. "Vai criar problema por um papelotezinho..." Rímini não reagiu. "É um presente: não me deve nada", disse o cantor, fechando-lhe os dedos sobre o papelote. E perguntou: "Quer carona?".

Continuava chovendo, o céu era uma abóbada preta, as ruas desertas resplandeciam. Rodaram alguns minutos em silêncio, num carro japonês que se limitava a zumbir. "Música, quer?", perguntou o cantor, enquanto metia dois dedos num cinzeiro cheio de guimbas. "Não", disse Rímini, e o viu resgatar um resto de cigarro de maconha. O perfume da droga não demorou a mesclar-se com o cheiro de desinfetante que flutuava no carro. Rímini sentiu um leve enjoo. O cantor, retendo a fumaça nos pulmões, ofereceu-lhe a bagana acesa. Rímini negou com a cabeça; contemplava a medalha da Virgem que se balançava pendurada no espelho retrovisor. Desceram pela Billinghurst, regando as calçadas à medida que passavam, e pegaram a Las Heras. À medida que se aproximavam da casa de Rímini, o cantor, que diminuíra a velocidade quase no nível do passo humano e contemplava, absorto, mas sem emoção nenhuma, e sim, antes, com uma curiosidade zombeteira, a negrura que desfilava dos lados do carro, pôs-se a evocar a inundação, o maremoto, como dizia, que trinta e cinco anos antes havia literalmente apagado do mapa Fortín Tiburcio, a localidade da província de Buenos Aires onde nascera. Esse buraco do cu portenho, como o chamava, onde dizia ter se entediado a um ponto indizível e de onde fugira aos quinze anos, o cantor, aos doze, vira-o sucumbir a três dias de chuva torrencial e transformar-se numa laguna hedionda onde vacas e ovelhas mortas, colchões, árvores que o vento arrancara pela raiz e até corpos humanos flutuavam em círculos, atraídos por um desaguadouro imaginário, e difundiam sua pestilência num raio de vinte quilômetros. Se fosse por ele, pelo cantor, Fortín Tiburcio podia ter desaparecido sob as águas para sempre. Comparada com essa pocilga onde todo santo dia, em qualquer época do ano, entre cinco e seis da tarde, uma nuvem imunda, mistura de esterco, animais em decomposição, água estagnada e galinheiros, descia sobre o casario e se instalava como uma maldição, Junín, a cidade na qual havia ancorado junto com todos os evacuados, parecera-lhe o auge da civilização e da prosperidade. Como todos os evacuados, no entanto, assim que as águas baixaram o cantor voltara a Tiburcio, e voltara, é claro que contra a vontade, para reconstruí-lo. Mas dois dias depois, com a cabeça envenenada pelas canções que os líderes comunitários da reconstrução, seu próprio pai entre eles, cantavam para animar-se, o cantor fugiu de Tiburcio e nunca mais voltou.

Chegaram. O edifício de Rímini, como toda a quadra, estava mergulhado nas trevas. O cantor se inclinou sobre Rímini para olhar pela janela. "Em que andar você mora?", perguntou. "Sexto", Rímini respondeu. "Coitadinho", disse o cantor. "Não quer passar a noite lá em casa? Tenho gerador elétrico." Estavam muito próximos um do outro. O cantor o fitava de baixo, numa estranha atitude de submissão, e Rímini podia ver os diminutos cristais de caspa brilhando intermitentemente sobre as ombreiras de seu paletó. "Não, obrigado", disse Rímini. "Quanto não, coração: você nunca diz sim?" Rímini quis mover a mão para abrir a porta. Não conseguiu. Um peso imenso o esmagava. "Hummm... Estou com a boca seca", murmurou o cantor, e inclinou-se um pouco mais. Sua voz, agora, parecia nascer entre as pernas de Rímini, de onde subia como uma súplica. "Diga sim, doutor Não. Diga sim", sussurrou. "Sim", disse Rímini. Sentiu que lhe abriam o zíper da calça e que um animal feminino, trêmulo e úmido, imiscuía-se e ficava xeretando em sua cueca. "O que houve: está desanimada?", disse o cantor, infantilizando a voz. "Vamos ver." Abriu o porta-luvas. Um jato de luz iluminou o interior do carro. Rímini baixou os olhos, olhou para seu pau, que jazia acovardado entre os dedos do cantor, e não pôde deixar de olhar suas unhas lixadas, brilhantes, impecáveis. O cantor esvaziou o porta-luvas de fitas cassete até dar com um papelote de cocaína escondido no fundo. Abriu-o com rapidez, com uma só mão, e emborcou o pouco que restava de pó na glande de Rímini. "Agora ressuscita, você vai ver." Ficou lambendo-lhe a cabeça por um momento, esfregou-a nas gengivas e por fim enfiou o pau inteiro na boca. Rímini ficou quieto, bem ereto no assento, olhando o túnel da avenida, varrido de quando em quando pelos faróis de uma ambulância, ou lendo os títulos das fitas que tinham ficado no porta-luvas, todos de álbuns do cantor: *Sólo tú, Algo que decirte, Un amor, un adiós, Remedio para melancólicos.* Não sentia nada localizado: todo o seu corpo flutuava numa espécie de aquário gigante. Flutuava e girava, como provavelmente os animais mortos na inundação de Fortín Tiburcio, primeiro devagar, arrastados pela inércia, depois mais rápido, à medida que a força das profundezas começava a atraí-los. Chegou a dar apenas algumas voltas, porque o cantor se levantou de repente e, guardando atropeladamente as fitas cassete no porta-luvas, disse:

"Foi para isso que lhe abri meu coração?". Rímini fitou-o com ar compungido. "Você não me serve: não estou a fim de chupar muito. Desça." Rímini viu suas faces arrebatadas, o vermelho intenso de seus lábios, como de pintura borrada, o brilho de sua pele de cera, as ondas de cabelo escorrido que se acomodavam em câmera lenta em sua cabeça. Sorriu estupidamente. O cantor inclinou-se sobre ele, abriu a porta com desdém e começou a chutá-lo, como se quisesse atirá-lo na rua, enquanto, tremendo de emoção, dizia: "Desça, infeliz. Merdinha. Puto sem pica. Vara de quinta. Desça de uma vez ou vou violentá-lo, cortar seu pau, arrebentar sua cara e seu cu".

Até as onze e meia da noite, quando a luz voltou e o apartamento, o edifício, a quadra, a cidade inteira pareceram se reanimar, Rímini permaneceu jogado no sofá da sala, imóvel, com os olhos muito abertos, esperando que as palpitações que atormentavam seu coração se acalmassem. O telefone tocou algumas vezes. Não atendeu. Vera não apareceu, e Rímini, que intuía que os telefonemas podiam ser dela, não fez nada para comprová-lo. À meia-noite, quando saiu do sofá para se enfiar na cama, sem sequer se dar ao trabalho de apagar as luzes da casa, já havia parado de chover, o vermelho-óxido que cobria o céu começava a rachar, e as pessoas dos apartamentos vizinhos voltavam a sair nas sacadas, desta vez para compartilhar o privilégio de ter sobrevivido. Viu um pouco de TV. Todo o noticiário da meia-noite era dedicado ao desastre meteorológico que paralisara Buenos Aires. Rímini viu desabrigados com cobertores amontoados em pavilhões de hospitais, casas de subúrbios praticamente cobertas de água, carros esmagados por árvores, escolas fechadas ou transformadas em abrigos, helicópteros, o salvamento de uma família que a correnteza arrastava. Intercalado nessa sucessão de emergências, pensou reconhecer o frívolo rosa antigo das paredes do Museu de Belas-Artes e levantou-se um pouco na cama.

Equilibrando-se nas escadas, uma câmera instável, perolada de gotas de chuva, focava os guardas que fechavam, no maior apuro, envoltos em impermeáveis escuros, as portas de vidro do museu. Rímini viu-os pelejar com o vento e as fechaduras, até que a câmera, movendo-se um pouco, passou diante de um imenso cartaz vermelho e preto, a combinação de cores preferida de Riltse, e depois parou um segundo junto da entrada, onde uma mulher de capa de chuva amarela, completamente ensopada, apesar do guarda-chuva que segurava na mão, olhava para um lado e para o outro com um ar esperançoso e um sorriso desconcertado.

17.

Estava sendo seguido? Uma tarde, tinha acabado de entregar uma tradução numa editora do Congresso quando reconheceu na rua a mesma cara sinistra e imberbe que lhe chamara a atenção de manhã, ao subir no metrô na estação Carranza, e dois dias depois, sob um aguaceiro temperamental, fugaz demais para arruinar totalmente a manhã azul-celeste, viu-se disputando a maçaneta de um táxi com uma mulher muito parecida com a que o abordara na tarde anterior, carregada de pacotes surpreendentemente leves, muito desnorteada, disse, porque estava há horas procurando a rua Paunero, sob cuja placa estava parada naquele exato momento.

Incapaz de continuar se esquivando de um velho convite familiar, Vera fora passar quatro dias nas cataratas do Iguaçu, ofendida porque Rímini não quisera acompanhá-la. Como pôde ser tão imbecil? Sentia menos falta de sua presença que da proteção de seu ciúme, do modo incondicional como mantinha na linha as formas sempre brutais que o mundo tinha de desejá-lo ou de agredi-lo quando ficava sozinho. Bastava que Vera se fosse para que tudo se tornasse escorregadio e ameaçador. Como se tivessem combinado, alguns amigos que compartilhara com Sofía, e que tinham sobrevivido mais ou menos ilesos ao rompimento, começaram a ter dificuldades para vê-lo, até mesmo para falar com ele por telefone, ou para responder a suas mensagens, e quando Rímini finalmente os surpreendia, as explicações que lhe davam pareciam mais suspeitas que o silêncio ou a distância. Num meio-dia particularmente frio, seu pai o deixou plantado na porta de um restaurante escandinavo da rua Paraguay. Quarenta minutos mais tarde ligou para o escritório, o pai o atendeu pessoalmente; tinha o ar entusiasta que adotava toda vez que voltavam a se falar depois de semanas sem notícias um do outro. Negou, naturalmente, ter combinado o encontro ao qual não comparecera, mas como não queria discutir, deixou de lado tudo o que estava fazendo e chegou ao restaurante dois minutos antes de Rímini, que voltava do telefone público em frente. Sentaram-se a uma mesa contra a parede, na passagem de uma corrente de ar que vinha da rua, e quando seu pai se levantou para estudar a mesa de pratos quentes, confiando em que encontraria algo que convencesse o filho de que estavam no lugar certo, Rímini deu de cara com o perfil de um homem jovem, prematuramente calvo, que comia sozinho, alternando uma colherada de sopa com um parágrafo do livro que mantinha aberto com a mão, junto do prato. Alguma coisa nele — sua pequenez, astuta como a de um fugitivo, ou o sentido da distância com que se movia no perímetro da mesa — pareceu-lhe familiar e desagradável ao mesmo tempo. Pensou num vizinho furtivo de Las Heras, num empregado da loja de máquinas de escrever onde costumava comprar fitas. Nada. Então, para identificá-lo, fitou-o uma vez mais com atenção, disposto a correr o risco de delatar-se, e o homem, que estava com a colher na boca, reprimiu nesse momento um ataque de tosse, inflou as bochechas e sacudiu-se para a frente como se estivessem dando palmadas em suas costas, e depois de duas ou três sacudidas curtas, como acessos de soluço, nas quais a colher tremeu cheia de sopa na altura de seu nariz, começou a tossir desenfreadamente, orvalhando toda a mesa de gotinhas de sopa de tomate. Baixou a cabeça, deu uma olhada rápida para os lados e já se escondia atrás do guardanapo, sempre tossindo, quando seus olhos fugitivos cruzaram com os de Rímini, deixaram-nos para trás e pararam, inquietos. Embora já não o estivesse olhando, Rímini o viu mesmo assim; intuiu que estava arrependido, que recuava e o procurava, disfarçando, mas seu pai, que acabava de voltar com as mãos vazias, interpôs-se entre eles e anulou toda a manobra. Dez minutos depois, Rímini adivinhou que o desconhecido fechava o livro, pedia a conta, pagava e se levantava para ir embora. Quis olhá-lo pela última vez, mas uns trinta e cinco japoneses se levantaram em uníssono e deixaram a mesa, que ziguezagueava no meio do salão como uma palavra inspirada de um jogo de *scrabble*, e o desconhecido misturou-se entre eles e desapareceu.

Rímini voltou a vê-lo dois dias depois, numa festa à qual decidira ir na esperança de encontrar seu fornecedor, para quem vinha ligando há um dia e meio. Também não estava lá: alguém lhe disse que passara por ali, que tinha ido embora, que talvez voltasse. Rímini decidiu esperar. Embriagou-se muito rápido, bebendo de copos que ia esquecendo em diferentes lugares da festa, de modo que quando tinha vontade de beber outro gole sempre encontrava à mão um copo que podia ser o seu e o esvaziava sem contemplação. Acabava de cuspir um coquetel de ponche e cinzas quando o viu: estava no centro da pista, movendo-se sob a luz que piscava. Algo em seu corpo, talvez a curva de suas costas vencidas, que a dança estilizava em suave corcunda, chamou atenção de Rímini. E enquanto a música e as pessoas que dançavam e as garrafas e os corpos derrubados nas poltronas iam apequenando-se lenta, inexoravelmente, vítimas desse efeito de redução e distanciamento que a bebedeira exercia sobre o presente, a verdadeira identidade do desconhecido foi saindo do fundo escuro onde cochilava.

Era o responsável pela mesa de doces nas reuniões em que Frida Breitenbach comemorava todos os finais de ano com seus discípulos e pacientes. Foi como assistir à restauração de um velho mundo submerso: o cabideiro lotado de casacos, os tapetes tomados, a pequena sala superpovoada de pessoas quietas que falavam em voz baixa para ocupar menos espaço — e Frida, miúda e maciça, sentada em seu trono individual, o único ponto da sala ao qual se chegava por uma *decisão*, e não por falta de espaço; e os discípulos que se apertavam no divã; e, em frente, empilhados no sofá grande, ou dispersos no restante do apartamento, os espasmódicos, os hipercinéticos, os parkinsonianos, os escolióticos, os insones, os contraturados, os obesos, os pianistas, as bailarinas: a pitoresca e vasta corte de pacientes Breitenbach. Rímini viu a mesa coberta de pudins e tortas, o arsenal de *pretzels* e pães de cereais, as jarras de suco de mirtilo, e voltou a sentir o calor asfixiante que uma vez por ano, ao longo de quase doze, costumava embrutecê-lo de torpor. Então topou com a cena que faltava: Sofía estendia um prato, e o desconhecido lhe servia a porção de torta que Frida acabava de reclamar com seu estilo imperial, batendo no chão com a bengala. E Sofía, com a dicção um pouco didática que enfeia as vozes que soam na memória, dizia: "Obrigada, Javier". A associação do desconhecido com Sofía perturbou-o. Mas Rímini estava bêbado, e o contexto em que via agora Javier era tão distante daquele em que estava acostumado a vê-lo, tão distante, sobretudo, dos contextos em que hoje, separado dela, podia imaginar Sofía, que não demorou a se tranquilizar.

Houve uma repentina crise musical. Duas pessoas debatiam sobre o rumo que a festa devia seguir, enquanto as demais protestavam na pista. Rímini, ao que parece impulsionado por um mero reflexo cooperativo, precipitou-se sobre o equipamento de som e esbarrou numa matéria dura, ossuda, forrada de couro, que se virou para repreendê-lo, mas ao vê-lo, ao contrário, sorriu. "Javier", disse Rímini — e percebeu que só o dizia para ter o prazer de ouvi-lo pronunciado agora, aqui, no presente. Ficaram se olhando por um instante, assentindo com a cabeça e dando-se palmadinhas, muito sorridentes, menos satisfeitos por terem se reconhecido do que por detectarem as mudanças que o outro havia experimentado durante o tempo passado sem se ver. Começaram a examinar os discos juntos, a nomeá-los e a caçoar deles e a descartá-los, até que em algum momento disseram algo sobre o passado e começaram a conversar, e alguém da festa — alguém que ainda se interessava pela festa — teve de separá-los com impaciência para que a música fosse retomada.

Não, disse-lhe Javier, com essa segunda edição de vergonha que se finge quando se recorda algo embaraçoso, já não era responsável pela mesa de doces nas reuniões de Frida. Não era nem mesmo discípulo de Frida. Entrara em crise. De repente tinha olhado ao redor e comprovado a que ponto sua vida, e não só seu problema de hérnia de disco, pelo qual fora desenganado por todos os especialistas que havia consultado, mas tudo, da marca da pasta de dente que usava às razões que dera para terminar sua última relação amorosa, dos livros que precisava ou não ler aos países que convinha conhecer, dos meios de transporte nos quais viajava, das práticas sexuais que preferia, do tipo de relação que tinha com os pais — a que ponto tudo em sua vida estava sob o controle de Frida. Aterrado, decidira distanciar-se para pensar. Mas essa trégua, por ele imaginada como momentânea, destinada a clarear as ideias, e não como uma ruptura, o que não impediu Frida, provavelmente adivinhando o que se escondia por trás disso, de decidir combatê-la desde o início, rapidamente dera lugar a uma necessidade de outra ordem, mais imprecisa, mas também mais radical. Depois de dois meses difíceis, nos quais os exercícios e o tempo consagrados a tratar suas dores vertebrais foram se reduzindo cada vez mais, substituídos por um debate interminável sobre uma determinação que Frida considerava filha do medo e não da força, não restara outro remédio a Javier — perturbado pela fúria daquela que ele, bem como todos os seus discípulos, incluída Sofía (e ao dizer Sofía baixara a voz, como se temesse invocar um espectro ou com o propósito de deixar claro para Rímini que Sofía podia perfeitamente ser o tema de uma conversa), sempre considerara sua única mestra — senão cortar relações, bater a porta, simplesmente para se proteger, e ficar devendo dois meses que nunca pagou. E a liberdade que sentira nessa mesma noite devia-se, em parte, a ele. "A mim?", perguntou Rímini. A ele e a Sofía, ou melhor, à separação, que não coincidira com sua crise pessoal mas a deflagrara, demonstrando que até as construções mais sólidas e mais bem desenhadas podiam desmoronar e que, contra tudo o que sustentara até ali, para além do desmoronamento havia vida. Rímini corou. Envergonhava-o que um acontecimento de sua vida pessoal adquirisse essas dimensões pedagógicas. "Não, sério", insistiu Javier, dando-lhe uns tapinhas no ombro em sinal de gratidão, "a separação de vocês foi a queda do meu muro de Berlim!" Rímini riu. Depois fez alguns cálculos e com um calafrio deu-se conta de que, efetivamente, enquanto fazia as malas em Belgrano, Buenos Aires, em Berlim uma turba de alemães fora de órbita pusera-se a demolir a golpes de picareta a obra de alvenaria mais significativa da política do século xx. Mas depois olhou, disfarçando, as costas encurvadas de Javier e sentiu uma leve inquietação. Imaginou amigos, gente conhecida, e mesmo perfeitos desconhecidos que, inteirados da ruptura entre ele e Sofía, haviam-na transformado num ensinamento, numa lição de vida, e se enfileirado atrás dela com os resultados mais desastrosos — no caso particular de Javier, martirizado há anos por essa hérnia de disco, desertar sem mais nem menos do tratamento Breitenbach, o único que, depois de tanto tempo procurando e experimentando, já resignado a entrar na faca, lhe dera algum alívio. Javier tranquilizou-o: as costas continuavam a mortificá-lo, sim, mas não tinham piorado, e a ideia de que a pregação de Frida tivera uma importante parcela de responsabilidade em sua dor, não mais em mitigá-la, e sim em provocá-la, continuava a lhe parecer tentadora. Não se arrependia de nada. A princípio, sentira-se à deriva, sozinho com seu sofrimento, que, sugestão ou realidade física, multiplicara-se da noite para o dia. Uma espécie de pária, autoexilado da comunidade que lhe dera asilo, e portanto, sem a menor possibilidade de voltar em caso de arrependimento, condenado a vagar com seu mal sobre os ombros por um mundo que há tempos já deixara de contá-lo entre os seus. O lado sociedade secreta do cenáculo Breitenbach só se revelara a ele no momento de comunicar sua decisão de abandoná-lo, quando Frida e seu séquito, como um sistema imunológico ativado diante da presença de um vírus, empregando todas as armas disponíveis para repeli-lo, cerraram fileiras e o tornaram alvo de um repúdio unânime. Renunciara a Frida e, com isso, sem saber, a todas as relações que lhe coubera travar ao longo de dez anos, Sofía incluída, disse Javier, e baixou a voz novamente. Não atendiam a suas ligações, evitavam-no, devolviam pelo correio os discos ou livros que um dia lhes emprestara, fingiam não vê-lo ao encontrá-lo em algum lugar público, e a portas fechadas, na intimidade da sala da rua Vidt, nas poucas vezes que se referiam a ele e a seu caso não o chamavam pelo nome, mas pela expressão "o traidor", cunhada por Frida. Traidor — ele, que ainda muito jovem fora sequestrado pelas forças de segurança, aguentara dois meses de interrogatórios e torturas sem abrir a boca, sem entregar um único nome reclamado por seus carrascos, nomes que a simples iminência do suplício, anunciada pelo estrondo das grades que se abriam e pelos passos que se aproximavam, bastava para colocar-lhe na ponta da língua. Ele, traidor, para esse punhado de inválidos físicos, mas principalmente psíquicos, que no auge da autossugestão, profundamente compenetrados do papel que Frida lhes destinara, sentinelas do equilíbrio emocional profundo, tomavam os desplantes de uma anciã déspota por axiomas existenciais sagrados e suas teorias mais extravagantes por verdadeiras revelações terapêuticas, e, o que era ainda pior, apresentavam e defendiam esse mal-entendido escandaloso como se fosse sabe lá que forma contemporânea do saber. Javier parou para recuperar o fôlego. Seu rosto estava de um púrpura intenso; as veias das têmporas inchadas. "Bom, tudo bem", acalmou-o Rímini. "Já passou." Ofereceu-se para ir buscar bebidas, mas Javier não respondeu. Nem mesmo olhou para ele; tinha os olhos cravados num ponto fixo, remotíssimo no espaço, e as cenas da festa refletiam-se em suas pupilas como num espelho morto. Ao que parece, o que mais afetara Javier fora o espírito de corpo com que o haviam condenado. "Quem dera os expurgos stalinistas tivessem gozado de uma unanimidade parecida. Ou Jim Jones. Ou David Koresh", disse Rímini, confiando em que a enumeração, por sua tendência natural à comicidade, resgataria a conversa do abismo de amargura no qual estava afundando. "Isso", disse Javier, bruscamente animado: "Ao lado de Vidt, Waco deve ter sido Maio de 68!" E suas gargalhadas retumbaram como trovões sobre a música. Algumas cabeças se viraram para eles, e, aproveitando a trégua, Rímini indicou com um gesto vago um cômodo contíguo, murmurou "bebida" e prometeu voltar em seguida. Mas uma mão saltou sobre seu antebraço e o segurou com força. "Você se salvou", disse Javier. "Escapou a tempo." "Bem", disse Rímini, "eu só acompanhava. Nunca tive nada a ver com aquilo."

"Você sabe o que quero dizer", interrompeu Javier. Rímini percebeu um tom de ameaça em sua voz. "Você parece ótimo", continuou Javier. Rímini assentiu sem muita convicção. E no entanto, assim que começou a desfraldar as evidências de seu bem-estar, não tanto por acreditar nele, mas para satisfazer a expectativa imprecisa que detectava em Javier, um estranho entusiasmo o invadiu. Falou da juventude de Vera e da ressurreição do desejo, do ciúme de Vera e dos huskies do vizinho, dos tornozelos de Vera e de morar sozinho, da viagem de Vera a Iguaçu, já intolerável de tão longa, e da vertigem das traduções, da vivacidade sublime que Vera inoculara em sua vida. E quando acabou, quando voltou a passar o peso do corpo de uma perna para outra e dispôs-se novamente a sair em busca de bebidas, Javier pendurou-se de novo em seu antebraço, olhou-o nos olhos e, com uma voz frágil, disse: "Todos, entende? *Todos*. Inclusive Sofía, Rímini. *Sofía*. Você sabe da relação que eu tinha com Sofía. Como ela pôde? Meu Deus? Como pôde me fazer uma coisa dessa?". Então Javier emudeceu — sua voz, incapaz de dar conta do grau de sofrimento que o assolava, pareceu mudar de estado e transformou-se num tremor suave, maciço, que abarcava ou nascia de cem pontos de seu corpo ao mesmo tempo. "Bom", conseguiu dizer Rímini, "também não é assim. É o passado. O importante é que você está fora, não é?" Bem devagar, como se o simples fato de levantar os olhos exigisse um esforço inconcebível, Javier fitou-o, e Rímini pôde ver como o tremor migrava agora para seu rosto e se esparramava rapidamente sob a pele, e compreendeu que se Javier continuava aferrado a seu braço já não era para impedi-lo de ir: era a única coisa no mundo que o separava do desmoronamento total. Rímini começou a retirar um por um seus dedos tensos, entorpecidos, que à medida que se retraíam deixavam ver as pequenas crateras deixadas sob a manga. "Fora?", disse Javier com um fio de voz. "Quem quer estar fora...? Tenho falta de ar. Aparecem manchas em meu corpo. Faço xixi com sangue. Meu cabelo está caindo. Passo dias sem dormir. É minha vida, Rímini. Quero estar *dentro*. É o único lugar onde *posso* estar." Começou a chorar. Estava pálido, chorava com os olhos bem abertos, gemendo como um animal. "Me ajude, Rímini. Por favor, eu lhe peço." "O que posso fazer?", Rímini perguntou, afastando o dedo anular de Javier. "Falar com Sofía. Faça isso por mim. Diga-lhe que quero voltar para o grupo." "Mas... estamos separados." "Não importa." "Faz muito tempo que não a vejo." "Não importa. Ela vai ouvi-lo." Rímini se livrou do mindinho. "Não acredito que ela queira. Não respondo a seus telefonemas. Deixo-a plantada." Javier não parou de chorar: saiu do pranto como quem sai de um quarto, simplesmente abrindo uma porta. Todo o seu desamparo se desvaneceu, tragado por essa dimensão invisível onde se produz a alquimia dos sentimentos, e quando reapareceu era pura hostilidade. "Sofía adora você, Rímini", disse, sacudindo-o com violência. "Faria qualquer coisa que você pedisse." Rímini olhou-o com incredulidade, como se a mesma razão que ele se dava para recusar todo contato com Sofía, declarada por outro, soasse estranhamente insultante. Havia algo de obsceno, em todo caso, na arrogância com que esse quase desconhecido, que não hesitava em se humilhar diante dele, se gabava, ao mesmo tempo, de ter acesso ao fundo mais recôndito de sua vida sentimental. "Me deixe em paz", disse Rímini, rápido, depois deu meia-volta e se afastou. Javier o seguiu. Mais de uma vez, freado por um engarrafamento de gente, Rímini sentiu seus dedos trêmulos, mas persistentes, beliscando-lhe a manga, o ombro, a mão, e espantou-os como se fossem insetos. Por sorte, a música e as vozes impediram-no de ouvir seus gritos. Em certo momento, quando atravessava o amplo salão onde as pessoas dançavam banhadas em luz negra, Rímini virou-se para medir a distância que os separava e deparou com a imagem grotesca de uma goela muito aberta, como de desenho animado, onde brilhavam duas fileiras de dentes fluorescentes. Perto da entrada, meio às cegas, porque tudo estava às escuras, deu com o quarto dos casacos. Quis abrir a porta, mas Javier se interpôs. "O que custa?", suplicou, ofegante. "Você é forte, já está salvo. Não tem nada a perder." "Você não entende", Rímini respondeu. "Não *quero* pedir nada a ela." Javier ficou paralisado, como se tivesse levado um soco no estômago. Depois, enquanto começava a crescer nele uma fúria cega, olhou-o e disse: "Por quê?" — não exatamente para Rímini, de quem sabia já não ter nada a esperar, mas para algo ou alguém mais geral, mais indefinido, uma espécie de responsável cósmico por seu calvário. "Não quero ficar em dívida com Sofía", disse Rímini. "Agora vai me deixar passar? Quero ir embora." Javier pareceu voltar a si e se afastou um pouco, apenas o necessário para que Rímini pudesse abrir a porta, mas tivesse de empurrá-lo para entrar. Havia no quarto uma luz fraca, de abajur de mesa de cabeceira, de modo que os casacos, acumulados sem ordem sobre a cama, acabaram formando um monte no qual era impossível distinguir qualquer coisa. Rímini, com os olhos de Javier pregados em suas costas, afundou as mãos e tateou em busca de sua jaqueta. Tateou couro, uma lã tosca, algo de metal, um tecido bem aberto no qual os dedos se enredavam, até que algo cálido, suave, imóvel mas vivo o fez retirar as mãos com repugnância. Recuou alguns passos. Javier estava a seu lado, sorrindo com ar zombeteiro. "Sabia que você era ingênuo", disse, "mas não tanto. Você acha que consegue não pedir nada a ela? Coitadinho. Pobre tonto. É preciso ser um idiota para não perceber." Rímini se endireitou devagar e demorou a olhá-lo. Tinha medo, medo de descobrir quão perto esse corcunda pusilânime podia estar de uma verdade que ele desconhecia completamente. "Perceber o quê?", perguntou. "Você já está mergulhado até a cabeça, Rímini. Quanto tempo ficaram juntos? Oito? Dez anos?" "Doze", disse Rímini. "Tanto faz. Sofía é a Grande Credora. E você, Rímini, me escute bem: você não é nem mesmo o devedor. É o refém. É a garantia de que alguém, algum dia, vai pagar tudo o que ela reclama." Rímini agora o olhava com a boca entreaberta, meio idiotizado por sua crueldade. Javier caiu na risada. "Olho pra você e só me vêm à cabeça palavras velhíssimas: *paspalhão, beldroegas, bocó, palúrdio*... E pensar que eu via você nas reuniões de fim de ano e sentia inveja!" Engasgou-se com a própria risada e teve de parar de falar, e Rímini aproveitou para bater nele — primeiro sem pensar nem mirar, como se, cego, lançasse em todas as direções uma chuva de golpes preventivos, menos para machucá-lo do que para manter afastado um inimigo invisível, até que o viu no chão feito um novelo, cobrindo o rosto com os braços, e ao ouvi-lo gemer teve vontade de feri-lo, e depois de examiná-lo com atenção, para distinguir seus pontos fracos, começou a chutá-lo no peito, no estômago, nas costelas, em todas as zonas que os braços de Javier, ocupados em proteger o rosto, tinham deixado à vista, e depois, quando por um simples reflexo ele os abaixou, tentando bloquear a saraivada, Rímini deu-lhe em cheio na cabeça, e quando o viu no chão, inerme, voltou a chutá-lo diversas vezes, com a regularidade de uma máquina de chutar, até que ele parou de se sacudir e Rímini percebeu que os casacos começavam a tremer, escorregavam e caíam, arrastando ao passar os que estavam mais embaixo, e que um menino de quatro ou cinco anos com uma mancha de nascença no pescoço punha-se de pé na cama, muito teso sobre as pernas cambaias, e o olhava com uma sonolenta contrariedade, como o déspota que se pergunta qual insignificância do mundo dos mortais teria se atrevido a arrancá-lo da esfera perfeita do sono.

18.

Mas Vera voltou, e quando Rímini a detectou no aeroporto, ziguezagueando entre os companheiros de voo para apanhar as malas, e viu como sua beleza e sua graça recrudesciam com a despreocupação, desligadas dele, que as admirava de longe, o incidente da festa já tinha a consistência frágil de um sonho. Tudo parecia duvidoso, como essas imagens que entrevemos numa tela de TV um segundo antes de dormir e depois ficam para sempre suspensas na incerteza. Os pais de Vera saíram primeiro, ela fumando um desses finos cigarros coloridos que mandava trazer do exterior, ele mais atrás, enorme e ofegante, com cara de quem precisa de férias das férias. Pararam no hall, olharam de um lado para o outro, procurando-o, até que a mãe o reconheceu e começou a caminhar sorrindo em sua direção. Mas Rímini se esquivou da face cheia de pó, da mão com que o pai quis interceptá-lo e deixou-os para trás e desviou também de uma policial para atirar-se sobre Vera, que lutava com sua mala sobre rodas — uma rodinha travada —, para beijá-la e abraçá-la até a sufocação, até que os outros passageiros, formados numa longa fila, exortaram-

-nos a desocupar a saída, e Vera, assomando a cabeça entre os braços de Rímini, olhou-o pela primeirsa vez nos olhos, um pouco atônita, e franzindo os lábios disse que sim, que tudo tinha ido bem, que tudo tinha sido perfeito a não ser por certos contratempos que jamais teria sofrido se ele, Rímini, tivesse aceitado viajar com ela. Sem deixar de abraçá-la, Rímini pediu-lhe perdão, declarou-se culpado de tudo, reclamou para si a pior das penas e mal e mal, abismado que estava admirando todos os seus tesouros recuperados, o V dos cabelos na testa, as manchinhas de rubor ao redor dos lábios, os lábios, tão vermelhos que pareciam ter sido beijados com fúria, dispôs-se a escutar os calvários que haviam entristecido a viajante. A maioria era irrelevante, provavelmente inventada: turbulências no voo de ida, encontro com algum réptil venenoso na selva. Rímini escolheu dois: um resfriado alérgico — exagero de frutas exóticas — que lhe deixara umas escamas deliciosas nas asas do nariz; a "ferida terrível" que um exemplar particularmente agressivo de cacto lhe deixara numa coxa enquanto caminhava, enjoada, para piorar, por uma ponte suspensa sobre a água, que qualquer médico sensato — não o inútil do hotel, aparentemente menos interessado na lesão do que nas pernas da paciente — teria fechado com alguns pontos, e que a envolveu numa nuvem de febre durante uma noite — o cacto era venenoso, ainda que, "por um milagre", não mortal —, mas que Vera se negou a lhe mostrar no táxi, mesmo com as bermudas safári que usava favorecendo o exame ocular e com a avidez clínica de Rímini estando no auge, até que chegaram a Las Heras, entraram aos trancos com malas e sacolas e, sem fechar a porta da rua, desabaram na cama que Rímini, três horas antes, ao sair para o aeroporto, desistira de arrumar, e onde depois de uma breve peleja com a calça pôde, comovendo-se, observar de perto e roçar com os lábios a "ferida terrível" — um arranhão pálido, não maior que uma unha e quase invisível, que qualquer observador ocasional, não Rímini, naturalmente, teria confundido com um risco de esferográfica vermelha.

Rímini deu-lhe asilo de imediato, sem pensar. Aceitou uma a uma todas as exigências que Vera formulava com uma ofuscação animada, sentada bem reta na cama, enquanto ele ia ligando a TV, punha a chaleira no fogo, fechava os postigos, desligava o telefone, saía em busca de doces ou cigarros, massageava as plantas de seus pés, saía outra vez, agora até a farmácia, para comprar uma pomada para as cascas do nariz, achegava um travesseiro, tirava cobertores, entreabria a janela e voltava a fechá-la, deixava-a dormir sozinha, atendia a seu chamado, tirava a roupa, deslizava para baixo dos lençóis, dava-lhe calor, encaixava-se nela e ela nele, as mãos dela entre as pernas dele, as mãos dele nas axilas dela, as pernas enredadas, e sem fazer o menor esforço, sem ao menos se mover, como se o desejo fosse tão intenso que já não necessitasse de órgãos para manifestar-se, cruzavam um umbral e estremeciam em milhões de espasmos diminutos e caíam no sono sem se separar.

O asilo durou oito dias: exatamente o dobro do que o resfriado e do que o tempo — imperdoável — que Rímini a deixara à mercê do flagelo subtropical. Depois de dois dias ardentes que consagrou a redimir-se, Rímini interrompeu as traduções sem o menor remorso: sua escrivaninha ficou intacta, como congelada no tempo, com os dicionários e os livros abertos, os papéis em desordem, uma folha escrita pela metade no rolo da máquina, e toda vez que passava à sua frente Rímini a olhava com olhos distantes, os mesmos com que teria olhado a mesma cena reconstruída num museu. Gastava a maior parte do dia na rua, levando a cabo as encomendas e executando as instruções que Vera lhe dava de manhã, da cama, seu verdadeiro quartel-general, coberta até o queixo por um lençol orvalhado de açúcar e das migalhas do café da manhã. Vera era o motor imóvel, Rímini, a repercussão. Ou Vera era a fonte de irradiação, um centro absoluto e cheio de caprichos, que fazia valer suas fraquezas mais primitivas — suco de laranja espremida de manhã, voracidade na hora de comer, nacos de pão branco, torta de batatas, tornozeleiras, Patrick Suskind, muito açúcar em tudo, pele roída, sapatos de homem sem meias — com uma impudicícia soberana, e Rímini, o planeta mais próximo e, portanto, o mais deslumbrado, uma espécie de emissário incondicional, incansável, encarregado de transportar e difundir sua luz por todos os cantos da galáxia. Uma tarde, depois de saldar três mensalidades atrasadas da Aliança Francesa, Rímini, de pé num vagão do metrô, voltou a saborear o orgulho que sentira diante da mulher do caixa que lhe cobrou — o orgulho de *representar* Vera perante os desconhecidos do mundo de Vera —, olhou-se de soslaio no vidro da porta e descobriu em seu rosto um sorriso idiota, completamente enlevado, que jamais pensou que pudesse ter. O metrô parou em Tribunales; subiu gente. Um garoto ruivo e estouvado, vestido com uniforme escolar, roçou-lhe a face com uma quina de sua pasta de desenho, e Rímini sentiu um impulso, fugaz, mas intensíssimo, tendo de ficar de costas para seu agressor para não segui-lo, de estourar sua cabeça avermelhada contra a porta.

Era lógico: fazia quatro dias que não se drogava — quatro dias em que a cocaína fora literalmente apagada de sua vida. Mas essa desintoxicação, levada a cabo imperceptivelmente, como só acontece com as curas por amor, não foi a única evidência que lhe deparou seu período devocional. Mais de uma vez, de volta das "missões" — como as chamava em seu idioma particular — de que Vera o encarregava, entrava em Las Heras e era tomado por uma sensação inquietante, a estranheza que se apossa daquele que deixa um lugar e quando volta encontra-o misteriosamente mudado. Levou alguns dias para descobrir como, em quê. Mas percebeu que eram mudanças parciais, que um olho menos suspicaz poderia atribuir a uma distração ou a uma corrente de ar. Depois, retrospectivamente, as pistas começaram a se multiplicar: sua agenda não estava onde a largara; as gavetas que deixava fechadas apareciam entreabertas; a secretária eletrônica não registrava recados; aparentemente em desacordo com a ordem alfabética, alguns livros empreendiam mudanças intempestivas na biblioteca — principalmente os livros grandes, hospitaleiros, ideais para guardar segredos, marcadores, guardanapos de bar, pedaços de papel, cartas, cartões-postais, fotos, números de telefone...

Vera aproveitava suas saídas para investigá-lo. Sentiu-se um pouco imbecil. Como não pensara na escalada de ciúme que desencadearia ao negar-se a acompanhá-la a Iguaçu? Pensou nela. Viu-a sentada na cama, despedindo-se com o excesso de impaciência que ele costumava atribuir ao amor, à relação sempre insatisfatória que o amor mantém com as despedidas, e depois, já certa de estar sozinha em casa, viu-a lançar-se sobre sua agenda e folheá-la com desespero, tentando desentranhar um nome, um encontro marcado, uma pista crucial. Viu-a frágil, desolada, como que consumida pela esterilidade de sua ânsia, e a descoberta o enterneceu, fazendo-o sentir-se mais poderoso do que nunca. Certa noite, propôs-lhe que fosse morar com ele. Vera se iluminou, mas se conteve em seguida; olhou-o nos olhos longa, inquisitivamente, como se desse a *ele* a chance de pensar melhor nisso. Rímini não se acovardou, e Vera perguntou-lhe mil vezes se tinha certeza, se era de verdade, se era isso que ele queria, se pensara bem, se propunha isso porque queria ou porque... — e ele disse sim, sim, sim, e ela, com voz clara e grave, como se lesse um documento legal, passou a enumerar todos os defeitos com os quais se propunha a conviver, diferenciando os que tinham solução dos irreversíveis, os frívolos dos indispensáveis, e ele, abraçando-a com gratidão, concordou com todos, acrescentou, inclusive, alguns que ela havia omitido, e enquanto a beijava no pescoço disse-lhe que não acreditava que houvesse defeitos com solução. Ela riu. Ele a afastou um pouco para vê-la rir e nisso entreviu uma rápida sombra de medo atravessando-a e seu sorriso se transformando numa careta de espanto. Ela caiu no choro, suplicava que ele não parasse de abraçá-la. "Não posso evitar", disse, "quando tudo está bem, sempre penso que uma tragédia está próxima."

Comeram no restaurante chinês da Paunero, um lugar amplo, superiluminado, com uma frota de samambaias que desmaiavam sobre as mesas vazias e outra de garçons que olhavam entediados para a rua. Comeram é modo de dizer. Depois de tentear com a meia língua do menu, era previsível que os pratos servidos não fossem os pedidos, e bastava dar uma olhada no local, onde, à exceção de um homem que comia ensimesmado em seu canto, de costas para eles, do que resultava ser impossível dizer se era um cliente ou se fazia parte do pessoal da casa, não havia, não houvera em horas nem em dias ninguém além deles, para adivinhar a que ponto a comida era intragável. De modo que lambiscaram umas coisas com tentáculos que chapinhavam num molho brilhante e dedicaram-se a beber, a desfrutar descaradamente a imunidade que parecia protegê-los de tudo que fosse indesejável, os pratos ameaçadores, a hostilidade dos garçons, a decoração — dragões, retratos de boxeadores, biombos de papel com fotos de estrelas de TV recortadas de revistas — e até a suscetibilidade do outro comensal, que mais de uma vez, sobressaltado com suas risadas, tinha se virado para fulminá-los com os olhos injetados de sangue. Saíram bêbados. Vera dava três passos e tropeçava, e Rímini tinha de abraçá-la para que não caísse. Ficavam assim por um momento, abraçados, apoiados no tronco de uma árvore, até que Vera respondia uma, a mais simples das perguntas com que Rímini testava seu grau de lucidez, e retomavam juntos a marcha até Las Heras.

Viraram na Cabello, avançaram ofuscados pela luz do refletor de quartzo que iluminava toda a quadra. Vera, que não concebia a ideia de mover-se de um ponto a outro sem discutir todos os caminhos que tinham ao alcance, fez objeções ao percurso e quis voltar atrás. "Pela Canning, pela Canning", balbuciou. "Vamos *para* a Canning", Rímini corrigiu, pegando-a pelos ombros e obrigando-a a girar sobre si mesma. "Estou muito enjoada", disse Vera, "acho que vou ficar por aqui." "São duas quadras", Rímini insistiu. "Aqui, aqui está perfeito", ela disse, apontando para um saguão escuro. "Não, não", ele retrucou, "se apoie em mim, eu levo você." Deram mais alguns passos, até que Vera parou com os olhos muito abertos, como se lembrasse alguma coisa importante. "Acho que vou vomitar", disse. "Respire fundo", Rímini ordenou. Vera inalou rápido e curto, fechou os olhos e voltou a cambalear. Rímini segurou-a com força. "Abra os olhos", disse; os cílios varreram o ar com desdém, e os enormes olhos verdes de Vera admiraram a enorme mancha de luz. Algo rangeu na memória de Rímini — uma dessas lembranças mecânicas, laterais, que de repente se espreguiçam, removem os escombros e emitem uma chispa. "Repita", sussurrou-lhe no ouvido: "relaxo a língua por debaixo da língua." "Quê?" "É para você relaxar. Repita: relaxo a língua por debaixo da língua." "Como 'a língua *por debaixo* da língua'? Que está dizendo?" Essa era a pergunta que Rímini sempre quisera fazer a Frida Breitenbach — *sempre*, desde a manhã em que ouvira essa espécie de mantra pela primeira vez, da boca de Sofía, no pátio do colégio, segundos depois de Sofía ter aceito sua proposta de saírem juntos e Rímini, com o coração descontrolado, quase desmaiar sob a escada do pátio do primário, até a última, na madrugada em que Rímini, que acabava de reservar o apartamento de Las Heras, lutava contra a insônia na cama, a centímetros da mulher da qual decidira afastar-se para sempre. "Shh, cale-se e repita: relaxo a língua por debaixo da língua", ele insistiu. "Não, sério", disse ela, cruzando um braço diante do peito dele, como se o freasse a centímetros de um abismo. "Vou vomitar *agora*." Ficaram quietos como estátuas, banhados pela impiedosa luz do quartzo. Em certo momento alguma coisa deve ter cruzado diante do refletor, porque houve uma espécie de eclipse, e Rímini e Vera sentiram que um bálsamo de escuridão aliviava seus olhos. Foi um instante — depois o fulgor voltou a golpeá-los —, mas o suficiente para afastar a náusea. Vera retomou a marcha. "Que papelão, meu Deus", disse, "vamos morar juntos, e eu começo vomitando nos seus sapatos no meio da rua." Rímini riu e olhou para a frente, e viu que alguma coisa saía da luz e avançava na direção deles — um contorno humano. "Acho que nunca vomitei na frente de um homem", disse Vera, entrecerrando os olhos. "Seria uma honra", disse Rímini. Pôs a mão na frente do rosto, contra a luz, para ver melhor: uma silhueta de mulher. Tarde demais: reconheceu a auréola do cabelo envolvendo a cabeça como uma coroa de fogo, as pernas ligeiramente arqueadas: Sofía. "Não quero. Se vomitar, vou ficar com tanta vergonha que vou ter de deixá-lo", disse Vera. Rímini começou a suar. Pensou em atravessar a rua, mas a ideia de fazer qualquer movimento o assustava mais que ficar quieto e esperar. "Está com frio, querido?", ouviu Vera dizer. Percebeu que, mais que abraçá-la, enregelado de pânico, quase a sufocava. Teve a ilusão de que a silhueta não vinha: ia — e alentou-a, confiou nela com uma vontade que jamais pusera em nenhuma outra coisa, mas a descartou no mesmo instante, ao compreender que o pulsar que crescia em sua cabeça não era seu pulso, e sim uma contagem regressiva fatídica. "Querido, querido": agora era Vera que o abraçava, empurrando-o contra uma cortina de metal. "Você gosta que o chame de *que-*

rido?" Estava perdido. Começou a ruminar uma súplica mental: repetiu-a para si várias vezes, com o tom monótono e supersticioso com que lembrava que Sofía e Frida e todos os discípulos pronunciavam a fórmula, e à medida que Sofía ia se aproximando, o volume interno dessa súplica crescia, tornava-se ensurdecedor, mais lastimoso que o pranto, e as mãos entrelaçadas, e a cabeça baixa — por favor, me poupe, por favor, por favor, faça isso por mim: me poupe agora, agora, agora, três, dois, um, *agora*. Só depois pôde vê-la bem, quando o corpo pequeno de Sofía, envolto numa espécie de poncho, já se aproximara o suficiente para libertar-se do efeito contraluz. "Já te chamaram de *querido* alguma vez, querido?", repetia Vera, jogando a cabeça para trás, os olhos fechados, enquanto percorria seu rosto com uns dedos trôpegos. Sofía já estava ali, a meio metro, mas não olhou para Rímini e sim para Vera, olhou-a de cima a baixo, como se a medisse, e sorriu e passou junto dele sem parar, sem sequer diminuir o passo, como se fossem dois espiões trocando uma senha secreta no nariz do inimigo — e tudo foi tão rápido, tão incruento, que Rímini teve de virar-se e olhar por sobre o próprio ombro para convencer-se de que não havia sonhado.

19.

Devia-lhe a vida. E como bom devedor só temia uma coisa: que reaparecesse para cobrá-la. Rímini sabia que nunca poderia lhe pagar, mas essa insolvência, que em certo sentido poderia tê-lo tranquilizado, parecia encaminhá-lo para um estranho patíbulo. Pensava nas alternativas que Sofía devia estar embaralhando para *permitir-lhe* pagar: reunir-se para repartir o lote de fotos, por exemplo, falar pelo telefone uma vez por semana, ou se encontrar, se encontrar assim, como amigos, para comentar bobagens durante os primeiros quinze minutos e então, depois do primeiro silêncio incômodo, desandar a remexer no passado; mas não: Sofía não reapareceu. E com o passar dos dias Rímini passou da vulnerabilidade a um estoicismo digno e agradável, no qual já não se via como um cordeiro, oferecendo seu pescoço ao golpe de misericórdia, mas dando razões, alegando, negociando para impor condições de pagamento convenientes. E depois, quando viu os perigos que pesavam sobre sua nova vida se dissiparem e enxergou-se sólido outra vez, o suficiente, pelo menos, para vivê-la com naturalidade, sem medo de arruiná-la ele mesmo com algum equívoco condenável, justo quando se descobriu *desejando* encontrar-se com Sofía para provar-lhe que podia sobreviver, compreendeu que isso não aconteceria, que Sofía tornara a desaparecer, e ficou desmoralizado, como se tivesse ganho uma competição muito exigente e agora, com o troféu em seu poder, descobrisse que os adversários nunca se apresentaram para jogar.

Naquela semana, recém-saído do chuveiro, Rímini apoiou o pé na borda da pia para enxugá-lo e viu que estava com metade da unha do polegar completamente amarela. Abaixou o pé e juntou-o com o outro; a outra unha estava igual. "Uma micose", disse o homeopata. "É muito comum." Era um homem vagamente japonês, que às vezes usava o sobrenome *criollo* da esposa e cujos traços se orientalizavam ou se ocidentalizavam em circunstâncias bastante imprevisíveis. Rímini tinha tanta confiança nele que, apesar de sempre ter sido o médico dos dois, dele e de Sofía, a separação, que tanto havia afetado as coisas comuns, nesse caso nem parecia tê-la tocado. "Não vai olhar minhas unhas?", perguntou Rímini. Arrependeu-se no ato: sabia que a íris era o mais longe a que podia chegar o desejo de ver de um homeopata. "Não é preciso", disse o médico. "A menos que você esteja muito interessado em que elas sejam vistas." "Não, não", disse ele, quase se desculpando. "E o que devo fazer?" "Por ora, nada", respondeu o médico. "Nada?" Havia algo na administração homeopática do tempo — uma aposta incondicional no futuro — que sempre o sublevava. "Antibióticos", disse o homeopata, "são a única coisa que há. Mas são tóxicos, e além disso interferem no tratamento, portanto vamos deixá-los para mais tarde." "Em que tratamento?", disse Rímini. "Está sem medicação?" "Sim, faz dois meses que não tomo nada." "Vamos começar, então", disse o médico num arroubo de entusiasmo, jogando o corpo para a frente e pondo os cotovelos na escrivaninha. "O que mais?", perguntou, quase como um desafio. Rímini fuçou nos últimos meses de sua vida. "Não sei. Não me ocorre nada", disse, e voltou à carga: "Não podem piorar, podem?" O médico levantou os olhos da ficha pautada. "Perdão?" "As unhas." O médico não respondeu; sorriu, voltou a consultar a ficha e levantou os olhos de repente, como se procurasse compreendê-lo, e perguntou: "Como estão as sudorações?". "Não notei nenhuma mudança." "Dorme bem?" "Sim." "Não tem insônia", disse o médico. "Nunca tive insônia", disse Rímini. Começava a sentir-se incomodado. Teve a impressão de que a desordem do interrogatório, típica da atenção flutuante dos homeopatas, desta vez era apenas a fachada que dissimulava alguma espécie de premeditação. "Continua vendo mosquinhas prateadas no ar?" "Acho que sim. Às vezes. Não sei, não prestei muita atenção." O médico suspirou e pousou a ficha com a face escrita virada para baixo. "E de ânimo?", perguntou. "Bem", disse Rímini. Decidiu não acrescentar mais nada. Mas o médico ficou olhando para ele tão demoradamente, tão impassível, que Rímini teve de ceder. "Tudo começa a ficar no lugar outra vez", disse. "Sei", disse o médico. E depois, meio de passagem, perguntou: "Algum excesso?". Rímini se pôs em guarda: "Por quê?". Quis ser sarcástico, mas a risadinha que estourou entre as duas palavras era, antes, nervosa. "A última vez que nos vimos você estava casado", disse o médico. Não o olhava, e esse detalhe, por alguma razão, dava a sua voz uma gravidade particular. Rímini sentiu que o esperava um diagnóstico terrível. "Nem sempre a pessoa escolhe a melhor maneira de recuperar o equilíbrio", disse em voz baixa, como se recitasse um axioma de seu catecismo particular. E depois acrescentou inesperadamente: "Alguma mudança de hábitos? Drogas? Que me diz de sua vida sexual?". Rímini varreu o consultório com avidez, procurando a porta do gabinete secreto pela qual Sofía, e provavelmente Javier, seu machucado informante, deviam ter escapulido um segundo antes de ele entrar.

"Tenho cara de libertino?", perguntou, recuperando certo aprumo. Mas o médico ignorou sua gozação e disse: "Tem se pesado ultimamente?". "Não. Está me achando mais magro?" "Um pouco. Entre três e quatro quilos", disse o médico. Virou a ficha e escreveu algumas palavras rápidas, enquanto com a outra mão aproximava o bloco de receitas. "Não vai me pesar?", Rímini perguntou. "Não", respondeu o médico, cuidando agora da receita, "a menos que você esteja muito interessado em se pesar." Rímini vacilou. O médico arrancou a primeira folha do bloco e com um gesto empolado depositou-a diante dos olhos de Rímini. "*Lycopodium* dez...", começou a dizer, mas Rímini o interrompeu: "Sim, pensando bem, eu gostaria de me pesar". O médico sorriu novamente: "Vamos ter que deixar para outro dia", disse, pondo-se de pé e deslizando-lhe a receita entre os dedos: "*Lycopodium* dez mil, um...", vacilou e depois acelerou: "... papel. Tome antes de se deitar. Sabe como, não?". Apertou a mão de Rímini enquanto o empurrava para a porta, suave, mas decididamente. "Ponha debaixo da língua e deixe dissolver. E me ligue daqui a quinze dias."

De pé no corredor, diante do elevador que acabava de chegar, Rímini sentiu-se invadido por uma gélida desolação, como se a fria maquinação da qual acabava de ser vítima o transformasse numa espécie de pária e o deixasse na intempérie. Retrocedeu até a porta do consultório e bateu. O médico entreabriu a porta e despontou uma cara contrariada. "Não acredito que possa continuar me consultando com você", disse Rímini, devolvendo-lhe a receita. O médico não a aceitou, mas abriu um pouco mais a porta e convidou-o a entrar com um gesto paternal. Rímini deu meia-volta e foi até o elevador, que nesse momento alguém chamava lá embaixo. Rímini o freou abrindo a porta de golpe. "Não me parece que seja o momento de tomar uma decisão tão importante", disse o médico. Rímini não respondeu. Abriu a porta.

"Você está em carne viva", o médico continuou. Rímini entrou no elevador; alguém, lá embaixo, já estava perdendo a paciência. Começou a descer; levantou os olhos e viu os sapatos avermelhados do médico entrando no quadro. "Você precisa de ajuda, Rímini."

A noite o surpreendeu. Sentiu-se indefeso, lento, indisposto. Sem pensar, parou no primeiro telefone público que encontrou e discou o número de Sofía. Não tinha ideia do que ia dizer — agia com uma determinação desesperada. Atendeu uma voz de homem que se aflautou um pouco, como se estivesse há um bom tempo sem falar com ninguém. Rímini demorou um segundo para reconhecer Rodi, o pai de Sofía. "Sofía está?", perguntou rápido, juntando as duas palavras em uma, como se isso o disfarçasse. "Rímini, é você?", perguntou o pai com um espanto esperançado. Rímini ficou calado. "Alô?" "Sim, sou eu", disse afinal. "É Rodi, Rímini. Que bom" — engasgou-se; respirou fundo e prosseguiu: "Que bom ouvir você depois de tanto tempo." Rodi se afastou do aparelho e murmurou algo, como se falasse com outra pessoa. "Queria falar com Sofía." "Sim, claro", disse Rodi, mas sua voz soou fraca ou assustada, e o silêncio que veio depois foi longo demais para que Rímini não se preocupasse. "Ela está?", perguntou. "Ah, não. Agora não, sabe? Está na clínica." Rímini ouviu um barulho, como se o pai tivesse espirrado contra o fone, e depois, durante um longo momento, uns queixumes regulares. O momento se alongou. Rímini teve de apoiar-se no telefone. "Na clínica?" Um silêncio. "Sim", falou o pai, ressuscitando: "foi operada esta manhã." Rímini sentiu um calafrio: quis retroceder, quis que esse dia retrocedesse com ele e voltasse a zero. "Ah, pensei que você sabia", disse o pai. "Não, não." "Como é possível, Rímini, que vocês não se falem?" "Não…" "Que bobagem, *che*. Nós gostamos tanto de você. Sofía gosta tanto de você…" A outra pessoa falou com ele, obrigando-o a afastar-se do aparelho. Rodi discutia e assoava o nariz: "E por que eu não diria? Se é verdade. Por que vou guardar isso comigo?". Depois voltou ao telefone e disse: "Estão me dizendo para não...", estalou a língua em sinal de discordância. "Mas você está bem?", perguntou Rímini. "Bem, sim, na medida do possível. Mais velho, né? E meio triste. Que sacanagem, Rímini. Doze anos. Sendo tão difícil as pessoas ficarem juntas. Me diga, não há possibilidade de..." "Eu perguntava por Sofía", interrompeu-o Rímini: "Ela está bem? De que foi operada?" Rodi voltava a se trançar em sua discussão paralela. "Eu o convido", dizia, "depois ele que faça o que quiser." "Alô!", gritou Rímini para o vazio. "Oi, Rodi!" Rodi reapareceu. "Che", disse assoando o nariz, arrastado por um entusiasmo fanático: "No dia 12 inauguro uma mostra. Em Balderston, a galeria de sempre. Alguns óleos. Paisagens de praia em dias nublados. Estou nessa, agora. Adoraria que você fosse. Sério: para mim, para todos, seria uma...", uma campainha curta soou, brutal — acabavam de ir-se os últimos cinco centavos — e a voz de Rodi desapareceu no ato, engolida pelo telefone.

Não se atreveu a ligar de novo. Nessa noite, enquanto Vera tomava banho, Rímini gritou que ia descer para comprar alguma coisa para o jantar e foi até o telefone público da esquina. Ficou um momento contemplando o reflexo das luzes no chão úmido, a facilidade com que os carros deslizavam pela avenida, o piscar regular dos semáforos, e essa lógica do mundo, tão ensimesmada em seu próprio mecanismo, encheu-o de uma angústia infantil. Ligou para Víctor, e uma secretária eletrônica atendeu. "Meu Deus", pensou: "Víctor está na clínica. Todos estão na clínica." Mesmo assim, falou: "Víctor, sou eu, Rímini. É *muito* importante. Víctor...". "Senhor!", gritou Víctor do outro lado. Desculpou-se: estava cozinhando. *Orechiette* com molho de alho-poró. Rímini já tinha jantado? "O que houve com Sofía, Víctor?" Víctor não respondeu. "Não me poupe, por favor: me diga tudo, diga a verdade." Contou-lhe a conversa que tivera com Rodi. Pronunciou a palavra "clínica" entre dois silêncios funestos, e Víctor, enternecido, soltou uma gargalhada. "Pobre anjo." Fez uma pausa. Saboreava algo. "Creme demais. Ela operou o nariz, Rímini. Nada de mais. Falei com ela há meia hora. 'Vida nova, nariz novo', ela me disse. Parecia feliz. Tem certeza de que não quer vir jantar? Mademoiselle Vera está convidada, hein?"

Fazia tempo que mademoiselle Vera não recebia tantas propostas sociais. Rímini encontrou-a pintando as unhas, envolta em vapor, com um turbante de toalha na cabeça e um cigarro entre os lábios. Ajoelhou-se a seu lado e começou a beijar-lhe suavemente as panturrilhas, parando de quando em quando para soprar as zonas avermelhadas com que voltara essa tarde depois de depilar-se. Vera deu uma tragada profunda e jogou a cabeça para trás para evitar a fumaça nos olhos. Rímini tirou-lhe o cigarro da boca. "Obrigada", disse, e exalou a fumaça com força, e enquanto juntava os pés para examinar as unhas em fileira, acrescentou: "Um senhor muito amável acaba de me convidar para uma exposição de pintura". Fez uma pausa e inclinou levemente a cabeça, o olhar fixo nas pontas dos pés, e detectou um cílio que ficara aderido ao esmalte. "No dia 12, acho que ele disse. Galeria Badmington ou Masterson, não sei. Anotei no bloco." Tentou removê-lo com a unha do mindinho. "Ah", ela lembrou, "disse que não quis deixá-lo preocupado. Que não é nada: nem mesmo deram anestesia geral." Vera desviou os olhos e deixou-os cair em Rímini como que por acaso, enquanto franzia a boca num fugaz ríctus de condescendência. "Endireitaram um pouco o nariz dela, bah."

Rímini ficou estupefato. Vera atravessara o campo minado sem vacilar, sem se equivocar e sem sofrer, e agora o olhava do outro lado sã e salva, inacessível, como olham os que sobrevivem a uma experiência terrível. Então ele propôs que escolhessem um apartamento juntos e se mudassem. No dia seguinte, quando acordou, Vera tinha saído: deixara a mesa do café da manhã posta, o café preparado e o jornal aberto na seção de apartamentos para alugar, com um marcador fluorescente em cima, de modo que a brisa que entrava pela janela da sala não confundisse as páginas. O café estava um pouco queimado, uma crosta de açúcar ressecado recobria a colherinha que lhe coubera, e a manteiga, ainda que derretida, conservava marcas de ter sido apunhalada com raiva, mas havia oito apartamentos — Rímini contou alarmado vários segundos e terceiros andares sem elevador, todos anunciados entre grandes pontos de exclamação — que agora flutuavam dentro de suas respectivas bolhas fluorescentes.

Duas semanas mais tarde, uma caminhonete estacionava numa rua desolada do bairro do Abasto, e depois do embrião de um motim que Rímini abortou com a promessa de um dinheiro extra, dois operários de olhos sanguinolentos carregaram durante três intermináveis andares de escada de mármore o fruto variado de duas mudanças em uma: os móveis que Rímini tinha em Las Heras e os fetiches que Vera decidira trazer de sua casa familiar: a casinha de bonecas, o armário cor-de-rosa, o sapateiro — um gigantesco cubo de madeira forrado de decalcomanias que se desarmava à medida que subiam —, a banqueta forrada de pelúcia branca, o espelho do banheiro incrustado de foquinhos brancos, lembrança, como Vera confessou, de certa festa escolar de fim de ano na qual havia interpretado o papel de uma grande diva da dança que se despedia de seu público para sempre. "E o espelho era para quê?", perguntou Rímini, com a esperança de que por alguma lacuna autobiográfica o acessório não tivesse explicação e ficasse de fora. "Fazia parte da cenografia do camarim", disse Vera: "todo o número era a bailarina falando consigo mesma diante do espelho".

Passaram-se dois, três meses, e Sofía, cujo nariz Rímini pensou ver fazendo algumas figurações em seus sonhos, uma vez encerrada numa caixa de vidro, junto de uma rosa vermelha, outra de perfil, à contraluz, gotejando — Sofía continuou sem aparecer. E a dívida que Rímini contraíra com ela foi perdendo vigor e enlanguescendo, como enlanguescem os objetos perdidos que ninguém reclama, até que prescreveu. Uma tarde, enquanto esperava para entrar no consultório do dentista, folheando uma revista de plano de saúde, Rímini deteve-se numa foto da coluna social: Sofía estava com o pai, os dois muito rígidos, com copinhos de plástico na mão, ladeando como dois granadeiros um grande quadro que representava um campo alagado, ou uma praia, ou um mar de ondas altas onde naufragavam animais ou embarcações, e que, segundo a legenda, que confundia Sofía com uma chefe de promoções de sobrenome Starosta, o pintor intitulara de *Paisagem emocional*. Nada no nariz de Sofía chamou particularmente sua atenção, embora a foto, obra de um aficionado, provavelmente, ou de um desses abutres que ofuscam as pessoas nos vernissages, estivesse um pouco fora de foco e com um tom esverdeado. Alguns dias depois, ao voltar para casa, procurou no bloco do telefone as mensagens do dia, e um nome desconhecido o pôs em guarda: Sonia. O pseudônimo era tão flagrante, a citação tão óbvia — Sonia, a irmã caçula de Riltse, morta aos dezesseis anos num naufrágio — que teria passado mais inadvertida se tivesse deixado seu nome verdadeiro. Pensou que o que era flagrante para ele o teria sido duplamente para Vera e se preparou para enfrentar o temporal. "Uma amiga de Víctor", ela se limitou a dizer, sem suspeitas nem duplos sentidos. "O que queria?", perguntou Rímini. "Não sei. Perguntou há quanto tempo você não falava com Víctor." "Que estranho", ele disse. "Se eu fosse você, ligaria", disse Vera. "Deixou o número?" "Para ele, ligaria para o Víctor. Ela estava com uma voz esquisita, como se quisesse dizer alguma coisa importante." "Por que não disse pra você?", ele perguntou, e em seguida se espantou com o modo como tudo parecia inverter-se. Vera — por sua vez — confiava, e Rímini minava sua confiança com suspeitas que só podiam prejudicá-lo. "Por isso: porque é importante", ela disse, olhando-o com os olhos muito abertos, como se só agora reconhecesse a criatura assustadiça que o ciúme a impedira de ver. E lhe passou o telefone. Rímini sentou-se e levantou o fone, tudo em fatídica câmera lenta, e percebeu que suas mãos suavam. Estava perdido. Sofía penetrara em sua fortaleza. Não *enganara* Vera, apenas; *recrutara-a*. Vera era a garantia de que sua mensagem chegaria ao destino, e era por ela, por Vera, que Rímini agora se via obrigado, mais do que nunca, a lhe dar uma resposta. A ameaça não estava fora, mas dentro, e não era uma força hostil, mas o que Rímini mais amava no mundo, a única coisa que o mantinha à tona. Dizer que estava perdido era pouco. De repente viu em Vera um instrumento do mal, um sicário cândido, de uma eficácia aterradora. Enquanto discava o número de Víctor, teve a impressão de entrar numa fase nova, onde as armas e as regras que conhecia já não tinham vigência. Mas Víctor estava internado. "Tuberculose", disse-lhe a garota que atendeu, e que um segundo antes perguntara seu nome, como se tivesse uma lista das pessoas autorizadas a receber o boletim médico. "Quem fala?", ele perguntou. "Sonia", disse a garota, prima de Víctor. Morava em Entre Ríos, viera a Buenos Aires por quinze dias — um seminário avançado de alguma coisa, cosmetologia, cosmologia, climatologia —, e Víctor lhe pedira que passasse por sua casa para regar as plantas e pegar as mensagens da secretária eletrônica. "Sim, sim, claro", balbuciou Rímini, envergonhado, enquanto um coro sarcástico pisoteava todas as suas conjecturas.

Foi visitá-lo sem demora, ansioso por purgar sua culpa. Ele se entretendo com receios enquanto Víctor cuspia sangue prostrado numa cama. Como podia ser tão miserável? Chegou ao

Hospital Alemão, entrou e evitou olhar para a recepção. Sempre que entrava num hospital, como quando o obrigavam a parar numa fronteira, parecia-lhe evidente que não reunia os requisitos para seguir em frente. "Quarto 404", dissera-lhe Sonia, que existia e era real, muito mais real que esse hall de hospital e que a recepcionista que nesse momento ameaçava levantar-se para interceptá-lo. Subiu diretamente até o quarto andar. No elevador, sob a luz de um tubo fluorescente, passeou os olhos pelo alumínio das paredes e sentiu uma ligeira vertigem, como se alguma coisa se afrouxasse na parte de trás de seus joelhos. Distraiu-se observando seu companheiro de elevador, um homem miúdo, mal barbeado, que tamborilava sobre os botões e punha a cabeça para fora, olhando para um lado e para o outro, toda vez que o elevador parava e as portas se abriam. No quarto andar, quando Rímini saiu, o chão brilhava tanto que o ofuscou. Era como caminhar sobre um espelho. Um homem mais velho roncava deitado num banco comprido, a cabeça jogada para trás, enquanto um menino sentado a seus pés, no chão, amarrava o cadarço de um de seus sapatos no do outro.

Rímini entrou sem bater. Chamou sua atenção a temperatura do quarto, mais fria do que poderia esperar, e a qualidade áspera, como que hiperventilada, do ar, exigente demais, pensou, para um doente. Passou na ponta dos pés junto da porta do banheiro, de onde saía um rumor de torneiras abertas. Espiou com cautela e sentiu um golpe de pudor, e antes de olhar para a cama seus olhos fizeram uma escala no sofá do acompanhante, onde havia um paletó de veludo preto, uma boina e uma bolsa tecida ainda pendurada no ombro do paletó, como se a mulher que os trajava os tivesse tirado juntos. Separadamente, as três coisas não lhe disseram nada. Mas assim que deixou de olhar para elas algo as reuniu automaticamente, como se fossem gotas de mercúrio, e ao juntar-se elas emitiram um inconfundível fulgor familiar.

Rímini olhou para a cama e viu uma enfermeira que se virava para ele e enquanto se punha de pé lhe estendia algo. "Tome. Aqueça-o", disse a enfermeira. Rímini viu Víctor deitado de costas na cama, com os olhos fechados, e perto, bem perto, na mão da enfermeira, o êmbolo de uma seringa cheia de sangue. "Vamos", repetiu a enfermeira, friccionando a veia de Víctor com um pedacinho de algodão. "Dê-lhe calor." Rímini obedeceu, enquanto pensava: "Para quê, se é sangue. Se já está quente". Sentiu seus joelhos fraquejarem e um vazio gelado no estômago. Seus olhos nublaram-se. A última coisa que percebeu antes de desmaiar foi o barulho da porta do banheiro se abrindo, passos que se detinham às suas costas e a boca aberta da enfermeira advertindo-o de algo que não chegou a ouvir.

Uma voz e umas mãos invisíveis resgataram-no de um porão profundo. Deitado de costas no chão, viu uma sombra com uma auréola brilhante, muito loira, que se aproximava e se afastava de seu rosto. Bem rápido, como se, no mesmo controle central de onde o haviam desconectado, alguém pusesse seus sentidos em marcha novamente, os sons do quarto voltaram a ocupar seu lugar: em cima voltou a ser em cima e embaixo embaixo, e seu corpo foi recuperando uma tênue tridimensionalidade. Reconheceu a voz da enfermeira, que protestava — "Um tubinho de sangue. Quem poderia imaginar…" — enquanto esfregava alguma coisa no chão, perto de uma de suas mãos, e pouco a pouco a cabeça que lhe fazia sombra foi saindo do anonimato: sobrancelhas cheias e em desordem, olheiras, ressaibos de tumefação nos lados do nariz, o halo luminoso dos cabelos. Sentiu um suave, delicado chuvisco musical derramando-se sobre ele. Sofía cantava. Cantava para *ele*. Quase não movia os lábios, de modo que o que saía estava mais para um sussurro bem baixo, que não se propagava viajando pelo ar mas por proximidade, por contágio físico. "Coitadinho", disse Sofía, sorrindo ao ver que a reconhecia. Rímini mexeu a cabeça e percebeu que estava apoiada no colo dela. Quis levantar-se. Sentiu um desagradável formigamento na palma da mão, de onde a enfermeira extraía alguns estilhaços de vidro com uma pinça. Rímini viu a pocinha de sangue e olhou para a enfermeira. "Não é seu, não se assuste", disse a enfermeira. Rímini acomodou-se de lado. Víctor o cumprimentava sentado na beira da cama, as pernas imberbes suspensas no vazio. Rímini apoiou uma das mãos no piso, depois um joelho, até ficar de quatro, enquanto sentia as mãos de Sofía que o acompanhavam sem tocá-lo. "Devagar, pouco a pouco", dizia Sofía. Rímini viu a cama e calculou a distância; tentou segurar a armação de metal e falhou, enquanto patinava sobre um resto de sangue que a enfermeira não tinha visto. Víctor soltou uma gargalhada. "Este rapaz é um perigo", disse a enfermeira a Sofía. "Por que não o leva até o bar da esquina?".

Atravessaram a avenida Pueyrredón — Rímini na frente, o corpo um pouco inclinado, como se recusasse de antemão qualquer oferta de ajuda. Já empurrava a porta do bar, um típico café de hospital, com médicos comendo fora de hora e uma luz branca e cruel, quando Sofía propôs uma mudança. Conhecia um lugar ali perto, menos sórdido, disse, com mesas que tinham toalhas, pelo menos. "Já estamos aqui", protestou Rímini. O conforto lhe importava menos que as soluções expeditivas. Entraram. Houve um breve intervalo de tempo, consagrado a decidir onde se sentariam. Cada qual, por seu lado, já escolhera uma mesa — Sofía a de quatro, recém-limpa, junto da janela; Rímini a de dois, na passagem para os banheiros, lotada de copos e pratos sujos —, e ambos sabiam que não era a mesma. Olharam-se e gesticularam de maneira inconsistente, levantando mãos e apontando para alguma direção, como se argumentassem, até que Rímini, cuja escolha não tinha outro motivo senão a indolência, rendeu-se e foi sentar-se junto da janela. Tinha uma fome voraz, como se estivésse há dias sem comer. Foram atendidos por um garçom alto, cansado, com os dedos sujos, que parou junto da mesa e permaneceu em silêncio enquanto olhava algo em outra direção. Rímini decidiu-se pelo Super Pueyrredón, com pepinos e um ovo frito, a última opção de um longo repertório de sanduíches quentes. "Tem certeza?", disse Sofía. Rímini olhou para a rua. Sofía levantou os olhos para o garçom: "Traga um misto-quente e um uísque puro para ele, e para mim um pingado". O garçom saiu, e Rímini aproveitou para esboçar uma sublevação. "Por que…?", começou a dizer. "Você vai se arrepender", interrompeu-o Sofía, "sei o que estou dizendo." Um silêncio áspero, incômodo, envolveu-os, até que Sofía estendeu a mão intrépida e brusca, esperou que Rímini se jogasse para trás, cumprindo seu ritual defensivo, e voltasse a debruçar-se na mesa, e obrigou-o a abrir a sua, a mão que machucara ao desmaiar. "Que papelão", ele disse, enquanto Sofía avaliava os estragos. Percebeu que não perguntara nada sobre o estado de Víctor, e sentiu-se duplamente envergonhado. Sofía lhe passou um boletim detalhado. De modo que falaram de Víctor um pouquinho, não muito, ainda que com uma veemência suspeita, como se o caso de Víctor fosse um território neutro onde podiam se manifestar com alguma fluidez, sem se sentir coagidos nem ter de rastrear subentendidos inquietantes. O garçom trouxe o pedido e Rímini se atirou sobre seu misto-quente. "Tome um trago antes", disse Sofía, empurrando o uísque para ele. Rímini hesitou. "Vai levantar sua pressão." Rímini aproximou o sanduíche da boca e o tocou, de modo que quando voltou a pousá-lo no prato algumas migalhas tinham ficado coladas em seus lábios. Bebeu um trago rápido, como se estivesse se livrando de um trâmite maçante, e quase ao mesmo tempo meteu na boca um pedaço de pão. Sofía o viu comer enquanto algumas chispas começavam a acender seus olhos. "Você é lindo, hein?", disse-lhe, sorrindo com tristeza. "Não deveria dizer isso, você tem alguém cuidando dessa parte. Mas digo mesmo assim: você é lindo. É isso", suspirou: "estamos separados, você tem uma namorada jovem e linda e não suporta ver sangue e nós dois temos um amigo doente e você continua sem saber onde sentar nos bares nem o que pedir para comer. E é lindo. Lindo e rebelde." Pôs a mão sobre a dele: "Não precisa mais se rebelar, lindo. Não vou lhe fazer nada". Rímini riu. Mas se sentia incomodado, em desacordo com o que lhe coubera na partilha. Sofía — com seu nariz roxo, seu estrabismo nervoso, seu penteado de quem acaba de sair da cama — agia com uma segurança imperturbável, como se lhe ditassem tudo, ao passo que ele se refugiava no silêncio para disfarçar sua incompetência. Olhou-a nos olhos, mas de passagem, para evitar que ela encarasse seu olhar como um gesto significativo, e nas chispas que viu, tão quietas que pareciam incrustadas em suas pupilas, pareceu-lhe descobrir o segredo dessa partilha desigual. Sofía tinha uma causa; ele não passava de um desertor. Para ela o encontro no hospital, os cortes que Rímini fizera na mão, o bar, a apatia do garçom, as migalhas nos lábios — tudo fazia parte de um plano. Para Rímini eram apenas coincidências; coincidências ingratas, no máximo malévolas, mas tão carentes de sentido quanto qualquer obra do acaso, como a bala perdida que fere o soldado justo no momento em que ele se afasta vitorioso do campo de batalha.

Rímini riu. "Rebelar-me?", disse. "Eu não me rebelo. Por que diz isso?" "Você trabalha tanto. É tão esforçado", ela continuou, quase enternecida. "Olha só: você se esforça para não me ligar, para não vir buscar sua parte das fotos, para não responder a meus recados, para me deixar plantada na mostra de Riltse. Você nunca descansa, Rímini. Corta o cabelo bem curto, do jeito que sabe que eu não gosto. Cheira cocaína. Usa moletom com capuz (entre parênteses: convidaram a Bruxa para dar um seminário nessa universidade que você tem no peito). Sai com garotinhas (Javier me disse que ela é terrivelmente ciumenta, é mesmo?). Abandona o homeopata que curou sua psoríase..." Rímini quis olhar para ela, mas não conseguiu. Fustigava as migalhas com um dedo e as distribuía sobre o prato em pequenos assentamentos vizinhos. Deu de ombros. "Você parece um militante. Não é um pouco demais? Chega, pare de lutar tanto", Sofía prosseguiu. "Relaxe. Não precisa ficar mudando de vida o tempo *todo*. Faça o que tiver vontade. E não tenha medo: ninguém vai obrigá-lo a recuar." Então Rímini levantou a cabeça e cravou os olhos na parte superior de seus pômulos, onde os hematomas estavam ficando de um amarelo pálido, como de papel velho. "O quê?", disse ela, pega de surpresa e levando a mão ao rosto. "O que está dizendo? Que filho da puta: você não disse nada. O que acha? Ainda está todo... Não dá pra ver direito... Quando a inflamação ceder... É. Eu operei. Fiz isso sim. Você se mudou, eu mudei de nariz. O que achou: ficou bom?" "Sim, acho que sim." Rímini, desta vez sem aleivosia, voltou a olhá-la, lembrou-se do rosto original e comparou os dois narizes, tentando encontrar alguma diferença. "É um cirurgião especial, muito sui generis", disse Sofía, como se tivesse lido seu pensamento, enquanto suas mãos revoluteavam ao redor do nariz. "Inimigo mortal da indústria do nariz arrebitado. Para o sujeito, cada cara tem seu nariz, e cada nariz sua cara. Diz que todos os bons cirurgiões plásticos (os verdadeiros, não esses carniceiros que fazem caras em série) trabalham com base nessa relação. O que acha? Notou a diferença? Porque *há* diferenças. Veja aqui, isto, esta parte. Não nota merda nenhuma. É preciso esperar, ainda está um pouco..., mas fale, diga alguma coisa, por favor. Se não me conhecesse, se estivesse me vendo hoje pela primeira vez (bem, não exatamente assim, imagine meu rosto bem, desinchado, sem tudo isto aqui, esta mancha amarela), ia se apaixonar por mim perdidamente?" Rímini entreabriu a boca, mais por desconcerto que para responder. "É brincadeira, bobo. Uma pergunta retórica." Riu com altivez, como uma rainha que indulta um condenado à morte dois segundos antes de executá-lo. Mas olhou-o de soslaio, arrebatada por um rapto de desejo, e disse: "Ainda que, na verdade, sim... Poderia responder. Você se apaixonaria por mim de novo? Pode mentir, se quiser. Mas eu vou perceber. Você viu como eu sou...". Rímini meteu a mão no bolso, apanhou umas notas e colocou-as sobre a mesa. "Preciso ir", disse. Gostaria que sua voz tivesse soado firme e sólida — a voz de alguém muito ocupado e muito generoso que, depois de doar uma porção de seu valiosíssimo tempo, alertado por um alarme discreto, deve voltar à rotina imperiosa de suas coisas —, mas soou trêmula, quase interrogativa. Entrara no mar com cautela, intercalando entre as braçadas umas olhadas periódicas para a margem; mas agora tinha se virado, e a única coisa que via era a superfície ondulante da água, o mar que o encurralava e logo ali, no fundo, evaporando no ar, o desenho da costa, já inacessível. "O quê?", disse Sofía. "*De repente* está com pressa." Um ríctus amargo torcia-lhe a boca. "Sim", ele disse. Acenou para o garçom. "Vejamos: o que você tem que fazer? O que é *tão* importante? Vejamos." "Nada. Coisas", disse Rímini. Examinou a nota, comprovou que o dinheiro não ia dar e começou a fuçar nos bolsos, enquanto Sofía seguia todos os seus movimentos com um compassivo desdém. "Você é como a Gata Borralheira. Para isso separou-se de mim? Para bater ponto? Para cumprir horário?" "Sofía, por favor...", ele disse, pondo as chaves sobre a mesa, uma velha nota da Oficina del Libro Francés — o *Dictionnaire des injures* da Tchou — com o verso infestado de números de telefone, duas entradas para o cinema e uma cartela de aspirinas vazia, com as janelinhas de cada compartimento abertas como cílios, mas do dinheiro que lhe fazia falta, nem um centavo. O garçom veio atender, e Rímini olhou-o com uns olhos implorantes enquanto afundava outra vez as mãos nos bolsos: "Tenho certeza de que estava em algum lugar...". "Eu pago", interrompeu Sofía. Depois, olhando para Rímini mas falando com o garçom, disse: "Mas ainda não. Me traga outro pingado". Rímini viu as costas brancas do garçom se afastando, levando sua única possibilidade de sobrevivência. "Só cinco minutos", disse Sofía. "Eu mereço cinco minutos, não?" "Não seja tonta", ele retrucou, enquanto olhava ao redor como se procurasse a saída de emergência. Algo no ar, de repente, comoveu-o, inundando-o de uma angústia antiquíssima. "Que foi?", Sofía perguntou. "Nada", ele disse. "Nada? Você está quase chorando, Rímini." Essa mistura de cheiros — café recém-moído, desodorante de ambientes, perfume. Onde sentira esse cheiro antes? Esfregou as pálpebras com os nós dos dedos; quando abriu os olhos viu tudo preto, depois uma chuva de alfinetes brilhantes e o rosto de Sofía. "Esse cheiro. Sente?" "Sim", ela disse. Rímini vacilou. Queria evitar a todo custo as confidências, mas pensou que se lhe oferecesse algo pessoal, uma porção modesta mas genuína de sua intimidade, Sofía se acalmaria. "É como se eu já o tivesse sentido antes", disse. "A-há! Você o *sentiu* antes", repetiu Sofía. Seu tom era tão indecifrável que Rímini teve de entrecerrar os olhos para olhá-la. "Está me gozando?", ela perguntou. "Não. Por quê?" Sofía inclinou o corpo para a frente e fincou os cotovelos na mesa. "Rímini: estávamos neste mesmo bar quando sua avó morreu. Ali, naquela mesa. Seu pai saiu do hospital e veio até aqui para lhe contar." Rímini olhou ao redor sem convicção. Sabia que não encontraria nada e sorriu, desanimado. "Tínhamos ficado a noite inteira acordados", disse Sofía. Começava a sorrir; aconchegava-se na lembrança como se estivesse numa cama recém-arrumada, com lençóis novos. "Hã, você sim", sua voz tremeu um pouco, "em certo momento você dormiu no meu ombro. Ali, naquela mesa. E depois juntei umas cadeiras e você se esticou para dormir com a cabeça aqui, no meu colo. Como um menino que sai para jantar fora com os pais e dorme no restaurante." Sofía parou e olhou para ele. Esperava algo; esperava que ele apanhasse o fio que ela acabava de puxar e continuasse desenovelando a cena. "Nada. Não me lembro de nada", ele disse. Baixou os olhos e fingiu vergonha, até que ouviu o garçom deixando a xícara de Sofía, e só então se atreveu a olhá-la, como se essa testemunha de louça lhe garantisse imunidade, e o que viu em Sofía, mais que incredulidade, foi rejeição, o tipo de repulsa dolorida que causam essas criaturas angelicais que de manhã até a noite, sem razão aparente e sem perder, tampouco, nada de sua normalidade, tornam-se completamente desumanas. "Estou vendo", disse Sofía. "Isso é avançar, para você. Cada coisa apagada, um passo à frente, não? E assim você vai se limpando. Assim vai se desfazendo do que não lhe serve. Para que tanto lastro, não é? Junta pó, ocupa espaço, precisa ficar sempre arrumando. Melhor se livrar disso tudo. 'Libertar-se.' Por isso você procurou a garota, não? É jovem... Não tem passado (se chama Vera, não é? Vera. Gosto do nome.). Ideal. Atrás não existe nada. Agora está tudo pela frente." Fez uma pausa: a rejeição se transformara em desgosto, nessa melancolia que costuma acompanhar as constatações objetivas. "Está vendo?", disse Rímini. "Está vendo por que é tão difícil para mim encontrar você?" "Estou vendo, sim", ela respondeu, compadecendo-se. "Nunca vi ninguém menos vivo em minha vida." Apanhou uma nota enrugada num bolso e soltou-a junto da xícara intacta. "Não te conheço", disse enquanto se levantava. "Tenho pena de você."

20.

Não soube mais de Sofía até aquela noite no restaurante, a noite do seu aniversário, quando Víctor, cujos pulmões já não apresentavam nenhum rastro do bacilo, mostrando cada vez menos tecido sadio, a tal ponto avançava o exército de células malignas que começara a colonizá-los, deslizou-lhe por debaixo da mesa a mensagem em que ela maldizia sua compulsão de fazer aniversário sem ela. Para Rímini foi um alívio. Enquanto a lia pôde vê-la tal como ela mesma se descrevia, de camisola e tênis em plena rua, nessa hora precoce em que os loucos aproveitam para desvairar em público. A imagem, em vez de espantá-lo, regozijou-o; era risonha, pitoresca demais para ser verdadeira, verdadeira demais para incomodar. Ela a roubara de Fellini, ou, para ser mais exato, de Giulietta Masina, que depois de Frida Breitenbach era a máxima autoridade sobre a terra em assuntos sentimentais.

Mas tempos depois foi visitar Víctor, confinado, em razão de uma recaída, em sua casa, seu quarto, seu robe de chambre escocês, na companhia de uns garotos parcos e furtivos que sempre estavam saindo da ducha ou entrando nela, e Víctor, como quem se livra de um peso, ordenou-lhe que procurasse na gaveta da cômoda o presente que Sofía lhe prometia na carta e que o levasse embora de uma vez por todas. Encontrou-o logo — um pacotinho alongado, embrulhado num suntuoso papel metálico —, sopesou-o com alguma inquietação e decidiu abri-lo diante de Víctor, como se a presença de um terceiro tornasse a situação menos comprometedora.

Era uma caneta-tinteiro: uma dessas canetas pretas e elegantes que justificavam a pomposa existência da palavra *estilógrafo* — o tipo de caneta com que os médicos escreviam em seus receituários voláteis, perturbando ao anoitecer o silêncio do consultório com uns rangidos de outro século que faziam Rímini estremecer de prazer. "Bem, bem", disse Víctor, sob o impacto do sorriso de satisfação com que Rímini contemplava o presente. "Parece que desta vez madame acertou no alvo." Rímini olhou para ele com hostilidade, como se lhe reprovasse a insolência. Na verdade, estava com medo: sabia muito bem o uso que Sofía podia vir a fazer desse sorriso se, num deslize, ou tentado pelo mórbido prazer de levar e trazer informação, Víctor o pusesse nas mãos dela. "Desculpe", disse Víctor. "Não se preocupe: isso fica entre nós. Ela nunca vai ficar sabendo. Vou dizer que nunca a entreguei." Rímini girou a caneta-tinteiro entre os dedos. Estava em êxtase, efetivamente, mas era um êxtase sem amor, descarnado. Descobria a que ponto momentos como esse, esvaziados da seiva amorosa que deveria tê-los animado, evidenciavam algo que para ele só devia existir em alguma vaga dimensão metafórica: a ideia de que o amor, o amor verdadeiro, esse amor que estava além de qualquer estilo, não tinha nada a ver com a efusão, nem com a sensibilidade ou o caráter envolvente dos sentimentos, e tudo, ao contrário, com a precisão, a economia e uma faculdade antiga, injustamente desprestigiada, chamada *ponta-*

ria. O amor não abraça, pensava Rímini: fere. Não inunda, crava-se. Como era possível que Sofía continuasse acertando?

Desenroscou a tampa, aproximou a caneta dos olhos e estudou a pena, essas duas patinhas unidas que despontavam como uma unha de metal na ponta. Como se chamava isso: acertar no centro exato de um alvo *ausente?* Girou-a para examinar essa zona escura, ao mesmo tempo recôndita e exposta, por onde a tinta devia passar antes de verter-se sobre o papel, e que Rímini lembrava ser levemente avultada, como um ventre de inseto, opaca quando seca, muito brilhante quando a tinta a umedecia. Depois levou a pena até a ponta de seu indicador e afundou-a devagar, com cuidado, de modo que a tinta, ao brotar, seguisse o desenho das impressões digitais. A ponta do dedo ficou intacta. Repetiu a operação algumas vezes, aumentando a pressão e inclinando levemente a pena, sem resultados. Voltou a olhar a pena de perto. Continuava seca. Pressentiu que nunca ninguém se dera ao trabalho de carregá-la. Víctor lhe passou a seção de esportes do jornal, e Rímini sacudiu a caneta-tinteiro sobre dois jogadores de futebol negros, de verde, que trançavam suas pernas numa coreografia inverossímil, e depois de fracassar repetiu a operação com mais força, batendo na mesa com o canto da mão. "Vai ver não está carregada", arriscou Víctor. A possibilidade era tão óbvia, e tão incrível o fato de Rímini nem sequer ter parado para considerá-la, que ele a rejeitou completamente. E, no entanto, depois de colocá-la perto da luz, Rímini começou a desenroscar o corpo da caneta, e o arozinho de ouro que dividia a cabeça do torso encrencou a meio caminho, ficando pendurado no tanque de borracha. Rímini sentiu uma vaga desconfiança. Deixou a caneta sobre o jornal, inclinou-se sobre o arozinho e o girou devagar, cada vez mais devagar, à medida que seu palpite ia se confirmando. Então descobriu a letra. Viu o R diminuto gravado no metal dourado e sentiu que o chão vibrava sob seus pés.

Procurou um apoio; Víctor, sem se mover da cama, achegou-lhe uma cadeira. "Que foi?", perguntou. "Mandou gravar a inicial do meu nome", disse Rímini, passando-lhe a caneta. "Está louca." "Onde?" "Preste atenção no arozinho dourado." Víctor aproximou a caneta dos olhos e afastou-a de repente. "Preciso dos óculos. Urgente. Que inicial? Tem certeza?" "O que vou fazer?", disse Rímini. Não era exatamente uma pergunta, era um desses suspiros de desalento íntimos, descarados, com que frequentemente se iniciam os monólogos das peças de teatro, quando o personagem principal, sozinho em cena, recapitula seu drama em voz alta. "Devolvê-la? Se ficar com ela, aceito tudo. A caneta é o de menos. Aceito a ideia do presente; aceito como natural a possibilidade de que, estando separados, um dê ao outro presentes especiais, os mesmos que daria se estivessem juntos. Aceito não somente seu esforço e sua dedicação para encontrar a caneta — que, por outro lado, adorei, como ela sabe muito bem, embora eu já esteja um pouco afastado do ramo —, mas sobretudo a intenção que tinha quando mandou gravar a inicial do meu nome. Aceito tudo o que deveria existir entre nós para que um presente assim fosse algo normal e não o que é, um gesto completamente deslocado, feito por alguém que está se enganando, ou se deixando levar por uma fantasia delirante, ou está totalmente louco." "Por favor", pediu Víctor, "me passe a tampa." Rímini passou-a. Tudo aconteceu muito rápido, num segundo plano. "Mas se eu não aceitar", Rímini continuou, "se a tanto respondo com tão pouco, dizendo que não, não estou alimentando a batalha?"

"É a marca", disse Víctor. Houve um silêncio abrupto, como se uma espécie de fenda se abrisse no ar. "Reform, está vendo?" Víctor lhe passou a tampa. "É o R de Reform, a marca da caneta-tinteiro." Rímini aceitou a tampa a contragosto. "Veja: está também no prendedor. O mesmo R." Rímini reconheceu a maiúscula — tão vaidosa, tão ofendida pelo pouco espaço que o prendedor lhe dava para expandir-se — e as outras cinco letras em minúsculas, numa cursiva distinta, ainda que modesta, e sentiu que alguma coisa caía dentro dele e se chocava contra uma superfície quieta, cristalina, muito profunda, como uma moeda no fundo de um poço. Então, como se uma janela se abrisse com um golpe de vento, Rímini voltou a ver a cena original na qual esse R e essa marca, Reform, haviam irrompido em sua vida e teve uma noção da magnitude do erro em que incorrera naquela tarde na estação de trem de Viena, quando Sofía, ávida por compensar com iniciativas inesperadas o tempo e os quilos que a gripe lhe roubara, parou na plataforma, justo quando Rímini tentava meter as malas no vagão, e obrigou-o a parar tudo e olhar para ela e aceitar o estojo de veludo negro com o presente que ela lhe comprara dois dias antes, na loja de canetas, cachimbos e tabaco do hotel. Viu a cena de novo: viu-se jovem, um pouco feminino, com o cabelo longo e escorrido, a pele branca e os lábios crestados pelo frio, abrindo o estojo — um luxuoso ataúde em miniatura —, descobrindo a Reform deitada no centro de um leito vermelho, presa na altura da cintura por um anel de plástico preto, e pensando — pensando e, colecionador compulsivo, entesourando o pensamento enquanto o pensava — que, acontecesse o que acontecesse, estivessem juntos mil anos, dez ou um único dia mais, nunca na vida esqueceria esse momento.

Mas esquecera, e agora que a *mesma* caneta-tinteiro voltara às suas mãos, como esses objetos que, nos contos, atravessam uma longa série de provas para terminar outra vez, idênticos, mas experimentados, em poder de seu dono original, Rímini, contemplando-a com um pavor maravilhado, compreendeu a que ponto o inesquecível das coisas, ou desse complexo articulado de fatos, pessoas, coisas, lugar e tempo que chamamos momento, é muito menos uma propriedade das coisas, muito menos um efeito do modo como as coisas nos alcançam, penetram em nós e nos afetam, do que o resultado de uma vontade de preservação, um desejo que já então, no próprio instante em que é formulado, sabe-se ameaçado pelo fracasso. Dizemos que algo será inesquecível não apenas para reforçar, transformando-o já um pouco em passado, a intensidade com que o experimentamos agora, no presente, mas sobretudo para protegê-lo, guardá-lo com todo o zelo e o cuidado que considerarmos necessário, de modo a garantir que dentro de um tempo, quando nem o mundo nem nós formos mais os mesmos, essa porção de experiência continue estando ali, nos esperando, demonstrando que há ao menos *uma* coisa que conseguiu resistir a tudo. Mas nada era inesquecível. Não há imunidade contra o esquecimento. Rímini olhou novamente aquele corpinho vertical, sem braços, vestido de luto. Mais dois minutos olhando-a assim e não a reconheceria. Como era possível que Sofía lhe desse o mesmo presente duas vezes? E como podia dar-lhe algo que já era seu? "Se eu fosse você, não faria drama", interrompeu-o Víctor. "Ela tem um namorado." Rímini olhou para ele, meio deslumbrado. "Sofía", disse Víctor, "tem um namorado. Chama-se Cyrill, ou algo parecido. Algum nome de personagem perverso de filme dos anos 1970. Um bom papel para Pierre Clémenti. Um percussionista, acho. Alemão. Mora em Hamburgo. Que é onde Sofía deve estar neste exato momento. Está viajando, não sabia? Parece que se conheceram num desses seminários ministrados pela Bruxa Breitenbach."

Rímini respirou. Foi como se alguém tivesse esvaziado, num passe de mágica, um quarto abarrotado de móveis. Carregou a Reform com tinta preta e guardou-a de cabeça para baixo — sinal de que pretendia usá-la — com as outras canetas-tinteiro de sua coleção. Mas não a usou. Topou com ela algumas vezes, ao escolher outra, e sempre a olhou com indiferença. Um dia, empenhado em arrumar seu estúdio, que instalara na área de serviço, desocupou o copo onde viviam as canetas e submeteu-as a uma vistoria de rotina. A Reform fez o que pôde: teve um début surpreendente — o traço era tão pleno e fluido que dava a impressão de ter sido usada dez minutos antes —, mas a pena logo foi ficando sem tinta, gaguejou, quis ressuscitar — a tentativa só deu para Rímini escrever a metade do seu nome —, lutou com o papel e emudeceu para sempre. Rímini enfeixou as canetas reprovadas com um elástico — eram seis, todas relíquias fúnebres, e a Reform suportou o translado apertada entre uma Pelikan com a rosca da tampa espanada e uma Tintenkulli cuja ponta, distorcida por alguma queda, tinha a forma de um sinal de interrogação — e jogou-as no cesto de papéis. Não sentiu nada. Não era um ato moral, mas de higiene. Já fazia meses que as traduções escritas — livros, artigos, documentos — estavam em retrocesso, substituídas por pedidos cada vez mais frequentes de tradução simultânea, e Rímini, atordoado por uma sensação de abundância e de inutilidade. Sua escrivaninha era a prova mais flagrante. A variedade de papéis, a profusão de prendedores e clipes, o amplo estoque de pastas, da clássica, de capa preta e dura, com grandes anéis que se fechavam com um estalo temível, até as mais modernas, leves e transparentes, o leque de canetas, lapiseiras — o único instrumento com que aceitava sublinhar os originais que devia traduzir — e marcadores: todos os sinais de opulência que antes o reconfortavam, dos quais se considerava incapaz de prescindir para levar a cabo seu trabalho, começaram a perder importância e ganhar peso, de modo que o que sempre considerara um entorno acolhedor agora lhe parecia uma paisagem barroca, povoada de coisas desnecessárias, na qual ficava difícil mover-se sem causar acidentes trágicos, entornar um tinteiro sobre uma página recém-datilografada, dobrar com o cotovelo vinte páginas da cópia que devia apresentar meia hora

mais tarde, jogar no chão um porta-lápis carregado de canetas-
-tinteiro transbordando de tinta.

Desfez-se de tudo numa tarde. Vera o surpreendeu seminu
e de sandálias, como um lutador romano, subindo e descendo a
empinada escada que levava ao escritório, carregando caixas de
papelão e grandes sacos de lixo que os ângulos em ponta das
pastas, as quinas de uma régua ou a ponta de alguma esferográfica começariam a rasgar a qualquer momento. Ia e vinha sem descanso, com a constância e o frenesi dos que temem que qualquer
hesitação os faça mudar de ideia e se arrepender. Sensível, como
boa ciumenta patológica, a todo impulso de limpeza que viesse
de Rímini, Vera somou-se a ele sem fazer perguntas. Ajudou-o
a descer as sacolas pelos três andares de escada e só titubeou
quando, já na calçada, onde Rímini, que voltava a subir em
busca da última leva, acabava de deixar a sacola das canetas-
-tinteiro, descobriu o buraquinho minúsculo que a Reform, lá de
dentro de seu cativeiro, tinha feito na pele de polietileno.

21.

Poussière chegaria na próxima semana. No meio, intercalado como um bálsamo preventivo, restava um fim de semana prolongado. Prevendo que a visita do linguista absorveria Rímini completamente, decidiram aproveitar esses três dias mortos e se enclausuraram na casa que os pais de Vera tinham em Valeria del Mar. Viajaram de micro-ônibus, aconchegados um contra o outro, contentes com o frio polar que fazia, celebrando como privilégios de luxo os alfajores ressecados, o café fraco mas incandescente que a máquina cuspia numa série de acessos de tosse — como beijou as bolhinhas rosadas que a beberagem fez brotar no dorso da mão dela —, os cobertores ásperos, curtos demais, que alguns minutos antes de as luzes se apagarem, numa cerimônia vagamente carcerária, o motorista suplente repartira entre os passageiros. Quase dormindo, Rímini, sentado do lado do corredor, olhou a estrada deserta, ouviu o barulho do motor, viu, duas filas à frente, um pé com um sapato solto, quase desabando, farejou e distinguiu os cheiros misturados que pairavam no ônibus — tapete úmido, bafios de mijo, a aliança do tabaco com alguns perfumes baratos, desodorizador de ambientes com aroma de pinho — e teve a prova, não a simples impressão, de que o amor era, efetivamente, a força alquímica mais extraordinária, a única capaz de transformar a pobreza do mundo num luxo sublime. E dormiu, embalado pelo ronronar que Vera exalava em seu pescoço.

Um momento depois, foi sacudido por uma súbita sensação de perigo. Abriu os olhos, e um resplendor branco o ofuscou. Esteve a ponto de gritar, mas a grande mancha de luz pareceu concentrar-se e ganhar nitidez e terminou se bifurcando nos dois feixes paralelos dos faróis de um ônibus que avançava na direção deles. Tudo ficou às escuras outra vez. No monitor que pendia do teto, um comediante gordo, vestido com um falso equipamento de médico, tentava injetar algo numa ruiva que perambulava de calcinha e sutiã por um pequeno consultório de tabiques instáveis. Rímini não soube se estava sonhando, mas a imagem o excitou. Virou-se, abraçou Vera, que dormia de costas para ele, e esfregou-se em seu corpo com muita suavidade, deixando-se levar pelas vibrações do ônibus, até gozar. Foi um jorro inofensivo, que o sono disfarçou com pudor e do qual Rímini se regozijou no dia seguinte, quando se lembrou dele, e durante todo o fim de semana, na meia dúzia de vezes que fizeram amor, sempre num lugar diferente da casa, segundo um programa de atividades entre atlético e turístico do qual Vera estava particularmente orgulhosa.

Isso foi, na verdade, a única coisa que fizeram, além de usar o terraço da casa para jogar torneios, não partidas, de frescobol, dos quais Rímini saía invariavelmente exausto, menos pelo fervor com que ela trabalhava cada ponto do que pelas vezes que ele tinha de descer e subir a encosta atapetada de pinhas que unia o terraço ao bosque, onde as bolas tinham o péssimo costume de ir morrer. Isso, e andar descalços por caminhos de terra, e empanturrar-se de chocolates numa casa de chá à la João e Maria onde se era atendido por umas húngaras imperativas, e comer de noite numa churrascaria com paredes de plástico translúcido e garçons apáticos, fantasiados de gaúchos, que depois das onze trocavam as bandejas pelos rebenques e pelas boleadeiras e transformavam o salão num fervoroso teatro de destrezas folclóricas. Foram três dias de uma felicidade física idiota, sem impurezas, uma felicidade siamesa. A tal ponto que, uma ou duas vezes, espantado por estar sozinho, Rímini lançou-se com uma ânsia quase maligna a rastrear as fissuras que a plenitude provavelmente o impedira de ver. Queria desiludir-se. Mas tudo o que encontrou foi de uma limpidez incontestável, como esses céus azul-turquesa que duram um dia inteiro e parecem invulneráveis e eternos. Nada podia prejudicá-los. Eram imunes até ao pressentimento.

Rímini não se alterou nem mesmo quando Vera, na hora de assinar um tíquete de cartão de crédito, empunhou sem mais a Reform da qual ele se desfizera dias antes e com a qual, para seu espanto e escândalo, conseguia escrever sem a menor dificuldade. "Me deu pena e fiquei com ela", disse, sorrindo para ganhar seu perdão. "Não se incomoda com isso, não é?" Não, não se incomodava. Nada podia incomodá-lo. O mundo estava muito longe, e era como se Rímini fosse invisível. Teria dado tudo para poder conjurar a cota de desgraça, dor e desencanto que sabia estar à espreita em algum compartimento secreto de seu destino. Pensou que nunca voltaria a ser tão poderoso para enfrentá-la quanto agora. Queria aproveitar. E se não aproveitou foi porque a felicidade é, por natureza, inimiga de toda especulação administrativa. A felicidade é perda, gasto, dissipação — e cansaço.

Rímini nunca sentira as pernas tão lânguidas como quando embarcou no ônibus de volta. Não eram só as caminhadas pela praia, nem os bate-bolas encarniçados no terraço, nem os estranhos, incômodos mas estimulantes desafios ginásticos que o obrigaram a enfrentar algumas sessões de amor na intempérie. Era o cansaço do puro, do liso, do homogêneo da felicidade — não o cansaço de nadar, mas o de ficar imóvel, flutuando num elemento que é sempre idêntico a si mesmo. De modo que subiu e dormiu antes mesmo que o ônibus partisse, quase na mesma hora em que se sentou, único deslize de descortesia em meio a um desempenho irretorquível, e a primeira coisa que voltou a sentir depois foi uma freada grande, que o descobriu, e depois mais duas ou três, pequenas e breves como estertores, até que o ônibus parou completamente e, lançando um ruidoso suspiro, pareceu perder altura, como se todos os pneus tivessem se esvaziado ao mesmo tempo.

Enquanto as luzes do teto eram acesas, Rímini assomou por sobre o encosto da poltrona da frente e viu o motorista na contraluz, espreguiçando-se. As imagens voltavam mais rápidas que os sons. O motorista suplente estava de pé no meio do corredor, as mãos apoiadas nas gavetas do bagageiro, mas sua voz só alcançou Rímini alguns segundos depois, entrecortada e como que envolta em algodão, quando ele já o via abotoando a jaqueta e descendo para o frio da madrugada. A porta estava aberta, mas o longo suspiro que soltou ao se abrir ele só ouviu quando as sombras dos passageiros começaram a se mover entre os assentos. As luzes acesas, as rajadas gélidas que cortavam o ar sufocante, os sons lá de fora, que fulgiam como chispas contra o fundo acolchoado do sono — tudo era incômodo e hostil. E, ao mesmo tempo, como era agradável o modo áspero e brusco como essas obrigações — parar, acender, acordar, pôr-se em movimento, descer — dilaceravam o invólucro do descanso, e que excitante a dose de vigília que lhe impunham no meio da noite, num restaurante deserto de uma estrada deserta… Rímini viu os primeiros passageiros descerem em fila, lentos, como se ainda arrastassem as correntes do sono, e virando-se para Vera, sacudiu-a suavemente.

Instalaram-se numa mesa do fundo, a mais afastada da porta, perto dos motoristas, que já investiam contra dois gigantescos sanduíches de pão francês, e de uma mesa onde uma mulher mais velha, com um velho casacão de pele sobre os ombros, despedaçava um doce para a menina que estava sentada diante dela, seguindo o trabalho de seus dedos com uma concentração de sonâmbula. Pediram café e croissants. Usando um braço de Rímini como travesseiro, Vera recostou-se sobre a mesa, bocejou, ou melhor, cantou e começou a recitar um sonho longo, cheio de peripécias e equívocos que pareciam inventados. E enquanto uma versão dela mais jovem e mais pálida, com metade do rosto avermelhado por uma mancha de nascença — um dos tantos alardes de imperfeição com que nos sonhos procurava minimizar sua beleza —, descia uma escada em caracol segurando a barra da camisola com a mão, preocupada em chegar a tempo a um desses encontros abstratos com que os sonhos nos atormentam, Rímini, que lhe acariciava a cabeça, distraiu-se e varreu lentamente o local com um olhar superficial, o olhar com que olham todos aqueles que, despertos, sabem que logo voltarão a dormir. Passou pelo balcão de alfajores, pelos livros, onde um romancezinho de capa sanguinolenta debruçava-se temerariamente em sua pequena sacada de metal, pelo revisteiro onde enlanguesciam os jornais do dia anterior; sobrevoou o contorno irregular das cabeças dos companheiros de viagem, e quando voltava à sua própria mesa seguindo o piso em tabuleiro, justo quando a Vera do sonho, que se esquecera de algo fundamental, subia novamente a escada que tinha acabado de descer e um velho telefone começava a tocar em alguma parte do castelo, seus olhos toparam com uma cara enorme, muito séria, que ocupava todo seu campo visual. O tamanho era um efeito da proximidade: a menina estava a seu lado. Tinha um bigode de açúcar mascavo sobre o lábio superior, e oferecia-lhe um pedacinho de doce. Rímini aceitou, sorrindo. A menina ficou olhando para ele, imóvel, quase sem piscar, como se quisesse certificar-se de que Rímini não iria se desfazer de sua oferenda, e só aceitou voltar para sua mesa quando viu que ele o pusera na boca e começava a mastigá-lo. Aproveitou que a avó não estava olhando, roubou outro pedaço do prato e, a passos curtos, sem descolar do chão a sola dos sapatos ortopédicos, foi até Rímini e ofereceu-o. "Obrigado", ele disse. Era loira, tinha as faces crestadas e um ar geral de descuido, como se estivesse usando a mesma roupa há dias. "Coma", disse a menina. Sua voz, espantosamente baixa, parecia vir de outro lugar, como se alguém muito distante falasse através de sua garganta. Rímini começou a mastigar o pedaço de *vigilante*.* "Está muito bom", disse, exagerando o trabalho de suas mandíbulas. Viu-a se afastar, com seu andar de boneca defeituosa e seu travesseirinho-talismã, que varria tudo o que encontrava pelo chão, e seus olhos se encheram de lágrimas. A menina voltou a beliscar um resto de doce, virou-se, assentiu sem olhar para sua tautológica avó — "Está dando de comer àquele senhor?" — e encaminhou-se para a mesa de Rímini com o braço estendido, olhando-o fixo nos olhos. À medida que lhe sorria, Rímini sentiu certo desconforto, como se algo na cena não fosse completamente genuíno, ou tivesse sido ensaiado, ou acontecesse para alguém, um olho invisível que a contemplava em segredo. A menina pousou o cotoco de *vigilante* no prato e ficou quieta, olhando para ele e depois para o prato e depois outra vez para ele, e de repente sua boca, como uma flor que murcha, franziu-se num biquinho inconsolável. Era

---

* Tradicional sobremesa argentina, dizem que o *vigilante* — queijo Mar del Plata ou fresco com doce de batata ou marmelada — nasceu numa cantina de Palermo Viejo, muito frequentada pelos guardas de uma delegacia próxima. (N. T.)

o último pedaço; percebera que a brincadeira tinha um final. Comovido, Rímini estava prestes a executar sua parte quando um garfo, descendo do ar como um relâmpago, espetou o pedaço de doce que esperava no prato, a cinco centímetros de seus dedos, no mesmo lugar onde segundos antes haviam tremido os dedos sujos da menina. Foi como se um segundo silêncio, grave e sinistro, tivesse sido aberto no ar silencioso do restaurante. Rímini virou-se para Vera e a viu empunhando o garfo, tremendo. "O que mais?", ela sussurrou. "Por que não chupa logo a xoxota dela?" O rosto de Vera estava branco, e os olhos, avermelhados; Rímini pensou ouvir o ruído de suas mandíbulas e ver um fulgor de espuma na comissura dos lábios. Tudo durou segundos. Depois, como se o mesmo espírito suscetível que pusera o garfo em sua mão agora lhe desse a ordem de recolher-se, ela se levantou, saiu da mesa, batendo os quadris numa das quinas, atravessou todo o restaurante, bateu a porta e desapareceu a bordo do ônibus, onde começou uma greve de silêncio que sustentaria ao longo das quarenta e oito horas seguintes.

22.

Era intolerável. E no entanto... Nesses dois dias de distância — e nos cinco que vieram depois, quando, já reconciliados, as obrigações impostas pela chegada de Poussière começaram a afastá-lo de Vera —, Rímini dedicou-se a pensar quase exclusivamente nesse *no entanto*. Talvez ali residisse o segredo da força do ciúme. Porque esse ponto de combustão absoluta, que o reduzia à estupefação e, literalmente, esfolava Vera viva, não era também a máxima garantia de amor que ela podia lhe oferecer? Talvez por uma deformação profissional, agravada, além do mais, pela maratona em que logo o envolveria a agenda do belga em Buenos Aires, Rímini tendia a pensar no ciúme como numa máquina arbitrária, mas implacável, especializada em traduzir o idioma diáfano do amor para uma gíria de pesadelo: o amor fluía sem problemas até tropeçar numa impureza, a impureza formava uma dobra, a dobra gerava um efeito de funil, o fluxo de amor se afinava — e tudo se invertia e trocava de sinal, e Rímini, que um minuto antes encarnava um promissor espécime de pai, agora era um descarado e selvagem pedófilo.

"Fazer o quê?" Tinha tentado tudo. Grande preservador sentimental, como todo monógamo, Rímini, aplicando ao pé da letra o chavão com que Vera tentava justificar seus ataques — "Ponha-se no meu lugar!" —, fizera o teste de olhar-se e olhar o mundo com os olhos do ciúme. Não havia duvidado de si; não houve nada que embaçasse sua crença nesse amor único. Mas o mundo, esse murmúrio incessante do qual o preservava o amor único, pouco a pouco começou a se fazer notar, a ficar carregado de intenções e a emitir mensagens. Rímini começou a sentir-se desguarnecido, na intempérie, como um soldado desarmado no meio do campo de batalha, e não teve remédio senão recorrer à primeira coisa que encontrou à mão: a suspeita. Escrutou, desconfiou, aprendeu a ler as entrelinhas. Descobriu a mecânica voluptuosa de interpretar e deduzir. Ele, um suposto carrasco, abraçou a causa do ciúme com um fervor que Vera, uma vítima consumada, jamais alcançaria. Desenvolveu uma imaginação prodigiosa. Acreditava detectar em tudo a presença encoberta do desejo — como se a espuma inócua da vida cotidiana sempre estivesse incubando paixões imperceptíveis, efervescentes, unidas por um denominador comum: fazer dele, de Rímini, seu objeto.

Por que de repente as mulheres se interessavam por ele? Veio-lhe à cabeça uma sentença: "Casado, mas não capado". Ele a ouvira há séculos numa chácara de Témperley, proferida por um colega de grupo de estudos, um sujeito alto, cambaio, de barba e com mãos anormalmente pequenas, que depois de se gabar das excitantes vidas paralelas que cultivava à margem do casamento, com alguma amargura, perguntara-lhe por que não fora ao churrasco com Sofía. No caso de Rímini, no entanto, ocorria o contrário. Se as mulheres começavam a prestar atenção nele, assim, de repente, era justamente por ele ser uma causa perdida para elas. Ao retirá-lo do mercado do amor, Vera o prestigiara, elevara sua cotação, transformara-o numa peça única. (O drama de todo ciumento patológico: sequestra seu objeto de amor e o confisca do mundo, mas na solidão do cativeiro, como um colecionador louco, embeleza-o com um capricho e uma paciência de taxidermista, de modo que no final, quando o trabalho está pronto e o objeto de amor é, finalmente, a boneca deslumbrante e perfeita que o ciumento sempre quis que fosse, o objeto de amor acaba de escovar os dentes, amarra os cadarços dos sapatos, acaba sua xícara de café, beija o ciumento e, para sua estupefação, sai para o mundo — e sai belo, irresistível, rejuvenescido, como se a devoção, os cuidados maníacos e tudo aquilo em que o ciumento patológico confiava para garantir sua posse exclusiva agora só lhe garantissem que em breve, muito em breve, irá perdê-lo.) Assim que reconhecia as emanações do desejo de uma mulher, uma mulher qualquer, que provavelmente nunca mais veria na vida, Rímini fugia, fugia como o criminoso numa multidão, ou como o explorador que fora da selva, já a salvo, continua cortando o ar a golpes de facão, e quando voltava para Vera, para o tremor de seus brancos braços de fantasma, uma felicidade imensa o inundava: a felicidade de ser um soldado do amor.

Depois veio a segunda fase: transformar todas essas espreitadelas do mundo em casualidades inocentes. Com certo alívio, Rímini parou de desconfiar e limitou-se a cumprir o papel de um expectador modorrento, que olha sem ver um espetáculo de fogos de artifício. O mundo continuava carregado de intenções avessas, e Rímini continuava sendo seu alvo privilegiado, mas que importância isso tinha para ele? O período épico, de assédio e resistência, passara. Descobria que já não precisava da obstinação nem do espírito de sacrifício para saber que seu amor estava seguro. Era um veterano de guerras que nunca travara. E assim, finalmente instalado num limbo de indiferença, Rímini, pela primeira vez na vida, deu-se ao luxo de sonhar, *só* de sonhar, como o inválido sonha em fazer o que a vida nunca mais lhe concederá, com as delícias de uma aventura secreta, induzida por uma das tantas insinuações que antes vivera prevendo e que agora desdenhava: uma mulher que para falar com ele se aproximava demais, outra que ele surpreendia olhando-o de longe; outra que lhe pedia fogo e, quando ele lhe aproximava o isqueiro, pousava e demorava excessivamente a mão sobre a sua; uma conversa trivial que de repente, como um avião que perde altura, entrava numa zona de vertiginosa intimidade; e também o signo astrológico, e o nome, e o título de um filme ou de um livro prediletos — todas essas coincidências pueris que irrompiam em meio ao nada e prometiam amarrá-lo, repentinamente, à vida da desconhecida que acabavam de lhe apresentar.

23.

Jeremy Riltse matou-se em Londres em certa madrugada de 1995. Primeiro matou Gombrich na banheira, com um tiro na cabeça. Depois apoiou o cano do revólver um centímetro abaixo do mamilo esquerdo e disparou. Embora tenha morrido no ato, a bala só chegou ao coração depois de ziguezaguear, ricochetear contra alguns ossos, mudar de rumo, distrair-se em rodeios inexplicáveis. Tinha setenta e oito anos e nenhum herdeiro. Salvo alguns males menores — psoríase, artrite reumatoide, vertigem, sequelas das infecções contraídas nos experimentos da *Sick Art* —, não havia nada em seu histórico clínico que explicasse a decisão de maneira convincente. Os anos nômades tinham ficado para trás, bem para trás, nessa província remota da qual não nos separa o tempo, mas o arrependimento, e cujos rumores só atraem biógrafos ou chantagistas. Vivia com seu cão. Saía muito pouco. Reconciliado com a própria celebridade, estava na etapa burguesa em que os artistas reivindicam seu direito à imobilidade e, como gurus, limitam-se a *receber*, o que Riltse, que nunca se dera ao trabalho de consertar a campainha, nem sequer fazia. Vez por outra cozinhava perdizes, sua especialidade, para um punhado de amigos fiéis. Riltse tinha o telefone deles, eles não tinham o seu. Depois de Pierre-Gilles (aliás Albert Alley, aliás Bart Bold, aliás Chris Cavenport...), que após a ruptura e a célebre automutilação no sul da França não deixara de assediá-lo, a tal ponto que só uma ordem judicial conseguiu freá-lo, o que não produziu os melhores resultados para seu equilíbrio mental, Riltse não voltara a conhecer o que ele mesmo chamava de "o espanto do amor". Alguns poucos protegidos, em geral jovens e pobres, que recrutava na porta dos quartéis, nas obras em construção ou na seção de anúncios pessoais dos jornais, e que usava como modelos para seus quadros, onde depois apareciam desfigurados por ridículas metamorfoses bestiais, amenizavam sua existência com prestações eróticas expeditas — Riltse odiava que as coisas durassem — e com furtos que ele mesmo planejava em estado de máxima excitação, dando um jeito, depois, de pôr à vista do gatuno da vez o maço de dinheiro, a joia, a cigarreira de prata ou a garrafa de Pomerol que ardia em desejos de sacrificar. Essas satisfações esporádicas nunca lhe criaram problemas; ao contrário, talvez estejam na origem das obras mais importantes de seus últimos anos de trabalho; as mais importantes, não as melhores. Porque se existe algo que a arte contemporânea deve agradecer ao *zookitsch*, como se conhece a fase final de sua carreira, não são obras-primas — para a arte contemporânea, o mestre já estava morto e enterrado depois da *Sick Art* —: é a aniquilação do gosto como variável da percepção artística.

No momento de sua morte biológica, que, superada a comoção inicial, passou a integrar a lenda Riltse com uma curiosa naturalidade, como se qualquer outra forma de morrer, chegado o momento, tivesse parecido o cúmulo da incongruência, nem suas contas de banco nem seus bens registravam movimentos irregulares, e nada no cenário onde o encontraram, a velha casa de três andares de Notting Hill, com a fachada de tijolos e o jardim de trás murado, o mesmo onde ficou preso numa noite de Ano-Novo — um golpe de vento fechara a porta da casa, que por fora não tinha trinco —, vestido apenas com uma camiseta de flanela e o tricô cor de mostarda, sem mangas, do qual não se separava por nada no mundo — tinha doze exatamente iguais —, congelando, enquanto nas casas vizinhas trinchavam perus e estouravam champanhes, até que, usando a trepadeira à guisa de escada, conseguiu escalar o muro alto e escapar — nada levou a pensar que o suicídio se devesse a alguma razão alheia à sua própria vontade. Não houve marcas, salvo as que a empregada indiana deixou, mas ela as deixara depois de descobrir o cadáver; não houve janelas quebradas, nem portas forçadas, nem ameaças na secretária eletrônica — Riltse jurara não permitir que aparelhos desse tipo entrassem em sua casa —, nem segundas xícaras de café ainda fumegantes, nem cigarros fumados pela metade que não fossem os que Riltse fumava, nem rastros de violência dissimulados rapidamente, nenhuma pista que delatasse um móvel obscuro, uma presença nefasta, uma intervenção criminosa do exterior.

No fundo da lata de lixo da cozinha, entre uma caixa de pizza congelada e um velho tomo da lista telefônica de Londres, foi encontrado um feixe considerável de cartas, todas com os respectivos envelopes, envolto num saco de lixo. As cartas estavam divididas em numerosos maços pequenos, cada um identificado por sua etiqueta. O critério de classificação não era evidente: *Hotéis*, dizia uma etiqueta; *Preposições*, dizia outra; *Negros*, uma terceira; uma quarta: *Órgãos*. Um dos maços — o primeiro que foi a leilão, o mais barato e o único que não encontrou comprador — dizia *Argentina*. As três cartas que incluía estavam assinadas pelo diretor do Museu Nacional de Belas-Artes de Buenos Aires, e duas dessas três tinham sido escritas em papel de carta com o timbre do museu. A primeira, enviada pouco depois que Riltse iniciou ações legais contra o Estado argentino, o museu e a pessoa física de seu diretor pelos danos que um exército de infiltrações causara à sua obra durante os primeiros três dias da mostra em Buenos Aires, pedia desculpas, enumerava atenuantes — das quarenta linhas da carta, vinte reproduziam um prognóstico meteorológico que anunciava a mesma tempestade para a mesma data, só que para o noroeste do território — e prometia toda sorte de compensações — mas o inglês da carta era tão pobre que soavam como ameaças — se o artista reconsiderasse sua decisão. A segunda chegou uma semana mais tarde, depois que o diretor do museu tentou convencer Riltse pessoalmente das vantagens da oferta que lhe fizera na primeira. Riltse, ao que parece, nunca o recebeu. Limitou-se a contemplá-lo da janela do segundo andar da casa, enquanto o argentino montava guarda apoiado na grade da entrada. "Você devia vê-lo", disse o pintor a um amigo com quem falava por telefone. "Faz dois dias que está lá. Acho que ontem à noite ele até acampou. Não quer mais que eu retire a queixa. Agora só quer me conhecer! Acho que é o mesmo fantoche que Rolandine menciona de passagem no diário de suas patéticas aventuras noturnas!" Na carta, desta vez em castelhano, o diretor do museu mudara de estratégia e se oferecia pessoalmente — "cordeiro da Arte", como se autodefinia — para reparar o prejuízo causado. Tinha uma mansão em Punta del Este, a melhor coleção de tapetes *tehuelches** do mundo, uma filha de dezessete anos na agência de modelos Ford. A terceira carta chegou dois meses depois, quando o diretor do museu desfrutava em Ascochinga, Córdoba, a licença de saúde concedida por uma junta de psiquiatras depois de um confuso episódio de entrincheira-

---

* Referente à etnia indígena pré-colombiana da Patagônia argentina. (N. T.)

mento e resistência à autoridade em seu escritório no museu. Irregular como um eletrocardiograma, estava escrita à mão no verso manchado — "erva-mate", assinalou um dos protegidos de Riltse, munido do castelhano rudimentar que aprendera em duas temporadas como o astro patinador do *Holiday on Ice* em Buenos Aires — de um prospecto que promovia as atividades do museu. Riltse hesitou. Jogá-la ou doá-la? O chefe de arquivo do Hospital de Nervosos de Londres saberia apreciá-la. Já nem era mais uma carta. Numa dúzia de páginas imundas, aquele "energúmeno cinzento" (*ashy monster*), depois de anunciar um "ensaio sobre o Mundo Riltse", listava sem nenhuma lógica uma seguidilha de *ex abruptos* e obscenidades, as grosserias típicas que se sentem comprometidos a transcrever os que falam em línguas, com uma enfiada de julgamentos sobre sua obra, todos menos admirativos do que Riltse teria esperado e copiados de um velho catálogo da Tate Gallery para uma exposição de Lucien Freud.

Além de interromper uma prematura sessão de asseio — Riltse estava só com metade do rosto barbeado quando o encontraram, e a escova de dentes estava seca —, o disparo mortal deixou inconcluso o quadro em que estava trabalhando, *Icy Silence*, uma tela retangular e monumental — seis metros por três — na qual, a julgar pelos esboços a lápis que depois foram encontrados, o pintor pretendia retratar uma pitoresca sessão de *gang bang* canino liderada por Gombrich, seu fiel filhote de weimaraner.

24.

Rímini olhou o cartão, a rosa deitada, a pequena placa branca. "Riltse", leu. Leu e pensou, com esse tempo que o pensamento gasta quando também está ocupado em lembrar, e depois disse o nome algumas vezes em voz alta, como se quisesse comprovar que ainda sabia como pronunciá-lo. Mas o corpo, ao lembrar, não é como a memória: sua vontade de esquecer é cem vezes mais obstinada. Rímini — ou melhor, sua língua, chateada com esse desafio infantil que ele a obrigava a aceitar — tomou impulso, buscou ímpeto no "i", esbarrou nas três consoantes do meio, retrocedeu, tentou outra vez, fracassou, investiu nelas com fúria e foi repelido. O tropeço o fez rir. Enquanto procurava onde esconder o cartão, perguntou-se se haveria outra coisa do passado que seu corpo, não ele, também se negaria a aceitar. *Riltse*. Soletrou em silêncio, com o estupor e a ternura daquele que depara, quando adulto, com as precárias maravilhas que enfeitiçaram sua juventude. Sentiu que uma estranha crueldade o invadia. Se a tivesse tido à mão, teria despedaçado toda a sua adolescência. Via tudo com o desapego com que um cirurgião contempla o órgão que deve extirpar, e ao mesmo tempo não podia deixar de rir. Era tão óbvio, agora, que o enigma Riltse não estava em seus quadros — tentou se lembrar de algum, mas tudo o que via eram a rosa deitada e a placa comemorativa —, e sim no efeito estrangeiro dessas três consoantes juntas. *Riltse*. Sua dicção progredia.

Mas Riltse estava morto, e Rímini sentiu algo na boca, algo amargo, como uma semente de limão partida, e achou que ia vomitar. Não estava morto, *já*? Desfocou um pouco os olhos e voltou a reconhecer a mancha amarelada que o cabelo de Sofía deixava na foto. Pensou em coisas vagamente sobrenaturais: aparições, o Santo Sudário, casos de catalépticos, uma mulher numa ilha caminhando descalça, em plena noite, sob a lua, guiada pelo eco de alguns tambores. Podia-se voltar morto da morte? Ouviu passos na escada, a voz de Vera cantando, seus passos dançando o que cantava, e deslizou o cartão de Sofía entre as páginas do *Petit Robert*, na mesa baixa da sala, junto do original da conferência com a qual Poussière inauguraria o ciclo. Fechou o dicionário com o coração na mão, justo quando a chave de Vera remexia na fechadura. Não tinha nada a temer, pensou. Se o cartão tinha acabado de chegar, e estava ali com ele, Sofía, que o enviara, devia estar muito longe.

SEGUNDA

1.

Da cabine de tradução simultânea, enquanto enxugava o rosto com um lenço que Carmen acabava de pôr em sua mão, Rímini ouviu Poussière cuspir as últimas palavras de uma frase longa, semeada de incisivas e negritos invisíveis, e, apertando os fones de ouvido contra as orelhas, recitou para si mesmo seu desesperado mantra de tradutor simultâneo: "Por favor, que ele repita a frase. Por favor, que ele repita a frase". Mas Poussière estava completamente ensimesmado e não repetiu, não repetiu nada — e Rímini traduziu de memória, mal, e esperou a frase seguinte com a cabeça baixa e os olhos fechados, como se estivesse reunindo forças para fazer frente a uma catástrofe. Então, de repente, Poussière emudeceu: não só parou de falar, mas pareceu levar ao silêncio todos os sons do teatro e do mundo. Talvez fosse apenas uma interrupção, uma dessas pausas que Rímini costumava receber com gratidão, como tréguas providenciais, e que aproveitava para recuperar o fôlego ou para avançar. O palco estava lá embaixo; bastava-lhe dar uma olhada pelo vidro da cabine para vê-lo, mas já não se animava a olhar. Tinha medo.

Emudecer era a versão ameaçadora de fazer silêncio; principalmente quando abortava monólogos vertiginosos como o de Poussière, que ficava mais de quarenta segundos mordendo em cada frase os calcanhares da seguinte. *Alguém caía nesse poço.* Reuniu coragem, levantou a vista e viu Poussière sentado, imóvel, um pouco inclinado sobre seus papéis, mas seguiu ao largo e se deteve na jarra de água que havia junto do microfone. Era a quarta vez que falava em público em uma semana, mas era a primeira que chegava até a metade de uma conferência sem tê-la tocado.

Era de vidro, ligeiramente arqueada, com um gargalo fino e curvo de cisne. Poussière a levava a toda parte. Foi a primeira coisa que procurou na mala quando se instalou em seu quarto de hotel, uma hora depois de aterrissar em Buenos Aires. Os pormenores do voo, o alarde poliglota com que o oficial da imigração quis se exibir ao ler *linguista* em seu visto de entrada, o cartaz de lingerie feminina que Poussière quis continuar olhando mesmo quando o carro já o deixava para trás, e que terminou lhe causando uma contratura no pescoço, os segredos do clima do Rio da Prata: Rímini avivava uma conversa banal para manter-se acordado quando Poussière, dando-lhe as costas, abriu a mala e afundou as mãos entre camadas de camisas e pulôveres — como qualquer signo de cor local, o verão sul-americano só lhe merecia suspeitas —, e ao chegar ao fundo começou a revolver em círculos desenfreados, pulverizando a ordem em que sua bagagem atravessara o oceano. Quando as retirou, depois de alguns segundos, suas mãos hasteavam um pacote lacrado. "Eu mesmo a embalo. Não confio no pessoal dos aeroportos", disse Poussière, e começou a desfazer o pacote com prazer, arrancando as tiras de fita e rasgando o primeiro envoltório de papel Kraft. Ao chegar ao segundo, de papel-manteiga, seu furor se aquietou e seus gestos se tornaram delicados. Foi desembalando lentamente a jarra; retirava cada folha com a ponta dos dedos e alisava um de seus lados, sobre a cama, antes de passar à seguinte, e acompanhava as crepitações do papel aspirando com cautela um pouco de ar, como se desativasse uma bomba. Rímini sentiu uma onda de calor, e um espelho devolveu-lhe o rosto ruborizado. Teve o impulso de deixá-lo sozinho, como se a cena fosse íntima demais para seus olhos de intruso. E se permaneceu, tentando afastar a vista, mas de pé, a meio metro da cama onde Poussière terminava de desfolhar seu tesouro, foi em parte por curiosidade e em parte por cortesia: afinal de contas, dos quatro membros do comitê de recepção — a traidora Carmen entre eles —, Rímini era o único que cumprira a palavra e comparecera ao aeroporto. Poussière soltou as últimas folhas. O papel ficou aderido ao vidro por um segundo, melancolicamente, como se lhe fosse difícil despedir-se. Poussière admirou, sorrindo, esse milagre da estática; Rímini, com uma decepção quase deslumbrada, a jarra. "É uma deformação profissional", gritou o linguista, do banheiro, abrindo a torneira para lavá-la: "falar em público me deixa a boca seca."

O silêncio era tão denso que mudara a qualidade do ar. Carmen evitava respirar. Muito lentamente, Rímini pousou os olhos no conferencista. Era ele, *continuava* sendo Poussière, mas havia algo artificial em sua rigidez, algo na tensão de seu corpo que durava demais. Tinha as nádegas suspensas sobre a borda da cadeira, como se um banho de lava o tivesse petrificado quando estava prestes a mergulhar entre as primeiras filas. A única coisa que ainda o ligava ao mundo era sua mão, que agarrava o pé do microfone, e seus olhos, de um brilho demencial, que olhavam fixo para algo no meio da sala. "Um ataque do coração", pensou Rímini. "Vai cair duro em plena conferência." Virou-se para Carmen, e em seus olhos, aterrado, descobriu o mesmo brilho fixo que acabara de ver nos olhos do linguista, como se ambos tivessem sucumbido simultaneamente ao mesmo feitiço, e parou a mão no ar, a centímetros do ombro nu de Carmen — um ombro bronzeado pelo sol, com uma tênue linha branca que o dividia em duas metades acobreadas. Rímini vacilou; sentiu-se desamparado, como se o detalhe o tivesse surpreendido num momento de fraqueza; quis recuar, procurou na escuridão um parapeito imaginário, mas patinou, ou esbarrou em algo, e de repente viu-se viajando muito rápido para o centro secreto do ombro de Carmen. Isso era a marca de uma alcinha? Uma velha cicatriz polida pelo tempo? Uma pincelada japonesa? O caminhozinho que uma caravana de formigas traça na casca de uma árvore? Sentiu calafrios. Então Poussière, o estupefato Poussière, e toda a legião de colegas e discípulos que lotavam a sala, e o calor insuportável, e o teatro da universidade, com seus panos gastos e suas poltronas rangentes — tudo implodiu numa combustão muda e comprimiu-se num ponto, uma única partícula brilhante que se afastou na velocidade da luz até ficar suspensa no fundo escuro do espaço, indefesa, mas titilante, como o fulgor que sobrevive um instante na TV logo depois que ela é desligada. Tudo desaparecera — tudo menos o ombro de Carmen e sua despreocupada marca branca.

2.

Como costuma acontecer nas paixões, que num segundo precipitam uma erosão de dias ou de anos, Rímini sofreu um duplo estremecimento: tudo lhe pareceu vertiginoso e lento ao mesmo tempo. Se a paixão é um colapso fortuito, um acontecimento tão apressado pelo tempo e pelo espaço quanto um acidente de trânsito, cuja hora e lugar são decisão do acaso, nunca da vontade de seus protagonistas, Rímini tinha, com Carmen, a impressão de não ter sido pontual: chegara muito cedo, e também muito tarde. Recapitulou os cinco dias que haviam passado juntos, revezando-se como intérpretes para Poussière. E muitos dos episódios que lhes coubera compartilhar — jantares tresnoitados em restaurantes excessivamente iluminados, reuniões de trabalho no lobby do Hotel Crillon, que Poussière usava para bocejar ou avaliar as ascensoristas de uniforme; sessões de leitura dos textos das conferências, que Rímini sublinhava com uma lapiseira, Carmen com um marcador amarelo, e que ambos amenizavam com piadas idiotas; as antessalas de cada conferência, quando, refugiados num camarim, exageravam seus modestos pânicos pessoais, Rímini suas crises de febre, que nenhum termômetro jamais corroborou, Carmen sua sonolência, com o único propósito de atrair a piedade ou o consolo do outro; os comentários maldosos sobre Poussière, sobre a jarra de vidro, sobre a gravata escocesa que usava como cinto, sobre os tufos de pelos que despontavam de suas orelhas e dos orifícios do nariz, sobre as barras das calças curtas demais... e o ombro, o ombro nu de Carmen que irrompia em cada cena, às vezes em primeiro plano, quando comiam sentados um ao lado do outro, outras vezes mais atrás, agora fora de foco, mas sempre, em todos os casos, com o recato e a soberba com que certos atrativos que comumente passam inadvertidos saem, por fim, à luz, arrancados da órbita insossa em que cochilavam, atingiram-no com uma violência quase física, como volta a atingir o transeunte o sinal de perigo que viu e que desdenhou e que agora lembra, quando desce a rua e descobre — tarde demais — o perigo que já se precipita sobre ele.

Rímini entendeu: estava se apaixonando por Carmen há cinco dias, e a certeza de que só a bobeira ou o terror podiam explicar que ainda não o tivesse percebido incrementou a velocidade com que o doce veneno se distribuía em seu sangue. Agora, quando já não havia tempo para recuar, Rímini descobria que essa mulher suave, de ossos salientes e boca muito pequena, que olhava tudo com os olhos entrecerrados, como se sempre tivesse vento de frente, especialista em idiomas estrangeiros e ainda presa na casa dos pais, era exatamente o tipo de mulher pelo qual cinco dias atrás ele teria jurado que jamais poderia se apaixonar. Era como se outro tivesse registrado por ele, minuciosamente, tudo o que ele podia se gabar de ter ignorado, durante cinco dias, e lhe houvesse inoculado em doses imperceptíveis, sem chamar a atenção, de modo que quanto mais indiferente Rímini pensava ser, quanto mais dono de si, mais afetado estava pela doença, e mais alienado. Assim, como a medida de profundidade de uma paixão é ditada não pela intensidade do processo, mas por seu grau de invisibilidade, Rímini descobriu que estava perdido.

Todo amor tem seu instante inaugural, seu big bang particular, que é, por definição, um começo perdido, do qual os amantes, por mais perspicazes que sejam, nunca são contemporâneos. Não há amante que não seja, na verdade, o herdeiro tardio de um instante de amor que nunca verá, capturado que ficou, e para sempre, no breu de sua aparição. Só que agora, com o discernimento frenético dos que já se sabem condenados, Rímini podia voltar atrás e procurar esse sinal original, tentar identificá-lo ou dar-se ao luxo, mesmo, de escolhê-lo. Podia, por exemplo, demorar-se um instante numa imagem — Carmen afastando uma mecha de cabelo com o dorso da mão para limpar a boca com o guardanapo —, mas depois a descartava, decepcionado, para deixar-se enfeitiçar por outra — Carmen no palco do teatro, com seus sapatos sem salto e seus calcanhares infantis fazendo girar um pouquinho a barra do vestido, como numa insinuação de dança —, até que descartava o álbum inteiro e caía de joelhos diante de um som, um único som, o som da voz de Carmen ao telefone, tímida mas sempre inoportuna, recitando-lhe o parágrafo da conferência de Poussière que não a deixava dormir. E nem mesmo isso. Porque nenhum desses cristais de passado era nada ao lado da lembrança que Rímini tinha de seu próprio rosto na noite da primeira conferência, quando, cinco minutos antes de começar, com Poussière já no palco e a sala cheia, parado na cabine de interpretação, teve o pressentimento de que Carmen não chegaria. Foi uma desolação particular, sem testemunhas, mas ficou gravada em Rímini com uma intensidade extraordinária, hiper-realista. Na verdade, tivera medo, um medo inexplicável, que sentiu crescer em seu estômago com uma avidez suicida, como uma grande goela que devorava a si mesma. Rímini topava com páginas que nunca vira, frases inteiras que alguém — sem dúvida o mesmo que andara inoculando nele o veneno do amor — devia ter acrescentado nas margens, glosas diabólicas que alteravam tudo. Cada estocada do amor penetrara nele e o ferira mortalmente e desaparecera no ato, como se apagada por uma cauterização instantânea.

3.

Especialista nesse tipo de cicatrização, Rímini tinha, desta vez, uma boa razão para praticá-la: Vera, o ciúme de Vera. Muito antes, até, do incidente no restaurante da estrada, tão arbitrário e extravagante que parecia ficção, não recebera um aviso na manhã em que Bonet ligou para ele? Vera tomava o café da manhã no chão, sentada num retângulo de sol com as pernas cruzadas, enquanto lia um jornal salpicado de gotas de café. Ao segundo toque do telefone sorriu com amargura, como se previsse uma desgraça, mas fruísse sua capacidade de pressenti-la. (Nada representava melhor a dimensão ameaçadora do passado de Rímini que o som do telefone.) Vera o deixou tocar, contando com que ele ou a intrusa se arrependessem no último momento, até que se levantou e foi até o telefone com um ar de suficiência e atendeu. O sexo, a voz, a idade, o sotaque estrangeiro de Bonet — tudo a pegou de surpresa. Rímini, que voltava da cozinha com dois copos de suco de laranja, viu-a ficar séria e temeu o pior. "Sim, sim", repetia com uma voz de robô, enquanto baixava os olhos. "Está falando com a mulher dele. Vera. Ele está aqui. Vou passar para ele. Um minuto." Deixou o fone sobre a mesa e desabou no sofá, como se o fato de ter investido tanta energia num alarme falso a tivesse deixado extenuada. Rímini pousou os dois copos sobre o jornal e levantou o fone contendo o fôlego. "Parabéns", disse-lhe Bonet. "Não sabia que tinha se casado." Rímini balbuciou um agradecimento e teve a ideia, que descartou na mesma hora, assim que se virou para Vera, de minimizar um pouco o estado civil que seu velho professor de linguística acabava de atribuir-lhe. Marcel Poussière estava chegando em quinze dias, convidado pela universidade a ministrar um seminário para graduados. Poderiam contar com ele como intérprete? Rímini aceitou na mesma hora, sem sequer combinar datas e honorários, como se o simples fato de que o autor do telefonema fosse Bonet, um inofensivo ex-filólogo de setenta e cinco anos, e não qualquer mulher ociosa, saída das sombras com o único afã de estilhaçar seu frágil equilíbrio conjugal, bastasse para transformá-lo numa espécie de indultado, alguém que já não tinha direitos, mas uma única obrigação: a gratidão. "Pensei em você e em Carmen", disse Bonet. Rímini hesitou. "Carmen Bosch. Creio que foram colegas de turma", continuou o professor. "Carmen, claro", Rímini repetiu, e não teve necessidade de se virar para Vera para saber que ela voltara a sorrir, reconfortada. "Uma moça muito competente. Está fazendo doutorado comigo", acrescentou Bonet. "Acho que podem fazer uma boa parceria."

Carmen Bosch. Como de todos os seus colegas de faculdade, Rímini também se esquecera dela. Desligou. Durante um segundo, imóvel junto ao telefone, pôs-se a forcejar com a gaveta onde um dia pensava ter guardado, com a secreta esperança de perdê-los, todos aqueles rostos e sobrenomes. Foi encontrando e descartando corredores, paredes de azulejos, tubos de luz gaguejantes, banheiros inundados de rabiscos, a cara sem dentes de um bedel apoiado numa vassoura como num taco de golfe, a náusea matinal apagada pelo primeiro cigarro do dia, a impressão — um minuto antes de comparecer a uma banca de exame — de estar com a cabeça completamente vazia, como se um bando de ladrões a tivesse saqueado enquanto dormia. Algumas silhuetas passaram e se desvaneceram. Ouviu vozes que não reconheceu e que o deixaram aturdido. Não viu rostos; no máximo, duas ou três fotos tremidas que uma nuvem de pó embaçou e acabou sepultando. Nem sinal de Carmen Bosch.

Mas Vera esperava. Ainda que civilizadamente, a menção de um nome de mulher desconhecido a deixara de prontidão. Rímini ganhou tempo e lhe falou de Bonet, de suas sobrancelhas despenteadas e de suas camisas sem botões, e num insólito surto de histrionismo chegou a imitar sua maneira tão típica de caminhar — imitação completamente fraudulenta, já que Rímini, ao fazê-la, não pensava em Bonet, que caminhava como qualquer septuagenário, mas numa criatura que acabava de fabricar, instado pela emergência, com pedaços de meia dúzia de pedestres excêntricos. Depois, sem fazer pausas, como se falasse com o único propósito de sufocar as suspeitas de Vera, Rímini deu detalhes do trabalho de que o haviam encarregado. Incluiu datas, horários, lugares — tudo o que desistira de pedir a Bonet por telefone — e até uma biografia de Bonet, tão falsa quanto seu modo de caminhar. Vera escutou com paciência, assentindo de vez em quando, como quem detesta os preâmbulos, mas foi educado para respeitá-los. No final, com o trejeito furtivo e casual com que um contrabandista dissimula um diamante entre miçangas, Rímini deixou cair o nome de Carmen no meio de uma frase qualquer. Foi apenas uma exalação, as quatro consoantes mal puderam ser ouvidas, mas Vera levantou lentamente a cabeça e olhou para ele e sorriu, e Rímini reconheceu no fundo de seus olhos um resplendor, o relâmpago vitorioso que as mulheres só despedem quando confirmam uma traição e que põe um ponto final à tortura de tê-la esperado. "Quem é?", ela perguntou. Rímini notou em sua voz uma espécie de inocência frágil, muito trabalhada, como a das ex-rainhas da pornografia que começam a apresentar programas de TV para crianças. "Alguém da faculdade, imagino", ele disse. "*Imagino*", repetiu Vera, com um levíssimo matiz interrogativo. "Não a conhece?"

O que tortura mais o coração desconfiado: a nitidez da lembrança, ou a da amnésia? Rímini sabia que dizer a verdade — "Não, não a conheço, ou pelo menos não me lembro dela, absolutamente" —, para a percepção de Vera, programada pelo ciúme para não reconhecer nenhuma resposta negativa *imediata* como verdadeira, soaria tão suspeito quanto qualquer ficção urdida para encobrir um segredo, e equivaleria, portanto, a culpar-se por uma traição não cometida. E sabia também que se mentisse — "Sim, eu a conheço, fizemos o curso de sociolinguística juntos, era a única em toda a faculdade que tinha lido *de verdade* o último Chomsky" — sua confissão aplacaria um pouco, satisfazendo-a, a desconfiança de Vera, mas ao mesmo tempo acenderia o desejo de saber mais e abriria caminho para um interrogatório que, colocando-o em perigo de se contradizer — a mentira de Rímini não pretendia apagar nada, só evitar que o receio de Vera fosse ativado: assim, sem crime, Rímini ficava também sem libreto para mentir, à mercê de todas as incongruências que espreitam aquele que improvisa —, fatalmente o deixaria numa posição de culpabilidade. Se dissesse a verdade, desatava uma catástrofe; mentindo ganhava alívio e um pouco de tempo, mas cedo ou tarde, à força de sustentá-la, acabaria escravo de sua mentira, e bastaria um simples encadeamento de imprecisões para que a morna admissão inicial, na mente febril de Vera, desse lugar à confissão que havia temido e buscado desde o princípio.

No entanto, encorajado pelo sucesso do retrato que fizera de

Bonet, Rímini voltou a fuçar em seus fichários universitários e, com os dados que encontrou, todos tirados de fichas diferentes, urdiu um currículo de emergência segundo o qual Carmen, ao longo de sua vida de estudante, só brilhara numa especialidade: contradizer-se. Nesses poucos, mas coloridos, minutos de evocação, Carmen mudou três vezes de sobrenome — Bosch, Boch, Bohm —, entrou na faculdade no mesmo ano que Rímini e dois anos mais tarde especializou-se em linguística e em filosofia antiga e medieval, engordou e emagreceu, foi militante da Frente Santiago Pampillón e membro da Franja Morada, foi rica e pobre, jovial e depressiva, uma promessa luminosa e uma pálida candidata a professora secundária. Ao terminar, Rímini estava esgotado — esgotado e perplexo, como aquele que cava um poço para escapar e, no final, diminuto entre altas paredes de terra, descobre que já não tem como sair. Vera não falou; jamais falava quando sorria. Inclinou-se, e depois de pegar os copos de suco de laranja passou a Rímini o dele. "Ótimo", disse por fim, esbarrando os copos um no outro e fazendo entornar algumas gotas do copo de Rímini. "Quer dizer que *temos* trabalho."

A sombra desse plural o atormentou dias a fio. Imaginava-se com Poussière e Carmen Bosch no hall do Ezeiza,* abrindo caminho entre pencas de sórdidos choferes de aluguel, e algo no andar furtivo de uma empregada que zanzava por perto, abrigada demais, talvez, lembrava-lhe a prontidão física que tomava conta de Vera quando alguma coisa a preocupava. Via-se num bar, traduzindo as ideias de Poussière diante do gravador de um jornalista, ou entediando-se num coquetel na embaixada da Bélgica, ou compartilhando longas noitadas acadêmicas em restaurantes, com Bonet na cabeceira e um atribulado Poussière nas mãos de

* Aeroporto internacional de Buenos Aires. (N. T.)

um enxame de professoras de idiomas — em todas as cenas pensava descobrir Vera em segundo plano seguindo seus passos, com a persistência e a timidez dessas admiradoras que não se animam a apresentar-se perante seu ídolo, mas tampouco a capitular. Chegou a vê-la, em determinado momento, escondendo o rosto camuflado atrás de uma coluna, como uma agente especial enviada por um comando de antipoussieristas, a três ou quatro mesas de onde Rímini e Carmen tentavam desentranhar as últimas contribuições do linguista a uma disciplina já moribunda. Foi Vera, no entanto, que se encarregou de tranquilizá-lo. Deu um passo para o lado, evitou as perguntas, tornou-se leve, quase imperceptível. Alguns dias antes da chegada de Poussière, quando as reuniões se tornaram mais longas e frequentes e Rímini voltava para casa muito tarde, com a roupa defumada de cigarro e os olhos vermelhos, Vera o esperava acordada e sorridente, com a comida quente no forno, muito interessada nele, em suas dores no pescoço e nas costas e em sua tosse e em trocar sua roupa malcheirosa por um roupão limpo, e completamente indiferente, por outro lado, às pérfidas trivialidades universitárias que o tinham mantido afastado dela durante o dia todo. Rímini, atordoado e feliz, sentiu que seu amor rejuvenescia.

Mas Poussière chegou, o seminário começou, e Rímini mal e mal passava algumas horas em casa. Quando voltava ela estava dormindo — embora Vera tivesse dado a entender que dormia para não obrigá-lo a desperdiçar suas migalhas de tempo livre com ela —, mas toda vez que abria a porta, Rímini descobria sua devoção nos mil sinais de boas-vindas que semeara pela casa. Deixava acesas duas ou três luzes tênues, as necessárias para ele atravessar a casa sem cravar as quinas dos móveis nas virilhas. A mesa estava posta; uma linha de flechas fluorescentes unia seu prato vazio à travessa que ainda fumegava no forno. Toda noite havia uma nova mensagem de amor no espelho do banheiro, e ao lado do telefone esperava-o a lista das ligações do dia, que Vera ia anotando em papeizinhos soltos, meio descuidadamente, e antes de se enfiar na cama passava a limpo num bloco quadriculado, cujas folhas ia enchendo com seus T altos, como torres Eiffel em miniatura, e um aparato crítico que florescia ao redor de nomes e sobrenomes. "Do videoclube: precisam com urgência de *O milagre alemão*. Por que você continua alugando filmes em preto e branco se sabe que nunca consigo vê-los até o fim? Iván: três e meia: algo sobre um dicionário. Vai estar em casa até as seis. Sei que fiz mal, mas lhe disse que não sou surda. Do condomínio: quando pensamos em pôr em dia o pagamento. Falei com sotaque paraguaio e me fiz passar pela empregada." E quando Rímini, já sem roupa, entrava no quarto na ponta dos pés, evitando as tábuas do piso que rangiam, o espetáculo que Vera preparara para ele o comovia tanto que o angustiava. O abajur estava aceso, a janela aberta, uma garrafa nova de água mineral o esperava na mesa de cabeceira. Seu travesseiro preferido — o mesmo que ela costumava roubar-lhe entre sonhos — estava do seu lado, intacto, como que protegido por um halo sagrado, e seu lugar na cama despedia um aroma de lençóis recém-estreados. Vera, que até andara dando um jeito de parar de roncar, dormia aconchegada no outro extremo, dando-lhe as costas, um detalhe que antes Rímini teria interpretado como sinal de indiferença e que agora lhe parecia o cúmulo da consideração: Vera lhe dava as costas para despreocupá-lo, para liberá-lo do remorso que iria sentir se, ao meter-se entre os lençóis, desajeitado, acabasse por acordá-la. Então Rímini exagerava a cautela de seus movimentos e, quase com cãibras, entrava na cama como quem adentra um frágil santuário de papel, e ficava olhando-a dormir. Custava-lhe acreditar que mesmo agora, presa na gruta do sono, cujas leis, em geral, autorizam os atos mais desconsiderados, Vera continuasse irradiando o influxo de sua devoção amorosa. Era como se estivesse morta, ou como se, antes de abandoná-lo para sempre, tivesse espalhado pela casa as marcas póstumas de amor pelas quais gostaria de ser lembrada.

Assim foi até o último dia da conferência. Às seis da tarde, dez minutos antes do encontro que tinham combinado com Carmen num bar perto do teatro da universidade, Rímini ainda estava ocupado resolvendo desavenças entre seu cinto e os passadores da calça. Começara a suar. Na cama, enrolada no roupão de toalha branco, Vera terminava de pintar as unhas dos pés enquanto um homem de olhos desorbitados gesticulava na TV sem som. Deu uma última pincelada, apagou um deslize com uma ponta de algodão e retirou as bolinhas brancas que mantinham seus dedos separados. Rímini bufou: os passadores eram muito estreitos, o cinto largo demais, e ele era incapaz de decidir qual dos dois inconvenientes eliminar. "Que horas são?", perguntou, desesperado. "Deixe o cinto. Não precisa dele", disse Vera sem se virar, tampando o frasco de esmalte. Rímini obedeceu no ato. Já vestido, correu até a sala para buscar o texto da conferência. Na mesa baixa esperava-o uma desalentadora orgia de papéis: fotografias, páginas de apontamentos, variantes de tradução… Ajoelhou-se no chão e meteu as mãos entre as folhas, às cegas, como se para reconhecer a cópia da conferência lhe bastasse tocá-la. Deu com um punhado de páginas presas com um clipe. *Programa de atividades do prof. Marcel Poussière em Buenos Aires*, dizia o cabeçalho. Procurou novamente, revolveu em círculos: a onda expansiva derrubou um copo vazio, um cinzeiro cheio, um isqueiro. A voz de Vera chegou suave, segura: "Na pasta verde, em cima da mesa da copa!". Dois minutos depois, quando Rímini reapareceu no quarto para se despedir, Vera lia com os olhos entrecerrados, envolta na fumaça de um cigarro, e desentorpecia os dedos dos pés diante da TV, muito perto da tela, como se acelerasse a secagem do esmalte com a luz das imagens. Rímini afundou um joelho na cama. Vera olhou para ele, sorrindo, e passou-lhe a mão pela testa, afastando uma mecha de cabelo invisível. Rímini fechou os olhos. Não foi uma carícia, as pontas dos dedos não chegaram a tocá-lo, mas sentiu no rosto um roçar imperceptível e remoto, parecido com a súbita diferença de calor que uma sombra faz nascer no corpo sobre o qual se projeta. Quando abriu os olhos e a viu novamente imersa em suas distrações, como se nada tivesse acontecido, desconfiou que o gesto não acontecera, que fora uma miragem, uma premonição ou uma lembrança. Não, Vera não o despedia: estava libertando-o. Uma vez mais se sacrificara por ele. Agora só lhe restava desaparecer, extinguir-se diante de seus olhos como uma criatura de fábula. Uma tristeza imensa o invadiu. "Não quer vir?", propôs, sem esperanças. "Será?", disse ela. "É a última conferência, adoraria que você estivesse lá." "Não vou deixá-lo nervoso?", ela perguntou. "Não me importa", disse Rímini. "Vou me chatear: não vou entender nada", ela argumentou. "Faça isso por mim", ele insistiu. Vera se levantou e desligou a TV. "Teria que me vestir", suspirou. "Não está chegando tardíssimo?" "Carmen nunca é pontual", ele disse, indo até o armário. Vera se adiantou a ele; abriu a porta, afastou um exército de casacos e, lançando um ensaiado grito de surpresa, deu com o que procurava: um cabide com uma muda de roupa completa, pronta para entrar em ação. "Vá sozinho ao bar, o.k.?", advertiu-o enquanto tirava a roupa: "Espero você no teatro. Acha que vou ficar bem assim?".

4.

Tudo voltou de repente, como depois de um corte de luz. Poussière continuava à beira do colapso. Algumas poltronas rangeram, alguém pigarreou, duas cabeças se procuraram para cochichar na escuridão. O metrô passou, e a sala inteira estremeceu. Rímini inclinou-se sobre Carmen e entrou na órbita perfumada de seu rosto. *Baunilha, ou amêndoas*, pensou. Mas disse: "O que está acontecendo?". Sem olhar para ele, Carmen apontou com o queixo para o público. "Ali, na fila cinco", sussurrou-lhe no ouvido, fazendo-lhe cócegas com seu hálito. Rímini contou, varreu a fila com os olhos e topou com Vera, que bocejava afundada na última poltrona, junto do corredor. "Como é possível que ela tenha vindo?", disse Carmen, escandalizada. "Deve estar louca: veja como está vestida." "O que é que tem?", perguntou Rímini. "Preste atenção: parece que veio para seduzi-lo!" Rímini cravou os olhos em Vera, que agora mordiscava uma cutícula rebelde, enquanto revisava seu vestuário, desconcertado. "Vera? Seduzir quem?" Carmen olhou-o com assombro. "O nome dela é Vera? Como sua mulher?" "É minha mulher", Rímini respondeu. Carmen olhou para o público e sufocou uma gargalhada. "Sua mulher foi amante de Poussière?" "O que você está dizendo?", perguntou Rímini. Teve vontade de bater nela — de bater e de beijá-la e de roçar suas faces com os lábios e desaparecer com ela em algum luxuriante paraíso tropical cheio de plantas carnívoras e formigas gigantes. "Desculpe: aquela de losangos brancos e verdes é sua mulher?" Rímini corrigiu a direção de seu olhar e descobriu Vera junto de uma mulher corpulenta, tingida de loiro, que parecia brotar inteira pelo decote de seu traje de arlequim. "Não, a que está sentada ao lado. Poussière tem uma amante em Buenos Aires?" "Teve. Não sabia? Brigaram há dois dias. Foi um verdadeiro escândalo: quase o expulsam do hotel", disse Carmen, e depois lhe dedicou um olhar misericordioso: "Você é mesmo um bocó. Não tinha percebido nada, né?" "Não", disse ele, evitando-a, "sempre chego tarde, a tudo." "Como bom taurino", sorriu ela, e alguma coisa — uma mescla muito sábia de curiosidade e despeito — a obrigou a olhar outra vez para a quinta fila de poltronas e sorrir com tristeza. "Sua mulher é linda", disse. Os dois emudeceram durante uma fração de segundo, como se uma mesma força os tivesse transportado a dois planetas diferentes. "É, sim", ele respondeu. E sem olhar para ela, acrescentou: "Acho que estou apaixonado por você". Carmen, em silêncio, afastou um pouco sua cadeira. Quando se animou a olhá-la, Rímini notou o rastro que um rubor vertiginoso deixara em seu rosto. Quis dizer algo mais, algo que corrigisse ou atenuasse ou multiplicasse, qualquer bobagem, contanto que as coisas não ficassem como estavam, e ia falar, quando Poussière pareceu voltar a si, abriu a boca e rompeu o silêncio gemendo contra o microfone. Houve uma estática ensurdecedora. Poussière pulou para trás, voltou à carga e deu umas batidinhas no microfone como que para domesticá--lo, mas a jarra de água se interpôs e gritou. O choque produziu um som cristalino, vagamente musical: a jarra vacilou, rebolou sua pança inchada por alguns segundos e se espatifou no chão do palco.

O caos deve ter durado cinco minutos. Poussière saiu voando por uma das extremidades do palco, Carmen fugiu da cabine, alguém apareceu com uma vassoura e começou a varrer os cacos de vidro, enquanto as pessoas da primeira fila verificavam os estragos em sapatos e cadernos. A luz da sala piscou, apagou e voltou a acender. Um rumor de excitada consternação pairou no auditório. O grupo sentado no centro ameaçou levantar e se arrependeu, intimidado pelo olhar hostil dirigido por seus vizinhos. Rímini olhou para a quinta fila: Vera, debruçada sobre os joelhos, sufocava a risada entre as mãos, e a ex-amante de Poussière aproveitava a confusão para retocar a maquiagem. Até que um assistente avançou pelo corredor, parou no extremo da fila e lhe fez sinais. A mulher se levantou, deixou a nécessaire aberta na poltrona e saiu passando por cima das pernas de Vera. Rímini viu-os confabular por alguns segundos, ele muito sorridente, ela muito prudente. Depois, empurrando-a pelo cotovelo, com a delicadeza enérgica com que se guiam os extraviados, o assistente conduziu-a até a saída. No meio do caminho a mulher quis retroceder, mas o assistente bloqueou-lhe a passagem; ela, encolerizada, apontou ao longe seu assento. Vera, que seguira a cena toda, apanhou a nécessaire e a exibiu no ar. O assistente se aproximou para pegá-la, a mulher arrebatou-a dele; deram meia-volta e desapareceram num vaivém de portas basculantes.

Poussière espiou por um dos cantos do palco, lançou um olhar amedrontado para o público e avançou sob a luz. Carmen o seguia alguns passos atrás, protegendo-o e bloqueando-lhe o caminho de volta, com um copo plástico e uma garrafa de água na mão. Sentaram-se juntos. O linguista tapou o microfone e sussurrou-lhe alguma coisa no ouvido. Carmen, sorridente, encheu um copo de água e estendeu-o praticamente até sua boca. Poussière esvaziou-o de um trago. Depois, enquanto o fazia crepitar na mão até quebrá-lo, pousou os olhos em seus papéis e vagou um momento pelas linhas, perdido. Carmen olhou o texto de soslaio e assinalou um ponto apoiando um dedo amável na página. Poussière limpou a garganta. Então Carmen levantou a cabeça, enfeitiçou Rímini com seus olhos suplicantes e assentiu, como se lhe desse um sinal.

Meia hora mais tarde, a conferência terminava em paz, Vera anunciava a distância, no idioma dos surdos-mudos, que ia sair para fumar um cigarro, um Poussière orgulhoso, ávido — como todo sobrevivente — por enfrentar novos desafios, embaralhava sem intérprete as perguntas do público, e Rímini e Carmen se beijavam às escuras no camarim do teatro, recostados na parede de uma tenda indígena que não tardaria a desmoronar, já que no western teatral para o qual a haviam comprado era mera peça decorativa. Vacilaram, caíram, mas sem deixar de se abraçar. Uma pilha de colchonetes e tapetes de couro de vaca amorteceu a queda. Quando se levantaram, meio tontos pela vertigem do êxtase, Carmen tinha a cabeça coroada de penas, e Rímini, um colar de unhas de jaguatirica pendurado num ombro. Riram em duo. Carmen, que era alérgica a penas, encadeou a risada com uma fieira de espirros. Rímini voltou a abraçá-la. Teve a impressão de que seu corpo cabia inteiro entre seus braços. E enquanto lhe dava palmadinhas nas costas — uma inesperada intuição clínica lhe dizia que a alergia e a tosse eram parentes próximas — começou a chorar, bêbado de felicidade e de espanto.

De repente ouviram ruídos. "Carmen! Rímini!", gritou, da escada, o assistente. "Poussière não dá uma dentro, e há mais de dez perguntas anotadas. Subam! Precisamos de vocês na cabine!" Carmen puxou o colar de unhas e o arrebentou. Rímini soprou a cabeça de Carmen: as penas flutuaram unidas no ar, até que uma se soltou do resto e foi se colar na face úmida de Rímini. "Meu indiozinho. Indiozinho chorão", disse Carmen, capturando a pena com dois dedos assustados, como se fossem as asas de uma borboleta, e guardando-a em algum lugar: "O que é que você fez da nossa vida?". A caminho da sala, Carmen parou: "Não, é melhor não sairmos juntos: eu não suportaria ficar a seu lado sem beijá-lo", disse-lhe, e sua mão adejou um segundo, despedindo-o, antes de desaparecer atrás da porta do banheiro. De modo que Rímini foi para o palco sozinho, ainda tremendo, e colocou os fones de ouvido e contemplou a sala a meia-luz, as pessoas quietas, a poltrona onde Vera sentara um dia, há duzentos e cinquenta milhões de anos, quando algo parecido com um mundo crescia e dava voltas ao redor de seu corpo. Apoiado no espaldar da poltrona da frente, um estudante de ombros caídos gaguejava uma pergunta. Poussière, de perfil para o público, instava-o sem pressa, cortando em tirinhas iguais o resto do copo plástico. *Está tudo igual*, pensou Rímini com espanto, enquanto traduzia o monólogo do estudante. Havia algo impassível e brutal no contraste entre a mutação sentimental que sofria e a identidade que continuava reconhecendo no mundo. Tudo estava igual, só que mais nítido: Rímini via tudo, e em detalhes, como se vê uma paisagem depois da chuva. Pensou que se estivesse fora, num parque ou no campo, seria capaz de enumerar as nervuras de cada folha sem se equivocar. E ao mesmo tempo, deslumbrado pelo brilho do que via, pareceu-lhe que a única coisa que se alterara no mundo era o tempo. Percebeu uma espécie de dilatação geral. A voz de Poussière — que agora desenovelava a pergunta —, a própria voz de Rímini fazendo-lhe eco não soavam como se estivessem caladas? E o mais surpreendente: como podia haver dilatação sem envelhecimento? Em seu caso, ele entendia: estava apaixonado. Mas o fenômeno parecia nascer do próprio coração do mundo, como se esse estiramento extraordinário fosse a última consequência de seu empenho em continuar sendo o mesmo mundo de sempre. Ou talvez tudo se prolongasse demais simplesmente porque Carmen não estava ali. Talvez Carmen, nesse exato momento, aproximasse seu rosto do espelho do banheiro mas nunca chegasse a contemplar-se, prostrada pela mesma lentidão...

"... mediante a fórmula", terminou de traduzir, "segundo a qual toda falta de sentido fatalmente se anula." Rímini ficou em silêncio. Nos fones de ouvido, entretanto, a voz de Poussière perdurou por alguns segundos. O original chegava mais tarde que a interpretação. Rímini estava pasmo. O tempo nunca lhe parecera tão denso. "E agora? O que mais pode caber?", perguntou-se, com o escândalo de quem acaba de se mudar e observa como um bando de operários arruína com móveis e caixas o vazio limpo de um cômodo. Lá embaixo, de pé junto à primeira fila, o assistente estudou uma lista, consultou o relógio e reclamou a pergunta seguinte. Rímini conseguiu ver algo se movendo na penumbra do fundo da sala: a mancha branca de uma manga, um braço que despontava, tímido, mas relaxado, atrás de uma coluna de concreto. O assistente avançou até as últimas filas e entregou o microfone, que passou de mão em mão, e percorreu toda a fileira de poltronas até desaparecer atrás da coluna. Houve um silêncio. Depois uma garganta pigarreou, um dedo imperioso bateu na cabeça do microfone, a ampla manga agitou sua queda no ar. "Não sou linguista", advertiu a mulher num francês impecável, tingido de recato e de hostilidade, "e salvo pelo acidente com a jarra de água, não tenho certeza de ter entendido tudo o que aconteceu aqui esta noite. Não domino o jargão especializado, por isso peço desculpas se o que eu queria perguntar, por acaso, já foi respondido em algum momento de..." "A pergunta, por favor", cortou-a o assistente. Rímini sentiu no peito um vazio brusco, como se seu coração tivesse pulado um batimento. "Este encontro é interdisciplinar, não?", contra-atacou a mulher, agora em castelhano. "Quero crer que aceitam intervenções de outras áreas, não?" Uma risada incômoda serpenteou pelo auditório. Rímini isolou e reconheceu o elemento de rancor que palpitava nessa voz. Olhou para a coluna onde a manga, agora, parecia falar somente com ele, num idioma particular cujos restos, sepultados num lugar remoto de sua memória, começavam a espreguiçar-se. "Claro que sim", disse o assistente, "mas já é tarde, e ainda há uma lista de pessoas..." "Eu também não tenho a noite toda; então, se você me permite, vou continuar", respondeu a mulher, e aspirou um pouco de ar — a lufada, que o microfone amplificou, ressoou no teatro como o prelúdio de uma tempestade de teatro infantil —, e mudando outra vez de língua começou a dizer: "Eu trabalho com o corpo", e Rímini sentiu-se descoberto, como se um desses refletores de prisão de segurança máxima o cravasse contra o fundo escuro no qual pretendia passar despercebido. Não tinha para onde ir. Olhou para o fundo da sala, viu duas ou três cabeças que giravam em direção à coluna, viu a coluna, o braço com a manga — uma "túnica indiana" — e a mão segurando o microfone e depois, como a última peça de dominó que cai, empurrada pela queda de todas as anteriores, uma labareda de flagrantes cabelos loiros: "Não sei se o professor (e seus colegas europeus, ou os linguistas em geral, enfim) está a par da escola Breitenbach, da escola ou do método (é uma coisa que ainda se discute) de Frida Breitenbach...".

5.

Ouviu vozes afobadas ao redor e acordou. Viu as paredes furadas, um pequeno globo de luz balançando sobre sua cabeça, os armários de metal formados em fila, como soldados. Algo muito leve roçou seu nariz e o fez espirrar. Uma pena. Quis se levantar, uma sombra se aproximou para ajudá-lo, e suas mãos, ao apoiar-se no chão, apalparam uma textura familiar, úmida e fria. O plástico da tenda indígena! Uma onda de alívio o inundou, a mais intensa que já experimentara na vida, mas suas pernas voltaram a se afrouxar, e Rímini foi caindo de costas, bem devagar, enquanto contemplava com um sorriso beatífico os rostos que se inclinavam sobre ele para segurá-lo. Um segundo antes não os reconhecera, obnubilado pelo poço negro do qual saía; agora tampouco, mas porque o que o entontecia era a felicidade de comprovar que tudo fora um sonho. Analisou, enquanto alguns braços o içavam, os vestígios de realidade que haviam sobrevivido ao apagão: descera com Carmen ao camarim do teatro, tinham se beijado no escuro, tinham perdido o pé, sempre abraçados, e ele — era evidente — batera a cabeça contra algo e perdera os sentidos. O resto — uma sequência de fatos e detalhes menores, que a aparição de Sofía atraía como um ímã — parecia flutuar em sua cabeça, à deriva, e desfazer-se preguiçosamente, como sombras de um pesadelo se dissipando. "Você desmaiou", falou alguém. Rímini reconheceu a voz do assistente e sorriu. "Já estou bem", disse, dando tapinhas num ombro que, no fim, era de outra pessoa. Quis perguntar por Carmen, mas assim que abriu a boca lhe esvaziaram um envelope de açúcar debaixo da língua. Subiu a escada sem dificuldade, recusando, até, a ajuda que o assistente lhe oferecia, mas quando chegou ao palco sentiu no peito um buraco negro e gelado que o obrigou a parar. Era como se o desmaio, ao irromper nele, no mais secreto dele, tivesse roubado parte do fôlego que animava não seu corpo, nem seu organismo, mas sua própria vida, não a vida atual, presente, da qual seu corpo e seu organismo eram indistinguíveis, mas a que lhe restava por viver. O que lhe faltava, agora, não eram forças: era *tempo*. E se estava se sentindo cansado não era por ter se excedido: perdera algo — um segundo, uma hora, um ano — que não voltaria a recuperar.

Cruzou o palco lentamente, a passo de velho, olhando como alguns homens em roupa de trabalho levavam a mesa, as cadeiras, a toalha felpuda, o microfone, os tristes acessórios da conferência. Tudo terminara há pouco. Quanto tempo ficara desmaiado? Quis perguntar ao assistente, mas quando se virou só conseguiu ver suas costas se afastando em direção a um dos lados do palco. Ouviu-se o estalido de um interruptor, uma lâmpada se apagou e a luz demorou alguns segundos para se extinguir. Surpreendido pela penumbra, Rímini apoiou-se numa parede. Depois de alguns segundos, quando voltava a distinguir o contorno das coisas, desceu por uma escadinha lateral e caminhou pelo corredor, cabisbaixo, rumo à saída. Em determinado momento teve medo de esbarrar em alguma coisa, levantou a cabeça e, alguns passos adiante, viu a sombra de duas pessoas conversando. Na verdade, só uma delas falava; a outra, mais alta, parecia encurralada contra a parede de tijolos. Nisso a porta da sala se abriu, deixando entrar um funcionário do teatro, e uma franja de luz iluminou fugazmente o corredor. Então, como se aproveitasse esse breve instante de desconcerto, a silhueta alta se virou para Rímini, e Rímini viu que era Poussière, uma versão desengonçada de Poussière, que o reconheceu, deixou escapar um "Ah!" de alívio e, libertando-se do assédio da outra figura, foi até ele e o envolveu num redemoinho de frases e gestos teatrais exagerados e abraçou-o uma, duas, três vezes, com uma euforia de farsante, e fugiu a toda em direção ao palco. Rímini ficou imóvel no corredor, meio tonto pela tromba-d'água que parecia ter acabado de sacudi-lo, até que um reflexo piedoso forçou-o a olhar a silhueta da qual Poussière acabava de se livrar: Sofía. Sofía, que agora estava a seu lado, agora pousava a mão em seu antebraço, agora o beijava, envolvendo-o numa nuvem de aromas exóticos, e perguntava: "Você recebeu meu cartão-postal?".

Estavam quase às escuras, mas Rímini olhou-a longa, fixamente, como se para chegar a ela tivesse de atravessar uma distância eterna. Sentiu algo muito estranho, algo que, quando parava para pensar, sempre lhe parecera o cúmulo da impessoalidade, no mesmo nível de um teorema, por exemplo, ou de uma lei física, ou de um desses procedimentos que só se desdobram ao longo de períodos tão vastos que excedem o entendimento humano — sentiu que vivia em vários mundos ao mesmo tempo. Num deles, desmaiava; no outro recebia um cartão-postal de uma ex-mulher; no outro era feliz com uma mulher ciumenta; no outro se apaixonava por uma mulher que não fazia seu tipo. "Você me olha como se eu fosse um fantasma", disse Sofía. Rímini sorriu, teve a noção exata da fragilidade de seu sorriso e olhou inquieto para a porta. "Não se preocupe com a Vera", ela disse. "Foi embora." E embocou um braço no ângulo formado pelo braço dele e o guiou até a saída. "Eu a vi lá fora, no hall (não, não me reconheceu, tenho certeza), ouvi-a dizer que estava indo embora. É impressão minha, ou está um pouco mais civilizada?" "Por quê?" Rímini falava como quem apalpa o próprio corpo, só para certificar-se de que tudo era real. "Alguém disse a ela que ficasse, que iam jantar todos juntos. Ele", Sofía apontou para o assistente, que se aproximava entre duas filas de poltronas e, ao vê-lo, perguntou-lhe se estava melhor. "Sim", disse Rímini. "Vera está lá fora?" "Acho que foi embora", disse o assistente, e quando passou ao seu lado evitou olhar para ele e sussurrou: "Quem estava procurando você era Carmen". Pareceu-lhe descortês não retribuir essa forma de cumplicidade, mas o assistente já subia a escadinha para o palco. E o fato de que algo tão prematuro quanto o que acabava de acontecer entre ele e Carmen *já* fosse um segredo, um segredo compartilhado, além do mais, com alguém tão alheio aos fatos quanto o assistente — isso, que poderia ter atenuado a solidão na qual suportava sua hecatombe sentimental, não só o coup de foudre com Carmen, cujo sabor reaparecia vez por outra em sua boca, mas também a aparição sobrenatural de Sofía —, deixou-o, ao contrário, em imenso desamparo. Puxaram-no pelo braço. "Por que você desmaiou?" Sofía o arrastava para a saída. "Ah", protestou Rímini, "minha pressão baixou um pouco." "Não é a primeira vez, e agora não teve sangue no meio. Não seria melhor você ver um neurologista? Ou ficou com vergonha da pergunta que te fiz?" Rímini olhou a franja vertical de luz que cortava a porta em dois e apertou o passo. "Você não me respondeu, Rímini. Recebeu meu postal ou não?" "Quando você chegou?", ele perguntou, na esperança de que mudar de assunto fosse equivalente a tomar a iniciativa. "Esta manhã. Comprei o jornal no Ezeiza, vi a conferência anunciada na agenda e decidi vir. Não pense que faço isso por muita gente, sabe? Estou morta de cansaço, Rímini. Há quanto tempo não nos vemos? Por que os estrangeiros que vêm fazer conferências nunca respondem o que lhes perguntam?"

Dividiram os painéis da porta: Rímini empurrou o esquerdo, Sofía o direito. Saíram para o hall, e Rímini se decepcionou: esperava encontrar caras, gente, barulho, a animação exagerada com que as pessoas compensam o voto de silêncio a que as obrigam os teatros, mas só restavam dois ou três estudantes apáticos olhando o cartaz, um velho manco, de boné, que começava a acorrentar as portas da rua, e uma luz branca e violenta que parecia calcinar tudo. "Vamos beber alguma coisa?", disse Sofía. Rímini olhou-a — primeiro o rosto, depois toda ela, da cabeça aos pés: a calça parecia nova, mas uma das bainhas estava gasta, e uma grande mancha oval escura — óleo ou graxa — pendia de um bolso como uma lágrima; tinha três ou quatro anéis em cada mão, não joias, e sim as peças de artesanato que sempre usava, nobres e austeras, mas uma delgada meia-lua de sujeira coroava cada unha, e todas as suas cutículas estavam em carne viva. Não era descuido, nem negligência; ao contrário: era o efeito de uma autoexigência extrema, só que descarrilhada. Rímini demorou a perceber que o perfume que sentia, uma mistura densa e carnosa de chiclete e álcool, emanava de sua maquiagem, e que aquilo que agora começava a enjoá-lo era a diferença de tamanho de seus olhos, o direito muito mais fechado que o esquerdo, com a pálpebra, além disso, salpicada de pontos pretos de rímel. "Não", disse Rímini, "não posso. É o encerramento do seminário: preciso ir jantar com os outros." As portas do teatro se abriram, e Carmen apareceu no hall com uma expressão atribulada e um ramo de flores, seguida por um homem maduro, de pele bronzeada e terno príncipe de gales, que sufocava no lenço uma rajada de espirros. Carmen viu Rímini e ficou paralisada, o pé direito adiantado mas ainda no ar, procurando o próximo passo, o esquerdo atrás, apoiado em sua tensão, marcando a linha dos ligamentos, e Rímini sentiu-se como um desses deuses subalternos que, carcomidos pela luxúria, a inveja e as paixões mais baixas, surpreendem no meio do bosque a bela caçadora que os enlouquece de desejo, e como não podem possuí-la, porque sua precária hierarquia divina os proíbe ou porque algum deus superior já reservou a presa para si, decidem transformá-la numa estátua de pedra. Mas o pé de Carmen terminou de pousar no chão, o papel celofane das flores crepitou, e um último espirro retumbou no hall do teatro, e quando passaram junto dele Rímini pensou detectar no pescoço de Carmen, alguns centímetros abaixo do lóbulo da orelha, uma mancha roxa, a assinatura de uns lábios vampirescos, e não saber quem a havia estampado inundou-o de um furor cego. Cruzaram-se e sorriram, o primeiro passo de um patético ritual de despedida: levantavam mãos que ficavam a meio caminho, concordavam com todas as frases que não diziam, ameaçavam apresentações que ninguém esperava, ruminando em questão de segundos uma variedade de estados e emoções que uma vida provavelmente não lhes bastaria para experimentar. Por fim, Carmen se animou. "Você vai?", perguntou, apontando com o dedo um restaurante imaginário onde Poussière e os outros deviam estar saqueando as cestinhas de pão. "E você?", perguntou Rímini. "Não", ela respondeu, e franziu a boca, triste ou cansada, e depois de roçar Sofía com os olhos, como se não quisesse desaparecer sem levar algo dela, uma imagem na qual mais tarde, serena e sozinha, pudesse descarregar todas as perguntas que se amontoavam em sua cabeça e não conseguia formular, voltou a deter-se em Rímini, baixou as pálpebras com timidez, irresistivelmente, e disse: "Bom, a gente se vê". E saiu. O galã do lenço ficou um pouco deslocado, como se só tivesse ensaiado a cena até este ponto e agora, sem texto, sem instruções, já não soubesse bem que papel lhe cabia interpretar. Então tomou impulso, limpou a garganta e enquanto guardava o lenço no bolso declamou um *"Buenas noches"* de velho cinema argentino. Caindo na risada, Sofía disse "Adeus! Adeus!", aos gritos, como se estivesse acenando das docas de um porto. E de repente, como se arrancasse uma máscara e tudo nela mudasse num instante, perguntou: "Essa é Carmen?". "É", disse Rímini. "Por quê?" "Gosta dessa garota?" "Sofía..." "Não é ruim. Tem a sua idade. Só isso já é um avanço. Belos tornozelos. Muito delicada. Cicatriz de vacina no ombro. Um bom partido" — Rímini teve a impressão de ouvir a expressão em relevo, como se fizesse parte de um sistema da classificação científico —, "carinhosa, sensível, *muito* feminina." "Chega, Sofía. O que é que há com você?" "Não sei. Pareço uma sonâmbula. Deve ser o jet lag. Mas vamos em frente: é um bom negócio. Você perde em paixão, mas ganha em maturidade. Está consciente, imagino. Mal não vai lhe fazer. Vera já era. Você já a aproveitou bem. Já tem sua reserva de hemoglobina. No fim, você é como um corretor da bolsa: tira juventude daqui, investe ali..."

Já estavam na rua. As luzes do teatro foram se apagando uma a uma. Um redemoinho de vento os envolveu. Sofía, de repente, pareceu desamparada. "Estou com frio. Ontem a esta hora eu... Vamos tomar um café?" "Não, Sofía. Já disse: Vou jantar com..." "Pra quê?", ela o interrompeu, "se Carmen não vai..." "E o que isso tem a ver?" "Rímini, não me dê tanto trabalho. Não temos que começar do zero, nós, você sabe. E isso é uma vantagem. Uma *grande* vantagem. Tem um bar ali na esquina." Sofía aconchegou-se em seu corpo para se proteger do vento e o obrigou a descer a rua. "Não posso, Sofía. Sério", disse ele, afastando-se, "estão me esperando." Por um segundo, não disseram nada. Uma nova rajada de vento passou, obrigando-os a entrecerrar os olhos, levantando um triste revoo de papéis na avenida. Sofía tossiu, quis se abrigar, procurou uma gola que não tinha e deixou a mão apoiada no peito, enquanto com a outra afastava as mechas de cabelo que o vento espalhara sobre seu rosto. "Me acompanha até o carro, pelo menos?" "Onde você o deixou?" "Esta é qual?" "Uriburu." Sofía olhou ao redor, completamente perdida. Apanhou umas chaves, deu alguns passos vacilantes e parou junto a um Renault 12 estacionado ao lado de Rímini. Enfiou a chave na fechadura, concentrou-se e depois, enquanto abria a porta, disse: "Você recebeu meu cartão, pelo menos?". Rímini assentiu em silêncio. Sofía sorriu e entrou no carro.

Rímini se afastou antes que ela arrancasse. Sofía estava no carro; ele na rua: era uma vantagem ínfima, mas teria feito qualquer coisa para não perdê-la. Começou a caminhar em direção à avenida Callao a passos largos, num bom ritmo, energizado por uma sensação geral de absolvição, mas à medida que se afastava fisicamente de Sofía, à medida que a deixava para trás e ficava a salvo, justo quando começava a desfrutar a força que sentia toda vez que sobrevivia a um encontro com ela, tudo o que ela dissera e fizera durante os dez ou quinze minutos que haviam passado juntos, gestos, ofertas, reclamações, subentendidos — a radiação a que ela o expusera e as armadilhas que armara para ele, que ele fora dando um jeito de evitar, toda essa *influência*, que Rímini pensava ter isolado em alguma região blindada de sua alma, reaparecia e voltava a persegui-lo. Apagada Sofía — como a nota que o pedal deixa suspensa no ar depois que o dedo já soltou a tecla —, permanecia sua ação, seu efeito, a estranha ressonância que prolongava a vida de suas palavras quando, emancipadas da situação na qual foram ditas, tornavam-se nefastas como oráculos. Sim, Rímini estava a salvo, mas a ameaça, como um vírus, só mudara de forma — abandonara Sofía como quem abandona um meio de transporte que não lhe serve mais —, e multiplicava-se numa infinidade de partículas aéreas, rapidíssimas, que o seguiam de perto, zumbiam em seus ouvidos e agora começavam a lacerá-lo com suas diminutas goelas dentadas. Sobrevivera, mas ficara sem defesas. A influência de Sofía corroía a membrana que o separava do mundo; tornava-o transparente, poroso, a tal ponto que Rímini, enquanto caminhava, já não sentia os redemoinhos de vento lá fora, ao redor de seu corpo, mas sim dentro do estômago, nos pulmões, congelando seu coração. Parou. Balançou-se no meio-fio. Sentiu o desânimo inconsolável daquele que não tem segredos. Sofía, depois de eviscerá-lo, virara-o do avesso como uma luva. É verdade: Rímini se apaixonara por Carmen. Ainda sentia nas pernas algum tremor, morna sequela do paroxismo a que haviam chegado juntos no camarim do teatro. Mas o que tinha para oferecer a ela? Nada. Essa corrente que o atava ao outro mundo do passado — e Vera. Não podia ser pior. Previu — como no trailer de um filme — a decepção gravada no rosto de Carmen, suas pálpebras que voltavam a fechar-se, não mais para subjugá-lo, mas para condená-lo — a ele, Rímini, que acabava de surgir em sua vida e já não conseguia pensar em viver sem o calor que o havia contagiado. Sentiu tanta vergonha que avançou com os olhos fechados, desceu a rua e a atravessou. Um bólido escuro, sem luzes, dobrou a esquina cantando os pneus e lhe deu uma fechada. Tudo foi tão rápido que nem teve tempo de assustar-se. Sofía já estava bem perto dele. Gritava. De início, só viu sua boca se movendo, a única parte viva da máscara pálida que era seu rosto. Depois, aos poucos, o som foi lhe chegando: "… da puta, que merda você pensa que é? Ficamos juntos doze anos e você não tem tempo pra mim? Como pode ser um lixo desse, seu bosta? Pensa que isso vai ficar assim? Que você vai continuar assim, a vida toda livre, sem mais nem menos? Você vai pagar por isso, Rímini! Comigo pode fazer o que quiser, mas você… Você é o problema! Você, a merda dessa alma que você tem aí dentro! A merda dessa pedra aterrorizada que você tem aí, no lugar do coração! Um lixo, pobre-coitado! Diga alguma coisa. Você está doente! Vai apodrecer! Já está apodrecendo! Tudo fermenta, entende? Tudo. Olhe pra mim! Olhe pra mim, seu cagão, quando eu falar com você! Sou eu, Sofía! Fale, diga alguma coisa. Agora, porque quando você perceber já vai ser tarde. Eu sei que você vai vir. Vai vir se arrastando. Pra pedir ajuda. E eu... Eu, sabe o que mais, Rímini? Já vou estar morta. E o que você vai fazer quando eu estiver morta? Quem vai olhar pra você? Quem vai pensar em você quando eu estiver morta? Quem vai querer..." — beijou-o. Pulou em cima dele, agarrou-o pelas orelhas, uma mão em cada uma, como se fosse arrancá-las, e remexeu em sua boca com os lábios e a língua até abri-la, e uma vez desviada a dupla barricada de dentes Rímini sentiu que uma rajada de ar frio e úmido, tão inóspito que parecia vir das profundezas da terra, escarchava-lhe a boca e a garganta. Estava aterrado, mas deixou rolar, enquanto ouvia os protestos dos motoristas bloqueados pelo carro de Sofía. Provavelmente nunca teria visto o acidente se alguns segundos antes, intercalada entre as buzinas e os gritos, milagrosamente nítida, não tivesse ouvido a voz fraca de um homem que perguntava: "Sente-se bem, senhorita?". Mas a ouviu, e seu tom de assombro, sua solicitude, sua indiferença para com o espetáculo que Rímini, Sofía e o Renault de Sofía ofereciam no meio da rua, fizeram que Rímini desviasse os olhos, reconhecesse o homem que acabava de falar, um velho alto, muito magro, enrolado num cobertor e apoiado num andador de metal, e depois de uma rápida panorâmica por fachadas descascadas descobrisse Vera na esquina, olhando para eles com uma inexpressividade pavorosa por sobre o teto de um carro no qual apoiava uma de suas pequenas mãos brancas. Então Rímini voltou a si, libertou-se do beijo de Sofía e, enquanto ela retomava as imprecações, virou-se e gritou o nome de Vera. Mas Vera desaparecera.

Rímini viu entrar no quadro o velho, que apertava o passo com a boca entreaberta, os olhos muito abertos, e ficou um segundo em suspenso, perguntando-se se realmente a vira, até que, mais por inércia do que por outra coisa, com o interesse menor com que decidimos não descartar o que o acaso pôs diante de nossos olhos, mesmo não sendo o que esperávamos encontrar, seguiu a direção do olhar do velho e mirou a avenida, o cruzamento da avenida e a rua, e viu Vera, que cruzava a esquina correndo em diagonal, dando as costas não para ele, somente, e para o velho, e para o engarrafamento que o Renault de Sofía continuava causando, mas também para os carros que avançavam pela avenida a toda a velocidade, encorajados pelo pouco tráfego da hora, e a trajetória de Vera pareceu-lhe tão caprichosa que não pôde deixar de segui-la com um sorriso, como se o que visse não fosse algo real, que acontecia no presente, mas uma espécie de hipótese gratuita, sem outro respaldo que a imaginação que acabava de concebê-la, até que ouviu outro cantar de pneus, sentiu cheiro de borracha queimada, um impacto surdo e, depois de um segundo de desconcerto, surpreendeu Vera no ar, descrevendo o mesmo giro que um momento antes vira nos papéis sacudidos pelo vento, e depois, enquanto Vera parecia flutuar na noite, ouviu um estrondo de lataria, vidros quebrados, e quando Rímini baixou os olhos tudo estava terminado: Vera jazia de costas no chão, imóvel, com um tufo de cabelo cruzado sobre a testa, junto de uma roda de ônibus que girava no vazio.

6.

Perdia tudo. Ia perdendo por partes, sem ordem nem lógica. Numa tarde podia perder toda uma conjugação do francês, e dois ou três dias depois o sistema de acentos, e uma semana mais tarde o significado da palavra *blotti*, e logo o matiz fonético que distinguia uma promessa de alimento — *poisson* — de uma de morte — *poison*. Era como um câncer: começava em qualquer lugar, não respeitava hierarquias, tanto fazia para ele o simples ou o complexo, o essencial ou o acessório, o arcaico ou o novo. Os danos, ao menos até esse momento, eram irreversíveis: as zonas perdidas estavam perdidas para sempre, e cada vez que Rímini, animado por alguma esperança, ou pelo próprio caráter do mal, cheio de caprichos, dava-se ao trabalho de voltar sobre alguma delas para ver se algo havia mudado, tudo o que encontrava era o mesmo páramo que gelara seu sangue da primeira vez que se viu saqueado. A deterioração não era seletiva nem com o que degradava. Não era uniforme nem homogênea, mas por algum motivo as quatro línguas que Rímini dominava sofriam seus efeitos da mesma maneira. Às vezes alguma se adiantava e perdia mais, mas em pouco tempo as outras a alcançavam. A única vantagem do mal era também sua máxima iniquidade: ser imprevisível.

Os primeiros golpes foram duplamente duros, pelo tipo de perturbação que causaram, claro, e por suas consequências imediatas, mas sobretudo pelo fator surpresa, que pareceu multiplicar a envergadura do dano. Foram brutais, inesperados, de uma crueldade insuportável, como é cruel qualquer golpe que nos surpreende quando avançamos por um corredor que nos é familiar e que está na penumbra: avançamos às cegas, mas confiantes, ou seja, duplamente cegos, de modo que quando esbarramos na janela e a ponta de ferro afunda em nossa testa, o que mais nos afeta não é tanto o dano físico em si, por mais profundo que seja, mas a afronta moral que o acidente desferiu em nossa fé, que apostava em *um* destino — uma travessia fluida, sem contratempos — e excluía totalmente todos os demais. A primeira vez foi no Teatro Coliseo, diante de seiscentas pessoas: depois de seguir o vice-chanceler italiano como uma sombra durante quarenta minutos, Rímini sentiu uma espécie de rangido seco, parecido com o que às vezes sentia debaixo do ouvido ao morder, e uma noite súbita, impenetrável, como a que se forma quando se apoderam do céu grandes nuvens de tempestade, interpôs-se entre a voz do conferencista e ele, e permaneceu ali dois, três longos minutos, enquanto Rímini, que ficara mudo, esbugalhava os olhos, o vice-chanceler fingia admirar a sobriedade augusta do teatro, e o público — a concentração de roupas escuras mais fantástica que Rímini jamais vira na vida — passava de um respeitoso desconcerto ao protesto formal. Não foi agradável, mas tampouco houve maiores motivos para alarme: esses brancos eram tão frequentes nos intérpretes quanto as entorses nos jogadores de futebol.

À força de repeti-la para si, em voz baixa, a analogia permitiu-lhe superar o percalço e aceitar, três semanas mais tarde, o encargo de interpretar a primeira conferência de Derrida em Buenos Aires. Tudo ia às mil maravilhas. O filósofo, que fingia improvisar, falava com uma parcimônia exagerada, para um público mais de surdos-mudos que de hispanoparlantes. Rímini sentia-se leve, alerta, maleável. Estava ligeiramente excitado com o cheiro de couro úmido do teatro, que lhe refrescava os perfumes rançosos daquele teatro universitário onde se rendera aos encantos de Carmen, e Carmen, da plateia, reconfortava-o enviando--lhe sinais de amor e alento. Tudo ia bem, nem sinal do incidente no Coliseo, até que o filósofo — no meio de uma digressão sobre o que chamava de affaire Praga, sua detenção, acusado de traficar cocaína pela polícia tchecoslovaca, que fora buscá-lo no aeroporto onde se dispunha, ao término do seminário clandestino ministrado para os estudantes da Associação Jan Hus, a embarcar de volta para Paris, a mesma polícia secreta que depois o submeteria a sucessivas e para ele inexplicáveis sessões fotográficas, retratando-o com sua clássica roupa de pensador francês, mas também (máxima humilhação) nu, e vestindo, inclusive, o típico traje listrado de presidiário —, até que Derrida, sorrindo com sarcástica amargura, virou uma das páginas que lia sem dar na vista, que fingia usar somente como um guia, de modo a preservar a ilusão, tão crucial para os que assistem a essa espécie de eventos públicos, de que tudo o que acontece neles acontece ali, nesse momento, em sua presença, tirou os óculos, primeiro uma haste, depois a outra, e lembrou-se de que ao longo dos interrogatórios a que a polícia secreta o submetera mencionara Kafka com frequência — trabalhava, naquela época, num pequeno comentário sobre o relato *Diante da lei* —, e de que seus captores, por uma ironia pela qual sem dúvida não eram responsáveis, deviam ter aproveitado sua visita ao túmulo de Kafka, justamente, para apresentar-se no hotel, entrar em seu quarto e plantar cocaína em sua mala; e ao ouvir a palavra *valise* Rímini sentiu outra vez o rangido do Coliseo, teve a impressão de que uma força estranha o afastava de tudo, enquanto a voz do filósofo, até então diáfana como um cristal, tornava-se completamente impenetrável para ele. Não conseguiu continuar. Forcejou com o filósofo longa, interminavelmente, tentando fazê-lo admitir que *valise* era outro dos inspirados neologismos nos quais se especializava, e quando o filósofo decidiu eludir a interrupção e prosseguir com a conferência, Rímini viu-se perdido num bosque de sons misteriosos e lançou um fraco grito de pânico. Foi uma sorte que Carmen estivesse ali para ouvi-lo, para beijar-lhe os lábios enquanto o levavam e também para substituí-lo, como foi uma desgraça que no mês seguinte estivesse em Rosario, trabalhando, justo quando Rímini, em Buenos Aires, avalizado por um novo lema — "A terceira é a que vale" —, debutava no cargo de chefe dos intérpretes da Aliança Francesa e dele se despedia traduzindo o parágrafo introdutório do discurso de um ex-ministro da Cultura da gestão Mitterrand para o idioma secreto, secreto mesmo para ele, de sua perplexidade.

Em alguns meses Rímini, de estrela poliglota, passou a ser um caso clínico, quase uma curiosidade profissional que seus colegas discutiam fervorosamente, como se fosse um mártir da profissão, nos corredores das editoras e da faculdade. Contra o que ele mesmo poderia esperar, a síndrome, como gostava de chamá-la, não lhe causava nenhum mal-estar; ao contrário: as perdas, além de estarem circunscritas à área da competência linguística, eram indolores, até mesmo prazerosas, do mesmo modo que, para Rímini, no verão, por exemplo, era prazeroso exceder--se sob o sol para depois poder passar horas arrancando camadas de pele morta. A pedido de Carmen e de seu pai, no entanto, foi consultar um neurologista. O médico, um homem corpulento que consultava o relógio a cada minuto, como se tivesse posto uma bomba-relógio no consultório de um concorrente, deitou-o na maca, untou sua cabeça com gel, plantou-lhe uma dúzia de eletrodos e depois de olhar por alto a longa faixa de papel, quase aborrecido, despachou-o com uns tapinhas nas costas, um diagnóstico de estresse e uma receita de ansiolítico.

Rímini quis procurar uma segunda opinião e aproveitou para mudar de homeopata. Víctor lhe dissera que Vázquez Holmberg tinha acabado de abrir horários para novos pacientes. Era a sua oportunidade: mestre de médicos, Vázquez, como seus fiéis o chamavam, formara seu homeopata anterior, gozava de uma fama inquietante, feita de proporções iguais de sabedoria e extravagância, e tinha tantos pacientes que cada nova abertura de horários, algo que ocorria praticamente uma vez na vida e outra na morte, era celebrada como um milagre. Rímini esperou quatro horas e meia na penumbra de um pátio coberto com um toldo de metal, dormindo e acordando sobressaltado para comprovar que os pacientes que já compartilhavam a sala de espera antes que ele dormisse tinham sido substituídos por outros e que a secretária do doutor, uma quarentona alta e enérgica, com resquícios de batom nos dentes e um ar geral de desasseio que o excitou de imediato, encaminhava-os ao consultório seguindo uma ordem menos convencional, mais secreta e certamente mais terapêutica que a prosaica ordem de chegada. Finalmente entrou, precedido pelas emanações da mulher, e avançou quase às cegas na sombra até que, enquanto tentava disfarçar uma ereção fulminante, distinguiu o morno resplendor de uma luz e sentou-se diante de um gnomo muito velho, sem cabelos nem dentes, que parecia encolher segundo a segundo dentro de um impecável avental branco. "Tem um coração muito saudável", disse-lhe Vázquez, depois de examinar o eletroencefalograma e se enredar com ele. Depois ditou alguns remédios à secretária e, à guisa de despedida, em sua meia-língua de desdentado — que

Rímini, ironicamente, entendeu à perfeição —, recomendou-lhe que fizesse esporte, muito esporte, sobretudo rúgbi.

Rímini descartou a sugestão esportiva — contra os protestos de Carmen, que estava louca para vê-lo de calças curtas e com os joelhos enlameados —, mas providenciou os glóbulos e as soluções — para intranquilidade de Carmen, que pôs os tubinhos de vidro contra a luz, contemplou o estranho balé corpuscular que se desenrolava no fundo e esteve prestes a jogá-los no lixo. Depois, em certo sentido, Rímini aposentou-se. Deixou a arena pública, o vivo, o imediatismo, vícios histriônicos e eletrizantes, e voltou ao papel, às traduções escritas, que não estavam a salvo das crises, mas permitiam administrá-las com discrição, resolvê-las com tempo e sozinho, longe da pressão de uma massa anônima de espectadores. Pensou, com uma nostalgia que talvez não merecesse, que seu estado de ânimo, com essa combinação de plenitude e angústia, não devia ser muito diferente do que atravessavam os esportistas ao decidir aposentar-se no auge da carreira, depois de ter ganho todos os campeonatos, prêmios e dinheiro do mundo. Rímini não era rico, e, embora intensa, sua carreira de tradutor tampouco lhe oferecera maiores reconhecimentos. Mas tinha Carmen, tesouro inestimável; tinha suas doses justas de paixão, de leveza e de têmpera, sua compulsão a apequenar tudo o que amava, sua estranha, sorridente maneira de abrir caminho no mundo sempre levando-o pela mão, não como se o ajudasse, mas, antes, dando a entender, e fazendo-o acreditar nisso, que ele, Rímini, era a verdadeira força motriz e ela apenas a encarnação material do movimento.

Rímini começou a traduzir em casa, e Carmen a sair. A mudança, ainda que motivada pela crise de Rímini, apresentou-se a eles menos como uma reação à adversidade do que como a escolha de uma forma diferente de vida, mais harmônica, talvez, com as novas necessidades criadas pela vida de casados.

Então veio o convite para o congresso de tradutores em São Paulo. Carmen teve por certo desde o princípio que iriam juntos. Só percebeu que Rímini não pensava a mesma coisa quando, uma semana antes de viajar, depois de ir retirar duas passagens, a sua e a do acompanhante, privilégio que ela mesma conseguira mediante uma gestão discreta, mas persistente, voltou para casa e encontrou Rímini sentado no chão, embaralhando as poucas fotos que tinham tirado desde que estavam casados. A cena a comoveu: Rímini estava descalço, usava meias brancas, curtas, de algodão, e seus pés pareciam de menino. "Que está fazendo?", ela perguntou. "Escolhendo a foto minha que quero que você leve", ele respondeu. Convencê-lo não foi difícil; não houve luta, não tiveram de negociar. Para Carmen, viajar juntos não era uma possibilidade, mas um fato, um fato consumado, e a passagem que desfraldou diante de Rímini não era um argumento de persuasão, mas um testemunho irreversível. Rímini leu seu nome escrito na primeira página; viu que — uma vez mais — tinham omitido o acento, mas seus olhos se encheram de lágrimas do mesmo modo.

O que o enternecia não era tanto a ideia de viajarem juntos pela primeira vez; era, antes, o sigilo e a solidão em que Carmen concebera e executara seu complô, e o papel de coisa inerte e voluptuosa a que ele fora reduzido. E, no entanto, essa assimetria, que de algum modo cristalizava sua ideia mais extrema do amor, também era o signo, ainda invisível, mas já ativo, de um mecanismo insidioso que acabava de pôr-se em marcha em alguma região de sua alma. A palavra *acompanhante* começou a rondá-lo, incômoda como uma mosca. Pela primeira vez sentiu-se realmente doente. Antes mesmo de realizar-se, a viagem a São Paulo conseguia o que não haviam conseguido a invalidez linguística, os acidentes da memória, os papelões públicos, o julgamento dos colegas, a própria decisão de se aposentar. Na noite anterior, com as malas feitas, a roupa para a viagem escolhida e Carmen adormecida a seu lado, Rímini descobriu num canal a cabo, recém-começada, a versão original de *Nasce uma estrela*, e ficou mais de duas horas com os olhos grudados na tela, em carne viva. Só desabou com a primeira luz do amanhecer.

7.

A viagem durou uma hora e quinze, só quinze minutos mais do que haviam anunciado no hotel e quarenta e cinco minutos menos do que teria levado se a fizesse de carro, mas pareceu interminável para Rímini. Ficou o tempo todo de pé, colado à porta para o caso de descobrir tarde demais, logo antes que o alarme soasse, que era *essa* a estação na qual devia descer, suando, debatendo-se entre o mapa que havia surrupiado ao passar na recepção, que parecia ter vida própria e se desdobrava sozinho, interminavelmente, e outro, sinóptico, que encadeava uma longa série de estações na parte alta das paredes do vagão, enquanto sucessivas gerações de viajantes locais assistiam impassíveis a seu drama e ao descer passavam a seu lado sem olhá-lo, a boca torcida por um ríctus de prazer.

Já começara a se arrepender ao sair do hotel, quando se meteu na entrada do metrô errada e a torrente de passageiros com que topou de frente fustigou-o, sem contemplação, outra vez para a rua. Continuou se arrependendo quando as portas do vagão se fecharam e ele, já do lado de dentro, descobriu no mapa do metrô que todas as linhas — incluída a que ele acabava de pegar, ainda que não soubesse bem qual era — levavam uma vida mais ou menos reta e previsível até que chegavam a um ponto, um misterioso *maelström* subterrâneo, a partir do qual enlouqueciam e ramificavam-se num delta de afluentes menores, giravam, traçavam percursos desconcertantes. Arrependeu--se em cada uma das estações pelas quais passou — vinte e nove, no total —, toda vez que o vagão freava e ele, entalado entre corpos, pacotes, penteados, mochilas de marinheiros, tentava esgueirar-se e ler a placa lá fora e confirmar que o nome da estação que lia coincidia com o tímido candidato que propunham suas conjecturas. E arrependeu-se quando, depois de descer, feliz pelo simples fato de ter chegado, saiu por fim à rua e um céu branco o ofuscou, e um cheiro de fritura e de peixe rançoso revoluteou ao seu redor, e a paisagem na qual planejara passar as próximas horas de sua vida terminou de definir-se diante de seus olhos: avenida deserta, cães, postos de gasolina, carros abandonados, casas pobres e baixas, oficinas mecânicas, terrenos baldios lotados de ferro-velho. E, lá no fundo, tremeluzindo numa nuvem de vapor e gasolina, os dois imensos galpões para os quais a prefeitura de São Paulo decidira mudar a Bienal do Livro.

Que erro, pensou Rímini. Começou a caminhar em direção aos galpões, medindo a distância a olho e multiplicando-a pela intensidade do sol, a umidade, os bafios de gasolina, a pobreza inóspita do bairro, os bandos de degoladores de turistas que intuía espreguiçando-se do outro lado da longa muralha de fachadas de tijolos sem reboco. Nada na Bienal do Livro lhe interessava particularmente. Mas quais eram suas opções? Ficar no hotel, onde as camareiras e os seguranças já começavam a olhá-lo enviesado, como se olha uma cruza de folgado com inválido? Acompanhar Carmen ao congresso? Já fizera isso. No primeiro dia subiu com ela na Kombi, recebeu a credencial que a jovial coordenadora do grupo, vítima da insistência de Carmen, não tivera remédio senão conseguir — era de um tal de Idelber Avelar, tradutor de Porto Alegre que não chegara —, assistiu a todas as sessões, almoçou com Carmen e os outros colegas no café e, um pouco sonolento por causa de uma caipirinha prematura, acompanhou-os à visita guiada ao complexo, seguiu passo a passo a sessão vespertina, às vezes em companhia de Carmen, que deixava um instante seu posto para prodigalizar-lhe alguns mimos furtivos, em geral sozinho, cada vez mais sozinho à medida que a tarde caía e o público — tradutores, professores de idiomas, estudantes, um poeta corpulento e desalinhado, tão transbordantemente vital que Picasso, a seu lado, pareceria um bibliotecário tísico, que de quando em quando, sempre com um copo na mão, levantava-se e recitava versos irascíveis em vários idiomas — ia diminuindo, e no final se rendeu, quando, sendo praticamente o único que restava na plateia, deu uma cochilada rápida, sem imagens, da qual foi acordado por uma estática no microfone. O segundo dia foi a réplica triste do primeiro. Na Kombi, um movimento rápido e aparentemente casual de três tradutoras canadenses separou-o de Carmen e relegou-o ao assento mais incômodo, no fundo, à mercê das emanações de um editor dominicano e do hálito de alho de um agente literário espanhol; um bicho insólito, com algo de cascudo e de escorpião, irreconhecível mesmo para os convidados com experiência amazônica, aproveitou a languidez da primeira mesa depois do almoço — "Para uma cibertradução" — a fim de cravar-lhe na panturrilha um ferrão invisível mas dolorosíssimo; e todos, absolutamente todos, como se tivessem combinado num conclave secreto, passaram a chamá-lo pelo nome que figurava em sua credencial, salvo-conduto ao qual não poderia sequer pensar em renunciar, a tal ponto era chave para entrar, circular, comer e até mesmo usar os sanitários do complexo: "Idelber isto", "Idelber aquilo", abuso flagrante que os par-

264

ticipantes brasileiros, de passagem, aproveitavam para falar com ele diretamente em português, como se esse insignificante retângulo plastificado bastasse para nacionalizá-lo.

Sim, a excursão suburbana fora um erro, mas a essa altura do jogo Rímini preferia qualquer uma de suas adversidades a ter de continuar se virando cada vez que ouvia um nome que não era o seu, ou de explicar aos garçons do restaurante do hotel que se não figurava na lista dos autorizados para almoçar era porque fazia parte do congresso de tradutores na qualidade de acompanhante, ou de obrigar-se a pronunciar o nome de Carmen, a verdadeira titular do quarto, como constava no livro de registros, para que os funcionários da recepção, naturalmente reativos a satisfazer qualquer necessidade, concordassem em lhe passar os recados e as ligações. Um erro que Rímini estava disposto a levar às últimas consequências. Caminhou dez, quinze minutos numa espécie de nuvem incandescente e chegou até uma esplanada de concreto completamente deserta, onde ondulavam bandeiras de vários países e o estandarte oficial da Bienal. Outros dez minutos, e Rímini, ao pé de um galpão, procurava inutilmente uma porta na longa parede de chapas. Forcejou com um portãozinho precário, fechado com um arame, e depois, afastando-se um pouco, pôs os braços na cintura e contemplou o galpão de cima a baixo, e justo quando se perguntava como era possível que a entrada da Bienal do Livro de São Paulo passasse tão despercebida, um segurança apareceu a bordo de um silencioso carrinho elétrico e, misturando o português com um idioma de gestos, sem deixar de se mover um segundo ao seu redor, como se temesse que ao ficar quieto o carrinho pudesse desligar para sempre, deu-lhe uma explicação que Rímini, à sua maneira, traduziu para um punhado de evidências mais ou menos vergonhosas. Estava na Bienal, sim, mas na parte de trás; a entrada ficava na mesma altura, porém do outro lado, a poucos metros da boca do metrô pela qual saíra.

Entrou e provou o tapete com os pés, como se aquela língua vermelha e gasta compensasse as penúrias sofridas, e assim que passou pelo estande da entrada, descartando os sucos de frutas que duas garotas fantasiadas de selva ofereciam-lhe em copinhos plásticos, sentiu um frio brusco no estômago, algo entre a náusea e a vertigem, e teve de ficar alguns segundos quieto, os olhos fixos no teto alto do galpão, do qual descobria que podia ver mesmo os detalhes mais insignificantes, até que seu corpo finalmente entendeu que o sol e o calor tinham ficado para trás e lentamente foi se acostumando à atmosfera abstrata do ar-condicionado. Vagou pelos corredores, deixou-se levar pelas correntes de gente — poucas, dada a hora —, parou duas ou três vezes para ouvir os anúncios que uma voz de homem e outra de mulher, ambas muito deformadas, faziam pelos alto-falantes. Comeu um cachorro-quente, duas espigas de milho, adorou o suco de maracujá e ao passar pelo estande da África do Sul limpou os dedos numa luxuosa revista de relações internacionais. Em determinado momento se deixou arrastar por um contingente de peregrinos e viu-se fazendo fila diante de uma sala vazia, rodeado de gente que apertava contra o peito o último livro de Paulo Coelho. Rímini, que detestava Paulo Coelho como detestava todos os ex-viciados, ex-criminosos, ex-terroristas, ex-prostitutas, ex-homens de negócios, ex-maridos espancadores, ex-estupradores, ex-políticos e ex-artistas que se dedicavam à literatura de reabilitados, esse subgênero de catecismo, ficou na fila um instante e, enquanto a via crescer num ritmo espantoso, sentiu-se reconfortado por um estranho bem-estar, como se, apesar da indignação que lhe ditavam seus princípios, agravada, neste caso, pelo rebanho particular de Paulo Coelho, pela devoção maciça e incondicional que suscitava e, sobretudo, pelo fato de que enquanto a fila para ver, ouvir e tocar o sumo pontífice dos conversos só fazia crescer, na sala ao lado, sentado a uma mesa, um escritor jovem e mal barbeado revisava o texto da conferência que nunca chegaria a dar, e isso por uma simples razão, falta de público, falta *total* de público — a menos que se entenda por público sua tradutora, o técnico de som, as duas mulheres da segurança que bocejavam na última fila e o casal de desligados que entrou no último instante e perguntou se essa era a sala onde Paulo Coelho autografava exemplares de seu último livro —, como se, apesar de tudo, o contato com essa multidão de desconhecidos lhe proporcionasse alguma forma de calor e de amparo. De modo que ficou ali e depois, quando a fila começou a se mover — prevendo o tumulto, Coelho devia ter entrado pela porta dos fundos, a mesma, provavelmente, com a qual Rímini lutara sem sucesso um momento antes — e chegou a sua vez de entrar, deu um passo para o lado sem dizer nada e desertou da longa caravana de devotos.

Mais tarde, martirizado pela dor nos pés e pelos rios de gente que inundavam a feira, Rímini asilou-se numa espécie de sala de espera feia, mobiliada com cadeiras e uma mesa de jardim, e depois de se desfazer do monte de folhetos, *folders*, fascículos e decalcomanias que carregara na última meia hora, que deslizou disfarçadamente para baixo da almofada do assento do lado, incapaz não só de articular uma frase em português, mas até de dizer um simples não ou de negar com a cabeça, deixou-se hipnotizar por um televisor que passava um velho documentário em português, sem legendas, sobre um famoso pintor sem mãos. Não fazia nem dez minutos que estava assim, nesse estado de torpor idiota, quando um rumor grave, múltiplo e ao mesmo tempo uniforme, como o dos cascos de uma tropa de cavalos galopando, começou a crescer sobre sua cabeça, no teto do galpão. Chovia — uma dessas tempestades fulminantes, que anunciam de repente o fim do mundo e logo depois, com a mesma brusquidão, emudecem como se um deus as tivesse repreendido. Mas o fragor o reanimara, então se somou outra vez ao formigueiro e viu que as pessoas que alguns minutos antes zanzavam sem trégua, andando e desandando por corredores e avenidas, enchendo e esvaziando salas, comprando, precipitando-se sobre os estandes de comida e de livros, rigorosamente nessa ordem, agora se moviam com grande lentidão ou estavam totalmente quietas, de modo que o que antes do parêntese — que Rímini, além de descansar, aproveitara para compenetrar-se da vida e da obra do pintor sem mãos, cujos quadros posteriores à mutilação, executados com os pés, não diferiam em nada, nem para pior nem para melhor, em nada, dos que fizera antes com as mãos, salvo, talvez, no preço — Rímini percebera como um fluxo e refluxo de corpos, cores, vozes, agora, depois do desabamento da tempestade, que continuava castigando a telha do galpão com uma intensidade feroz, transformara-se num espetáculo estático no qual as pessoas, em vez de circular, formavam cachos imóveis, equidistantes uns dos outros, como se posassem para um quadro gigantesco sob as ordens de um pintor gigantesco.

Rímini pegou um atalho que se abria à sua esquerda, deu alguns passos, sentiu um peso muito agradável nos pés — subia uma rampa bem suave — e deu com o estande deserto de uma editora brasileira. A luz era exagerada, e as três garotas que atendiam sorriram para ele ao mesmo tempo. Rímini não quis lhes fazer desfeita indo embora em seguida, e decidiu dar uma volta entre as prateleiras, com a condição de que nenhuma das garotas se aproximasse para falar com ele. Varreu as mesas com a vista: as capas acetinadas devolviam a luz com reflexos ferinos. Ele, que já perdera toda esperança com relação ao idioma, dedicou-se a contemplar os primeiros planos de rostos nas capas dos livros, caras saudáveis e luminosas que sorriam recortadas contra um infinito negro, olhando o leitor com uma confiança indestrutível. Era como se todos — homens e mulheres, velhos e jovens, brancos, negros, asiáticos, gordos e magros: essa diversidade calculada, que parecia esgotar todas as categorias faciais, devia ser um dos atrativos do elenco — tivessem passado pelas mãos da mesma equipe de dermatologistas, cabeleireiros, maquiadores e dentistas para submeter-se ao mesmo programa de beleza. E no entanto, à medida que desfilavam diante de seus olhos, idênticos e ao mesmo tempo ligeiramente diferentes, como diferentes encarnações — o empresário bem-sucedido, a missionária, o enxadrista prodígio, a estrelinha de cinema, o criminoso reabilitado, o jogador de futebol, o pálido prócer budista — de um protótipo original, Rímini começou a perceber que algo estranho e mais ou menos persistente alterava a superfície aparentemente impassível desses rostos — um detalhe menor, que aparecia meio de lado e como que por descuido, desconcertava o espectador durante uma fração de segundo e depois voltava a ficar invisível. Uma verruga crescia sob o lóbulo da orelha do enxadrista precoce; um dente preto ou ausente matizava o sorriso do empresário, e uma mancha muito vermelha crescia no olho direito da missionária... Era como se cada uma dessas irregularidades restabelecesse por conta própria, alheia à ideia de plenitude e harmonia que as fotografias tentavam impor, a conexão entre o rosto saudável no qual apareciam e um passado, um estado anterior dominado por forças e formas obscuras, em que a radiante vitalidade que o fotógrafo havia imortalizado para as capas dos livros revelava o amálgama de dor, sangue e infâmia de que fora arrancada. Mas justo quando Rímini começava a detectar o garoto abusado por trás do mago dos gambitos, a alcoólatra por trás da missionária, o viciado em cocaína por trás do multimilionário — teve um reflexo de prudência e parou. Voltou a olhar as capas, esse exaustivo portfólio de histórias de vida, e percebeu que nessas imperfeições havia tanta regularidade e tanto cálculo quanto nos signos com que as fotografias representavam a plenitude vital, e que tudo o que ele, incauto, pretendia usar *contra* essa repulsiva felicidade fabricada pelos profissionais da cosmética era na realidade *obra*, e obra-prima, sem dúvida, desses mesmos profissionais, peritos em fabricar tanto a beleza quanto a monstruosidade. Sorriu, dando-se por vencido. Estava quase indo embora quando um rosto, o último da mesa, chamou sua atenção: o rosto de um homem jovem, loiro, de olhos sonhadores, quase transparentes de tão claros, e faces imberbes de bebê, com sombras de rubor que a maquiagem não conseguira ou não quisera disfarçar. Sorria, como todos os outros; mas seu sorriso tinha uma qualidade pálida, como de distância no tempo, que o tornava um pouco vago, fazia-o tremer e estremecer, como se prestes a dissipar-se. O efeito era tão esquisito que Rímini ficou um momento olhando a capa do livro de uma perspectiva quase zenital, esperando que o portento se produzisse.

A chuva continuava martelando o telhado do galpão. Talvez conhecesse esse rosto. Conhecia, ou pensava conhecer, os demais — eram personagens públicos, muitos deles célebres, de modo que entre conhecê-los e pensar conhecê-los não havia grande diferença. Mas este último rosto — que Rímini, ainda que o livro pertencesse à mesma coleção que os demais, situara numa dimensão diferente do tempo e do espaço —, ele poderia jurar ser o único que realmente *não* conhecia. Talvez essa condição excepcional explicasse que lhe tivesse chamado a atenção e que agora, antes de ir embora, apanhasse o livro da mesa, onde os reflexos de luz impediam-no de examinar o rosto do autor, e o aproximasse dos olhos. Voltou a olhar aquela pele lisa, viçosa, como de criatura embalsamada, e depois, atraído por algum enigma interno do rosto, do mesmo modo que às vezes, quando lia, uma frase, uma expressão, uma figura inesperada do texto, pegando-o de surpresa, obrigavam-no a interromper a leitura e a examinar a foto do autor na contracapa, como se o rosto fosse o lugar em que se desvelavam os mistérios da linguagem, leu o nome escrito sobre a foto, Caíque de Souza Dantas. Quando o pronun-

270

ciou em voz baixa, no entanto, o enigma do rosto se aprofundou, e Rímini, como se seguisse uma pista, virou o livro e viu, sob uma réplica em miniatura da foto que ilustrava a capa, duas ou três linhas que resumiam — num português dócil — a vida de Caíque de Souza Dantas, astro de telenovelas, morto de aids antes de completar trinta e oito anos.

Tinha de se apoiar em algo, logo. Derrubou com a mão uma pilha de livros e ouviu as lombadas, longe, batendo no chão. Enquanto uma das garotas se inclinava para recolhê-los, Rímini sentiu que uma imagem avançava do fundo tenebroso de sua memória, definindo-se à medida que se aproximava. Voltou a ver o rosto do morto, já sem precisar olhá-lo, e depois viu coisas contíguas ao rosto; viu uma lagarta de cinzas prestes a cair da ponta de um cigarro que soltava fumaça entre dois dedos muito finos; viu o galho de uma árvore, um pé com uma sandália também prestes a cair, uma camisa arregaçada, o perfil deslumbrado de Sofía, a metade de uma cadeira de ferro lavrado, o jogo do sol na folhagem das árvores, um pedaço de solo com pedregulho, a borda de um chapéu claro, as pontas cruzadas de dois sapatos abotinados — os seus — e no final, como se alguém abrisse uma válvula bem devagar, foi lhe chegando o som, rumor de árvores e de água, pássaros, vozes de fundo de um grupo de turistas descendo de um ônibus — e a voz de Caíque falando em castelhano, no castelhano sibilante que trouxera de Buenos Aires. E a risada de Sofía: uma risada leve, irreprimível, confiante — a risada da felicidade. Rangia uma cadeira, e Sofía, dobrada pelo riso, deixava cair a mão sobre o antebraço nu de Caíque. A mesma risada que para Rímini, que a provocara duas, no máximo três vezes em doze anos, era a única prova certa — mais certa, inclusive, que qualquer evidência afetiva ou sexual — de possessão amorosa.

Falavam com ele. Rímini levantou os olhos e viu o semblante preocupado da garota do estande, bem perto dele, mas turva, como se estivesse atrás de um vidro molhado. Percebeu que estava chorando. "Estou bem, estou bem", disse. A garota afastou-se para deixá-lo passar, sorriu, e quando Rímini passou a seu lado, tolhido pela tristeza, ela estendeu a mão tímida para recuperar o livro, e Rímini, pensando que voltava a oferecer-lhe ajuda, inclinou o corpo para esquivar-se dela e seguiu em frente e perdeu-se entre a gente.

Na saída da feira comprou por alguns centavos uns óculos escuros, de plástico, e assim, camuflado de mosca, passou toda a viagem de volta chorando. Só descobriu que tinha ficado com o livro quando se virou para ler o nome de uma estação e surpreendeu seu vizinho de assento com a cabeça inclinada, tentando ler o que Rímini pensou ser o canto de sua mão. Então, como quem se atreve a tocar o objeto que um feitiço materializou do nada, abriu o livro e folheou-o devagar, espantado de encontrar letras, até que num arroubo de impaciência foi direto ao caderno central, o caderno de imagens. Dedicou a cada foto o mesmo tempo, como se respeitasse um sagrado e severo protocolo fúnebre. *Rio, 1959: Caíque — ator precoce — com bigodes de rolha queimada. São Paulo, 1967: Caíque porta-bandeira. São Paulo, 1974: Caíque como Puck numa versão escolar de* Sonho de uma noite de verão. *Londres, 1975: Caíque em Carnaby Street. Paris, 1975: Caíque e Pascal. Amizade. Paris, 1975: Caíque e Pascal. Amizade. Rio, 1977: Caíque (o segundo à esquerda, entre Carmen Miranda e Marilyn Monroe) completa dezenove anos. Buenos Aires, 1980: Noites portenhas.* Rímini viu tudo com grande clareza, como se as lágrimas tivessem polido seus olhos. Um Caíque sorridente, as pupilas satanizadas pelo flash, estende sua taça para a câmera. Está em posição de lótus sobre um tapete escuro, descalço, com uma pilha de discos entre as pernas; mais atrás, sentadas no grande sofá estofado de leopardo, duas mulheres conversam e fumam de perfil, segurando a taça e o cigarro com a mesma mão, e um garoto e uma garota mais jovens, alertados pelo relâmpago, viram-se para a câmera com ar hostil: a garota é loira e parece ter chamas na cabeça; o garoto...

Rímini soltou um gemido de dor, fechou o livro, afundou o rosto entre as mãos. Sentia-se arrasado, e a desproporção que notava entre a causa e o efeito só fazia aprofundar seu desconsolo. Afinal de contas, Caíque nunca significara muito para ele. Era a foto — não tanto a lembrança — que provava terem estado certa noite a menos de meio metro de distância. Sua lembrança preferia entreter-se com a pobreza de móveis do apartamento, o tapete fofo — única razão que explicava a epidemia de pés descalços —, a antipática obesidade da dona da casa. E depois houve o encontro na floresta da Tijuca, diáfano e aprazível graças à brisa fresca, à folhagem das árvores e ao entusiasmo militante com que Sofía e ele não deixavam de alimentar a viagem, mas também cheio de desconfortos, mal-entendidos, tédio — porque o que tinham compartilhado com Caíque em Buenos Aires não só era pouco, quase nulo, mas também, como volta e meia acontece, tendia inexoravelmente a perder-se com a mudança de cenário e de papéis. E mesmo assim... Uma avalanche de suspeitas extravagantes atropelou sua cabeça. Talvez Sofía tivesse se apaixonado por Caíque. Talvez Caíque tivesse se apaixonado por Sofía. Talvez tivessem tido um romance clandestino em Buenos Aires, e o que Rímini descrevia como aprazível e diáfano não se devesse ao ecossistema benévolo da floresta, mas à nostálgica, experimentada languidez que Sofía parecia compartilhar com Caíque, tão parecida com a que sentem os ex-amantes quando se encontram em público e, na presença de um terceiro que ignora a história, decidem manter o passado em segredo. Todas as hipóteses lhe pareciam plausíveis e irrelevantes. Desenterrar esses passados virtuais em que agora todos — Caíque, Sofía, ele próprio — desempenhavam outros papéis que os que lhes atribuíra o passado real, isso teria sido útil, talvez, se o motivo da tristeza de Rímini fosse Caíque, ou, em todo caso, a estranha vontade do acaso, que decidira que Caíque reaparecesse na vida de Rímini ao mesmo tempo que Rímini ficava sabendo que ele estava morto. Para Rímini, no entanto, havia algo mais trágico do que olhar o rosto de um morto jovem, algo que, por ser mais solitário, era mais inconsolável: a evidência de *não ter morrido com ele*, com *eles*, com Caíque, cuja carne maquiada ocupava toda a capa do livro, mas também com esse Rímini e essa Sofía que tinham ficado impressos na foto do interior, perenemente mumificados. Rímini então compreendeu por que sempre se negara a repartir as fotos com Sofía, por que dois dias depois do acidente queimara as que tinha com Vera, por que proibira os fotógrafos na tarde do civil com Carmen e por que as histórias de vampiros nunca lhe deram medo, e sim uma espécie de aflição íntima, muito familiar. Não, não olhava uma foto e dizia: "Isto que estou vendo aconteceu"; dizia: "Isto que estou vendo aconteceu e morreu, e eu sobrevivi".

Voltou ao hotel com um impulso: escrever uma carta para Sofía. Quando saiu do metrô, o céu se desfazia em nuvens e manchas violáceas. Chegou de noite; Carmen ainda não voltara. Na recepção, um funcionário novo, jovem e amável, entregou-lhe a chave do quarto numa bandejinha, envolta em duas folhas de papel. Rímini pediu que mandassem subir ao quarto três cervejas e uma garrafa de tequila. O funcionário desculpou-se: só os titulares dos quartos tinham direito ao serviço de quarto, mas Rímini, antecipando-se à objeção, já saía disparado rumo à loja de conveniência da frente. Algo na maneira de carregar as provisões — a garrafa de tequila debaixo da axila direita, a de vodca, acrescentada no último instante, debaixo da esquerda, e as cervejas, seis em vez de três, suspensas de seus dentes pela tira plástica que mantinha as latas unidas — deve ter impressionado o dono do local, que o fitou com uma inquietação furtiva enquanto lhe cobrava. Rímini, menos por gula do que para incomodá-lo, acrescentou chicletes, uma barra de coco coberta de chocolate e dois pacotes de batatas fritas. Voltou a entrar no hotel, cruzou a recepção hasteando as garrafas com um ar desafiante e meteu--se no elevador. Leu os recados sob a luz que piscava: um era de Carmen, que avisava que a sessão da tarde se prolongaria e que voltaria a ligar quando tivesse terminado; o outro era de Idelber Avelar: estava no quarto 610.

Ao longo das horas que se seguiram, Rímini só fez três coisas, sempre na mesma ordem: beber, escrever, jogar fora. Bebeu: primeiro duas cervejas, depois, no gargalo, meia garrafa de tequila, depois mais uma cerveja — o fio de alumínio deixado pela argola machucou seu lábio superior — e por fim, usando o copo do banheiro, o que cortou o sabor da vodca com umas suaves pinceladas de menta, a garrafa quase inteira de Stolichnaya. Escreveu: uma espécie de balanço de sua relação com Sofía, tardio, confuso e — nas passagens mais inspiradas — falaz, já que seu propósito não era iluminar o passado, e sim conjurar, dando-lhe, finalmente, o que ela supostamente lhe exigia, possíveis reaparições fantasmagóricas como a que acabava de sofrer, disfarçada de souvenir carioca; um convite para reconstruir aquela tarde na floresta que começava com uma altivez madura, em certo momento voltava-se para a desconfiança — "... não sei quanto tempo demoraram para voltar, você e Caíque, com os sucos de abacaxi, mas lembro que foi *muito...*" — e terminava com um interrogatório ameaçador, com perguntas numeradas de um a vinte e cinco; um *mea-culpa* também fraudulento, no qual Rímini, com intenções de livrar-se de Sofía, e não de reconciliá-la com suas crenças, desnudava--se pela primeira vez diante dela, tornando-se responsável por tudo e afundando no pântano de suas próprias impossibilidades, que o haviam separado não só dela mas também, como começava a desconfiar agora, da "possibilidade do amor em geral". E jogou fora: arrancou, deixou cair no tapete, fez bolas de papel e atirou-as contra a janela entreaberta, rasgou e deixou cair os pedaços na privada, banhando-os com jorros zombeteiros de mijo, queimou páginas inteiras na banheira. Estava nisso quando surpreendeu o rubor de sua imagem no espelho do armarinho: nu, banhado em suor, a cara completamente vermelha por causa do álcool e manchada de tinta.

Teria continuado assim durante horas. O fracasso o excitava, multiplicando diabolicamente suas intenções. Queria afugentar Sofía, desculpar-se, desaparecer para sempre, e que esse punhado de linhas fosse a última coisa que restasse dele, purificar-se e ao mesmo tempo aniquilar, aniquilar algo vivo, qualquer coisa. Queria escrever uma carta na medida de seu corpo — que fosse como uma pele resistente, duradoura, e o protegesse para sempre de tudo. Mas o telefone tocou, e Rímini, que já o ouvira tocar várias vezes, longamente, como se estivesse sonhando, arrastou-se sobre a cama como um soldado e atendeu. Era Idelber Avelar. Apresentou-se formalmente, repetindo as três linhas biográficas que o programa do congresso lhe dedicava, e depois iniciou um longo e confuso rodeio que Rímini cortou em seco, antes que adotasse a forma do apelo, com uma avalanche de grosserias indescritíveis. Avelar desligou; Rímini ficou um segundo sozinho com seu próprio fôlego e correu ao banheiro para vomitar. Só conseguiu provocar umas arfadas secas, suficientemente profundas, no entanto, para dissipar um pouco a bruma que nublava seus olhos. Voltou ao telefone. Começou a vestir-se e procurou as mensagens que a luz vermelha do telefone lhe prometia. Eram três, todas de Carmen, todas envoltas numa nuvem de vozes, risos, taças, música. Na primeira, deixava-lhe o endereço do restaurante em que estavam comemorando o encerramento do congresso; na segunda, reclamava-o com gritinhos infantis; na terceira, inquieta ou cansada, repetia o endereço como quem pede ajuda. Rímini procurou algo para escrever, pelejou com a manga, que ainda não terminara de vestir, perdeu tempo, e quando começou a copiar o final, o número da rua, a mensagem foi cortada. Quis ouvi-la outra vez, apertou dois botões equivocados, falou com a lavanderia — inexplicavelmente aberta a essa hora — e com a central de manobristas, e por fim, depois de tentar em vão comunicar-se com a recepção, a luzinha vermelha deixou de titilar e se apagou para sempre, e uma voz se meteu de repente na linha, a voz de Idelber Avelar, a voz de uma pessoa de bem que decidiu fazer de conta que o que aconteceu não aconteceu, que nunca ouviu o que pensou ter ouvido, e começar tudo de novo, do zero. Podia recuperar sua credencial?

Rímini chorou, chorou, chorou, até que seus olhos arderam tanto que não teve outro remédio senão dormir. Sonhou com ventiladores de teto que giravam com uma lentidão exasperante, com cinzas em água, com campainhas, com o som recôndito de um elevador em movimento, com um rangido de porta, com uns dedos que lhe roçavam os quadris, as coxas, os pés — e entreabriu os olhos e conseguiu dizer, sem saber muito bem se o dizia no sonho ou no quarto do hotel, "a luz, a luz", e uma mulher muito parecida com Carmen, compadecendo-se dele, disse "sim, meu querido, sim, já vou", e afastou-se, levantou-se — tinha suas calças na mão — e apagou a luz, e cravando o joelho outra vez na cama começou a desabotoar-lhe a camisa, e Rímini sentiu o toque de seus dedos em seu peito e estremeceu, e ouviu que Carmen, rindo, dizia "humm, mas que recepção entusiasmada", e quando sentiu que ela se sentava em cima dele e começava a acomodar-se, apertou as pálpebras e afundou numa negrura densa, sem fundo. Então todas as coisas com que estivera sonhando antes de Carmen chegar ressurgiram projetadas naquela tela negra, as mesmas, só que na ordem inversa, primeiro os dedos, depois o rangido da porta, depois o elevador que descia, e assim sucessivamente, até que foi Rímini, e não as pás do ventilador, que começou a girar na cama, e então teve a impressão de que a luz se apagava de verdade e desmaiou, e só ressuscitou um instante quando Carmen, voltando do banheiro, empurrou-o suavemente para que lhe desse lugar, meteu-se entre os lençóis e, aconchegando-se contra seu corpo, aproximou os lábios de seu ouvido e sussurrou que sim, que provavelmente estava louca, que não lhe perguntasse por quê, mas que achava que tinha *acabado* de ficar grávida.

8.

Entrou no banheiro e a viu em pé, de costas, com as pernas abertas, segurando a barra da camisola na altura das coxas. Aproximou-se devagar para não assustá-la, e quando ficou a seu lado viu que ela estava com a cabeça baixa, afundada entre os ombros, e contemplava alguma coisa no chão com uma fixidez extraordinária, alguma coisa que ainda não sabia se devia admirar ou temer. Rímini tocou-lhe o braço. Carmen não se moveu; nem sequer percebera que Rímini entrara. Seguindo a direção de seu olhar, Rímini topou com duas pocinhas que brilhavam no ladrilho preto, junto a seus pés nus, e depois, subindo pelo peito dos pés, pelos tornozelos, por seus joelhos inchados, descobriu os dois filetes de água que caíam pela parte interna de suas coxas.

Tarde demais outra vez — ou cedo demais. As coisas não se sucediam nos trilhos lógicos do tempo, mas numa espécie de dobra traidora, acrescentada ao tempo por acidente, em que os fatos, como os rostos que são velhos em plena juventude, pareciam estancar numa zona de indecisão insuportável. Era pouco mais de meia-noite. A barriga de Carmen — em que pese sua envergadura, que despertava desafios paternais no obstetra e gemidos de perverso deleite em Rímini — tinha ainda trinta e duas semanas. Não tinham nada preparado, nem mala, nem roupa, nem dinheiro, nem qualquer reação idônea para atenuar o terror quando chegasse a hora, nada de tudo o que lhes haviam prometido que aprenderiam a fazer e a ter, em companhia de outra meia dúzia de casais, na primeira e única sessão do curso de pré-parto que lhes coubera assistir. Mas nenhuma previsão teria servido para nada: ainda que um rompimento de bolsa e um parto prematuro não fossem acontecimentos incalculáveis, cada um parecia ter sido previsto por seu turno, numa espécie de esfera de especulação própria, diferente da esfera do outro, mas nunca numa órbita comum, onde pudessem apresentar-se simultaneamente, de modo que agora que Carmen olhava meio idiotizada o sexo que lacrimejava, agora que Rímini a abrigava com a primeira coisa que lhe caiu na mão — um casaco velho, verde, de lapelas gastas, com um bolso descosturado que pendia como uma língua e outro cheio de bolinhas de naftalina — e tentava calçar-lhe um par de sandálias nos pés, o que os comovia não era só o fato de estarem tão desguarnecidos, nem a dramaticidade da situação, mas também, e sobretudo, o estrondo com que essas duas esferas acabavam de se chocar e se fundir num único horizonte de medo.

Pegaram um táxi e rodaram sem conversar. Com as pernas muito abertas, Carmen ocupava praticamente todo o assento. Rímini ia apertado contra a porta, debatendo-se entre um pânico surdo, sem forma, e a preocupação pontual com os possíveis efeitos do líquido amniótico no courino do estofado do carro. Davam-se as mãos, revezavam-se para acariciar-se, asilavam-se mutuamente. Estavam juntos, juntos talvez como nunca antes, porque, além do amor, o que os reunia nesse momento era o mesmo transe de incredulidade e espanto que reúne, em meio a uma viagem de avião, os desconhecidos que viram a cabeça ao mesmo tempo e descobrem que uma asa está pegando fogo. "A música incomoda?", perguntou o motorista do táxi, levando a mão ameaçadora até o rádio. Olharam-se, ninguém respondeu, mas alguns minutos depois, quando o táxi cruzava o terceiro sinal vermelho, Carmen disse algo em voz muito baixa, e Rímini se aproximou e perguntou: "Como?". "É Virus, não?", ela disse. Rímini olhou-a como se desvairasse. "O que está tocando", disse Carmen. "Ah", fez Rímini, e prestou atenção: era Virus. Escutaram em silêncio, com uma concentração extraordinária, como se esperassem encontrar, cifrada numa estrofe ou num acorde, uma mensagem dirigida somente a eles. Carmen começou a trautear a canção. Depois levou ao nariz a mão com que acabava de tocar seu sexo. "É água", disse, decepcionada, e aproximou a mão do nariz de Rímini. Rímini absteve-se de cheirar, mas assentiu com a cabeça, beijou-lhe a mão e a manteve apertada contra seus lábios o resto da viagem, como se fosse um talismã. "Pela Gascón ou pela Potosí?", perguntou o motorista algumas quadras antes de chegar. Rímini hesitou, atordoado com o tom de superioridade que detectara na pergunta. Virou-se para Carmen, que olhava pela janela com a boca entreaberta, e a viu longe, bem longe, como se tivesse embarcado sem avisá-lo numa viagem muito solitária. "Qual a diferença?", perguntou Rímini. O motorista olhou-o sorrindo pelo espelho retrovisor. "Vá para a Potosí, meu caro: a maternidade é na Potosí."

Depois de sentar Carmen numa velha cadeira de rodas, o enfermeiro afastou-se, fazendo gemer suas solas de borracha no piso, e em seu lugar apareceu uma médica jovem que os convidou a segui-la por um corredor. Rímini empurrava a cadeira. Para ele, que pensava que esse instante era o umbral, e que a febril sequência que se iniciava ao franqueá-lo só se interromperia com o parto, o trecho foi desconcertantemente breve, apenas alguns metros desde o hall, em cujas poltronas gastas haviam esperado alguns minutos — Rímini em pé de guerra, indignado até com o passar do tempo, como se Carmen se dessangrasse à vista de todo mundo, *num hospital*, e ninguém fizesse nada do que devia ser feito; Carmen em silêncio, com a mandíbula frouxa, cada vez mais afundada na estupefação, da qual só sairia na manhã seguinte, depois de uma noite de insônia e silêncio, quando o obstetra, disfarçando sua preocupação com indiferença, pressa, tédio, como se o quadro de Carmen, com todos os seus riscos, não fosse suficientemente complexo para ser original, comunicou-lhes que o parto, quisesse Carmen ou não, não passaria daquela noite —, até um consultório do plantão, onde a duras penas cabiam a maca, um suporte de soro e uma banqueta alta, parecida com a do balcão de uma uisqueria dos anos 1970. A cadeira dificultou o traslado; as rodas dianteiras precisavam de óleo e se enviesavam, empacavam de repente, perpendiculares à direção de avanço, de modo que a três por dois Rímini tinha de parar, sacudir a cadeira com cuidado, a fim de destravar as rodas sem atormentar Carmen, e alguns metros adiante tudo recomeçava. A médica entrou no consultório e os fez passar; enquanto pendurava um estetoscópio no pescoço pediu a Carmen que se deitasse na maca e a Rímini que esperasse lá fora. Rímini titubeou: não queria perder Carmen de vista. Ajudou-a a descer da cadeira, acompanhou-a, segurando-a com firmeza, até a maca, onde a obrigou a sentar-se com uma lentidão exasperante, como se tivesse um corpo de vidro, e enquanto ela se jogava para trás, cravando os cotovelos no oleado preto, ele levantava suas pernas com as duas mãos, como um mago que prepara sua assistente para um ato de levitação. Depois de acomodá-la, Rímini virou-se e topou com a médica, que o olhava com uma espécie de enternecida intransigência. "Lá fora, por favor", repetiu. Rímini sentiu uma lufada de heroísmo estéril, a mesma compulsão para o sacrifício que costumava sentir quando menino diante de qualquer limite drástico, quando percebia que nada do que fizesse mudaria nada e então fazia tudo em dobro. Olhou para Carmen com desespero, procurando nela alguma emoção grave e evidente que justificasse seus alardes. "Vá, vá", ela disse com voz resignada.

A consulta durou menos de dez minutos. Rímini ficou montando guarda junto da porta. De quando em quando, depois de confirmar que o corredor estava deserto, colava uma orelha na porta e tentava ouvir alguma coisa. Não reconheceu nada que não fossem as batidas de seu próprio coração. Viu passar um enfermeiro empurrando duas macas vazias, uma freira de óculos, dois médicos com máscaras no pescoço e os pés enfronhados em sacos esterilizados, uma enfermeira empurrando uma cadeira com um velho que tremia dentro de um cobertor escocês e que ao passar junto a Rímini virou levemente a cabeça, tirou a mão moribunda de entre as dobras da manta e agitou-a no ar, como se cumprimentasse ou pedisse ajuda; e nisso a porta do consultório se abriu, e Rímini, que se apoiara nela por um momento, por pouco não cai de costas sobre a médica. "Vamos interná-la", ouviu-a dizer. A médica deu-lhe uns papéis. "O senhor vá com isto ao primeiro subsolo e dê entrada no processo de internação." Simples assim? Isso era tudo? Rímini quis resistir — uma reação infantil, mas que tinha sua eficácia: bastava-lhe esboçar um protesto para sentir que a situação perdia seu caráter ingovernável e se canalizava para alguma direção —, mas a médica, que já se afastava dando uns pulinhos ágeis — usava tênis, e assim que reconheceu o laranja desbotado nas bordas da sola de borracha, Rímini sentiu uma vontade incontrolável de jogar tênis numa quadra de saibro —, deixou-o gesticulando sozinho no corredor.

Entrou no consultório; Carmen estava deitada na mesma

posição em que Rímini a deixara. Tinham-na coberto com uma manta cinza, e seus braços pálidos se recortavam sobre a lã como se fossem postiços, peças delicadas de uma exibição anatômica. Tinha um sorriso de estranha quietude, o sorriso de alguém dopado, que se não sofre é porque já não sente nada, e parecia estar perfeitamente confortável, como se o estofado de oleado preto da maca, os tabiques precários ou o tubo fluorescente que zumbia no teto não fossem acessórios circunstanciais, mas detalhes amáveis de uma paisagem na qual passaria uma longa temporada. E ele, que perturbava esse estranho sossego com sua veemência... Quis se arrepender, já era tarde — atropelou a banqueta, inclinou-se sobre Carmen e tomou-lhe a mão. Surpreenderam-no a frieza, o tom azulado com que as veias sombreavam a pele branca, quase transparente. Falou-lhe em voz muito baixa, mas firme, no ouvido, como se ela estivesse muito perto e muito longe, e jurou que não sairia do seu lado, que não faria nenhum trâmite, que ficaria com ela até o médico chegar, que não permitiria que... "Vá", disse Carmen, libertando sua mão e usando-a para dar-lhe suaves palmadinhas no ombro, como se o consolasse. "Sério: estou bem aqui. Não se preocupe. Vá, passeie um pouco e depois me conte como é o hospital, tá bom?" Rímini levantou-se, meio vexado pela facilidade com que o estoicismo singelo de Carmen desbaratava seus ímpetos de superproteção. Virou-se pela última vez para olhá-la, e enquanto surpreendia em seu rosto os últimos ecos da piedade que acabava de inspirar-lhe — ele, com seu pavor, seu desamparo, sua comovente falta de solvência —, um rosário de iminências inquietantes desdobrou-se em sua imaginação. E se ele saísse e Carmen fosse levada e ninguém soubesse lhe dizer exatamente para onde, em que pavilhão, qual o número do quarto... Se saísse e Carmen fosse operada em caráter de urgência devido a uma doença que lhe diagnosticaram de última hora. Se ele saísse e Carmen fosse raptada e parisse em cativeiro e os sequestradores se apropriassem do bebê para vendê-lo. Se ele saísse e Carmen parisse sem ele e parisse um filho morto, ou disforme, ou de outro. Se ele saísse e Carmen morresse na sala de parto, longe dele, sem perceber que estava morrendo nem que ele não estava a seu lado... Rímini abriu a porta e agitou a mão lenta e melodramática, perfeitamente consciente de que se fazia o gesto durar era para que Carmen pudesse conservá-lo na memória como o último que o vira fazer, aquele que dedicaria o resto de sua vida a venerar ou a esquecer — até que ela levantou a mão, a mão leve e pálida com que pareceu esbofetear o ar, e o despachou.

Perto da entrada, um contínuo abria com fruição uma bala muito grudenta. Rímini perguntou-lhe como chegar até o guichê de internação e recebeu instruções longas, imprecisas, das quais só guardou a primeira parte: como passar do edifício em que estavam, a maternidade, para o outro, o original, de 1907, segundo o contínuo, onde funcionavam os escritórios da administração. Demorou quinze minutos para chegar. O hospital era imenso, mas suas dimensões se multiplicavam graças a um sistema de sinalização diabólico, baseado em cartazes e flechas feitas à mão, ícones pintados com marcadores com pouca tinta, folhas de computador grudadas na parede com cola plástica, algumas licenças espaciais (esquerda por direita e vice-versa) e ordinais (térreo por primeiro andar, primeiro por segundo e assim por diante) e uma cadeia de informantes humanos distribuídos ao longo de todo o trajeto, facilmente reconhecíveis por seu uniforme — regata branca, camisa de trabalho desabotoada, sandálias rústicas, algum acessório de limpeza entre as mãos e uma espécie de dialeto comum feito de grunhidos e onomatopeias —, que interceptavam o visitante, sorriam-lhe com amabilidade e o reconfortavam e depois, como se alguma beberagem nefasta começasse a afetá-los, passavam a afligi-lo com diagnósticos lapidares ("Tem que retornar e voltar para a porta por onde entrou..."), entonteciam-no com indicações contraditórias, e quando o visitante apontava alguma incongruência, livravam-se dele com impaciência, bufando, ofendidos pela ingratidão geral do mundo, e mergulhavam na ocupação imaginária da qual tinham sido arrancados. Além do mais, como nas comédias antigas, o hospital se duplicava em dois níveis, um superior, diurno, onde os pisos brilhavam, as janelas davam para a rua, os médicos falavam em voz baixa e as enfermeiras caminhavam eretas, e outro inferior, noturno, de paredes descascadas e cheiro de comida, que invertia os valores do primeiro e alojava num vasto subsolo uma população de escravos sem esperanças, enfermeiras de menor hierarquia, criadas, carregadores de macas, funcionários da cozinha, técnicos de manutenção, pessoal de segurança e de limpeza, além de toda uma fauna de marginais, pacientes crônicos ou sem recursos, vendedores de loteria e de bugigangas, gente sem teto, meninos de rua, mendigos que, burlando as autoridades do hospital ou com sua anuência, tinham se radicado naquele porão onde a temperatura, fosse inverno ou verão, mantinha-se cravada em marcas infernais. Salvo no caso dos dois atalhos que tomou — dois fiascos muito instrutivos: o primeiro o levou sem dificuldades até o necrotério; o segundo até esse inframundo último que um velho cartaz chamava de sala de máquinas —, Rímini não se perdeu. Percorreu corredores, atravessou pavilhões inteiros, subiu e desceu escadas, pegou elevadores, cruzou recepções e zonas de transição, espantado com sua própria determinação para internar-se sem tropeços nesse mundo desconhecido. Só parou uma vez, por alguns segundos, quando reconheceu, mesmo ela tendo trocado o avental branco, que levava pendurado no antebraço, por um conjunto escuro, a médica de plantão que os recebera, e num rapto de audácia insólito, do qual, por outro lado, logo se arrependeu, aproximou-se para perguntar-lhe

286

pelo estado *real* de Carmen e do bebê, ao que ela, incomodada, em parte pelo fato de ser importunada com assuntos de trabalho quando já terminara seu turno, em parte pelo tom de confidência de Rímini, que parecia ter por certo que seus diagnósticos tinham sido apenas uma fieira de falácias, respondeu com uma cascata de considerações técnicas que Rímini não conseguiu entender, mas das quais algumas expressões sugestivas — gotejamento, contrações, dilatação zero, cesárea — continuavam flutuando em sua cabeça quando retomou o caminho para o guichê de internação.

Era a hora da mudança de turno. À medida que abria caminho pelas entranhas do hospital, Rímini pensava perceber os sinais de um movimento sutil, difícil de definir, e que, no entanto, ia alterando de modo profundo a fisionomia da paisagem. Era como se pudesse ver o fluxo e o refluxo das marés no próprio momento em que se produziam. Rostos consumidos pelo cansaço cruzavam com faces louçãs, recém-barbeadas. Prontuários, guias, boletins médicos mudavam de mãos. Havia luzes supérfluas que se apagavam, deixando grandes áreas na penumbra, e os passos, antes confundidos no rumor geral, agora repercutiam com nitidez, amplificados pelo vazio. As portas eram fechadas à chave, as pessoas se despediam, os alto-falantes anunciavam o fim do horário de visitas. Rímini teve medo de chegar tarde e se apressou. Sabia que estava perto, mas não pôde evitar consultar uma mulher que punha em ordem uma pilha de papéis. "Ali, descendo a escada", ela disse. Quando chegou, quase correndo, uma mulher com uma verruga enorme num lábio bloqueava com um pedaço de papelão retangular a ranhura ao pé do guichê. Rímini agitou os papéis diante do vidro. A mulher nem olhou para ele. Cabeceou uma vez, apontando algo à direita de Rímini, e deu-lhe as costas. Rímini virou-se e viu a alguns metros de distância duas mulheres fazendo fila. A segunda escrevia sobre a coxa de uma perna que mantinha levantada no ar. Rímini não a olhou bem; limitou-se a registrar sua silhueta de garça encurvada, mas quando chegou perto aconteceu alguma coisa, a esferográfica com a qual ela preenchia o formulário parou de escrever, ou o papel se rasgou, ou seu estado civil imiscuiu-se no espaço do número de telefone, e a mulher, contrariada, fez um movimento errado e vacilou, e as fotocópias em pilha sobre as quais apoiara o formulário deslizaram uma por uma, como que se desfolhando, e caíram no chão. Rímini agachou-se para apanhá-las. Em cada folha havia um croqui desproporcional, ligeiramente disforme, como se tivesse sido desenhado pela mão de uma criança, de uma parte diferente do corpo — um rosto, um tórax, um par de pés vistos de baixo, como se estivessem parados sobre um piso de vidro — com linhas cravadas como alfinetes em determinados pontos vitais. Quando se levantou, com as fotocópias na mão, Rímini deu de cara com Sofía, que o fitava com os olhos muito abertos. "Não posso acreditar", ela disse, e começou a sorrir enquanto o olhava cada vez mais, enquanto o abarcava por completo, como uma máquina de raios X, com o olhar. "Você está gordo", disse Sofía, e repetiu: "Gordo", como se se rendesse a uma evidência estupenda. O espanto era genuíno. Rímini sentiu que o comentário, com toda a sua banalidade, arrancava-o da violência do presente do mesmo modo como devia acontecer, como ele especulava na infância, com os protagonistas de *O túnel do tempo*, Douglas e Tony, quando conseguiam, a partir da central de controle, mudá-los de época, e o transportava a esse cenário novo, austero, ligeiramente hostil, onde Sofía e ele voltavam a se encontrar como dois sobreviventes, os únicos, de um planeta extinto. Rímini sentiu-se ferido. "Parei de fumar", disse, devolvendo-lhe as fotocópias. "É incrível", disse Sofía, que não tirava os olhos de cima dele. "Por quê? É como um interruptor de luz: eu apago ou acendo quando quero." "Não, não é isso. Faz dois minutos estava falando de você, com Frida. Eu a estou internando. Ela desmaia. Caiu duas vezes no metrô. Hoje fui até a casa dela, tinha aula, ninguém me respondia. Chamei e chamei, e nada. Por sorte tinha uma chave. (Quando ela viaja sou eu que rego as plantas e dou comida aos gatos. Você deve se lembrar.) Encontrei-a caída no chão do banheiro, nua (imagine), com a ducha correndo sabe lá desde quando. Podia ter quebrado a cabeça. Nem sei se não a quebrou, na verdade. Tem um ferimento aqui e tudo preto ao redor do olho. Já iam radiografá-la. Sim, desculpe." Deu um passo à frente, sorriu para o rosto que a esperava do outro lado do guichê e deslizou uma credencial e alguns papéis pela ranhura. O empregado ficou com a primeira folha e devolveu as três peças de arte anatômica de que não precisava: um aparelho reprodutor masculino, um abdômen, uma região lombar. "Telefonei para o Nolting. Lembra do Nolting? Porque, naturalmente, ela não tem médico, nada. Frida *odeia* médicos. Como? Ah, sim, desculpe. Treze milhões, oitenta e dois mil... Não: treze milhões, oitenta e, não: oitocentos... Como pode? Não me lembro do número do meu DNI.* Treze milhões, oitenta..." Virou-se para Rímini e olhou-o, espantada. "Treze milhões, oitenta e dois mil, três, vinte e dois", ele disse, aproximando-se do guichê. O empregado olhou para ele. "Estão juntos?", perguntou, e o lápis sem ponta que a mão dele brandia foi e veio entre Rímini e Sofía. "Sim", disse Sofía. Rímini sentiu uma cálida pressão em seu antebraço e entrou numa nuvem de perfume. "Que bom: com você do lado eu poderia me dedicar a esquecer tudo." Rímini a olhou de soslaio, disfarçando. Sofia tinha o cabelo mais curto, os olhos quase sem pintura e um ar descontraído e entusiasta, como de alguém que acaba de fazer esporte. Uma crostazinha avermelhada

---

* Documento nacional de identidade. (N. T.)

aflorava no lóbulo de uma orelha, caçoando da argola que pretendia escondê-la. "Agora, faz cinco minutos", continuou Sofía.
"Não sei o que eu estava dizendo, alguma coisa sobre o quarto
(ah, sim: sobre as instruções para levantar a cama, você viu que
estão em inglês, não?), e Frida falou em você. Ela, por conta
própria, hein? Eu não tinha dito nada." Depois de carimbá-los, o
empregado guardou o original do formulário numa pasta, deslizou a cópia pela ranhura e levantou-se da cadeira. "Espere", gritou Rímini, lançando-se sobre o guichê. O empregado falou enquanto se virava: "Vocês não estavam juntos?". "Não, não", disse
Rímini, investindo contra a ranhura com seus formulários, "eu...
minha mulher está lá na frente, na maternidade. A bolsa rompeu." Rímini olhou Sofía muito rápido e teve uma visão ampliada, bem nítida, da careta de incredulidade que começava a
deformar-lhe a boca. Sentiu alguma coisa obstruindo sua garganta. E com um fio de voz conseguiu dizer: "Vou ter um filho".
A frase brotou, viajou, entrou em Sofía e mesclou-se com seu
sangue, e só quando voltou a aparecer em forma de tremor, de
palidez, do velho estrabismo que recrudescia, Rímini percebeu
que era a primeira vez que a dizia. *Vou ter um filho*, pensou. Sofía
recuou. Talvez se preparasse para fugir; talvez precisasse manter
distância para entender o que acabava de ouvir. "Não posso acreditar", disse ela. "Eu também não", respondeu. Sofía sorriu te-
nuemente, investiu contra ele e bateu-lhe no peito com a mão
aberta. "*Sem mim*. Vai ter um filho sem mim", disse enquanto
batia duas, três vezes sem força, só insistindo, como se procurasse
uma prova física, material, da aridez emocional que sempre re-
provara nele. E depois se acalmou e levantou os olhos e o fitou:
"Filho da puta", disse, "então você foi capaz". E o abraçou.

Assim, abraçados, afastaram-se do guichê. Sofía chorava;
Rímini sentia-se invadido por uma poderosa vitalidade. Tinha
vontade de correr pelo corredor subterrâneo do hospital a toda a

velocidade, como um atleta demente; pensava em todas as escadas que subira e descera e via seus pés literalmente engolindo degraus de dois em dois, de quatro em quatro, de seis em seis. Sofía chorava e enxugava as lágrimas com a manga da camisa de Rímini. "Filho da puta. Filho da puta. Sorte que estou bem", disse. "Se me dissesse isso há três meses você me mataria. Agora estou feliz. Você é um filho da puta, mas estou feliz por você. Me dá... esperança. Tudo isso é incrível. Cheguei há dois dias da Europa e vou pra lá de novo a semana que vem, hoje acontece isso com Frida e agora encontro você... Não é incrível? E estou apaixonada."

Chamava-se Konrad, era alemão, de Munique. Sofía mostrou uma foto dele enquanto entrava num elevador que Rímini não se lembrava de ter pegado: uma parede amarela com estantes, livros, máscaras, e, em primeiro plano, quase queimada pelo flash, uma silhueta que agitava a mão para a câmera, cumprimentando ou em sinal de protesto. Pareceu-lhe que era ruivo, que estava de cueca ou com uma toalha na cintura. Preferiu não perguntar. Quando as portas do elevador se abriram, depois de subir e descer alguns andares sem motivo, Konrad, que ficara órfão — uma avalanche numa estação de esqui —, fora morar com Liselotte, uma tia surda e solteira, numa mansão pomposa, mas muito decadente, no subúrbio, com treze quartos, dos quais sete eram destinados a alojar estudantes de todo canto do mundo. Sofía fizera parte da comunidade, ainda que fugazmente. Havia ancorado na casa de Liselotte — que agora, enquanto Rímini era empurrado por um hall deserto e Sofía cumprimentava com naturalidade uma enfermeira muito elegante, de touca e óculos, não apenas era surda e solteira como usava sapatos abotinados sem meias, última moda entre as lésbicas da Floresta Negra — num momento particularmente álgido de sua antepenúltima excursão com Frida, depois de abandonar o quarto de hotel que dividiam por causa de uma discussão terrível sobre a possibilidade de reabilitação, que ela, contra a opinião de Frida, considerava grande, de um dos meninos do programa de verão, que tinha a metade do corpo paralisada por uma forma pouco usual de histeria de conversão. Não era a primeira vez e não seria a última. Rímini sabia como Frida era, e sabia que ninguém que tivesse uma relação como a que Sofía tinha com ela já há quase vinte anos, um intervalo mais do que suficiente para que duas mulheres de idades tão díspares experimentassem praticamente *todas* as formas possíveis de troca afetiva, podia considerar-se a salvo desse tipo de tensão, que, longe de ser acidental, era o próprio combustível da relação, seu alimento e sua possibilidade de arder. Sofía passou apenas uma semana na Pensão Liselotte, como ela e Konrad a chamavam, já em confiança, dois dias depois de chegar. Foi uma verdadeira flechada, disse Sofía, puxando-lhe uma das mangas. Bastaram-lhe dois dias naquele casarão do final do século XIX, travar com Konrad o tipo de contato que permite a relação de anfitrião e hóspede — encontros matutinos na cozinha, ao redor do café da manhã, exame conjunto de mapas da cidade, pedido de toalhas limpas, troca de curiosidades idiomáticas dos respectivos países —, para compreender até que ponto Konrad, que era bem mais jovem que Sofía e cuidava da contabilidade da Pensão Liselotte, vivia dominado pela tia num regime quase de terror, imperceptível ou irrelevante para todos menos para Sofía — que, como Rímini sabia muito bem, tinha um faro especial para tudo o que dissesse respeito a processos subterrâneos —, e que na verdade o casarão, onde nesse momento, uma temporada não totalmente bem-sucedida, conviviam doze estudantes das regiões mais remotas do planeta, de Cingapura a Quito, de Vancouver a Atenas, com seus projetos de interiores bem cuidados, suas comidas típicas, seus discos de música bávara soando nos pequenos alto-falantes instalados nos quartos e suas rendas impecavelmente brancas, tecidas pela própria Liselotte, era um perfeito hospício. A tia lésbica e dominadora, o frágil sobrinho órfão, a casa que se apresenta como um refúgio, que recebe de braços abertos e depois se fecha como uma armadilha: Sofía viu a lógica extorsiva da situação enquanto Konrad a apaixonava com sua timidez, suas marcas de acne, suas pantufas de velho, seu peito imberbe, sua tosca, esforçada, comovente maneira de pronunciar, ou melhor, de apunhalar palavras como *Argentina, emoção, profundidade* e *entranhável*. Sim, Sofía era feliz. Precisava lhe dizer tudo o que encontrara em Konrad de Rímini, do *primeiro* Rímini? Não, não precisava, disse Rímini — e quis perguntar onde estavam, se por esse corredor com portas numeradas dos lados chegaria à maternidade, se os corpos que entrevia deitados nas camas eram de mulheres que estavam prestes a parir... Em apenas uma semana, no entanto, Sofía virara de ponta-cabeça o hospício da Pensão Liselotte. Tudo começou com um pedido inocente: que baixassem um pouco a calefação. A solicitação — que em qualquer outra das cem ou cento e vinte casas de família de Munique que alugam quartos para estudantes estrangeiros nem sequer teria sido necessária, considerando que era pleno verão e que a temperatura se mantinha numa média de trinta e dois graus, marca em que os dez por cento de calor constante irradiado pelas estufas da Pensão Liselotte se tornariam sufocantes — foi a chispa que acendeu o pavio. Embora a ideia tivesse nascido de Sofía, o responsável por transmiti-la às altas esferas não foi ela, mas Konrad, eleito como emissário por Sofía de caso pensado, devido, em parte, ao potencial explosivo da situação, como ela mesma reconhecia, porque Liselotte a intimidava, mas em parte também, e principalmente, por razões terapêuticas, para libertar Konrad do pacto despótico que sua tia lhe impusera. "Ele nunca pedira nada a ela, entende?", disse Sofía. "Uma loucura: a tia era tudo o que ele tinha no mundo, e ele nunca lhe pedira nada. E se continuasse sem lhe pedir nada ia ter de aceitar tudo o que ela lhe desse, sempre. E o que ela lhe dava? Nada. Absolutamente nada. Ou melhor, radiadores incandescentes no verão mais quente dos últimos cinquenta anos."

Foi o princípio de uma verdadeira revolução. Num primeiro momento, Liselotte negou que a calefação estivesse especialmente alta; estava há vinte anos sem tocar nos reguladores da caldeira que ardia ininterruptamente no subsolo da casa. Depois, diante da insistência de Konrad — só da insistência, porque, afinal de contas, mesmo louca, déspota e tudo o mais, ele amava a tia, e a menos que fosse questão de vida ou morte, não gostaria de ofendê-la por nada no mundo —, que lhe sugeriu que lá fora era verão e que era provável, por outro lado, que nesses últimos vinte anos a temperatura exterior tivesse variado, Liselotte, aparentemente fora de si, num estado de ira e de violência no qual Konrad nunca a vira na vida, nem mesmo quando um de seus vizinhos, um skinhead que, segundo ela, saía aos sábados de noite com seu bando de inúteis para bolinar empregadas turcas pelo bairro, assassinou, com um golpe de taekwondo, Kim, o falso fox terrier que a acompanhava há dez anos na casa, expulsou-o quase a pontapés da cozinha, depois de insultá-lo de cima a baixo e de acusá-lo de andar de agarração, às escondidas, em sua própria casa, casa da qual ele, certamente instigado por ela, criticava o nível da calefação, com uma sul-americana cuja única intenção, evidentemente, era destruir o único laço familiar que sobrevivera intacto à tragédia e, de quebra, levar à ruína ela e seu negócio. "De agarração, você acredita nisso? E nós, até aquele momento, nada! Nem um beijo, Rímini! Bom, beijos sim, houve alguns, não na pensão, mas uma vez, no cinema, vendo *Amor, sublime amor...* Uma doente, uma psicopata total."

Tiveram de parar. Transportavam alguém, uma mulher tão magra que na camisola que vestia havia lugar para mais duas como ela, e o enfermeiro não conseguia fazer a maca virar sem bater diversas vezes contra as paredes do corredor. Rímini sentiu um desfalecimento de angústia. "Preciso voltar", disse, ou deixou escapar, enquanto se virava e contemplava o fundo remoto do corredor, onde uma luz amarelada — seu último recurso — parecia enfraquecer-se lentamente. "Me dê uma mão", pediu o enfermeiro, que deixara de empurrar a maca para acomodar o soro no mastro do qual ameaçava despencar. A mulher gemeu; em seguida, como um rumor se propaga entre presos, uma cadeia de gemidos começou a brotar dos quartos. "Rímini!", gritou Sofía em tom de reprovação. Rímini começou a empurrar a maca enquanto embaralhava maneiras de declarar que estava desertando: "Eu não tenho... Deveria... Minha mulher... Maternidade...". "É o outro edifício. O novo", disse o enfermeiro no ato, como se o tivessem treinado para reagir automaticamente diante da simples menção de qualquer palavra do léxico do hospital. Rímini empurrava e apertava fortemente as pálpebras. Suas mãos suavam, soltou a alça de alumínio e apoiou-as diretamente na superfície de plástico da maca, e no caminho roçou com os dedos em algo duro, completamente morto. Abriu os olhos: era um dos pés da mulher, que o lençol, ao escorregar com as sacudidas da maca, acabara descobrindo, um pé que parecia de pedra, forrado de uma pele seca e enrugada... Rímini sentiu-se enjoado, mas em vez de afastar os olhos focou nos dedos contraídos que se apertavam todos contra o polegar, como se fugissem de um mesmo perseguidor, buscando refúgio junto a uma grande unha amarela... Levantou a cabeça, viu luz no fundo, voltava a ter esperanças. Chegaram a um hall que dava para três elevadores. Enquanto o enfermeiro manobrava e a mulher, erguendo levemente a cabeça, olhava ao redor e perguntava se essa era a sala de cirurgia, Rímini sentiu que uma mão enérgica puxava sua roupa e o afastava da maca. Uma porta se abriu às suas costas, uma nuvem de ar quente o envolveu. Quando caiu em si, descia escadas a toda a velocidade, perseguido por Sofía. "Tem certeza de que...?", ele começou a perguntar. E ela gritou "Atalho!" ou algo com a palavra *atalho*, e quando chegaram a um patamar pulou cinco ou seis degraus de uma vez e adiantou-se sem sequer tocá-lo, e abrindo uma porta — o ar frio voltou a bater em seu rosto e no peito — meteu-o num hall idêntico ao que acabavam de deixar. "É por aqui", disse Sofía. E depois, enquanto Rímini a seguia, acrescentou: "Expulsou-o". "Quê?", disse Rímini. "Colocou-o na rua. Não lhe disse que era uma psicopata? Fomos para um hotel. Coitadinho: conhecia Munique menos do que eu. Era um filhote caído do ninho. Meu Kaspar Hauser, você diria. Pode rir: Konrad era virgem. Conhece alguém que seja virgem aos vinte e cinco anos? 123, 125, 127: estamos quase chegando. E me apaixonei, Rímini. Perdidamente. Pra você eu não poderia mentir. 131... Agora não me lembro se era par ou ímpar. E o mais legal, sabe o que é? Que não conversamos. Eu quase não entendo alemão, ele não sabe uma palavra de castelhano. É como estar o tempo todo nus. Amor, Rímini. Você sabe do que estou falando. Amor puro." Sofía parou junto à porta entreaberta de um quarto. Levantou uma mão melancólica e tocou-lhe o rosto com o dorso dos dedos: "Mais ou menos como nós, um dia..., não?". Beijou-o nos lábios muito rápido, como se beija alguém adormecido que não se quer acordar, e depois, enquanto empurrava a porta com cuidado: "Ainda é virgem. Não nos animamos. E além do mais: temos tempo, não? Agora está tomando aulas de canto. Conheci-o e lhe disse: 'Você canta'. 'Não', ele respondeu. E eu: 'Não pode ser. Você tem que cantar'.". "Sofía?", chamou uma voz lá de dentro. "Venha, entre", sussurrou-lhe Sofía, arrastando-o para o interior do quarto, "vai deixá-la contente."

Lembrava dela *mais*: mais pálida, mais corpulenta, mais ameaçadora. Mas era assim que lhe pareciam a maioria das coisas na lembrança — não só Frida Breitenbach. E embora estivesse prostrada na cama, mas não totalmente deitada, porque, consciente da imagem de fraqueza que teria transmitido deitada, dera-se ao trabalho de convencer primeiro Sofía, depois a enfermeira, a levantar um pouco a cabeceira, de modo que para falar não tivesse sempre que olhar para cima, como uma agonizante, todo o seu corpo, que os anos haviam reduzido, e seu rosto machucado pelas batidas, e sobretudo seus olhos, sempre claros e vivazes, como que incrustados nas dobras da carne, e as massas flácidas nas quais seu rosto, na altura da mandíbula, parecia pender sobre o pescoço e, agora que estava meio sentada, a parte superior do peito, tudo em Frida continuava tendo a arrogância, a perspicácia maligna, a mesma sensibilidade distante, ao mesmo tempo enérgica e contemplativa, que durante doze anos tinham mantido Rímini num estado de alerta permanente, feito de doses iguais de fascínio, rejeição e prudência. Mesmo machucada, à mercê dos médicos, das enfermeiras e das máquinas de diagnosticar, três coisas nas quais nunca acreditara e que, em certo sentido, dedicara sua vida a combater, continuava sendo a mesma mulher Buda que durante anos, centro imóvel de uma galáxia de sofredores virtualmente infinita, animara as noitadas no apartamento da rua Vidt.

Rímini pôs a cabeça no vão da porta e a viu antes que ela pudesse vê-lo, ocupada que estava em fulminar Sofía, que se aproximava da cama, com um de seus célebres olhares de reprovação e desdém, relâmpagos fatídicos que frequentemente reduziam seus discípulos, e às vezes, quando por alguma fraqueza imperdoável traíam os princípios da disciplina, até mesmo seus pacientes, a um estado quase de escravidão, que podia durar meses. "Pode-se saber por quê...?", disse dirigindo-se a Sofía, e à medida que sua voz ia brotando, Rímini viu como todo seu rosto vibrava e começava a tremer, e sem dúvida ela a teria metralhado de insultos se Rímini, batendo um dos joelhos no pé da cama, não tivesse atraído sua atenção no meio da frase. Durante uma fração de segundo, Rímini se encontrou na mira de seu furor. Foi apenas um instante — menos: o intervalo entre dois instantes. Porque, assim que o reconheceu, o esgar que lhe torcia a boca desanuviou-se num grande sorriso de beatitude e Frida abriu os braços para recebê-lo. "Querido", disse emocionada, enquanto o sufocava e Rímini, por sua vez, abraçava os lados do colchão e as pontas de seus dedos se demoravam perversamente nas costuras dos lençóis de algodão. "Meu querido", repetiu, afastando-se para vê-lo melhor, e ele sentiu o mesmo perfume rançoso e úmido que Sofía o fizera sentir há dois anos, ao beijá-lo em plena rua. "O fato de você se separar desta harpia não lhe dá o menor direito de me abandonar." E em seguida, como se voltasse a si e se lembrasse de repente, ao mesmo tempo, de seu próprio aspecto e de seu senso de coquetismo: "Saia, não olhe pra mim", disse, escondendo no travesseiro a metade ferida do rosto, que Rímini, graças à luz fraca do quarto, não chegara a ver. "Devo estar um monstro." "Está doendo?", perguntou Sofía. "Não", disse Frida, "não sinto nada. Nem dor nem nada. Será assim o princípio da morte? Venha", disse, estendendo a mão para Rímini, e atraindo-o para ela, "por onde você andou esse tempo todo, pode-se saber?" Rímini sentou-se na beira da cama. Sofía respondeu: "Vai ter um filho". "Não diga bobagens", disse Frida, esbofeteando suavemente a face direita de Rímini. Rímini sentiu uma estranha inquietação: era como se Frida os tivesse fundido numa criatura única, da qual Sofía era a voz e Rímini o corpo. "Um filho? De quem? O que vai fazer com um filho, você? Tão jovem, tão inteligente, tão lindo. Vai estragar tudo por um filho?" Sacudiu-o com força; ele pensou ver em seus olhos um feroz resplendor de maldade e recuou. Frida desabou sobre a cama: começara a respirar com dificuldade. "Chame a enfermeira", disse. Sofía se aproximou: "Vamos tocar a campainha". "Vá e a chame, deixe de ser babaca", gritou Frida. Pareceu engasgar; começou a tossir. Assim que Sofía saiu, Frida ergueu a cabeça e cravou os olhos em Rímini. "Vocês eram tão bonitos. Quantos anos tinham? Dezessete? Dezoito? Lembro que na primeira vez que Sofía o levou até a Vidt eu pensei: 'São tão bonitos que seria preciso desfigurá-los'. Que idiota. Por que não fiz isso? Hoje continuariam juntos. Sangrar o justo no momento justo: esse é o segredo da imortalidade. Fiquei com pena. Sempre fui muito sensível à beleza: esse é o meu carma. Mas vocês, criminosos, o que fizeram? Decidiram ser... normais. Normais! Decidiram romper a célula, sair para respirar, apaixonar-se por outros... Medíocres. Não tinham esse direito. Eram patrimônio do mundo. Se a sociedade fosse justa, ou melhor, não justa, inteligente, digamos, os jovens deveriam ser todos escravos, escravos dos velhos, e viver submetidos aos seus olhares, seus caprichos, até mesmo à sua violência, até que o primeiro sintoma de corrupção os alcançasse. Só então seriam livres. 'Livres.' Se é que alguém que apodrece pode ser livre. Quantos anos você tem agora? Trinta? Trinta e dois? Tarde. Muito tarde", lamentou-se, e começou a bater-lhe no peito com as duas mãos. "O que você fez da sua vida, infeliz? Perdeu tudo! Desperdiçaram tudo! E agora que vai ter um filho você pensa que vai rejuvenescer, não? Que vai voltar a viver. Pobre idiota. Você renunciou por isso? Por um filho? Não há filhos, me escute bem. *Não há filhos.* Há fetos — quando você ainda tem tempo de se arrepender — e há parasitas — quando já é tarde. Quer saber onde estão escritos os próximos anos da sua vida? Nos peitos da sua mulher. Nos bicos dos peitos da sua mulher. A carne não mente. Essa carne é seu horóscopo. Lembre-se do que estou dizendo. Tudo seca, Rímini. Viu como fica uma ameixa depois de exposta ao sol? O que era polpa vira pó. O que era pele se solta e se rasga. Não sobra nada para chupar, Rímini. E a vida?, pense, então. A vida foi levada pela cria, pedaço de imbecil. Meu Deus, como puderam... Você está lindo, ainda. Poderia passar por jovem, ainda. Mas a mim você não engana. Eu o conheci quando era jovem de verdade. Eu desfrutei da sua juventude, Rímini. Muitas vezes, nos finais de ano, quando as reuniões tinham terminado e todos tinham ido embora, eu ficava deitada no sofá da sala, esgotada, e tirava os sapatos e me dedicava a recordá-los: você entrando, tão bem-vestido, tão antigo, sempre meio corado, sempre um pouco escondido atrás de Sofía, e Sofía, que aceitava escondê-lo sem pedir nada em troca, sem protestar, com seu bigodinho descolorido com água oxigenada, com sua pele suave, a melhor pele que já vi em minha vida, e assim, enquanto os recordava, me masturbava jogada no sofá, com a saia arregaçada, rodeada de pratos com restos de comida, cinzeiros cheios de bitucas, copos sujos, guardanapos com marcas de chocolate, de café, de batom — sobras tristes de uma orgia que nunca acontecera e da qual vocês dois, anjos, tinham sido meus ídolos, meus carrascos, minhas iguarias."

9.

Mas nessa noite houve um filho, um animalzinho reluzente, untuoso, roxo como uma ameixa, que despontou entre as pernas de sua mãe e deslizou com uma fluidez submarina e caiu nas mãos da parteira, e depois, enquanto Carmen, alterada pela anestesia, reclamava aos gritos que lhe dissessem de uma vez se estava vivo, foi passando de mão em mão como um objeto mágico, ou muito frágil, ou muito perigoso, até chegar aos braços do homem baixo, ligeiramente embriagado, que velaria por ele durante os trinta e cinco dias que passaria internado na sala de terapia intensiva do hospital, dormindo numa redoma de acrílico sob a radiação vermelha, vagamente marciana, de uma lâmpada duas vezes maior que sua cabeça. Não chorou, e Rímini estava atordoado demais para perguntar por quê. Resignou-se a vê-lo desaparecer com o neonatologista, como se essa operação, apesar de omitir todos os lugares-comuns que Rímini sempre associara com a posteridade do parto, fizesse parte de algum protocolo que ele desconhecia — tema central, provavelmente, de um dos capítulos do curso de treinamento para futuros pais que a chegada intempestiva do bebê abreviara —, hermético e eficaz, como qualquer protocolo imperial, e dez minutos depois, quando o viu reaparecer, já confinado em sua pequena cela transparente, Rímini sentiu as pernas bambas. Procurou algo duro em que se apoiar e apertou-o com força para não vacilar. "Auch!", gritou a anestesista. "Esse é o meu ombro!" Rímini retirou a mão e contemplou o diminuto monarca. Estava deitado de bruços, sobre o lado esquerdo do rosto; tinha os olhos extraordinariamente abertos e brilhantes. Rímini deixou-se sugar por aquelas pupilas escuras: poderia jurar que o bebê os olhava, e a profundidade e a paciência que imaginou ver nesse olhar, ao mesmo tempo inexplicáveis e ameaçadoras, intimidaram-no de um modo estranho, fazendo-o sentir que o que acabava de presenciar não era um rito comum e corrente, que a espécie humana executava a cada segundo, em todo lugar, mas algo sagrado, uma cerimônia esotérica que comprometia todos que a presenciavam a jurar alguma misteriosa espécie de lealdade ou de silêncio. Os três permaneceram assim, olhando-se imóveis por um bom tempo. Os próprios médicos baixaram a voz. Até que o neonatologista disse: "O reflexo do esgrimista". Rímini olhou-o desconcertado; o médico apontou-lhes a postura do bebê: o braço direito estendido junto da cabeça e o esquerdo colado ao corpo, a perna direita reta e a esquerda dobrada num ângulo de noventa graus. Um perfeito espadachim. "É verdade", murmurou Carmen, e levantou os olhos para Rímini para compartilhar sua comprovação. Rímini não a olhou: acabava de descobrir que aquela era a posição na qual ele dormira a vida inteira.

Nessa noite o calor foi anormal. O céu avermelhou-se de repente e prometeu uma tempestade que nunca chegou. Pouco depois se ergueu um vento suave e benéfico, a camada avermelhada que cobria a noite se dissolveu, e as estrelas brilharam. Era como se o mundo tivesse se renovado, íntegro, sem o menor alarde, imperceptivelmente, com uma boa educação espantosa. O hospital, por sorte, era tão permissivo com o regime de visitas quanto com seu sistema de sinalização, de modo que a pequena horda de parentes que Rímini avisou pelo telefone público do térreo pôde alvoroçar o quarto sem maiores impedimentos. Como era de esperar, o pai de Rímini começou a caçoar das enfermeiras, particularmente de seus uniformes, de seus sapatos bicolores, e desdobrou a cota de generosidade, entusiasmo e negligência a que seu filho já estava acostumado, só que potencializada, desta vez, pelo matiz dramático decorrente do parto prematuro e do quilo e seiscentos que o bebê pesava ao nascer. A garrafa de champanhe — de cinco litros — estava morna e sem gás, o chocolate amargo alemão era gigantesco, mas chegou completamente derretido, e as duas dúzias de nardos com as quais quase sepultou Carmen e que deixaram o quarto com um cheiro enjoativo estavam murchas, desidratadas, como se para chegar tivessem precisado atravessar um longo deserto. (Mas com que alívio Rímini suspirou quando seu pai, com um gesto confidencial, como de mafioso de bairro ou de trambiqueiro, chamou-o à parte, fechou-o no banheiro e, pondo-se de costas para a porta, de modo a travá-la e a disfarçar, ao mesmo tempo, a operação com seu próprio corpo — um esbanjamento de cautela puramente teatral, já que ninguém podia vê-los —, entregou-lhe um envelope com o dinheiro para pagar a anestesista, a parteira e o obstetra.) Depois chegaram os pais de Carmen. Choraram um pouco, desenterraram algumas histórias de infância da filha e quando estavam pensando em se instalar, a ponto de o pai já estar propondo um sigiloso raide a um quarto vizinho para munir-se de cadeiras, o entusiasmo do pai de Rímini, sempre sensível ao lado esportivo da emoção, sofreu um incremento súbito e transformou-se em euforia, uma euforia juvenil, descarada, no limite da insolência, semeada de piadas, cumplicidades, sarcasmos de atualidade, e inibiu-os tanto que os obrigou a ir embora. Pouco depois irromperam duas amigas de Carmen, carregadas com as bandejas de sanduíches de *miga** e as bebidas que Rímini, meia hora antes, pedira a elas que levassem. Comeram, beberam, riram descontroladamente. Falaram muito pouco do bebê e quase nada do parto. O pouco que se animaram a dizer — principalmente Carmen, que estava na crista de uma onda maníaca — confundia o parto com uma espécie de façanha sobre-humana. Carmen sobrevivera, o resto não tinha a menor importância. De vez em quando, menos para repreendê-los que para nuançar, porque sua presença costumava coincidir com os momentos em que os ânimos festivos cediam ao esgotamento, aparecia uma enfermeira e recordava certas cláusulas do regulamento do hospital, esticava a colcha que os visitantes tinham enrugado ao sentar-se e saía, levando o papel das flores, as garrafas vazias e os cinzeiros cheios de guimbas. Decidiram esquecer o bebê, apagá-lo, para viver a ilusão de uma noite a sós, provavelmente a última. Só assim, suprimindo por um momento o monarca, poderiam enfrentar a longa vida de súditos que tinham pela frente. E quando os visitantes se foram, o quarto ficou vazio e eles voltaram a ouvir suas próprias vozes retumbando, agora desamparadas, entre as quatro paredes, Carmen deixou-se cair na cama, e Rímini, sem tirar a roupa, deitou-se ao seu lado em sentido contrário, com a cabeça ao pé da cama e os pés na cabeceira, e ficaram um momento em silêncio, ruminando as delícias supremas do cansaço, enquanto a primeira brisa da madrugada fazia ondular suavemente a cortina da janela e trazia o som amigável de uma conversa entre médicos, um rádio, portas de armários rangendo e fechando-se. Esqueceram o bebê, e em dado momento,

---

* Tradicional sanduíche argentino, feito com pão de forma sem casca, finíssimo, preferencialmente recheado com presunto e queijo. (N. T.)

sem dizer uma única palavra, começaram a chorar juntos, exatamente ao mesmo tempo, com uma espécie de desconsolo eufórico, e lembraram-se em voz alta, com a ânsia um pouco artificial com que escolhemos alguém e criamos para ele seu primeiro passado, da imagem do príncipe esgrimista que os escrutava e lhes dava as boas-vindas de seu trono.

Era tarde, quase amanhecia quando Rímini entreabriu um olho e viu o rosto pálido de Víctor espiando pela porta. Carmen dormia. Rímini pensou estar sonhando e voltou a estreitar-se contra suas pernas, até que sentiu que lhe sacudiam um ombro. "Víctor", disse. "Que horas são?" "Não sei", disse Víctor. Abraçaram-se longamente. Víctor tinha cheiro de cigarro, de encerramento, dessa mistura sórdida que os funerais deixam na roupa. "Venha, vamos sair um pouco", disse Rímini enquanto se levantava da cama, fazendo todo tipo de contorções para não acordar Carmen. Na penumbra do corredor, ainda atordoado, Rímini pensou detectar no rosto de Víctor uma estranha tensão, o tipo de esforço que delata os maus disfarçadores. Olhou bem para ele. Estava com os olhos vermelhos, uma sombra, parecida com tinta, numa das faces. "Como foi?", perguntou Víctor, esfregando-lhe o peito com a palma da mão. Rímini, desestabilizado pelo contato, vacilou levemente, bateu com as costas na parede e voltou a sua posição original. "Bem", disse. Pensou: *Bem?* Repetiu: "Bem". Sua voz soava mecânica. "Deve ser tardíssimo. Ou cedíssimo. Não entendo como deixaram você entrar", disse. "Ele está aí, com vocês?", perguntou Víctor. Rímini negou com a cabeça. "Incubadora", disse. Víctor ouviu a palavra "incubadora" mas não se preocupou: distraiu-se. "Ainda não consegue respirar sozinho", explicou Rímini. "Há algo nos pulmões, uma membrana, não sei, que não chegou a se formar…" Ficaram um segundo em silêncio. Depois, com uma brusquidão um pouco teatral, Víctor voltou a abraçá-lo. Rímini, enojado com o cheiro de sua roupa, sentiu náuseas e afastou-se de repente, quase com hostilidade. "O que houve, Víctor?" Víctor vacilou. Rímini percebeu que ele calculava algo. "Víctor", repetiu, como se o encurralasse. "Sofía me ligou", disse Víctor. "Frida morreu. Teve um infarto quando a levavam para o raio X. Um infarto fulminante. O coração se dilacera: uma coisa horrível. Sofía estava sozinha, me ligou. Tinha que vir. Depois chegaram a irmã, alguns alunos, pacientes. E depois estávamos no bar, sozinhos, tomando café, e Sofía bate na testa e diz: 'Rímini!'. E me conta tudo. Imaginava que a essa altura o bebê já devia ter nascido. Queria vir vê-lo, Rímini. Com o atestado de óbito de Frida na mão. Disse-lhe que estava louca." "Tem razão", disse Rímini. "Vamos os dois, juntos." "Dei-lhe duas gotas de Ritrovil, meti-a num táxi e peguei outro para ela pensar que eu também estava indo embora. Três quadras depois disse ao sujeito que desse meia-volta e me trouxesse outra vez para cá. Como já me conheciam na portaria, me deixaram passar. Já decidiram como vai se chamar?"

Não, ainda não tinham decidido. E se dez meses mais tarde, sentado ao sol no terraço de um café, Rímini pudesse dar-se ao luxo de impedir, ao grito de "Lucio, não!", que Lucio — versão ufana, amnésica e particularmente obstinada do príncipe esgrimista que, com o pretexto de combater a icterícia, passara o primeiro mês de vida se bronzeando em seu solário de rodinhas — metesse na boca uma de suas típicas refeições combinadas: uma ponta de cigarro recolhida do chão, um envelopinho de açúcar rasgado, parte de cujo conteúdo já estava esparramado no peitilho de seu macaquinho, uma chupeta insossa e o ticket, já bem macerado em saliva, do café que Rímini estava há pelo menos dez minutos tentando tomar, não seria, a rigor, porque em algum momento tivessem decidido decidir, e tampouco porque ele, promotor principal do nome Lucio, tivesse conseguido impô--lo a Carmen, derrotando candidatos rivais como Antonio ou

Vicente, mas antes porque os dias começaram a passar, e o cartãozinho com moldura azul-celeste que pendia da incubadora continuava dizendo simplesmente *Rímini*, e Rímini, que costumava matar o tempo que Carmen passava fechada, tirando leite, num quartinho de terapia intensiva, entabulando conversa com as enfermeiras, com o neonatologista, com os pais dos outros bebês que cochilavam nas redomas de acrílico vizinhas, alguns dos quais, nascidos com menos de quinhentos gramas, a duras penas superavam, em tamanho, os ursinhos de pelúcia com que seus pais pretendiam animar-lhes a estadia na incubadora, começou a usar o nome Lucio de um modo casual, deixando-o escapar em meio a uma frase qualquer, como se todos eles soubessem, que eram os que mais tempo passavam com o bebê, que sempre se chamara Lucio, de modo que depois de três semanas de internação, quando Rímini e Carmen já sentiam que faziam parte de uma comunidade nova e os rituais da visita à terapia intensiva — tocar a campainha toda manhã para poder entrar, esperar, lavar as mãos com desinfetante, pôr o avental e a máscara e envolver os sapatos naqueles sacos de tecido branco — tinham se transformado numa rotina como qualquer outra, já não foi preciso que Rímini voltasse à carga para enaltecer as virtudes do nome que propunha, porque agora todos os outros membros da comunidade, perfeitos desconhecidos cujos semblantes e vozes, no entanto, acabaram por parecer-lhes mais familiares, confiáveis e amistosos que os de seus próprios pais ou amigos, chamavam-no assim, Lucio, com absoluta naturalidade, como se não existisse nenhum outro nome no mundo.

Contra seus temores, que o parto prematuro por um lado aprofundara, para Rímini ser pai resultou numa dessas faculdades secretas que, enquanto nada no mundo que nos cerca as exige, frequentemente são irreconhecíveis para nós mesmos, mas depois, invocadas — ou melhor, como ele gostava de acreditar, inventadas — pela mera existência de um estímulo exterior novo, saltam à vista e se desdobram com uma eficácia milagrosa, demonstrando a idoneidade e a gama de recursos de que pensávamos estar totalmente desprovidos. Ser pai, pensava Rímini, era algo tão arbitrário, tão sujeito a uma vontade alheia quanto falar em outras línguas — o que não era pouco para alguém que, ao mesmo tempo que deslumbrava seu pai trocando fraldas com uma única mão, com a mesma naturalidade e a mesma falta de esforço ia renunciando aos idiomas que até algum tempo antes tinham sido sua vocação, seu principal objeto de interesse e sua fonte de sobrevivência. Rímini perdia suas línguas como quem perde pele: às vezes mais, às vezes menos, um pouco todos os dias. O ardor, a princípio incômodo, não demorava a se dissipar. A pele cicatrizava, a zona em carne viva parecia ficar selada por uma camada de tecido morto. O processo, indolor, era também irreversível. Se as trinta e duas semanas de gravidez de Carmen tinham dissimulado a presença do mal, que Rímini, a partir do affaire São Paulo, passara a chamar de "meu precoce Alzheimer linguístico", relegando-o a um discreto segundo plano, tudo o que lhe sobreveio depois — o nascimento de Lucio, sim, mas principalmente a imersão de suas vidas num processo de hospitalização geral, cujas regras tiveram de aprender do zero e sofrendo, de início, como os presos com as normas do presídio no qual acabam de ser confinados, mas pelo que não demoraram a agradecer, já que tudo o que os pais principiantes normalmente aprendem com a experiência, reagindo diante de cada emergência com a qual os recém-nascidos põem à prova o equilíbrio familiar com acertos casuais ou erros catastróficos, ou então herdando-o dos que já foram pais, começando pelos seus próprios, neste caso os avós, que, é claro, dessa fase inicial da progenitura, se é que algum dia souberam alguma coisa, já esqueceram absolutamente tudo, Rímini e Carmen, por sua vez, aprenderam com o exército de profissionais com o qual conviveram durante toda a internação de Lucio — praticamente o dissipou por completo, como se tivesse sido só um sonho ruim.

Até que, numa tarde estúpida, numa dessas tardes que depois, vistas a distância, poderíamos perfeitamente capturar entre o polegar e o indicador e retirar de nossas vidas e deixar cair no fundo de um cesto, tiveram a ideia de ir ao cinema. Tinham acabado de almoçar fora. A tarde, além de estúpida, era fria e hostil. Lucio acabara dormindo contra o peito de Rímini. Deram voltas pelo centro, perdidos, como se estivessem destreinados, tomando decisões que depois corrigiam, até que sem querer toparam com os bingos, as lojas de roupas em oferta, o cheiro de fritura, as promotoras uniformizadas, os aleijados da rua Lavalle. Depois de um ano e meio de abstinência, a única coisa que viram, maravilhados quase às lágrimas, foram as marquises dos cinemas. Poderiam ter entrado para ver qualquer coisa, vítimas da temeridade, da falta de discernimento ou da gula que as pessoas normalmente exigentes contraem quando põem fim a um longo período de abstinência involuntária. Rímini, no entanto, descartou de cara os filmes de ação. Preocupava-o que, com seus quatro meses, Lucio acordasse de algum sonho voluptuoso e o mundo, reduzido ao formato de uma caixa escura e úmida, desse a ele as boas-vindas com uma rajada de metralhadora ou fazendo voar pelos ares um posto de gasolina. Depois de sucumbir às tentações fraudulentas da porta ("O mais ousado do novo cinema francês", dizia um cartaz escrito à mão), entraram numa sala decrépita, guiados pela luz do lanterninha, e fazendo ranger a velha madeira do piso e as poltronas sentaram-se em uníssono num estado de encantamento extraordinário, como camponeses transplantados à cidade grande, e quando se atreveram a levantar os olhos e viram, enorme, a imagem da criada com seu curto avental preto, de bolinhas brancas, o espanador calçado debaixo da axila, revisando a única gaveta pecaminosa da cômoda do quarto de seu patrão — o filme já tinha começado, suas mãos procuraram-se no escuro, deslizando pelo braço farpado da poltrona — Carmen sufocou um gemido de dor — e trançaram-se num abraço comovido, quase ao mesmo tempo que adiante e acima, na tela, que emitia de quando em quando uns estalos de divergência, a mulher do patrão, depois de entrar sub-repticiamente no quarto, entrelaçava seus dedos com os da criada dentro da gaveta, sobre um fundo sedoso de roupa íntima feminina. Mas de repente a imagem enchia-se de pelos, ou de minhocas, ou de riscas, e surgiam umas bolhas que inflavam, e os movimentos dos atores entrecortavam-se, como se alguém tivesse roubado as transições que enlaçavam cada gesto com o seguinte, e quando a ação entrava em sua fase culminante — a criada, depois de arrancar-lhe a cruz pendurada no pescoço, empurrava a patroa para a cama; a patroa abria as pernas, torcia a boca com uma careta rançosa e arregaçava a barra do vestido com uma das mãos, enquanto com os dedos ávidos da outra franzia a colcha florida —, a projeção parecia gaguejar e cortar-se, um quadro preto ofuscava fugazmente a história, mais riscas, mais minhocas, mais pelos, batidas — como se alguém cuspisse muito perto de um microfone —, e quando algumas formas mais ou menos reconhecíveis voltavam a desenhar-se na tela, um pouco apressadas, como se tivessem consciência da emergência que vinham conjurar, o tempo já passara, a história seguira seu curso — uma chaleira assobiava, um banhista de calção patrulhava uma praia, dois homens brindavam num restaurante cheio de plantas de plástico, saía o sol ou caía a noite, um semáforo mudava do verde para o amarelo, alguém tirava um terno cinza de um cabide. Rímini, que em qualquer outra circunstância — e por muito menos — teria corrido para a bilheteria para exigir a devolução do dinheiro, acomodou-se na poltrona, sentiu como o peso de

Lucio se dissolvia no bem-estar de seu próprio corpo, saboreou o calor, o encerramento e o perfume vencido do cinema como se fossem privilégios e entregou-se à marcha errática da projeção, cujos contratempos pareciam-lhe tão encantadores quanto as imperfeições de uma arte primitiva.

Nem mesmo percebera que o filme era em francês. Só soube disso quando a imagem, bruscamente desenquadrada, extraviou suas duas linhas de legendas na base preta da tela. Notou, então, que tudo o que entendera até esse momento fora graças às legendas. Sem elas, sozinho com as vozes que falavam, que continuavam falando em francês, Rímini descobria que a língua já não lhe dizia absolutamente nada. "Enquadramento!", gritou alguém duas filas à frente. Rímini olhou para Carmen. Seu rosto impassível desesperou-o. "Como...?" Era óbvio: Carmen entendia sem precisar ler. O órfão era ele; ele, só ele, era quem estava perdendo tudo. Levantou-se, esquivou-se de alguns joelhos, de uma bolsa aberta, de um guarda-chuva, deslizou pelo corredor até as finas risquinhas de luz que se abriam entre as portas, saiu — o vendedor de guloseimas olhou-o com um espanto bovino, em câmera lenta — e dez segundos depois, abraçado ao filho adormecido, chorava aos gritos num dos compartimentos do banheiro, contemplando, como se através de um pára-brisa chuvoso, a furtiva inspiração rupestre que deixaram gravada na porta: um pau amplo, visto de frente, de cuja glande, apontada para Rímini, brotavam umas gotinhas de esperma que se uniam e desenhavam um número de telefone.

Foi uma crise pontual, dessas que explodem e se resolvem no mesmo segundo. Lucio, incomodado ou talvez contagiado, começou a chorar também, e Rímini se conteve, envergonhado, possivelmente, ou como se — de acordo com uma regra misteriosa, que ninguém lhe impusera, mas que acatava como se fosse sagrada, porque a incluía numa série de instruções e proibições ao mesmo tempo vagas e peremptórias que se apresentavam a ele toda vez que pensava na paternidade — já não houvesse espaço para que um pai chorasse ao mesmo tempo que seu filho. Sentiu saudade, saudade e medo. Que mais?, perguntou-se. Que outras coisas não faria mais diante do filho? A que espécie de clandestinidade fora condenado? Foi a última crise. Quando saíram do banheiro, Lucio já sorria. O filme tinha terminado. Carmen dava voltas pelo hall com ar inquieto — só percebera que a tinham deixado sozinha quando as luzes da sala foram acesas novamente —, enquanto dois ou três masturbadores vespertinos revoluteavam como corvos ao seu redor. Rímini viu como as gengivas sorridentes e rosadas de seu filho iluminavam num segundo o rosto da mãe e teve a impressão de entender pela primeira vez, na própria carne, como se diz, o sentido da expressão "carne da minha carne", que antes, embora atraente, sempre o mantivera a distância por seu caráter vagamente religioso. Mas o que pensou ter entendido não foi o sentido corrente da expressão — a co-carnalidade óbvia que une um filho a seus pais biológicos —, mas algo mais secreto e tortuoso, ou, em todo caso, mais inesperado: que o mero fato de juntos terem concebido um filho condenava-os, Rímini e Carmen, a compartilhar uma mesma carne, de modo que, a partir dali — Rímini sentiu uma vertigem fugaz, não totalmente desagradável —, toda ação que Lucio exercesse sobre Carmen teria efeito também sobre Rímini, e toda ação exercida sobre Rímini afetaria igualmente, e ao mesmo tempo, Carmen.

Todo um mundo novo se desdobrava diante dele e o envolvia, obrigando-o a aprender e a submeter-se a uma infinidade de leis desconhecidas. Como ficavam longe as palavras, os idiomas, as horas gastas entre dicionários! Era como se tudo isso pertencesse não a outro tempo, mas a outra vida… Rímini decidiu se render. Continuou se esfolando, sim, mas já não se importou com isso, e os últimos trapos de línguas que deixou pelo caminho desapareceram em silêncio, quase sem que ele percebesse, tão imperceptíveis quanto os milhões de células que o corpo deixa, toda noite, aderidas aos lençóis, carne-cadáver, com efeito, porque o fato de que ao despertar o corpo continue vivendo com toda normalidade sem elas prova que eram totalmente supérfluas. Carne da minha carne.

Embora estivesse a zero, Rímini sentia-se magnânimo, superior, invulnerável. Quatro meses depois do nascimento de Lucio, Víctor, recém-saído do hospital onde voltara a submeter-se à sequência de exames que ao menos duas vezes por ano o mantinha quinze dias apreensivo, anulado para qualquer coisa, trabalhar, ter vida social, até mesmo comer, menos para a prática do sexo, que, paradoxalmente, costumava alcançar nesse intervalo de tempo picos de frequência, variedade e intensidade raríssimos nele, passou a visitá-los e, aproveitando uma distração de Carmen, sem dizer palavra, soltou nas mãos de Rímini, como se ardesse, um pacote pequeno, luxuosamente embrulhado. Rímini reconheceu de imediato *a mão de Sofía*, como num primeiro momento, encurralado por suas cartas, suas notas, suas mensagens escritas, denominara mentalmente a letra de Sofía e como depois, com o correr do tempo, acabara denominando o modo inconfundível como Sofía se fazia presente em sua vida mesmo de longe. Desta vez, para seu espanto e alegria, não sentiu a menor aflição. Reconheceu a mão de Sofía na prudência e na dissimulação de Víctor, naturalmente, mas também, especialista no assunto, agora, nesse setor da indústria que figura nas listas sob o título "artigos para bebês", no estampado do papel que envolvia o presente, o tipo de papel que só era usado na loja mais cara da cidade, a única, por outro lado, onde Sofía teria pensado em comprar algo para o filho de Rímini. Desta vez Rímini não tremeu, nem teve taquicardia, nem sentiu que sua boca ficava seca.

Carmen reapareceu no aposento e surpreendeu-o com o pacote nas mãos. Enquanto Víctor, para disfarçar, concentrava-se no exame de um chocalho-elefante, Rímini olhou para ela sem medo. Sentia-se preparado para enfrentar qualquer coisa. Carmen olhou o pacote. "Sofía o mandou?", disse. "Sim", respondeu Rímini. "Abra, o que está esperando?" "Isso, abra", disse Víctor, com a soberba do absolvido. "Ligue para ela, por favor, e agradeça", acrescentou Carmen. Rímini rasgou o papel e abriu a caixa: eram uns tênis diminutos, azuis, de lona, muito elegantes. Carmen trouxe Lucio no carrinho e provou-os, enquanto o menino olhava os pés com uma curiosidade deslumbrada, como se tivessem crescido enquanto dormia. Rímini apertou com cuidado a ponta de borracha; pareceu-lhe que eram enormes. "Perfeitos", disse Carmen, "vão durar bastante", e, virando-se para Rímini, ameaçou: "Se você não ligar para ela, ligo eu. Não quero ficar mal com ela, o.k.?".

Perfeitos. Preso no arnês do carrinho, Lucio protestou. Todo o seu corpo se arqueou, como se tivesse sido sacudido por uma descarga elétrica, e bateu contra o encosto acolchoado, e seus pequenos pés azuis se debateram no ar. Antes que explodisse na nota grave e contínua com a qual costumava fazer valer seus direitos, Rímini fez desaparecer o envelope de açúcar, a ponta de cigarro e o ticket e voltou a enfiar-lhe a chupeta na boca. Deu uma olhada no interior do bar e olhou para o relógio: Sofía estava atrasada doze minutos. Teve dois impulsos fortíssimos: fumar, tirar os tênis de Lucio e escondê-los no bolso. Carmen, com essa deferência desconcertante que as mulheres só desdobram entre mulheres, não importa o grau de rivalidade ou de desconfiança que as separe, teimara em aproveitar o encontro para estreá-los. Foi descartando as opções de sapatos que Rímini lhe propunha sem sequer dignar-se a avaliá-las, assentindo vagamente com a cabeça, enquanto seus dedos, com uma indiferença soberana, deleitavam-se trançando os cadarços dos tênis azuis, e Rímini percebeu que essa teimosia era, no fundo, uma forma sutil de retribuição, ou seja — de algum modo estranho que a etiqueta feminina certamente devia contemplar em alguma de suas cláusulas —, uma forma civilizada de saldar a dívida que o presente lhes dera. Mas fazia calor, e se Sofía não aparecesse — quinze minutos — a manobra perderia todo o sentido. Algumas mesas adiante, um garçom oferecia cigarros a um casal de estrangeiros. Rímini viu a franjinha ocre dos filtros, as volutas de fumaça desfazendo-se no ar, a elegante desenvoltura, ao mesmo tempo cotidiana e excepcional, que o cigarro conferia aos dedos que o manipulavam, e sentiu uma nostalgia incurável.

Resistiu. Procurou algo para distrair-se e pensou em Sofía, em como ficaria decepcionado se ela não comparecesse ao encontro. Rímini acabara ligando para ela, nem tanto pela ameaça de Carmen, mas por uma necessidade pessoal, muito mais urgente: queria testar sua própria invulnerabilidade; testá-la não com o pensamento, para si, como já fizera mil e uma vezes, mas diante de Sofía, na presença da única pessoa diante da qual valia a pena ostentá-la, porque era a única que podia pulverizá-la. *Ela não virá*, pensou. Odiava esse bar. Odiava sua presunção, seus revestimentos de madeira falsa, o modo como os garçons torciam o nariz para aqueles que, como Rímini, não eram fregueses habituais. Sofía o havia proposto, e Rímini aceitou sem discutir, com a mesma despreocupação com que aceitara ligar para agradecer o presente e a mesma magnanimidade, tão dócil e calculada, com que lhe respondera que sim, que iria com Lucio, para que ela finalmente pudesse conhecê-lo. Se Rímini concedera tanto era porque tinha tudo, e por sentir que cada concessão o fortalecia. Mas agora que Sofía não chegava, toda a sua força, a sua imunidade, o seu prestígio de pai, tudo o que, ao separá-lo de Sofía para sempre, pensava, o livrara da necessidade de fugir dela — tudo isso se tornava fátuo e ridículo, como os músculos e a resistência e até a roupa nova que o ginasta exibe quando lhe comunicam que a prova para a qual se preparou durante meses foi suspensa. Rímini sentiu uma onda de ódio e olhou ao redor, ávido por vingança. Olhou outra vez o relógio: vinte e dois minutos. Uma mulher brasileira lançou uma longa gargalhada de fumante e agitou suas pulseiras de ouro, que soaram como cincerros; um conversível amarelo passou a toda com o escapamento aberto; perto, perto demais, dois homens de camisa azul, gravata e suspensório gritavam ordens da bolsa de valores ao celular. Rímini levou a xícara de café aos lábios e soube que o encontraria morno. Não chegou a tomar; Lucio, com um tapa eufórico, interceptou a xícara no meio do caminho e virou-a sobre suas calças e sua camisa. Rímini ficou imóvel, olhando alternadamente para as manchas que cresciam em sua roupa e para o sorriso extático de Lucio, que as apontava com um espanto radiante. *Tudo bem*, pensou, como se acabasse de cruzar um limite, *vou voltar a fumar*. Viu o garçom que oferecera cigarros ao casal de turistas e fez-lhe sinais. Tinha olhos muito separados, como de tubarão, e uma verruga na face. "A conta?", perguntou o garçom, enquanto avaliava disfarçadamente os estragos na roupa de Rímini. "Não", disse Rímini. "Queria um cigarro." O garçom apanhou um maço do bolso do colete, fez despontar um cigarro sacudindo de leve o maço no ar e imobilizou-o quando ficou com meio corpo para fora. Rímini estendeu a mão e pensou outra vez. Olhou o relógio — vinte e cinco minutos — e disse: "É, tá bom: traga a conta".

Acendeu o cigarro e soltou a fumaça em seguida, como se reservasse o momento de tragá-lo para depois, quando o paladar e a língua, após um ano e meio de abstinência, já tivessem se familiarizado novamente com sua ardente comichão. Deu mais duas pitadas, curtas; formando um o com a boca, exalou uma longa caravana de anéis que Lucio viu passar diante de seus olhos, primeiro atônito, como se descobrisse um novo tipo de desenho animado, depois com repentina hostilidade, decepcionado com a indiferença com que o tratavam aquelas criaturas circulares, de modo que acabou por afugentá-las com a mão. Rímini riu. Voltou a tragar e soltou uma nova série de anéis, desta vez apontando para a cara do menino. Lucio freou o primeiro contingente com a palma da mão aberta, onde os anéis rebentaram; o segundo, ligeiramente desviado, desfez-se contra o encosto acolchoado, e os dois seguintes bateram direto em seus olhos. Lucio apertou as pálpebras. Ficou desesperado: os anéis de fumaça eram rápidos demais para que pudesse interceptá-los. *Em cinco segundos ele explode*, pensou Rímini. Pitou outra vez; prometeu a si mesmo que seria a última, que depois, por fim, tragaria a fumaça, e quando começava a inflar a boca para fabricar a última rajada de disparos, uma mão rápida e decidida irrompeu em seu campo visual e, cruzando-lhe a frente, arrancou-lhe sumariamente o cigarro dentre os dedos. "Que crime", disse Sofía, sentando a seu lado, entre ele e o bebê, e esmagando o cigarro com o pé. Rímini seguiu a operação; chamou-lhe a atenção que a botina de Sofía não estivesse amarrada com cadarços, mas com um pedaço de corda suja que começava a desfiar. "Criminoso, débil e estúpido, Rímini: depois de um ano e meio sem tocar num cigarro!", irritou-se Sofía. Seu antigo estrabismo havia recrudescido. Cravou os olhos em Lucio e comentou: "Então este é seu tesouro. Não vai nos apresentar?". "São três e vinte e cinco, Sofía", disse Rímini. "É", ela respondeu, "tive alguns problemas de vestuário. Eu ainda me visto para vê-lo." E, como quem dá por terminada a parte adulta do prólogo, virou-se para Lucio: "Oi, Lucio. Você sabe quem eu sou, né? Imagino que seu papai falou de mim pra você". O menino limitou-se a olhá-la com uma vaga curiosidade. "Sou Sofía. So-fía", disse, introduzindo um dedo manchado de tinta entre os dedinhos do menino e obrigando-o a agarrá-lo. "Sou a mulher que ensinou ao seu pai tudo o que ele sabe." Virou-se para Rímini: "Shh. Uma brincadeira, tonto. Uma brincadeira boba. Não o superproteja: ele entende perfeitamente as brincadeiras". Virou-se de novo para Lucio, cujos olhos viajavam de seu rosto para suas mãos, para esse enorme dedo-tronco ao qual se abraçavam seus dedinhos náufragos. Sofía estendeu a mão até sua cabeça, a mão tremeu, correu paralela aos finos fios loiros, sem se atrever a tocá-los, e desceu por uma face que tampouco chegou a tocar. "Você é lindo", disse. Lucio festejou ter recuperado seu dedo enfiando-o no nariz. "Lindo, branquinho. E esquivo. Como o papai. Não posso acreditar que lhe deram o nome de Lucio. Foi ideia dela, não? Uma ideia triste da mamãe, não? Diga a verdade, vamos. Olhe, pra Sofía não pode mentir, hein? Não acredita em mim? Pergunte ao papai, se não acredita em mim."

O garçom aproximou-se; Sofía o afugentou sem falar, sacudindo a mão com desdém. "Não vai tomar nada?", perguntou Rímini. "Nem pensar", disse ela. "Este lugar é um roubo." Apanhou sua bolsa do chão e quis abri-la; o fecho ofereceu resistência. "Por que marcou encontro comigo aqui, então?", disse Rímini. "'Marcou encontro comigo'?", ela repetiu, um pouco escandalizada. Fitou-o com uma piedade altiva. "Quem ligou para quem, Rímini?" Forcejou um pouco, conseguiu abrir a bolsa e apanhou um frasquinho com cápsulas. "Eu", ele disse, "mas você escolheu este lugar." "Foi o único que me veio à cabeça. Isso é crime?" Houve um segundo de silêncio. "Estava nervosa. Além disso, se alguma vez você propusesse algo, não teria tantos motivos para se queixar." Sofía abriu o frasquinho, jogou cinco cápsulas na tampa — a operação devia ter emitido um sinal secreto, perceptível apenas para a vista infantil, porque Lucio interrompeu o que o mantinha ocupado, tratar de enfiar um dedo dentro do ilhós de seu tênis direito, já ocupado pelo cadarço, para supervisioná-la com grande interesse, completamente ereto no carrinho — e depois de contá-las jogou-as debaixo da língua. "Continua com o súlfur?", Rímini perguntou. Mais uma vez ficou maravilhado com a concentração que Sofía punha num processo — dissolver os glóbulos na saliva — que, químico como era, não a requeria para nada. "Hm, hm", ela negou com a cabeça. E, à guisa de explicação, inclinou-se junto dele e apontou algo em sua própria testa. Rímini viu apenas uma espessa camada de maquiagem estriada por algumas rugas paralelas. "O quê?", disse. "Hm", ela repetiu, e raspou levemente a zona com uma unha — Rímini notou que ela voltara a mordiscar as cutículas —: parte da cobertura rosada soltou-se e apareceu uma cadeia de pequenos grãos brancos, dispostos de maior a menor, como um disciplinado cordão montanhoso. "E você perdeu as aftas, milhões. Toda a minha boca era uma grande chaga branca", disse Sofía. Deu por concluída a exibição e endireitou-se na cadeira. "Mas está tudo bem. Sair, já saiu tudo. Agora *algo* tem que entrar."

Rímini sentiu um calafrio fugaz. Ouviu aquele *algo* e um sino velho, cansado mas ainda alerta, retumbou em seu coração, alarmado pela desproporção que havia entre a timidez da palavra e a voracidade que espreitava atrás dela. Algo, perto, rangeu. Imaginou que era o assento de vime de sua cadeira. Já era tarde. Rímini evitou a sombra ominosa de Sofía e procurou Lucio com os olhos. Muitas vezes o imaginara em perigo, à mercê de uma doença, de uma tomada diabólica ou de um cachorro com raiva, mas em todas essas cenas macabras Rímini sempre costumava irromper no final, quando a tragédia era iminente, como os super-heróis de gibis que haviam administrado suas emoções ao longo da infância. Agora, pela primeira vez, pensava no filho como em alguém — o único — que podia salvá-lo. Percebeu que estava assustado. Lucio, que encarava todas as expressões do pai como variantes de uma única, a desajeitada, inofensiva ternura, olhou-o, inflou as bochechas e orvalhou-o com uma salva de gotinhas de saliva. Sofía propôs que fossem dar uma volta e levantou-se no ato, como se a menor delonga lhe fosse intolerável. Rímini permaneceu sentado, procurando a carteira para pagar, e quando se virou para ela viu, quase sem querer, que estava com o forro da saia descosturado e tinha dois grandes buracos nas meias.

Duas quadras adiante, Sofía continuava raspando as paredes com o flanco do corpo. Começara a chorar. Era um tipo de choro curiosíssimo, que Rímini nunca vira antes, nem nela, durante os longos anos que tinham compartilhado, nem em ninguém: seu rosto estava completamente seco, e de repente, numa hemorragia instantânea, estava encharcado de lágrimas. Chorava e sorria, transtornada. "Não ligue pra mim", disse, escondendo a boca atrás de um lencinho que parecia de boneca, como se lhe faltassem dentes. "Sou um ser emocional. Vejo você empurrando esse carrinho... Teve um filho com outra, é um traidor. Um filho da puta traidor. Mas agora pelo menos sei que quando o imaginava como pai dos meus filhos não estava errada. Você fica bem de pai." Chegaram a uma esquina. Rímini parou o carrinho na beirada do meio-fio, suspendeu no ar as rodas dianteiras e desceu deslizando-o sobre as traseiras. Sofía aplaudiu sua perícia enquanto começava a atravessar a rua. Rímini viu com o rabo do olho o vulto de um bólido amarelo e preto despontando pela ladeira da Ayacucho, mas a única coisa que fez foi abrir a boca. Uma mulher que atravessava ao lado de Sofía segurou-a pelo braço com suavidade, sem assustá-la. O táxi passou a meio metro, dando uma longa buzinada de reprovação, mas Sofía se fez de desentendida. Atravessaram. O anjo da guarda de Sofía adiantou--se, virou-se disfarçando e fulminou Rímini com um rápido olhar acusador. Rímini olhou para o relógio e sentiu-se em perigo. Tinha pela frente — quanto: quinze minutos? Meia hora de tortura? Mas virou-se para Sofía, viu-a revolutear ao redor do carrinho, aproximar-se e afastar-se de Lucio, desaparecer de sua vista e surpreendê-lo de repente, beliscar-lhe um pé, a barriga, a bochecha, e envergonhou-se de ter medo. Agora Sofía afundava um dedo no umbigo de Lucio e lhe arrancava gargalhadas. *Talvez, no fim das contas...*, disse para si, reconfortado por uma onda de otimismo. Pensou em sua rigidez, em como lhe custava admitir que os acidentes das coisas participavam das coisas e que a lógica das coisas era a descontinuidade, o vaivém, a alternância ritmada de momentos acidentais mais ou menos arbitrários e momentos de estabilidade mais ou menos previsíveis. Talvez, no fim das contas, do outro lado daquilo que ele chamava de *tortura* houvesse sempre outra coisa, não mais tortura — como tendia a pensar, preso à crença de que o movimento interno das coisas obedecia somente a dois parâmetros, diminuição e incremento —, e sim, por exemplo, remansos de sossego e felicidade, cenas bucólicas, epifanias de uma harmonia escandalosamente burguesa, como a que agora via. Reanimou-se. "Vamos tomar um sorvete?", propôs com ênfase, com o ímpeto teatral, um pouco deslocado, com que sempre tentava compensar sua falta de iniciativa. Sofía sacudia um molho de chaves entre as mãos desesperadas de Lucio. "Podemos nos sentar aqui, na calçada...", acrescentou. Sofía franziu o cenho e olhou o relógio. "Você tem alguma coisa pra fazer?", Rímini perguntou. "Alguma coisa...", ela murmurou, perdida, enquanto Lucio, triunfal, puxava a chave que conseguira capturar. Uma ideia, de repente, pareceu alentá-la. "A não ser que você me leve", disse. "Para onde você vai, depois?" "Para casa", ele respondeu. "Vai pegar um táxi?" "Acho que sim", ele disse, um pouco desconcertado. "Então, tá", ela disse, e sorriu e deu um puxão nas chaves, e Lucio ficou com as mãos juntas e estendidas para ela, numa pose de súplica ou de veneração, como se estivesse adorando um deus ausente.

A sorveteria estava deserta. Rímini quis pagar. Sofía hesitou entre formatos e preços enquanto o caixa, um homem compreensivo, com um moderado instinto musical, tamborilava sobre as teclas da registradora. Decidiu-se por um copinho intermediário, mas alguns segundos depois, confrontada com o tabuleiro de sabores, a variedade, embora reavivando o fantasma da indecisão, pareceu infundir-lhe uma certa lucidez retrospectiva e arrependeu-se, e Rímini acabou por ceder-lhe sua casquinha. Eram os únicos clientes, de modo que foram atendidos ao mesmo tempo. Mas quando Rímini decapitou seu cume de limão com o canto da colherinha de plástico, Sofía ainda estava de mãos vazias, ensimesmada em seu quarto ou quinto dilema — creme russo ou *zabaione* —, e o empregado da sorveteria a contemplava com uma paciência profissional, as duas mãos apoiadas no balcão de alumínio onde os tambores, que Sofía o fizera destampar um por um, ofereciam uma paleta de aquarelas comestíveis. "Ai, não sei", disse, e virou-se para Rímini. "O que você pediu?" "Limão", disse Rímini. "Só limão?", disse ela, lambendo de lado a encosta que Rímini tinha reservado para mais tarde. "Só." "É verdade, você sempre foi supertedioso com os sorvetes", disse ela, e virou-se novamente para o empregado e disse: "Limão. Só limão, por favor". Sentaram-se do lado de fora, ao sol. Rímini terminou seu sorvete primeiro, como de costume. Não era um problema de voracidade; de fato, ninguém que comesse com ele percebia *durante* a refeição a velocidade com que liquidava seu prato. Era, antes, uma constatação retrospectiva: num momento viam-no saborear, deixar o guardanapo sobre a mesa ou cruzar os talheres no prato, e percebiam que, além de falar, Rímini comera, e que a cada garfada que eles levavam à boca ele devia ter levado no mínimo três. Rímini levantou-se para jogar os guardanapos com que limpara a boca de Lucio, em cujo planeta linguístico, ao que parece, engolir e cuspir pertenciam a uma nova raça de sinônimos. Calculou — velha deformação sentimental — em que fase do sorvete Sofía estaria, e quando deu a olhada de praxe, fugaz, mas certeira, viu que estava intacto: tinha a mesma forma com que o haviam servido, mas o sol, ao derretê-lo lentamente, apequenara-o, transformando-o num sorvete liliputiano. Fios de limão líquido brilhavam na mão de Sofía e melavam o punho de sua camisa, a manga do casaco, a saia, mas tudo isso parecia acontecer longe, muito longe dela. Estava imóvel, rígida como uma inválida; a mão que segurava o sorvete parecia de pedra. "Não vai tomar?", perguntou Rímini, pensando que se a interpelasse casualmente, como aconselham fazer com os sonâmbulos, a tiraria do transe sem constrangê-la. Sofía piscou, sacudiu um pouco a cabeça, olhou atordoada, como se o visse pela primeira vez, o cone de limão que ia se liquefazendo em sua mão, e levou-o à boca com um gesto automático, resquício de um hábito que um dia, em outra vida, soubera praticar conscientemente. Mas errou, e o sorvete bateu num canto de sua boca e deixou-lhe um floco que se manteve ali por um instante, fulgurando ao sol, instável, até que começou a escorrer para o queixo. Rímini estendeu a mão e parou com um dedo a esteira de limão. Então Sofía sorriu com uma felicidade instantânea — o sorriso de uma bela adormecida despertada pelo desejo e pelo rancor — e interceptou sua mão justo quando ele tratava de retirá-la. "Eu estava pensando...", ela começou a dizer, mas como fazia um tempo que não falava sua voz saiu opaca e áspera, irreconhecível, e ela parou para limpar a garganta: "Lembra a que horas Lucio nasceu?", perguntou. "De madrugada", disse Rímini. "Mas quando? A que horas?", ela se impacientou. "Às duas e vinte da manhã." "Eu sabia", disse, triunfal. "O quê?", Rímini perguntou. "Frida morreu na mesma hora."

Então foi retomada a temporada do soluço, e o lencinho bordado reapareceu, com os restos de lágrimas e mucos que enxugara durante a crise anterior, e o choro chamou o soluço e o soluço o engasgo e a tosse, e de repente Rímini viu-se dando palmadas nas costas encurvadas de Sofía, primeiro com uma só mão, depois com as duas, menos para consolá-la do que para frear o porvir convulsivo que via avizinhar-se, enquanto sentia que um exército de nuvens ameaçadoras encapotava a tarde — nuvens na verdade pessoais, porque o sol, embora enfraquecido pela hora, continuava brilhando, e o céu continuava sem uma única mancha. Lucio, num misterioso surto de euforia, festejava a apoteose de lágrimas esmurrando o acolchoado do carrinho. Rímini, querendo aliviá-la, tentou fazê-la ser razoável. Com minuciosa frieza, como um cirurgião, decompôs essa coincidência num punhado de elementos banais, completamente irrelevantes, pensando que assim neutralizaria sua dramaticidade, mas seus argumentos chocaram-se um após o outro contra a cortina de pranto que velava os olhos de Sofía. Então se lembrou de uma frase: *Não tente me convencer de que não estou sofrendo.* Um clássico de Sofía: um desses estilhaços que o amor esculpe e deixa cravados num órgão a que só ele tem acesso, de modo que sobrevivem a tudo, até mesmo à extinção do amor, e passam a ser essenciais para o organismo onde se incrustaram, a tal ponto que ninguém pode retirá-los sem pôr em risco a vida de seu portador. Mudou de tática e decidiu distraí-la. Porque há estados de alma tão incandescentes que abordá-los é simplesmente renovar seu ardor e arder, alimentar sua capacidade de fogo e danar-se; só é possível, então, afastar o olhar, olhar para outra coisa, fazer de conta que ainda resta algo no mundo que as chamas não consumiram, até que o tempo, única força realmente invulnerável, capaz de afetar sem ser afetada, faça seu trabalho e o que era brasa viva seja por fim o tênue eco de um calor, uma cinza inofensiva.

Rímini conseguiu que ela renunciasse ao sorvete, àquela repulsiva polpa pegajosa em que se transformara, e esteve a ponto de fazê-la rir quando foi jogá-lo fora e sacudiu a mão, e o sorvete, impassível, ficou grudado em seus dedos como uma grenha. Sofía distendeu-se, e Rímini aproveitou e disse que estava com frio e obrigou-a a levantar-se do banco e a continuar caminhando, com o pretexto de mostrar-lhe algum achado arquitetônico do bairro de que gostava particularmente. Sofía não aceitou, mas tampouco ofereceu resistência. Seu rosto voltava a secar-se com aquela rapidez arrepiante. Até que apoiou uma das mãos no cabo do carrinho e perguntou: "Posso levá-lo um pouco?". Rímini ouviu-a e sentiu que ressuscitava. "Pode, claro", disse. E depois de um silêncio: "Preciso treinar", Sofía disse. Olhou-o com descaro, procurando confirmar em seu rosto o efeito da frase. Rímini sorriu e afastou os olhos, mas depois de alguns segundos começou a observá-la dissimuladamente, sem que ela percebesse. Parecia um milagre: estava restaurada, caminhava muito ereta, a cabeça altiva, com uma elegância desafiante. "É fácil", ela disse. "Como fico?" Rímini sorriu outra vez, mas não respondeu. Lucio, por sua vez, virou-se, ficou de pé no carrinho, preso ao cinto de segurança que gostava de morder com o fio de suas gengivas, e aprovou com um amplo sorriso seu novo motorista. Sofía aproximou seu nariz do de Lucio. "Ei? Bebê? Como estou? Não é verdade que fico bem?", disse, enquanto lhe propunha um toque de esgrima nasal. Mas Lucio tinha sérios problemas de reciprocidade: devolver-lhe algo era desanimá-lo. De modo que ignorou a oferta de brincadeira e cumplicidade e desabou em seu trono semeado de migalhas. Rímini, que se sentia responsável pela ressurreição de Sofía, animou-se a ir um pouco mais longe. "Como vão as coisas com seu alemão?", perguntou. "Meu alemão", ela repetiu, rindo. "Como se chamava? Kurt? Karl?" "Rímini." "O quê?" "É o primeiro homem com quem eu fico desde que nos separamos, e você não se lembra do nome dele." "Isso é ruim?" "Não, não é ruim", disse Sofía, "não acredito em você." Houve um silêncio. Cruzaram com outro carrinho, e Lucio e seu colega, um bebê gordo que chupava prazerosamente a orelha roída de um urso de suspensórios, seguiram-se atentamente com o olhar enquanto se afastavam, como se avaliassem se a amizade que estavam descartando valia ou não a pena. "Kantor?", arriscou Rímini. "Konrad", disse Sofía. "Bom: era com K", ele se defendeu. "Continua sendo alemão, mas receio que já não seja meu. Se é que algum dia o foi, claro." Rímini se amaldiçoou — abrira a porta errada. Mas a maturidade meditada com que Sofía começara a falar no assunto tranquilizou-o, e em vez de recuar deu outro passo à frente. "Estão separados?" "Não exatamente. Ninguém *se separa*, Rímini. As pessoas se abandonam. Essa é a verdade, a verdade verdadeira. O amor pode até ser recíproco, mas o fim do amor, não, nunca. Os siameses se separam. Mas não se separam, tampouco: porque sozinhos não conseguem. Um terceiro precisa separá-los: um cirurgião, que corta pelo meio o órgão ou o membro ou a membrana que os une com um bisturi e derrama sangue e na maioria das vezes, diga-se de passagem, mata, mata um deles, pelo menos, e condena o outro, o sobrevivente, a uma espécie de luto eterno, porque a parte do corpo pela qual estava unido ao outro fica sensibilizada e dói, dói sempre, e se encarrega de lembrá-lo, sempre, de que não está nem nunca vai estar completo, que isso que lhe tiraram nunca mais poderá ter de novo."

Continuaram caminhando em silêncio. Sofía suspirou: falara muito rápido, quase sem respirar, como quem deve subir uma ladeira empinada, e em vez de dosar suas energias, empenha todas numa última investida. Rímini não se atrevia a olhar para ela, envergonhado, mais uma vez, pela frivolidade a que se sentia condenado cada vez que ela exibia sua densidade emocional. "Não sei por que me surpreendo", disse Sofía, mais calma, como se uma chuva tivesse caído sobre as chamas de sua dor.

"No fim das contas, ele fez a mesma coisa que você: aprendeu o que tinha que aprender e foi embora, um homem-feito. Um homem encantador, sensível, curioso, apaixonado, que já deve estar aproveitando, imagino, alguma alemã imunda, com tufos de pelos nas axilas e sandálias com meias. Mas não estou me queixando. É assim mesmo. É minha missão no mundo: inventar, descobrir, embelezar pessoas... para que outros aproveitem. É o que faço com meus doentes. Chegam a mim inválidos, paralisados, desenganados pelos médicos, e vão embora felizes, caminhando. Seus próprios familiares têm dificuldade de reconhecê-los. O mesmo acontece com os homens. Esses homens que as mulheres detectam, seduzem, encerram em apartamentinhos de três cômodos e transformam em pais de família, esses homens que depois, com o tempo, percebem que essas mulheres com quem estiveram a vida inteira são umas perfeitas estranhas e nunca souberam nada sobre eles, nunca, nada, começando pelo básico, quem eram eles, quem eram *de verdade*, o que os fazia felizes, o que os deixava doentes, o que os enlouquecia de alegria, do que queriam fugir, com que paraísos sonhavam, e então morrem, e o médico diz 'infarto' ou 'aneurisma', mas na realidade morrem de amargura... Esses homens, Rímini, esses homens como você, eu os *vejo*. Eu os vejo, e só de vê-los eu os abro pelo meio, como aqueles filipinos que operam sem tocar, e olho o coração deles assim, a essa distância, e leio *tudo* neles, entende? Uma por uma, todas as feridas e cicatrizes que têm, as grandes, as que são irreparáveis, e as que quase não se veem, e também leio tudo o que esse coração é capaz de fazer, tudo o que nem ele, aliás, ele muito menos do qualquer outro, na verdade, desconfia que pode fazer, e então lhes digo o que estou vendo, ou não, mostro a eles (porque os coitadinhos dão no pé se a gente diz coisas), e então, zás!, se apaixonam por mim, se apaixonam perdidamente, e eu por eles, e quando começam a perceber que o que lhes mostrei está ali, bem na frente deles, dentro deles, então pensam que entendem que se apaixonaram realmente, não por mim, claro, mas por meu poder, por meu olho filipino, por minha capacidade de curá-los, e então, curados, esplêndidos, vão embora, muito mais bonitos do que quando os encontrei, rejuvenescidos, em perfeitas condições para serem felizes. E sem mim, claro."

Deixaram passar um carro escuro, interminável, que saía de um estacionamento varrendo uma cortina de franjas de plástico enquanto o homem ao volante levantava o vidro. Rímini sentiu uma rajada adocicada, como de sabonete barato, que escapava do interior. "É assim", disse Sofía. "E talvez não seja ruim que seja assim. Não sei se gostaria de ficar sempre com Konrad. Nem mesmo com você. Eu também me canso. Tratar gente com problemas é difícil. Tratar homens é sobre-humano. É como lavar uma porta velha, velhíssima. É preciso amolecer uma camada de pintura, depois outra, depois outra, e outra, e outra, com muita delicadeza, porque a menor brusquidão pode estragar tudo, e principalmente porque se existe uma coisa que deixa os homens orgulhosos é justamente isso, isso que eles chamam de 'experiência', essas camadas e camadas de pintura velha, seca, apodrecida, cheia de fungos e de mofo, que é preciso dissolver com muita paciência para que no fim, depois de *anos* de trabalho, fiquem como nasceram: nus. E aí, quando tudo poderia começar outra vez, do zero, bem, e quando eu por fim poderia descansar, aí começa o pior, o verdadeiramente titânico. Porque, nus, os homens são fracos, inocentes, desvalidos, desajeitados. São como animais que não têm pele: qualquer coisa pode matá-los. Então é preciso abraçá-los com muita delicadeza para não machucá-los, porque têm o corpo muito frágil e são muito assustadiços, e é preciso tranquilizá-los e ajudá-los a levantar-se, e mostrar-lhes que sim, que eles podem, que podem caminhar e que..." Sofía emudeceu. Levantou um pouco o queixo, distraída ou muito concentrada, como se tentasse reconhecer algo no ar ou uma música secreta tivesse irrompido em sua cabeça. Rímini olhou para ela, viu o reflexo de um cartaz de neon verde piscar em seu rosto, que as lágrimas tinham estragado, e percebeu que estava anoitecendo. O frio o fez estremecer. Viu as pernas nuas de Lucio e receou que ficasse doente. Ia dizer alguma coisa, mas Sofía estendeu a mão para ele e acariciou-o com os nós dos dedos e disse: "Não quer transar comigo?". Sua voz era de uma suavidade quase inumana. Rímini riu. "Transar. Agora, aqui. Olhe. Está vendo. Isto é um hotel", disse Sofía. "Vamos. Uma trepada. Uma rapidinha. Subimos, transamos e pronto. Nos despedimos. Não quer dizer nada, não tenha medo. Estou tão quente. Faz muito tempo que não tenho um pau dentro de mim. Estou tão quente que meus ovários doem. Olhe", disse, pegando sua mão e apoiando-a no púbis. "Sinta. Vê como pulsa? Uma trepada, só isso. Você me come, goza lá dentro e pronto. Estou pedindo por favor. Pelo que você mais ama." Rímini sentiu uma vertigem: nem desejo nem repulsa, uma espécie de movimento imóvel feito de duas forças antagônicas — crescer e diminuir, avançar e recuar, subir e descer: a mesma estranheza que o assaltava menino, no meio da noite, quando algo o acordava e se descobria sentado numa cama imensa, oceânica, desenhada por um carpinteiro expressionista fanático pelo esquadro móvel — que o trabalhavam ao mesmo tempo, e sentiu Sofía tremer através de seus dedos, que ela mantinha apertados suavemente contra o corpo. E de repente uma ideia feroz o assaltou, tão drástica, tão descarnada que não parecia pensada por ele, mas lançada de algum céu remoto por uma inteligência monstruosa: *deitar-me com esta morta para libertar-me dela para sempre*. E quando conseguiu reagir viu-se subindo num elevador estreito, sufocado de calor, com Lucio nos braços e o carrinho de pé, dobrado às pressas, e depois de acostumar os olhos à penumbra, à pecaminosa bruma vermelha que descia do teto, Rímini reconheceu no espelho o rosto de Sofía, que olhava muito concentrada o tapete, e o de Lucio, branco e sorridente, flutuando como uma pérola inocente no lamaçal de um pesadelo. O elevador parou. Sofía abriu a porta, saiu para o corredor e procurava em alguma porta a réplica do número da chave que tinha na mão. Rímini pôs metade do corpo para fora do elevador, no corredor, o suficiente para que Lucio, que voltava a ver Sofía, mas num cenário novo, celebrasse o reencontro com uma salva de explosões bucais. Quis sair; uma roda do carrinho se prendeu na porta e o obrigou a demorar-se. Lucio se alarmou com o desaparecimento de Sofía e a reclamou com veemência, golpeando-o na cabeça e nos olhos com as mãozinhas abertas. Rímini teve de trabalhar às cegas, forcejando com a porta e a roda rebelde e o mecanismo insondável do carrinho, que, sacudido diversas vezes com impaciente brutalidade, abriu-se de repente com uma elegância altiva e ocupou todo o espaço com seu esqueleto articulado.

Alguém, lá embaixo, reclamava o elevador. Rímini voltou a despontar no corredor enquanto tentava livrar seu joelho da armadilha de ferro e plástico que o engolira. Viu Sofía aparecer no fim do corredor e obrigou-a a se aproximar com gestos desesperados. Quando percebeu qual era o problema, ela soltou uma gargalhada longa, desdenhosa, que ficou retumbando alguns segundos no corredor. Forcejaram juntos, ele suando, convencido de que se a situação se prolongasse por mais alguns segundos enlouqueceria completamente, ela fora de si, embriagada com o próprio riso, até que, enfurecida com uma articulação particularmente obstinada do carrinho, prendeu um dedo e gritou de dor e se vingou chutando com raiva uma roda diante dos olhos assustados de Lucio. Uma camareira carregada com uma pilha de toalhas brancas apareceu no corredor e passou lentamente diante deles, olhando-os com um estupor interminável. Lá embaixo, nós de dedos impacientes bateram na porta de metal. Arrastando-a por um braço, Rímini obrigou Sofía a entrar no elevador e apertou o botão do térreo com o cotovelo. Havia tão pouco lugar que desceram quase abraçados. Sofía ria e lhe soprava seu hálito no pescoço, na face direita, na boca. "Chega, Sofía, por favor", ele pediu. Nunca uma risada o humilhara tanto. Voltou a pedir mais uma vez e depois, como ela não parava, deu-lhe um golpe seco com a mão aberta, uma dessas bofetadas planas, compassivas, que se usam para cortar ataques de nervos e reanimar bêbados. Sofía ficou de boca aberta, menos de dor que de surpresa, e quando chegaram lá embaixo e abriram a porta, como quem volta a respirar depois de ter estado muito tempo debaixo d'água, cuspiu uma última baforada de riso sobre o casal que esperava o elevador entre uma selva de samambaias iluminadas de verde.

Saíram para a rua aos trambolhões, como fugitivos de um assalto de comédia. Rímini apareceu primeiro; carregava o corpo de Lucio debaixo da axila e rebocava o carrinho por uma roda, arrastando o cabo no chão, como um morto. Desceu à rua para parar um táxi. Sofía continuava rindo contra a parede do hotel, o corpo inclinado para a frente, como se fosse vomitar, até que, num certo momento, de repente, aquietou-se. Enquanto vigiava a rua com um olho, Rímini, com o outro, viu-a agachar-se, varrer a parede com as costas, acocorar-se e abrir as pernas e entregar-se sorrindo ao alívio de uma cálida e longa mijada que foi gotejando devagar, filtrada pela calcinha, e que os finos veios das lajes encarrilharam para a rua. Um velho Peugeot 504 freou junto dele e esperou vibrando, envolto numa nuvem de cheiro de combustível. Em outro momento o teria descartado; agora não estava em condição de escolher. Abriu a porta, reprimiu uma última sublevação do carrinho, e, depois de plantá-lo entre o banco de trás e o encosto do assento do motorista, mergulhou no táxi sem a menor compostura, como se fugisse de uma explosão atômica, apertando Lucio contra o peito. A porta ficou aberta; Rímini sentara-se no extremo oposto do assento, longe demais, de modo que teve de esperar que o taxista esticasse o braço para fechá-la, e nesse intervalo virou a cabeça e olhou para Sofía pensando que era a última vez — prometendo-se que seria a última vez. Viu-a levantar-se lentamente, como se a cena fosse o avesso perfeito da última lembrança que guardava dela, e uma vez de pé, dar um passo entontecido em direção à rua, em direção a ele, provavelmente em direção a Lucio, que a apontava com o dedo feliz enquanto olhava o pai, como se esperasse um veredicto. Sofía sorria com doçura, a doçura dos cansados ou dos moribundos, cujos músculos se fixam numa expressão que não irão abandonar mais, porque já não são capazes do esforço que lhes exigiria substituí-la por outra. Foi até o carro, e enquanto o taxista mexia na trava da porta para fechá-la, Rímini viu-a dar um passo em falso, tropeçar e *olhá-lo*, olhá-lo nos olhos, ao mesmo tempo que toda a dignidade de seu porte, que um segundo antes parecia sólida, de uma só peça, rangia e desmoronava. Ser olhado justamente aí, em plena derrocada — não estava preparado para isso. Não era na histeria, nem no coquetismo, nem no despeito, nem no instinto materno, nem em nenhuma das propriedades que o mundo unanimemente lhes atribuía que Rímini reconhecia a verdade profunda que as mulheres encarnavam para ele, mas nesse ponto-chave, de uma precisão tragicômica — um tropeço, um movimento em falso, um deslize de maquiagem — no qual toda a capacidade de enfeitiçar que possuíam parecia ser dinamitada pelo ridículo e era reduzida a cinzas. Ou talvez essas quedas, na verdade, não expressassem tanto a verdade das mulheres quanto a do efeito que exerciam sobre ele, esse raríssimo diferencial que com a velocidade de uma *gag* o fazia passar de uma forma de sujeição a outra: da devoção que inspiram as divindades à piedade desolada que despertam quando são descobertas esparramadas no chão, com a saia levantada, as pernas abertas, os joelhos ensanguentados e o couro novo dos sapatos manchado por um raspão. Rímini a viu vacilar; Sofía, que ele a via, e algo nos olhos dela, não hostilidade, porque estava ocupada demais em sobreviver ao tropeço para dar vazão a uma emoção tão exigente, mas algo mais impuro, um misto de nudez e dor, de chaga e vergonha, voltou a deixar nele a marca ardente que lhe haviam imprimido todas e cada uma das mulheres que algum dia surpreendera desmoronando: a impressão de ter sido testemunha de algo que não devia ver.

"Espere", ordenou Rímini, e deteve a mão do taxista antes que ele fechasse a porta. A meio caminho entre o hotel e a rua — Rímini leu o nome, gravado em cursiva, numa placa imitando mármore: *L'Interdit* —, Sofía flexionara uma perna diante da outra e verificava algo no salto de seu sapato direito. "Suba", Rímini gritou para ela, abrindo com um empurrão a porta do táxi. Sofía prolongou a inspeção alguns segundos — inútil: o salto estava inteiro, e a inspeção não tinha outro sentido que transferir ao sapato a culpa por seu tropeço. Finalmente subiu, enquanto ruminava uma vaga represália contra a sapataria ou a marca, e ao ouvir o endereço que Rímini dava — "Na Bulnes com a Beruti, por favor" —, corrigiu: "Honduras, 3100". "Ah", disse Rímini. Estava surpreso, mas não pretendia renunciar à prudência. "Quando liguei pra você, não liguei para a Bulnes?", perguntou. "Pegam os recados pra mim. Mas faz meses já que não moro lá. Fui despejada quando estava na Alemanha. O dono vendeu o apartamento e tinha que entregá-lo em seguida, e como eu ia ficar fora alguns meses tirou todas as minhas coisas e meteu-as num depósito em Barracas, que duas semanas depois foi inundado por uma *sudestada*.* Devo ser a primeira pessoa que é despejada simultaneamente em dois hemisférios: enquanto Konrad e a canalha da tia dele me denunciavam à imigração (meu visto de turista vencera havia trinta dias), meus móveis flutuavam e apodreciam num porão cheio de água pela módica quantia de duzentos e cinquenta pesos mensais que o dono do apartamento da Bulnes queria que eu pagasse." Fez uma pausa; pareceu revisar seu calvário no vidro da janela. "Melhor", disse depois. "Ajudou-me a me desfazer de muitas coisas. Lixo, trastes, todas essas porcarias que a gente carrega. É o bom das desgraças: obrigam-nos a reorganizar totalmente as prioridades. E consegui o da Honduras, que tem uma vista mil vezes melhor." Virou-se para Rímini. "Não quer subir?", perguntou. Rímini olhou para ela sem dizer nada. Foi o suficiente para dissuadi-la. "Não, é verdade, é tarde", ela disse, como se pensasse em voz alta.

Rodaram algumas quadras em silêncio. Parados num semáforo, Rímini cravou os olhos num quiosque e pensou que se não fumasse ia ter um ataque do coração. Antes, quando fumava, a vontade de fumar, por mais intensa que fosse, sempre tinha o caráter lento e parcimonioso de um luxo. Agora, depois de um ano e meio de abstinência, era imperiosa como a sede, a fome ou o medo. Sofía acomodou-se no assento, como que relaxando, e acariciou suavemente a cabeça de Lucio, que olhava pela janela calado, quase adormecido. "Ah", disse de repente. "Não sabe quem eu vi na Alemanha. Pierre-Gilles." Rímini pensou que ela estivesse falando de brincadeira e olhou para ela. Sofía desviou o rosto, procurou algo lá fora, na rua, algo que não encontrou, e virou-se para ele e com os olhos sobrevoou seu rosto

---

* Vento sudeste, muito forte, geralmente acompanhado de chuva, que impulsiona o Rio da Prata sobre a costa. (N. T.)

rapidamente, muito por alto, como se não o considerasse suficientemente digno para aterrissar e permanecer nele. "Viu?", ele perguntou. Sofía assentiu com a cabeça. "Pela televisão, uma noite." "Pensei que tivesse morrido." "Não sei", ela disse. "Pode ser. Como saber? Tudo o que aparece na televisão poderia estar morto. Em todo caso, parecia esplêndido. Melhor que você e eu. Ia receber um prêmio." "De quê?" "Não sei. O programa era em alemão, não entendi muito bem. Acho que é produtor de cinema." "Produtor de cinema", repetiu Rímini em voz baixa. Um pouco perplexo, tentou fazer coincidir a silhueta do psicótico que atentara contra o *Spectre's Portrait* com o próspero desconhecido que Sofía acabava de introduzir em sua imaginação. "É isso, Rímini", disse Sofía, "um morre, o outro rejuvenesce. Rejuvenesce e ocupa o lugar do morto e respira e come e goza por dois. Porção dupla de tudo. Sobreviventes, usurpadores. Que diferença faz? O que é o amor senão uma espécie de seleção natural?" Ela se inclinou e gesticulou junto da cara do taxista, confiando-lhe uns atalhos que conhecia. Percebeu que podia ver-se no espelho retrovisor e tocou a borda inferior das pálpebras, ainda inflamadas. "Eu estava na pensão, sabe, na cozinha (a tia sapatão tinha ido a uma de suas reuniões semanais no conselho comunitário, onde há meses promovia a ideia de batizar uma rua sem saída do bairro com o nome de seu cachorro morto, Kimstrasse, ou algo do gênero), e a TV estava ligada na sala de jantar (gente falando em alemão e, de quando em quando, algumas salvas de palmas), e de repente escuto uns versos... Você não vai acreditar. Foi como uma alucinação, Rímini." Levantou os olhos para o teto, mordeu um lábio. "*Voici de quoi est fait le chant de l'amour*", recitou. "Não: *Le chant symphonique de l'amour/ Il y a le chant de l'amour de jadis / Le bruit des baisers éperdues des amants illustres...* Lembra?" Não esperou resposta, continuou. "*Les cris d'amour des violées, des mortelles violées par les dieux/ Il y a aussi les cris d'amour des félins dans les* na na na na... Fui correndo à sala de jantar e lá estava. Era ele, Pierre-Gilles, com uma estatueta na mão, uma espécie de cilindro terminado em ponta, como uma grande pica de ouro (não dava pra ver direito: a avarenta da tia dizia que a televisão a cabo era o demônio), Pierre-Gilles recitando *Les vagues de la mer où naît la vie et la beauté...* Não é incrível?" Rímini olhou-a, sorriu frouxamente e desviou os olhos. Sofía ficou olhando fixo para ele, expectante. "Lembra, não?", disse. "Lembro, sim", disse Rímini, quase em tom de protesto, "mas..." "Mas você não entende nada." Rímini suspirou. "Não reconhece o que ouve", disse Sofía. "São ruídos. Chinês. É verdade, então." Calou-se um segundo enquanto abria os olhos e o olhava com um misto de alarme, curiosidade e excitação, como se o portento que acabava de comprovar pudesse impressionar qualquer um menos ela, a única que estava em poder de seu segredo. "O tal Alzheimer linguístico", disse, "é verdade." Como ela sabia? Rímini engoliu saliva e ensaiou uma careta de despreocupação. "Bom, Alzheimer é uma palavra um pouco dura, não?" "É a que você usa, que eu saiba", disse Sofía. Rímini quis continuar fingindo, mas não conseguiu. "Como sabe?", disse, muito alterado. "Anda me espionando? Paga para que lhe passem informação? Grampeou meu telefone?" Houve um silêncio. Lucio aproveitou para espreguiçar-se; arqueou o corpo, esticou ao máximo os braços e, depois de apoiar a cabeça no peito de Rímini, cravou nele uns olhos rígidos, bem abertos. Rímini,

---

* Versos do *"Poème sécret"*, de Guillaume Apollinaire, que transcrevemos, a seguir, na tradução de Alexandre Barbosa de Souza: "Eis do que é feito o canto sinfônico do amor/ O canto do amor antigo/ Sons de beijos perdidos de amantes ilustres/ Gritos de amor das mortais violadas pelos deuses/ Gritos de amor dos felinos nas selvas/ As ondas do mar onde nascem a vida e a beleza". (N. T.)

como era previsível, já estava arrependido. Qualquer reação passional era um perigo: num segundo podia reverter todo o progresso acumulado até esse momento. "E o que você pretende fazer?", Sofía perguntou. "Digo: além de se chatear comigo. Porque está com problemas, não? Tem trabalho, por exemplo?" "Não muito", ele mentiu. "E também, já estava cansado de traduzir. Carmen está indo bem, então decidi tirar um ano sabático." Rímini esperou. Viu seu álibi tremer no ar e rogou para que resistisse. Sofía deixou passar alguns segundos. "Deve estar feliz", disse finalmente. "Seu sonho se realizou." "Meu sonho?" "Ser um gigolô. Era uma de suas fantasias, não?" Rímini não pôde reprimir um sorriso. "Farsante", ela disse, batendo-lhe num braço, "pensa que sou idiota? É você que está com Alzheimer, não eu. Eu me lembro de tudo." "Sei disso", ele falou, "e nunca entendi como faz para não se cansar." "Quem foi que disse que não me canso? Às vezes não aguento. Por exemplo, quando percebo que sou a única. Que ao meu redor todo mundo se dá ao luxo de esquecer porque sabe que estou ali. Eu os tranquilizo: sabem que se estou ali as coisas não se perdem. Sou uma espécie de arquivo biológico. Entre parênteses, sabe qual foi a única coisa que não se arruinou com a inundação?" "Não faço ideia", disse Rímini, enquanto seu dedo descia pelo septo nasal de Lucio, saltava no vazio e aterrissava são e salvo na suave valeta que havia entre os lábios. "Adivinhe", ela prosseguiu. "Não sei: nem sequer sei que coisas tinha…" "*Adivinhar*, Rímini!", ela o interrompeu com dureza. "Pra adivinhar não é preciso saber. Adivinhar é *o contrário* de saber." "Não sei: a roupa?", ele arriscou. "A roupa", ela repetiu pensativa, como se avaliasse a resposta numa mesa de exame. "Suponhamos que fosse a roupa", concedeu, resignada. "Suponhamos que se arruinassem as poltronas, os livros, as luzes, os quadros, as cortinas, os lençóis, e que a única coisa que se salvasse fosse a roupa. Se assim fosse, meu querido, quer me dizer por que merda eu ia comentar isso justamente com você? O que poderia me dizer? 'Que pena'? 'Olhe só'?" "Não foi a roupa." "Não. As fotos, Rímini. Aquela coleção de retratos de mortos com a qual você me condenou a viver desde que nos separamos. Eu as contei: são mil, quinhentas e sessenta e quatro. Sofía e Rímini na *rambla* de Mar del Plata. Sofía e Rímini na *pensione* Merano, recém-despertos, tomando o café da manhã. Sofía e Rímini jantando em La Cárcova. Sofía e Rímini ao lado da Gioconda. Foi a primeira coisa que vi ao descer ao depósito de móveis: a caixa enorme flutuando na água, com as fotos dentro, intactas, como náufragos numa balsa." Abriu a boca grande, como se o ar lhe faltasse, e começou a chorar. "Basta", disse. "Acabou-se, Rímini. Me deixe em paz, por favor. Me devolva minha vida."

Chorava olhando para a frente, muito ereta, com a dignidade arrepiante de uma condenada que rejeita qualquer comiseração. Rímini percebeu que não buscava consolo, nem calor, nem compreensão, nem sequer a satisfação demencial pela qual dez minutos antes haviam pago pela metade um quarto de hotel que não chegaram a usar. Não viu astúcia, nem cálculo, nem sedução. Rímini sentiu que pela primeira vez se defrontava com um desejo puro, completamente descarnado. Ela queria sua vida de volta. Isso era tudo. E essa vontade nua resultou insuportável para ele. Sentiu-se mal. Teve a impressão de que ia vomitar. Então, desviando-se da cabeça de Lucio, inclinou-se para o assento da frente e perguntou ao taxista se ele não tinha um cigarro. Sofía se interpôs. "Não", disse, "nem pense. Não ligue pra ele. Não pode fumar." "Não tenho mesmo", disse sorrindo o taxista, "parei faz dois anos." Rímini sufocava. Abriu a janela e inclinou um pouco o rosto, de modo a receber de frente o ar do anoitecer, e quando a primeira rajada bateu-lhe na face, congelando instantaneamente o suor que a banhava havia dois minutos, Lucio ficou rígido, chutou com seus tênis azuis o encosto do assento dianteiro e explodiu num soluço longo e agudo. Uivava entre os dentes, como se mordesse sua dor, agitando os braços como pás frenéticas. Rímini levantou-o pelas axilas, virou-o no ar e viu que esfregava um olho com o punho fechado. Pediu ao motorista que acendesse a luz. "Deve ter entrado algo", disse Sofía. Rímini examinou-o sob a luz: estava pálido, tinha os olhos envoltos por dois profundos círculos de sombra. "Está exausto", disse Rímini. "E se tentar dar a chupeta?" "É o que estou procurando", disse ele, incomodado com o fato de ela ter sugerido isso antes dele, e começou a procurar a chupeta enquanto sentia os dez sulcos de fogo que as unhas de Lucio lhe cavavam nas faces. "Pare, Lucio, não", protestou. O ardor encheu-lhe os olhos de lágrimas. Meteu uma mão no carrinho e retirou-a, impregnada de restos de sorvete e migalhas velhas. Revisou seus bolsos. Lutava para livrar-se das felpas que revoluteavam ao redor de seus dedos, atraídas pela doçura do sorvete, quando Sofía virou o esfiapado cordão azul--celeste pendurado do pescoço de Lucio e a chupeta reapareceu, acomodando-se entre o coelho e a raposa que negociavam algo sobre o peito de sua camiseta. Rímini olhou-o com desconfiança, tendo por certo que tudo não passara de uma manobra de Sofía, e puxou Lucio contra seu corpo para lhe dar a chupeta. "Espere", ela disse, pegando-a com os dedos e pondo-a na boca — Lucio, consternado pela visão, parou de chorar no ato —, e começou a chupá-la lentamente, e depois de alguns segundos tirou-a limpa, reluzente, e aproximou-a da boca entreaberta do menino. "Posso?", perguntou. Lucio virou-se para o pai e olhou-o com ar de expectativa. Rímini assentiu. Envergonhado, desviou os olhos e viu um quiosque brilhando na calçada defronte. "Pare", disse. O motorista olhou-o pelo espelho retrovisor. "Pare aqui!", gritou. Voltou a levantar Lucio pelas axilas e o passou para Sofía. "Tome. Segure-o", disse. Lucio acomodou-se sem protestar; olhava-a fixo, como se ela fosse uma espécie de deusa. "Oi, Lucio", disse Sofía. Lucio tirou a chupeta e ofereceu a ela. Sofía negou com a cabeça e olhou para Rímini sorrindo tristemente. "E então?", perguntou, posando com Lucio para uma foto. "Como estou?" Mas Rímini já descia e cruzava a rua correndo, desviando com uma destreza desafiante do nariz dos carros. Chegou ao quiosque, meteu a mão no bolso para procurar dinheiro e durante um segundo toda a sua cabeça se povoou de marcas de cigarros: a marca que sua mãe fumava na época em que ele, aos treze anos, espreitava suas sobremesas com o maço e o isqueiro prontos, esperando o momento em que decidisse fumar um cigarro para acendê-lo; a marca que seu pai fumava, importada, cujos anúncios prometiam praias, veleiros, fiordes e mil outras recompensas exóticas; a marca de fumo escuro com que Rímini debutara, em parte seduzido por sua estirpe francesa, em parte pela aura de virilidade pulmonar que conferiam; a marca de fumo claro na qual não demorou a cair, primeiro para "descansar", como se dizia então, do efeito devastador dos escuros, depois, de maneira um pouco mais irracional, emulando o Polanski de *O inquilino*, um dos poucos filmes, além de *Rocco e seus irmãos*, que Rímini vira com Sofía mais de meia dúzia de vezes, e que pedia toda vez que entrava no bar diante de sua casa de Paris, capital do "império do tabaco negro". Viu marcas, viu desfilar toda a sua vida entre marcas, e com uma vaga sensação de angústia perguntou-se o que iria fumar agora, depois de um ano e meio de abstinência, como se na escolha da marca estivesse cifrado seu destino. Percebeu que nem sabia quanto custava um maço de cigarros. Pediu Marlboro e uma caixa de fósforos, e o simples fato de pronunciar novamente essa fórmula de anos bastou para encher seus pulmões de fumaça. O dono da banca — um gordo imenso e imberbe que, sentado numa banqueta giratória, parecia dominar os mostradores de sua banca como se fossem prolongamentos de seu corpo — abriu os braços em sinal de impotência. "Cigarros, nada", disse. "Os distribuidores estão em greve e não entregam." Rímini sorriu. Ficou quieto, esperando que o outro lhe piscasse um olho cúmplice e fuçasse nos escaninhos de acrílico em busca de um maço, mas levantou a vista e viu que todos estavam vazios. Então, enquanto o dono da banca, deslizando em sua banqueta de rodas, voltava ao bar de passagem que prolongava a banca e submergia uma pinça de aço numa panela de água fervendo, Rímini, sem forças, como se o tivessem esvaziado, virou-se para a rua, viu o chuvisco suave que caía sobre o chão e procurou o táxi com uns olhos desamparados. Lá estava, com o motor ligado e as luzes acesas, piscando, as duas mãozinhas de Lucio coladas no vidro de trás, como decalcomanias. Rímini desceu à rua e escorregou. Abriu os braços para manter o equilíbrio e no meio do passo pensou em Lucio, que devia estar olhando-o do táxi, e ocorreu-lhe estilizar o escorregão para transformar-se num aeroplano humano e assim chegar até o carro, até ele, e enquanto atravessava o ar chuvoso com os braços desdobrados como asas, emitindo um suave zumbido de motor, voltou a olhar para o táxi e viu-o arrancar bem devagar, dobrar a primeira esquina e perder-se de vista.

10.

Eu precisava ficar com algo seu. Algo mais, algo melhor do que essas pobres lágrimas de leite morno que você deixou dentro de mim no hotel. Que triste tudo, Rímini. Era tão fácil. Estava tão quente. Eu merecia coisa melhor. Mas nem assim, Rímini. (Naquela mesma noite, enquanto Lucio lambuzava meus lençóis com compota de maçã, tive uma revelação: nós já não tínhamos ido um dia àquele hotel? Lembrei pelo nome, porque daquela vez que acho que fomos lá (puxe pela memória, Alzheimer, nem que seja pela última vez: foi há muito tempo, éramos outros, e acho até que você nem conseguiu levantá-lo) lembro que pensei que L'Interdit (naquele momento vi o nome escrito numa caixa de fósforos) também era o nome da casa onde sua mãe comprava roupa, a roupa que eu invejava quando começamos a ficar juntos, lembra?, e que depois ela me presenteou e que acho que ainda devo ter aqui em algum lugar. Lucio, por sua vez, é novo e adorável. Queria que soubesse disso. (Você também, Carmen: que bom saber que não tenho nada a esconder de você.) Uma delícia de pessoa. Puxou a mãe, com certeza, porque de você a única coisa que ele tem são os olhos. Não tem nem seu terror, nem sua "prudência", nem sua patética avareza emocional. Você não o merece, Rímini. Mas imagino que você se encarregará de estragá-lo. Acho que trocamos boas figurinhas. Tomara que fique com uma ótima lembrança de sua tia Sofía. Ele gostou dos Simpsons, do barulho das chaves, do relógio de areia em miniatura que uso como chaveiro, da luzinha verde do meu relógio despertador e do falso Calder pendurado sobre minha cama e que me olha sempre que me masturbo pensando em você (trouxe da Alemanha uma pica Van Dam, uma pica negra, gigante, com cabeça dupla, para dobrá-la em U e enfiá-la na xota e no cu ao mesmo tempo), pensando no dia em que por fim você possa render-se à evidência de que me ama e de que o amor é uma torrente contínua. Lucio está de banho tomado, perfumado e alimentado, pronto pra ir pra cama. Na sacola você vai encontrar a roupinha que ele usava. Sim, a camiseta que comprei pra ele ficou um pouco grande. Não tinha o número, era tarde, as lojas estavam fechando. Desculpe. Ninguém é perfeito.

TERCEIRA

1.

Chegou dez minutos mais tarde, depois de errar de prédio (na primeira vez) e de ala (na segunda) e de investir a metade do atraso em convencer o ascensorista de que mesmo sem estar barbeado e penteado, com a camisa manchada de café e com um sapato sem cadarço, estava dizendo a verdade e *tinha* uma reunião no escritório Estebecorena. Tocou a campainha e esperou alguns segundos, olhando sua própria sombra no vidro esmerilado da porta, até que uma voz impaciente exigiu seu nome através de um interfone. Uma campainha opaca soou. Rímini empurrou uma, duas, três vezes, cada vez mais forte, sem o menor sucesso, e descobriu o cartazinho que dizia *pull* ao mesmo tempo que a voz, já resignada a lidar com idiotas, sugeria-lhe que tentasse puxando a porta em sua direção. Uma secretária alta e fria conduziu-o por um longo corredor acarpetado — Rímini, sensível ao cheiro da cola, passou todo o trajeto espirrando — e depositou-o numa sala de espera ampla e clara, com quatro poltronas de couro e uma mesa baixa lotada de revistas esportivas e catá-

347

logos de leilões dispostos em leque, onde um quarentão de cabelos brancos folheava a *Memoria 1992* do colégio La Salle.

"Café, chá, água mineral?", perguntou a secretária. Rímini levantou os olhos para responder e viu que ela se dirigia ao outro. "Não, obrigado", respondeu o homem de cabelos brancos. "Tem certeza?", ela insistiu, recolhendo uma xícara suja da mesa. "Não, não, é muita gentileza sua." "O doutor já vai atendê-lo", acrescentou a mulher antes de sair, as ancas se esquivando de móveis imaginários. Rímini cruzou as pernas para relaxar. Logo percebeu que o sapato que balançava com desenvoltura no ar era o que estava sem cadarço e escondeu-o debaixo da mesinha, batendo a tíbia na quina de madeira. Pouco depois a secretária reapareceu e levou o paciente de cabelos brancos, e Rímini sentiu-se mais intimidado que antes, como se o luxo sóbrio e altaneiro do escritório aproveitasse que tinham ficado sozinhos para irritar-se com ele. Tudo era silencioso e desértico. Os tapetes amorteciam os passos, e as paredes revestidas de madeira, o som dos telefones e das vozes. Rímini reconheceu um apito de barco e foi como se o mundo enviasse um último sinal antes de desaparecer para sempre. Uma porta se abriu, ouviu-se a voz segura e estentórea de um homem que distribuía cumprimentos para uma família inteira, e depois Rímini viu a cabeça branca do quarentão cruzar a sala de espera. Era a sua vez. Levantou-se; repassou mentalmente o que pensara em dizer. Alguns farrapos de argumentação cruzaram sua memória como nuvens acovardadas. *É absolutamente falso que... Eu fui tão vítima quanto ela... Uma personalidade desequilibrada... Mitômana incurável...* Tudo lhe soou frágil, forçado. Bastava ele se deter em avaliar qualquer atenuante para que um enxame de objeções se lançasse sobre ele e em segundos o descarnasse a dentadas, inteiro. Sentou-se novamente.

Estava cansado, com o corpo doído, sentia cócegas desagradáveis nas mãos e nos pés e um zumbido contínuo na parte de trás das orelhas, como se um casal de insetos não saísse de seu encalço. Dormia mal há dias. O sofá-cama que seu pai lhe cedera era velho, o colchão estava torto, e as tiras do elástico cravavam-se em suas costas deixando-lhe na pele umas franjas azuladas. Para piorar, todos os dias seu pai acordava com a primeira luz. Sofrera uma angina de peito, leve, um desses sustos que os médicos sabem como transformar em encruzilhadas de vida ou morte graças a uma agenda reduzida, mas eficaz, de perspectivas sombrias. Seu organismo saíra intacto, mas seu moral, não. Arrependido dos excessos e da negligência com que sempre maltratara sua saúde, aceitara submeter-se a essa forma moderna de penitência que é a atividade física sistemática, que começava todos os dias na sala de sua casa, bem perto do sofá-cama onde Rímini, depois de atravessar o pesadelo da insônia, recém-vislumbrava a possibilidade de dormir, e continuava mais tarde no parque Rosedal, onde, qualquer que fosse a temperatura ambiente, corria praticamente nu e orvalhava o corpo com garrafinhas de água mineral, seguido de perto por seu treinador pessoal, um ex-colega que trocara o mundo do turismo pelo dos anabolizantes e tinha adquirido certa fama fazendo flexões em alguns programas de TV a cabo.

Rímini bocejou e cheirou seu próprio hálito; se fosse de outro teria afastado o rosto. Decidiu que iria sentar-se longe do advogado: a distância disfarçaria sua indigência. A ideia, estranhamente, serenou-o. Era como se tivesse encontrado uma chave; como quando um ator, depois de escrutar em vão sua personagem, descobre de repente um detalhe, um jeito de andar, de segurar o copo ou o cigarro, de assoar o nariz, e tudo o que antes lhe oferecia resistência, psicologia, motivações, história pessoal, valores, agora se abre diante dele, flechado por essa descoberta ínfima, e se desdobra com absoluta transparência. Escolheu uma revista de golfe, trocou-a por uma de polo, e quando acabava de abri-la na página dupla do centro, onde seis cavalos se apinhavam com seus jóqueis ao redor da Copa Intercountries 1999, a secretária apareceu na moldura da porta e olhou para ele por alguns segundos sem dizer nada, como se visse em Rímini o único obstáculo que a separava de alguma forma mais ou menos definitiva de felicidade.

Fizeram-no entrar numa grande sala de reuniões, com uma mesa ovalada no centro e um único quadro nas paredes: galgos saltando em primeiro plano, um cavaleiro muito jovem soprando seu corno, duas amazonas com *breeches* e casquetes lançando-se atrás de sua presa, nuvens no céu, folhagem e, no fundo, um castelo "jibarizado" pela perspectiva, mas povoado de detalhes. A cena de caça o distraiu. Rímini procurou algum sinal da raposa, a ponta de seu rabo, algo, e, não encontrando nada, compreendeu que se a raposa brilhava por sua ausência era porque todo o quadro convergia nela, que se a cena sobrevivia a sua modesta existência pictórica e irrompia no mundo real, entre as quatro paredes desse escritório, os galgos, os cavalos e as caçadoras cairiam sobre ela, esmagando-a com suas patas e seus cascos e vitimando-a com suas escopetazinhas de brinquedo. Ele, Rímini, era a raposa. Sentado à cabeceira da mesa, na contraluz, com o rio às suas costas, Estebecorena, o homem da voz estentórea, pilotava uma delicada negociação telefônica com alguém chamado Fico. Rímini comprovou que a secretária não fechara a porta. Ia corrigir o esquecimento quando Estebecorena levantou a mão e, sem parar de falar, manteve-o em suspenso. Rímini ficou quieto. Viu-o girar em sua cadeira e se agachar um pouco — sua voz também baixou, adotando um tom mais confidencial, e depois explodiu numa gargalhada — para procurar algo numa gaveta. Rímini afastou uma cadeira da mesa. Estava disposto a se sentar bem longe, fiel ao plano que traçara, mas Estebecorena, que já estava de frente outra vez, voltou a detê-lo com um gesto e atirou sobre a mesa alguns papéis tamanho ofício que deslizaram limpamente sobre a madeira e frearam a um centímetro da mão esquerda de Rímini. Estebecorena tapou o fone com a mão. "Não vamos perder tempo", disse, jogando-se para trás e apontando para os papéis. "É ler e assinar; nem precisa se sentar", disse, e retomou sua conversa. Estebecorena defendia as bolas Wilson; Fico, ao que parece, as Slazengger. A controvérsia seria dirimida no final de semana, num campo de golfe de Pilar, de nove buracos. Rímini, de pé, leu a primeira folha por alto, como se desse por certo que não entenderia nada, mas pensou: *Vou assinar, e se vou assinar preciso ler, e se não estiver de acordo com o que ler vou protestar...* Começou a ler, concentrado, e na décima linha, quando acabava de deixar para trás a apresentação das partes em litígio — leu o nome de Carmen e depois, na linha de baixo, o seu, e soube que isso era o mais próximo dela que voltaria a estar até o fim dos seus dias —, seus olhos se nublaram, e as frases começaram a dissolver-se no papel, como se não tivessem sido impressas com tinta, mas com fumaça. Disfarçou e apoiou as duas mãos na mesa, do lado das páginas, e ficou assim por alguns segundos, encurvado, sem nenhuma esperança, sobre aqueles quatro ou cinco fólios que resumiam boa parte do destino que o esperava, enquanto a voz de Estebecorena, como um rumor sem sentido, mas não desagradável, continuava destruindo suas últimas tentativas de se concentrar. "Ah. *Vai* ler", Rímini ouviu o advogado dizer. Não era uma pergunta, mas uma constatação perplexa. Rímini olhou para ele; a única coisa que viu foi o contorno em ponta de seu crânio recortado contra o horizonte. "Me aguarda um instantinho?", pediu Estebecorena à pessoa no telefone, e voltou a tapar o fone e disse a Rímini: "Vou lhe poupar o trâmite. Assinando este documento, o senhor se compromete legalmente a: um", e Rímini viu contra o quadrado do céu o polegar erguido com que ele enfatizava a enumeração, "manter distância de pelo menos cinquenta metros de minha cliente; dois, manter distância de pelo menos cinquenta metros do filho de minha cliente; três, renunciar a todo direito sobre todos e cada um dos bens cuja propriedade compartilhava até agora com minha cliente; e quatro, repassar a minha cliente uma pensão alimentícia equivalente ao valor de três cestas básicas, sem prejuízo de que a pensão sofra os incrementos cabíveis caso a saúde mental do filho de minha cliente, como consequência da privação de liberdade de que foi vítima, venha a necessitar, daqui em diante, de cuidados ou de tratamentos especiais, cujos custos ficarão a cargo do senhor por todo o tempo em que os mesmos se estendam. Isso é tudo. *Se assinar*. E eu *francamente* o aconselho a assinar". Voltou ao telefone: "*Sorry, che*: onde estávamos? Ah, sim: as franjas. Não posso acreditar que você ainda continue com isso. Estamos quase no ano 2000, Fico. As franjas deixaram de ser usadas com Arnold Palmer!".

Cliente? Filho de minha cliente? Vira-os chorar, dera banho neles e os cheirara, olhara-os dormir na escuridão... Beijara seus lábios, os lóbulos das orelhas, as virilhas... Rímini procurou nos bolsos algo para escrever enquanto repassava os reparos que tinha para opor aos termos do convênio, começando por essa palavra, "convênio"... Encontrou uma tampa cheia de tinta — mas nem sinal da esferográfica que a havia lambuzado —, o ticket, cheio de mostarda dos dois cachorros-quentes que almoçara meia hora antes, a credencial plastificada que o porteiro do edifício lhe dera ao entrar em troca de sua carteira de identidade. Um butim modesto — mas ele o colocou sobre a mesa com um gesto cerimonioso e já cansado, como se essas três bugigangas, uma das quais nem sequer lhe pertencia, fossem as primeiras de uma vasta coleção que dormitava no fundo de seus bolsos, de modo que Estebecorena, prevendo o volume de danos que o desembarque do resto podia causar a sua impecável mesa de reuniões, seus impecáveis documentos e, no caso de rolar e cair no chão, como acabava de fazer a tampa da caneta, a seu impecável tapete, meteu a mão no bolso interno do paletó, pegou uma dessas esferográficas cor de ameixa, uma original, de oitenta e cinco pesos, não as toscas imitações vindas de Taiwan que Rímini estivera admirando como diamantes nas bancas da *calle* Florida, e depois de apertar o botãozinho do extremo superior, deixando-a pronta para usar, apoiou-a sobre a mesa e atirou-a para Rímini sem sequer olhá-lo, com a mesma pontaria e precisão com que antes lançara os fólios do convênio. E Rímini, ainda que com pulso lamentável, assinou. Assinou a primeira folha e depois, instruído, da outra ponta da mesa, pelos pulinhos que dava no ar o dedo indicador de Estebecorena, assinou a segunda, e a terceira, e a quarta, e quando terminou, quando a repetição já rebaixara ao tédio a desolada solenidade da primeira vez, a mão de Estebecorena, a única coisa sua que Estebecorena parecia disposto a investir na cena, ordenou-lhe que se aproximasse, e Rímini encaminhou-se para ele — a mão lembrou-o dos papéis, Rímini recuou para apanhá-los —, e depois de examiná-los, censurando com um olhar arrogante os garranchos que Rímini estampara ao pé de cada um, Estebecorena, que agora exaltava ao telefone as virtudes de seu *caddy* pessoal, que mandara trazer especialmente do Golf Club de Mar del Plata, estendeu-lhe a mão apática, que Rímini apertou sem pensar, como que narcotizado, e voltou a agitá-la no ar depois, em sinal de despedida. Rímini deu meia-volta e, a caminho da porta, deteve-se. Virou-se novamente e fitou o advogado, que levantou para ele uns olhos surpresos. "A carta", disse Rímini, apontando para a pasta da qual Estebecorena havia tirado as folhas do convênio. Estebecorena voltou a tapar o telefone. "Perdão?", disse. "A carta de Sofía. Gostaria de lê-la." "Não vejo por quê." "Quero lê-la. Está dirigida a mim. Tecnicamente é minha." "Tecnicamente, senhor, essa carta é evidência legal. E se optássemos por abrir um processo contra o senhor — opção da qual minha cliente, no momento e contra a minha vontade, decidiu desistir —, não acredito que melhore muito sua situação legal." Rímini não se moveu. "Não me importa. É minha do mesmo jeito. Tenho o direito de lê-la." Estebecorena lançou um suspiro de saturação. Tinha olhos saltados, tão azuis que pareciam transparentes, a pele das faces muito vermelha, como recém-barbeada, e o pomo de adão mais proeminente que Rímini jamais vira. "Me desculpe, meu velho", disse ao telefone, e abriu a pasta e tirou uma folha quadriculada, arrancada de um caderno de espiral. "Muita gentileza sua", disse Rímini. "Depois deixe-a sobre a mesa", disse Estebecorena, enquanto girava na cadeira e ficava de frente para o vitrô, dando-lhe as costas. "E quando sair faça o favor de me fechar a porta."

Era a primeira vez que a lia, mas o conteúdo já lhe era perfeitamente familiar. No entanto, só agora, que a tinha diante dos olhos, Rímini conseguiu imaginar o que Carmen deve ter sentido ao recebê-la. Na noite do sequestro, muito tarde, enquanto Rímini, acovardado pela culpa, multiplicava as adversidades de modo a adiar sua volta para casa, confiando em que um acidente, uma briga de rua, qualquer contratempo pudesse servir-lhe de álibi, Carmen, que já estava há horas falando por telefone com hospitais e delegacias, atendeu o interfone e ouviu a voz de seu filho balbuciando entre os ruídos da rua. Pensou que estava delirando. Lançou-se escada abaixo sem pensar, na carreira, de camisola e pantufas, o rosto inchado de chorar, e quando chegou ao hall viu Lucio através da porta de vidro, sentado no carrinho, contemplando a entrada de sua própria casa com olhos sonolentos. Parecia recém-banhado: estava com o cabelo úmido e penteado de lado com um esmero como de comunhão, e sua roupa, salvo os tênis azuis, ainda estava com as etiquetas com os preços dos supermercados onde tinham sido compradas. Só mais tarde, depois de secar-lhe os cabelos com o secador, como se, não totalmente satisfeita em ter queimado a roupa nova, também quisesse apagar do corpo de seu filho a umidade, o frio, o perfume, e até a menor marca que o contato com Sofía pudesse ter deixado nele, Carmen descobriu a mecha de cabelo que lhe faltava atrás da orelha direita. A carta estava colada ao peitilho do macaquinho, pregada com um clipe de papéis. Três horas depois, quando Rímini apareceu, completamente bêbado, arrastado pelo entregador de pizza com o qual tentara brigar, Carmen, já instruída por Estebecorena, que ela tinha tirado da cama, tomara a precaução de guardá-la à chave. Não falou. Deixou que Rímini desabasse no chão e ouviu-o vomitar enquanto deslizava umas moedas na mão do entregador de pizza. Rímini se arrastou, gaguejou uma fieira de desculpas. Viu o ar impassível com que Carmen o olhava e tentou pronunciar o nome do filho. Saiu-lhe Luz, Luis, Laz — até que uma abelha de corda com uma asa levemente mordida irrompeu na sala deslizando sobre o tapete e chocou-se surdamente contra seu corpo, e atrás apareceu Lucio engatinhando, perseguindo-a ou afugentando-a com uns uivos de lutador de caratê. Então, enquanto Carmen jogava em cima dele, transformado numa espécie de lava fatídica, o conteúdo da carta de Sofía, Rímini sentiu que seus braços se rendiam, apoiou a face no tapete e começou a chorar, e depois de chorar longamente, enquanto ouvia o duo insensato que seu pranto formava com a abelha fugitiva, um peso imenso caiu sobre suas costas, e ele desmaiou.

Um mês depois dessa noite, Rímini lia a carta uma vez, uma única vez, e lembrava-se dela instantaneamente, inteira, com um esgotamento assustador. Como percebeu depois, lembrou-se dela para entesourá-la. Afinal de contas, essa carta, que o sepultara, era o único laço que continuava comunicando-o com o mundo do qual acabava de ser desterrado. Durante os meses seguintes voltou a ela, a essa espécie de vitrine imaginária na qual a havia guardado, toda vez que sua necessidade de saber algo de Lucio se tornava insuportável. Sabia que o Lucio que Sofía descrevia nessas linhas provavelmente não existia mais, e que seus gostos, os últimos de que Rímini fora testemunha, já tinham sido substituídos por outros, que Rímini podia imaginar, mas que não compartilharia. Esse anacronismo era o segredo de sua atração. Para ele, Lucio ficara parado no tempo, como que embalsamado pela prosa de Sofía, e Rímini podia usar a carta para violar as restrições impostas sem sofrer consequências; lendo-a, podia visitar o filho e ficar perto dele e celebrar a eterna, intacta beleza de múmia que havia adquirido, e até podia regozijar-se em segredo contemplando também Carmen, a Carmen doce e valente que o olho sagaz de Sofía soubera detectar nos traços de Lucio. A carta — ou melhor, seu fac-símile mental, de uma perfeição fotográfica, porque frequentemente Rímini tentou transcrevê-la e depois de duas ou três linhas, enfurecido, destruía a folha, que reproduzia o texto, mas omitia os vacilos, as palavras rasuradas, as imperfeições do papel, tudo o que a tornava única —, essa carta foi seu refúgio, seu altar, sua câmara-ardente.

356

2.

Certa noite, recitou-a em sonho, completa, enquanto tentava afugentar uns súcubos que o espreitavam do ar. (Foi o primeiro de uma série de sonhos poliglotas: Rímini sonhava com a carta e, depois de reproduzir em voz alta o texto original, via-a traduzida para o inglês, o francês, o italiano, projetada na abóbada do sonho em versões sucessivas, ao mesmo tempo fiéis ao original e descaradamente poéticas, mas sempre perfeitas. Então, inundado por uma felicidade vertiginosa, porque esses transes noturnos devolviam-no ao que um dia havia sido, Rímini, como um foguista ávido, alimentava o sonho para perpetuá-lo, aferrava-se a seus elementos e conjurava qualquer irrupção, qualquer detalhe novo que pudessem perturbá-lo, confiando em que, se o fizesse durar o suficiente, o sonho terminaria por restituir-lhe *todas* as faculdades que o dia lhe confiscara...) Seu pai, que via televisão a seu lado, na escuridão da sala, apreciou o rigor sonâmbulo de sua pronúncia, viu-o retorcer-se e gritar e na manhã seguinte, enquanto tomavam o café da manhã, pouco depois de Rímini, ansioso para voltar a gozar os frutos de seu acelerado aprendizado noturno, compreender que sua memória continuava tão seca e dizimada quanto antes, deu-lhe um ultimato: devia refazer sua vida; por mais que lhe custasse, não havia outro remédio. Cumprindo, por fim, um velho desejo, que a angina de peito e a mudança de vida tinham reavivado, seu pai, cansado do frenesi de Buenos Aires, decidira vender os poucos bens que possuía — entre eles o pequeno quarto e sala que compartilhavam há dois meses — e radicar-se no Uruguai. Rímini sentiu que o mundo desmoronava, e pediu-lhe que o levasse com ele. O pai se negou. Disse que não adiantaria nada. Então Rímini deixou cair a colher no prato de cereais, respingando de leite a camiseta que seu pai lhe emprestara para dormir, e começou a mordiscar a ponta do guardanapo que retorcia entre as mãos: "Por favor", suplicou, "me leve com você". "Não. Quero ajudá-lo", disse o pai, "e não ser cúmplice da sua degradação." "Por favor. Posso trabalhar. Posso pagar contas. Posso limpar a casa, cozinhar, lavar roupa. Poso ser seu chofer. Me leve, por favor." "Basta", interrompeu-o o pai. "Não percebe que me envergonha?"

Não, é claro que não percebia. Em certos dias, o horizonte das coisas que reconhecia estreitava-se a extremos inauditos. Era incapaz de saber se a luz estava acesa ou apagada, se estava vestido ou nu, se havia alguém com ele ou se estava sozinho. Entregara-se a um extraordinário esquecimento de si mesmo — um desses estados de suspensão de consciência que os monges budistas alcançavam após décadas de disciplina, e pelos quais os devotos do Ocidente que todo ano visitavam esses mesmos monges em seus templos estavam dispostos a pagar fortunas. Deixara de sair à rua. O mundo exterior — até mesmo as réplicas transmitidas pela televisão, pelo rádio, pelos jornais ou pelo telefone — aos poucos deixara de existir, transformara-se numa lembrança vaga e equívoca, como que implantada. Num dia especialmente sensível, por exemplo, por "mundo exterior" Rímini podia entender, no máximo, o elenco de objetos exteriores ao corpo com os quais tinha contato em sua vida de recluso: seu uniforme de dormir e de viver em primeiro lugar — a camiseta do pai, a calça do pijama listrado e um par de velhas meias de lã por cujos extremos costumavam despontar, engraçadas, completamente emancipadas da sua vontade, as unhas de seus polegares —; um ou outro interruptor de luz, ao qual muito de vez em quando aceitava recorrer para deslocar-se de um ambiente a outro; a água, que só tolerava para beber, nunca para se limpar; um mínimo de alimento: salsichas, purê de batatas instantâneo, ovos fritos, dúzias de caixas de barras de chocolate amargo com recheio de menta, cujos envelopezinhos, esparramados pelo apartamento, o pai costumava usar como pistas para reconstruir os movimentos do filho durante sua ausência; o sofá-cama no qual permanecia praticamente o dia todo; os lençóis e as mantas nos quais se enrolava; o travesseiro que abraçava... Até mesmo a carta, que a seu modo parecia provar que havia vida fora dali, uma vida onde flutuavam um mundo e alguns seres perdidos, até mesmo esse pedaço de papel escolar, reduzido agora a uma despojada imagem mental, era para Rímini algo mais interno do que seus pensamentos, o sabor de sua saliva ou os roncos com que a fome ressoava em seu estômago. Não que ele tivesse muito mundo interior; tampouco que seu mundo interior tivesse se ampliado. Rímini *era* puro mundo interior, mas não era óbvio que esse mundo fosse *seu*.

Para seu pai só havia uma solução: injetar-lhe mundo exterior; uma boa dose, ainda que — era vital — administrada com extrema prudência. No estado de ensimesmamento em que Rímini estava, qualquer negligência poderia ser fatal, tão fatal quanto expor um albino à luz do sol num meio-dia de verão. Nesse sentido, o plano Uruguai parecia ideal, pelo menos teoricamente. Poria à venda o apartamento; Rímini continuaria morando nele e se encarregaria de mostrá-lo, enquanto o pai procurava algo para comprar em Montevidéu. Seria preciso sincronizar duas transações em dois mercados diferentes, cada um dos quais certamente tinha regras e dinâmicas próprias, de modo que a operação levaria algum tempo, um par de meses, no mínimo, o suficiente, segundo as previsões do pai, para que a válvula se abrisse gradualmente e para que Rímini, forçado a estabelecer contato com os possíveis compradores, emissários do mundo exterior ideais, porque assim como requerem uma atenção específica não exigem o menor compromisso, recebesse pouco a pouco, em doses homeopáticas, uma radiação vital que aplicada de outro modo poderia destruí-lo. Não ia deixá-lo na rua, mas tampouco estava disposto, com o pretexto de sentir pena dele, a consolidar sua indiferença pelo mundo. Em dois meses, pensava o pai, Rímini estaria outra vez inteiro, sólido, em condições de conseguir trabalho e, com alguma ajuda de sua parte, pois mesmo que isso o obrigasse a moderar suas pretensões em Montevidéu, planejava ceder-lhe um pouco do dinheiro pago pelo apartamento, uma casa própria.

No dia da partida Rímini acordou cedo, tomou banho, escovou os dentes, vestiu-se, fez a cama, preparou o café da manhã, acordou o pai, ajudou-o a acabar de fazer as malas e acompanhou-o ao porto. Seu pai ficou entusiasmado: o remédio nem fora administrado e já estava fazendo efeito. A bordo da balsa, olhou pela janela e o viu, não ao lado da balsa, mas um pouco trás, parado contra os falsos olhos de boi da estação, sorrindo com uma estranha luminosidade, a mão levantada na altura do rosto, como quem jura, completamente indiferente aos viajantes que se agitavam ao seu redor. O pai agitou a mão. Rímini não respondeu. Olhava para ele ou…? O pai se levantou e foi para o corredor. Talvez se ele sentasse algumas filas atrás ficasse na mesma linha de Rímini; poderia cumprimentá-lo e tirar a dúvida. Começou a retroceder, mas no caminho foi freado por uma enxurrada de passageiros que vinham em sentido contrário, vomitados pelas portas que davam para o porão, onde viajavam os carros. A onda acabou por devolvê-lo a seu assento original, justo quando a balsa começava a afastar-se do píer. Virou-se e olhou: Rímini continuava no mesmo lugar, na mesma posição, só que a mão levantada movia-se para um lado e para o outro com uma regularidade mecânica. Eram onze horas da manhã. A balsa foi diminuindo, a estação ficou deserta, e Rímini voltou a sentar-se na mesa do bar em que estivera tomando café com o pai pouco antes da partida. Cruzou as pernas, apoiou o indicador sobre a asa de sua própria xícara vazia e a girou, regozijando-se em segredo toda vez que o logotipo de uma marca de café italiano voltava a desfilar diante de seus olhos. Às nove e meia da noite, depois de pensar por um momento, um garçom se aproximou, tocou-lhe o ombro com suavidade, como se temesse acordá-lo, e a enjoada xícara ficou quieta, embora o dedo de Rímini continuasse calçado na asa. Estamos fechando, explicou o garçom. Rímini tirou o dedo de repente, como se a xícara estivesse queimando; descruzou as pernas, levantou-se, afundou as mãos nos bolsos do casaco e saiu.

Voltou caminhando. Não era a primeira vez que fazia quarenta quadras a pé, mas nunca fizera isso nesse estado de disponibilidade. Sua trajetória era uma mistura perfeita de determinação e de acaso: a linha geral estava traçada de antemão, mas cada um de seus pontos encerrava a possibilidade de um desvio, uma fuga, uma aventura fortuita. Qualquer coisa o distraía. Sabia qual era seu rumo, como chegar, até mesmo as maneiras de encurtar caminho, mas cada lugar por que passava representava uma tentação a que fatalmente acabava cedendo. Pegou a avenida que margeia o porto, iluminada, mas deserta a essa hora da noite, e num posto de gasolina parou para observar como um empregado muito magro, abatido pelo peso de seu boné, enchia o tanque de uma caminhonete escura, como que blindada, que parecia pulsar no ritmo de uma música demencial. Depois, imóvel contra uma bomba de gasolina, olhou para a loja de conveniência e viu um homem e uma mulher com as cabeças apoiadas contra o vidro, tomando café e lendo em voz alta o que cada um lera antes em silêncio em sua revista, e ficou olhando-os por um momento, envolto nos redemoinhos de vento que se formavam no pátio do posto, até que uma mobilete que acabava de abastecer-se com gasolina assustou-o a buzinadas e obrigou-o a liberar a passagem. Rímini decidiu segui-la e retomou a marcha pela avenida. Ficou uma hora no ponto de ônibus do bairro do Retiro. Entrou em todas as lojas que estavam abertas, parou em todas as bancas de revistas e sentou-se em três bares diferentes, o corpo um pouco inclinado, sem pedir nada, e nas três vezes deixou-se cativar pelas imagens sem som que via numa TV, uma sucessão de tornados brutais, um concurso de perguntas e respostas, um cruzeiro por um arquipélago grego. Passou outra hora examinando as barracas de quinquilharias que se alinhavam à estação de trens. Nunca falou. Os donos das barracas apregoavam preços, exibiam diante dele produtos extraídos de compartimentos secretos, punham para funcionar todo tipo de eletrodomésticos, cujas funções executavam nas suas ventas e até mesmo, em algum caso, usando como campo de prova a manga de seu casaco; Rímini limitava-se a sorrir e assentia com a cabeça e passava à barraca seguinte, onde voltavam a interceptá-lo rádios portáteis, escovas de dente elétricas, esferográficas, guarda-chuvas. Uma briga de bêbados com garrafas quebradas, tropeços e um pobre cão que titubeava entre os dois bandos entreteve-o outros vinte minutos. Depois, à medida que se afastava do Baixo, as atrações foram rareando. Entrou alguns minutos na onda expansiva de uma festa elegante, sem música, mas com uma trilha sonora cheia de vozes, tintins de cristais e risos, e admirou da rua os ombros nus de uma mulher que se recortavam contra a luz de uma janela de um primeiro andar. Viu duas garotas bem jovens apertando todos os botões de um porteiro eletrônico e caminhou alguns metros para trás, sem tirar os olhos de cima delas. Num caixa eletrônico, um homem calvo, muito suado, lia franzindo o cenho o ticket que a ranhura acabava de cuspir. Passou uma ambulância, um grupo de homens saiu de um restaurante, um boneco inflável bamboleava junto a uma garagem, sacudido pelo vento. Eram duas da manhã quando chegou ao apartamento. Avançou no escuro, sem acender as luzes. Embora seu pai o tivesse autorizado a usar o quarto, a cama, os lençóis, tudo, de modo que, ao menos durante o tempo que a venda levasse para se realizar, ele se sentisse realmente o dono do lugar, Rímini tirou os sapatos com os pés, deitou-se vestido no sofá-cama e dormiu.

Como aconteceria com certa regularidade ao longo das semanas seguintes, na metade da manhã o interfone o acordou. Atendeu dormindo, com a cabeça "cheia de areia", e se decidiu abrir foi por pura indolência, para não ser do contra. Sua mão procurou às cegas o botão e no caminho derrubou uma garrafa de água mineral que se estilhaçou no chão. Rímini voltou a afundar em seu lamaçal de lençóis. Teve um sonho velocíssimo, cheio de imagens mudas e brilhantes, e quando estava passando para uma fase mais estável, em que esses postais insensatos começavam a disciplinar-se numa véspera de relato, a campainha uivou no interior de sua cabeça e teve de levantar-se outra vez para abrir a porta. Um homem mais velho, com metade do rosto ocupada por uma mancha de nascença, fitou-o desconcertado; quis confirmar algo no pedaço de jornal que levava na mão, olhou de soslaio os rastros de sangue que as plantas dos pés de Rímini acabavam de deixar no capacho e retrocedeu para dar umas voltas pelo hall, como se tivesse se enganado de porta ou procurasse uma saída de emergência. Rímini convidou-o a entrar. O homem — pioneiro de uma longa lista de incautos que Rímini martirizaria com o espetáculo de sua decadência — entrou e avançou com timidez pela sala em penumbra, enquanto Rímini corria, bocejando, a refugiar-se em seu ninho malcheiroso. Dali, coberto até o queixo e com os olhos fechados, como se as memorizasse nesse exato momento, foi enumerando as características do apartamento.

As persianas baixas, a atmosfera densa, quase sólida, do encerramento, a roupa suja esparramada pelo chão, a voz de Rímini ressoando na casa como o feixe de som de um farol moribundo, guiando nas trevas homens e mulheres desconfiados que esbarravam nos móveis e portas e tentavam se esquivar e voltavam a esbarrar: o mesmo ritual repetiu-se durante dois meses. A única coisa que progredia era a envergadura do desastre: as manchas de umidade nas paredes, uma torneira pingando, o apodrecimento de um parapeito de madeira, o gás vazando na cozinha. Alguns fugiam assim que Rímini lhes abria a porta. Certa vez, uma mulher — ele não olhou para ela, não disse nada, não fez o menor gesto para convidá-la a entrar: limitou-se a abrir a porta e deu meia-volta e voltou ao sofá-cama arrastando os pés, para terminar na frente da TV, que ficara ligada a noite toda, sintonizada num programa especial sobre o sorgo e a alfafa no canal rural, despedaçando lentamente com os dedos os restos de uma velha pizza. Quando olhou para a porta novamente, a mulher havia desaparecido. Numa outra vez, atendeu um casal jovem, recém-casados, pensou ter ouvido, ou apenas comprometidos, que o acharam jovem, ou mais acessível que a maioria dos empregados de imobiliárias que tinham encontrado até então, e passaram a resumir-lhe os três anos de amor que já haviam acumulado, as viagens que tinham feito, o quadro sinótico de suas afinidades e diferenças, e depois de segurá-lo junto à porta, algo evidentemente excepcional, a garota interrompeu-se de repente no meio de uma frase, algo sobre flores, ou dores, ou pobres, e deu uma gargalhada, e quando Rímini ia deixá-los entrar, enternecido com tanto ímpeto romântico, percebeu que não estavam mais ali, que a porta do elevador se fechava, arrastando consigo a risada da garota e também a do garoto, e só quando empreendia o regresso ao sofá-cama descobriu seu pau despontando pela braguilha do pijama. A maioria entrava, torcia o nariz e percorria o apartamento seguindo as instruções ditadas pela voz imóvel de Rímini, decepcionados com o pouco que conseguiam ver na penumbra, mas também com uma espécie de mórbida ansiedade, porque o estado de ruína em que se encontravam os aposentos, os pisos, a pintura de tetos e paredes, que deprimia suas expectativas estéticas, ao mesmo tempo excitava seu senso de oportunidade comercial, instando-os a invocar todos esses problemas para baixar o preço. Para Rímini, no entanto, o preço era o intocável por excelência. No transe vegetativo em que estava, vender ou não vender, que o apartamento causasse boa impressão ou decepção, que os compradores potenciais se entusiasmassem mais, ou menos — tudo isso lhe era indiferente. E essa indiferença o transformava num vendedor imbatível. A relação de desapego com o apartamento imunizava-o contra todos os argumentos — arquitetônicos, financeiros, emocionais — que se costumam usar para dobrar a vontade dos vendedores tradicionais. "Sessenta e cinco mil", dizia Rímini, e sua voz, opaca e monótona na hora de descrever a vista dos fundos ou o fechamento do pátio de trás, agora, de repente, parecia adquirir vida. "Sessenta e cinco mil. Nem um peso a mais, nem um peso a menos."

Com exceção de alguns casos de caridade espontânea, todos femininos — uma mulher que se ofereceu para subir as persianas; outra que, alarmada por suas ânsias, quis descer para comprar-lhe um xarope para a tosse —, em dois meses Rímini não recebeu nenhuma oferta. Ao pai, que ligava uma vez por semana de Montevidéu, onde alugara um apartamento em Pocitos, defronte do rio, respondia que tudo ia bem, que mostrava o apartamento a uma média de quatro candidatos por semana, que a venda era só uma questão de tempo. "A-há. Alguma oferta?" "Várias." E quando o pai o pressionava, encorajado pelo relatório que acabava de receber, Rímini o deixava tonto com a retórica esotérica, mas eficaz — altas, baixas, a lógica aleatória do mercado — de um experiente corretor imobiliário. "Por que vender mal?", dizia por telefone, aconchegado num ângulo do sofá-cama, enquanto coçava freneticamente a cabeça e uma nuvem de caspa pousava em seus ombros. "Não, claro", dizia o pai, um pouco envergonhado, como se, comparado com a sensatez comercial de Rímini, seu interesse em vender fosse um sinal de insensata rapacidade, e ao mesmo tempo comovido pelo zelo com que o filho velava pelo valor de sua propriedade. Então, acreditando-se autorizado justamente por essa confiança, confessou-lhe que sentia falta de suas coisas e perguntou-lhe timidamente se achava que podia recuperar seus móveis. "Alguns, pelo menos", corrigiu-se, aflito com a imagem do filho vivendo sozinho num apartamento desmantelado. Ele cuidaria de tudo; Rímini só teria de atender a empresa de mudanças.

Entregara-se ao passar do tempo. Vivia numa espécie de grau zero, como se tudo que não fosse seu ensimesmamento lhe resultasse intoleravelmente frívolo. Perdera a fome e a sede; não sentia saudade da rua, nem do trabalho, nem de ler livros, nem de ver filmes — certa madrugada, surpreendera o perfil e um ombro nu de Annie Girardot na tv e ficara contemplando-os por alguns segundos, somente o necessário para desdenhá-los, como sequelas de uma velha vida indigna —, e até os rostos de Lucio e de Carmen começavam a confundir-se com faces de meninos

366

e de mulheres anônimas entrevistas em anúncios de guloseimas, nas páginas de jornal que fazia, às vezes, de guardanapo. Mas podia descrever o ritmo em que lhe cresciam as unhas, o cabelo ou a barba, e também a intensidade do cheiro que seu corpo começava a despedir. Rímini *era* o passar do tempo — a vida nua. Uma obra-prima da inércia, sem rumo nem propósito: vida imanente, vida em queda livre.

3.

Certa manhã, entreabriu os olhos e topou com os peitorais esculpidos do treinador pessoal do pai, que o sacudia para acordá-lo. Pensou que estava sonhando e olhou bem. Viu a camiseta branca — uma gazela negra saltava de maneira estilizada sobre o mamilo esquerdo —, o bronzeado parelho dos antebraços e a pulseira de cobre — com suas enigmáticas secreções verdes — num dos pulsos, os tênis sem meias; deixou-se inebriar pelo bafejo de saúde que o envolvia — uma mistura sabiamente dosada de solução bucal e loção pós-barba —, e suspirou aliviado, como se essa espécie de anjo esportivo fosse não só seu messias pessoal, o homem que o resgataria do poço sem fundo do sofá-cama, mas também um antídoto que neutralizaria retrospectivamente seus últimos sofrimentos. Tampando o nariz e a boca com a mão, o treinador abriu, de par em par as janelas da sala, conseguiu que a persiana deixasse entrar umas franjas de luz e contemplou a devastação do apartamento com uma altivez impassível. Era um homem simples e decidido; tinham-no alertado o porteiro do edifício, testemunha, alguns dias antes, da fruição com que dois emissários da companhia de gás desconectaram o medidor do apartamento — a mesma fruição, por outro lado, que uma semana antes haviam exibido dois da companhia de eletricidade —, um par de telefonemas do pai de Rímini de Montevidéu, confessando-lhe seu entusiasmo pelo bom andamento do assunto da venda do apartamento. Para ele, Rímini não passava do filho de um cliente. Mas o pai de Rímini, aproveitando os entreatos confessionais que costumavam abrir-se, por exemplo, entre duas abdominais e os exercícios de alongamento, contara-lhe um ou outro detalhe do episódio do sequestro de Lucio e da série de desgraças que isso desencadeara, e o relato, tão marcado pela dor do pai, que, como costuma acontecer, via no desastre do filho a prova de seu fracasso como pai, comovera-o de uma estranha maneira. Ligou alguns fios, suspeitou de algo turvo e suspendeu uma semana inteira de sessões de treinamento para ter tempo livre e encarregar-se do problema. Não tinha filhos; vivia sozinho. O cuidado com o próprio corpo obrigava-o a cultivar um estilo de vida muito pessoal, cujos hábitos e precauções dificilmente seriam compartilháveis; só alguém como ele, uma treinadora pessoal, por exemplo, poderia considerá-los algo mais que caprichos — só que as treinadoras pessoais não eram seu tipo. Mas estava acostumado a lidar com gente *caída*. Moeda corrente, o abandono de si, a degradação física, a deficiência, o esmorecimento da vontade — e todos os seus correlatos psicológicos — eram os problemas aos quais, já maduro, depois de algumas décadas de certa prosperidade no turismo, onde os conhecera, decidira dedicar sua vida. O estado de Rímini era sério, mas não estava longe dos quadros dos quais costumava resgatar seus clientes. Tremia como uma folha. O treinador pensou em dar-lhe um banho. Lembrou-se de que não havia gás e, portanto, tampouco água quente, mas foi ao banheiro do mesmo jeito, pensando que o choque de água fria provavelmente seria mais eficaz. Abriu uma torneira, depois outra, e outra, e por fim, todas, e sentou-se na borda do bidê para esperar. Houve uma espécie de cânone de arrotos, completamente seco, fumegante, às vezes, e uma seguidilha de anêmicas gotas avermelhadas pingou da torneira da banheira e caiu sobre um tapete de borracha devorado pelo mofo. Voltou à sala, envolveu bem o corpo de Rímini com a manta, levantou-o num ímpeto, sem o menor esforço, e levou-o para longe, para bem longe da zona de desastre.

Morava em Núñez, no vigésimo segundo andar de um edifício muito alto que, nos dias de vento, quando a tarde caía, parecia oscilar levemente, como que embalado pela força dos aviões que, perto dali, cruzavam o céu. Rímini passou a primeira fase de sua reabilitação — a mais trabalhosa, segundo o treinador, mas não a mais difícil, porque para quem está no fundo do poço não há progressos pequenos, ao passo que, para quem já está à tona, o menor progresso representa uma empresa titânica — no local que o treinador chamava de templo, um amplo ambiente retangular, com vista para o rio, sem outros móveis que um colchonete de borracha da espessura de um tapete, o tatame, um aparelho de barras paralelas, uma esteira aeróbica e dois aparelhos de musculação, todos duplicados pelo espelho que cobria de ponta a ponta uma das paredes principais. Era o lugar ideal, e Rímini foi o paciente perfeito. O treinador desenhou-lhe uma rotina especial, de exigência progressiva, que incluía um programa completo de exercícios físicos, mas também dieta, complexos vitamínicos escalonados, sessões de hidroterapia e massagens, e ele se entregou sem pensar, como a uma espécie de religião prática que canalizava sua vida para um único trilho, como qualquer religião, e evitava que tivesse o extenuante trabalho de tomar decisões, mas que, ao mesmo tempo, diferentemente de qualquer religião, não lhe exigia nenhum tipo de comunhão intelectual ou filosófica. Rímini obedecia com esmero, e as horas que o treinador passava trabalhando fora do apartamento, que qualquer paciente teria aproveitado para burlar ou ao menos relaxar a disciplina, mesmo que fosse matizando-a com passatempos como ver televisão, falar pelo telefone, ler, nele, ao contrário, só reforçavam o senso de responsabilidade e o encarniçamento — em parte por essa combinação de vontade e inércia que a disciplina física promove, e em parte, também, porque no apartamento, além do espetáculo do rio, que na maior parte do dia era quase invisível, ou porque o sol e o máximo despojamento do horizonte reduziam-no a um resplendor branco, sem linhas nem cores, que ofuscava, ou porque ficava embaçado por um vasto véu de bruma, não havia maiores distrações disponíveis: o treinador não tinha aparelho de som nem rádio — era um pouco surdo —, só consumia publicações especializadas como *Muscle Today*, *True Fitness* ou *EveryBody* — que mandava uma colega bilíngue traduzir e que tinha a precaução de trancar à chave numa gaveta —, e embora tivesse televisão — via um pouco toda noite, para dormir, ou sintonizava o canal de vendas a distância para ficar por dentro dos últimos tonificantes musculares portáteis, dos aparelhos de alongamento programáveis, dos lipo-redutores manuais, dos modeladores de silhueta e todas as enganações daquilo que ele chamava, entre divertido e furioso, de "a grande indústria da fraude corporal" —, bloqueara o acesso ao aparelho mediante uma senha secreta, de modo que Rímini não pudesse desperdiçar nele o menor vestígio de energia. Para o treinador, a deterioração de Rímini era um caso típico de entropia energética: primeiro a desordem e depois a fuga, caótica e em massa, do alento vital. Era preciso bloquear essas fugas; concentrar e, uma vez concentrado, quando o complexo orgânico recuperasse o que de algum modo era seu combustível próprio, seu alimento, aí sim: ir do interior para o exterior, abrir e projetar outra vez o eu restaurado para o mundo e esperar o feedback. Rímini, embora as ignorasse, não demorou a ilustrar essas razões e melhorou espantosamente. Não tinha nada em que pensar. Sua mente, sua imaginação, até mesmo sua memória — tudo era branco e liso como as paredes do templo, onde, salvo o espelho e um retrato de Charles Atlas no quarto do treinador, versão ampliada da foto que costumava acompanhar, nas velhas revistas de histórias em quadrinhos, os cupons do método Atlas por correspondência, o treinador, iconoclasta espontâneo, negava-se a pendurar qualquer outra coisa, convencido de que as imagens eram veículos de fraqueza e ameaçavam a única representação que valia a pena: a imagem do próprio corpo. Era como estar numa prisão ou num templo budista. Tudo era regra, ritmo, repetição. Levou menos de uma semana para Rímini despontar de sob os escombros. Foi como se uma criatura invertebrada, uma ameba, digamos, ou uma medusa, desenvolvesse de repente uma coluna vertebral, um eixo, todo um sistema ósseo, e a massa trêmula e flácida que era se erguesse e tomasse forma e começasse a se mover de maneira articulada pela primeira vez em meses.

Certa manhã, dez dias depois de interná-lo, o treinador acordou-o anormalmente tarde — às oito, em vez de às seis e meia —, com um café da manhã anormalmente permissivo: suco de laranja em vez de água, chá em vez de água, uma torrada de pão de centeio em vez de água. Entravam numa nova fase. Usando — não sem algum tropeço — o indicador de uma das mãos e os cinco dedos da outra à guisa de contador, o treinador foi enumerando os pontos mais importantes do futuro imediato, enquanto Rímini, sentado à mesa, contemplava extasiado os três luxos matinais com que acabavam de recompensá-lo. Ponto um: começaria a sair. O templo já cumprira sua principal função — corte com o lado de fora, amparo e concentração —: se prolongassem o confinamento, principalmente com os progressos que Rímini fizera, corriam o risco de despertar as reservas tóxicas que espreitam em todo ecossistema artificial, mesmo os mais benéficos. A etapa de concentrar chegava ao fim; era hora de irradiar o concentrado e, no momento certo, mas só em condições de ótimo controle, intercambiá-lo com o exterior: hora de reatar relações com o mundo. Ponto dois: sair não interromperia o tratamento, só modificaria seu programa. Da reabilitação, que podia dar-se por concluída, Rímini passaria à etapa biossocial do treino, incorporando-se a um dos grupos que todas as semanas trotavam sob as ordens do treinador nos bosques de Palermo. Ponto três: Rímini se desligaria do apartamento do pai, cuja limpeza e venda o treinador delegara ao porteiro em troca de uma gorjeta e de uma promessa de comissão. Ponto quatro, fundamental: o treinador comprometia-se a manter o ponto três — e também, naturalmente, o lastimoso descenso aos infernos que o tornara indispensável — longe do conhecimento de seu pai, para que a operação seguisse seu curso nos termos acordados antes de sua partida a Montevidéu, e Rímini, por sua vez, comprometia-se e fazer tudo o que estivesse ao seu alcance para levar a bom termo a nova fase do tratamento. "E ponto cinco…", disse o treinador, mordiscando a quina de uma torrada chamuscada. Uma chuva de migalhazinhas carbonizadas maculou o branco impecável de sua camiseta. Reconsiderou: o ponto cinco ficaria para mais tarde. Surpresa: comprara roupas para ele — e depois de desocupar a mesa de pratos e xícaras apoiou sobre ela uma grande sacola com o logotipo de uma loja de artigos esportivos.

Dali Rímini tirou o uniforme que vestiria durante uma longa temporada: tênis e meias de tênis, calças largas de algodão cinza, uma camiseta polo branca que o treinador chamava de *chomba*, e uma peça desconcertante, feita de três faixas elásticas entrelaçadas e uma espécie de tapa-sexo triangular, que Rímini primeiro associou a um extravagante acessório medieval, a meio caminho entre a armadura e o cinto de castidade, e depois, numa iluminação súbita, fruto em parte de sua memória, que começava a reanimar-se, e em parte da palavra *suspensório*, que o treinador, enquanto o exibia diante dele, pronunciara com uma pompa ligeiramente reivindicativa, terminou reconhecendo como a cueca de cavernícola que tantas vezes, quando menino, vira o pai vestir no vestiário do clube. Esse foi o uniforme com o qual certa manhã, sem aviso, e sem que o treinador considerasse necessária nenhuma apresentação especial, Rímini misturou-se aos cinco membros do grupo Azul — terças e quintas — e continuou cumprindo ao pé da letra seu programa de recuperação. Como o templo, antes — com seu despojamento e a falta de tentações —, a roupa e o grupo pareceram-lhe perfeitos. Eram o cúmulo do comum: nenhuma particularidade, nada que os distinguisse. Respondiam tão bem ao estereótipo que mimetizavam o contexto e passavam completamente despercebidos. Embora fossem cinco, dos dois sexos e em condições físicas díspares, e as idades variassem entre os trinta e os sessenta e cinco anos, todas as possibilidades prometidas pela combinação desse punhado de variáveis eram neutralizadas pelo objetivo comum que os reunia. Não havia tempo para as aproximações pessoais: qualquer impressão ou intercâmbio subjetivos eram demais. Faziam só o que diziam (enquanto diziam), só falavam do que faziam (depois de fazê-lo). Iam da ordem ("mãos na cintura e... um!") ao comentário ("minha panturrilha está um pouco distendida") e vice-versa, os dois únicos registros que pareciam autorizados a usar. Reduzidos ao presente, e a essa forma particularmente reduzida do presente que são os caprichos e as contrariedades do corpo, eram, a seu modo, uns fundamentalistas da atualidade, para os quais passado e futuro não eram mais que ficções nocivas, desenhadas com o único fim de corromper seu ensimesmamento com o veneno do sentido histórico. Tudo era agora, aqui. Um mundo míope, imediato, cujas leis só toleravam um tipo de delonga: a que havia entre um exercício malfeito e sua versão corrigida. Não era preciso tourear com origens, nem com remanências, nem com antecipações. Não havia restos; tudo estava em seu lugar. Era preciso, no pior dos casos, melhorar, mas a paródia do futuro que essa exigência insinuava, longe de alterá-la, só fazia ratificar a homogeneidade do mundo. E Rímini, persistente, melhorava — aula após aula, claro, mas também dentro de cada aula. Melhorava a cada hora e a cada segundo, como se temesse desaparecer se estacionasse, e à medida que recobrava o controle, a força, a elasticidade, a mesma vontade que reanimava seus músculos ia limpando a selva de ervas daninhas, heras, plantas selvagens e ervas venenosas que há meses, talvez anos, colonizava sua cabeça. Talvez pela espécie de abismo do qual provinha, a perfeição, que para seus companheiros de grupo parecia ser um objetivo a longo prazo, crucial, mas remoto, foi alcançada rápido por Rímini, ao menos na medida razoável em que aceitava ser alcançada. Ele não se surpreendeu; estava ocupado demais executando suas rotinas para usufruir a distância que a surpresa exige. Sua consciência — o resto mínimo de consciência que o treino excluíra da ação geral da limpeza — media os fatos dia a dia, nos termos estritos desse exercício de contabilidade cotidiana que é toda atividade física — quantidade de minutos, respirações, flexões, quantidade de voltas no lago —, e carecia, portanto, de uma imagem geral, panorâmica, da evolução de seu estado. De modo que, ao mesmo tempo que a perfeição, Rímini conquistava a inocência. Só o treinador, instalado na borda, ao mesmo tempo dentro e fora, da relação de compromisso que seu discípulo tinha com a meta do bem-estar físico, só ele, capaz de comparar os dois Ríminis, o náufrago que encontrara num sofá-cama estropiado e o atleta incansável que agora o deslumbrava sob o sol, podia ver o ponto de perfeição a que chegara Rímini e compreender que já era hora de dar o salto.

Certa manhã, enquanto o grupo, deitado de costas no gramado, tentava completar a última série de abdominais, Rímini, que terminara um pouco antes, ficou alguns segundos deitado, olhando como duas árvores se aproximavam e agitavam suas copas, e depois se levantou e saiu caminhando pela trilha de saibro que rodeava o parque. O treinador, que segurava uns joelhos contra o gramado, seguiu-o com o olhar. Viu-o apoiar-se no tronco de uma árvore, flexionar uma perna, pegar o peito do pé com a mão e repetir a operação com a outra perna. Viu-o caminhar sacudindo braços e pernas no ar, imitando um boneco desarticulado, e girar os braços como pás. E de repente o viu parar. Estava de costas; parecia examinar alguma coisa na sola de um de seus tênis. O treinador deu uma ordem em voz muito alta e foi até Rímini, que revisava a sola do outro tênis. Rímini deslizou um dedo sobre a borracha, do calcanhar até a ponta e de um lado e do outro, como se afiasse uma navalha, e depois levou o dedo à altura dos olhos, perto demais, obrigando-o, quase, a ficar vesgo, e ao contemplá-lo — estava coberto por uma suave camada de saibro — um sorriso de beatitude iluminou seu rosto.

Fazia muito tempo que não pisava uma quadra de tênis — dez, talvez doze anos. E da última vez, cuja lembrança ia agora restaurando aos pedaços irregulares — árvores, eucaliptos, parte de um alambrado, baques na água, uma toalha jogada na grama, o fulgor do sol na água, na película de óleo que se move com a água —, não, da última vez não houvera saibro: Rímini corria descalço sobre um piso de cimento com rachaduras, esquivando-se das moitas de ervas que brotavam das velhas juntas asfálticas, os olhos cravados na bola que seu adversário, uma garota sem rosto, em traje de banho, acabava de devolver-lhe de revés, enquanto levava o braço para trás e com uma raiva imprevista, fruto de uma longa noitada alcoolizada ou, talvez, das emoções confusas que lhe despertava a risada de sua adversária, que acompanhava todos os seus movimentos, até mesmo os mais insignificantes, preparava o golpe mais deliberadamente esperto que podia lhe permitir a raquete com que topara na casinha de ferramentas do jardim, dissimulada entre guarda-sóis, uma Sirnueva de madeira, de mulher, sem dúvida, ou talvez de criança, com o cabo em carne viva e as cordas abertas e esfoladas.

Julgada com a vara drástica da ortodoxia, essa intromissão do passado, com seus detalhes de cor e sua peculiar temperatura afetiva, poderia ter propiciado uma recaída, com todas as suas consequências: retorno ao zero, limites estritos, endurecimento do controle. Mas o treinador não era tão obtuso: a possibilidade de uma reminiscência figurava no desenho original de seus planos. Assim, a epifania tenística que comovera Rímini foi menos uma parte de seu passado que de seu futuro, do futuro que o treinador sigilosamente previra para ele. "Você devia tê-lo visto jogar: era um talento", dissera-lhe o pai, certa vez, talvez para matizar o panorama sombrio que estava dando do filho. E ainda que de algum modo isso o ensombrecesse ainda mais, porque o talento que evocava parecia irremediavelmente perdido no tempo, o treinador tomara nota do detalhe, enternecido com a maneira como esse simples antecedente esportivo parecia humanizar Rímini, e arquivou-o no baú onde costumava guardar as armas que usaria no futuro. Era o momento de recuperá-lo. "O ponto cinco...", disse. Passavam para a terceira fase; a mais complexa, segundo o treinador, porque exigia do reabilitado certa independência. O controle tendia a relaxar, e as ameaças multiplicavam-se de maneira proporcional.

O ponto cinco era o trabalho. O treinador falou bem rápido — para maior explicação, menor efeito de autoridade: não queria que Rímini, na véspera de uma nova fase, se sentisse importante demais. Tinha aquele colega... professor... clube Argentino de tênis... clientela seleta... um mau giro de pernas... ruptura de ligamentos... seis meses, no mínimo, de inatividade... outros professores do clube podiam... mas alguém recomendado especialmente por ele... alguém jovem... o clube concordaria em aceitar... Começaria na terça-feira. Era absurdo, pensou Rímini. Teve um impulso selvagem: rir. Mas se conteve, e uma fração de segundo depois o assunto lhe pareceu tão razoável, tão diáfano... Outros, para serem outros, aventuravam-se em mundos dos mais ameaçadores: viajavam milhares de quilômetros, perdiam-se em países insalubres, falsificavam documentos, injetavam plástico na cara, entregavam-se a toda espécie de mutilação e implantes sexuais, sucumbiam à síndrome da personalidade múltipla. Ele só precisava de uma segunda muda de roupa, menos "esportiva" e mais "tenística" do que a primeira, uma raquete duplo T — titânio e teflon —, uma coleção de vídeos australianos um pouco fora de moda — o empregado que os vendeu leu na contracapa os nomes de Laver, Newcombe e Rosevall e deu uma risadinha debochada, mas Rímini sentia estar tocando com as mãos algo mais precioso e remoto do que uma era gloriosa da história do tênis: sua própria infância —, uma provisão de resina inútil (a película que recobria o cabo da raquete, completamente desnecessária) e duas caixas de cápsulas de carvão, que — acredite se quiser — eram o ponto mais polêmico de sua nova identidade. O treinador não queria comprá-las; estava convencido de que só serviriam para atrair a desgraça que pretendiam conjurar. Rímini, que em quatro anos de interclubes levara-as todas as manhãs no bolso, só conseguiu que ele cedesse quando lhe prometeu que as usaria apenas durante a primeira semana de aula, e em casos de extrema urgência.

Não foram necessárias, nem na primeira semana nem nunca. Rímini era um talento, de fato, e nenhum dos privilegiados que nessa terça-feira foram testemunhas de sua *rentrée* diria que já estava há mais de uma década sem pisar numa quadra — salvo, talvez, pela chamativa insistência com que, *antes* de pisá-la, bateu com o canto da raquete nos tênis para aliviá-los dos torrõezinhos de pó úmido que só *depois* ficariam presos aos desenhos da sola. Além disso, como acontece às vezes com as habilidades que renascem depois de uma longa latência, seu talento voltou não apenas intacto, mas depurado, como se esse período de hibernação, mais que conservá-lo, tivesse limpado seu nervosismo, seu medo, suas hesitações, seus escrúpulos, sua idiotice, todo esse restolho de vícios que sempre o haviam frustrado, mas dos quais muito rapidamente, ao cabo dos primeiros torneios, ou até mesmo dos campeonatos internos que jogava só para treinar, fora quase impossível distingui-lo. É verdade: agora não competia — ensinava. Mas seus velhos desplantes de jogador torturado sempre tinham dado um jeito de se perpetuar sem árbitros, sem planilhas oficiais, sem público, sem adversários, que os estimulavam e às vezes até os explicavam, porém jamais os causavam. Punha-se a gritar diante do menor erro — um voleio longo demais, uma astúcia do adversário que podia prever, mas que não conseguia rebater, uma bola que lhe davam de presente e que ele, caprichoso, devolvia mansa à rede. Para rematar suas duplas faltas batia a ponta da raquete no chão, recuperando-a no ato, depois de fazê-la quicar, se o ponto não fosse decisivo, ou, caso a perda do ponto significasse a perda do jogo, deixando-a alguns segundos no chão, em penitência, enquanto permanecia agachado com as mãos nos joelhos, buscando menos a origem de seu erro do que a da injustiça cósmica da qual se sentia vítima. Moralmente era irrepreensível: nunca discutia com os juízes, jamais uma bola roubada. E bastava que algum pique despertasse dúvidas em seu rival, mesmo ele não tendo nenhuma e o pique o favorecendo, para que se oferecesse para repetir o tento ou o cedesse sem mais ao inimigo. Seus modos e seu comportamento, contudo, eram aterradores. Entre dois pontos, quando ia perdendo e cabia ao outro sacar, Rímini costumava rebater com uma cruzada, enviando-a aos cantos da quadra dos quais seu rival estivesse mais longe, obrigando-o a fazer longos rodeios para pegá-las. Falhava um golpe de maneira infantil e apontava para o céu e, com toda a força de que era capaz, lançava a bola que o humilhara para a quadra ao lado, onde, no entanto, ia buscá-la de imediato, completamente corado, na maior correria. Martirizava redes, faixas e alambrados com raquetadas ferozes; chutava bolas sem olhar, para qualquer lado, bolas que fatalmente acabavam se perdendo em canaletas ou escapuliam por orifícios secretos para a rua, para os charcos de água apodrecida dos quais devia resgatá-las depois, completamente enojado. Tinha um sucinto repertório de autorrepreensões — epítetos ofensivos, não ilegais, "besta!", "imbecil!", "tonto!", "inútil!", o extravagante "nulo!", sempre tão pitoresco, que podia exclamar uma quantidade respeitável de vezes sem ser punido pelos árbitros, e com o tempo, sem realmente se propor a isso, porque o que o levava a esse furor antissocial não era a vontade de perturbar — moeda corrente nesses tenistas subversivos nos quais talento e ultraje são só duas manifestações de uma mesma energia —, mas, antes, a falta absoluta de toda vontade, que, nem bem pisava uma quadra, era abolida pela constelação de variáveis a que devia fazer frente na partida, chegara a refinar uma técnica muito engenhosa, que os parasitas de sempre não demoraram a plagiar, para ridicularizar com alguma impunidade seus rivais, e que consistia em xingar a si mesmo em alto e bom som, mas esclarecendo, também em alto e bom som, as razões pelas quais se xingava, e reduzindo essas razões a uma: não ter aproveitado a bola fraca, desajeitada, patética, digna de um principiante, que seu adversário lhe servira de bandeja. E enquanto ia ganhando a pior das famas, jogador animicamente instável, fama que rapidamente passou a precedê-lo onde quer que fosse jogar e que todos os seus adversários, incorporando-a ao seu *identikit* esportivo no mesmo nível de suas deficiências técnicas, começaram a explorar — enquanto isso, Rímini *sofria*. Jogar era um transe, um arrebatamento que o alienava, arrancando-lhe paixões que não sabia que tinha. Seu pai, que certa vez, encorajado por um dos raros momentos de graça em que Rímini parecia inventar o tênis a cada golpe, acalentara a ideia de encaminhá-lo para o profissionalismo, procurou de todo jeito curá-lo de seu mal, sem dúvida o pior, o mais prejudicial para qualquer carreira esportiva. Falou com ele; convidou-o a procurar traumas, causas. Jogavam juntos e o imitava, pensando que se ele se visse num espelho o espanto o purgaria. Ficou firme, ameaçou-o, chegou a interromper uma final de interclubes na associação *Deportes Racionales* para desafiá-lo em público, diante de trezentas e cinquenta pessoas, entre elas uma namorada de ominosas axilas peludas que não suportou a tensão e preferiu fugir a vê-lo derrotado. Chegou a negociar secretamente com o treinador do clube sua exclusão temporária da equipe, como forma de correção. Tudo inútil. "Era um talento", o único diagnóstico certeiro. Rímini sofria da síndrome do dotado. Incurável. Porque o talentoso recebe tudo já de saída, sensibilidade, força, inteligência, velocidade, inventividade, mas o recebe de maneira abstrata, em estado de máxima pureza, como se não houvesse mais nada a fazer, nada que não fosse esbaldar-se com esse dom ou contemplá-lo, ou como se o horizonte no qual é chamado a desdobrar-se fosse um limbo inacessível, autossuficiente, em equilíbrio e harmonia eternos, e não um mundo arbitrário, descuidado, brutal, onde um dia faz calor, outro faz frio, tem vento, pode chover, os trens resolvem passar justo no meio do segundo saque, os alambrados se agitam, os cadarços dos tênis se desamarram, saem bolhas, as namoradas riem com desconhecidos nas arquibancadas, rolam copinhos plásticos na quadra ao lado, uma bandeira flameja demais, uma bola quica menos que a outra, os adversários não param de correr, o suor se mete nos olhos.

Agora tudo isso tinha ficado para trás. Se Rímini — o *prof. Rímini*, como leu na manhã de seu début, letras brancas sobre feltro verde, no cartaz do saguão do clube, ainda adormecido, acariciando no fundo do bolso a cartela com cápsulas de carvão — conservara seu talento, era simplesmente porque seu talento era uma antiguidade, uma antiguidade supérflua, que sua nova função absolutamente não exigia e que Rímini acrescentava ao ritual pedagógico como um valor fora do programa. Não havia futuro para o talento; perdida a juventude, da qual de algum modo era um sinônimo perverso, já não tinha nada com que fazer jogo. E essa condição solitária, que costuma deprimir quando afeta virtudes mal distribuídas, no caso de Rímini, ao contrário, dava a seu talento um caráter especialmente atraente, como o que de repente possuem certas joias, genuínas, mas pouco procuradas, que por um golpe de sorte deixam o estojo no qual se entediavam e passam a pavonear-se sobre a carne ainda vital que decidiu exibi-las. Era um luxo, órfão, isolado e, como todo luxo, de uma elegância anacrônica. E era o signo de uma paixão pelo esbanjamento que a raça dos jogadores só compartilha com a dos dândis.

Ninguém — nem mesmo o próprio Rímini — chegou a intuir todos esses meandros, mas no dia do début, com o previsível nervosismo, aflito, ainda, com o rompimento de um cadarço de seus tênis, um sinal que não pressagiava nada de bom, Rímini, depois de dar quatro horas e meia de aula, devolveu ao tênis o espírito que quinze anos de anabolizantes, marcas e transmissões televisivas tinham substituído pela triste mística do sacrifício. Sua sobriedade era quase uma insolência. Jogava com naturalidade, sem esforço, como se a raquete não fosse uma arma nem uma prótese, mas a intérprete atenta e delicada de seu braço. Rebatia com uma só mão. Quinze anos mais tarde continuava contrariando seus professores: em vez de "atacar" a bola, ele a esperava, o que dava a seu jogo um ar de aristocrático desinteresse, como se sempre tivesse algo melhor a fazer do que estar ali;

pegava-a um pouco mais abaixo do que o normal, quase "de colher", à maneira dos tenistas anteriores à era dos efeitos. Corria pouco, caminhava, antes, e não ocupava a quadra com o corpo, mas com a inteligência, antecipando-se, sempre, aos golpes do outro. E entre os seus, geralmente planos, o estranho era que não parecia haver pausas: formavam uma sequência fluida, como as figuras sutilmente ligadas que traçam no ar certas artes marciais, que continuava mesmo quando a bola estava do outro lado da rede e só se interrompia quando o ponto chegava ao fim. E havia, ainda, a roupa, praticamente uma declaração de princípios: tudo branco, de algodão — única exceção: as duas faixas azuis que debruavam o decote em V do pulôver sem mangas —, short com bolsos, tênis de lona, naturalmente, e um boné de algodão cru, leve, de modo que ao molhar-se não lhe pesasse, para proteger-se do sol.

Foi, jogou, venceu — em termos simbólicos, porque, dado o penoso nível de seu corpo discente, que só permitia às bolas cruzar a rede sem contratempos cinco, seis vezes, dez nos melhores casos, Nancy entre eles, pensar em jogar uma partida, na acepção total da palavra, era uma ambição insensata. Foi mais um sucesso cultural que esportivo. Sem pressa, como se o ar de anacronismo afetasse tanto seu corpo, que agora se movia com uma estranha *nonchalance*, quanto sua roupa, vestiu o uniforme de professor novinho em folha no vestiário, e o encarregado das toalhas e dos sabonetes, depois de um segundo de espanto, premiou-o com um sorriso radiante. Saiu. Levava o cesto metálico com a dotação de bolas amarelas que seu frustrado antecessor lhe cedera. Atravessou meio clube debaixo do sol, procurando a quadra que lhe fora destinada, e no caminho um grupo de nativos — um homem com avental de cozinha, um jardineiro que orvalhava um canteiro de rosas com um regador vazio, alguém que lutava com uma escada enorme — cumprimentou-o com simpatia, assentindo com a cabeça como os cãezinhos nos vidros traseiros dos carros. O portão da quadra gemeu, Rímini bateu pela quarta vez nas solas do tênis com a raquete — desta vez não era por estar deslocado, como das três anteriores, mas por pura superstição — e entrou. Sentiu uma estranha sensação de plenitude. Sabia que era um impostor, mas a banalidade e a eficácia da impostura o maravilharam. Estava prestes a tocar o chão quando, pulando uma ligeira depressão do terreno, seu pé ficou um instante pisando o vazio, desconcertado, e todo o seu corpo se desequilibrou, e uma bola, uma apenas, a que ocupava a ponta da pirâmide, rolou suavemente, saltou do cesto e aterrissou na quadra onde quicou uma, duas, três vezes com arrogância, afastando-se, até que Rímini cortou-lhe o caminho com a raquete, segurou-a um par de vezes com a corda, voltou a fazê-la quicar, como se a reanimasse, apanhou-a — usando a raquete como bandeja — e a depositou no mesmo lugar de onde tentara fugir. Entrou na quadra e viu o cancheiro que o olhava do outro lado da rede, com o rastelo numa das mãos e com a outra levantada, cumprimentando-o.

Depois chegou a vez dos alunos, que foram se apresentando progressivamente ao longo da primeira semana de aula. Eram seis, e à exceção de dois — um menino irritadiço, Damián, ex-aluno de uma escola particular cujos pais pretendiam compensar a perda do turno integral com manhãs saturadas de idiomas e esportes que ele detestava; Boni, um adolescente esquálido, com o rosto estrelado de acne e as pontas dos dedos amarelas de nicotina, cuja mãe, que cuidava dele praticamente sozinha, imaginava que um pouco de exercício físico canalizaria suas efervescências hormonais —, todas eram mulheres, algo perfeitamente natural, considerando a hora e os dias das aulas. Receberam-no sem maiores efusões: a dose justa de desconfiança e curiosidade que despertam os substitutos, principalmente quando são inesperados. Damián costumava dedicar alguns segundos de caçoada a seus tênis de lona, que ao lado dos que ele usava, monstruosos, como répteis mutantes, eram de uma austeridade quase rupestre; e o fumante Boni — que, com a anuência tácita de Rímini, faltava a uma de cada duas aulas — jamais conseguiu pronunciar o nome de seu novo professor sem se equivocar. Mas eram pouco exigentes, distraíam-se facilmente, e Rímini logo descobriu que abreviando a aula os deixava felizes. As mulheres deram-lhe um pouco mais de trabalho. Eram muito parecidas entre si: maduras, ociosas, bem conservadas, equipadas no último grito da moda e da tecnologia esportiva. Corriam muito, sempre: primeiro com dignidade, displicentemente, depois com um desespero cego, como se estivessem se flagelando. Rímini ficou surpreso com um detalhe: todas, ao bater, soltavam uns uivos agudos, como de samurai, mesmo quando rebatiam a bola com o canto da raquete ou não a rebatiam em absoluto. Durante a primeira semana submeteram-no às clássicas enquetes comparativas, confrontando cada uma de suas indicações, suas fórmulas, seus princípios com os que seu antecessor lhes inoculara — o grito de samurai era um deles: o professor contundido revelou-lhe isso na tarde em que Rímini, a pedido do treinador, foi até a clínica para agradecer a oportunidade que lhe dera. "Desabafam", explicou-lhe, enfiando uma agulha de tricô na armadura ortopédica que imobilizava sua perna machucada, "e de quebra sentem-se superprofissionais" —, e se entregavam a essas comparações sem emitir julgamentos, com um pudor de neutralidade, como se o fato de terem perdido um rosto familiar as preocupasse menos que o bem supremo e objetivo do tênis. Em tudo encontravam uma virtude *e* um defeito. A juventude de Rímini, por exemplo: quinze anos mais moço que seu antepassado, era ao mesmo tempo um signo de renovação, o que as deixava entusiasmadas, e de inexperiência, o que as deixava receosas. Seu tênis solto e simples as aliviava, libertando-as do peso das exigências técnicas, mas ao mesmo tempo atemorizava-as, porque sem toda a parafernália de efeitos sentiam-se desamparadas. Mas passada essa fase inaugural, de estudo e calibragem recíprocos, tudo foi se acalmando, as surpresas (juntamente com as expectativas) diminuíram e a tediosa eficácia do mecanismo esportivo terminou dissipando todas as incertezas.

Então, como nesses concursos de beleza nos quais as aspirantes ao trono esperam o veredicto em fila, multiplicando por dez uma única e a mesma ansiedade, e o júri o anuncia e uma delas, só uma, dá um passo à frente e explode em lágrimas e, enquanto uma corte de ex-princesas e ex-rainhas precipita-se sobre ela com cetros e coroas de louros, todas as outras, das quais, até esse momento, nada parecia distingui-la, passam a fazer parte de um magma indiferenciado e impreciso, no qual se perdem e que não as regurgitará jamais, assim, com essa mesma arbitrariedade, Nancy deu um passo à frente, deixou para trás o rebanho em que pastava com o restante das alunas e entrou com altivez, fazendo soar todas as suas pulseiras de ouro, no deserto da vida de Rímini. Fazia as aulas com as pulseiras, seis em cada pulso, fininhas como cabelos de anjo, um detalhe que Rímini atribuiu, com alguma ingenuidade, como descobriria pouco depois, à fraqueza ou à indolência do professor anterior, e que decidiu corrigir na terceira aula, depois que Nancy arremessou a sexta bola da manhã no cemitério natural de bolas que funcionava do outro lado do alambrado, junto aos trilhos do trem. Cruzou a rede de um salto — um impulso excepcional porque, ainda um pouco inseguro no plano físico de sua relação com os alunos, raras vezes mudava de lado, e se resolvia fazê-lo passava sempre pela lateral, o caminho mais longo, mas também o mais protocolar — e aproximou-se dela dando uns pulinhos displicentes, como se o alarde de agilidade que acabara de fazer não lhe tivesse custado o menor esforço. Nancy esperava-o com os braços frouxos; a raquete pendia, morta, de sua mão esquerda. Permanecera quieta, cravada na pequena porção de quadra onde rebatera de revés, como se alguma cláusula do regulamento a proibisse de se mover. Rímini não pôde ver seus olhos, ocultos, como sempre, atrás de uns grandes óculos de sol hexagonais, mas viu que estava cabisbaixa e percebeu seu desânimo. "Vaaamos ver", disse, como se falasse com uma criança. Parou atrás dela e quando se aproximou, disposto a guiar passo a passo seus movimentos, como um titereiro guia seu boneco, uma rajada de perfume envolveu-o numa nuvem doce e fulminante, misto de damascos maduros e bronzeador, que todos os poros de seu corpo pareciam exalar, e, meio tonto, ele viu na base de sua nuca, da qual nunca antes estivera tão perto, uma fileira de gotinhas de suor perfeitamente alinhadas, todas do mesmo tamanho, brilhando como um colar de pérolas sobre a pele bronzeada. Então, enquanto punha o pé esquerdo ao lado do dela, encurtando ainda mais a distância que os separava, Rímini tocou seu cotovelo esquerdo suavemente, com decisão e delicadeza, e Nancy respondeu de imediato, como se esse cotovelo fosse o centro de sua capacidade receptiva: cruzou o braço sobre o peito e o levou para trás, ensaiando a primeira fase do revés, e seu cortejo de pulseiras, que até então enlanguesciam ao redor de seu pulso, agitaram-se e reviveram, emitindo um sussurro opaco, levíssimo, e, de conluio com o perfume, miraram o ouvido de Rímini. Teve uma ereção instantânea, tão imensa e abrupta que por pouco não gritou. Afastou-se instintivamente. Repreendeu-a — manobra distrativa — por não ter tirado as pulseiras para jogar, enquanto baixava os olhos e avaliava o vértice tenso de sua bermuda. "É ouro", disse Nancy, "sou viciada em ouro", e deu um passo atrás, um passo desnecessário, que Rímini, que agora a perfilava segurando-a pelos ombros, não havia previsto, e o roçou com os quadris. Isso foi tudo. Rímini levantou os olhos, viu as copas das árvores que giravam contra o céu e sufocou um gemido em sua munhequeira de toalha. Seu corpo estremeceu num arrepio fugacíssimo, como um relâmpago, que o atravessou dos pés à cabeça e o fez arder, literalmente. Suas pernas bambearam. Teria caído ali mesmo, de joelhos, no piso de saibro, se Nancy, que, a menos de vinte centímetros de distância, parecia no entanto fazer parte de outra dimensão, do mundo antigo, remotíssimo, do real, não tivesse levado a raquete para trás — segunda fase do golpe que tentava melhorar —, topando com o inesperado obstáculo de seu rosto. Um acidente providencial. A dor o reanimou. Nancy, envergonhada, deixou cair a raquete e estendeu a mão até a face de Rímini, que começava a ficar vermelha, como se tocá-la fosse uma forma de pedir desculpas — e sua mão tremia. Tremia, ele pensou, como só vira tremer velhos, doentes, pessoas estragadas pelo álcool. E antes que chegasse a tocá-lo, ou melhor, para que não o tocasse, Rímini agachou-se, levantou a raquete — operação que aproveitou para examinar de soslaio a bermuda, e a área onde o êxtase deixara sua triste lembrança — e a devolveu. "Não se preocupe", disse, "não foi nada. Vamos repetir o revés, mas só no bate-bola." E voltou para o seu lado da quadra, apanhando, de passagem — pegando-as entre a raquete e a face externa de seu pé direito —, algumas das bolas que descansavam junto à rede.

Sim, Nancy tremia como uma folha, como era natural que tremesse uma folha que, passados os cinquenta anos, intoxicada por toneladas de tranquilizantes, comprimidos para emagrecer e suplementos dietéticos, continuava fumando uma média de quarenta cigarros de cem milímetros por dia — um deles, infalível, depois de cada aula, que acendia com um isqueiro Dunhill de ouro ao se deixar cair no banco da quadra com a raquete ainda na mão —, e depois de descartar com um gesto desdenhoso a garrafa de água mineral que Rímini lhe oferecia, sem passar pelo vestiário e sem tomar banho, sentava-se a uma mesa no terraço do clube, sob o sol mortífero do meio-dia, estendia as pernas musculosas sobre uma cadeira vizinha e liquidava dois gins-tônicas e outros dois cigarros no mesmo tempo que Rímini, cujos movimentos dominava em todos os detalhes de seu posto de observação, levava para reunir as bolas que ela mesma acabara de espalhar por toda a quadra. E num instante, com esse esmero misterioso que o acaso consagra aos fatos mais insignificantes, tudo se sincronizava: o cesto estava quase cheio, o portãozinho metálico da quadra voltava a ranger, empurrado com apatia pelo quadril de Boni, e Rímini, surpreendido no ato de apanhar a última bola, levantava os olhos e olhava para o terraço onde Nancy, que acabava de esvaziar o fundo de seu segundo copo, juntava as pernas no ar, levantava-se e rumava com certa hesitação para a saída do clube, arrastando a raquete pelo chão como a cauda de um vestido que não voltaria a usar. Tremia, e os acessórios dos quais se munia, os óculos hexagonais, o ouro, a maquiagem, os cortes de cabelo, tão versáteis quanto seu guarda-roupa esportivo, o carro japonês que sempre a esperava no pátio do estacionamento do clube, todos os sinais de riqueza, que deveriam tê-lo dissimulado, só faziam deixá-lo em evidência.

Tremia de desespero porque estava vazia. Essa mesma curetagem exaustiva a que os cirurgiões às vezes submetem o útero doente de certas mulheres, Nancy parecia ter sofrido não no corpo, cuja vitalidade, embora muito deliberada, não deixava de ser genuína, mas na alma, que alguma ferramenta monstruosa, muito mais radical que as colheres dos cirurgiões, parecia ter raspado até o último fundo. Era como um estojo seco, sem interior, condenado a um envelhecimento inapelável. E como não tinha segredos, nem nada a retirar da superfície do mundo, a única coisa que Nancy podia fazer era multiplicar, substituindo a discrição, a reticência e o pudor pela lógica da avidez e da abundância, duas compulsões que exercia o tempo todo, sem perceber, mesmo sob formas invertidas e contraditórias, como quando, no começo do mês, por exemplo, arredondava os honorários de Rímini com uma gorjeta insultante, e quinze minutos mais tarde, no terraço do bar do clube, recompensava a insípida atenção do garçom de sempre com uma soma que dobrava o valor do que havia consumido. E ainda que, falando em termos estritamente técnicos, a descarga sexual de Rímini tivesse sido fugaz como um suspiro, e seus frutos, se é que os houve, tivessem se extinguido muito rapidamente em contato com o pano da bermuda, foi ali, no leito da avidez de Nancy, terra amarga, sem dúvida, mas de uma fertilidade excepcional, que encontraram uma descendência duradoura. Para Rímini, tudo nascera e morrera praticamente ao mesmo tempo: um êxtase suicida, como o que deparam as estrelas fugazes, que só existem quando se extinguem. (No horóscopo sexual, Rímini era dromedário; não gozava: preparava-se para a escassez, o único horizonte que reconhecia seu desejo.) Desfrutara o estremecimento, até onde algo que dura segundos pode ser desfrutado. Mas o que o transe sexual fazia com ele, nele, não era predispô-lo a um futuro de reincidências — algo, por outro lado, muito difícil de imaginar, considerando o caráter extremamente casual do episódio —, mas pôr um ponto final numa longa temporada de abstinência sexual, no máximo proporcionar-lhe as reservas de satisfação necessárias, em seu caso mais do que modestas, para atravessar sem maiores tensões a distância que o separaria do transe seguinte.

Assim, enquanto Rímini voltava aliviado a seu ninho de indiferença, Nancy, por sua vez, entrava num desses estados de ebulição que só passam despercebidos por aqueles que os sofrem. Não se sabe ao certo se naquela manhã, na quadra, de costas como estava, e dada a eficácia com que Rímini disfarçou todas as evidências, ela notou o que aconteceu. Não tinha visto a ereção;

tampouco a sequela úmida que o jorro, uma vez vencida a resistência do suspensório, imprimira na bermuda. Mas todo o resto, ela sentira: o aumento súbito da temperatura, a mudança de ritmo na respiração, a iminência de uma perda de controle, que Rímini chegou a neutralizar, mas cujos ecos continuaram flutuando ao seu redor. Percebera-o de modo indireto, mas palpável, como se percebem uma pressão ou os movimentos que ocorrem nos lados de um campo visual que, embora invisíveis, muitas vezes têm mais presença que os que se desdobram diante dos olhos. E por mais imprecisas que fossem suas causas, essa espécie de "enlouquecimento atmosférico", do qual Rímini sem dúvida fora o foco de irradiação, bastou para acendê-la. Então passou a tremer também de desejo.

Só há um espetáculo mais penoso que o do amor contrariado: o do desejo não correspondido. Porque no amor nadam tanto aquele que ama quanto aquele que não ama, mas aquele que não deseja — aquele que não deseja está fora do desejo, e não há nada que possa restituí-lo ao mundo do qual se excluiu. O não daquele que não deseja é absoluto, não tem retorno e transforma aquele que deseja em alguém radicalmente alheio, não diferente, mas heterogêneo: não alguém que está em outro "estado", do qual finalmente, passado certo tempo, mudadas certas circunstâncias, poderia "sair" ou "passar" para outro, mas alguém que pertence a outro reino. Um cão no cio, digamos, patrulha uma praça. Detecta um cão como ele, da mesma raça, inclusive, e antes de saber se é macho ou fêmea, se o diminuto sexo que tem entre as pernas encontrará um buraco onde se desafogar, lança-se sobre ele, surpreende-o por trás, trepa em suas ancas e arremete com seu cego, frenético vaivém. Mas eis que o outro não quer. Não quer e ponto. Seu não querer é tudo: é tão puro, tão surpreendente quanto o querer do outro. Fica quieto, a língua pendurada entre os dentes, olhando algum ponto ao longe, até que outra coisa chama sua atenção e move um pouco a cabeça e continua olhando, enquanto o outro, o que está no cio, multiplica seus assédios e se esfalfa inutilmente. Quem não sofreu, algum dia, com essa estampa patética? Por que há dois cães? Ou melhor, um, o do cio, que deseja, e depois sua presa impossível, que não deseja e que por não desejar já não é um cão, mas outra coisa: algo inerte, um pedaço de pedra, uma planta, um tronco em forma de cão? Assim, entre aquele que deseja e aquele que não, o que faz papel de ridículo é sempre o primeiro, pois, atirando-se sobre a criatura que não retribui sua atenção não comete um erro de avaliação, nem de cálculo, nem de oportunidade: engana-se de espécie.

Essa foi a tragicomédia que coube aos empregados mais madrugadores e leais do clube presenciar nas duas semanas que se seguiram. Nancy dava em cima de Rímini, Rímini, distraído, olhava para o outro lado — como se ao longe soasse um desses apitos que os humanos não ouvem e os cães não podem deixar de responder. Por cultivar uma espécie de indiferença funcional, que só lhe permitia interessar-se por assuntos esportivos, Nancy passou a se mover no plano dessa simpatia instável e desconcertada que, na falta de um recurso melhor, a urgência do desejo frequentemente utiliza como veículo e disfarce para abordar seu objeto sem espantá-lo. Cumprimentava com entusiasmo. Já não se limitava a oferecer-lhe uma face distante, mas, primeiro pegando-o pelo braço, depois pelo ombro e finalmente pela nuca, atraía-o para si e beijava-o rápido, de modo que o beijo dele sempre chegava um segundo mais tarde e, mais que um cumprimento protocolar, que era o que representava para Rímini, parecia na verdade uma resposta tímida e perturbada ao beijo dela. Começou a falar mais, de qualquer coisa, com uma avidez infantil, como se tivesse ficado meses amordaçada, e tudo o que dizia parecia dizê-lo a sua revelia, delatando-se, com uma espécie de sinceridade involuntária. Cada frase era um caos particular no qual coexistiam sem problemas uma lembrança escolar, uma fofoca de cabeleireiro, umas linhas despudoradas de uma biografia romanceada de Mariquita Sánchez de Thompson, um elogio do jardineiro da casa de veraneio que tinha com o marido em Punta del Este, a coleção de perucas de uma amiga íntima — recentemente aliviada de um tumor cerebral do tamanho de um melão rosa —, os suores frios da menopausa, um dilema crucial — eutonia ou *ashtanga yoga?*, pesos ou tanques de flutuação? —, certas suspeitas sobre o uso que a empregada fazia de seu tempo livre — e sempre, perdida meio que por acaso entre todas essas inquietações, alguma pergunta sobre a vida pessoal de Rímini, que Nancy formulava baixando o tom da voz, como se, apesar de atordoada com seu desejo de saber, ainda tivesse a consciência necessária para deter-se e sublinhar com algum matiz especial o verdadeiro alvo de seus anseios.

Seu tênis não demorou a sofrer as consequências. Já era ruim; agora se tornava imprevisível. Perdeu toda noção de distância: corria tarde ou se precipitava demais. Acelerava quando devia esperar, recuava quando devia avançar. Começou a errar os golpes que mais dominava, de um dia para o outro, como se um acidente a tivesse deixado amnésica, o drive com *slice* dado de cima para baixo, no "estilo gadanha", como Rímini o batizara ao experimentá-lo pela primeira vez na própria carne, desapareceu sem deixar rastros de seu modesto repertório de aleivosias autodidatas. Recaía em vícios dos quais parecia estar curada: desconcentrava-se, aborrecia-se, perdia tempo — mandava uma bola na rede, por exemplo, e em vez de buscar uma das milhares que floresciam ao seu redor, ia apanhá-la a passo lento, arrastando os pés, numa espécie de peregrinação fúnebre. E tudo o que fazia — intencionalmente em dez por cento dos casos, arrebatada pela violência do desejo nos noventa por cento restantes —, fazia com uma única meta: obrigar Rímini a cruzar a rede, atraí-lo e ressuscitar, com o pretexto de uma correção corpo a corpo, aquele vertiginoso momento de combustão. E Rímini cruzava a rede e repetia a rotina do titereiro e sua marionete diversas vezes, com paciência e dedicação, atento à retidão do dorso de sua aluna, à firmeza de seu antebraço, à sincronização de suas pernas, mas completamente indiferente a seus decotes abissais, ao brilho de sua penugem eriçada e a suas calcinhas transparentes.

Até que certa manhã aconteceu, como se diz, o que tinha de acontecer. Rímini alternava bolas longas e curtas, que mantinham Nancy no fundo da quadra, na defensiva, e de repente, de imprevisto, obrigavam-na a "subir" até a rede, onde tinha a ordem, além do mais, de definir o ponto a seu favor, e se possível sem apelações. Encurralada contra o alambrado, Nancy devolveu um golpe profundo de Rímini com todas as suas forças, sem outra esperança que a de arquivar a bola no buraco negro dos trilhos, mas, primeiro para seu próprio espanto, depois para o de Rímini, o misto de desespero e desalento com que rebateu fez de seu golpe um disparo fatal. A bola penteou de leve a faixa da rede, viajou ao rés do chão e bateu justo sobre a chapa do fundo, onde Rímini, esforçando-se ao máximo, conseguiu detê-la. Não a rebateu; chegava sem margem, de modo que simplesmente opôs sua raquete com firmeza e a deteve. Mas a bola não necessitava de mais impulso; era suficiente o impulso brutal que Nancy lhe dera, então ela bateu nas cordas da raquete de Rímini e se elevou e empreendeu um lento regresso atordoado para o campo rival, mas no caminho topou com uma brisa e demorou-se e, como se estivesse ficando sem combustível, desabou de repente, quase de forma vertical, e depois de bater outra vez na faixa da rede caiu do lado de Nancy e quicou sem forças, como se cumprisse com uma mera obrigação regulamentar. Mas Nancy não ia renunciar. Traduzido em desespero — ou seja, transformado em puro amor-próprio —, o ardor do desejo beliscara-lhe os calcanhares e, enquanto via a bola voltar, ainda incrédula com a força de seu próprio golpe, lançara-se adiante como uma flecha. Correu, correu como nunca, como se quisesse acabar de uma vez por todas com esse formigamento que a perseguia havia dias. Ouviu a voz de Rímini animando-a, ouviu o som de seus próprios passos duplicado pelo eco, estendeu o braço, a mão, a raquete para a frente em busca da bola, que, agora em câmera lenta, estava prestes a voltar a rebater, e teve a impressão de que a tocava, que a estava devolvendo, quando sentiu que algo — não a garra masculina que teria desejado, mas a faixa um pouco levantada da linha de saque — segurava seu pé direito, único nexo, nessa situação crítica, que unia seu corpo à terra, e desmoronou. Rímini a viu cair, consultou um velho arquivo de acidentes tenísticos, viu que o caso não era grave e deu uma risadinha, a mesma risada satisfeita que seu pai costumava dar — "para tranquilizá-lo", como ele dizia, quando Rímini, furioso, reprovava-a — quando ele, no meio de uma partida, perdia o pé e aterrissava no saibro. De qualquer modo, correu ao seu encontro. Nancy, caída de bruços, não podia vê-lo, mas o imaginou pulando a rede e sentiu que o formigamento mordiscava a face interna de suas coxas, e quando ouviu seu riso novamente, detestou-o do fundo de sua alma. "Não foi nada", disse Rímini enquanto a ajudava a levantar-se. Uma vez mais, queria acalmá-la e só a desdenhava. Nancy, disposta a dar sua última cartada, aceitou esquecer o golpe, o ridículo, o ponto perdido. Mostrou-lhe uma diminuta porção de joelho esfolado e adiantou-o um pouco para Rímini, como se o oferecesse. "É um arranhão, só isso", disse Rímini, apanhando a raquete de Nancy e devolvendo-a. "Deixe-o assim, no ar, para respirar."

Logo mais a aula terminou, e Nancy, a despeitada Nancy, depois de deixar cair as notas do mês sobre a capa da raquete de

Rímini e de cumprimentá-lo a distância, saíra mancando rumo ao *club house*, mais sedenta que nunca de seu consolo alcoólico matutino. Rímini ficou sentado no banco da quadra, com a toalha em volta do pescoço. Aproveitava particularmente esses intervalos solitários entre as aulas, quando o esforço físico investido no jogo sedimentava-se em suas pernas, primeiro martirizando-as com uma dor delicada, depois adormecendo-as ligeiramente, e uma corrente de ar fresco e transparente, versão introspectiva da que, lá fora, ia-lhe esfriando o suor no pescoço, no rosto e nos braços, parecia soprar, limpando-os, nos amplos salões de sua cabeça. Um instante depois percebeu que estava faltando algo. Olhou o relógio, calculou, deduziu que Boni voltara a desertar, engolido por outra das noites de dissipação das quais Rímini, à força de não denunciá-las, acabara se tornando cúmplice. Rímini pensou nisso, mas era uma bela manhã de sol, fresca e límpida, o clube estava deserto, e os poucos sons que se ouviam — a água dos regadores, o rastelo alisando uma quadra próxima, um podador intermitente — eram tão nítidos e perfeitos que pareciam irreais. Espreguiçou-se. Terminou de um trago a garrafinha de água mineral. Olhou para o terraço, onde um garçom corpulento, com o colete desabotoado, arrumava a mesa de Nancy, e num rapto de opulência decidiu dar um passeio pelo clube. Pendurou a sacola no ombro e andou um pouco entre as quadras; passou pela piscina vazia — cujo fundo um homem de quatro escovava —, cruzou a frente da quadra de futebol, subiu uma encosta muito suave, atravessou o alpendre, ainda enfeitado com os restos de um aniversário infantil, e margeou o pátio de estacionamento do lado de dentro, perseguido pela doçura um pouco pútrida dos jasmins. Olhava tudo meio de longe, com uma espécie de gratidão displicente. Ia entrar no *club house* quando ouviu um ruído surdo — um golpe acolchoado — e uma melodia familiar sobressaltou-o. Parecia uma versão mecânica, automática, de

Pour Elise, mais acelerada que o original, como a que as empresas frequentemente usam em suas centrais telefônicas para distrair a espera dos clientes: um alarme de carro. Rímini aproximou o rosto do alambrado, abriu uma clareira na trepadeira e olhou para o pátio. Viu o Mazda branco em seu lugar, meio carro dentro do retângulo amarelo que lhe cabia, meio carro fora, invadindo o do vizinho, e depois viu Nancy de pé junto do carro, de óculos e com um de seus longos cigarros escuros na boca, quebrando uma janela com a raquete encapada. Rímini entrou no *club*, desviou de um carrinho rolante cheio de toalhas brancas e saiu ejetado pela porta principal. Quando chegou ao Mazda, Nancy, com o cigarro apagado pelas lágrimas, já tinha tirado a capa da raquete e agora se enfurecia com o espelho retrovisor. Milhares de vidros fulgiam no assento do carro, no chão, sobre o painel. "Deixei a chave lá dentro", disse Nancy, golpeando com o canto da raquete o braço de metal do espelhinho. O choro a sufocava, mas sua voz tinha uma altivez gelada, completamente impessoal. "Lá dentro", repetiu. "A chave lá dentro." Rímini espiou e viu a chave pendurada na ignição, balançando como se caçoasse. "Como pará-lo?", perguntou Rímini. Nancy, que segurava a raquete com as duas mãos sobre a cabeça, apontando para o teto, virou-se para ele, como se só então notasse sua presença. "Quê?", perguntou. "O alarme", ele respondeu, "como pará-lo?" Nancy sacudiu a cabeça de um lado para o outro, como se tivesse alguma coisa frouxa dentro de si ou água nos ouvidos, e repetiu seu estribilho — "A chave. Lá dentro" —, e assestou, por fim, a raquetada que estava adiando. O teto, surpreendentemente, não se alterou. Rímini enfiou um braço pela janela, arrancou a chave e começou a apertar de qualquer maneira, juntos, dois de uma vez, separadamente, os quatro botões do aparelhinho que fazia as vezes de chaveiro, até que *Pour Elise* deu uma espécie de soluço e emudeceu, e Nancy, como se estivesse sincronizada com o alarme, soltou a raquete e desabou em seus braços, enquanto sua voz de moribunda suplicava-lhe no ouvido que a tirasse dali.

Acomodou-a como pôde no assento traseiro. Enquanto a ouvia chorar, Rímini espantou com a toalha os pedaços de vidro, sentou-se ao volante, girou a chave, e milhares de luzes coloridas se acenderam, acompanhadas de uma explosão de sinais sonoros, no céu até então tenebroso do painel. Durante um tempo dirigiu como um autômato, entregue ao simples alívio de estar rodando. Procurou algumas vezes Nancy no espelho retrovisor: a única coisa que viu, sempre, foi um recorte detalhado de seu joelho, enquadrado com mórbido realismo contra o courino preto do estofado. Logo, bem logo percebeu que estavam perdidos. Avançava devagar por uma rua muito estreita, ladeada de árvores. Duas mulheres trotavam em roupas esportivas. Rímini buzinou, assustando-as, e as mulheres se abriram e o olharam passar com olhos hostis. Um cão vagabundo confundiu as rodas do Mazda com tornozelos e o perseguiu latindo até o semáforo seguinte, onde um micro-ônibus escolar que vinha de frente metralhou-o com jogos de luzes. Percebeu que estava na contramão. Subiu no meio-fio, depois na grama, onde os pneus patinaram; desviou de algumas árvores dispostas em zigue-zague, como obstáculos de treinamento, e depois de dar esperança a uma velha prostituta que montava guarda junto a um eucalipto retornou para o asfalto. Seu senso de orientação era essencialmente urbano; a natureza, mesmo em suas formas mais domesticadas, bosques, parques, lagos, parecia-lhe um reino de repetições sutis, o labirinto por excelência. De modo que deu voltas, pegou avenidas, cruzou pontes e em determinado momento, ensurdecido pelos gritos de Nancy, quis com todas as forças que surgisse outra vez a fachada do clube, com seus velhos tijolos marrons, suas bandeiras, seus postigos verdes — o clube que quinze minutos antes só pensava em abandonar. Mas o que apareceu não foi o clube, e sim o globo do Planetário, com seus milhares de poros, suas patas abertas, seu vetusto ar futurista, e não uma vez, mas várias, excessivas, de modo que Rímini procurou a baliza, desistiu de encontrá-la — depois de ligar o limpador de pára-brisa, os faróis antineblina, o desembaçador, o ar-condicionado — e estacionou. O choro de Nancy era agora um lamento fraco e infantil, o grito de socorro de uma criatura encerrada no corpo errado. Não, disse, não queria ir para casa — intercalando as palavras entre suspiros. Queria ver seu psiquiatra. Muito bem, disse Rímini. Deixavam para trás o Rosedal quando seu rosto inchado despontou por trás do encosto do assento. Mudara de opinião: queria ver seu quiroprático. Mas algumas quadras adiante, quando passavam junto de um enorme complexo comercial, Rímini surpreendeu-a pelo retrovisor e viu que estava com o rosto colado à janela: tinha tirado os óculos e olhava calma, com um êxtase sonhador, uma longa lagarta de carrinhos que um garoto de uniforme empurrava pela calçada.

Percorreram o supermercado com altivez, como se viessem de um planeta onde fazer compras vestidos de tenistas, com a roupa suada e os tênis cheios de saibro, fosse o cúmulo do cotidiano. Rímini ia atrás, empurrando o carrinho; Nancy, milagrosamente recuperada, marchava na frente com passo jovial, a mão pousada na parte dianteira do carrinho, que fingia puxar, a outra suspensa no ar, apontando e descartando gôndolas à medida que avançava. Assim, sem escolher nada, atravessaram "Produtos de Limpeza", cruzaram "Carnes", deixaram para trás "Frutas e Verduras" — um funcionário da reposição parou de empilhar milhos num caixote para saborear o vaivém da saia pregueada de Nancy — e foram diretamente para "Bebidas", onde, a pedido de Nancy, que de repente dava ordens precisas, como se o saque a que agora se entregavam respondesse a um plano, e não aos caprichos do desespero, encheram o carrinho com todo tipo de bebidas alcoólicas, das mais comuns, gim, uísque, vodca, das quais Nancy invariavelmente escolhia as marcas mais caras, as mais extravagantes, combinações de cidra e frutas, por exemplo, ou misturas alcoólicas já preparadas, de cores brilhantes, que pareciam iluminadas por dentro e que Rímini jamais desconfiara que existissem, e depois, quando Rímini rumava para a zona dos caixas, calculando o tempo ou a quantidade de convidados de que Nancy precisaria para liquidar esse estoque, zanzaram pelo setor de "Salgadinhos", onde Nancy encheu as clareiras do carrinho com todas as variedades e tamanhos possíveis de aperitivos. Enquanto estudava, intrigada, o rótulo de um espumante grego, a moça do caixa perguntou se a compra devia ser entregue em domicílio. Nancy negou com a cabeça; tinha a boca cheia de batatas fritas: já terminara seu primeiro pacote — cebolinha, pimentão — e atacava o segundo — presunto defumado. Procurou e entregou à moça do caixa um cartão de crédito; suas impressões digitais ficaram estampadas como hologramas no plástico dourado.

Mais tarde, pouco depois de arrastar quinze litros de bebida alcoólica pela garagem subterrânea do edifício de Nancy, Rímini sofria na própria carne a avidez daqueles dedos engordurados. Viu-se numa cozinha, deitado de costas sobre uma mesa de madeira, esmagando com os rins os pacotes de batatas que acabara de libertar das sacolas de supermercado, enquanto Nancy serpeava em cima dele e se esfregava em seu corpo e afundava em sua boca meia mão cheia de sal. Tudo durou muito pouco. Rímini, pego de surpresa, suportou o princípio do assalto distraindo-se com umas teias de aranha que cresciam nos ângulos do teto, e só reagiu quando a mão livre de Nancy, depois de perder parte de seu valiosíssimo tempo com as dobras do suspensório, conseguiu abrir caminho até o retiro onde dormitava seu pau. Então, sem que nada o fizesse prever — porque a urgência é inimiga do prazer, e os dedos de Nancy, recobertos de minúsculos cristais de batatas fritas, não eram um modelo de suavidade —, todo o seu corpo tremeu e estremeceu, e seu pau, que nem sequer terminara de espreguiçar-se, explodiu numa vertigem precária, lambuzando com umas poucas gotas tristes os dedos ásperos que acabavam de despertá-lo. Foi um jorro quase irreal, como aqueles que às vezes o sacudiam no meio de um sonho, sem lhe oferecer verdadeira satisfação — porque, de fugazes, não deixavam marcas —, mas que, depois de sobressaltá-lo, devolviam-no aos braços do sono num estado de agradável languidez. Só que desta vez não estava dormindo, nem sonhando, nem sozinho. Abriu os olhos e viu o rosto de Nancy muito perto, completamente desorbitado, com a boca aberta e os dedos dentro, entorpecidos pelo furor, untando as gengivas com sêmen como um dia Rímini untara as suas com restos de pó. A visão espantou-o, mas não teve tempo de reagir. Com uma força de possessa, Nancy o afastou e rapidamente ocupou seu lugar; recostou-se de bruços na mesa, baixou a calcinha, liberando a entrada de seu sexo, e depois, agarrando-se às bordas da mesa com as mãos, como um náufrago a uma balsa, começou a tremer e a se sacudir, batendo com o peito na superfície de madeira. "Agora", gemeu entre os dentes, "lá dentro, vai, enfia." Rímini se aproximou e se apoiou timidamente sobre suas nádegas, e Nancy esfregou-se nele, em busca de uma dureza que não encontrou, e, fora de si, começou a tentear as sacolas de compras que jaziam no chão, ao redor da mesa. "Alguma coisa, seu filho da puta", gritou, enquanto sua mão apalpava o ar, desesperada, "encha minha buceta agora, ou eu mato você, seu grande filho da puta." Rímini não pensou; parecia estar em meio a uma emergência médica. Agachou-se, meteu a mão entre as sacolas, apanhou ao acaso uma garrafa — abacaxi *fizz* — e embutiu o gargalo completo, com a tampa, o arame e o forro de papel dourado, na vagina de Nancy. Ouviu-a soltar um gemido longo, de prazer e de espanto;

sentiu como se contraía num espasmo, eletrizada pelo corpo estranho que acabava de irromper nela, e depois — em parte, talvez, para evitar a dor, em parte para durar o deleite — como começava a se mover com extrema lentidão, engolindo e devolvendo a garrafa ritmadamente. Rímini ficou quieto, levemente inclinado sobre o corpo de Nancy, segurando a base da garrafa com a mão firme, inanimado e, no entanto, vital, como esses mastros que os acrobatas usam para executar as contorções mais audazes, que não são nada e são tudo, porque qualquer deserção poderia frustrar irremediavelmente todo o número, e enquanto Nancy se movia, incrementando pouco a pouco a intensidade de suas investidas, pôs-se a contemplar a cozinha. Olhou o vitrô que havia diante dele, com a sombra esverdeada de uma trepadeira que ia colonizando-o do lado de fora; olhou as lâminas de madeira falsa que revestiam as paredes, as ferragens douradas, os azulejos com relevo, a reprodução de Magritte, o mármore da bancada — provavelmente falso, também, com incrustações parecidas com frutas cristalizadas —, onde uma formação de eletrodomésticos de vanguarda esperava o momento de entrar em ação; olhou o relógio, a efusão de flores na fórmica dos guarda-comidas, os panos de prato com motivos animais, a erupção de ímãs que se estendia pela porta da geladeira...; e enquanto varria com os olhos a paisagem doméstica sentiu que pulava, como se diz que os discos pulam quando a agulha encarregada de lê-los falha, e viu-se transplantado para um filme pornográfico, para uma dessas cenas nas quais o gênero finalmente renuncia ao esboço de argumento com o qual flertava e decide, de repente, ir direto ao que interessa, com a mesma avidez atrasada com que seus protagonistas abandonam as personagens de ficção que o roteiro lhes atribuía e se entregam ao anonimato da cópula, na qual não são outra coisa senão massa de carne, órgãos, fluidos em estado de intercâmbio mecânico. Sim, reconhecia o cenário, a crueza da luz, a precipitação com que o contexto cotidiano fora dilacerado pela escalada sexual... Mas de todos esses elementos familiares, que reproduziam quase ao pé da letra lugares-comuns mil vezes vistos em fotos, revistas, vídeos, o que mais situava Rímini na convenção da pornografia não era tanto o caráter sexual, explícito, da situação que lhe coubera viver, mas essa capacidade de disjunção, que lhe permitia demorar-se em detalhes insignificantes, a fórmica dos guarda-comidas, os revestimentos, *enquanto* continuava respondendo, a seu modo, é verdade, aos anseios de Nancy. Era isso que sempre o fascinara na pornografia: essa espécie de estereofonia sobrenatural, verdadeira evidência do profissionalismo dos atores e atrizes do pornô, que para Rímini só parecia comparável à capacidade dissociativa dos pianistas — isso, muito mais do que o comprimento ou a grossura dos paus, do que as destrezas de mãos e de línguas, do que os orgasmos múltiplos, do que a gestão de tempos, trocas e velocidades. Era como se Rímini funcionasse em dois circuitos independentes, mas paralelos, com a ressalva, além do mais, de que um deles, o circuito sexual, por definição o mais absorvente e ensimesmado de todos os circuitos humanos, era o menos suscetível de admitir a coexistência simultânea com outro, por mais supérfluo que fosse. Excitou-se, como às vezes lhe acontecia quando acabava de cortar o cabelo e, voltando para casa, olhava-se no espelho do banheiro e tinha uma ereção instantânea. Então, enquanto seus olhos completavam o *tour* pela cozinha, Rímini aproveitou que Nancy, tentada pelo contato acidental entre seu púbis e a borda da mesa, soltava-se momentaneamente da garrafa, e colocou-se atrás dela e esperou que voltasse, de modo que, depois de esfregar-se com fúria, quando recuou para procurá-lo novamente, o que Nancy enfiou entre as pernas não foi o gargalo da garrafa, mas a carne palpitante de Rímini. A surpresa arrancou-lhe um uivo bestial, talvez um pouco exagerado, que Rímini incorporou rapidamente à trilha sonora de seu filme caseiro. E enquanto investia nela com força, guiado menos pelo desejo que pelas imagens que desfilavam por sua cabeça, que, como a métrica e a rima para os poetas, pareciam ditar todos os seus movimentos, seu olhar continuou passeando pelo cenário da cozinha, contou ao passar os pratos enfileirados no secador de pratos, nos quais ainda brilhavam algumas gotas de água, e mergulhou na pia, onde topou com uma peneira cheia de folhas de alface recém-lavadas. Depois viu a gota pobre, mas periódica, que a torneira, como se saciasse um sedento com cautela, continuava deixando cair sobre elas. Teve um pressentimento inquietante; pareceu-lhe que não estava vendo tudo o que havia para ver, que algo vital lhe escapava. Do outro circuito chegaram-lhe a voz rouca de Nancy e seus próprios ofegos encaminhando-se para o clímax, mas agora Rímini voltava sobre seus passos e olhava pela segunda vez tudo o que já olhara, e ao vê-lo com os olhos da desconfiança parecia encontrar em tudo o rastro de uma presença que, agora invisível, talvez... Nancy bateu na mesa com as palmas das mãos e gozou com um rugido de além-túmulo. Rímini gozou uns segundos depois, mais por contágio do que por outra coisa, e pousou a garrafa e virou a cabeça, alertado pelo rangido de uma fechadura. Chiando longa, lentamente, uma porta se abriu e uma mão despontou lá de dentro, e tentou, sem sucesso, freá-la. "O banheiro de serviço", murmurou Nancy, a face apoiada de lado na mesa. A porta terminou de se abrir, e Rímini descobriu uma mulher jovem sentada num vaso sanitário. Revirava os olhos e estava com as pernas abertas, apoiadas contra as paredes do banheiro, e a ponta de uma língua arroxeada despontando entre os dentes; uma de suas mãos continuava pousada sobre o trinco; a outra, abrindo caminho através do uniforme, remexia entre suas pernas. Tudo continuou assim por alguns segundos, como se essa mão frenética fosse o único sinal de vida que restasse no mundo, até que a mulher gozou com uns espasmos mudos. "É Reina, a empregada", disse Nancy. Levantou-se, ajeitou os cabelos e os óculos e afastou Rímini com um frio gesto de fastio. "Para mim, água com gás, Reina. Em copo alto", pediu. "O senhor?", perguntou Reina enquanto se punha de pé, batendo no varal suspenso sobre sua cabeça. "Não sei. Sirva o que ele quiser", disse Nancy, e saiu da cozinha. Reina emergiu do banheiro ajeitando o uniforme. "Senhor. Chá, café, água?", perguntou ao passar. Mas Rímini já não a escutava. Algo na parede do banheiro chamara sua atenção: um retângulo vertical, com um pequeno círculo no centro, que se movia entre a tampa do armário e a da privada, como se a criada, ao levantar-se, o tivesse feito oscilar tocando-o com as costas. Foi se aproximando devagar, demorado pelo estupor. "Senhor?", voltou a perguntar Reina. Rímini deu mais alguns passos e entrou no banheiro. Era um quadro — um Riltse. E era original.

4.

O buraco postiço é um dos esboços da série "História clínica", que Jeremy Riltse deve ter pintado — ou só imaginado — em algum momento de 1991, ano em que foi dado como morto pelo menos três vezes, em um dos ateliês nômades nos quais se asilava compulsivamente sempre que a náusea de Londres o assaltava. É um esboço *porque* tudo nele está perfeitamente acabado: na carta que Riltse envia de Hamburgo ao mordomo de seu marchand, através do qual, depois da última briga, decidiu comunicar-se dali em diante com ele e com o mundo, única testemunha, além do mais, da existência de um projeto chamado "História clínica", o pintor deixa bem claro que se propõe a inverter a relação entre esboço e obra definitiva. Esboços se conhecem quatro, mas as obras definitivas — as únicas concebidas para serem exibidas em público, segundo palavras expressas de Riltse — nunca apareceram. Pode ser que tenham sido perdidas, vítimas das viagens, das lacunas mentais — cada vez mais frequentes — ou da precariedade que na época assinalava a vida do artista. Pode ser que simplesmente nunca tenham chegado a existir, seja porque Riltse soube desde o princípio que jamais as realizaria — e só as mencionou por uma razão tática, para revitalizar o fogo de sua fama, então um tanto debilitado —, seja porque algo aconteceu no caminho que o impediu ou o dissuadiu de levá-las a cabo.

(Duas biografias, discordantes em tudo, coincidem, no entanto, em que aquilo que liquidou o projeto foi o reencontro fortuito de Riltse com Pierre-Gilles na estação central de trem de Frankfurt, no severíssimo novembro de 1991. Pierre-Gilles, que desconfiava dos aviões quase tanto quanto dos bancos, vinha de Amsterdã, da vigésima sexta entrega dos *Hot d'Or*, onde acabava de apossar-se de meia dúzia de estatuetas unânimes — entre elas a mais cobiçada da indústria, a grande *Hot d'Or* ao primeiro produtor de cinema pornográfico da Europa — e de embasbacar a audiência com os versos de Apollinaire que escolhera para agradecê-las. Riltse não deixava a estação havia doze dias, vivendo no anonimato de uma vida de mendigo. De dia ia de café em café com um velho bloco de notas pautado e um lápis — que apontava com a unha do polegar —, oferecendo retratos a fregueses suscetíveis. De noite dormia num canto do depósito de bagagens, sobre um desses grandes carros que transportam malas, coberto com caixas de papelão e páginas de jornal e usando o bloco como travesseiro. Pierre-Gilles reconheceu-o no ato; não pelo aspecto, que a barba, a sujeira e as placas de psoríase — além da ação do tempo, naturalmente — dissimulavam muito bem, mas pela tosse, que continuava sendo apocalíptica, e pelos sapatos — botas pretas, com fecho do lado, estilo *beatle*, que Riltse, para alcançar a única estatura que não o deixava complexado, retocava havia quarenta anos com uns saltos especiais. Viu-o e reconheceu-o e, segundo os dois biógrafos, que aqui suspendem as hostilidades e aceitam cantar ao mesmo tempo, ajoelhou-se diante dele e entre soluços pediu-lhe perdão — e os dois biógrafos, em duo, perguntam-se por quê —, declarou-lhe seu amor, ofereceu-lhe amparo, cuidados, dinheiro, um castelo medieval na Floresta Negra, em cujos porões reciclados funcionavam os estúdios da produtora, uma casa de verão em Torremolinos, com seu cortejo de astros superdotados, os quais, entre as filmagens, para evitar lucros cessantes, Pierre-Gilles obrigava a trabalhar para ele como treinadores pessoais, empregados domésticos, jardineiros, motoristas. Ofereceu-lhe tudo, até o último bem que acumulara desde a última vez que se haviam visto nos tribunais de Londres, na tarde, quase meio século antes, em que Pierre-Gilles, de camisa de força, algemado e escoltado por dois policiais, ouviu da boca do juiz a sentença que o condenava a manter-se a não menos de dois quilômetros de distância de Riltse e, da boca de Riltse, sentado a duas filas, mas livre, sem outro desconforto em seus pulsos exceto um Movado de platina, a longa gargalhada sarcástica com a qual pensava despedir-se dele para sempre. Mas Riltse afastou uma mecha de cabelo do rosto e fitou-o, fitou com o fundo de seus olhos vidrados aquele homem imenso que, ajoelhando-se diante dele como um devoto diante de seu deus, acabava de mergulhar a barra de seu casaco de vison numa poça de água e óleo e urina, e deu-lhe palmadinhas nos ombros uma, duas, três vezes, como se consolasse um louco, com a mão grave e paternal, e se pôs de pé e afastou-se pela estação um pouco cambaleante, sorrindo, como quem saboreia de antemão um efeito que produzirá ao contar o pequeno milagre de insensatez que acabava de caber--lhe em sorte.

Farsa? Despeito? Ou Riltse, alienado por sua enésima estadia na pátria da intempérie, *realmente* não reconheceu Pierre-Gilles? Embora compartilhem as mesmas perguntas, nenhum dos dois biógrafos encontra uma resposta satisfatória. É verdade que tampouco se esforçam muito para encontrá-las: um, com um rústico e expeditivo ponto final, outro, com duas linhas cheias de advérbios e uma ilustração meio manchada — Riltse internado no hospital de Bloomsbury — servindo de separador, ambos voltam a Londres e avançam um ano e já arremetem com os marcos principais de 1992: incêndio (intencional?) do *cottage*, tuberculose, descoberta da homeopatia, aquisição de Gombrich, frustrado projeto de ópera eletrônica com Brian Eno — e isto (a frase, exatamente a mesma nas duas biografias, foi a causa de um litígio legal que ainda hoje perdura) é tudo o que acrescentarão sobre a enigmática série: "Talvez para apagar a desafortunada experiência de 'História clínica', Riltse dá um giro de cento e oitenta graus, anula a calefação em toda a casa de Notting Hill e decide...".

Agora, por que seguir uma pista saborosa, mas decididamente conjectural, quando a notícia do suposto encontro de Riltse com Pierre-Gilles, que reconcilia por um momento dois biógrafos inimigos, brilha por sua ausência em todos os outros? E por que seguir uma pista psicológica, quando a *orgânica* é tão flagrante? Se a série "História clínica" nunca chegou a ver a luz, foi talvez por ter sucumbido ao mesmo elemento — ou melhor, a uma evolução inesperada do mesmo elemento — no qual originalmente se inspirara: a doença. *Afta*, *Herpes* e *Placa*, os três esboços que sobreviveram com *O buraco postiço*, provam até que ponto Riltse escolheu esse ano — 1991 — e esse projeto de série para levar às últimas consequências a ideia antiga, extraordinariamente persistente, de que arte e desequilíbrio orgânico são consubstanciais. O neologismo *Sick Art*, depois tão célebre e mal interpretado, estreia nos papéis de Riltse em meados dos anos 1940, nos arredores do episódio de automutilação de Pierre-Gilles, talvez como sua inspiração, talvez como seu único corolário artístico. Mas vendo a impressionante placa de *Placa*, que Riltse fatiou de uma coxa sem outra ajuda que a de um *cutter* esterilizado sobre a chama de um aquecedor, é impossível ou tolo não pensar de imediato em *Glande*, a outra grande obra-lenda da carreira do pintor, nunca encontrada e motivo, até os dias de hoje, das mais extravagantes elucubrações. É verdade que entre as outras — supondo que a segunda realmente exista — há diferenças essenciais. *Placa* exibe uma mostra de tecido doente, mas o mal que o afeta já existia e havia sido diagnosticado antes que o artista decidisse incluí-lo num quadro. Apesar das imputações de Riltse — "dolorosas supurações blenorrágicas" —, que Pierre--Gilles respondeu com uma fórmula célebre, "Riltse é o vírus", nenhuma afecção comprovada pôde imputar-se à glande de *Glande* — além do portento de seu tamanho, que Riltse, de acordo com os comentários que lhe dedica em cartas prévias ao conflito, não parece ter considerado realmente um problema. Quando chegou às mãos de Riltse estava basicamente saudável, como pode estar saudável um tecido morto, naturalmente, com os danos lógicos que um longo percurso postal, efetuado, para piorar, em péssimas condições de embalagem, pode causar às partes do corpo humano, que não foram desenhadas para viajar pelo correio. Mas, exista obra ou não, não importa se foi engolida pelo incêndio do *cottage* ou se Pierre-Gilles, depois de comprá-la por uma cifra milionária num leilão da Rede Clandestina de Arte Pornô, como se diz por aí, a mantém cativa num cofre de segurança do Deutsche Bank, a ideia de *Glande* já é uma primeira cristalização da *Sick Art*, e se ainda persistem dúvidas, ali estão *Afta, Herpes, Placa* e o pequeno, intenso, implosivo *O buraco postiço* para dar ao achado sua certificação retroativa.

A sequência parece clara: Riltse vaga pela Europa "colecionando misérias, perigos, enfermidades, tudo o que possa me servir de matéria-prima". De tempos em tempos, quando o estoque atinge certo umbral e a necessidade de trabalhar torna-se irresistível, ancora num porão, uma casa alugada, qualquer pocilga que amontoe imigrantes e ali, naqueles famosos "ateliês nômades", põe-se a produzir os esboços da série. Faz os quatro que hoje conhecemos (e talvez um quinto, cronologicamente o primeiro, *Unha com micose*, que por algum motivo destrói) e acaba elaborando o desenho conceitual da série de obras definitivas, alguns cujos títulos (*Próstata*, *Bexiga*, *Reto*) permitem vislumbrar o rumo que sua imaginação perseguia. A *Sick Art*, "ao contrário da homeopatia", age de fora para dentro. É razoável pensar que, depois de esgotar as afecções que sofria na pele, Riltse propunha-se a passar direto para o interior, para o invisível, para esse reino — o orgânico — cujo nome não conseguia pronunciar sem soltar um suspiro de voluptuosa nostalgia. E a dobradiça que seguraria essa passagem era *O buraco postiço*.

Correndo o risco de ofuscar os historiadores de arte, tão dispostos a sacrificar tudo — sempre e quando o todo fosse alheio — contanto que garantissem uma porção de excentricidade às goelas de suas glosas, foi uma sorte que a empresa encalhasse em sua etapa mais superficial. Se *Placa*, *Herpes* ou *Afta*, trabalhos sangrentos, sim, mas ao fim e ao cabo epidérmicos, já bastaram para pôr em perigo a integridade física de Riltse, é fácil imaginar o que teria acontecido se ele tivesse dado o próximo passo. Se pregar com um grampeador sobre uma tela uma placa psoríaca, uma beira de língua com uma chaga amarelenta ou o botão cor-de-ameixa que um vírus faz crescer sobre um lábio já é uma determinação audaz, que dizer, então, de um pedaço de próstata, de bexiga ou de reto... No entanto, por mais demente que possa parecer, o risco físico implícito no projeto é diretamente proporcional a sua ambição estética. Contra Fonrouge, contra Peiping, contra o duo de palhaços Gelly & Obersztern, "artistas" que, saqueando sem o menor escrúpulo o punhado de encontros pessoais com Riltse com os quais a sorte os abençoou, promoveram a versão lavada da *Sick Art*, que chamaram de "própria", e que basicamente, sob uma obtusa fachada de provocação, não fazia senão restaurar a velha função curativa — e portanto religiosa — da arte — Fonrouge recupera a visão cromática depois de *Retinae*, Peiping "pinta" o tríptico *Glúten* e se despede de toda uma vida de celíaco, Gelly & Obersztern instalam *Wise Blood* no coração do Hyde Park e a excepcional variante de diabetes geminada de que padecem entra em remissão —, contra essa adulteração do conceito original, que confina a doença na arte para restaurar a saúde do artista, Riltse concebe e pratica a *Sick Art* como um vaivém, um intercâmbio contínuo, uma celebração da reciprocidade. Se Riltse extirpa uma chaga de sua língua e a estampa contra uma tela, não é para se curar; é para que a doença de sua língua *mude*, derive, passe para outro estado. A chaga já não está lá, é verdade, mas isso não basta para que os Peiping e os Fonrouge e os Gelly & Obersztern cantem vitória, porque a doença continua ali, persistindo e alterando-se ao mesmo tempo: a doença é agora a *incisão* que ocupou o lugar da chaga. ("Que é curar um órgão comparado a adoecê-lo?", pergunta-se o artista, parafraseando Brecht, que nunca leu, mas cujos paletós proletários sempre lhe despertaram inveja.) O triunfo da *Sick Art* não é, *não pode* ser a saúde do artista, como pensa esse rebanho de evangélicos patéticos, mas a renovação perpétua de sua doença *e* de sua arte. A *Sick Art* como economia de *duplo dom*, como infecção cruzada: não doar doença à arte sem doar arte à doença, e vice-versa; "artistizar" a doença não sem adoentar a arte. Estas premissas definem o programa, mas não o esgotam; embora radicais, continuam sendo "internas" demais, gremiais demais, ainda, para alguém que só concebe a revolução da arte como a revolução da *instituição* da arte. Entre *Afta* e *Herpes* — maio?, julho? —, em algum momento particularmente beligerante da trégua que lhe cabe viver entre a alta do hospital de doenças infecciosas de Hamburgo e a internação em caráter de urgência na clínica Hasselhoff, de Genebra, Riltse escreve ao mordomo de seu marchand, e extensiva a seu marchand, ao mundo em geral e especialmente aos Fonrouge, aos Peiping etc.: "Que os assuntos artísticos sejam patrimônio exclusivo de artistas, críticos, historiadores e toda essa caterva de impostores que se fazem chamar de 'especialistas', não é, acaso, a prova mais contundente de que a arte está em decadência terminal?". Poder-se-á sorrir diante da literalidade com que Riltse dá rédea solta a sua indignação; porém, quão exemplares resultam hoje, para os palhaços anêmicos que somos, seu entusiasmo, sua intransigência e seu sucesso, principalmente seu sucesso! O rascunho não é a obra. *Herpes* — o bastidor em esquadro móvel, quinze por dezessete, técnica mista, que hoje pende dos escritórios do líder de uma banda de rock satânico — não é a obra; é apenas um ponto, impactante, sem dúvida, mas sem nenhum privilégio hierárquico, na vasta, informe, definitivamente incompleta rede de pontos que compõem a experiência *Herpes*, e que, entre muitas outras coisas, inclui o frasco do sedativo Rohypnol que o artista terminou meia hora antes de pôr-se a trabalhar, o *cutter* Staedler que usou para extrair a mostra de tecido e o grampeador Black and Decker com que a pregou na tela, o pedaço de manga de pulôver com que tentou estancar a hemorragia, o cartão do único táxi vienense que aceitou levá-lo até o hospital naquele estado, nu, coberto apenas com sua velha japona *montgomery* imitando pelo de camelo, de sandálias e com a boca como uma torneira sangrando, a planilha da sala de emergência, com sua assinatura trêmula e suas impressões digitais impressas em sangue, o material estéril dos primeiros curativos, os tocos dos dois cigarros que conseguiu fumar enquanto esperava, antes que o surpreendessem no banheiro e ameaçassem expulsá-lo, a bula do remédio com o número do telefone do jovem médico residente que o reconheceu, que lhe pediu um autógrafo quase de joelhos e que, de joelhos, no mesmo banheiro que cinco minutos atrás Riltse usara como fumadouro clandestino, arrancou-lhe com uma chupada longa e incômoda "as gotas de porra mais reconfortantes de toda minha vida vienense", o frasco de sais com que o reanimaram, a ordem de internação, a ordem de biópsia receitada pelo médico, os resultados dos primeiros exames de sangue... (Tudo isso é Herpes — tudo isso até o momento, porque o que pode impedir que apareça outro desses sabujos incansáveis, acostumados a escarafunchar nos latões de lixo das vidas ilustres, e que descubra uma das milhões de preciosas bugigangas — passagens de metrô, notas manchadas, dois ou três milhões de glóbulos vermelhos encerrados num tubo de ensaio mofado — que ainda espreitam entre as partes já nomenclaturadas da obra?)

"Vitória de Pirro", prescreve uma biografia, com a prescindência e a soberba já clássicas do gênero. É possível. Mas o tipo de cálculo de ganhos e perdas que esse ditame exige está tão viciado de toxinas contáveis, e é tão estranho ao programa artístico de Riltse, que só o fato de levá-lo em consideração representa um mal-entendido garrafal, imperdoável, como se Matisse fosse reprovado por não dar volume às figuras sombreando suas superfícies cromáticas. Esse tipo de balanço, em que a guerra e o dinheiro dizem ao que vieram e se confundem, seria justificado num artista desvelado pela questão do equilíbrio, como De Vane, ou, como Bowitt, pela economia absoluta. Mas Riltse não é De Vane, que desprezava, e muito menos Bowitt, com quem compartilhou um episódio muito confuso na sala de máquinas de um ginásio, com correias de couro, máscaras e um longo objeto de borracha coroado por duas cabeças, mas cujos preceitos estéticos pareciam-lhe de "uma pobreza incomensurável". O que Riltse persegue com a Sick Art é justamente o contrário: a alteração do balanço, de todo balanço, por meio da desproporção. E a desproporção, essa combinação letal de heterogeneidade e mudança de escala, é a força que lhe permite romper o "cerco perverso da arte" e "derramar-se" — a metáfora reaparece em suas cartas diversas vezes — nos "lugares-comuns da vida social". *Êxito* é o nome — profecia autocumprida — da desproporção riltseana e a evidência flagrante a que fatalmente acabam se rendendo *todas* as biografias, mesmo, e principalmente, as que desperdiçam páginas e páginas em ridículas tabelas de débito e crédito. (A verdade, como frequentemente ocorre com os grandes artistas, não se diz nas biografias que encabeçam as listas de livros mais vendidos; aparece como um relâmpago em publicações modestas, secretas, que desbotam nas pontas de nossos dedos e logo desaparecem, bem rápido, antes de conseguirem infligir sua ínfima porém preciosa cota de dano: "Talvez a verdadeira obra de Riltse [sic], a obra-prima, a única, essa com que o artista em vida nos escapa, mas que aparece com toda a nitidez quando seu corpo nos abandona, não em suas obras, mas nesse fio de ouro, invisível e deslumbrante ao mesmo tempo, que o alinhava e dá um sentido a tudo, tenha sido a invenção do êxito *como desproporção*, formação monstruosa que suprime toda relação racional entre causas e efeitos e suspende, como a doença num corpo, as leis que regem o sistema de intercâmbio de bens humanos".) O que são, com efeito, os dois milhões e meio que o roqueiro satânico pagou por *Herpes* — uma operação já desproporcional — comparados ao quarto de milhão que desembolsaram na Sotheby's para levar o *cutter* que desfigurou para sempre o lábio superior de seu autor? E o que são, a essa altura dos acontecimentos, comparados às oitenta e cinco libras pelas quais o dono da pensão em que vivia, depois de uma longa pechincha, aceitou receber *Spectre's Portrait*, o quadro que Riltse lhe oferecia para saldar quatro meses de aluguel pendentes? (Nesse sentido, o *Êxito*, obra máxima e tardia desse laboratório de desproporção chamado *Sick Art*, não era estritamente uma novidade; era a versão invertida de *Fracasso*, que havia experimentado durante os primeiros trinta anos de carreira.) Mas os idiotas dizem que o dinheiro vai e vem, e os idiotas têm razão: se Riltse teve êxito com *Êxito* — uma proeza que evoca, em mais de um aspecto, a de Warhol, da qual foi contemporânea, mas cujo conceitualismo seco, "desidratado", "típico do protestantismo capitalista", Riltse parece criticar implicitamente com seus excessos sangrentos e sua compulsão camicase —, não foi tanto por questões monetárias, para as quais — para benefício dos parceiros com os quais dividia camas, mictórios ou bancos traseiros de carros mais de uma semana seguida, a quem, com a única exceção, escandalosa, mas romântica, de Pierre-Gilles, legava automaticamente porções variáveis de sua fortuna que calculava sempre conforme o mesmo procedimento, multiplicando a longitude de suas varas pela quantidade de trepadas que tinham dado juntos e somando ao resultado uma quantidade de zeros escolhida ao acaso — nunca ligou, quanto pelo fato, praticamente único na arte do século xx, de que os livros que abordam sua trajetória, ao resenhar os últimos dez anos de sua vida, desdenham a voz dos especialistas em arte, que só aparecem gesticulando desenfreadamente em sexto ou sétimo planos, como os representantes da parte italiana da co-produção no *travelling* junto à estrada engarrafada do *week-end*, para evitar que o leitor passe ao largo deles, como efetivamente fará, e se desvaneçam para sempre sem se terem feito ouvir, e em compensação multiplicam os testemunhos de médicos e enfermeiros, os boletins e as histórias clínicas, as constâncias de hospitais, as radiografias, os memorandos de delegacias policiais, os laudos judiciais — todas essas instâncias que, a juízo do próprio Riltse, contra a experiência geral dos artistas e em particular dos Fonrouge, dos Peiping etc., cujas biografias costumam limitar-se a "um coro de burocratas sindicais da arte que, como todo coro de sindicato, só conhece a letra de *uma* canção e só é capaz de cantá-la completamente desafinada", acabariam por consagrá-lo como ele almejava ser consagrado, não como o autor da *Sick Art*, nem como seu representante mais completo, mas como seu principal e mais devoto paciente e também como sua vítima.

Mas a condição do gozo da vítima é o carrasco. Não qualquer um: um carrasco que saiba estar à altura, que se abisme no ferimento da vítima com a mesma devoção com que a vítima, se pudesse, nele se perderia. Riltse provou ser ambas as coisas e não se deu mal: *Herpes*, *Placa* e *Afta* são obras tanto de vítima quanto de carrasco. O artista é ao mesmo tempo a mente que concebe a ideia, a mão que a executa e a matéria que sofre. Ao que sabemos, essa convicção autárquica foi satisfatória durante alguns meses, em grande medida devido a sua comodidade, virtude desacreditada que só encontra uma ponderação justa nos grandes artistas preguiçosos, mas chega uma hora em que não dá mais: torna-se mecânica, amarga, de uma tristeza simiesca, como as sacudidas que o masturbador, já esvaziado pela repetição, continua infligindo-se diante do espelho. Recém-saído de sua última internação (*Afta*), extremamente debilitado pelo arsenal de fármacos com que os médicos, alarmados com a infecção da língua, mas também, e principalmente, com a septicemia que há dois meses parecia avançar sobre seu organismo, metralharam-no durante semanas, Riltse aceita (não tem outro remédio) a oferta de Lumière, um urso assustador, mas absolutamente inofensivo, que conheceu e seduziu instantaneamente na clínica, no pavilhão de desintoxicados onde, aproveitando uma distração das enfermeiras, fora roubar um pouco de dopamina, e ancora nos fundos do Song Parnass, um bar-disco no qual Lumière vive e trabalha como porteiro. A situação é complicada. Lumière lhe cede sua cama, cozinha para ele, encarrega-se dos curativos que sua língua, ainda supurante, continua reclamando, mas às sete da noite em ponto, inflexivelmente — porque Sachs, o dono do lugar, um suíço hipercinético cujo máximo orgulho, além do Song, é dizer que é *meio*-irmão de Gunther Sachs, ex-namorado de Brigitte Bardot, exige de todos os seus empregados uma pontualidade fanática —, abandona-o para ocupar seu posto à porta do bar, de onde só volta às sete da manhã seguinte. Para Riltse são doze horas diárias de pesadelo; não tanto pela cota de solidão, que não o desagrada e que, ao contrário — quando Lumière, mortificado pela culpa de ter se descuidado dele, multiplica suas atenções, "sufocando-me com o afeto baboso, ingênuo, toscamente incondicional que os ursos transformaram no logotipo de sua patética confraria sexual" —, desejaria ver incrementada, quanto pelo fragor que chega do Song, pulsar incessante e monótono da música, em primeiro lugar, mas também pelos ruídos de louça e de talheres, risos e coros de bêbados, golpes, brigas, badernas, com o corolário inevitável das sirenes policiais, dos disparos e, às vezes, mesmo, dos gases, que a parede intermediária separando os fundos do bar, contra a qual está apoiada a cama, não só não consegue atenuar como, exatamente ao contrário, transmite e até recrudesce, traduzindo-o para o "idioma insuportável da vibração, do tremor, do estremecimento, que além de se ouvirem experimentam-se em todo o corpo". Riltse se desespera. Não pode sequer pensar em trabalhar, mas tampouco pode pensar em outra coisa. *Herpes, Afta, Placa* — já feitas, já perdidas — resplandecem em sua mente como demônios febricitantes. Parecem falar, parecem estar lhe pedindo algo — mas o quê? De repente, acorda; não sabe se é dia ou se é noite; nem sequer sabe se estava realmente dormindo. Como uma prova de realidade (a única), ou talvez como sua contraprova, sente uma pressão insistente entre suas nádegas. Gira suavemente na cama, descobre Lumière colado às suas costas, adormecido, bêbado, drogado, sabe lá o que mais, e compreende que isso que investe com delicada tenacidade contra sua porta traseira é o pau duro, quadruplicado, de seu amigo. E essa solicitude, à qual em outro momento teria respondido abrindo-se como uma flor, agora só lhe inspira repulsa. Discutem. Ou melhor, quem discute é Riltse, disfarçando certo pavor lógico, derivado da desproporção — a ironia é certeira, mas inoportuna — que descobre entre sua debilidade física e as dimensões viris de seu amigo, com um aceso, mas não muito convincente, escrúpulo moral; Lumière, como um velho escravo ferido, baixa a cabeça e se tranca no banheiro. Alguns dias mais tarde, quando o bom escravo tenta timidamente voltar à carga, Riltse, que nesse ínterim, além de arrepender-se de sua desfeita, voltou a sentir as estocadas do desejo, improvisa rapidamente uma alternativa. Empilha dez caixilhos e os amarra; abre no centro das telas superpostas um buraco mais ou menos redondo, do diâmetro do pau de Lumière, que as atravessa como um túnel, e o recheia com uma abundante porção de tinta a óleo. Depois, desafiante, como o treinador de circo que brande o aro diante do cão adestrado, Riltse planta o desconcertante artefato diante de Lumière e o convida a inaugurá-lo. No entanto, embora não haja cavidade no mundo, por mais desconhecida, hedionda ou ameaçadora que seja, que o tenha intimidado, o urso vacila. E se, depois de alguns segundos em que o tempo se suspende e Lumière e Riltse se olham, miram o orifício besuntado no coração das telas e voltam a se encarar, Lumière fecha os olhos e afunda, por fim, o pau naquela caverna oleosa, é menos por prazer ou audácia do que por algo que talvez vivencie agora pela primeira vez na vida: por amor, porque descobre que por esse velho frágil, irascível, estragado pelo vício e pela doença, de quem entende, a duras penas, uns dez por cento do que diz, uma porcentagem feita, por outro lado, de insultos e expressões injuriosas contra sua pessoa, faria *qualquer coisa*, até mesmo — e aqui a sombra de Pierre-Gilles passa em voo rasante e fumiga de gargalhadas a cena romântica — castrar-se. E entre meter a pica e gozar se passam: três segundos? Cinco? Seu corpo todo treme ao mesmo tempo, como se estivesse sendo eletrocutado, como treme a montanha que incuba uma catástrofe, e Riltse, parado junto dele, segurando o dispositivo no qual o pau ficara encaixado, poderia jurar que sente toda a casa tremer. É o orgasmo mais fulminante e mais longo que Lumière jamais experimentou. *Ejaculatio praecox*, interpreta não sem desdém uma testemunha da época, certamente guiada mais pelo despeito ou pela inveja do que pela objetividade clínica. Combustão parece uma palavra mais acertada. Combustão, incandescência, a ideia — provavelmente pioneira e ainda hoje, em que pese o esquecimento no qual parece ter caído, de rigorosa atualidade — de um gozo sem protocolos nem preparação, instantâneo — mas a pergunta é: realmente importa? Importa afinar tanto o lápis para esmiuçar a fisiologia sexual de um personagem secundário, por outro lado chamado — mas isto também é secundário — a abandonar a cena em breve, e não da maneira mais elegante do mundo, quando ali mesmo, a menos de um passo, o homem que fez da fisiologia uma arte (e vice-versa) incuba em seu foro mais íntimo o germe do que virá? Lumière goza e no *mesmo instante* em que goza — a sincronicidade é tão assombrosa, diz o artista, que "deve ter ficado registrada em algum anal cósmico" — Riltse, a seu lado, sente uma pontada que parece perfurar-lhe o reto e goza também, sem que seu membro tenha sequer passado pelo "incômodo trâmite de endurecer-se". Riltse batiza o milagre com o nome um pouco pomposo, convenhamos, de "telefornicação instantânea". Mas se o nomeia é apenas para esquecê-lo, para passar para "outra coisa". Além do deleite peculiar que lhe proporcionou, ideal, por outro lado, para um estado de saúde ainda precário, o buraco na tela e a pontada retal são signos, signos e ao mesmo tempo mensageiros que reativam sua sensibilidade, sua inspiração, seu vigor criativo, projetando-os nessa estranha dimensão que pela primeira vez começa a desdobrar-se diante de seus olhos: a interioridade. (Novamente, a não ser que interfiram problemas neurológicos de difícil solução, não há nenhum motivo válido para substituir "interioridade" por "profundidade", palavra que Riltse confessava "detestar mais do que tudo no mundo".) Não há arte verdadeira que não franqueie o acesso a novas dimensões da experiência. A sentença não é de Riltse nem de ninguém, por isso não admite discussão. Com *Herpes*, *Afta* e *Placa*, tão fulgurantes um dia e agora, apenas alguns meses depois, tão antigas, o artista se comunicara com a mutação de seu aspecto exterior, visível, fenomenológico. Com *O buraco postiço* — a expressão é de Lumière, talvez o mais alto cume poético a que jamais chegou na vida, mas o coitado nem sequer chegou a lê-la no verso das dez telas, onde a escreveu seu ingrato amado —, Riltse prepara-se para "entrar adentro", para "internar-se nas galerias dessa toca secreta e virar meu organismo do avesso como uma luva".

O primeiro passo para entrar é sair. Aproveita que Lumière sai para trabalhar — e com que satisfeita candura o urso lhe sorri ao despedir-se, completamente alheio ao futuro que já o roça com seus dedos cruéis — e foge do Song Parnass enquanto anoitece, amparado por essa tormenta de luz — uma que morre, outras, milhares, brilhando agora como pirilampos — que torna tudo irreal, munido da pequena sacola Polvani que conseguiu roubar — mas Riltse não chama isso de roubo, e sim de souvenir — e onde guardou, depois de reduzi-las a facadas ao formato com o qual circularão, porque inteiras foi-lhe impossível fazê-las entrar, as dez telas que compõem *O buraco postiço*. Depois, quem sabe? O Prater, os banheiros do Prater, a estação de metrô do jardim zoológico... Perdemos os rastros que deixam seus passos, não os de sua mente. Como um eco deliberado da estrutura dos esboços, concebe uma nova série, um tríptico, com os órgãos, diz, que estão "mais à mão". Primeiro objetivo: o reto. Depois virão a próstata e a bexiga, e mais tarde, provavelmente o fígado. O que não encontrará, pensa, nessa Atlântida a que está chegando agora? Mas não é fácil. Urgido pela necessidade de assistência — "carrascos!", escreve ao mordomo no verso de um panfleto, certamente apanhado no Prater, que exalta os seiscentos pratos de um self-service chinês com preço fixo, "enquanto milhares de monstros anônimos saem todos os dias à rua em busca de vítimas, eu saía em busca de carrascos" —, faz uma turnê pelos hospitais que o alojaram durante a etapa "superficial". Entrevista-se com os mesmos médicos que um dia o atenderam, que o conhecem e, em alguns casos, sabem de seu prestígio e até o admiram, mas o plano, que a seus olhos parece perfeitamente razoável, quase pueril, porque é a coroação natural da *Sick Art*, é mais difícil de impor do que havia previsto. Mesmo para seus admiradores, Riltse não é o que se chama de um paciente simples, e a lembrança de seus desaforos está fresca demais para que possam dar-lhe asilo assim, sem mais nem menos, sem uma razão clínica que o justifique, apenas porque uma nova extravagância sangrenta acaba de lhe passar pela cabeça. Para piorar, Riltse é de uma franqueza extrema, e o grau de detalhes com que desdobra seu plano, somado ao ar desorbitado que tem ao expô-lo, contribui menos para persuadir os médicos do que para espantá-los. Um por um, todos os que aceitam recebê-lo — menos de dez por cento dos que o atenderam — negam-lhe seu apoio, invocando motivos de ética humanitária. Riltse, em quem a expressão "ética humanitária" tem o efeito de um vomitivo, tenta embarcá-los num debate estético, o único tipo de argumentação, alega, que pode fazer frente a essa "chantagem moral, a mais canalha de todas". Arrasta poucos para a discussão, apenas dois, que surpreende em momentos de fragilidade, depois de um dia feroz, transcorrido entre a sala de cirurgia e a sala de espera, as operações a coração aberto e os acidentes de trânsito, quando concordar com um demente não é o mais aconselhável, mas o mais fácil, porém quando consegue o que queria e tem as "razões humanitárias" a seus pés, reduzidas a escombros, como as semeaduras sob os cascos do cavalo de Átila, os médicos antepõem razões jurídicas — sem uma necessidade médica que a justifique, uma intervenção mil vezes menos comprometedora que a que Riltse reclama poderia custar-lhes o posto, o título e até a prisão — e dão por terminada a negociação. Todas as portas conhecidas se fecham. O reto, no entanto, continua a chamá-lo, e a intensidade com que suas vozes pungentes o sacodem é inversamente proporcional às dificuldades que encontra para saciá-las. Procura médicos de menor hierarquia, confiando em que, com um pouco de carisma e de dinheiro, que não tem, fará com eles o que a sinceridade não pôde fazer com os outros. É inútil: todos sabem quem ele é, todos receberam a ordem de evitá-lo e a obedecem. Desesperado, convencido de que seu marchand orquestrou um complô para sabotar sua obra e obrigá-lo a voltar para Londres, já pensa em deixar a cidade, ir para Praga, para Budapeste, para Varsóvia, para qualquer lugar sem lei onde floresça a mão de obra que Viena lhe nega, quando uma noite, na mesma noite — por uma dessas circunstâncias completamente fortuitas que os biógrafos, todos os biógrafos, transformam com uma fruição triunfal num irônico arabesco do destino — na qual Lumière, que pela primeira e única vez chegará tarde a seu posto na porta do Song Parnass, atira-se da Praterbrucke no Danúbio com pedras nos bolsos e um frasco de soníferos no estômago, o que deixa claro seu temperamento desconfiado —, tropeça numa galeria comercial com o jovem residente que, graças a sua "experimentada hospitalidade bucal", ficou ligado em sua lembrança, para sempre, e do modo mais feliz, com a experiência de *Herpes*. A rigor, na verdade ocorre o contrário: é o médico que tropeça em Riltse, cujos pés — o artista está jogado sob os arcos há horas —, concentrado que está em seus assuntos, ele atropela. O tropeço custa-lhe um par de óculos — os mesmos que deixou deslizar sobre o nariz para olhar, num alarde de ancianidade precoce que fez Riltse estremecer de prazer, como o sexo do artista ia se inflamando — e algumas escoriações nas palmas das mãos: nada que o espanto (primeiro) e a alegria (depois) de voltar a ver Riltse não possam pagar. Agora, para piorar, a situação se inverteu. Riltse é o necessitado e ele, cuja língua entesoura um ácido eco da seiva do outro, pode ser sua salvação. O jovem médico é todo ouvidos. Experimenta uma felicidade insólita; reconhece que os desígnios de Riltse são um disparate, mas mesmo assim decide ajudá-lo. Nem terminou de fixar o preço de sua colaboração, e os dois já escapolem pela escada que leva à passagem subterrânea, já param a meio caminho, o jovem de pé, com as pernas levemente flexionadas, o artista de joelhos, empenhado em devolver-lhe com um enérgico e rápido boquete as atenções recebidas por ocasião de *Herpes*. É fácil deduzir que o encontro, como sustenta um dos biógrafos, identificado demais, talvez, com a cena, "não foi, como se diz, uma apoteose erótica". Mas o médico, obviamente, não procura sexo, e sim glória, e se sugeriu a chupada como condição não foi tanto por estar realmente decidido a impô-la quanto para experimentar o gozo único de ter a seus pés esse monstro sagrado.

Compreende, no entanto, que a tarefa excede suas possibilidades. Afinal de contas, *Reto*, tal como Riltse a concebe, supõe cirurgia, anestesista, monitoramento cardíaco e certo tempo pós-operatório, abreviável, mas não suprimível, em condições de assepsia mais ou menos garantidas. Muito arriscado para alguém que está na metade de sua residência e cujas ambições, completamente alheias ao campo da arte, apontam direto para o topo da pirâmide da instituição de medicina pública vienense. Só que, além de suas academias, seu sistema de honras, seus regulamentos e seus panteões, que formam a face visível de instituição, a pirâmide, previsivelmente, também tem uma face secreta, muito menos honorável, sem dúvida, que só sorri nos bastidores, em subsolos sombrios, para os poucos iniciados que têm o privilégio de contemplá-la. Para sorte de Riltse, nosso jovem médico é um deles. Prodígio anfíbio, move-se com a mesma destreza nos gabinetes reluzentes da universidade, onde se promovem carreiras e se distribuem cargos, e nesses corredores com paredes de azulejos, mal iluminados por focos pestanejantes, onde se executam operações ilegais combinadas entre sussurros e os recém-nascidos e as ampolas químicas alcançam cotações inconcebíveis. Ali — naquele submundo em que agora volta a descer, não para aprender os recursos silenciosos da contramedicina, como antes, mas para colher os frutos de um aprendizado que lhe tomou anos, muitos mais, para falar a verdade, que os muitos que lhe exigiu a carreira formal de medicina, cuja versão vienense é famosa em todo o mundo por seu rigor, sua severidade e os sacrifícios que impõem —, depois de sondar enfermeiros, parteiras e cirurgiões com o maior tato do mundo, porque esse universo clandestino que perverte todas as leis da prática médica oficial preserva e cultiva uma, a discrição, provavelmente, nesse contexto, a mais inútil de todas, com uma devoção que o mundo oficial certamente invejaria, ali detecta o candidato ideal. Chama-se Sándor Salgo, é húngaro e ninguém jamais conseguiu ler, tão rápido ele volta a guardá-lo, aquele velho pedaço de papel cheio de selos que agita no ar toda vez que alguém, apenas para provocá-lo, põe em dúvida que tenha terminado seus estudos universitários. Mas no necrotério faz parte da paisagem quase tanto quanto as cubas de alumínio, sendo famoso por sua destreza em cortar, provavelmente contraída durante seus dois anos como aprendiz num açougue do centro de Budapeste, e tendo por especialidade, na qual goza de um reconhecimento unânime, o tráfico de órgãos. Na madrugada em que, ainda com alguma dúvida, decide expor-lhe o projeto, nosso jovem médico, que foi lavar as mãos — herdara essa mania da tia que o criou e vivia, parece, sempre enluvada —, surpreende Salgo no banheiro, defecando com a porta aberta. A cena não é agradável. Salgo, a quem nosso médico só conhece de vista, porque um parente próximo comum, depois de proporcionar-lhe uma versão sucinta, mas convincente, de seu currículo, apontou-o de longe num corredor, é um homem baixo, roliço, com o corpo todo coberto de pelos, que grunhe com seus botões o tempo todo, como se tivesse sempre algum desgosto para ruminar; as calças de flanela cinza que agora se enrugam ao redor de seus tornozelos, empapando-se no chão encharcado, são as mesmas que vestia uma semana atrás, quando nosso médico o viu pela primeira vez, e tudo leva a pensar que serão também as que usará nos próximos seis meses. Salgo ergue a vista do jornal que está lendo e o vê. Nosso médico recua com vergonha, com nojo — embora a tempo de ver que o jornal que lê é *The Nation*, e o dado, que o desconcerta, porque o currículo que possui de Salgo não declarava ser bilíngue, deixa em sua mente uma tênue esteira de mistério. Salgo grunhe e retoma a leitura; um segundo antes de se arrepender, de ir embora, nosso médico faz foco e descobre que aquilo que Salgo lê num estado de extrema concentração, como outros, nos melhores cafés de Viena, leem a seção da bolsa ou os obituários, é a página de artes plásticas do crítico Arthur C. Danto. Salgo é — decididamente — o candidato.

Já estamos em outubro de 1991. (Pierre-Gilles deve andar por aí, rondando pelas imediações, mas os biógrafos fingem ignorá-lo para não frustrar o coup de théâtre de sua irrupção posterior.) O outono é um esboço do inverno que se avizinha. A pedido do jovem médico, Riltse e Salgo encontram-se num café numa tarde bela e fria. O médico, que a duras penas disfarça sua euforia, aponta uma mesa ao ar livre. Como se tivessem combinado, Riltse e Salgo viram o rosto ao mesmo tempo, golpeados não pelo sol, mas só por sua possibilidade. O artista e o carniceiro. Parecem fugidos de um circo, *freaks* coléricos e desvalidos que não sabem se se agridem, de tão idênticos que são, ou se se jogam nos braços um do outro, tanto é o que os separa. Riltse aferra contra o peito a sacola Polvani, onde o molho de um frasco mal fechado de vagens ao tomate acaba de estragar irreparavelmente dois dos dez *O buraco postiço*. Salgo, para não ficar para trás, segura entre os joelhos uma pasta escura e rígida, como as valises de médico, onde descansam algumas ferramentas de carpintaria. Em uníssono, uma vez mais, como se um dia tivessem sido irmãos siameses, viram-se para o jovem médico e com um único olhar, que na realidade são dois, excluem-no da entrevista. O médico nem fica chateado. Parece ter previsto a cena ou, mesmo, tê-la preparado em segredo, porque sorri, levanta-se e, sem dizer palavra, deixa um dinheiro generoso sobre a mesa — ninguém pediu nada, ainda — e começa a se afastar lentamente, de frente para eles, sem deixar de olhá-los nem de sorrir, caminhando de marcha a ré, com a tolerância exultante e a falsa modéstia com que os deuses perdoam as desfeitas das criaturas que acabam de criar, até que o meio-fio da calçada o surpreende e ele vacila e por pouco não é atropelado por uma motocicleta com o logotipo de uma empresa de lavagem a seco impresso no tanque de gasolina. E assim como se afasta *dessa* mesa *nessa* tarde, apequenando-se lentamente, tão cheio de si, tão ingênuo, coitado, que dá pena, assim se afasta o jovem médico do relato, ou assim, para sermos justos, afastam-no seus narradores, que aproveitam esse breve intervalo de êxtase pessoal no qual o médico, pelo simples fato de deixar a sós o casal que ele, e somente ele, contribuiu para formar, sente--se o dono do mundo, para apartá-lo do centro, para irradiá-lo e extingui-lo, como se diz de um fogo ou de uma espécie, definitivamente. Porque assim que o jovem médico começa a recuar, a luz passa a mudar na tarde gelada, o sol que acendia o céu se eclipsa, e tudo, como na véspera de uma tempestade, parece mergulhar na sombra: o café, o amplo terraço empedrado, a rua, a praça com sua fonte — tudo menos a mesa onde Riltse e Salgo, imóveis, passam algum tempo estudando-se em silêncio, silêncio que agora flutua como uma bolha luminosa no negro absoluto do espaço.

Então, de repente, como se recebessem a mesma ordem, os dois adquirem vida e dividem em partes iguais o dinheiro que o médico lhes deixara. Num parágrafo longo e ofegante, que não interrompe sequer para respirar, Riltse vomita a ideia de *Reto* e o plano para executá-la. Salgo o escuta com atenção, grunhindo, como sempre, e escarafunchando de tanto em tanto o nariz com um dedo seboso, e quando o outro termina, num inglês de além-túmulo, pergunta: "Quanto dinheiro?". "Nada", diz Riltse, e abre a bolsa Polvani e extrai o primeiro *Buraco postiço* que encontra, e que por sorte não é o que o molho arruinou. Salgo adianta um pouco a mandíbula inferior, morde, e enquanto Riltse, ao olhá-lo, pensa instantaneamente na Fera de *A Bela e a Fera*, debruça-se na mesa, espanta com um grunhido o garçom que se aproximou para importuná-los e começa a examinar o quadro. Depois de alguns segundos aponta-o com o mesmo dedo com que antes escavava o nariz, e num tom angustiante, mas inexpressivo, diz: "Cinco. Iguais". Por um momento ficam em silêncio, muito quietos. Riltse não consegue acreditar; sente, literalmente, que toca o céu com as mãos. "Há nove", diz depois, triunfante, passando-lhe a tela. "Este não passa de um adiantamento." Salgo assente com a cabeça, abre sua pasta e mete ali o quadro, que excede amplamente suas dimensões, entre uma lima de ferro e um serrote.

Riltse está impressionado. Não só com a velocidade, a absoluta falta de reparos e a limpidez com que fechou o trato; é também a própria figura de Salgo, tão exterior e tão material que se torna o cúmulo do enigmático. "Uma criatura pré-histórica. Nunca vi na vida nada tão heterossexual", escreve num guardanapo que leva da mesa e que o mordomo de seu marchand lerá quinze dias mais tarde em meio ao mais feroz ataque de ciúme. "Mas — uma de cal, uma de areia — não me atreveria a dizer que é um homem. Chamá-lo *Disso* não só é mais prudente como também mais acertado. Se Deus — esse parasita disfarçado de demiurgo — decidisse fazer uma criatura com os restos de coisas que se acumulam no fundo dos bolsos dos homens, tenho certeza de que o resultado seria muito parecido com *isso*: um Salgo. Também pensei no Odradek de Kafka. Gostaria de relê-lo. Quis roubar o volume de seus contos de uma livraria e me pegaram *in fraganti*. Não estaria aqui, escrevendo pra você, se não fosse pela intercessão de um dos livreiros, um imbecil com problemas de vista que disse me reconhecer e conseguiu que me deixassem ir embora. Confundira-me, ao que parece, com um escritorzinho local que costuma andar disfarçado de mendigo." Riltse está tão impressionado que, talvez pela primeira vez na vida, faz tudo o que o outro lhe pede. Mas tudo é exagero: na realidade, a única coisa que Salgo lhe pede é que *espere*. Esperar o quê, ele não sabe direito. Uma parte das explicações dilui-se na aura da clandestinidade que envolve a intervenção, e que parece autorizar a abundância de anacolutos, frases inconclusas ou simplesmente inaudíveis; a outra parte naufraga na meia-língua de Salgo, que é indecifrável, mas na qual de tanto em tanto refulgem rajadas de um lirismo rústico e contrafeito. Riltse, porém, espera. E como não esperar, se *Reto* está quase ao alcance de suas mãos, e depois de *Reto*, *Próstata* e *Fígado*, e todas as obras de "História clínica" que já concebe e que *vê*, e cujas vozezinhas, titilando nas dobras mais recônditas de seu organismo, já estão a urgi-lo?

Certa noite, acabam por expulsá-lo da Associação Cristã de Moços — nada do outro mundo: a típica hipersensibilidade dos crentes somada a um assuntozinho menor nas duchas com um recruta, "insosso, para piorar, como uma dessas bolachas de arroz que enlouquecem você e cujas migalhas enlouquecem seu patrão", escreve ao mordomo — quando, na rua, onde foi parar rolando, impelido a pontapés por uma turba de enaltecidos garanhões católicos, esbarra num homem de uniforme, um porteiro, talvez, ou um mecânico, ou talvez um médico, que não chega a ver bem — a luz é pobre — mas que se detém, ajuda-o a se levantar e enquanto lhe sacode o pó do casaco aproveita para deslizar-lhe algo no bolso. Quando Riltse percebe a manobra já é tarde: o homem desapareceu. Mete a mão no bolso e tira uma nota nova, reluzente, de cem schillings. Desdobra a nota; lá dentro encontra um pedaço de papel com uma data, uma hora, o endereço do hospital em cujo subsolo Salgo trabalha — tudo escrito com umas toscas maiúsculas de alfabeto rupestre. A sorte está lançada. Riltse, então, espera em dobro: espera porque, salvo procurar algo para enganar o estômago e um teto que o abrigue durante a noite, e salvo esses escândalos banais, que parecem revitalizá-lo enquanto ocorrem, mas depois, uma vez consumados, afundam-no num tédio inconsolável, o tipo de spleen que sobrevém à saciedade ou ao ridículo, não tem nada a fazer; e espera porque acabam de fixar-lhe um prazo, de modo que a espera, que antes era como um mar, virtualmente infinita, agora, com a outra margem à vista, transforma-se numa contagem regressiva. *Contar, sim, contar para trás*, pensa Riltse, *mas como? Quanto?* Ainda está com febre, faz dias que não come, está enjoado e em sua mão direita — a mesma que quis agarrar o recruta — lateja todo um paiol de dor. Vê *Reto*. Pode vê-la com toda clareza, já feita, *cosa mentale*, mas nem sequer tem forças para contar os segundos que o separam dela. De modo que se acocora num saguão, abraçado a sua sacola Polvani, e prevendo um longo páramo de insônia, mais para conciliar o sono que para acelerar o tempo, como quem canta para si mesmo uma canção de ninar, põe-se a murmurar: mil, novecentos e noventa e nove, novecentos e noventa e oito, novecentos e noventa e...

A pergunta é: o que importa mais, o homem que está sozinho e que espera, ou o que o faz esperar, o que o fará esperar mais do que espera, o que talvez o deixe esperando para sempre? A decisão não é moral, mas dramática, ou seja: completamente amoral. Vemos o céu noturno graças ao brilho das estrelas, mas não há espetáculo mais comovente, mais macabramente atraente, que o que uma estrela oferece ao extinguir-se em meio a essa imensa abóbada de pelúcia negra que durante séculos e séculos deveu-lhe sua luz. E no momento decisivo, quando assistimos à extinção e um fio invisível, mas longuíssimo, que de tanto atravessar espaços dá um salto e atravessa tempos, eras completas, parece unir diretamente o piscar da estrela com nosso assombro, quem de nós se lembra de tudo o que essa moribunda sem nome fez a fim de nossas noites não serem um abismo sem fundo, mas uma fresca, incomparável, esperançosa delícia? Por que, além do mais, haveríamos de lembrar, quando, ao mesmo tempo que essa estrela se extingue, há milhões de outras persistindo em brilhar, indiferentes, e entre todas elas talvez uma, uma, apenas, que logo nos enfeitiçará com sua cor, com seu modo singular de fulgir, com a forma que desenha em conluio com suas vizinhas, e que ao nos enfeitiçar consolidará de maneira definitiva o esquecimento ao qual já estamos relegando aquela a morrer diante de nossos olhos? Ali Riltse, ali a estrela com seu séquito de biógrafos, cãezinhos fraldiqueiros que em nome da "vida" negam a lógica da vida, não apenas sua multiplicidade, mas o regime de brilhos e extinções e novos brilhos — sem nenhuma hierarquia: alternância pura, rotação cósmica — que a destroem e a renovam, e se arrastam ofegantes, perseguindo sempre os mesmos punhos. O homem se extingue para que sua obra brilhe. Não é esta a lei última da arte? E antes de extinguir-se definitivamente, como a estrela que, já fraca, diminui a frequência de seus pestanejos, mas intensifica seu resplendor, como se extraísse de sua própria agonia uma reserva de energia, o artista, que agora arrasta seus pés, que a duras penas consegue levantar os olhos das pedras da calçada, consegue, no entanto, enviar alguns últimos sinais que não desprezaremos. Papel na mão, como o menino que comparece a um armazém sozinho pela primeira vez, com a lista de compras feita por sua mãe, orgulhoso e apavorado ao mesmo tempo, Riltse apresenta-se no subsolo do hospital no dia e hora combinados. Vai até uma porta de ferro meio carcomida pela ferrugem, disfarçada atrás do cadáver de uma velha geladeira, e bate. A porta range e se entreabre; Riltse pergunta por Salgo. "Quem?", diz do outro lado um rosto que não vê. "Salgo", repete, "Sándor Salgo." E acrescenta, como se deslizasse uma contra-senha: "Eu sou Jeremy Riltse". "E eu, Christian Barnard", dizem-lhe entre risos, antes que a porta se feche novamente com um estrépito de correntes. Riltse bate outra vez. Depois de alguns instantes a situação se repete, quase idêntica, só que com outra voz, mais agressiva, e outra celebridade cardiovascular (Riltse pensa ouvir "Vamalono" ou "Fafalolo") em vez do famoso playboy sul-africano. Riltse se impacienta, volta a bater, abrem etc. Em determinado momento insere a sacolinha Polvani na porta entreaberta, a modo de alavanca — confiado na rigidez dos *Buraco postiço*, dois dos quais, ai!, rasgam-se nessa manobra —, forceja com o enésimo médico inóspito que atende a suas batidas e consegue entrar e perguntar por Salgo em alto e bom som. Ninguém conhece Salgo. "Sou Jeremy Riltse!", exclama, como se essa afirmação fosse a fórmula mágica que fará o húngaro existir. Todos conhecem Riltse — o que diz muito do padrão de cultura geral do elenco médico do hospital —, mas ninguém acredita nem acreditará jamais que esse espectro consumido, esfarrapado e fedorento, que arde em febre e treme da cabeça aos pés, e para quem pronunciar o grupo consonantal *Its* parece representar o mesmo esforço que escalar o Himalaia, pode ser o artista plástico mais famoso da Inglaterra. Riltse recua, espantado; dedica um fugacíssimo pensamento a seu marchand, apenas um, vertiginoso e letal como um veneno de desenho animado, que não só confirma e desfaz o complô contra ele como também aniquila no ato seu autor, e depois, impelido por um furor quase divino, dá para a frente os mesmos passos que um pouco antes dera para trás e, agitando a sacola Polvani, por cuja abertura, como que alarmados pelo escândalo, despontam perigosamente os dois *O buraco postiço* estragados, passa a narrar aos gritos, com luxo de detalhes e certa confusão na ordem da sequência, o plano que o levara até ali, *Herpes,* a necessidade imperativa de extrair uma mostra retal de si mesmo, a cara do recruta achatada contra a parede de azulejos da sala de duchas, a tela entregue a Salgo como adiantamento, a *Sick Art,* a intercessão do jovem médico, *Próstata, Fígado* e todas as obras que virão, a nota de cem schillings, o roçar celestial de seu pau contra o paladar do jovem médico, a hostilidade do sol daquela tarde, no terraço do café, o acidentado check-out da Associação Cristã de Moços... Mas estamos — ainda que seja um modo de dizer — num hospital, no subsolo de um dos hospitais mais concorridos de Viena, e para os médicos há coisas muito mais urgentes, embora também muito menos divertidas, do que repatriar um seboso alienado do limbo de alucinações veementes no qual flutua. Em suma: ao sinal discreto de um médico, dois enfermeiros monumentais avançam com determinação, como peões de xadrez ou soldados, e encerram Riltse numa tortuosa arapuca de músculos, enquanto um terceiro arregaça-lhe a manga e depois de duas ou três tentativas frustradas injeta-lhe na veia uma dose de sedativo que acalmaria um cavalo.

Esse — sujo, narcotizado, os olhos esbugalhados e uma espuma esverdeada despontando pela comissura de seus lábios, mas principalmente com o coração e os sonhos pulverizados pela traição de um perfeito desconhecido —, esse é o Riltse que Viena volta a acolher em suas ruas; e o menu de boas-vindas inclui uma tempestade de granizo, quarenta e oito horas ininterruptas de chuva, uma nevasca histórica e uma semana de temperaturas polares que obrigam as autoridades municipais a declarar a cidade em estado de emergência. Esse é o Riltse que, quase petrificado pelo frio, como um acrobata demente, equilibra-se sobre a balaustrada leste da Praterbrucke, pondo o calcanhar de um pé onde termina a ponta do outro, como se o medisse, e de repente, seguindo sem saber a esteira deixada por Lumière, que alguns dias antes pôs fim a sua vida nesse mesmo lugar ("Marx, sempre Marx: a história se escreve duas vezes…"), cai no vazio — acidente ou determinação, quem sabe: Riltse diz que o distraiu no céu "uma nuvem que lembrava a terceira lâmina do teste de Rorschach" — e inicia outra contagem regressiva, desta vez mais breve, e quando seu corpo relaxa, saboreando de antemão o misto de resistência e elasticidade ao qual se confia — as águas do Danúbio —, bate, para seu completo espanto, não para o das legiões de patinadores adolescentes que, devolvidos a seus lares pelas escolas, passam dias traçando anéis, oitos e vistosas espirais duas ou três pontes além da Praterbrucke, contra uma grossa lâmina de gelo que o sustenta, impassível, enquanto, bem perto, a sacolinha Polvani, que Riltse deve ter soltado com o impacto, abre uma pequena greta e começa a afundar, ela sim, como Lumière, com sua preciosa carga de *O buraco postiço*, nas profundezas de uma água negra. E é esse o Riltse em que Pierre-Gilles tropeça na estação central de trem — sombra de homem,

434

gênio desenganado que é apenas uma ilustração vulgar, em chave cômica, da grande obra que havia concebido: com *O buraco postiço* nas mãos de Salgo, os demais tragados pelo Danúbio — onde, anos mais tarde, uma nova geração de riltseanos fanáticos, preocupados em restituir à arte a qualidade de aventura que dizem que ela perdeu, mergulhará para buscá-los enfronhada em roupas de homem-rã —, com *Herpes*, *Afta* e *Placa* agora arrastados pela diáspora da compra e da venda, quase tudo o que resta da *Sick Art* está em Riltse. É Riltse.

Esse é o Riltse que deixamos. E a única coisa que mitiga o desgosto de despedi-lo é saber que poderíamos tê-lo deixado antes e não o fizemos. Antes: quando o artista, por exemplo, atarefado em arrancar uma nova extremidade de seu monótono miriápode mental para atenuar a ansiedade da espera — "setecentos e vinte e três, setecentos e vinte e dois, setecentos e vint..." —, era incapaz de adivinhar que Sándor Salgo, no outro extremo da cidade, embutia na mala todo o seu patrimônio pessoal — *O buraco postiço* em primeiro lugar, evidentemente, porque o estatuto legal de sua aquisição fora indiscutível — e fugia de Viena. Não era a primeira vez. Budapeste, Moscou, Zagreb...: todas as cidades nas quais exercera sua tenebrosa profissão o viram desaparecer assim, às pressas, com a roupa do corpo, como se diz, e ao amparo da noite — que era também, naturalmente, a forma como invariavelmente chegava a elas. Um fígado em mau estado, uma corrente de frio interrompida, uma negligência no cálculo de compatibilidades entre doador e transplantado... Quem pode saber? O certo é que alguém fez uma denúncia, em alguma repartição pública um computador cuspiu a réstia de atrocidades salguianas que levava engasgada e a rede de informantes do crápula voltou a funcionar à perfeição. Enquanto a polícia começava a orquestrar as invasões e a prisão, o traficante cruzava os subúrbios de Viena a bordo do táxi de um ex-alemão do Leste, um cliente acanhado e otimista cujas córneas, fornecidas por Salgo a um preço irrisório, logo começariam a lhe pregar peças.

E aí vai, pois, aí se perde na noite fugitiva o único *O buraco postiço* que não sucumbiu à desgraça. Salgo sabe o que leva em sua mala? Tomemos com pinças o exemplar de *The Nation* e o nome de Arthur C. Danto, como fazemos com os títulos de nobreza, lisonjeiros, mas completamente inadequados, com que amiúde nos premiam os sonhos. Tudo isso pode mentir, não a rapidez nem a falta de vacilação com que Salgo — que sem esses títulos volta a ser o que sempre foi, uma besta insensível e faminta — aceita o quadro como única forma de pagamento e mais tarde, na pressa da fuga, quando se supõe que de todos os bens pessoais armazenados em Viena deve escolher alguns poucos, os mais valiosos ou, em todo caso, os mais suscetíveis de virar dinheiro, volta a não vacilar e o inclui na reduzida bagagem que consegue levar. Não, isso não mente. Mas tampouco mente a condição na qual o condena a viajar, sufocado entre um pulôver cor de mostarda e duas camisetas de frisa roídas pelas traças, enquanto a fivela de um cinturão vizinho, encorajada pelos solavancos do táxi, põe-se a xeretar no orifício que certa vez extasiou Lumière. Não, Salgo não sabe. Não faz a menor ideia. Nunca leu inglês — mal está alfabetizado em húngaro —, o nome de Arthur C. Danto não lhe diz absolutamente nada, e se um observador menos indolente do que nós tivesse tido o trabalho de examinar de perto a página de jornal que o ensimesmava quando o jovem médico o encontrou, teria descoberto, a centímetros da assinatura de Danto, o aviso de meia página de *Turbulence*, com suas duas ninfas gêmeas nuas se beijando na boca sob um sol incandescente, o que teria explicado, além do ensimesmamento da besta, o entusiasmo com que a ponta de seu pau ereto despontava por debaixo da barra do avental, um detalhe que o jovem médico, muito sensível, em geral, a esse tipo de efusões, só pôde relevar pela comoção que sentiu ao pensar que estava diante de um verdadeiro connaisseur. O pouco que Salgo sabe não é ele que sabe, mas sua urgência, sua necessidade, seu desespero de fugitivo. Sim, na mala leva algo, e não nada — algo que para ele é um mamarracho, uma perda de tempo ou um mistério insondável, mas que o respeito, a admiração ou a cobiça dos outros tingem de um inesperado valor, algo que pode estar no lugar de outra coisa, algo de que é conveniente, portanto, ele não se desfazer, não, ao menos, até descobrir para que pode servir, às vezes.

O romance, obviamente, não está destinado a durar. Se ele sobrevive às primeiras baldeações é porque Salgo, mesmo quando foge, ainda tem um pouco de dinheiro e age em território conhecido, onde não lhe faltam contatos nem gente que lhe deva favores e pode, pois, despreocupar-se completamente com o quadro. Assim, sempre dentro da mala, sempre oprimido por seus companheiros de cativeiro, *O buraco postiço* passa do porta-malas do táxi ao depósito de bagagens de um ônibus de linha — onde contrai o persistente cheiro de óleo e gasolina que mais tarde será um de seus valores agregados — e dali à carroceria descoberta de um furgão Volkswagen com alguns problemas na parte da frente, onde, se pudesse, se não o impedissem a capa de couro da mala e aquelas camadas e camadas de roupa imunda, que nem sequer o mais indigente aceitaria vestir nem por um segundo, poderia contemplar como o negro céu austríaco, até então constelado de milhares e milhares de chispas de prata, começa a povoar-se de nuvens, de lampejos remotos, de fulminantes cicatrizes de luz. Algo acontece perto da fronteira. Está chuviscando, o limpador de para-brisa quebrou, o motorista do furgão se acovarda. Estacionados no acostamento, deliberam — como é possível deliberar com alguém como Salgo, para quem mais de três palavras seguidas já formam um parágrafo e o parágrafo é a forma mais gráfica que adota o impossível. Decidem uma nova baldeação, a última em território austríaco, para evitar riscos inúteis. Meia hora mais tarde, quando a chuva parou e o negro limpo e puro da noite boa volta a abrir caminho entre as nódoas de nuvens, um Audi A4 cinza-metálico freia quase inaudível junto do furgão e espera com o pisca-pisca ligado, enquanto atrás soa um rangido surdo, levíssimo, e a tampa do porta-malas se abre como por milagre. Salgo arrasta a mala — um de seus flancos cava no trecho de barro que separa do pavimento o rasto que depois irá tirar o sono dos investigadores — e vacila, de pé diante das expectantes goelas traseiras do Audi. "Vamos!", gritam-lhe do furgão. Reclamando de seu peso, Salgo levanta o bagageiro, solta-a lá dentro, com desleixo ou com desdém, e depois a empurra contra a parede do fundo do porta- -malas, onde demora um tempo extraordinário para chegar. Então ele adentra, ele mesmo, e se deita sobre o tapete sintético e, dando-nos as costas, num gesto de pudor que não saberíamos explicar, abraça-se à mala como se fosse algum tipo de talismã noturno, enquanto a tampa do porta-malas vai se fechando lentamente sobre ele. Isso é o mais perto que a Besta Salgo jamais estará de O buraco postiço. Assim, de fato, cruza a fronteira, aferrado ao couro úmido da mala e adormecido pelas vibrações futuristas do carro, enquanto lá fora, com apenas dois minutos de diferença entre um e outro — o tempo que o Audi leva para percorrer o trecho que há entre os dois postos —, dois oficiais da imigração, um austríaco, o outro tcheco, ambos concentrados em seus respectivos exemplares do mesmo número da Fleisch, um dos múltiplos negócios paralelos da produtora de Pierre- -Gilles, confirmam de esguelha a placa do Audi nos pequenos monitores que têm nas cabines e, ao mesmo tempo que levantam as barreiras, cumprimentam seu condutor, que os vidros polarizados esfumam numa treva reluzente, com a mesma vênia apática de sempre.

A Tchecoslováquia tem uma única vantagem: não é a Áustria. O resto é quase pura contrariedade. Se quiser se adiantar à ação coordenada dos dois policiais, Salgo tem de mover-se rápido. Precisa de dinheiro, uma passagem de avião, um passaporte novo. A sorte não o acompanha. Como um Midas de charge, contato que toca, contato que se desfaz entre seus dedos. Alguns estão presos; outros, que estiveram, reabilitaram-se e ameaçam delatá-lo; um abandonou a mulher e os três filhos e perambula pela Índia materializando um *vibuthi* "muito melhor que o de Sai Baba"; outro pesa vinte e três quilos e agoniza num hospital público. Salgo, a contragosto, apela para seu último recurso e contata Teun van Dam, um apátrida alto, salpicado de sardas, que um dia foi seu melhor amigo e seu sócio no tráfico de órgãos e depois, numa drástica conversão moral, da qual Salgo nunca se recuperou completamente, renunciou ao negócio e investiu seus préstimos na abertura de uma fábrica de próteses de vanguarda a que agora devia seu renome. Van Dam é um homem próspero e decente; como todo ex-delinquente, menoscaba sua prosperidade e alardeia sua decência, mas, ao contrário de Salgo, em quem a nova vida de seu antigo sócio nunca despertou mais do que ressentimento, tem com seu próprio passado, e, portanto, com Salgo, uma atitude de compreensão quase cristã, em que a tolerância coexiste com uma extravagante evangelização científica e a comercialização ilegal de fígados, rins e corações humanos não é repudiável por si mesma, pelo ultraje à ética que representa, e sim pelo grau de atraso civilizatório que delata quando comparada com os avanços do que Van Dam chama — com uma expressão que já conta com a concordância entusiasta de meia dúzia de colóquios europeus — de indústria da substituição orgânica. De modo que Salgo liga e depois de resumir numa estrofe de números equivocados as últimas quatro mudanças do *entrepreneur*, dá com ele, por fim, em seu escritório, e embora a amistosa jovialidade com que o recebe o inquiete, porque Salgo é uma besta, mas, como acontece frequentemente com as bestas, tem a memória muito boa, e os sucessos do reeducado Van Dam, por mais deslumbrantes que sejam, jamais apagarão de sua memória a falta de escrúpulos, a cobiça e a fenomenal duplicidade que sempre distinguiram o Van Dam traficante, aceita o asilo provisório que o outro lhe oferece, uma casa de fim de semana nos arredores de Brno, pequena, mas absolutamente encantadora, onde costuma receber, única rêmora de seu passado de ilegalidade, as secretárias asiáticas, tanto quanto possível miúdas e cruéis, que elege como amantes.

Tudo está muito bem: os tapetes felpudos, a piscina aquecida, a hidromassagem, a tela gigante, a sub-reptícia generosidade com que alguém, durante as noites, volta a cumular de delícias a geladeira que ele saqueou, até mesmo as insinuações noturnas da jovem vietnamita, contratada ad hoc por Van Dam com proverbial mau gosto, que fracassam porque Salgo, explodindo de desejo, é incapaz de interpretá-las e prefere atribuir as janelas misteriosamente fechadas, as volutas vaporosas do voile, os raios de lua que traçam duas iniciais muito similares na parede (seu nome?), o sigilo mudo com que a garota parece atravessar, não desviar, os móveis da sala, envolta numa bolha de luz, e todos os portentos de sugestão kitsch que Van Dam conseguiu imaginar — limitando-se, na verdade, a reproduzir os mesmos que duas vezes por semana põe em cena com seu harém de arrozeiras no exílio —, a alguma vontade superior, mágica, cujas manifestações Salgo agradece, mas não se atreve a aceitar, de tal modo seu caráter sagrado o perturba... Tudo vai muito bem, mas depois de três dias, entre o asilo e a prisão não há nenhuma diferença. Salgo sente-se sufocado. Tem pesadelos. Assaltam-no pensamentos persecutórios. Na grácil deusa vietnamita, que aparece para ele uma vez por noite, nua e com o púbis completamente depilado, um particularismo cuja simples visão, em momentos menos tensos, teria esvaziado os testículos do húngaro até a última gota de esperma, acredita ver uma espiã, uma agente da polícia tcheca à paisana, uma emissária fantasmagórica de algum cliente que ofega demais, culpa de um pulmão inapropriado, e agora quer vingança. (Ironia trivial: apenas o nome de Riltse, o único com verdadeiro direito de protagonizá-la, brilha por sua ausência nessa primaveril eclosão de ideias paranoicas.) Van Dam, alarmado, visita-o. Salgo depõe todo o receio e expõe com atropelada franqueza suas necessidades: passaporte falso, passagem de avião etc. Assim que consegue entendê-lo, Van Dam acende um cigarro de mulher com um enorme isqueiro de acrílico — o mesmo com que Salgo tentou inutilmente acender uma boca do fogão da cozinha — e medita, envolto num halo de fumaça perfumada. "Hummm…", medita, e depois diz: "De quanto dinheiro estamos falando?". Salgo vacila. Van Dam crava os olhos nele, e é a primeira vez, realmente a primeira, que experimenta com seu velho amigo algo parecido com o deleite do sadismo. Salgo olha os próprios pés nus. "Você não é um principiante, Sándor: quantas vidas é preciso apagar? Dez? Vinte?", diz Van Dam, arredondando a palma da mão sob a larva de cinza que ameaça se soltar do cigarro. Então, zás!: Salgo se ilumina, como se diz, e corre até sua mala e a abre e tira todas as suas bagatelas para fora, e por fim se vira para Van Dam com o *Buraco postiço* aferrado contra o peito. Van Dam, um pouco desconcertado, arqueia suas cruéis sobrancelhas depiladas. Salgo baixa os olhos, vê que o que está mostrando são as costas do quadro e se apressa em virá-lo, passando-lhe completamente despercebida a comichão de cobiça que a assinatura de Riltse, perfeitamente legível no verso da tela, acaba de fazer nascer em Van Dam.

Adeus, Salgo. Adeus. Este é o momento em que a luzinha verde (Salgo) e a luzinha vermelha (*O buraco postiço*), que percorreram juntas, inseparáveis, ainda que com as restrições da situação, o trecho que liga Viena a Brno, permanecem um instante imóveis, provavelmente se despedindo, e depois começam a separar-se. O desenho muda; é muito parecido com esses V's, de pernas desiguais com que os apresentadores de televisão riscam em seus roteiros as notícias que vão deixando para trás: a luzinha vermelha move-se apenas alguns centímetros para a esquerda, para noroeste (Praga); a verde, mais ambiciosa ou mais desesperada, é lançada para cima e para a direita, para nordeste (Lodz), deixando no tabuleiro a esteira radiante de um fogo de artifício de festas de fim de ano. E enquanto Salgo, com essa disposição para a amnésia que só permite a imbecilidade, esquece tudo — o subsolo do hospital de Viena, a meia dúzia de transações orgânicas que o alimentaram durante dois anos, o encontro com o médico jovem, Riltse e, naturalmente, esse buraco ridículo em forma de quadro que, diga-se de passagem, aproveitou seu breve concubinato com o pulôver mostarda na mala para manchar-lhe uma axila de azul — e descobre, graças a um curso na escola de cinema de Lodz no qual aparece por engano, pensando, vítima de uma língua que não consegue desentranhar, que comparece a uma sessão de recrutamento de pessoal de enfermaria, que filmar órgãos era mais simples e menos perigoso que traficá-los, e empreende uma efêmera mas bem-sucedida carreira de documentarista cirúrgico que o levará de Lodz a Varsóvia, de Varsóvia outra vez a Moscou e de Moscou — do Hyatt Moscou, onde se hospeda com todo o luxo, convidado de honra do XIII Encontro Mundial de Documentaristas Científicos —, depois de um confuso episódio vinculado aos rins de um adolescente decapitado por um acidente de trânsito, que a polícia moscovita alega ter encontrado envoltos em papel alumínio no frigobar de seu apartamento, ao cárcere de Minsk, verdadeira cidadela murada onde um elenco de hierarcas da máfia russa, assassinos seriais e traficantes de crianças, seus principais hóspedes, dispensam-lhe as boas-vindas que merece —

e a luz de Salgo, esse verde latejo de vida que atravessou com fervor meia Europa Oriental, obnubilado pelos encantos de uma vida nova, titila pela primeira vez, debilita-se e começa a se apagar, agora irremediavelmente. E enquanto Salgo esquece e é esquecido, *O buraco postiço*, que depois do brutal sequestro do húngaro volta a flutuar, nas mãos de Van Dam, numa órbita afim ao que é, à sensibilidade que o concebeu, refestela-se num desses remansos de quietude que, uma vez mais, agradam à arte e desesperam os biógrafos medíocres.

Permanece em Praga, na cobertura que Van Dam comprou por alguns trocados do czar da prostituição infantil encurralado pela justiça, pendurado entre o Freud e o Hockney — incomodando-os um pouco, também — na galeria particular que ocupa todo o andar superior do apartamento. Apesar de sedentário, é um período de grande agitação social. Recebe toda espécie de visitas. É, ao menos durante alguns meses, a principal atração das festas com que Van Dam costuma amenizar a dureza do inverno, e a única razão que explica o magnata das próteses infringir a lei, ditada por ele mesmo e observada até então com todo o rigor, mesmo por ocasião da compra do Bacon, tão comentada, que proíbe as festas, destinadas a transcorrer no amplo andar inferior, de se propagarem para o andar que entesoura e exibe a coleção. A repercussão é díspar, como cabe a toda estrela genuína e, talvez em maior medida, à heterogeneidade que caracteriza o público das soirées de Van Dam, onde é comum que os colecionadores de arte discutam política internacional com os fabricantes de instrumentos cirúrgicos e ex-prostitutas promovidas a modelos de passarela façam brindes com jogadores de futebol recém-vendidos a clubes espanhóis ou italianos. Por mais curioso que possa parecer, muitos especialistas contemplam o quadro e assentem com ênfase na presença de Van Dam, mas quando Van Dam se vira para roubar uma taça da bandeja que quase decapita Ute Ulme, a modelo-

-girafa, esses mesmos entusiastas trocam um olhar furtivo de mofa e sufocam em uníssono alguns risinhos debochados. E do mesmo modo, mas ao contrário, muitas modelos, franqueados de roupas de grife, chefs e até um ou outro diplomata ou funcionário governamental, que, a priori, não têm por que possuir nenhuma relação com as aventuras da arte contemporânea, passam diante do quadro e se detêm, misteriosamente interpelados, e por alguns instantes emudecem, eles, que um minuto antes eclipsavam a música da festa com suas piadas, suas risadas, seus cumprimentos estridentes, como se o Riltse, mais que um objeto de contemplação passivo, como se diz, emitisse uma estranha radiação paralisante. Para qualquer paladar familiarizado com o credo estético de Riltse, esse efeito de estrabismo é perfeitamente previsível; para Riltse — para a vocação última da *Sick Art*: inocular arte em organismos não artísticos —, é mais, é a coroação lógica de sua obra, a única que interpreta com fidelidade os postulados de seu projeto e a única, por outro lado, que ele, como autor da obra, está disposto a reconhecer. Mas para alguém como Teun van Dam, que nada, literalmente, em dinheiro e, como todo emergente, é extremamente suscetível a qualquer ameaça de descrédito social, em particular aos comentários desfavoráveis daqueles que ele mesmo denomina, escoltando a expressão com um par de aspas digitais, "os especialistas", e que se aceitou ficar com o quadro foi por um mal-entendido, um desses quiproquós que tanto satisfazem as hienas da história da arte — porque ao ler o nome de Riltse no verso da tela que Salgo lhe apresentava, associou-o de imediato ao de um pintor a que sua revista de negócios favorita, *Goodbuy*, havia dedicado dez páginas de sua edição especial sobre novos investimentos, descrevendo-o como um artista "prestigioso, mas ainda não incorporado ao *mainstream* do mercado internacional de arte", e, portanto, como uma oportunidade, um pintor que, e este era o pérfido pormenor a explicar o sarcasmo *sotto voce* dos connaisseurs nas festas de Van Dam, não era Riltse, mas Pilsen, o mexicano Arturo Pilsen, do qual se dizia ser filho natural de Frida Kahlo com Leon Trótski —, não deixa de ser inquietante que sua nova aquisição divida assim o campo dos gostos e dos desgostos. Imediatamente — típico —, pensa que foi logrado. Para *O buraco postiço* é o fim da temporada social, com suas borbulhas, seus vestidos de noite, suas exegeses, e o começo de um penoso calvário médico. Ao longo de um mês exaustivo, meia dúzia de especialistas, os mais caros, naturalmente, e também os mais inescrupulosos, desfilam pela cobertura submetendo o quadro de Riltse a toda espécie de exames e de testes, enquanto Van Dam, ciente de que seus cheques podem saber, mas não necessariamente calar suspicácias, inventa fábulas inverossímeis para maquiar as circunstâncias que o fizeram chegar a suas mãos. O veredicto não é unânime, mas é unanimemente ingrato: os que não dizem que o quadro é falso dizem que é péssimo e, portanto, invendável, e os que, mais prudentes, abstêm-se de avaliá-lo em termos tão drásticos decidem ser tão disparatado que dificilmente encontrará um lugar, *qualquer* lugar, no mercado.

Van Dam fica deprimido. Não é a primeira vez que isso acontece com ele, mas para seu espírito de novo-rico, que se nega a aprender com a experiência, porque isso equivaleria a reconhecer, automaticamente, sua condição de novo-rico, algo que não está disposto a fazer, conforme suas próprias palavras, "nem por todo o ouro do mundo", é sempre como se fosse a primeira vez. Sua cegueira é tão completa quanto seu desamparo, e a irritação com que reage diante dos sucessivos veredictos — que os especialistas, por outro lado, já decidiram de comum acordo antes de analisar o quadro, em conciliábulos povoados de gargalhadas e obnubilados pela fumaça dos cachimbos, como outra das *private jokes* com que volta e meia, imbuídos de um senso da pureza artística que parece abandoná-los misteriosamente toda vez que, contratados por algum verdadeiro colecionador em apuros, emprestam sua assinatura para as avaliações e autenticações mais escandalosas, pretendiam vingar a arte "em sua batalha sempre desigual contra o despotismo do dinheiro" — não é um sintoma de que os está questionando, como estaria em condições de fazer, dadas as múltiplas irregularidades que os invalidam, e sim do modo patético como se rende a eles. Nessa mesma tarde, abatido pelo momento ruim, mas incapaz, todavia, de tomar uma decisão a respeito do quadro, que no entanto se dá ao trabalho de embrulhar e de meter no porta-malas de seu carro, chama quase sem pensar uma das garotas de seu harém asiático, a primeira que encontra em sua agenda — porque no estado em que está todos os nomes vietnamitas lhe parecem iguais e é-lhe impossível atribuir a cada um a lembrança distintiva de um rosto, de um corpo ou de uma destreza fornicatória —, simula uma viagem relâmpago a um congresso de fabricantes de próteses ("O fim do osso: pesadelo ou utopia?") e se refugia na dacha de Brno, confiante em que dois ou três dias de alegre desenfreio irão dissipar a nuvem de ofuscação que o mantém preso. Está redondamente enganado. Está enganado, mas — por um desses tours de force com que o destino, inexplicavelmente condescendente com a vulnerabilidade dos novos-ricos, costuma indenizá-los pelos tropeços que dão por sua persistência — resolve o problema. De repente, tudo na dacha parece lembrar-lhe a presença de Salgo. Descobre a maçaroca de cabelos que obstrui o ralo do chuveiro, a rachadura na porcelana da saboneteira, o bule de café sem tampa, o cemitério de unhas amareladas dissimulado entre os tufos do tapete da sala e, a cada vez, pensa ver num canto diferente da casa a sombra do húngaro vigarista se matando de rir. É o cúmulo. Já não está deprimido; agora, fora de si, só quer se vingar. Está nessa — pensando em como — quando a garota vietnamita aparece na copa e ensaia, para estimular, uma pose de calendário na moldura da porta. Vestiu um dos pijamas de seda de Van Dam; a camisa, desabotoada, deixa ver a carne firme e dourada de seu ventre e parte das aréolas brancas dos peitos; uma véspera de penugem púbica desponta como que por acaso sobre a linha da calça, folgada demais para seus quadris de menino ossudo. Os signos estão ali e são flagrantes e repetem com lealdade as regras do protocolo sensual que um dia ele mesmo definiu para excitar-se; mas para Van Dam, como para aquele que, amnésico, os rostos, os nomes e as vozes mais íntimas deixam na mais completa indiferença, não dizem absolutamente nada. Porque ele, Van Dam, vê *outra coisa*: vê a mancha avermelhada que ultraja a cor areia brilhante do pijama, vê-a salpicar de ignomínia o monograma em helvética nele bordado, e a imagem bestial de Salgo entornando sobre si o molho de tomate que devora diretamente de uma lata de conservas diante da TV revira-lhe o estômago. Mas a garota vietnamita, cujo profissionalismo impede que registre qualquer coisa que não seja da ordem do desejo, desarma com graça sua pose de rainha da beleza e dá alguns passos na ponta dos pés em direção a Van Dam, sem perceber que a barra da camisa do pijama fica enganchada no trinco da porta e se rasga. Bingo. "Camponesa ignorante", diz Van Dam, enquanto se levanta muito lentamente. "Lavradora vulgar, merda asiática, menos que argola, feto achinesado, escrava." Sim, é nela, na pobre garota vietnamita, que vão se colando uma a uma, como se a apedrejasse, essas etiquetas infames, mas o que as inspira não é ela, que agora, congelada pelo aluvião de obscenidades, detém-se, fecha instintivamente a camisa do pijama e a rasga ainda mais, e sim a figura definitivamente abominável de Salgo, que Van Dam, se pudesse separar-se do presente puro de sua humilhação, certamente responsabilizaria por todas as desgraças de sua existência, do assédio a que o fisco holandês o vem submetendo há anos — a única razão que explica seu estabelecimento na república tcheca, "esse salão de festas infantis regido por poetas e almas belas em geral", que detesta com todas as suas forças, mas cujas virtudes de paraíso fiscal lhe assentam como uma luva — até a esclerose que acabou, depois de macerá-la com a dor mais inconcebível, com a vida de sua segunda esposa, em cujo corpo, contudo, Van Dam conseguira testar suas primeiras peças — um tanto experimentais, é verdade — de substituição orgânica.

É o prelúdio de uma noite atroz, interminável. Depois dos maus-tratos verbais, que atinge cumes inauditos ("buceta em decomposição", "aborto", "furúnculo humano") e se multiplica, vem o programa originalmente pactuado, a sessão de desenfreio, da qual Van Dam não pensa em se privar e que só quer adaptar às urgências de seu furor. Começam as palmadas, os tapas na bunda, a tortuosa manipulação de membros. A garota, confundindo essas humilhações com os costumeiros rituais de brutalidade de Van Dam, violentos, mas controlados, parece tolerá-las sem grandes dificuldades, treinada que está para amortecer, traduzindo-os para a retórica de sua excitação, seus efeitos dolorosos, e principalmente obrigada a sofrê-los em silêncio pelo regime quase escravista — um não, um protesto, e vem a deportação — em que Van Dam mantém todo o seu harém. Mas com que rapidez Van Dam abandona esses jogos preliminares, cujas marcas resplandecem um instante sobre a pele da garota e depois, como miragens, desaparecem, e com que rapidez a languidez indolente com que a garota se submetia a eles transforma-se em inquietação, em temor, em pânico, quando Van Dam, depois de amarrar seus pés e mãos na grade que mandou um ferreiro de confiança desenhar especialmente, começa a esfregar em suas ventas a coleção de chibatas, varas, correias, bastões de borracha, lâminas, prendedores de metal e furadores com que um cliente, além do mais, velho amigo destas páginas, pagou-lhe certa vez a prótese high-tech que o reincorporaria à atividade genital depois de décadas de consolos extravagantes, mas muito pouco satisfatórios, e que Van Dam até então nunca se atrevera a usar, espantado — ele, que em matéria de experimentação erótica não se deixa amedrontar por nenhum escrúpulo — pelas possibilidades que a mera contemplação desses acessórios lhe inspirava. O que se segue — cortes, socos, mutilação: um verdadeiro festival de tortura — não destoaria da imaginação do libertino mais feroz. Imobilizada, a garota logo entrevê o horizonte de espanto que a espera e agora uiva de dor, retorcendo-se na grade, aprofundando os sulcos que o barbante de sisal cava em seus pulsos e tornozelos, e então perde os sentidos. O mesmo ciclo se repete durante horas com a monotonia de um cerimonial macabro, sem outra variação além da intensidade com que Van Dam, sempre ofuscado pela imagem de Salgo, sua bête noire, executa diversas vezes seu programa de suplícios, que cresce a cada passo e não parece ter limite. Já de madrugada, depois de sofrer várias rondas de violência propriamente sexual, martirizada ao extremo, sangrando e perfurada — literalmente — pelo *set* de vibradores de aço inoxidável que seu verdugo, para matizar, terminou incorporando a seu arsenal, peças um tanto artesanais, desenhadas pelo próprio Van Dam para a Exposição Universal de Pornografia de Copenhague de 1978, que, providas de uma bateria em miniatura, complementam com súbitas descargas elétricas as lacerações que seus fios infligem à carne, a pobre garota solta um débil suspiro e desmaia, e nada do que Van Dam faça para reanimá-la — e ele faz tudo, absolutamente tudo, porque o animal sedento de vingança no qual se transformou pode admitir que sua presa lhe ofereça resistência, despreze-o, rebele-se ou até mesmo lhe pague na mesma moeda, mas nunca que escape a sua influência — conseguirá resgatá-la do poço em que se refugiou. Van Dam deixa a câmara de torturas, desaba exausto no colchão de água e dorme deitado de costas, seminu como um gladiador, com o torso cruzado de correias, dois bastões de borracha e o elástico da sunga esquecidos na virilha, e, na mão, uma pica de aço com a ponta coroada de sangue. Dorme; Van Dam dorme tão profundamente que às seis e meia da manhã — quando, reanimada sabe lá por que recôndita força vital vietnamita, a garota acorda, consegue soltar-se de suas amarras e foge, levando o Mercedes e, no estado em que está, praticamente dessangrada, e com sua experiência em dirigir veículos, que a duras penas inclui algum riquixá ou uma mobilete emprestada, só consegue pegar a estrada depois de batê-lo contra um dos velhos olmos que presidem a dacha de Brno — franze o nariz, espanta da face uma mosca invisível e, recostando-se sobre seu lado direito, sorri como um bebê, como o bebê radiante e diáfano que um dia foi, e continua dormindo.

Todos a postos. Mais uma vez, a luzinha vermelha voltou a brilhar, O buraco postiço se espreguiça e começa a se mover no mapa. Os primeiros passos, previsivelmente, são curtos e trôpegos; vão e vêm, desenham círculos, fazem marchas e contramarchas, seguindo o errático itinerário que a garota vietnamita improvisa enquanto foge a bordo do Mercedes. Até que, em certo momento, eles param — fronteira com a Alemanha —, dão um salto — a garota abre o porta-malas para apanhar sua bagagem, vê o quadro embalado, rasga o embrulho, reconhece a obra que tanto alvoroçou as últimas noitadas mundanas na cobertura de Van Dam e sem pensar muito decide levá-lo, abandonando o Mercedes junto a uma granja fétida —, uma breve interrupção, suficientemente longa, no entanto, para pagar ao guarda da fronteira o sórdido dízimo carnal que ele exige para deixá-la passar para o outro lado, e em Munique, a poucas quadras da colchoaria que duas semanas antes despachara para Brno o colchão de água último tipo que Van Dam, nesse mesmo instante, mas a muitos quilômetros dali, ainda adormecido, está furando sem perceber com a ponta da pica de aço, arruinando-o sem remédio, inauguram a longa, ininterrupta reta vertical — numa velha van Volkswagen povoada de hippies apáticos e ecologistas belicosos com uma única coisa na cachola: o sol, que topará com a costa iugoslava, e depois de margear quilômetros e quilômetros de costa, irá deter-se no sul da França, em Cannes, no tépido mês de maio, quando florescem os lilases, quando as aspirantes a starlets se pavoneiam com os peitos de fora pelo bulevar de la Croisette e os ícones do cinema americano apagam seus cigarros no tapete que o Palácio do Festival cospe como uma língua vermelha de batráquio, metralhados por um exército de paparazzi.

É fácil imaginar a garota vietnamita envolta em nuvens de maconha, abraçada à tela (que teve a ousadia, ou a prudência, de libertar de seu caixilho) e pisando com uma sandália vacilante o estribo da van, enquanto o primeiro sol da primavera atravessa com seus raios as copas das palmeiras e fere seus olhos sonolentos. Nunca esteve em Cannes, não conhece ninguém, estava começando a balbuciar alguns monossílabos em tcheco e agora se defronta com outro idioma novo, que, diferentemente do tcheco, *não perdoa* que o pronunciem mal. Mas quem se importa com essas bobagens? Ela é muito jovem, tem dezessete anos, e na idade em que qualquer porra-louca ocidental compra, tremendo, seu primeiro baseado, já sobreviveu aos contratempos mais extremos. Além disso, é bela e exótica, e isso, nos primeiros dias, somado à visão, na TV de um bar, de uma cena particularmente sangrenta de *Um homem chamado cavalo*, em que Richard Harris é literalmente *içado* no ar com os ganchos que os índios enfiaram em seus mamilos, dá-lhe a ideia de convencer com gestos suas benfeitoras de que as marcas que Van Dam lhe deixou no corpo são inscrições rituais típicas de sua aldeia natal — e o tipo asiático, em mulheres, mas também em gastronomia, em roupa, em turismo e, naturalmente, em cinema, é, de algum modo, o tema principal, não explícito, mas flagrante, do festival desse ano. É fácil imaginar a fruição com que os caçadores de carne veem-na desfilar, meio desajeitada, com o desalinho irresistível que têm as belezas brutas, pelas ruas de uma cidade vulgar, de tão suntuosa. Cruzam seu caminho homens com longas mãos adornadas de joias e colarinhos de camisas virados sobre as lapelas do paletó. Ela, recém-saída do inferno, recusa suas propostas, ainda que a menos generosa lhe permitisse resolver com folga suas necessidades mais imediatas. Nada disso é novo para ela. Em Saigon já vira esse brilho rapace nos olhos e já ouvira esse tom de voz baixo, mas persistente, que agora sente na nuca duas ou três vezes por quadra, e que combina desejo e assédio com ameaça. Depois de zanzar a manhã inteira, ancora numa praia distante do centro, um dos poucos balneários populares que a pompa internacional da cidade não desvirtuou por completo, onde descobre um grupo de mulheres jovens que compartilham um almoço sob o sol. Ela as vê; veem-na; convidam-na a reunir-se. Não precisam falar nada; como os vampiros, se reconhecem por meio de uma gíria secreta e silenciosa cujas contrassenhas são uma velha cicatriz, um hematoma, o pequeno círculo de pele morta que deixou a brasa de um cigarro. Uma hora depois, os mesmos proxenetas que antes lhe sopraram cifras no ouvido veem-na passar de volta, vitoriosa, mais bela do que nunca, porque, de todos os estados com que a beleza pode entrar em combinação, nenhum a realça tanto quanto a indiferença, e amparada pela corte de raparigas em flor a que acaba de incorporar-se. Tem casa — um *petit* hotel num bairro discreto, que divide com as outras, mas onde tem seu próprio quarto — e trabalho — *Luxe, calme et volupté*, uma agência de acompanhantes dirigida por uma sósia obesa de Fanny Ardant —, e num futuro mais ou menos próximo, de acordo com as promessas, provavelmente documentos.

Batem à porta. E *O buraco postiço?*, diz, impaciente, uma vozinha de gnomo. Bem, bem. Tudo acontece tão rápido. Tudo vai acontecer tão rápido. A princípio — destino de pária, como se a garota lhe contagiasse a condição clandestina da qual ela mesma começa a se afastar — limita-se a vegetar. Passa algumas semanas de desconforto, enrolado como um clandestino na caixa de papelão que a garota, poucos dias antes de desembarcar no *Luxe*, chutou com o flanco do pé e escondeu sob a cama bem a tempo, segundos antes que Fanny Ardant, numa de suas rondas de supervisão, batesse a sua porta e irrompesse no quarto, como era seu costume, antes de receber uma resposta. Comparado com o tipo de promíscuo cativeiro que lhe coube na mala de Salgo, no entanto, essas semanas de reclusão parecem quase férias num spa à beira-mar. O Riltse continua preso, sim, mas já não tem de dividir cela com nada, e ainda que o rodapé contra o qual descansa em sua caixa costume ser o lugar de reunião favorito de bolas de poeira, insetos, grampos, e até unhas postiças — um acessório do qual as garotas vietnamitas, ao que parece, são particularmente adeptas, em parte porque lhes servem para disfarçar o estado lastimável em que trazem suas unhas verdadeiras do Vietnã, em parte também pelo papel que lhes conferem nas artes do amor, quando as usam com insólita destreza —, que geralmente acabam reunidas no centro de uma teia de aranha, o quarto é fresco e ensolarado, e as janelas dão para o sul, para o mar, de onde costuma soprar a brisa que depois, toda vez que a garota vai ali para encher os pulmões de ar e agradecer a mudança de sua sorte à remota deidade para a qual reza todas as noites, arrasta as bolas de poeira e os insetos e os grampos e as unhas postiças e as mete num canto embaixo da cama. Uma tarde, procurando em vão, no *intermezzo* ocioso entre dois clientes, a aliança de peltre que depois, para seu espanto e fúria, encontrará no estojo de joias de sua vizinha de quarto, uma garota de Cabo Verde que precisa abaixar a cabeça cada vez que entra ou sai de um aposento, descola a cama da parede e dá com a caixa e a contempla como se não fosse dela, e na alegria da descoberta — que é a alegria do esquecimento, a única força que torna novo tudo o que toca — abre-a e extrai a tela e, depois de desenrolá-la, coloca-a na parede e a contempla por alguns minutos assim, como que imaginando o efeito estético que produziria em seu quarto, e também em seu próprio ânimo, se pudesse deixá-la pendurada. Devem ter sido três, quatro minutos, não mais. Mas essa rajada de liberdade, de uma intensidade extraordinária, tem para a tela de Riltse o mesmo sentido que as poucas, milagrosas gotas de água vertidas por uma alma caridosa na língua do viajante que está há dias perdido no deserto.

Logo a garota se anima. Reconhece, mesmo a contragosto, que a obrigação de responder às extravagâncias de Van Dam foi, além de um calvário, o melhor dos treinamentos. É raro que seu quarto no *Luxe* esteja vazio, e são raros, raríssimos, em meio ao desfile de homens que o visitam, os clientes modestos, mal barbeados, que na hora de pagar devem remexer no fundo dos bolsos atrás da nota que lhes permitirá completar a tarifa, tão abundantes, em compensação, nas agendas de suas colegas. Os homens que a solicitam — porque chegam ao *Luxe* com seu nome à flor dos lábios, dispostos a esperar, se for preciso, no pequeno salão que a casa reserva para esses fins, mas nunca a trocá-la por outra meretriz, não importa a fama com que Fanny a envolva para convencê-los a aceitá-la — são bons pagadores, muito seguros de si, de uma elegância reservada, e a prova mais flagrante do poder que têm é o tratamento equânime, como de igual para igual, que dispensam à garota, que só toleram a presença do dinheiro quando é inadiável, no final, num tête-à-tête particular com Fanny — nunca com a vietnamita — e mediante o recurso do cheque ou do cartão de crédito — jamais dinheiro vivo —, e que inclui, de quebra, os mesmos flertes agradáveis, a mesma conversa e a mesma curiosidade pessoal com que se relacionam com as mulheres de sua própria condição conhecidas na festa mundana que acabam de deixar, num estado de excitação inenarrável, para brindar-se com duas horas de vertigem física. Logo seu nome, bem como suas habilidades, transforma-se num segredo de polichinelo, e o ambiente do festival, com seu caráter fechado, como de microcosmo autossuficiente, e ao mesmo tempo com sua fenomenal porosidade cosmopolita, funciona como uma formidável caixa de ressonância. A garota muda de estatuto. Já não se limita a receber no *Luxe*; agora também a solicitam de fora, para que acompanhe em coquetéis, vernissages e festas particulares os mesmos potentados que vêm pagando para penetrar seu corpo miúdo entre quatro paredes. Fanny aceita, mesmo contrariando pela primeira vez em anos a política de portas adentro com que sempre regeu sua casa e suas garotas. É uma decisão crucial, nem tanto para a garota, que o máximo que faz, muito mais que "libertar-se", é ampliar o raio de seu cativeiro — até então circunscrito ao *Luxe* —, a toda a cidade, a suas suntuosas periferias, incluídos os iates que balançam junto ao porto, onde o desenfreio, abençoado pela impunidade que dá estar na água, prolonga-se por dias e noites inteiros, e que mais tarde, quando tudo tiver passado, voltará para seu confinamento no *Luxe* — para um quarto consideravelmente menor, menos arejado que o que havia ocupado até então — "*con la frente marchita*",* conforme a expressão que deve ter aprendido com o homem que foi, ao mesmo tempo, sua vítima e seu carrasco. É uma decisão crucial para o destino de *O buraco postiço*.

---

* "*Volver* [...] *con la frente marchita*" (algo como "voltar de cabeça baixa") é uma expressão famosa na Argentina, e integra a letra de um tango, composto em 1935, com letra de Alfredo Le Pera e música de Carlos Gardel. (N. T.)

Porque o festival de cinema passa e com ele passam a embriaguez, o glamour, a febre monstruosa que funde, juntos, o dinheiro e a arte, e algumas semanas depois, quando a garota vietnamita está acabando de pôr em ordem o butim que a temporada de pesca lhe deixou, cedendo — a pedido de Fanny — uma modesta porcentagem para suas companheiras a fim de neutralizar a aversão com que a olham no refeitório, nas duchas, na sala de espera da revisão médica, uma nova celebração circense, o festival do mercado publicitário, monta suas barracas sobre as ruínas deixadas pela anterior. Festas, agrados, banquetes: começa tudo de novo — e "tudo" inclui, naturalmente, esse delicioso e excitante ardor que brota no carnê de baile, ainda morno, da garota vietnamita. Mas, ao mesmo tempo, tudo é mais vulgar, hermético e ostentoso. Porque as estrelas da publicidade, ao contrário das do cinema, cujo resplendor, por mais fraudulento que seja, costuma chegar até as regiões mais remotas, só brilham no mundo da publicidade, onde, no melhor dos casos, coexistem com as marcas de roupa ou com as guloseimas de vanguarda a cujos nomes sua fama ficará eternamente ligada, e da alquimia arte/dinheiro agora só resta o dinheiro. Mas nada disso parece afetar a meretriz mais solicitada do *Luxe*, que retoma suas rotinas extenuantes e volta a fazer uso, agora mais do que nunca, do privilégio ambulatório que Fanny lhe concedeu. De braço dado com japoneses, suecos, mexicanos, vai a salas de projeção, a restaurantes de luxo, a bares, a clubes noturnos, a hotéis, a palácios murados, outra vez a iates, onde o pessoal estável, dos gerentes aos garçons, passando pelos crupiês, pelas encarregadas do guarda-roupa e pelo pessoal de segurança, celebra sua reaparição com reverências e uma cumplicidade sigilosa, o tipo de conivência que une, por mais diferentes que sejam, as vítimas de um inimigo comum, e termina a noite com eles, às vezes com mais de um, em quartos de hotel do tamanho de um andar inteiro, com piscinas aquecidas no terraço, cortinas ativadas por controle remoto e geladeiras abarrotadas de luxos cujo valor, supondo que fossem trocados por moeda, daria para manter uma família vietnamita, a sua própria, sem ir muito longe, da qual só esporadicamente recebe sinais de vida, no mínimo de dois em dois anos. Não há noite, quase, em que não saia. Comparece a lançamentos de produtos, concursos de beleza, competições de jingles. Apresentam-lhe banqueiros, dublês, estilistas, secretários de comunicações. E com o tempo e o fastio, enjoada de ostras, de perfumes e de imagens, a única coisa que ainda chama a atenção da garota, que por sua condição e inexperiência contempla tudo com os olhos distantes de uma estrangeira, é a delegação argentina, que foi — lembra-se agora, quando seus rostos já lhe parecem mais ou menos familiares — a primeira a chegar, a que mais bagagem levou — logo saberia que a metade de todas essas malas estava vazia — e a única que exigiu, sob ameaça de mudar de hotel no ato, que a hospedassem no mesmo andar e em quartos contíguos. É também a mais numerosa, a mais escassa em mulheres, a mais estridente, a mais inclinada a protestar, a primeira a se atirar sobre as mesas. Mas dessa comunidade desconcertante, no entanto, o que mais a intriga é a figura de um homem maduro, de bigodes loiros, com o rosto salpicado de sardas e com os cabelos sempre em desalinho, como se acabasse de descer de uma motocicleta, que — pelo que o ouvido da vietnamita consegue avaliar — fala o mesmo idioma dos argentinos, tem o mesmo tom de indignação e de orgulho ferido que eles e, portanto, parece ser mais um integrante da delegação, mas ao mesmo tempo sempre chega aos eventos sozinho, ou muito cedo ou muito tarde, irrompe no salão com os olhos bem abertos, os dentes cerrados e o queixo um pouco levantado, como uma carranca de proa, e se mantém afastado, de pé — quando todos estão sentados — ou sentado — quando todos se levantam —, fumando uns cigarros cujo tabaco aligeira fazendo-os girar entre os dedos, no estado de ansiedade perpétua de alguém que espera um sinal, em meio a uma reunião multitudinária, para detonar o explosivo que a fará voar pelo ar, e só sai dessa espreita impaciente para soltar exclamações súbitas, sempre solitárias, contra o discurso que alguém está lendo, o filme que projetam, o prêmio que se preparam para outorgar. A garota cruza com ele em várias ocasiões. Certa vez o descobre na esquina do salão principal do Palácio dos Festivais, limpando um tolete de cachorro do sapato com a barra de uma cortina de veludo. (Usa sapatos náuticos sempre, mesmo de smoking.) Certa madrugada, pensa reconhecê-lo numa sombra que se movimenta no interior de um caixa eletrônico. Ela o vê uma vez no restaurante mais caro de Cannes, rabiscando uns planos diante dos olhos atônitos do dono, enquanto coça o pé direito, previamente descalçado, com um garfo de prata, e outra na barraca mais sórdida da estação de trens, comendo com uma mão reluzente de gordura uma porção de crepes enquanto se ensimesma no suplemento financeiro de um jornal de Londres. A garota, que conhece e esteve em todos os hotéis, jamais o surpreendeu entrando ou saindo de nenhum. Averigua. Alguém lhe diz que o argentino não pára em terra, mas no veleiro *Evita Capitana*, com o qual, aproveitando que devia competir na regata Buenos Aires-Punta del Este, onde seu papel, diga-se de passagem, parece ter deixado muito a desejar, havia decidido vir da América do Sul, sozinho.

Então acontece o inevitável: o argentino — que, segundo ela, nesse tempo todo nem sequer a olhara — a contrata. E quando chega ao *Luxe*, desalinhado como sempre, com as lapelas do velho paletó manchadas de cinzas, recusa as taças, a música, a conversa, todos os prólogos amáveis com os quais Fanny costuma acolher seus clientes, e sobe e, como se a justiça o perseguisse, fecha-se no quarto com a garota. Uma vez lá, com o paletó sempre vestido, o argentino pega um cigarro, gira-o por um momento entre os dedos, acende-o — a chama, animada pelo tufo de fibras de tabaco que se aglomeram na ponta, parece consumir no ato a metade do cigarro —, senta-se no chão, apanha um par de folhas de um bolso e com uma voz grave, bela e marcial, misto de barítono e de oficial do exército, quase cantando, lê para ela os poemas que irão compor *Drogar*, seu próximo livro. É isso que fará nos próximos seis dias: ler para ela, e recitar-lhe de memória coisas de outros, em idiomas que ignora completamente e que pronuncia à perfeição, e cantar para ela — Wagner, os lieder de Schumann, todo o *Cavaleiro da Rosa* —, e deslumbrá-la com sua enciclopédia de conhecimentos inúteis, compilada ao longo de sua carreira de pesquisador de mercado e publicitário, dos quais sempre dá um jeito de extrair o dado lateral, a estatística ou a porcentagem que, completamente insignificantes em si mesmos, explicam, *bem analisados*, a queda do muro de Berlim, a forma dos peitos das mulheres africanas, a aids, a Primeira Guerra Mundial ou a expansão da Sony. O sexo é a última coisa que lhe importa. Pode ficar uma hora e cinquenta minutos desenvolvendo uma teoria — por exemplo, para congraçar-se com a garota, o papel decisivo do sistema de irrigação dos campos de cultivo na estratégia defensiva da guerrilha vietnamita e a derrota das tropas americanas — e dedicar apenas os dez minutos que lhe restam para uma satisfação sexual que, além do mais, também apresenta suas particularidades: dez minutos de massagem anal, por exemplo, ou uma punheta consumada de pé enquanto deixa que ela espete seus mamilos com a pena de ouro de sua caneta-tinteiro Montblanc, ou uma rapidinha, "de operário", como ele a chama, com as calças pelos joelhos e o cinto ajustado ao redor do pescoço. E depois de seis dias uma única pergunta ocupa toda a cabeça da garota vietnamita: quem é este homem?

É amor — não há outra resposta. Fanny adivinha isso de

saída, quando começa a surpreendê-la nesses transes de ausência que de repente, sem razão aparente, assaltam-na a qualquer momento, enquanto toma banho, descendo para o refeitório, junto de uma janela, quando leva uma xícara à boca e a mantém imóvel, como em suspenso, durante alguns segundos nos quais deixa de existir, literalmente, para o mundo que a cerca. Mas a garota logo se dá conta, quando, uma tarde, depois de ter assistido à leitura de uns sonetos eróticos e ouvido, sem entender muito, porque o inglês do argentino é tão ruim quanto o seu, algo sobre a relação entre a esterilidade das abelhas, o poliéster, a multiplicação das alergias e o lobby das multinacionais farmacêuticas, ela mesma, sem sequer pensar, surpreende-se fazendo o que nunca fez com ninguém: contando-lhe sua vida. Não demora muito: é uma vida breve, e suas peripécias, embora sejam muitas, deixam-se reduzir com facilidade a duas ou três categorias recorrentes. Mas em dado momento, já perto do final do encontro, a garota afasta a cama da parede, exuma a caixa de papelão e desdobra diante do argentino *O buraco postiço*, confiando em que a presença do quadro dará ao capítulo de sua fuga da órbita de Van Dam o realismo e a convicção que suas palavras, a julgar pela expressão do argentino, não conseguiram transmitir. O efeito é instantâneo, embora não tenha o signo que a vietnamita esperava. Como o viciado experiente que descobre uma fragilidade que ignorava ter, em comparação com a qual todas as outras, suas favoritas, agora se reduzem a consolos e a brincadeiras de crianças, o argentino desce o fecho da braguilha e liberta seu pau, que a simples visão do quadro endureceu, e dois segundos depois já está ajoelhado no chão, acoplado à posição canina da vietnamita, mergulhando nas profundezas de sua carne, fiel à lógica do gênio insensato que o concebeu, um chef-d'oeuvre *inconnu* da arte de nosso tempo. Vamos nos deter nisso, por favor, antes que os biógrafos o exibam, devidamente abastardado, em seus escabrosos letreiros digitais. O argentino, como se diz, capta no ar o segredo da obra de Riltse; capta-o mesmo antes de saber que é um Riltse e talvez que é um quadro, e não é ele, a bem da verdade, quem o capta, mas seu membro, "meu cacete leitor", como escreve no soneto que abre *Drogar*, uma longa e por momentos divertidíssima disquisição sobre todas as coisas cegas que se puseram a ler na vida contemporânea. E essa captação milagrosa, essa telecaptação, que "baixa" a experiência estética às profundezas do orgânico, não é, por acaso, o fecho de ouro que evoca — num desses ecos que se não fossem reais dariam nojo — a ejaculação instantânea com que Lumière batizou *O buraco postiço*, origem última do estímulo retal e do gozo que encaminharam Riltse para as formas mais radicais da *Sick Art*? Ah, quem, fora Riltse, quem poderia estar em sua pele para saber se no momento decisivo, quando o argentino, depois de investir contra a racha da vietnamita, derrama seu suco nas bordas de *O buraco postiço* — se ele, Riltse, não sentiu, não voltou a sentir a sagrada pontada no reto, confirmando a natureza teletransmissível de sua arte!

Saibam disso ou não — e tudo indica que não sabem —, a garota e o quadro têm os dias contados. Alienado de seu autor, *O buraco postiço* tem um dono natural, um único dono, e é o argentino. Pode-se protestar, invocar o estatuto legal da obra, que desde seu nascimento não fez senão sofrer irregularidades, mas o reconhecimento genital, bem superior, por sua espontaneidade, seu imediatismo e seu desdém de todo cálculo, de todas as formas de reconhecimento que propõem a percepção, o gosto e o saber estéticos, como a prova do círculo de giz que, na peça de Brecht, determina qual é a autêntica maternidade, não admite nenhuma objeção. Os acontecimentos se precipitam. O argentino vira a tela e descobre e reconhece a assinatura de Riltse. A garota que, pela primeira vez, graças a esse excêntrico que a remunera, segundo contou Fanny, juntando notas de seis países diferentes transformadas em francos com a calculadora infalível de sua mente, viu desfilar diante dos olhos sua própria vida, começa a baixar os braços e a enfraquecer, começa a se comover e a sonhar com outra. Ri à toa. A visão, nos sapatos dele, dos cadarços desamarrados, com as pontas molhadas pela última poça em que se banharam, a faz chorar. Sua erudição — há toda uma tarde dedicada à etimologia — a deslumbra. Seus presentes — modestos, fatalmente fora de moda, com aquele ar veloz, descuidado, das coisas roubadas — enternecem-na. Mas é casado. Ele, que não teve nenhum pudor de confessar isso, tampouco o tem agora para descartar o obstáculo com uma gargalhada desdenhosa. Vai se divorciar, diz, ou talvez a mate. Ela não acredita, claro, embora não seja de todo insensível à determinação com que anuncia essas alternativas disparatadas. Está bem, diz ele, cujo entusiasmo, contra o que se poderia esperar, aumenta com a razoabilidade de suas propostas, e a convida a viver com ele, em sua própria casa, na Argentina, como empregada. Parece ter pensado em tudo: as vantagens de uma bigamia encoberta, o avental escuro de bolinhas brancas, a rede na cabeça — sobre a qual gozará quando ela estiver de folga, bêbada, dançando como uma possuída nas discotecas da Praça Itália ou da rua Flores... A vietnamita recua. "Argentina": a mera menção da palavra lhe dá calafrios. Fugiu de Hanói... para acabar na Argentina? E para ele, como costuma acontecer, esse retrocesso é o estímulo mais excitante. Dobra a aposta, como se diz, e muda o horizonte doméstico que lhe prometia, cômodo para ele, mas, por mais falso que fosse, exigente demais para ela, por um libreto de vidas duplas no qual a garota tem documentos, trabalho, um apartamento numa zona residencial, inclusive uma empregada com um avental azul de bolinhas brancas e rede na cabeça... Mas o argentino não entende: o problema é o país, é a Argentina, é *essa coisa última* —

462

como pensa entender que lhe diz, de repente, em meio a um entardecer especialmente triste. Seguem-se horas difíceis: depois dos arroubos de ousadia, infalíveis, vêm os arrependimentos. Alguma coisa muda no argentino; diminui sua tolerância, que antes se confundia com distração, e uma espécie de rancor malvado começa a governá-lo. Tudo se torna mais sexual — como se o amor, que existe e é verdadeiro, recrudescesse, adotando a forma da violência. Certa noite, no *Luxe*, ele, no auge do desespero, diz-lhe que não a perderá sem antes lhe ter "rasgado o cu", uma prerrogativa que a vietnamita pusera a sua disposição desde o primeiro dia e que ele havia rejeitado com escândalo. Agora, no entanto, a garota se nega. Não, diz, não deixará. Mas a questão é: *pode* se negar? Porque o argentino nunca deixou de pagar, nem mesmo nas ocasiões em que o amor mais os transportou, asilando-os num desses reinos onde o dinheiro, dizem, não tem direito de cidadania, e a mera vigência desse contrato econômico, com efeito, parece autorizá-lo a pedir e, sobretudo, receber tudo. Discutem. Ela, de repente, começa a chorar e treme, treme como uma flor sobre a qual cai uma gota de água. Então, com os modos atentos ditados pelo pior de seus despeitos, ele a deixa à vontade, acalma-a, e quando ela pára de chorar, ou — antes — quando do choro já não lhe resta senão o tremor, essa condição de florzinha úmida e órfã, tão propícia para os prazeres da carne, tenta obter pela frente o que não conseguiu por trás e enterra-lhe o pau na boca.

Até aí, ao menos, é o que se pode saber. Depois, se foi com os dentes ou com as unhas… O certo é que de repente um grito racha o silêncio do *Luxe*, e quando Fanny irrompe no quarto da garota, o argentino jaz no chão de barriga para cima, nu, com as mãos entre as pernas, tentando estancar a hemorragia. Os contatos de Fanny, o bom nome de seu estabelecimento e, sobretudo, as numerosas eminências clínicas da zona que figuram em sua clientela ajudam a resolver discretamente a emergência médica.

Mas e a emergência legal? O argentino pode falar e sempre — mesmo em Cannes — haverá um juiz sensível ou hipócrita que queira aproveitar uma história suja para se promover e conseguir a transferência para Paris. E se falar, com efeito, pode ser a clausura, a prisão, a ruína! As partes se reúnem no *Luxe*. Fanny, que teve a precaução de trancar a vietnamita no porão, onde dali em diante atenderá, toma a iniciativa e oferece alguma espécie de compensação, aquela que o argentino, que se mantém em pé durante toda a reunião, a mão direita no bolso, acariciando lá dentro a bandagem, considere adequada. Mas o argentino não quer dinheiro, nem um voucher vitalício para gastar no *Luxe*, nem as facilidades que Fanny, apenas levantando o telefone, pode conseguir para ele nos círculos mais seletos da cidade. Quer O *buraco postiço*.

Ele o quer e o terá, porque Fanny, que só descobre o quadro quando o argentino a arrasta até o ex-quarto da vietnamita e o mostra a ela, pendurado na parede, não consegue acreditar que aquele mamarracho, que não lhe custou um centavo sequer, permitirá que supere um dos transes mais críticos de toda a sua carreira de dona de bordel, e o argentino acabará por levá-lo a Buenos Aires em sua única mala, numa promiscuidade parecida com aquela que o quadro conheceu quando fugia com Salgo, só que mais sofisticada, porque todos os vestidos, xales, jaquetas, botas de couro e bolsas com que agora se roça são de grife e custam de mil e quinhentos dólares para cima. Se o leva, porém, não é com a ambição de ficar com ele — conhece Riltse, naturalmente, mas, salvo pela ereção que sofreu ao contemplá-lo pela primeira vez, e que prefere atribuir a algum tipo de empatia ou de influência química, demonstra perfeita insensibilidade diante de qualquer manifestação pictórica, de Riltse ou de qualquer um, considerando-se ignorante de toda forma de expressão que não sejam as palavras e a música, mas para "fechar o bico"

— são suas palavras — de Nancy, sua mulher há doze anos, proprietária, ou melhor, herdeira da fortuna que permitiu a seu marido, entre outras coisas, escrever poesia e publicá-la, dirigir uma agência de publicidade — que em cinco anos só produziu duas peças gráficas, dois modestos pés de página que o cliente, uma importadora de uísque escocês, retirou de circulação, em aberta desconformidade com o resultado, no dia seguinte de sua publicação —, navegar e disputar regatas, viajar a Cannes a bordo de seu veleiro, passar quinze dias no *Luxe, calme et volupté* e — para fechar o círculo — adquirir a provisão de roupa, maquiagens e perfumes que sua mulher exige que ele lhe traga, condição sine qua non, cada vez que ele pretende ir para o exterior sem ela. Já planejou tudo, já sabe o que vai fazer, como usará o Riltse para amordaçar a mulher, tão propensa, apesar do empenho dele em atender a suas encomendas, a reprovar o esbanjamento e à suspeita em geral. Com sorte, com o vento a favor, chega a Buenos Aires dois dias antes de completarem treze anos de casados, tempo justo, mas suficiente, se agir bem, para emoldurar a tela e empacotá-la e, na noite da comemoração, mandar que seja trazida à mesa por um maître falsamente surpreso que, afastando por um momento uma entrada demasiado precoce — carpaccio de salmão ou coquetel de camarão, seus dois clássicos —, irá depositá-lo diante dela como se ele tivesse caído do céu. Sim, mal zarpa e já a vê. Já vê a careta de espanto e entusiasmo que o presente ainda envolto desenha em seu rosto, e depois, quando o quadro fica nu, a decepção, o tédio que a desfiguram; mas vê também como se surpreende e se alivia quando ele, antecipando-se ao reparo que já aflorava em sua boca, revela-lhe o que pagou por ele — nem um centavo, nada de nada —, e como um brilho de felicidade quase assassina apodera-se de seu rosto ao inteirar-se de quanto a Sotheby's ou a Christie's lhes pagarão cedo ou tarde, quando decidirem se desfazer dele, e enquanto governa com uma das mãos o leme do *Evita Capitana*, levantando com a outra a gola do pulôver até o queixo, o argentino não vê, tanto o deslumbra o horizonte que maquinou, o pedaço de futuro real que deslizou imperceptivelmente entre suas visões, não para desmenti-las, não, só para matizá-las com uma cena íntima, como a de um bucólico retrato de interiores — no qual Nancy, a bela madura, que já confinou seu presente no banheiro de serviço, onde, diz, não poderá mais irritá-la, jaz adormecida e exausta nos braços de Rímini, o homem jovem que não dorme, que pensa em *O buraco postiço* com uma espécie de cobiça sentimental, desconhecida principalmente para ele mesmo, enquanto dois de seus dedos, depois de afastar uma mecha de cabelos que ameaça o sono da mulher, acaricia-lhe a face, uma orelha e depois, incapazes de resistir, percorrem a delgada linha branca que vão descobrindo junto à margem de seu couro cabeludo, esse caminhozinho de formigas que a mão mestra de seu cirurgião foi desenhando em segredo ao longo dos anos.

5.

Nunca mais atingiram o clímax daquela primeira vez, mas seus encontros, escravos dos dias e das horas em que Nancy tinha suas aulas, passaram a ter a regularidade de uma dieta ou de um tratamento médico. Cruzavam-se no vestíbulo do clube, antes da aula, e cumprimentavam-se de maneira convencional, ao mesmo tempo com intimidade e pudor, como todos os mestres e discípulos que compartilham uma atividade física, mas ao passo que Rímini roçava com os lábios a face lambuzada de creme de Nancy, reprovando-a, de passagem, que estivesse alguns minutos atrasada, ela, que evitava tocá-lo em público, cravava-lhe as longas unhas roxas no antebraço, e Rímini descobria-se seguindo-a até o vestiário das mulheres, deserto, como todo o clube, àquela hora da manhã, onde dois minutos depois se atracavam contra a parede de *lockers* de madeira, ela de costas, com os braços esticados e a cabeça praticamente enfiada no oco de seu próprio armário, ele segurando-a pela cintura, laborioso e ausente ao mesmo tempo, enquanto contemplava o rosto salpicado de sardas e levemente desorbitado de seu marido, que sorria para ele numa foto colada na parte interna da porta. Ou se encontravam depois da aula, quando Rímini, novamente abandonado por Boni, punha-se a vagar pelo clube e olhava de longe o terraço do bar, distraído, tentando dissipar a irritação causada pela falta de pontualidade de seu aluno, e Nancy, que, copo na mão, levantava--se da mesa e inflamava-o com os olhos acesos de desejo. Ele seguia seu caminho e ela o seu, como que resignados a fazer parte de órbitas independentes, mas ele só fingia passear e ela só fingia que ia embora, porque alguns segundos depois, com uma sincronização que, se estivessem atentos, os teria espantado, praticamente esbarravam um no outro junto a alguma das outras sedes que haviam escolhido para celebrar suas escaramuças, o carro dela, dissimulado pela sombra de uma enorme paineira, com o conforto de seus assentos reclináveis e o incômodo de seu banco traseiro, ou a casinha de chapas, um achado de Rímini, onde o clube guardava sem maiores cuidados — até Rímini era capaz de abrir o cadeado — as ferramentas de manutenção.

Essas duas incitantes faíscas — as unhas afundadas na pele, os olhos de Nancy atravessando-o como um alfinete atravessaria uma abelha — eram tudo que sobrevivera da erupção inicial. O resto, tão breve, aliás, que nem mesmo exigia que suassem, era um trâmite fisiológico, que consumavam duas vezes por semana com um desapego profissional, como se participassem de algum tipo de experimento estatístico. Rímini não se enganava. Além da pitada de orgulho que sentia ao responder com alguma eficácia a uma situação na qual não passava de um objeto, e um objeto completamente inexperiente, sabia que seu desempenho era apenas satisfatório — razão pela qual agradecia em segredo a monotonia dos encontros, sempre limitados às formas mais rápidas do acasalamento —, e também sabia que o apogeu frenético que Nancy alcançara naquela tarde na cozinha não se devia a ele, nem a seus encantos pessoais, nem a sua destreza sexual, mas a algo que existia muito antes dele, que o excedia completamente e que só o escolhera por acaso. Mas aceitava seu papel com resignação, como quem descobre tarde demais o serviço suplementar a que o obrigava o contrato que leu mal, rápido demais, e que já assinou. Era como se essas doses periódicas de satisfação, menos ligadas ao prazer que ao desafogo, fizessem parte de sua função de professor de tênis, da mesma classe que outras muito mais previsíveis, como os exercícios de aquecimento, as práticas de alongamento ou a teoria, que, no entanto, jamais lhe passaram pela cabeça e que ninguém, muito menos Nancy, havia reclamado. De modo que não opôs resistência e se deixou levar — como outros, por exemplo, numa viagem por uma música que não aprovam, que nunca escolheriam para ouvir, mas que, justamente por sua vulgaridade, ou sua falta de ambição, ou sua simplicidade, causam perfeitamente o efeito narcótico de que necessitam para conciliar o sono.

Uma tarde, voltou exausto a seu asilo no vigésimo segundo andar de Nuñéz — porque, depois de galopar com Nancy no banco traseiro do Mazda, Boni, como volta e meia acontecia, transformara sua efervescência hormonal em agressividade e o exigira a fundo —, e todas as suas hipóteses pareceram confirmar-se. Seu antecessor, o professor de tênis que lhe cedera o posto, jazia deitado num colchonete, de short, com sua perna de robô apoiada numa barra de pesos, enquanto o treinador, ajoelhado a seu lado, massageava-lhe a perna saudável. Ao ver Rímini, o professor teve um arroubo de nostalgia, perguntou por seus velhos alunos e ouviu as notícias com atenção. Festejou os progressos de Damián — que Rímini acabava de inventar para se exibir —, desculpou Boni, que era seu ponto fraco, e completou com algumas anedotas compassivas o relatório sobre as "senhoras", das quais estranhava o estouvamento e, depois, os presentes de fim de ano. Quando Rímini chegou a Nancy — deixara-a para o final de propósito, imaginando que ao lhe dar esse lugar o outro saberia valorizar a importância a ela concedida —, o professor levantou os olhos e fitou-o com espanto. "Nancy?", perguntou. "Nancy continua?" Rímini assentiu. "Deve estar esgotado. E quantas vezes?" "Duas por semana." "Ah", disse o professor: "você é um privilegiado. Comigo eram quatro."

Isso, e o sinal de cumplicidade que os dois homens então trocaram, foi suficiente: Rímini compreendeu no ato *tudo* que havia herdado. Mas a insinuação, que para ele era uma forma de verdade completa, embora elusiva, e que, por ser redundante, excluía qualquer acréscimo ulterior, para o professor era apenas o aperitivo. O que importava era o que vinha depois: os exemplos, a ilustração exaustiva — e contou, contou sem pensar, sem ter, ao menos, de se esforçar para lembrar, contou como se a história de sua intimidade com Nancy não estivesse alojada em sua memória, mas numa gaveta muito mais próxima e menos exigente, da qual podia apanhá-la esticando levemente a mão: Nancy nas duchas, ensaboada, o rosto estampado contra os azulejos; Nancy com o *grip* de sua nova raquete de grafite entre as pernas; Nancy de quatro, com a bandana atoalhada entre os dentes; Nancy contra o alambrado; Nancy pendurada nas barras paralelas do ginásio; Nancy com a boca cheia; Nancy respingada — e enquanto a imagem de Nancy se desenhava no relato, definida por alardes de brutalidade gráfica como "bomba de sucção humana", "poço sem fundo", "doente da buceta", e o treinador, dando palmadinhas nos joelhos, celebrava uma picaresca à qual parecia ter acesso pela primeira vez, quando era evidente que já tinha ouvido e repetido seus pormenores mil vezes, com luxo de detalhes, Rímini sentiu um ardor intenso no fundo dos olhos, a boca seca, os lábios inchando e algo obscuro e denso fechando-lhe a garganta. Agarrou a bolsa, que levava, ainda, a tiracolo, como se só assim pudesse manter-se em pé. Mas percebeu que o ardor eram lágrimas e desculpou-se — as gargalhadas dos dois homens engoliram suas desculpas —, e foi correndo trancar-se no banheiro. E foi aí, nessa solidão de fugitivo, que finalmente teve a revelação que o prenúncio de choro acabara de anunciar-lhe: todos esses casos, que pareciam condenar Nancy a um inferno de vulgaridade, na verdade só faziam absolvê-la. E ele, que antes, se preciso, iria evocá-la com o mesmo desprezo com que a evocara o professor de tênis, agora, de repente, tinha a impressão de que não falavam da mesma pessoa, como se a Nancy original, cujo nome, pronunciado por Rímini, desencadeara aquela incrível enxurrada de inconfidências obscenas, tivesse engendrado, pelo simples contato com o escárnio, duas mulheres diferentes, uma das quais, indefesa, continua a debater-se nas mãos de seu carrasco, enquanto a outra, purificada, começa a entrar no único lugar de Rímini onde ninguém, muito menos Rímini, teria suspeitado que podia entrar: o coração.

Não, não a amava, porque qualquer tipo de amor o teria levado a exigir-lhe mudanças, a querer redimi-la, a violentar sua duplicidade com a esperança de que uma das duas mulheres que ela era derrotasse e suprimisse a outra. E a emoção que Rímini começou a sentir ao vê-la, o tremor íntimo e meio inconfessável que o professor de tênis e o treinador, se tivessem percebido, sem dúvida teriam descartado como uma alucinação passageira, tão convencidos estavam de que Nancy, a Nancy insaciável e fútil com a qual se refestelavam, podia despertar num homem qualquer tipo de efeito, menos emoção — sua emoção nascia justamente dessa duplicidade, desse contraste inconcebível, como a beleza que, em certos casos muito raros, nasce e brota e abre caminho no chiqueiro mais pútrido e que, se extirpada dali e transplantada para outro meio mais sensível a suas necessidades ou, ao menos, menos hostil a seu ser, seu meio "natural", como normalmente se diz, não sobreviveria nem mesmo um segundo. O que o comovia não era "outra" Nancy, mas a mesma de sempre: a Nancy oca, esvaziada de todo sentimento por sua própria mesquinhez, por seu rancor, por sua relação de rapacidade com o mundo — a mesma que no professor de tênis só despertava ereções, desprezo, violência. Sim, talvez sentisse pena dela. E talvez essa fidelidade que Nancy tinha consigo mesma, essa maneira de perseverar na baixeza, fosse justamente o que permitira a Rímini mudar. Não, não a amava: ia — imperceptivelmente — transformando-se em seu santo. E assim como os santos, quando beijam uma chaga, beijam a injustiça, o calvário e, portanto, a reserva de humanidade mais pura que aflora nesse rosto ou nessa pele doentes, assim Rímini retribuía — com o silêncio de beijos secretos, porque um dos fundamentos mais sólidos da emoção que sentia era sua incomunicabilidade — a avidez, a descortesia, a insensibilidade, a prepotência que Nancy descarregava nele duas vezes por semana.

Era o mesmo prodígio dissociativo que o surpreendera semanas antes, na tarde na cozinha, só que promovido a uma fase superior, que substituía as distrações egocêntricas por uma vaga mas persistente vontade caritativa. Rímini, que antes se deixava arrastar, delegando à inércia as decisões que nem ele nem seu corpo ousavam tomar, agora, de algum modo, assumia suas responsabilidades. Agora *estava ali*, no sentido mais moral — mais generoso — da expressão. E estava ali não porque acatasse as urgências do desejo, o que, no fim das contas, não teria outro significado senão o de substituir uma inércia por outra, mas para contrabandear, na economia carnal da qual participavam, uma dimensão extra, anticarnal, na qual Nancy, sem saber, exibia diante de Rímini a nudez de sua alma seca, raspada até o fundo — e Rímini, em vez de virar a cara e evitar esse espetáculo, o próprio horror, o horror puro, sem imagem, Rímini a contemplava, e pelo simples fato de contemplá-la, de estar ali, não só compreendia sua nudez como a abrigava, aliviando, ainda que somente durante o intervalo de tempo frenético do coito, o frio glacial que devia fazer em seu reino. Mas Nancy não precisava saber. Rímini levava ao extremo o princípio de discrição de muitos filantropos, que só doam se lhes garantirem o anonimato, levando-o a um além quase incongruente: não era a identidade do doador, em seu caso, o que exigia manter em segredo, mas a própria doação. Esse era seu único privilégio.

Estava ali. Sua contribuição era a disponibilidade e tinha o dom, raríssimo, aliás, do invisível e do casual. Era quase uma tautologia: para estar ali, Rímini não precisava fazer nada, nada que não fosse estar ali. E o extraordinário era que para que essa dádiva chegasse a seu destino — e, diferentemente das dádivas em geral, que nunca vão de um lado para o outro sem sofrer, sem perder alguma coisa, sem dar pé a alguma dúvida, suspeita ou mal-entendido, como não precisava viajar, chegava a seu destino intacta — não precisava nem mesmo adotar a forma de uma dádiva. Não era pessoal, não era única; qualquer um podia tomá-la por qualquer coisa, a qualquer momento, e com todo o direito — e assim, sem forma, não tinha nada a impor a sua destinatária, nenhum pagamento a reclamar.

A inércia não produz mudanças. Não produz nada, na verdade. No máximo, dá lugar à degradação, por exemplo, ou à entropia. A mudança sim: a mudança produz coisas — inércia, para dar um exemplo. E então, quem se animaria a afirmar que a diferença entre o que muda e o que se degrada, entre um sinal de alteração e outro de deterioração, é uma diferença *real*? Rímini estava ali para Nancy, quieto, sólido, assim como sua raquete estava sempre lá, na rede, causando-lhe bolhas e calos na base dos dedos, para devolver, apenas devolver, sem acelerar nem desviar, uma após a outra, as bolas que Nancy rebatia gemendo, com um esforço que sempre a deixava à beira do colapso, como se a cada golpe tivesse de reabastecer-se de energia outra vez, do zero, e buscar novas forças numa fonte muito remota e praticamente esgotada. Rímini fazia a sua parte, o que para um convalescente não era ruim. Não tentava ir mais longe; não queria acrescentar nem conseguir nada. Não esperava de Nancy nada que ela mesma não decidisse dar ou pedir. E Nancy, que alcançara, em vários sentidos, um estranho estado de perfeição, a tal ponto que a satisfação — esse exercício mecânico que praticava com Rímini todas as terças e quintas — varrera nela as ideias de gozo, felicidade, dor, solidão, todos os dilemas insolúveis que, em geral, impediam-na de viver ou a deixavam em carne viva, Nancy também continuava em seu lugar, o único, por sinal, onde podia gabar-se de ser uma boa aluna, porque na quadra continuava a correr em linha reta — o que explicava as crostas em seus joelhos —, continuava sem cravar a vista na bola — e suas rebatidas se perdiam no vazio — e continuava empenhada em não flexionar os joelhos — de modo que duas de cada três bolas iam morrer na rede.

No entanto, como toda força sem motor, a inércia dá lugar a movimentos sub-reptícios, tremores que surgem, fazem-se sentir por um momento e recolhem-se ao silêncio, até que o estímulo casual que os convocou se repete e eles reaparecem, num ciclo cujas sequências, tomadas cada uma em si mesma, individualmente, nunca chegam a mudar o mundo que afetam, mas deixam nele, ressoando, os ecos de um murmúrio em que, com bons ouvidos, se lê a lembrança ou a profecia de uma mudança. Assim, como o viajante indolente que dorme no convés de um barco e de repente acorda, golpeado por uma luz ou pelo grito de um pássaro, e olha ao redor e, no desconcerto do despertar, ao mesmo tempo que reconhece o que vê, o mar, o horizonte infinito, o céu, pensa ver algo que mudou, algo sutil, mas indescritível, e só depois, ao pôr-se de pé e vacilar, descobre a inclinação do piso do convés, e compreende que o que mudara na paisagem não estava *na* paisagem, mas nesse "antes" do qual a contemplava, agora afetado por uma nova instabilidade, induzida pelas ondas, que não se lembrava de ter sentido ao adormecer, assim Rímini teve a impressão, em algum momento, de que esse "estar ali" para Nancy, por sua mera obstinação, dava lugar a uma certa inclinação, um deslizamento que ameaçava comunicá-lo com outra coisa... Na casinha, depois de acasalar-se, Rímini se inclinava, por exemplo, e lhe amarrava os cadarços do tênis. Ou no carro, dolorido pelas contorções que o banco traseiro o obrigara a fazer, começava a recolher do chão uns velhos tickets de estacionamento. Ou ajeitava sua roupa e alisava suas rugas com a palma das mãos. Ou virava a gola de sua camiseta, retraída para dentro num rapto de pudor. Ou, recostado no suave declive do gramado ao redor da piscina, aonde, instigados por uma inspiração telepática completamente repentina, tinham ido antes da aula, limpava suas costas das folhas de grama. Ou levava até o carro a bolsa que minutos antes ela havia apoiado sob a cintura para que seus corpos ficassem na mesma altura. Ou lhe comprava cigarros na máquina do bar. Ou lhe pagava, com o dinheiro que ela lhe dava, o trago que deixara pela metade na mesa do terraço.

Com o passar dos dias, as funções de Rímini multiplicavam-se: motorista, mensageiro, encarregado das compras... Foi um processo gradual, sutil, e Nancy encarou-o com naturalidade, como se a presença dessa sombra que começava a segui-la por toda parte não fosse um privilégio inesperado, mas o reconhecimento de um direito que sempre lhe fora devido, e que só uma injustiça inadmissível pudera negar-lhe. Mas, ao contrário do que se esperava, essa ampliação de funções, que também se estendia às áreas da vida de Nancy com as quais Rímini entrava em contato, não encurtou a distância entre eles, nem chegou a disfarçá-la com a espuma circunstancial — conversas triviais, cumplicidades — que frequentemente lubrifica essa espécie de relacionamento. Vendo-a em ação fora do clube, reduzido, àquela altura, a um cenário artificial, tão propício que parecia montado para eles, para as duas únicas atividades a que nele se entregavam, Rímini compreendeu a que ponto Nancy era uma inválida social, alguém a quem o vínculo mais circunstancial abismava num estado de profundo desamparo. Era como se, da linguagem, nessas situações em que o contato cotidiano torna-se inevitável, só conhecesse um repertório muito restrito de funções, ordenar, protestar, irritar-se — todas marcadas pela mesma hostilidade, todas físicas —, ao passo que as outras, as mais usadas, justamente, nas transações da vida cotidiana, perguntar, pedir, duvidar, combinar, eram-lhe alheias, radicalmente alheias, a tal ponto que não só jamais afloravam a seus lábios como nada a desconcertava mais do que o fato, muito frequente, de resto, de que os outros as exercitassem com ela. (E como passava rápido do desconcerto ao furor quando alguém, um caixa, um taxista, um funcionário de banco, repetia-lhe a mesma pergunta, que ela, incapaz de compreender, porque soava a seus ouvidos como se dita num idioma estrangeiro, acabava por ignorar, como se a insistência do outro, não importa qual fosse o conteúdo da pergunta, automaticamente a incluísse numa categoria que a humilhava.)

Assim, uma ida ao cabeleireiro, uma saída para as compras ou uma sessão na academia, todas essas atividades que por sua regularidade deveriam ser-lhe perfeitamente familiares, eram para ela, e agora para Rímini, que não saía do seu rastro, situações extraordinária e potencialmente conflituosas. Em cada contato — uma dúvida sobre um número de roupa ou de um preço, uma pergunta sobre uma cor, uma demora no processamento de um cartão de crédito, o extravio de um ticket de estacionamento — ocultavam-se mil possibilidades de catástrofe. Isolada pela veemência, pela voracidade e pela natureza reivindicativa de seus caprichos, que faziam da menor contrariedade uma ofensa intolerável e eram a coluna vertebral de seu comportamento, Nancy era rude, prepotente, de uma insolência monárquica. Rímini já sofria esses vícios duas vezes por semana e em dobro, dentro da quadra de tênis, onde qualquer observação técnica lhe era devolvida na forma de um desaforo, de uma discussão ou, diretamente, da renúncia a continuar a aula, e também na casinha, no carro ou na colinazinha de grama junto da piscina, onde Nancy, como daquela vez na mesa da cozinha, marcava com suas exigências o ritmo e a progressão das sessões carnais. Mas essas mesmas rajadas de desprezo fustigavam também funcionárias de lojas, encarregados de lavagem de cabelos nos salões, ascensoristas, garçons. E era difícil entender como nunca chegavam às vias de fato. Rímini, ao menos, tinha a defesa do orgasmo. Talvez a condição de "cliente" funcionasse como um limite, refreando a tensão da cena antes que tudo despencasse irremediavelmente, em parte pela submissão que todo patrão inocula em seus empregados quando os treina na arte de atender, em parte pelas expectativas que Nancy despertava cada vez que mostrava o interior de sua polpuda carteira e pela falta total de critério com que espalhava seu dinheiro sobre o balcão.

Depois de algum tempo, por contraste, Rímini, que carecia de toda vocação social, foi se transformando numa pessoa atenta e afável, cheia de recursos, capaz de tolerar tudo, como um diplomata ou um especialista em relações públicas, desde que pudesse evitar atritos mundanos. Nancy remexia, apalpava, provava, escolhia, pagava ou assinava; era Rímini quem falava, fazia as perguntas, negociava, reclamava ou agradecia, quem impedia que essas transações degenerassem em batalhas sangrentas e fazia com que mantivessem, ao mesmo tempo, um aspecto razoavelmente humano. Mesmo sem conhecê-los, vistos de longe ficava evidente que eram amantes, ou que o laço invisível que os unia, porque em público evitavam todo contato físico e praticamente não se falavam, era de natureza sexual, o que, como Rímini vez por outra comprovava, como quando voltava de imprevisto ao caixa em que acabavam de pagar e flagrava as moças dos caixas cochichando, costumava despertar uma emoção confusa, misto de nojo, inveja e excitação, embora houvesse algo na imagem que passavam, talvez a funcionalidade, cada vez mais azeitada, ou certo ar higiênico, que os fazia parecer um casal de estrangeiros ou uma dessas duplas, díspares mas unidas por necessidades profundas, formadas, por exemplo, por uma embaixatriz estrangeira e seu secretário local, ela sempre um pouco à parte, isolada por sua condição de forasteira, mas dona, ao mesmo tempo, de todas as decisões, ele posicionado como uma sentinela na fronteira dessa condição, um olho voltado para dentro, o outro para fora, sempre solícito e ativo, como se tentasse compensar, multiplicando as iniciativas, o déficit de movimentos de sua patroa. E como acontece com esse tipo de casais que parecem ficar congelados pelos protocolos em que se movimentam, Rímini e Nancy não progrediam: estavam sempre no mesmo ponto. Ela era uma rainha no exílio, rainha de um reino menor, fruto de um desses golpes de sorte — uma mina de diamantes, uma jazida de petróleo — com que a natureza abençoa países até então condenados à miséria, e exilada numa terra mais desesperançada que aquela que acabava de deixar para trás. Ele era seu escravo.

Certa manhã radiante, num supermercado dos arredores aonde chegaram, de uniforme de tênis, atraídos por uma dessas promoções espetaculares, cheias de preços garrafais e sinais de exclamação, que exerciam sobre Nancy um efeito quase religioso, Rímini, empurrando um carrinho lotado, levantou a vista e a viu parada no caixa, o púbis batendo suavemente contra o canto da bancada de alumínio. O contraste entre a brancura da saia pregueada, a pele dourada de suas coxas e o aço cinza da bancada causou-lhe um ardor confuso. Pensou que era desconforto, ou pudor, ou o sinal de um arrependimento que pretendia apagar tudo o que vivera com Nancy nos últimos meses. Era desejo. E se o percebeu não foi por sua capacidade de introspecção, que teria exigido dele uma franqueza muito acima de sua capacidade, mas porque o viu em Nancy, refletido em seus olhos, que começaram a fitá-lo com um ar intrigado. Antes que conseguisse disfarçar, Rímini compreendeu que ficara corado.

Desceram, carregaram o carro. Nancy queria dirigir. Rímini deixou as chaves caírem na palma de sua mão aberta e passou pela frente do carro enquanto a olhava longamente, como se a vigiasse. Rodaram algumas quadras em silêncio. Seguiam por uma rua estreita, coberta de árvores, quando Nancy pisou forte nos freios, torceu o volante para a esquerda e entrou no estacionamento de um hotel. Estava quase deserto, mas só depois de uma meia dúzia de manobras conseguiu estacionar ao lado de um Falcon familiar azul, e tão perto que Rímini, ao descer, teve de cuidar para não riscar a porta. Mais que descer, deslizou, fazendo-se muito magro, e ao passar junto do Falcon deu uma olhada lá dentro, atraído, provavelmente, pelo caráter histórico que esse modelo tinha para ele, e descobriu no banco de trás uma coleção de recipientes de isopor organizados do maior para o menor, quadrados, redondos, retangulares, que pareciam flutuar num leito de neve granulada. E apesar de ter coisas importantes em que pensar, ou pelo menos mais imediatas, o significado, por exemplo, da digressão sexual que estava prestes a empreender com Nancy, que alterava da maneira mais inesperada uma rotina até então inflexível, a imagem dessa paisagem branca, parecida com os povoados em miniatura que vivem dentro daquelas esferas de vidro, sempre expostos às silenciosas tempestades de neve que se abatem sobre eles cada vez que alguém vira ou agita a esfera, acompanhou-o enquanto cruzava o pátio do estacionamento. Umas flechas fluorescentes levaram-nos até um corredor. Empurraram uma porta almofadada e saíram, ou entraram, numa recepção onde tudo, piso, paredes, teto, inclusive o pedestal que sustentava uma opulenta Vênus de gesso surpreendida em plena fuga, estava atapetado. Surpreendentemente, Nancy se encarregou de tudo: pediu o quarto mais barato e só aceitou o controle remoto da TV quando lhe garantiram que estava incluído na tarifa. Rímini, nesse ínterim, chamara o elevador e tentava reconhecer a canção que competia com o rumor da cascata. Roberto Carlos. Roberto Carlos em espanhol, com os *erres* fracos e os *esses* marcados que Rímini, que na adolescência os ouvira sem parar ao longo de todo um verão, uma dessas temporadas de ócio, calor tórrido e reclusão que aproveitava para se masturbar até quatro vezes por dia, parecia ter guardado em alguma região especialmente inviolável ou inútil da memória. Roberto Carlos, sim — mas que canção? "Detalhes"? "Palavras"? Abriu a porta, deixou Nancy passar primeiro e olhou para os pés dela, os tênis manchados de saibro, os pompons das meias, um pouco desfiados, que pareciam brotar de seus tornozelos, e viu alguns grânulos de isopor que pretendiam atrasar o trilho da porta. Lá em cima encontrou mais, esparramados como rastros no tapete do corredor. Nancy entrou no quarto. Rímini demorou-se um segundo e seguiu com os olhos aquele interminável rastilho branco. Três portas adiante, no corredor, um casal discutia, banhado por uma luz sanguinolenta. A mulher era grande, masculina, de gestos lentos e pesados; o homem era calvo e miúdo; mais do que falar, parecia adejar ao redor da mulher como uma vespa frenética. Sentiram-se descobertos e emudeceram de repente, virando-se para Rímini, que, sem pensar, descartou a mulher e cravou os olhos na cara do homem. Viu seus olhos escuros, rodeados de olheiras, e o modo brusco como suas faíscas ansiosas extinguiam-se num esgar de espanto e depois de vergonha, e por fim o Falcon, os recipientes no banco de trás, os glóbulos de isopor, todas as peças se precipitaram para um ponto central, como se atraídas por um ímã invisível, e se encaixaram: Rodi, o pai de Sofía. O czar do isopor. Impressionaram-no — outra vez — a pequenez, as proporções perfeitas, de saltimbanco ou de jóquei, de seu corpo. Rímini pôde ver que levantava a mão no ar, e entrou no quarto.

Atracaram-se de pé, vestidos, sem parar para acender ou apagar qualquer luz, com uma urgência que Rímini, a não ser da primeira vez, nunca sentira, e que por alguns segundos serviu para tirar de sua cabeça o rosto do pai de Sofía. Dez minutos mais tarde — Nancy tomava uma ducha, Rímini se enfastiava com uma orgia multirracial em preto e branco — bateram à porta. Rímini levantou a tampa de madeira da janelinha de serviço, pensando que Nancy pediria algo para beber, e descobriu a cara de Rodi, inquieta e sorridente como a de um títere. Ficaram assim por um momento, a porta entre eles, olhando-se e medindo-se através daquela fenda que se abria na porta como uma má-formação. Rodi balbuciava, sacudido por uns acessos de vivacidade que já nasciam mortos, e Rímini sentiu-se invadido por um tédio imemorial, sofrido durante anos e nunca devidamente recompensado. Lembrou-se de como se chateara com essa impaciência, essa dispersão permanente, essa impossibilidade de ligar-se a uma única coisa e levá-la até o fim sem mudar de repente, distrair-se ou desfalecer. Lembrou-se das longas viagens de carro rumo ao litoral, travessia de seis, sete e até oito horas que Rodi, sentado ao volante, um posto do qual jamais aceitava que o destituíssem, dava um jeito de transformar em verdadeiros calvários graças a uma porção de compulsões como ligar o rádio, por exemplo, percorrer todo o *dial* num sentido e depois no outro, sem parar em cada estação mais que um ou dois segundos, apenas o necessário para que qualquer música, mesmo a mais inócua, fosse sinônimo de hostilidade, e por fim desligá-lo com um gesto brusco e desencantado, como se a culpa fosse dos programadores das vinte ou trinta estações pelas quais acabava de passar, e não da celeridade maníaca com que as atravessara, para, cinco minutos mais tarde, quando seus companheiros de viagem começavam a fruir do silêncio reconquistado, voltar a ligá-lo com entusiasmo, como se nesse mínimo intervalo de tempo algo pudesse ter mudado, ou então acelerar o carro de imprevisto, levá-lo à velocidade máxima, dar uma guinada brutal no volante e ultrapassar o caminhão cuja marcha lenta ele estava há quinze minutos xingando em voz alta, para depois, imediatamente, como que acovardado por sua própria ousadia, retirar o pé do pedal e desacelerar, ficar na dele, abandonar-se à velocidade média em que viajava antes e aos xingamentos com os quais perseguira o motorista do caminhão, que agora, naturalmente, estava na frente outra vez — calvários dos quais todos os viajantes, sem exceção, sua mulher incluída, emergiam invariavelmente com os nervos à flor da pele, enfastiados até a náusea, comprometendo-se em segredo a lembrar o tormento que acabavam de sofrer, lembrá-lo e entesourá-lo assim, intacto, para nunca mais ter de sofrê-lo novamente.

Rímini enrolou-se numa toalha e foi para o corredor. De cuecas e regata branca, uma camisa desabotoada com a barra na altura dos joelhos, Rodi atirou-se sobre ele e, pendurando-se em seu corpo, abraçou-o com uma avidez animal, e Rímini sentiu que seus breves braços o percorriam um pouco às cegas, como se o apalpassem em busca de armas. Separaram-se. Rodi respirava agitado, lançando de quando em quando uns olhares rápidos e batendo-lhe no braço, como se quisesse certificar-se de que era real. "Seu sumido", disse. "Já não nos vemos mais. Você faz bem: tendo a nós como sogros... Quanto foi: treze anos? Que paciência, meu Deus. E com o tanto que gostamos de você." Por um segundo, Rímini sentiu-se um pouco tocado por sua emoção, que o impelia a dizer tudo ao mesmo tempo e redimia, dando--lhe sentido, a desordem de seus atropelos. Viu-o assim, quase nu, apequenado pelos anos e, no entanto, vital, dotado da mesma energia juvenil que, órfã, sem nenhuma bússola, costumava levá-lo, aos sessenta anos, a aventurar-se nas mais variadas alternativas existenciais, do johrei à cerimônia do chá, do tai chi chuan às terapias nudistas, passando pelos retiros espirituais, pela expressão corporal e pela reflexologia, e, já livre da moldura um pouco protocolar de sogro e genro, na qual se acostumara a percebê-lo e a tratá-lo, Rímini ficou comovido. Mas olhou bem para ele e intuiu que havia algo mais, que a emoção, cuja pureza um pouco infantil tanto o afetara, parecia estar *cortada* por um sentimento de outra ordem, menos desinteressado, que a emoção, por mais genuína que fosse, contribuía para disfarçar: o medo. Rodi estava apavorado: seu ex-genro acabava de flagrá-lo num hotel com uma mulher que não era sua esposa. Rímini ajustou-o sob essa nova lente, e à medida que punha em foco tudo o que um segundo antes parecia borrado, à medida que a agitação, os sorrisos, a alegre atribulação, as palmadinhas no braço e o brilho úmido que titilava em seus olhos perdiam espontaneidade e transformavam-se em técnicas de dissuasão, de amordaçamento ou de suborno, destinadas a obter seu silêncio, Rímini, que até então se mantivera relativamente neutro, mais como a testemunha de uma situação insólita do que como seu protagonista, sentiu-se deslizar para um lento abismo de melancolia. Lembrou-se das vezes que Sofía, num estado de furor e desengano extremos, lhe confessara a suspeita de que o pai tinha uma vida dupla. Desconfiava de suas secretárias, das empregadas da fábrica, das jovens promotoras que contratava para lançar novas linhas de produtos. Todos os hobbies grupais aos quais consagrava seu tempo livre — todo o tempo negado a sua mãe —, que abraçava sempre com um entusiasmo incondicional, como se, depois de ter passado anos procurando-a em vão, tivesse por fim encontrado a panaceia para todos os seus males, que depois de quinze dias abandonava sem pena nem glória, em meio ao mais profundo desinteresse, atribuindo sua deserção a detalhes triviais, um problema de horários, uma desavença com um companheiro de grupo, uma pequena indisposição física que de causa — filtrada pela estranha alquimia de Rodi — passava a ser efeito, todas as disciplinas e práticas pelas quais se tornava fanático, sempre ligadas ao "mundo interior", do qual dizia, queixoso, ressentir-se, todos os grupos que integrava, infestados de mulheres sozinhas, doloridas, e de professoras carismáticas, especialistas nos segredos mais recônditos do corpo e da alma, todo esse mundo de seminários, cursos, laboratórios, maratonas, cujo *elemento de desespero*, como ela mesma o chamava, Sofía conhecia perfeitamente bem, posto que também se dedicava a eles, tudo isso era para ela, e também para sua mãe, com a qual amiúde, às vezes mesmo na presença de Rímini, compartilhava suas suspeitas, uma grande tela, uma cortina de fumaça ou talvez a verdadeira matriz de uma vida clandestina. E agora que a verdade vinha à luz, ou ao menos a esse resplendor pecaminoso que os banhava de vermelho no corredor do hotel, Rímini, que antes nunca demonstrara maior interesse em descobri-la, em parte porque a categoria de adúltero, mesmo em suas versões mais patéticas, parecia-lhe completamente desproporcional para esse homem assustadiço, que desconfiava, por princípio, de tudo que fosse novo, a ponto de preferir continuar usando seus velhos pulôveres cerzidos, correndo o risco de seus clientes o tomarem por um maltrapilho, a ir a uma loja e comprar novos, e em parte porque atribuía as suspeitas de Sofía a uma espécie de axiomática feminina universal, descobria na própria carne a tristeza que a história destila quando decide ser irônica. Porque essa verdade que

Sofía e sua mãe haviam procurado durante tanto tempo, e pela qual, naquela ocasião, quando Rímini ainda fazia parte de suas vidas, teriam feito qualquer sacrifício — essa verdade demonstrava ser duplamente inútil: aparecia agora, quando já era tarde demais, e aparecia para ele, que nunca a procurara e não tinha mais nenhuma relação com o mundo que vinha perturbar. E enquanto começava a pensar que talvez isso explicasse a sorte catastrófica da verdade humana — isso: não o fato de que não houvesse verdade, como sustentavam muitos, mas o fato de que a verdade vinha sempre fora de hora, quando o enigma a que dava resposta já fora esquecido, e jamais caía nas mãos daqueles que a procuravam ou que dela necessitavam —, Rímini ouviu um som estranho, um atrito de couros, um tilintar opaco, e viu a mulher despontando no corredor com um ar impaciente, uma corrente no pescoço, o torso nu atravessado por correias pretas e uma fina chibata de borracha tremendo em sua mão. Longe de Rodi já não parecia tão imensa. Rodi não se virou. "Puxa… Preciso ir, fazer o quê?", disse, e tirou um cartão do bolso da camisa, obrigando-o, quase, a aceitá-lo. "Venha me ver. Posso ter alguma coisa pra você. Sei que andou com uns probleminhas… Sofía é Sofía, nós somos nós. Gostamos de você, sabe? Gostamos muito. Sempre perguntamos… Ou passe lá em casa. Será uma alegria para nós." Colocou as duas mãos em seu peito, golpeou-o com as palmas suavemente, como se o massageasse, e começou a caminhar de ré, sem deixar de olhá-lo, enquanto a mulher desaparecia dentro do quarto. Rímini teve a impressão de que chorava. "Passe lá, tá. Vai passar? Prometa. Vai passar?", dizia, enquanto seus pequenos pés de menino velho retrocediam nus sobre o tapete turquesa.

6.

Nas duas noites seguintes dormiu mal. Custava-lhe encontrar a posição adequada; ensaiava as tradicionais e lhe soavam falsas, incômodas, como roupa dois números menor, e as posturas que estreava lhe deparavam um conforto passageiro do qual emergia em poucos minutos, duplamente irritado, para mudar novamente. E quando finalmente dormia, mais de tédio que de cansaço, a camada de seu sonho era tão fina e tênue, e ele tão consciente de sua fragilidade, que dormia num estado de alerta permanente, restringindo ao máximo os movimentos, como se estivesse deitado sobre uma lâmina de vidro. Na quinta-feira acordou de madrugada, descoberto. Todo o seu corpo doía, estava hirto de frio. Mal abriu os olhos, repetindo em voz alta uma frase desconhecida, trazida de um sonho que não se lembrava de ter sonhado: "Querer é o que fazem os corpos, e nós agora somos apenas fantasmas".* Um resto perdido de alguma tradução, imaginou. Pensou em tirar uma manhã livre, faltar ao clube, mas

---

* Versos da poeta russa Marina Tsvietáieva (1892-1941). (N. T.)

cometeu o erro de confessá-lo no café da manhã. O treinador o dissuadiu com um desses argumentos de terrorismo ginástico a que costumava recorrer para esmagar toda rebelião nascida da debilidade, e para que a dissuasão não fosse tão flagrante, serviu-lhe uma dupla porção de cereais. Depois veio a rotina de exercícios matinais, que Rímini executou com apatia. Enganou pela primeira vez: aproveitou que o treinador se concentrava nas próprias sequências para abreviar as suas, pular fases, adulterar contagens. Em certo momento, deteve-se e olhou para o lado, e em vez de enxergar o treinador, em vez de reconhecê-lo, ou seja, não exatamente vê-lo, mas aderir de maneira instantânea à ideia que já tinha dele antes de olhá-lo, o que viu, como numa lâmina de anatomia, foi uma pura estrutura muscular, tendões e ligamentos trançados sobre um suporte invisível, um jogo de formas e brilhos, de contrações e dilatações, que acompanhava uma monótona música pulmonar, e a visão, sangrenta como uma cena de carnificina, deu-lhe ânsias, que disfarçou virando-se no colchonete. Alguma coisa na obediente maquinaria de sua vida tinha sido avariada.

No clube, tudo se precipitou. Abatido pelo cansaço, que o tornava lento e aflito, Rímini teve de apurar-se. Comprimiu o tempo o mais que pôde e, com os nervos crispados pela pressa, conseguiu chegar pontualmente à primeira aula. Mas Damián chegou tarde — o que obrigou Rímini, ainda impulsionado por uma vontade de aceleração, a multiplicar os esforços para frear, para adaptar-se ao tempo morto que se abria diante dele —, chegou exatamente quando Rímini decidira suspender a aula — outra mudança de ritmo — e, para piorar, mais irascível do que nunca, e durante uma hora e meia — era começo de mês, e o menino ameaçou não pagar se Rímini não lhe desse a aula inteira — não deixou de mascar chiclete nem de cantar, duas licenças que Rímini não tolerava em seus alunos. Perto do final, em meio a um bate-bola, um pouco fora de si, o que explicava o insólito encarniçamento com que exigia que o menino alcançasse as bolas mais difíceis, Rímini reduziu um pouco a intensidade do jogo e, sem parar de rebater, enquanto lhe anunciava que passariam a praticar voleios, começou a atrair o menino para a rede com bolas cada vez mais curtas. Damián arrebatou-se; subiu dando raquetadas que Rímini devolveu com golpes planos, não muito fortes, mas bem colocados, para as paralelas, alertando-o sobre esses pontos fracos. O menino bloqueou três passadas seguidas, uma sobre a direita, outra sobre a esquerda, outra sobre a direita novamente, e quando se preparava para saltar de novo para a esquerda, para onde parecia levá-lo o padrão lógico da sequência, Rímini deu uma pranchada bestial, com uma potência descontrolada, tão reta que parecia traçada com régua, e a bola deu em cheio na cara de Damián, entre os olhos, na interseção das sobrancelhas. Sem soltar a raquete, o menino caiu sentado, olhou-o com espanto e desmaiou. O chiclete saía por um canto de sua boca como um tímido inseto rosado. Cinco minutos depois, Damián chorava no banco, apoiando um guardanapo com gelo na protuberância avermelhada que despontava na zona contundida, enquanto Rímini, que tentava reprimir novas formas de represália, vagava com a vista pelo terraço do clube e via, primeiro com surpresa, depois com uma impaciência perturbadora, os dois alunos que tinham aula com ele depois, Nancy e Boni, saindo *juntos* para o pátio — pareceu-lhe que ele carregava a bolsa dela — e sentando-se à mesa na qual Nancy costumava beber seus tragos ao sol. Viu-os trocar algumas palavras e ficar em silêncio, despachar o garçom que viera atendê-los e depois, por fim, apontar para ele, para Rímini, ou para algo que estava perto dele. Rímini despachou Damián sem rodeios. Tudo acontecia tarde, muito tarde, e no entanto o apuro que o afligia não tinha nada a ver com o tempo. Mas quando o menino foi embora, unicórnio malferido, arrastando a bolsa e a raquete e deixando dois longos sulcos no chão, a primeira coisa que Rímini fez, depois de chamar Boni com sinais para que descesse à quadra, foi consultar o relógio, fazer contas, tentando demonstrar a si mesmo a que ponto a imagem dos dois juntos àquela hora — costumavam cruzar-se depois da aula, nunca antes — era não uma novidade, mas uma aberração.

Ao contrário de Damián, Boni foi pura languidez. Arrastava-se na quadra como um doente, o peito afundado, cabisbaixo, e em vez de correr limitava-se a estender a raquete com indolência, não exatamente para a bola, coisa que teria feito se estivesse disposto a devolvê-la, mas para uma zona geral, muito vaga, calculada mais em função de sua preguiça que da trajetória da bola, na qual se supunha que devia bater, e depois, quando resolvia mover a raquete e, a duras penas, agitava um pouco o ar, enquanto a bola seguia seu curso e colidia na parede de arame do fundo, levantava os olhos para o céu, dava um grito sufocado de autorreprovação e ficava um momento apoiado na rede, o rosto contra o ombro, secando na manga da camiseta as gotas de um suor que só existia em sua imaginação. Foi num desses momentos de desassossego, que o adolescente, é claro, sabia improvisar como ninguém e que Rímini pretendia dissipar lançando-lhe bolas bem de perto, como se mirasse um desses alvos antropomórficos dos velhos parques de diversões — foi então que Rímini, que acabava de propor-lhe que mudassem de lado, confiante, não sem alguma maldade, em que o sol de frente o espertaria, detectou-lhe uma marca roxa num lado do pescoço. Cruzavam-se junto da rede, e Rímini, buscando cumplicidade, sussurrou-lhe algo sobre "uma noite selvagem". Boni não respondeu e mudou de lado com a raquete apoiada no ombro, como se fosse uma pá. Rímini dedicou os últimos dez minutos de aula a vingar-se da desfeita. Primeiro o martirizava com bolas muito altas, que forçavam Boni a olhar o céu e ficar ofuscado, depois o fuzilava com golpes rasantes nos cantos. E quando tudo terminou, obrigou-o a recolher as bolas que tinham ficado do seu lado da quadra. Boni, ainda obnubilado, olhou em torno e viu-se encurralado por um mar amarelo: *todas* as bolas estavam do seu lado. "Quando eu voltar quero todas na cesta", disse Rímini. Boni levantou os olhos, uns olhos suplicantes, mas Rímini já se afastava rumo à sede do clube.

Subiu as escadas de três em três, cruzou o terraço, entrou no bar em busca de Nancy. O salão estava vazio. Foi para o hall, onde um eletricista conectava fios em cima de uma escada. Conseguiu ver de soslaio seu nome mutilado no mural: as duas primeiras letras tinham se soltado e jaziam ao pé do quadro, capturadas entre o feltro e a moldura. Investigou o vestiário feminino, deserto e reluzente, recém-desinfetado, e voltou para o bar, atraído pelo som de uma porta que se fechava. Ninguém. Começou a preocupar-se: sentia que as coisas se moviam assim que lhes dava as costas, e assim que as olhava voltavam a ficar quietas. Saiu para o terraço, pôs a mão diante dos olhos a modo de viseira e deu uma olhada panorâmica, com lento desespero, em todo o clube, as quadras de *paleta*,* os paredões, o depósito de ferramentas, a piscina, as quadras de tênis, e demorou o mais que pôde para chegar à sua quadra, a fim de se poupar da imagem do menino pescando as bolas uma por uma com sua indolência de garça. Mas a quadra estava limpa, todas as bolas dormiam na cesta, e Nancy e Boni pareciam concentrados numa conversa muito animada, ela de pé, de costas para Rímini, segurando a barra da saia para coçar o dorso de uma coxa, ele sentado no banco, cabisbaixo, desenhando figuras geométricas no pó com o

---

* *Pelota-paleta*, modalidade argentina do tradicional jogo de pelota basca. (N. T.)

cabo da raquete. Rímini pestanejou; precisou fechar os olhos e abri-los e olhar novamente para se convencer de que a cena estava acontecendo. Seria possível? Traçou mentalmente os caminhos que ligavam a quadra ao edifício do clube: era estranhíssimo ele e Nancy não terem se cruzado. Desceu a escada aos saltos, sem tirar os olhos de cima deles. Teve a impressão de que Nancy estava em guarda, como se tivesse adivinhado sua presença. Boni largou suas garatujas, guardou a raquete na capa e saiu da quadra, afastando-se rapidamente pelo caminho paralelo aos trilhos do trem.

Rímini hesitou: perseguir o agressor, ou cuidar da vítima? Pensou em ir atrás do menino, em interrogá-lo, mas viu Nancy fumando um de seus cigarros quilométricos, treinando golpes no ar, sem bola, e a descarada saciedade que leu em seu rosto o fez decidir-se a entrar na quadra. Balbuciou um cumprimento, sentou-se no banco, pegou a toalha e largou, revirou o fundo da bolsa sem procurar nada, só para ganhar tempo, e depois de virar-se e ver o menino diminuindo ao longe levantou-se de um salto e se atirou sobre Nancy e tentou beijá-la. Só conseguiu enganchar a mão numa alça e arrancar-lhe um botão. Ajoelhou-se para procurá-lo, fingiu que examinava o chão por um instante e, de improvisto, abraçou suas pernas como se pedisse clemência. Nancy afastou-o com a raquete. "Por favor: não vá fazer um papelão", disse. "Vamos agora para a casinha", disse Rímini. "Não." "Para o carro, vamos para o carro." "Não." "Para a colina." "Não, hoje não", ela disse, "estou exausta." Esmagou o cigarro no chão, rolou duas bolas da cesta, rejuvenescida e leve, correu até o fundo da quadra e, dando uns pulinhos de pré-aquecimento, quicou as bolas, como se o desafiasse. Alguns minutos depois estavam jogando, e Rímini, mudando o ritmo de repente, aproveitou um revés baixo e profundo para subir na rede. Mas desta vez Nancy não esperou: foi buscar a bola, interceptou-a e devolveu-a de bate-pronto. A bola se elevou, traçando uma alta curva envenenada. Pego de surpresa, Rímini tentou baixá-la com um smash de revés, mas o sol o ofuscou, e a bola seguiu seu curso, indiferente, rumo à linha de marcação do fundo. Com o orgulho ferido, Rímini decidiu pegá-la. Chegou aos trancos, quase sem controle. A bola mordeu a linha, que sobressaía um pouco, e desviou-se, evitando o golpe com que Rímini tentava devolvê-la, indo morrer suavemente contra o alambrado — enquanto Rímini tropeçava na linha e aterrissava de boca no saibro.

Nancy estava inspirada. Era como se tivesse acordado de uma longa letargia, faminta, pura concentração: não parava de se mexer, esgrimia cada bola como se jogasse uma final de campeonato. Rímini, desconcertado, começou a entrecortar a aula. Interrompia os bate-bolas para corrigir algo, qualquer minúcia, com o mesmo cuidado que costumava sacrificar para preservar a continuidade do jogo. À terceira ou quarta observação, formulada sempre com uma parcimônia irritante, como se a dirigisse a uma deficiente, Nancy contra-atacou. Objetava cada correção invocando os preceitos do antecessor de Rímini, e daí, desse litígio técnico, foi deslizando, no decorrer daqueles minutos, para um terreno mais pessoal, em que os problemas eram de "clima", de "comunicação" e até de "pele", e Nancy os expunha sorrindo, com um ar pensativo que parecia levá-la para longe, muito longe dali. Rímini não precisou pensar muito para saber exatamente aonde. Conhecia esse país. Lembrava-se muito bem das vistas parciais que seu antecessor lhe mostrara naquela tarde no apartamento da Núñez. E agora, enquanto contemplava o rubor, a secreta saudade que brilhavam no rosto de Nancy, Rímini as via desfilar outra vez, postais de um mundo de delícias que daquela vez o enojaram e que agora o feriam sem piedade: "bucho de cacete", "ventosa", "planta carnívora", "máquina de trepar"... A aula continuou por mais um momento, mas continuou sozinha, sem eles: Nancy não retornou do devaneio que a raptara; Rímini, tampouco, do inferno. O espetáculo que o martirizava tinha camadas demais; cada vez que soltava uma, pensando aliviar-se, logo aparecia outra, ainda mais obscena e repulsiva, na qual o professor e Nancy e Boni, com o entusiasmo típico do recém-chegado, trançavam-se numa série de atrozes contorções circenses. Não aguentou mais e deu a aula por encerrada. Nancy olhou para o relógio e, sem deixar de sorrir, advertiu-o de que ainda faltavam doze minutos. Mas Rímini já não estava lá para escutar.

Voltou ao apartamento da Núñez num estado desesperador. Suas têmporas latejavam, a boca estava seca, tremia tanto que levou cinco minutos tentando enfiar a chave na fechadura. Por fim, quando conseguiu entrar, a claridade que inundava o apartamento vazio envolveu-o num torvelinho de lucidez. Desabou no sofá e permaneceu uns segundos imóvel, olhando, atordoado, a brilhante cortina de bruma que borrava o horizonte. Depois pegou o telefone e ligou para o número de Sofía, e enquanto esperava repassou os detalhes em minúcias, em retrocesso, como se rebobinasse uma fita: os pés diminutos, como de boneco, afastando-se no tapete, a voz trêmula com que Rodi quisera suborná-lo, a mulher reclamando-o no corredor com a chibata na mão, a regata sob a camisa — sim, pensou, contaria tudo a ela, tudo, de improviso, sem pensar e sem prólogos, como se enviasse uma mensagem anônima. Atenderam, e Rímini ficou desorientado. Estava tão absorto no que havia decidido dizer que sentiu que o interrompiam. Chegou-lhe o final de uma frase: "... passar a noite no hospital", um desses fragmentos da vida privada que às vezes se surpreendem por telefone, e depois uma voz impaciente: "Alô? Alô?". Rímini esperou. "Alô?", repetiram. "Sofía?", Rímini disse. Houve um silêncio. "Rímini? É você?" Ia dizer que sim... Ouviu um ruído seco multiplicado por três, como se o bocal do telefone rolasse por uma escada, e depois, durante alguns segundos, os indícios de uma negociação de emergência: a mãe tentava convencer Sofía a deixá-la falar — "Desculpe, mas você não está em condição" —, Sofía resistia — "Muito menos você, mamãe", forcejos ao redor do telefone, mais golpes, gritos histéricos — "Me deixe sozinha! Sozinha, já disse!" —, a batida de uma porta, e tudo ficou em silêncio. Houve um longo suspiro, o espasmo de um soluço, e a voz quebrada de Sofía reapareceu: "Rímini, não posso acreditar. É um milagre. Estava prestes a ligar pra... Precisava tanto falar com você. Como ficou sabendo? Víctor lhe contou. Que estranho: falamos há cerca de meia hora, e ele não me disse nada. É incrível. A vida é incrível, Rímini. Sabe de quem papai falava um minuto antes de ter o infarto? De você. Dizia que sentia a sua falta. Coitadinho. Começou a choramingar. Disse que queria ver você. Sentia a sua falta".

7.

Só no táxi, quando o jogo de luz na copa dos plátanos, a amplidão da avenida e a elegância discreta e funcional dos edifícios — com a velha óptica que dominava todo um chanfro — já o devolviam a essa província de sua vida que seus arquivos chamavam de Hospital Alemão, e que, mesmo imóvel, atravessava diferentes épocas, todas enlaçadas em torno da tristeza e da morte, Rímini percebeu que não tinha trocado de roupa. Desligara e saíra. Mal tivera tempo de apanhar as chaves e um pouco de dinheiro. E agora que olhava para o tênis, para as pernas nuas — que o estofamento de couro do carro desnudava em dobro —, a munhequeira úmida de suor, o short de algodão e toalha, não podia deixar de sentir-se incômodo, como se fosse a um funeral vestido de palhaço. Num ímpeto, quis voltar. Mas deu uma olhada pela janela, viu que estava bem perto do hospital e se acalmou quando, para sua própria surpresa, a incongruência de seu vestuário começou a deixá-lo orgulhoso. Já não era uma insolência, e sim um sinal de preocupação; recebeu a notícia do infarto de Rodi quando menos esperava, e ficou tão comovido que não hesitou em largar tudo na mesma hora, assim que soube, para se juntar à vigília de Sofía e sua mãe no hospital.

Sofía o esperava na porta. Tinha os cabelos compridos, em desalinho, com uma grande franja escura do lado, como se tivesse decidido tingi-lo e se arrependido no meio do caminho; não o suficiente, porém para voltar à cor original. Estava muito pálida, e quando correu para ele, que descia do táxi, e pendurou-se em seu pescoço, quase se esvaindo em seus braços, Rímini sentiu o perfume denso de sua maquiagem, um bafo doce, morno e rançoso que o sufocava, e precisou afastá-la. Olhou-a; Sofía chorava. Teve a impressão de que seu rosto já não era humano, não era feito de ossos, carne e pele, mas de uma espécie de pasta rosada composta de cremes, pós e unguentos que, com o passar dos segundos, degradava-se rapidamente. "Obrigada por vir. Obrigada, obrigada, obrigada", Sofía sussurrou-lhe no ouvido enquanto voltava a abraçá-lo e o beijava no queixo, no pescoço, no lóbulo da orelha, com beijos curtos e febris que subiam e desciam, desciam e voltavam a subir. "Estava morrendo de vontade de ligar pra você, mas não me animava. Além do mais, não sabia pra onde. Depois de tudo que aconteceu... Pensei que não ia querer me ver nunca mais. Me perdoe, Rímini. Me perdoe, por favor. Não sei o que me deu. Devo ter ficado louca. Tive uma ausência, sabe. Não me lembro de nada. Me lembro do hotel, do táxi, e depois, nada, branco total, até que chego em casa e olho pra minha mão e... (choro porque ainda não consigo acreditar: é como se falasse de outra vida, de outra pessoa) e na mão encontro aquela mechinha de cabelo..." Rímini consolou-a com um afago nas costas, afastou-a novamente e perguntou, impostando uma secura profissional, como estava seu pai. Sofía emudeceu, olhou para ele sem vê-lo e piscou várias vezes em seguida, como se saísse de uma espécie de transe. Depois sorriu e o acariciou suave, ternamente, com aquele ar compreensivo que Rímini conhecia tão bem, como se aceitasse, magnânima, as razões que o levaram a mudar de assunto, mas deixasse evidente, ao mesmo tempo, que não concordava com elas e, até, que as considerava infantis, filhas não da vontade, e sim do medo, ou seja, de um desejo que Rímini continuava sentindo sem ter coragem de admitir, e portanto candidatas a uma fácil refutação; e Rímini percebeu novamente como a compreensão, com sua prodigiosa capacidade de capturar, absorver, assimilar, era o verdadeiro talismã de Sofía, o antídoto que lhe permitia recompor-se com eficácia e velocidade extraordinárias, deixando para trás os desacertos, os desastres, as loucuras, para transformá-los em grandes façanhas malditas que punham em evidência a insensibilidade ou a idiotice do mundo. Mas em vez de ir além, em vez de coroar, como sempre fora seu costume, esse diagnóstico perspicaz com as manobras necessárias para impor o tratamento correspondente, Sofía voltou a sorrir, meneou a cabeça algumas vezes, como se renunciasse, por considerá-los supérfluos, a qualquer um dos litígios que se amontoavam em sua cabeça, e, pendurando-se em seu braço, empurrou-o devagarzinho para a entrada do hospital.

Rodi não estava bem. Estava há dois dias em terapia intensiva, e os prognósticos não eram bons. Enquanto subiam pelo elevador, Rímini, com uma pitada de culpa, quis saber quando, exatamente, ele sofrera o ataque. "Na noite de terça", disse Sofía. Tudo o que sabia, na verdade, soubera pela mãe. Naquela noite Sofía estava no Adèle H., trabalhando a todo vapor nos preparativos da inauguração. Rodi chegara da fábrica mais tarde que de costume, exausto, com dores por todo o corpo, "como se tivesse levado uma surra" e num estado de ansiedade alarmante. Tomou um comprimido e um banho de imersão, coisa rara nele, que considerava esse um hábito feminino. Deitou-se, pediu que lhe levassem a comida na cama. Mal a provou: queixava-se de ter na boca um gosto desagradável. Cochilou por uns quinze minutos. Por volta das dez, de imprevisto, como se algo importante lhe assaltasse a memória, levantou-se da cama e começou a falar de Rímini, a evocá-lo, a reprovar a indolência com que deixaram a relação se extinguir. A mãe de Sofía deixou-o falar. Tudo lhe parecia um pouco disparatado, mas era bom ver que algo o entusiasmava. Viram um pouco de TV, ao acaso. Rodi, como sempre, sintonizava um canal e cinco minutos depois já o torturava com o controle remoto, e quando uma imagem conseguia atraí-lo ficava um instante em silêncio, enlevado, até que algo que via ou ouvia no programa lembrava-lhe Rímini e ele se distraía, perdia o interesse, mudava outra vez de canal. Meia hora depois, quando sua mulher, vendo que sua ansiedade não diminuía, entrava no quarto com um copo d'água e um segundo comprimido, Rodi atingia um pico de euforia, apontando com o controle remoto para a TV, que nesse momento, com *La mitad del acontecimiento* como imagem de fundo, começava um documentário sobre os anos juvenis de Riltse. "É preciso avisar Sofía!", gritou. "E Rímini!", gritou. "Rímini também!" A mulher foi falar na sala para não incomodá-lo. Deixou a mensagem na secretária eletrônica de Sofía e, por via das dúvidas, para tê-lo à mão, anotou o telefone do Adèle H. Quando voltou ao quarto encontrou Rodi caído de um lado da cama, inconsciente. Era o primeiro ataque. Os outros dois, que não o mataram por milagre, ele os sofreu na ambulância, quando estavam indo para o hospital.

Não, Rímini não sabia nada do Adèle H. Tampouco vira ou conhecia o documentário sobre os anos de juventude de Riltse. Sofía olhou-o com certa desconfiança, como se, juntas, as duas negativas resultassem suspeitas. O elevador parou. Assim que saíram para o hall — um desses espaços precários, permanentemente em reforma, com que os hospitais anunciam a entrada para seus setores mais críticos e desestimulam o público a visitá-

-los —, Sofía notou seu vestuário esportivo, que agora, extemporâneo, parecia rimar com os aventais brancos das enfermeiras. Voltou a perguntar-lhe como ficara sabendo. Rímini hesitou. O dia, o encontro no hotel, a perturbação de Rodi, o receio, provavelmente, de que Rímini revelasse o segredo, e depois, como se não bastasse, a sessão com a mulher das correias — tudo se encaixava. Imaginou Rodi nu, afundando na banheira quente, os hematomas e as marcas da chibata ondulando e deformando-se sob a lupa da água, o pau que se encolhia até ficar quase invisível, réplica irrisória do órgão que quarenta e oito horas antes investira pela última vez em alguma entrada, provavelmente heterodoxa, daquela mulher assustadora. "Como teve a ideia de me ligar?", perguntou-lhe Sofía. Rímini deu de ombros e sorriu com uma falta de convicção que parecia modéstia. Então Sofía olhou, olhou longamente para ele, com um encarniçamento amoroso, como o olhava toda vez que se propunha a desenterrar tudo o que imaginava que ele escondia em seu silêncio, e não só desenterrar, mas ler e decifrar a fundo, não como ele faria — supondo que tivesse consciência de estar escondendo algo e coragem para trazê-lo à luz e enfrentá-lo —, mas como só ela podia fazer, ela, que dentro de alguns anos talvez já não fosse dona de seu corpo nem de seu coração, mas sim de algo que Rímini jamais poderia negar-lhe, simplesmente porque não lhe pertencia: as chaves de sua alma, as chaves mestras diante das quais todos os seus segredos se rendiam. Depois de olhá-lo pôs-se na ponta dos pés e segurou sua cabeça; quando seu rosto ficou tão perto que Rímini teve dificuldade em focá-lo, antes de lhe dar um beijo disse, para tranquilizá-lo, que não, que ele não precisava responder, que sabia que ele nunca iria pronunciar a palavra "telepatia" mas que não fazia diferença, porque a telepatia era justamente isso: poder não falar, fazer as palavras desaparecerem em outra coisa, uma coisa imensa, maior, muito maior que as palavras, uma coisa onde cabia tudo, uma casa, a casa onde tinham vivido e onde continuavam vivendo agora, onde sempre continuariam vivendo, não importava o que fizessem.

Depois de beijá-lo, Sofía cumprimentou as duas enfermeiras que os contemplavam do outro lado do vidro, empurrou uma das folhas da porta e arrastou-o até o quartel-general que instalara com a mãe para o tempo que durasse a vigília, um quartinho estreito, diminuído por meia dúzia de suportes metálicos para soro, pilhas e pilhas de caixas de papelão, a maca transformada em cama, perfeitamente arrumada — Rímini reconheceu a velha manta uruguaia que vinte anos atrás, num ventoso amanhecer de março ou dezembro, permitira que eles namorassem na praia sem se arranhar na areia —, e filas de estantes curvadas pelo peso de um arsenal de acessórios de enfermaria. Ainda atordoado com a cena do hall, pelo mal-entendido, pelo beijo, Rímini deixou-se levar e só reagiu ao sentir seus dedos roçarem o pano áspero do avental. "O quê? Não", conseguiu dizer, mas olhou para baixo e viu com pavor que seus tênis estavam envoltos em capas esterilizadas. "Vai fazer bem pra ele ver você", disse Sofía, ajeitando-lhe o avental nos ombros e virando-se para amarrá-lo nas costas. "Está com oxigênio, não pode falar muito, mas só ver você já é suficiente. Vai ficar muito contente." "Mas… está em terapia intensiva", Rímini protestou. "Os familiares podem entrar. Temos duas horas de visita por dia", disse Sofía. "E você, queira ou não queira, é da família." "Não sei", ele hesitou, "sou muito impressionável. Lembra a…" "Não se preocupe. Não vai ver nada", interrompeu-o Sofía. Recuou um passo e estudou-o dos pés à cabeça, como se estivesse prestes a empurrá-lo na passarela de um desfile de moda, até que a porta se abriu e bateu num dos lados de seu corpo. Um médico apareceu com o queixo barbeado e desculpou-se. Usava a máscara no pescoço, como um colar. "Vai entrar?", perguntou a Sofía. Sofía negou, sorrindo, e apontou para Rímini. "Este é Rímini", ela disse. Rímini sentiu que à menção de seu nome a mão do médico adquiria vida. "Ah, o famoso Rímini. Muito bem, muito bem", disse, dando-lhe a mão com ênfase, como se avaliasse um tratamento não convencional, mas promissor. "Você pode levá-lo?", disse Sofía. "Sim, claro", disse o médico. "Venha por aqui, por favor." Rímini perfilou-se para poder passar e antes de sair, quando passava diante de Sofía, dirigiu-lhe um último olhar hesitante. "Um momento", disse ela depois de estudá-lo uma última vez. Estendeu a mão para a pilha de roupa de hospital que descansava numa cesta e passou-lhe uma máscara. E depois, modulando exageradamente, articulou um lento "obrigada" sem som.

O médico o conduziu por um corredor iluminado por lâmpadas fluorescentes. Rímini sentia-se frágil, acovardado, alerta. Tinha a lucidez um pouco sobrenatural daqueles que, depois de algumas noites em claro, saem à rua e percebem luzes, cores e formas com uma nitidez quase dolorosa. O médico falava, de costas para ele, em voz alta, muito alta, pensou Rímini, para a sensibilidade do plantel de moribundos que adivinhava do outro lado dos tabiques pintados de verde. Enaltecia as virtudes terapêuticas do afeto, tão eficazes ou mais, conforme sua experiência, que os de qualquer tratamento clínico. Mas Rímini o escutava de longe, com um só ouvido, o mesmo com que ouvia as tosses, o pulsar dos aparelhos, a fricção dos lençóis, enquanto concentrava o outro numa espécie de zumbido contínuo, muito baixo, que o acompanhava à medida que avançava pelo corredor. O médico parou junto a uma porta para esperá-lo, e Rímini sentiu que o zumbido se interrompia de repente, como se fosse um ruído que o outro emitia ao caminhar. Mas levantou os olhos e viu no teto uma lâmpada fluorescente apagada. O médico abriu a porta, apontou-lhe a máscara para que a pusesse e convidou-o a entrar.

Não havia sangue nem agulhas, nenhuma das ameaças que

mais temia. Rodi estava na cama, de lado, segurando a máscara de oxigênio a centímetros da boca. Rímini teve a impressão de que dormia. Fios ligavam seu peito a dois monitores suspensos junto da cama, e uma generosa atadura escondia a veia do antebraço pela qual o alimentavam. Rímini aproximou-se com cuidado, a passos largos e lentos, como um astronauta num mundo sem gravidade, e ao pousar um de seus pés no chão ouviu um guincho que o sobressaltou. Olhou para a planta de seu pé: um glóbulo de isopor incrustara-se numa ranhura da sola do tênis, por fora da capa estéril. Quando se virou para a cama, Rodi o contemplava com os olhos muito abertos. Rímini sorriu. Começou a arrumar a cama sem falar, imitando os gestos que aprendera certa vez numa cena de transição de um programa de emergências médicas. Resgatou o cobertor dos pés da cama, onde jazia desprezado, emparelhou-o cuidadosamente com o lençol e depois, juntando as duas beiradas superiores, cobriu-o até o pescoço. Rodi sorriu, agradecido. Continuava a olhá-lo; tinha os olhos rígidos e brilhantes de um peixe recém-tirado da água. Depois, de um modo brusco, que o alarmou, tirou um braço para fora e o lençol e o cobertor levitaram por um segundo sobre a cama, caindo no chão. Rímini teve uma visão fugaz de sua nudez — duas pernas magras e encolhidas, com amplas zonas sem pêlos e nós venosos na altura das panturrilhas — e desviou o olhar. Rodi queixou-se do calor: estava assando. Falava com uma voz áspera, sem brilho e quase sem timbre, uma voz feita apenas de ar. Abriu a camisa do pijama e, acomodando-se de barriga para cima, ofereceu-lhe a paisagem de seu peito imberbe remendado de eletrodos. Agarrou-o pelo braço, com uma força que Rímini jamais imaginara que pudesse ter, e obrigou-o a se inclinar sobre ele. "Rímini", disse. "Rímini", repetiu, como se nessa única palavra resumisse tudo que a situação exigia que dissesse, mas que não pretendia dizer. "Agora que você está aqui", continuou, "vai me fazer um favor. Sim?" Rímini olhou-o em silêncio por alguns segundos, e só assentiu quando Rodi estapeou-lhe suavemente a face, como se o acordasse. "Vai anotar este telefone, o.k.? 9818725." Rímini levou as mãos ao peito, como se procurasse algo com que escrever, e olhou-o, com um ar contrariado. "Lembre-se. É fácil: 9818725. Nove: setembro, o aniversário de Sofía. Nove menos um: oito. E um: o um que você tirou do nove. Oito outra vez, menos um outra vez: sete, dois, e cinco: ou seja, sete menos dois. Vamos lá, repita." Rímini obedeceu, e a cada hesitação, cada vez que trocava um número por outro, os dedos de Rodi se fechavam como uma garra mecânica sobre seu antebraço. Quando acabou de memorizá-lo, Rodi murmurou uma aprovação inaudível, sorriu outra vez e atraiu-o novamente para si, já sem forças — porque a tensão de vê-lo memorizar o número aparentemente o deixara mais cansado do que Rímini —, mas reconciliado, como se, ao passar no teste, Rímini, além de mostrar a capacidade de sua memória, tivesse avançado um número decisivo de casinhas no caminho de sua confiança, a quantidade exata, aliás, necessária para que desse o próximo passo. "Rímini. Escute bem", disse, levantando a cabeça e esquecendo alguns fios de cabelo no côncavo do travesseiro. "Agora você vai sair, vai até a rua e vai ligar para esse número. Como era?" "9818725", disse Rímini. "Isso. Vai ligar — que horas são agora?" "Duas. Duas e quinze." "Perfeito. Vai ligar, uma mulher vai atender. Chama-se Ida. Como Ida Lupino. É a mulher com quem você me viu naquele dia. E vai dizer que está ligando de minha parte, de Rodi, para avisar que hoje não vou poder ir ao paraíso. Diga-lhe assim: Rodi não vai poder ir ao paraíso hoje. Diga que tive um problema, que não se assuste, que está tudo bem, e que logo vou entrar em contato com ela. Só isso: mais nada. Que problema, você não imagina, não faz ideia. Que vou entrar em contato, logo. Que lhe pedi que desse esse recado: isso é tudo que você sabe. Agora repita comigo: 'Ida, estou ligando da parte de Rodi…'. Vamos, repita." Repetiram juntos, ao mesmo tempo, e Rodi assentia com a cabeça à medida que as frases ficavam para trás. Rímini sentiu uma velha angústia. "Bom. Muito bom", suspirou Rodi, já em paz, e deixou a cabeça cair no travesseiro e fechou os olhos. Rímini o fitou. Tinha a impressão de que se afastava rápido, muito rápido, de tudo: dele, do quarto, e até de seu próprio corpo. Pensou que estava morrendo e teve o impulso de fugir, como se temesse que alguém entrasse e, encontrando-o ali, junto da cama, acusasse-o de ter acelerado sua agonia. Estava para sair quando sentiu que o puxavam pelo braço. "Rímini" — a voz voltou lenta, penosamente, do abismo. "Pensei muito em nós. Em nosso encontro no hotel. Quer dizer alguma coisa, tenho certeza. Não sei bem o quê, nunca soube encontrar o sentido das coisas. Poderia ter falado com Sofía — você sabe: ela é uma especialista —, mas não sei: fiquei com medo de falar demais, que ela ficasse sabendo… Mas você, algo o colocou no meu caminho. Algo quis que fosse você que soubesse. O único, Rímini: você é o único que sabe. Ida é a mulher da minha vida. Eu a conheço há trinta anos e não há nada, absolutamente nada de mim que ela não saiba" — o puxão tornou-se mais intenso. "Escute, Escute bem. Tem dias em que acordo tremendo. Abro os olhos e tremo, percebo que estou tremendo e então sei que vou vê-la, e passo o dia assim, tremendo, até que chega a hora do encontro. É assim há trinta anos, três vezes por semana. E nos dias em que a vejo não consigo fazer nada, nada que não seja esperar o momento de vê-la. Digo que vou à fábrica, mas fico no carro, dando voltas, ou me enfio num cinema. Tenho medo. Penso em tudo que tem de acontecer para que a gente possa se encontrar e me parece impossível que alguma coisa não falhe, que não surja um problema — e sou feliz, Rímini. Feliz, feliz como um menino, como um idiota. Como não é feliz o ser mais feliz da Terra, garanto. E tudo o que eu tenho se torna um peso para mim, que eu daria ao primeiro que passasse pela minha frente. A fábrica, os carros, a casa de Valeria. Tudo. Tenho sessenta e oito anos, Rímini. Sabe o que as pessoas da minha idade fazem? Se despedem. Todos os dias há algo de que se despedir para sempre. Mas eu" — pendurado no avental de Rímini, Rodi levantara a cabeça e falava bem de perto, com um entusiasmo raivoso — "eu, Rímini, penso em Ida — penso: e não estou dizendo que a vejo, nem que olho uma foto dela. Penso nela e, veja só. Você acredita em milagres? Veja o que é isto." Rímini viu-o afundar a mão na cueca — uma dessas velhas sambas-canção de algodão, de cintura alta — e libertar uma verga pequena e tesa, como se fosse de brinquedo. Rímini ouviu um pulsar acelerando o passo: um dos monitores se alterava. Rodi deu um gemido e desabou na cama. "Calma", disse Rímini pondo-se de pé. "Calma." "Não, não", protestou Rodi. Rímini começou a assustar-se. "Que foi?", disse, "o que está havendo?" "Tarde demais." Rímini ofereceu-se para chamar o médico. Rodi fechou os olhos, apertou as pálpebras com força e negou com a cabeça. "Quando começa", disse, "é preciso ir em frente." Rímini olhou-o, tentou decifrar o ríctus que contraía sua boca e, alertado por um roçar de lençóis, adivinhou o tipo de manipulação a que Rodi começava a abandonar-se. As palpitações recrudesceram. No monitor, a cadeia de montanhas tornou-se mais escarpada, mais irregular. "O que você está fazendo?", objetou Rímini, seguindo o ritmo das linhas na tela. "Rodi, calma, não acho que isso seja o mais…" "O mais!", gritou Rodi, e um brilho úmido surgiu na fresta de suas pálpebras. As fricções cessaram, mas seu corpo continuava tenso, rígido. Chorava, desconsolado. "Por favor", disse, agarrando outra vez o braço de Rímini, "me ajude." "Sim, claro, sim", disse Rímini, e se inclinou para receber instruções. Sem querer, apoiou a mão em seu peito. Rodi aspirou uma longa golfada de ar, reteve-a longa, inexplicavelmente, e depois exalou-a em meio a um ataque de tosse, quando seu rosto começava a ficar roxo. "Vou chamar o médico", disse Rímini. "Um dos botões deve servir." "Não, não", implorou Rodi. "Preciso de uma mão, Rímini. Uma pele alheia. Me dê a sua mão, e tudo vai ficar bem, você vai ver. É só um segundo. Sua mão, por favor. Sua mão vai me libertar."

8.

Foi encontrado no chão do apartamento de Núñez e não ofereceu resistência. Não teria tido forças. Quando os dois oficiais entraram e pararam diante da bicicleta ergométrica, um de cada lado, como se a guardassem, ofuscados pela luz branca do lugar, os restos de suas últimas energias, ainda mornos, pingavam sobre o courino preto da banqueta de pesos. Os policiais giraram em duo e deram as costas para a janela, menos por pudor ou nojo que para proteger-se da claridade. Rímini aproveitou para trazer um pano da cozinha e limpar com cuidado as áreas manchadas. Já restabelecidos, os policiais lhe mostraram a intimação do juiz, que Rímini não se deu ao trabalho de olhar, e perguntaram pelo Riltse. Rímini limitou-se a apontá-lo com a cabeça, e continuou esfregando a mesma área do chão diversas vezes, em círculos. O quadro estava suspenso sobre a banqueta, sustentado pelas traves de dois pesos, como se estivesse preparado para ser partido por um golpe de caratê. Um dos policiais observou-o a certa distância, com a cautela de quem estuda um objeto desconhecido que pode ser perigoso. Tirou uma foto do bolso, olhou-a e comparou-a com o original. O resultado não o convenceu. "Onde está a assinatura?", perguntou. Rímini levantou-se com o pano na mão, virou o quadro e exibiu seu reverso diante do policial, que tentou em vão decifrar as pinceladas. "Soletre para mim, por favor", pediu. "R-i-l-t-s-e", disse Rímini, e o policial, à medida que Rímini as pronunciava, ia riscando cada letra no verso da foto. Quando Rímini lhe passou o quadro, duas gotas tardias jorraram das bordas do orifício, traçaram duas verticais paralelas sobre a cor pastosa da tela e, dilatando-se no ar, caíram em câmera lenta. "Está fresco, ainda?", perguntou o oficial, pondo a tela na luz. Seu sócio se ajoelhou e recolheu uma amostra. "Fresco está", diagnosticou, "mas não é tinta", enquanto olhava para a ponta do dedo e uma lenta careta de nojo desfigurava sua boca. Rímini retomou a limpeza. Precisava deixar tudo perfeitamente limpo para quando o treinador chegasse, disse. Os policiais se olharam, desconcertados. "Está preso", disseram.

Certa vez, disse Rímini, esfregando com fúria o canto da banqueta, era a época em que se masturbava duas ou até três vezes por dia, geralmente ao cair da tarde, porque estivera cheirando cocaína e sua namorada de então, com a qual depois viveria e que mais tarde morreria num acidente de trânsito na esquina da Corrientes com a Ayacucho, na saída de um seminário no qual ele trabalhava como intérprete, pouco antes que uma doença raríssima fosse limpando seu cérebro da pequena, mas surpreendente, enciclopédia linguística que desenvolvera ao longo da vida, estava prestes a chegar, e ele não queria que ela o flagrasse no estado de anestesia em que a cocaína costumava afundá-lo, certa vez, no momento de ejacular, perdera o controle do pênis, o que acontecia muito raramente, e em vez de respingar somente os azulejos, como de costume, derramou algumas gotas sobre a tampa da privada, uma tábua velha, de madeira, que a dona do apartamento sempre se negara a substituir. Um dos policiais se inclinou, pegou-o pelo braço e ajudou-o a se levantar. O outro, que segurava o quadro longe do corpo, como se estivesse pesteado, leu para ele em voz alta a intimação do juiz. Rímini assentiu com a cabeça e disse, enquanto dobrava o pano em quatro partes iguais, que daquela vez, assim que gozou, tinha limpado os respingos com a aniagem que escondia atrás da privada, pendurada no cano que a ligava à parede, os respingos dos azulejos e os da tábua que, embora o tivessem alarmado, acabaram sumindo com alguns minutos de cuidadosa fricção, e sua namorada da época, à qual nunca rendera o tributo que merece uma namorada morta, nunca uma visita ao cemitério, por exemplo, nunca flores, nunca uma visita a sua família, nunca uma lembrança, apagada de uma vez e para sempre, como se nunca tivesse existido, para seu espanto e também para sua satisfação, não percebera nada, nem que ele era viciado em cocaína, cujos rastros, que costumavam chamar-lhe a atenção quando o beijava e percorria suas gengivas com a língua, tinha o costume de confundir com algum anestésico usado pelos dentistas, nem que era viciado em se masturbar, mas no dia seguinte, outra vez sozinho, quando, depois de ter cheirado a quinta carreira da jornada, foi ao banheiro bater a primeira punheta do dia e, posto que aprendera a lição, levantou a tampa da privada, descobriu no canto da tampa, do lado de dentro, um respingo que evidentemente lhe passara despercebido e que, ao fim de um trabalho de erosão de quase vinte e quatro horas, deixara impresso na madeira um óvalo branco do tamanho de uma moeda de cinco centavos, uma nódoa indelével, pensou então, uma nódoa para sempre, como já comprovaria, quando, munido da aniagem e, em seguida, de todo tipo de produtos de limpeza, tentara em vão apagá-la. Disseram-lhe que estava detido, acusado de roubar uma obra de arte. Podia chamar um advogado e levar alguma roupa. Rímini virou a cabeça para o vitrô e pareceu procurar algo na lâmina branca do céu. Depois baixou a cabeça, meditou alguns segundos e perguntou: "Querem café? Chá? Um Gatorade?".

Dormiu quatro horas seguidas num colchão estreito, como de faquir, encolhido contra a parede úmida da cela. Por volta das dez da noite levantou-se, fez uma pergunta em voz muito alta, com a estridência bem modulada dos sonâmbulos — "Com hidromassagem ou sem hidromassagem?" — e pousou novamente a cabeça sobre o tênis que usava como travesseiro. Acordou às onze, comeu em silêncio com o larápio que nesse ínterim haviam metido na cela, um homem jovem, vestido com uma roupa de jogging e sapatos caríssimos, que entornava a sopa no peito, e voltou a dormir. Às duas da manhã estava outra vez em pé, lúcido, transbordando de energia, como se lhe tivessem feito uma transfusão de sangue. O larápio tinha sumido. Deu voltas impacientes pela cela. Quando já conhecia de cor até as rachaduras da última lajota do piso começou a fazer ginástica. Retomou a rotina que o treinador lhe dera no princípio, na fase da convalescença, a mais severa, e executou-a multiplicando as séries por seis, sem se permitir um segundo de descanso, para admiração de um contínuo que arrastava umas botinas deformadas e levava e trazia bandejas com café em copinhos plásticos. Mais tarde, certamente alertado pelo contínuo, um oficial apiedou-se dele, abriu-lhe a porta da cela e deu-lhe uma vassoura para que varresse os fundos da delegacia. Em vinte minutos não havia um único papel no chão.

Mandaram trazer água sanitária, e Rímini atracou-se com os banheiros e a cozinha, onde o contínuo fazia o café e o deixava ferver. Lentamente, como se à medida que a faina o ia cansando um véu opaco se trincasse, Rímini começou a entrever alguns pedaços soltos desse mistério no qual se haviam transformado os últimos dias de sua vida: um letreiro luminoso com todas as vogais apagadas, uma máscara de borracha, um corpo caído... Não eram exatamente lembranças. Rímini os via com demasiada nitidez, com o grau de detalhe que têm, normalmente, as imagens ou as impressões mais íntimas, mas era-lhe difícil reconhecê-las como próprias, livres que estavam das manchas, das velaturas, das zonas de sombra que quase sempre embaçam as lembranças pessoais, e também porque não pareciam vir de dentro, de sua memória, mas do exterior, de um arquivo anônimo ou de uma repartição de objetos perdidos. Mais tarde, enquanto tomava café com o contínuo, Rímini viu passar um oficial que empurrava um carrinho de supermercado carregado de aparelhos de som estéreo, alto-falantes, espelhos retrovisores, armas, bolsas de mulher, sacolas, portfólios, tênis, eletrodomésticos. No topo desse montículo de tesouros, envolto num saco plástico, como todos os demais objetos, e apoiado na parede dianteira do carrinho, como se liderasse o contingente de tesouros recuperados, viu o quadro de Riltse, e assim que o viu o quadro se acoplou com naturalidade à série de estocadas que uma hora antes o haviam surpreendido. Viu o quadro e ficou olhando pare ele enquanto o levavam. E quando o oficial e o carrinho e o Riltse desapareceram atrás da porta, Rímini baixou a cabeça e voltou a queimar os lábios com o café.

Um cansaço imenso o paralisou. Não era uma questão de sono. Tampouco tinha a ver com o fato de ele ter liquidado em duas horas o trabalho que a profissional de limpeza mais diligente teria levado seis para terminar. Era uma fadiga imemorial, histórica, que traduzia em eras o punhado de décadas que ele vivera, e seus últimos dias em séculos. Talvez esse fosse o verdadeiro cansaço mortal, o único que justificava a expressão *Estou morto* — o tipo de cansaço no qual embarcavam os velhos que iam para o fim, aquele que os levava a desejá-lo com as poucas forças que lhes restavam. Sim: era um octogenário — e lembrou-

-se de uma cena do final de 2001 — *Uma odisseia no espaço*, quando, sem nada que o antecipe, por um simples corte de montagem, a viagem do astronauta e a aceleração psicodélica que o arrebata dão lugar a um silencioso plano geral de um aposento amplo, de paredes muito brancas, tanto que parecem repletas de luz, em cujo centro há uma cama, e na cama um homem, um homem sentado, imóvel, de roupão e coberto até a cintura, cujo rosto só vemos no plano seguinte, quando a câmera se aproxima e revela o labirinto de estrias em que o tempo o transformou. Rímini sentiu pela primeira vez que tinha uma vida — tinha por fim a riqueza, a variedade, a complexidade, a sedimentação que sempre procurara em vão em sua própria experiência e que via florescer com opulência insultante na experiência dos outros, de qualquer um. E justo nesse momento, quando podia dizer *minha vida* em voz alta, sem mentir, descobria também que já não lhe pertencia, que essa vida ficara para trás e fazia parte do passado e agora, perdida, ameaçava sepultá-lo. Tinha uma vida, mas a compreensão dessa evidência podia matá-lo. Como todos, Rímini demorara muito para entender o modo como a doença ou as contingências do mundo punham fim à vida das pessoas. Agora, a essas duas possibilidades — e talvez todo o mistério do assunto residisse em serem *somente* duas —, devia somar uma terceira: o cansaço. Teve a impressão de que já não podia segurar nada, nem mesmo o copo plástico que tinha na mão. Quis deixá-lo na estante; a mão não lhe respondeu, ou respondeu com um tremor, derramando nele algumas gotas de café. Não gritou — cansado demais até para sentir dor. O contínuo apanhou-lhe o copo de entre os dedos e aplicou-lhe um pano úmido na área queimada. Rímini olhou para ele. Poderia ter sido, num filme, um desses personagens secundários, parente distante do protagonista — um tio morto prematuramente, um primo que vive em outro país —, que, apesar da fugacidade, da intermitência, da falta de compromisso que supõe essa espécie de relação, ou justamente por isso, deixou nele um rastro indelével, cujas circunstâncias não podem ser reconstruídas, mas cujos ecos perduram, preservados por um tipo de halo mágico que nunca se saberá se realmente esteve presente na relação ou se a lembrança o criou no decorrer do tempo. Tinha um nariz muito fino, anormalmente arrebitado, e uma peruca escorrida cor-de-tijolo, que lhe cobria uma só orelha e que ele volta e meia ajeitava fingindo que se penteava. Rímini sentiu que jamais estivera numa situação de tanta intimidade — com ninguém. Estava cansado. Estava morto. Podia recordar.

Fugira do hospital. Ainda tinha na cabeça o arquejo moribundo de Rodi, seus viscosos estertores entre os dedos, quando se viu diante do edifício de Nancy. Era uma loucura: aparecer assim, repentinamente, sem nem sequer o pretexto do tênis... Ia tocar o interfone, mas uma rajada de terror o deteve. Começava a se arrepender. Viu que o elevador, até então parado, segundo o mostrador, no andar de Nancy, estava descendo, e esperou, alertado por um pressentimento obscuro. O elevador chegou ao térreo; a porta se abriu com violência. Era uma dessas portas de sanfona que quando se abrem se dobram e, às vezes, se são maltratadas, recuam e se abrem pela metade, atravancando a saída. Confundido pelas refrações da luz, que saltavam do vidro ao cromo e do cromo aos espelhos do vestíbulo, Rímini só viu o contorno de um homem que carregava uma máquina de escrever grande, incômoda, e tentava abrir a porta com o ombro. Ficou forcejando até que, ajudando-se com o calcanhar, conseguiu abrir a porta inteira e ao ver que havia alguém na porta da rua, esperando para entrar, decidiu deixá-la aberta. Rímini abaixou os olhos, reconheceu a máquina — uma IBM elétrica, verde, com esfera —, e depois foi direto aos sapatos — náuticos, com as costuras um pouco abertas e os cadarços desamarrados. *Então...*, pensou, e antes de seguir adiante teve um vislumbre da quantidade de elementos díspares, remotíssimos, que teria de pôr em contato se quisesse realmente pensar, e renunciou. Não tinha tempo. Ficou de perfil e encostou o queixo no peito, como se esse fosse seu truque secreto para tornar-se invisível, e afastou-se para deixá-lo sair. E embora tenha apertado as pálpebras e se encolhido ao máximo, Rímini não pôde evitar o encontro com a mesma cara loira, bronzeada, com as sobrancelhas desgrenhadas e o bigode tingido de nicotina que vinte anos antes vira inclinar-se sobre um espelho e cheirar as carreiras de cocaína que depois, diante do aturdimento de Rímini, descreveu como um remédio, um remédio para a sinusite crônica que sofria. E quando passou à frente, cuidando com um pé para que a porta não se fechasse, como se o convidasse a entrar, e roçando-o ao mesmo tempo com um dos ângulos da máquina, o homem não só não o olhou — nem sequer o *considerou*. Simplesmente difundiu a lembrança que acabava de assaltar Rímini e limitou-se a varrer com o nariz a porção de espaço que ocupava. Limitou-se a cheirá-lo — com a insolência própria do olfato, que, diferentemente dos outros sentidos, percebe de maneira indiscriminada, sem escolher, sem pensar, sem nenhuma moral, e reduz tudo o que cheira a uma passividade absoluta —, a cheirá-lo e a seguir seu caminho.

Rímini subiu, tocou a campainha, bateu. Nancy entreabriu a porta, zonza de sono. Estava de robe, sem pintura; tinha marcas de lençol na testa e na face, os olhos inchados e o ar intocável de uma diva que emerge de uma noite desastrosa. E quando ela começava a reconhecer seu desorbitado visitante, Rímini investiu contra a porta, fez saltar a corrente de segurança e literalmente a atropelou, e depois de empurrá-la pelo hall encurralou-a contra uma parede estofada. Nancy ensaiou uma resistência preguiçosa, tão teatral quanto seus rastros de ressaca, e depois cedeu e afrouxou-se e quase desmaiou em seus braços. E enquanto reprovava sua atitude distante, sua frieza, a conduta equívoca que tivera com ele nos últimos dias, aparecendo e desaparecendo sem motivo, só para atormentá-lo, Rímini levantou-a contra a parede, jogou uns quadros no chão e começou a ajeitá-la com uma estranha, maníaca precisão, até que deu com o que procurava, e depois de ficar quieto por um segundo penetrou-a com uma única, longa, lenta estocada. Nancy, como uma morta, deixou-se levar. Até que, dolorida pela ponta do dimmer que espetava sua clavícula, suplicou-lhe que fossem para o quarto.

Fodeu-a com a paciência e a dedicação de um ourives, as mesmas que investira nos últimos meses em ser sua sombra e protegê-la do mundo. Fodeu-a exaustivamente, com um insensato senso de detalhe, atento aos menores sinais que encontrava enquanto explorava o interior de seu corpo, como um rastreador. Fodeu-a para que nunca o esquecesse, para torná-la sua escrava. E quando deu uma série de corcoveios e gozou, a anos-luz dela, que roía as cutículas com os olhos pregados nas molduras do teto, Rímini pôs-se ao seu lado, mas a manteve enlaçada com um braço, muito consciente, em seu papel de amante profissional, do alívio que lhe proporcionaria ao libertá-la de seu peso, mas também do desamparo que as mulheres sentem depois do sexo, quando a satisfação devolve os corpos à solidão. Tirando o braço de Rímini de cima de si como se fosse um guardanapo, Nancy levantou-se, envolveu-se de novo no robe, procurou alguma coisa em sua bolsa e enquanto lhe fazia um cheque de quinhentos pesos, soma que cobria com folga as aulas que restavam no mês, que naturalmente não teria, e também todos os serviços extras — incluído o que ele, sem dúvida pela última vez, acabava de ministrar-lhe —, disse, com uma voz impassível, que ele já não lhe servia, que o pau impetuoso de Boni era mais do que suficiente, e que ele levasse o cheque já, antes que ela se arrependesse de tê-lo assinado. Ia tomar um banho; não queria encontrá--lo quando saísse do banheiro.

Rímini ficou na cama, completamente atordoado. Até que o som da ducha o reanimou e ele se levantou com um ímpeto marcial. Sabia o que devia fazer — era como se uma voz lhe ordenasse isso. Procurou o tênis que faltava, e ao agachar-se para apanhá-lo seus olhos toparam com uma foto emoldurada na qual Nancy se equilibrava sobre um par de esquis enquanto seu marido, ao fundo, de regata, desafiava o frio e ensaiava uma pose de fisiculturista. Acalmou-se: soube que o encontro lá embaixo, na porta da rua, não fora uma alucinação, nem uma miragem de sua memória. Foi até a cozinha, abriu a porta do banheiro, tirou o Riltse da parede e o embrulhou em jornal. Depois bebeu, no gargalo, um longo trago de champanhe sem gás, voltou a pendurar os quadros que tinha derrubado e deixou o apartamento.

E justo aí, quando Rímini, com *O buraco postiço* debaixo do braço, saía para a rua, a imagem se interrompia e um branco ofuscante invadia toda a tela. E depois de alguns segundos de espera, quando as primeiras cabeças se voltavam para a cabine de projeção com a esperança, quase com a superstição, de que identificar a raiz do problema talvez bastasse para solucioná-lo, o filme pulou, o azul-celeste de um céu puríssimo estremeceu e surgiram árvores, o empedrado de uma rua, o rabo de um carro se afastando e a fachada de um hotel, com seu letreiro de neon verde aceso e todas as vogais de seu nome apagadas. Rímini estava ali. Era ele, ele mesmo; montava guarda com sua roupa de tênis, acocorado como um pária num sórdido saguão. Há quanto tempo estava ali, esperando uma mulher que não o esperava, que mal vira por alguns segundos sob a luz púrpura de um corredor de hotel, e à qual, supondo que chegasse a vê-la, não tinha nada a dizer — nada que não fosse: Vá embora, Ida, volte pra casa, hoje Rodi não virá ao paraíso, nem hoje, nem amanhã, nem nunca, nunca mais!

516

Estava ali; queria vê-la. Sentira essa necessidade já na sala de terapia intensiva, quando Rodi tentava fazê-lo decorar o número de telefone. *Não*, ele pensara, *falar com ela, não. Vê-la*. Rodi, agonizante, dedicava seus últimos espasmos à mulher de sua vida, enquanto a mulher de sua vida vivia, simplesmente continuava vivendo, inconsciente, protegida pela ignorância — e Rímini era o único ser sobre a Terra que podia conectar esses dois mundos paralelos e pôr fim a esse escândalo de indiferença. Não lhe haviam dado um encargo, mas uma missão, e as missões se cumprem pessoalmente. De modo que voltou ao hotel na hora em que fora com Nancy dias antes e esperou, esperou enquanto entardecia, e foi adormecendo sentado no saguão, até que o braço em que sua cabeça estava apoiada dormiu e ele começou a sacudi-lo. Olhou para o hotel e não viu nada, mas deu uma olhada cética para a avenida e teve a impressão de distinguir uma mulher descendo de um ônibus. Levantou-se. Sem perceber, como que atraído por uma força invisível, começou a caminhar devagar para a esquina, para a mulher, que ia rumo ao hotel, enquanto a estudava com uma avidez crescente. Era redonda, corpulenta, ou talvez estivesse, simplesmente, superagasalhada. Tinha um lenço florido na cabeça e caminhava a passos curtos e rápidos, quase dando pulinhos, segurando contra o corpo uma maleta de couro. Já estavam próximos. Só a rua os separava. Enquanto a atravessava, Rímini viu o corte fora de moda, o brilho gasto, as cores tristes da roupa. Ida deteve-se a poucos metros do hotel e olhou em torno, inquieta. Procurava Rodi. Encontravam-se assim, pensou Rímini. Mas Rodi não chegara, e esse fato tão simples, que podia muito bem se reverter se ela esperasse só mais alguns minutos, atingiu-a como um augúrio nefasto. Olhou para o relógio, inspecionou de novo as duas pontas da rua. Depois, com um misto de impaciência e decepção, recostou-se suavemente numa parede e esperou. Podia ser uma viúva, uma mãe abatida por uma epidemia de desgraças familiares, uma enfermeira que dava injeções em domicílio — *qualquer coisa*, pensou Rímini, *menos essa amazona sedenta que despontara no corredor procurando sua presa*. Rímini sentiu-se fraco, debilitado pela tristeza, mas continuou atravessando a rua e chamou a mulher pelo nome. Ida olhou para ele desconfiada e olhou uma vez mais ao redor, apressada e esperançosa, como se o desconhecido que acabava de gritar fosse uma ameaça e também alguém que convinha escutar, o emissário de algo que estava para chegar, algo que ela esperava com o coração na boca — único milagre que conseguira arrancá-la três vezes por semana, durante trinta anos, de sua mortífera vida de viúva, de mãe atribulada, de enfermeira em domicílio. Mas a rua, os carros estacionados, as árvores, as lojas do quarteirão — tudo o que viu a desacorçoou, porque se podia vê-lo, e vê-lo assim, com essa nitidez, era precisamente porque estava *vazio*, porque o homem que apagava para ela tudo o que os cercava não chegara, não chegava, não chegaria nunca, e quando Rímini, que sabia disso e começava a sentir essa superioridade como um peso intolerável, voltou a gritar, Ida apertou a maleta contra o peito, deu meia-volta e começou a se afastar, primeiro lentamente, fingindo certa naturalidade, como se algo trivial a tivesse feito mudar de ideia, depois, vendo que Rímini ia atrás dela, mais rápido. "Ida!", gritou Rímini. Mas a mulher, assustada, abortava toda a operação e se largava a correr. Correu e correu, até que alguns metros antes de chegar à esquina, traída por seus próprios sapatos, que usava como pantufas, esmagando a parte de trás deles com os calcanhares, tropeçou em alguma coisa, ou escorregou, ou virou um tornozelo, e aterrissou de boca na calçada. A maleta voou, bateu no tronco de uma árvore raquítica e abriu-se ao cair, cuspindo uma chibata, uma máscara de borracha, um corpete de couro, correias. Rímini inclinou-se para ajudá-la; a mulher espantou-o aos gritos. Dois homens que atravessavam a avenida viraram a cabeça e se desviaram em direção a eles. Rímini recuou. Teve uma última visão da mulher: deitada no chão, sempre uivando, Ida tentava guardar seu modesto arsenal de luxúria. Queria guardá-lo todo ao mesmo tempo, e a maleta resistia. A chibata bateu numa das bordas, dobrou-se e ao tensionar-se novamente fustigou seu rosto, arrancando-lhe um grito de dor. Rímini contemplou a pele leitosa de suas pernas, que a queda, arregaçando o casaco e a saia, deixara a descoberto, e ficou pasmo: não usava calcinhas. Teve de olhá-la novamente para certificar-se de não estar delirando — nádegas, nádegas brancas, sim, completamente nuas, nuas em plena rua, ao entardecer, extemporâneas como uma poltrona ou uma lâmpada de pé no meio do campo. De modo que esse — a incongruência — era o segredo de trinta anos de felicidade, pensou Rímini enquanto se afastava correndo: uma espécie de contrailusão, de engano benéfico, até mesmo de envilecimento... Pensou: *Como as mulheres que usam sapatos sem meias — o couro e a pele, a manufatura e a carne.* E enquanto corria veio-lhe à cabeça, súbito, um detalhe, vívido mas amplificado, como os detalhes dos quadros quando são reproduzidos à parte: uma barra de renda sobressaindo sob o pano de uma saia — uma adusta saia de professora primária.

Então, como se a memória fosse regida por uma lei de força própria, segundo a qual os elementos mais ínfimos são capazes não apenas de suscitar, mas também de liberar, mover, deslocar sem problemas as massas mais grávidas e densas, essa lembrança de nada, baseada em algo tão pouco memorável quanto um contraste de tecidos e um erro de cálculo na largura das barras, repatriou num instante a única verdadeira epifania erótica que Rímini reconhecia ter tido em sua infância — o bloco todo, inteiro: não só o nome de sua protagonista, a srta. Sanz, nem seus sedados olhos azuis-celestes, nem sua pele de boneca, jovem, pálida, enfermiça, nem o vermelho-sangue com que lambuzava a boca, não só a postura que adotava para dar aulas, sentada na borda de sua escrivaninha, meio de perfil e com as pernas cruzadas, as mãos entrelaçadas ao redor dos joelhos, a ponta de um pé apoiada no chão, o outro suspenso no ar com o mocassim solto do calcanhar, mas também as manhãs de chuva e sonho, a madeira úmida da escrivaninha, os pisos cobertos de serragem, o ar viciado pelas estufas de gás e, sobretudo, a revelação, proporcionada por um informante que por alguma razão, não de idoneidade, sem dúvida, ninguém no colégio ousara questionar, que explicava aquele recorrente número de exibicionismo matinal: a srta. Sanz morava muito longe — tomava comprimidos para dormir, tinha problemas para acordar, vivia das horas de aula que ministrava, e podia perdê-las se chegasse tarde —, precisava de tempo, tempo, e todas as manhãs, para recuperar os dois ou três minutos preciosos roubados pelos soníferos, punha a roupa diretamente *sobre* a camisola.

Como só lhe importa viver e reproduzir a vida, a infância é cega e cruel. Só reconhece aquilo que a alimenta, mas só o reconhece na qualidade de alimento; todo o resto, tudo que alude à "vida" do alimento, à vida que vive quando não alimenta a infância, é mais do que irrelevante — é um estorvo. Lançado ao domínio público, uma vez que os dois parlamentos da infância escolar, o banheiro e o recreio, começaram a debatê-lo, o drama social da srta. Sanz poderia ter atenuado o efeito erótico de suas negligências de vestuário. Se não foi assim, se, ao contrário, intensificou-o, envolvendo-o numa espécie de bruma sórdida e voluptuosa na qual o dinheiro, ou a falta dele, e a figura de um homem ausente, sempre viajando, que Rímini e seus colegas imaginavam como um abominável homem das neves de desenho animado, beberrão e sexualmente onipotente, só que mais interessado em dissipar suas energias com nativas de países exóticos do que com essa mulher loira, quase transparente, que nunca deixava de esperá-lo em casa, eram fatores essenciais, foi porque o mundo social só irrompe na órbita da infância com a condição de submeter-se a suas regras e servir a seus fins, porque a piedade, a pena, a compreensão — qualquer uma das emoções lógicas que o mundo social deve ter despertado então nos adoradores da barra da camisola da srta. Sanz — só tinham direito de estadia entre eles se fizessem parte do transe erótico que, imagina-se, estavam destinadas a apaziguar, e, por fim, porque a infância só tolera aquilo que chamamos de explicação quando acrescenta algo, quando vai no mesmo sentido do efeito causado pelo fenômeno que pretende explicar, de modo que, se a explicação, como no caso da barra da camisola da srta. Sanz, matiza-o, atenua-o ou tenta subordiná-lo a algum outro efeito superior, a infância sempre dará um jeito de trabalhá-la de acordo com seus próprios interesses, até colocá-la a serviço do efeito original, do qual passa a fazer parte, e se não, se contradiz o efeito original, então a infância descartará completamente a explicação e agirá como se nunca tivesse existido. Assim, o sadismo da infância, que é o gozo de fazer sofrer, mas sobretudo o de usar, para fazer sofrer, todas as razões morais pelas quais se alega que sofrer é ruim, não passa de uma moral transformada em alimento para a pulsão. Que a origem da excitação provocada pela barra da camisola da srta. Sanz fosse uma situação de aperto econômico — e não, por exemplo, a intenção da srta. Sanz de perturbar seus alunos com um espetáculo inquietante — só fazia expandir e enriquecer essa excitação, já que a introduzia em certas dimensões sociais, e, portanto, antiescolares, com as quais, de outro modo, teria sido difícil entrar em contato. Que a srta. Sanz fosse pobre não era uma atenuante — era *mais* uma razão, e das melhores, para continuar olhando de esguelha o pedaço de camisola que despontava debaixo da saia, essa módica mas irresistível franja de intimidade que a srta. Sanz passeava com toda a inocência entre as carteiras. Como os inconclusos penteados matutinos — a metade do cabelo bem presa com grampos, a outra metade, vítima da pressa, sempre deixada ao acaso —, os botões fora de suas casas, os cadarços dos sapatos desamarrados ou os esquecimentos — o relógio, o livro-texto, as canetas-tinteiro coloridas, as lâminas — que de quando em quando a surpreendiam no meio da aula, fazendo-a corar e afundando-a numa vergonha da qual só a tiravam os ataques de raiva, razoáveis, mas desmedidos, contra os dois ou três inevitáveis bagunceiros da classe, essa tímida ourela de tecido, além de ser um talismã sexual poderoso, era uma espécie de umbral, a janela na qual Rímini e seus colegas podiam assomar — eles, reclusos nessa interioridade total que era a escola — para espiar o mundo exterior, toda a ebulição, os rumores e movimentos que as primeiras badaladas da manhã sempre deixavam lá fora. Imóveis em suas carteiras, viajavam. Seguiam com avidez o rasto do cadarço do sapato na serragem, detectavam o lóbulo sem brinco, o estojo sem óculos, a caneta-tinteiro com o cartucho vazio que esquecera de substituir; extasiavam-se diante do roçar leve da camisola e do joelho, e saíam para o mundo e aterrissavam invisíveis nesse mundo dentro do mundo, o único, a rigor, que lhes interessava, que eram a quadra, o edifício, o apartamento, o quarto, a cama desfeita e ainda morna da srta. Sanz e, a partir da cama, destino final da expedição, onde todos concordavam em imaginá-la adormecida, de camisola, debatendo-se num torpor farmacológico semeado de pesadelos, lançavam-se a xeretar os detalhes mais crus dos arredores, a colcha manchada de molho ou de óleo, os sapatos sob a cama, presos numa armadilha de velhas bolas de poeira e teias de aranha, os pratos, copos e xícaras sujos espalhados pelo aposento, as gavetas abertas, o televisor e a luz acesos a toda hora, o caos de maquiagens na estante do banheiro, o bule de café fervido, as persianas sempre baixas, jornais velhos por toda parte — todo um cenário social em que permaneciam longamente absortos, inebriados pelo realismo de seus detalhes, mas também, sem dúvida, pela espessa doçura do gás da estufa da sala de aula, um perfume que durante anos Rímini associaria às horas da manhã, e do qual só voltavam quando a srta. Sanz, cansada de convidá-los com bons modos, com a amabilidade excessivamente parcimoniosa a que induzem os tranquilizantes, para que pegassem uma folha e escrevessem no ângulo superior esquerdo seus nomes e a data, sem obter outra resposta que o cabeceio adormecido com que acompanhavam seus devaneios, começava a bater na escrivaninha com o apagador e, aos gritos, literalmente fora de si, como se algo tivesse explodido nela, transformava o convite numa ordem, numa ameaça, num castigo, dos quais se arrependia logo depois, quando se deixava cair em sua cadeira, esgotada pelo esforço que lhe exigira enfurecer-se, e voltava a si, ela também, e tirava da bolsa o lenço amassado com que fingia assoar o nariz para disfarçar que chorava. Iam e vinham todas as manhãs com uma regularidade de viciados, transportados pela barra de sua camisola ou por suas meias, frequentemente de dois pares diferentes, e quando ela faltava à aula, um fato muito temido, mas infrequente, que Rímini podia adivinhar ao ver o diretor do colégio postado junto à porta da sala, supervisionando a entrada dos garotos, com o ar grave e fátuo de quem se prepara para dar uma má notícia, algo na manhã se entristecia irremediavelmente, todos se abatiam, e o dia de escola que tinham pela frente, mesmo com o consolo das horas livres, da aula extra de ginástica ou da excursão à biblioteca, transformava-se num tormento interminável.

A srta. Sanz. Rímini voltava a ficar cativo de seus lábios frouxos e entreabertos suspensos entre o espanto e a vontade (mas sem força) de falar, e da pele branquíssima, quase azulada, salpicada da variedade de pintas mais extraordinárias que Rímini já vira — que ia das perfeitamente lisas, que pareciam pintadas, até as protuberantes, semelhantes a verrugas, como as que o dorso de suas mãos também exibia e que Rímini via irromper em seu campo visual toda vez que a srta. Sanz, com uma aleivosia inesperada, arrebatava-lhe a folha onde conseguira, a duras penas, transcrever (mal, aliás, a tal ponto tinham sido tergiversadas pela distância e pelos nervos) dez por cento das respostas lidas de soslaio na folha de seu vizinho de carteira —, da magreza geral de seu corpo, cujas formas verdadeiras, disfarçadas pelas camadas e camadas de roupas que vestia (Rímini só tinha dela uma imagem invernal), sempre permaneceram um mistério, e do tamanho excepcionalmente pequeno de seus pés, mais próprios de uma menina, e de uma menina mais menina que as meninas que ela educava todas as manhãs, ou de uma boneca do que de uma mulher de... quantos anos? Vinte e oito? Trinta? Trinta e cinco? (Mas que irrelevante, que estéril soava a possibilidade de os adultos se classificarem por idades aos olhos de um garoto para quem a idade adulta, o reino murado dos "grandes", era uma praia que começava um pouco além, aos dezessete anos, digamos, justamente no limite onde terminava a escola, e se estendia homogênea, sem nuances, até se perder de vista.) E, no entanto, a condição desejável da srta. Sanz era independente de suas características, de seus atributos e mesmo de seu tipo — que Rímini agora se dava ao luxo de descrever, principalmente em virtude de uma operação retrospectiva, animado, ademais, pela presença do contínuo, um interlocutor completamente alheio à história que ouvia —, mas, se confrontados com algum outro testemunho, uma fotografia da época, por exemplo, ou a evocação de alguma outra testemunha, não surpreenderia minimamente que fossem fantasiosos ou falsos, pura e simplesmente. Na verdade, pensava agora Rímini, se havia um segredo para essa atração, se havia algo com nome, algo localizável que explicasse por que a barra da camisola da srta. Sanz exercera essa influência sobre ele durante todo um ano, era, antes, uma ideia: a ideia de iminência — a ideia de que uma mulher não era nada em particular, com o que parâmetros como beleza, graça, bondade, inteligência, tão cotados na cidadela dos adultos, deixavam automaticamente de ter vigência: uma mulher estava sempre *prestes a* — e no caso da srta. Sanz, prestes a explodir, a se ferir, a uivar, a começar a chorar, a desmoronar. Era isso, ela: um princípio de suspense. De fato, mais de uma vez, confrontada com alguma inclemência típica de uma classe de escola primária, um motim, um ato de vandalismo ou de sabotagem, os cochichos de uma conspiração, ou atormentada por um desses dramas que pulsavam em seu peito e vinham de lá, do mesmo mundo sórdido e solitário do qual a barra da camisola era uma embaixadora, à beira do abismo, então, quando a queda era coisa de segundos, como a anunciavam as brotoejas, os problemas para respirar, a violência com que as mãos se esfregavam, Rímini tivera a impressão, deliciosa e terrível ao mesmo tempo, estimulada, sem dúvida, pelo título de um livro que descobrira na biblioteca de sua mãe, *La mujer rota,*[*] de que logo veria o corpo da srta. Sanz literalmente em pedaços, desmembrado, como o de uma marionete esquartejada por um louco ou dinamitada, e o transe no qual então entrava, ao temer e precipitar-se adivinhando o desastre iminente, fazia crescer nele uma excitação demencial, muito parecida, por sinal, com a que sentia diante da TV no final de cada capítulo de sua série favorita, quando os super-heróis que idolatrava enfrentavam, inermes, a perspectiva de uma morte atroz, sofisticadamente atroz, submersos numa enorme proveta cheia de ácido, devorados por pítons famélicos ou serrados por lâminas giratórias, enquanto um locutor muito preocupado, cujas inflexões irônicas Rímini levara vinte anos para detectar, fazia-se

---

[*] Trata-se do romance *La Femme rompue* (traduzido no Brasil como *A mulher desiludida*), de Simone de Beauvoir. (N. T.)

em voz alta as mesmas perguntas sobre vida e morte que Rímini se fazia em silêncio, ainda vestido com o uniforme da escola, sentado no chão atapetado de seu quarto. No entanto, apesar da frequência com que durante todo esse ano ameaçou explodir, a srta. Sanz sempre dera um jeito de parar antes e de adiar o que parecia um fato consumado. Não explodiu ali, ao menos, no palco matinal do teatro escolar, na presença daquela legião de espectadores ansiosos, o que, por um lado, frustrou as expectativas de Rímini, mas ao mesmo tempo dilatou ao máximo o desejo que continuava a animá-las, e à luz do que aconteceu depois é possível pensar que talvez a origem dessa continência não estivesse tanto na srta. Sanz, em sua força de vontade, da qual parecia carecer por completo, ou em seu pudor, que, nos estados de crise emocional a que chegava, de muito pouco lhe serviria, mas no ecossistema da instituição escolar, que por sua própria natureza autossuficiente filtrava e de algum modo punha em surdina qualquer desplante psíquico cujas causas fossem exteriores a ele. Mas perto do fim do ano, combinando com a distensão geral que pareciam trazer as manhãs cada vez mais quentes e os dias cada vez mais longos, o colégio — numa dessas iniciativas com as quais as escolas de quarenta anos pareciam admitir, mesmo sob protestos, a possibilidade de que também houvesse alguma forma de vida além das velhas paredes de seus edifícios — decidiu enviar a turma de Rímini em excursão ao mundo real, ou melhor, a um dos seletos submundos — uma fábrica de guloseimas: as outras opções do menu eram uma biblioteca municipal de pisos rangentes e vidraças embaçadas de pó, a casa-museu de um prócer com uma verruga no pomo de adão, o planetário, com seu glamour de monumento de ficção científica urbana, e, dois ou três anos mais tarde, um teatro igualmente municipal em que hordas de pré-adolescentes sempre separados por tudo, classe social, situação familiar, nível de instrução, uniforme, uniam-se pela causa comum de, durante uma hora e meia, fuzilar com uma engenhosa variedade de projéteis caseiros o pobre Tenório, a Julieta ou a Vitória que tentavam concluir ilesos seus solilóquios sobre o palco — em que dividia o mundo real quando aceitava sair para conhecê-lo.

Na noite anterior, Rímini quase não dormiu. Revirou-se na cama, louco de impaciência, e, nem bem clareou, duas longas horas antes da hora de acordar, deu um pulo e num abrir e fechar de olhos vestiu-se com a roupa que ele mesmo, para surpresa de sua mãe, escolhera e pendurara no encosto de uma cadeira. Mas o que o deixara insone não era a perspectiva de voltar da excursão com o estômago e os bolsos cheios de guloseimas. Pela primeira vez veria a srta. Sanz *fora* do colégio, uma alternativa que, se lhe tivesse ocorrido antes, o que jamais acontecera, tão extravagante era, pareceria uma audácia impensável para ele. Nem sequer sabia se ela *existia* fora do colégio! Sim: ele a veria falar, no idioma de todos os dias, com pessoas desconhecidas, e a veria mover-se em lugares estranhos e protagonizar situações inéditas... Resistiria? Ou morderia o pó ao entrar em contato com essa atmosfera alheia? Reuniram-se na porta da escola, onde abordaram um ônibus que os esperava com o motor ligado. A viagem foi longa; a fábrica ficava na fronteira entre a capital e a província, num bairro de casas baixas patrulhadas por cães. Cinco minutos depois de zarpar, os viajantes, eletrizados por essa espécie de vigília dupla que as aventuras excepcionais inoculam, entregaram-se a um eufórico torneio de gritos, obscenidades e atletismo de corredor. Rímini, sentado na segunda fila, manteve-se à margem. Passou a viagem inteira com os olhos pregados na fila da frente, no assento onde, assim que subiu no micro-ônibus, a srta. Sanz deixara-se cair, visivelmente esgotada, com as pálpebras muito avermelhadas, e onde, depois de delegar a guarda dos alunos a um zelador — o mesmo velho encurvado e inoperante do qual costumavam caçoar nos recreios —, não demorou a mergulhar num sono profundo, a cabeça apoiada na janela, as mãos segurando com força sua pequena bolsa de imitação de pele de cobra, do qual só emergiu, com os cabelos achatados pelo vidro e um rastilho de baba brilhando na comissura da boca, quando o motorista do micro-ônibus manobrava no grande pátio da fábrica. Assim que iniciaram a visita, Rímini percebeu o tipo de armadilha em que haviam caído. Tinham associado a expressão "fábrica de guloseimas" a um reino fantástico, ideal, espécie de majestoso quiosque particular cujos tesouros, ao contrário dos quiosques normais, seriam gratuitos e estariam reservados só para eles. Tinham pensado em "guloseimas", não em "fábrica", e o que, no fim das contas, a excursão lhes impunha era um longo e monótono percurso por uma série de galpões onde um elenco de trabalhadores taciturnos operava uma série de máquinas mais ou menos barulhentas que processavam matérias-primas que ninguém, nem o viciado em açúcar mais recalcitrante da turma, com a melhor boa vontade, poderia comparar com as pequenas drogas coloridas que compravam legalmente na rua todos os dias. Como se não bastasse, comandava o pelotão um guia de guarda-pó cinza, que, sem dúvida escolhido por sua palavra fácil, sua disposição para sorrir e seu histrionismo, agravava o suplício a limites intoleráveis. Tinha uma voz aguda que nos surtos de entusiasmo beirava o falsete, e alternava precisões técnicas completamente inverossímeis — tanto que os próprios operários, enquanto ele falava, costumavam trocar às suas costas olhares debochados que depois compartilhariam sub-repticiamente com os meninos — com momentos de "participação" estrategicamente intercalados, de maneira que alegrassem um pouco a chatice das explicações industriais, quando então convidava os visitantes a resolver adivinhas, completar piadas ou contar detalhes de sua relação pessoal com as guloseimas, tudo num jargão de animador de festas infantis, como se desempenhar-se como guia, na realidade, fosse apenas a antessala de seu salto iminente para os palcos ou os estúdios de TV. Em questão de minutos, a excitação que os visitantes tinham desafogado no ônibus foi sepultada pelo tédio. Avançavam como robôs, olhavam tudo com as pálpebras baixas e, salvo os dois ou três CDFs de praxe, sedentos, como sempre, de congraçar-se com qualquer criatura humana que medisse dez centímetros a mais do que eles e tivesse sombra de penugem nas faces, recusavam os estímulos do guia com um silêncio compacto, do qual só saíam timidamente para agradecer a dose mínima de pastilhas ou balas de goma que distribuíam aqui e ali, único suborno, aliás, capaz de impedir que desertassem em massa. Por um tempo, Rímini manteve-se desperto espiando a srta. Sanz: estava ali, acompanhava a procissão, mas sempre meio de lado, um pouco separada do grupo, e quando o guia terminava alguma de suas incompreensíveis exegeses técnicas e, com um gesto excessivamente enérgico, como de escoteiro que passou da idade, convidava-os a descobrir as próximas atrações da fábrica, ela era sempre a última a se mover, como se, completamente alheia às instruções do guia, só reagisse por um tardio instinto grupal, quando o medo de ficar sozinha falava mais alto que o incômodo de ter de seguir caminhando. Mas o que aceitava somar ao rebanho era só a carcaça vazia de seu corpo; todo o restante — a alma, os sentidos, a imaginação — estava longe, muito longe dali, não num ponto fixo do tempo e do espaço, o que ao menos teria assentado sua ausência em algum lugar, mas numa encruzilhada de forças contrapostas, muito parelhas, porém excludentes, que pareciam abismá-la numa incerteza desoladora. Caminhava lentamente, mas o que parecia apatia, cansaço ou tédio era, na verdade, a inércia a que se abandona aquele que não sabe o que fazer, aquele que, ao sentir-se ameaçado por *todas* as alternativas que se lhe apresentam, não ousa escolher nenhuma e vê como perde todas, ou assim que escolhe uma, arrancando-a com o maior esforço do emaranhado de dúvidas que a amordaçava, arrepende-se no ato e se deixa levar, incapaz de escolher uma segunda, pelo movimento geral do mundo. Rímini a via levar a mão à boca, como se reprimisse um grito ou tivesse visto algo horripilante, e depois deixá-la cair, desfalecida, junto ao corpo, e logo entrelaçá-la nervosamente à outra e fazê-la desaparecer no bolso, e tirá-la e levá-la outra vez até os cabelos, onde ajeitava uma mecha que não se movera — como que enjaulada.

No meio da manhã serviram o café. Reuniram-se no refeitório da fábrica, um salão amplo, com vidraças que davam para o pátio de estacionamento onde o ônibus esperava, e enquanto o guia passeava entre as mesas e narrava a história da marca, descrevendo uma curva que nos últimos trinta anos, segundo ele, não fizera outra coisa senão subir, tanto que seu logotipo — um sorriso com uma língua se lambendo toda — e seus produtos agora inundavam os quiosques de vários países limítrofes, duas funcionárias vestidas com aventais de cozinha distribuíam entre os visitantes umas bandejas de plástico parecidas com aquelas de avião, com um refrigerante de laranja e um diminuto alfajor de maisena. Não haviam se passado nem cinco minutos quando a turma, depois de detonar o conteúdo das bandejas, pareceu acordar de repente, revitalizada pelo lanche, mas principalmente pela mudança de situação, que não os livrara do guia, mas, ao menos, do jugo itinerante do percurso, e em questão de segundos transformou o refeitório industrial num campo de batalha. Rímini, apurado para ir ao banheiro, precisou sair agachado para evitar o impacto dos projéteis. Mijou de pé, longamente, enquanto lia as recomendações de higiene que cobriam as paredes do banheiro, e depois de desprezá-las sem escrúpulo, porque seu estatuto, afinal de contas, era o de um estrangeiro, saiu, e na saída do banheiro viu a srta. Sanz de costas, falando num dos dois telefones públicos que a empresa, como o guia não perdera a oportunidade de destacar, acabara de instalar para seus empregados no interior da fábrica. Rímini ficou paralisado. Sentiu que a sorte, até então esquiva, finalmente o recompensava e oferecia, para ele, *somente para ele*, uma das cenas com que provavelmente todos os varões de sua classe deviam ter sonhado. O privilégio deixou-o atordoado, como se não o merecesse. Depois, enfeitiçado pela assimetria da situação, que lhe permitia ver sem ser visto, sentiu que seu corpo se agigantava lentamente, com a mesma lentidão com que o sorriso da srta. Sanz ia se apequenando, até que, em certo momento, pareceu-lhe que se estendesse a mão, como se lembrava de ter visto num sábado à tarde num filme de ficção científica, com um imenso gato angorá em seu lugar e um homem microscópico, quase inaudível, no lugar da srta. Sanz, poderia brincar e fazer com ela o que bem entendesse. Inundava-o uma exaltação nova, intensíssima, tão desconhecida quanto o tipo de intimidade adulta a que assistia. E tudo que até então o deixara estremecido, todas as negligências matinais — a barra da camisola, em primeiro lugar — que transportavam a srta. Sanz, e o ofegante Rímini com ela, à morna voluptuosidade de sua cama e a exibiam ali diante dele, mais nua do que se estivesse realmente nua, tudo isso parecia tão infantil, tão supérfluo e frágil, comparado com o que agora lhe cabia presenciar... No entanto, em vez de estender uma de suas garras e rasgar-lhe o vestido, revelando o ombro mais branco e delicado que esse hall de fábrica de guloseimas jamais havia visto, Rímini abstraiu-se do fragor que vinha do refeitório, onde seus colegas, alguns deles em cima das mesas, como expedicionários no topo de um pico, metralhavam-se com as munições que tinham trazido escondidas no bolso, à espera da conjuntura oportuna para usá-las, e tentou concentrar-se na conversa telefônica. Por um bom tempo não conseguiu ouvir nada. Levemente mais alta que o telefone, a srta. Sanz permanecia em silêncio com o fone colado à orelha, o corpo tenso, ligado, de algum modo, à voz que lhe chegava pelo aparelho. De quando em quando assentia, e depois de alguns cabeceios rítmicos deixava a cabeça baixa e com a ponta de seu pé direito punha-se a esmagar no chão um cigarro inexistente. Deviam ter se passado dois, três minutos, quando o alvoroço do refeitório parou de repente, como se tivessem fechado a porta bruscamente, e o corpo da srta. Sanz começou a sacudir--se. Vista de costas, como Rímini a via, era difícil dizer se chorava ou se ria. "Por favor…", ouviu-a dizer, por fim, com uma voz partida, enquanto tentava frear o ar com a mão aberta, num desses gestos que parecem puramente retóricos, destinados a sublinhar certa intenção daquele que fala, mas que, no fundo, executados ao vivo, como se seu destinatário pudesse vê-los, buscam apenas abolir a distância em que estão destinados a perder--se. Chorava — e a vergonha que sentia ao chorar causava-lhe uma dor tão intensa como a que a fazia chorar. "Por favor…", disse, "me diga o que quer que eu faça. Me diga que eu faço. O que for. Se quiser que eu me arraste, eu me arrasto. Faço isso. Não me importa. Nada me importa. Já faz tempo que me acostumei a estar morta. Mas não me deixe, por favor. Me perdoe. Sim, por favor, me perdoe. Não vou fazer isso de novo. Mas como posso saber que lhe passam os recados? Se você respondesse, pelo menos! Está vendo? Agora que estamos conversando… Já me sinto melhor. Preciso de tão pouco. Sua voz me dá calor. Está ouvindo música? Parece lindo. O que é? Ah, tem bom gosto. Espere. Como está vestido? Quero saber: não posso vê-lo, mas posso imaginar… Qual, a verde com losangos? Gosto mais da azul, mas sim, cai bem em você. Vê como é fácil? Com ela você mora, se diverte, tem filhos, vai ao clube, sai de férias. E comigo faz o que quiser. Tudo, o que lhe passar pela cabeça.

Quer me bater, me bata. Quer… Não, espere. Não desligue. Por favor. Se desligar não sei o que sou capaz de fazer. Não, desculpe: não quis dizer isso. Você não entende: não me importa ser feliz. Não quero ser feliz. Não tem sentido. A única coisa que quero é que você me diga o que quer que eu faça. O que você quiser. Quer que eu fique de joelhos, eu fico. Quer que eu o espere, eu espero. Isso sim faz sentido. Quer que eu deixe tudo… Não, espere. Vamos ficar assim mais um pouco. Sinto você tão perto. Me diga: está com saudade? Não desligue! Diga que pensa em mim, que me ama, que sou a mulher da sua vida. Por favor. Eu imploro. Não desligue. Bem: desligo eu. Sim, já, agora, mas antes diga que me ama. Diga: 'Te amo'. São duas palavras, duas palavras tão curtas… O que custa? Mesmo que seja mentira, quero ouvir você dizer. Por favor. Ah. Meu amor, meu amor, meu amor, meu amor… Não, eu não consigo. Você vai ter de desligar. Eu ficaria assim a vida toda. Você, isso: desligue. Desligue, por favor. Te amo. Sim, agora. Já. Desligue. Te amo, te amo, te amo. Desligue, pelo amor de Deus, desligue…"

Ficou cabisbaixa, com o bocal contra a orelha, e conteve a respiração, como se acreditasse que a comunicação não tivesse terminado e tentasse salvar seus últimos restos da extinção. "Alô?", disse depois de alguns segundos, timidamente. "Alô?", repetiu, "alô?", com a voz cada vez mais fraca, até que desligou e virou-se — tinha o rosto desfigurado pelo pranto — e dirigiu-se lentamente para o banheiro, e Rímini sentiu que se não tivesse se afastado ela o teria atropelado. Esse foi o fim de sua primeira epifania erótica. O primeiro fim, na verdade, porque como todo acontecimento sempre sucede duas vezes, a primeira como acontecimento, incidente, marca, a segunda como percepção e registro, todo processo também termina em dois, e nada que tenha tido um só ponto final, por mais drástico e inapelável que seja, pode considerar-se realmente terminado. Só que entre o primeiro fim e o segundo, como frequentemente acontece, passou-se um tempo considerável, suficiente, em todo caso, para interpor entre ambos não só uma respeitável massa de fatos alheios ao caso da srta. Sanz, mas também, e sobretudo, a distância do esquecimento, que enfraquecia extraordinariamente a relação que os unia, e se o segundo fim não tivesse tido sobre Rímini a repercussão que teve, muito similar, em força e profundidade, à que nessa manhã, na fábrica de guloseimas, tivera o primeiro, muito provavelmente não teria ficado gravado nele como uma conclusão — esse cadeado que tranca para sempre o aposento cuja porta, embora não ouvíssemos, continuava a bater —, mas como uma dessas informações que chegam quando ninguém mais precisa dela, no melhor dos casos para rematar, nem mesmo para reavivar, uma lembrança tão esmaecida com um detalhe puramente anedótico. Porque naquela sexta-feira, a sexta-feira da visita, Rímini voltou para a escola e voltou para sua outra professora, a professora do segundo turno, voltou ao refeitório, com suas filas eternas, seus bafos de fritura e suas panelas fumegantes, para a aula de ginástica, da qual tentou salvar-se fingindo uma distensão na panturrilha, e viu como o tecido mesquinho da experiência escolar, que a excursão à fábrica de guloseimas rasgara, fazendo-o acreditar que nada voltaria a ser como antes, cicatrizava e se restaurava rápida, milagrosamente, sem que nada nem ninguém se desse pelo menos ao trabalho de acusar recebimento do rasgo. E depois veio o fim de semana, com seu clássico repertório de embrutecimentos, e o calor começou a apertar, e as últimas semanas de aulas dissiparam-se entre provas, atos escolares e preparativos de férias. E depois veio a diáspora feliz do verão e em março, quando Rímini retornou à escola, esgotado, porque não pregara o olho a noite inteira, mas no auge da excitação, com seu par de sapatos novos e sua meia dúzia de proezas de férias na ponta da língua, todas inventadas e prontas para deslumbrar os colegas, estava tão obcecado em absorver as novidades que comandariam seus próximos nove meses de vida, que nem mesmo percebeu que a srta. Sanz já não estava no colégio. Mais do que esquecê-la, desterrara-a de sua vida, sem mais nem menos, sem nenhuma premeditação, porque na infância não existe hábito mais natural que o ostracismo, mas também sem apelações, com a mesma firmeza impassível com que qualquer um que acaba de ascender alguns milímetros na pirâmide da riqueza desterra de sua vida, de sua conversa e até de seu passado os costumes que tinha quando era mais pobre. E assim foi, até que, seis ou sete anos mais tarde, quando ninguém — exceto seus familiares próximos mais perspicazes — poderia dizer que esse adolescente que já dominava quatro idiomas e praticava com sua namorada uma variante particularmente sacrificada de *coitus interruptus* era a mesma pessoa que o menino tímido e ávido que sobrevive, enquanto reprime uma careta de dor, na fotografia da quarta série, à direita de Goberman, que com total perfídia pisa em seu pé com suas botinas, Rímini, falando com Sofía debaixo da escada do pátio, o mocó superdesconfortável onde, para escândalo de seus colegas, passavam todos os recreios abraçados, teve a revelação e recebeu o golpe de misericórdia que nem sequer sabia que estivera esperando desde a visita à fábrica de guloseimas, aos nove anos. Mais do que falar, na realidade, discutiam, com o fervor e a obsessão típicos dos recém-apaixonados, que cultivam por princípio qualquer exercício que lhes traga alguma intensidade, desde que seja recíproca, e discutiam também sobre o tema que mais intriga e apaixona os recém-apaixonados: como era a vida e o mundo *antes* de se apaixonarem — não a vida e o mundo em geral, que os levava perfeitamente sem cuidado, mas como eles eram, onde estava um quando o outro estava aqui ou ali, o que estava fazendo quando o outro fazia tal ou qual coisa —, os pormenores de um passado de vidas paralelas que lhes parecia o cúmulo do inconcebível e do fascinante, porque, reconstruídos a partir do presente, ou seja, da atualidade do amor, de um amor tão absoluto que não conseguiam entender como podiam ter vivido sem ele, tinham uma qualidade de estranhamento que os tornava irreconhecíveis, como se fossem episódios de vidas de outros, e ao mesmo tempo não deixavam de atraí-los e de enfeitiçá-los, como os teria enfeitiçado, por exemplo, o registro de seus comportamentos durante uma sessão de hipnose ou de sonambulismo. Entretanto, dentro dessa ampla região do passado que escavavam com regularidade, o que lhes interessava não era, naturalmente, o efeito da simultaneidade *per se*, que tinha sua intensidade mas não perdurava, e sim os pontos nos quais suas duas trajetórias paralelas, desviadas de seus cursos por algum fato fortuito, aproximavam-se, encontravam-se e se tocavam, sem que esse ponto comum pudesse ser chamado de amor, ou como acontecimentos de amor nunca reconhecidos como tais, e portanto irremediavelmente ignorados, abandonados, abortados, depois voltavam a se abrir e seguiam seus caminhos individuais. Mas esses pontos, presos que estavam ao passado, mesmo se uma memória exaustiva pudesse recuperá-los em todos os detalhes, eram qualquer coisa, menos unânimes. Naquela tarde, por exemplo, inauguraram uma divergência que não tardaria a transformar-se em coquetismo, num desempenho frequentemente público, como uma dessas cenas íntimas, indecisas entre o afeto e a hostilidade, que os casais exibem com orgulho, como selo de autenticidade do amor que professam um pelo outro. Sofía sustentava que tinham feito a quarta série juntos, que a primeira lembrança que tinha de Rímini — cadarços desamarrados, calças furadas nos dois joelhos, a mala transbordante de livros e cadernos arrastada aos trancos pelas escadas — remontava a essa época. Rímini a ouvia com reticência. Não podia dizer nem que sim nem que não, mas por alguma razão a impossibilidade de afirmar era-lhe muito mais convincente que a de negar. Estava apaixonado por Sofía; se era isso, se efetivamente tinham compartilhado a quarta série, como pudera esquecer isso? Devia ser uma falsa lembrança, uma transposição, uma dessas sobreimpressões nas quais a memória, orientada por um interesse pontual do presente, usa um mesmo elemento — uma pessoa, um cenário — para enlaçar e confundir diferentes épocas. Sofía insistiu; não se lembrava do número da sala, mas do andar, sim, do pátio de estacionamento para o qual as janelas se abriam, das manchas de umidade nos ângulos do teto. Rímini sorriu com um ar zombeteiro, empurrou-a e atraiu-a para si e, com um abraço, sepultou-a sob uma chuva de beijos. Qualquer um poderia se lembrar disso, disse rindo, de qualquer ano e de qualquer sala. Quis provocá-la; exigiu-lhe algo mais preciso: onde se sentava, por exemplo. Atrás, disse Sofía: atrás, como sempre, e contra a parede da porta, não a das janelas. "Como sempre", repetiu Rímini, e negou com a cabeça, desiludido. Ele queria precisão, ela respondia com generalidades. Para Sofía, no entanto, não era esse o verdadeiro problema. Segundo ela, era impossível que Rímini se lembrasse dela individualmente, nem dela nem, por sinal, de nenhuma das garotas com as quais dividira a série naqueles anos, e não por má vontade, nem por algum defeito de sua memória, mas pela simples razão de que, na quarta série, as garotas, para os rapazes, eram muito menos do que figurantes ou objetos, com os quais compartilhavam, no entanto, certa óbvia inferioridade existencial e, portanto, a obrigação natural de passar mais ou menos despercebidos, mas dos quais também se distinguiam pelo costume contrário, a compulsão, inadmissível para qualquer rapaz da classe, de se fazer ver, interpor-se, entrar num quadro de modo intempestivo e chamar a atenção, o que evidentemente obrigava a população varonil, e também Rímini, por mais que Sofía o amasse, como representante dessa população, a dobrar o esforço para esquecê-las, suprimindo-as sumariamente dos registros do passado, nos casos mais drásticos, ou então subsumindo todas numa espécie de presença geral, extremamente difusa, em que não havia lugar para as identidades individuais e cuja função, em última instância, era o estorvo ou a ameaça vaga. Rímini riu, como se o tivessem pego em flagrante delito. "Sim", reconheceu, "tinha o mundo dos detalhes: o mapa da Argentina com a mancha de tinta no Chaco, as rugosidades da lousa, o último vidro trincado — e depois tinha vocês, 'as garotas', como uma cortina de nuvens no fundo do céu..." "E tinha a srta. Sanz", disse Sofía. "Sim", disse ele, ainda rindo. "A srta. Sanz", repetiu, e sentiu que ao evocá-la a lembrança o envolvia e o isolava. "A srta. Sanz", Sofía continuou, "que no dia da visita a Georgalos começou a chorar no telefone público." A revelação foi tão imprevista que Rímini se sentiu traído, ou violado. Era como se tivessem roubado algo seu, muito íntimo. Mas pensou, para defender-se, que isso não provava nada. Talvez Sofía tivesse sabido por outro, por alguém da classe, uma testemunha em que Rímini, absorto na cena que se passava diante de seus olhos, não tinha reparado. Mas agora isso também não tinha a menor importância. Mesmo perturbado, Rímini recuou, voltou ao hall da fábrica e reviu a saída dos banheiros, a parede dos telefones, o corredor que dobrava e se perdia rumo ao refeitório, e embora não tenha visto ninguém — ninguém que não fossem ele, imóvel, com o coração na boca e um estranho ardor crescendo-lhe entre as pernas, e a srta. Sanz, adúltera recente, banhada em lágrimas, mais irresistível do que nunca, tentando arrancar seu amante do paraíso conjugal que o mantinha cativo —, percebeu que era tarde demais, que a cena, à primeira vista intacta, fora radicalmente alterada: agora que Sofía revelara que a conhecia, sabia que havia mais alguém, não necessariamente uma pessoa, um corpo com nome e sobrenome, os de Sofía ou os de qualquer um, havia simplesmente *outros olhos* — mas era mais do que suficiente. Agora a cena era outra. E Rímini, que pudera desfrutá-la graças a um privilégio do acaso, o de contemplar a srta. Sanz sem que ela notasse, agora descobria que na cena real, não a que recordava, mas a que acabava de descobrir que protagonizara, ele não tinha desempenhado um papel muito diferente do da srta. Sanz, e que outros olhos haviam desfrutado de seu estupor da mesma maneira que ele havia fruído o desmoronamento da srta. Sanz. Era exatamente o tipo de descoberta para o qual não tinha defesa, que, por mais insignificante que fosse, podia pulverizá-lo, literalmente. Mas se sobreviveu, e se, além de sobreviver, conseguiu fechar a estranha porta que, sem que ele mesmo soubesse, estava aberta há oito anos, foi porque Sofía, talvez arrependida da comoção que acabava de causar-lhe, muito eficaz, sem dúvida, mas também viciada por um rancor infantil, foi além, muito além, com esse talento que certas mulheres têm para aliviar as feridas da crueldade com uma crueldade maior, e comentou, deixando para trás o efeito explosivo da revelação com toda a naturalidade, como quem renuncia a usar uma arma mortal, que no ano seguinte ao do episódio na Georgalos a srta. Sanz não voltara ao colégio. Rímini detectou uma leve suspeita em sua voz e olhou para ela. "Certo", disse, "agora que você está dizendo…" — e sentiu que uma sombra sinistra pairava sobre ele.

Tudo o que Sofía sabia, na verdade, soubera por sua mãe, que era professora de inglês, dava aulas num instituto particular do bairro de Belgrano e, por um desses acasos, tivera a srta. Sanz como aluna. Depois de seis meses, de agosto a fevereiro, a mãe de Sofía não podia dizer que tinham ficado amigas, porque o grupo era numeroso, o que limitava os contatos pessoais, e a srta. Sanz, que chegava indefectivelmente tarde e era a primeira a ir embora, parecia estar sempre muito apressada e jamais participava desses epílogos em que alunos e professores, liberados do protocolo pedagógico, concordam em explorar zonas mais informais da relação, mas sim que haviam estabelecido um certo laço de confiança, fundado, antes de tudo, na paciência e na dedicação especiais com que a mãe de Sofía supervisionava o aprendizado de sua aluna. A srta. Sanz não progredia, ou não progredia como seria desejável, não por falta de interesse, nem de capacidade, nem de condições, mas pelas enormes dificuldades que tinha para concentrar-se, seguir o ritmo das lições e focar os exercícios. Sempre parecia estar em outro lugar, mas suas ausências não tinham um caráter sonhador, e sim tenso, contrariado, como se estivesse pendente menos das belezas do mundo exterior que ali, sentada sob essas lâmpadas fluorescentes, estava perdendo, do que do contratempo, do acidente ou da ameaça terrível que a espreitavam, e a atenção que não conseguia ter na aula, onde tudo a estimulava a fazê-lo, em sua casa, sozinha, devia dissipar-se irremediavelmente, como o demonstravam na aula seguinte seus cadernos, com os exercícios sempre por fazer, e as páginas de leitura obrigatória dos livros-texto tão impecavelmente limpas e novas que era evidente que nem sequer se dera ao trabalho de olhá-las. O que a mantinha nesse estado de crispação, sempre à beira de um ataque ou da fuga, a mãe de Sofía nunca chegou a saber. "Tenho problemas", disse-lhe a srta. Sanz certa vez, num desses apartes pessoais que a mãe de Sofía, compadecendo-se de seu mal-estar, dedicava-lhe em plena aula, e a timidez, a falta de jeito e de traquejo social da srta. Sanz costumavam ser tão fenomenais que essa fórmula genérica, "tenho problemas", usada em geral com os propósitos de reticência, para satisfazer a curiosidade do interlocutor e negar-lhe, ao mesmo tempo, os detalhes tortuosos que espera ouvir, em seu caso soava íntima, dramática e eloquente como a mais minuciosa das confissões. Em dezembro, com o calor, os preparativos das festas e — fator essencial, já que o grupo era composto integralmente por docentes — os exames de fim de ano e a confecção de boletins, que exigiam a modesta reserva de energia que lhes restava, o grupo não demorou a dissolver-se. Mas o que surpreendeu a mãe de Sofía não foi a brusquidão da diáspora, à qual anos de docência no instituto haviam-na acostumado, mas o fato de que, uma tarde, no escritório da administração ao qual comparecera para pagar, com atraso, como era seu costume, tanto lhe custava enfrentá-la, a última prestação do ano, a srta. Sanz lhe propusesse seguir com o curso — ela, que além de seus problemas pessoais, sofria o mesmo regime de exigências escolares que seus demais colegas de grupo. A mãe de Sofía precisou lhe explicar que era impossível: além da debandada geral, que, a rigor, só precipitara em alguns dias o final das aulas, estava estipulado que o curso terminaria em meados de dezembro. E ao ver o efeito de desgosto que a explicação causava na srta. Sanz, acrescentou, para consolá-la, que só teria de esperar dois meses, pois o curso, como todos os cursos anuais, começaria novamente em março, e ela talvez pudesse então aproveitar o tempo livre do verão para espairecer e repor energias, algo que, à luz dos fatos, parecia tão necessário ou mais, para ela, do que o estudo de qualquer língua estrangeira... Mas a srta. Sanz não a escutava. Ouvira até a expressão "tempo livre", e aí, meio estremecida, baixou de repente a cabeça e, de pé no escritório da administração, na presença da contadora do instituto, que punha umas faturas em ordem, e do monitor, que esvaziava um armário de arquivos, começou a chorar desconsoladamente, entrecortando os soluços com gemidos dilacerantes, como se a mãe de Sofía acabasse de dar-lhe uma notícia inesperada e terrível, um despejo, a morte de um ente querido, uma doença fatal, que deixa quem a recebe no mais atroz dos desamparos. Não foi a mãe de Sofía, ocupada demais em consolá-la, a ponto de considerá-la sua responsabilidade, mas a contadora do instituto que, comovida com essa mulher que se desfazia em lágrimas diante dela sem a menor vergonha, e não porque lhe faltasse pudor, mas porque simplesmente não aguentava mais, como se a notícia de que esses dois meses que sonhava dedicar às aulas de inglês ela na realidade passaria no vazio fosse a gota que transborda o copo, teve de repente, num arroubo de inspiração providencial, a ideia dos cursos intensivos de verão. Mas a mãe de Sofía foi uma verdadeira salvação; ao menos foi isso o que pensou então, enquanto acariciava repetidamente os cabelos da srta. Sanz, que o pranto tornara úmidos. Duravam dois meses, não requeriam maiores conhecimentos prévios, e embora o prazo de inscrição já tivesse caducado, sempre era possível abrir uma exceção.

A mãe de Sofía nunca teve uma aluna mais dedicada, mais atenta, mais perseverante. Em pouco menos de dois meses, a um ritmo de cinco aulas por semana, sem uma única falta, a srta. Sanz superara não só seu próprio rendimento do ano inteiro, o que não representava um desafio particularmente exigente, mas também o de seus melhores colegas de curso. Era tanta sua devoção, tanta sua vontade de aprender, que a mãe de Sofía via-se obrigada a ficar com ela depois do horário, quando todos os outros já tinham debandado do instituto, para indicar leituras e exercícios extras que a srta. Sanz sempre recebia com radiante felicidade, como um filhote recebe seu prêmio, e que devolvia perfeitamente executados muito antes que se cumprisse o prazo que lhe haviam dado para fazê-los. Mas o mais gratificante não eram a fabulosa dedicação ao trabalho que demonstrava, nem a compreensão íntima do idioma que se aprofundava dia após dia, nem o entusiasmo com que acatava uma nova fase da aprendizagem, que a impelia a devolver sempre mais do que lhe era pedido, era a forma como essa dedicação, menos própria de uma estudante que de uma missionária, para quem não existe nada no mundo capaz não só de substituir como de fazer sombra à causa que abraçou, apagara por completo, ao que parece, os problemas que a haviam martirizado durante todo o ano. Segundo a mãe de Sofía, era outra pessoa — irreconhecível. Mudara até fisicamente. A cor, que só a visitava de vez em quando e por acidente, quando algo fugia ao seu controle e a envergonhava, agora resplandecia em suas faces, e dava-lhe um ar de agitação juvenil que contrariava o estilo fora de moda de seu vestuário, e seu corpo enxuto e frágil parecia mais sólido, mais resistente, como se tivesse ganhado alguns quilos. Por isso, naquela manhã de segunda-feira de meados de fevereiro, quando a mãe de Sofía fechou a porta da sala, virou-se para os alunos e viu pela primeira vez seu lugar vazio, o único lugar, por sinal, como descobriu então, que dia após dia se importara de ver ocupado, um mau pressentimento a ensombreceu. A srta. Sanz também faltou na terça-feira, e na quarta, e em todo o resto de uma semana que se tornou intoleravelmente longa, sem avisar e sem que seus colegas, com os quais se dava pouco, apenas o suficiente para cumprimentar-se, despedir-se e no meio, eventualmente, consultar alguma questão técnica da aula, pudessem trazer algum dado revelador. Na segunda-feira seguinte a carteira da srta. Sanz continuava vazia. Num arroubo de lucidez e de terror, a mãe de Sofía entreviu a possibilidade de que a prodigiosa melhora a que assistira em apenas quarenta dias fosse apenas uns desses transes de saúde e vigor nos quais certos doentes entram antes de afundar no desastre definitivo. Deu a aula como pôde, aferrando-se, para não se entregar à preocupação, ao roteiro que preparara em casa, e ainda que os reflexos lhe respondessem bem, disfarçando com traquejo profissional as deserções de seu ânimo, mais de uma vez aconteceu-lhe de levantar a cabeça no meio da aula, como se saísse de um torpor profundo, e descobrir todos os alunos olhando para ela ao mesmo tempo, esperando a resposta a uma pergunta que ela nem sequer havia registrado. Assim que terminou, desceu até a administração, pediu a ficha da srta. Sanz e anotou seu número de telefone, completamente alheia ao ar intrigado com que a contadora a contemplava. Ninguém atendeu. Copiou seu endereço sem pensar. Cinco minutos depois, quando conseguiu decifrar sua própria letra, lia-o com o coração aflito ao motorista de táxi que a olhava pelo espelho retrovisor. Era no outro extremo da cidade, uma zona de casas baixas, passagens empedradas, baldios. A srta. Sanz vivia num edifício de cinco andares, uma das poucas construções modernas das quais o bairro podia se gabar. A porta da rua estava aberta. A mãe de Sofía entrou, subiu e, depois de tocar inutilmente a campainha, bateu à porta. Passaram-se alguns segundos até que lhe abriram. Golpeada pelo espanto, a mãe de Sofía recuou alguns passos: a mulher que tinha diante de si era uma réplica perfeita da srta. Sanz, mas fumava, tinha dez anos a mais e os cabelos envoltos num lenço, e tudo o que na srta. Sanz era vacilante, vulnerável, delicado, sua réplica sufocara com uma espessa pátina de insensibilidade e mau humor. A mulher apoiou-se numa vassoura, entrecerrou os olhos — um cigarro pendia de seus lábios — e estudou-a com uma desdenhosa curiosidade. A mãe de Sofía apresentou-se. Então a mulher deu meia-volta e retomou suas tarefas de limpeza sem dizer nada, sem nem sequer fechar a porta, menos convidando-a a entrar do que ignorando sua presença. A mãe de Sofía entrou. Incomodada, olhou-a trabalhar alguns segundos no pequeno apartamento desmantelado: varria com muita energia, quase com fúria, afastando os poucos móveis que restavam com impaciência, como se a estorvassem. A mãe de Sofía procurou no lugar algo que lhe falasse da srta. Sanz. Não encontrou nada; só o cheiro de lugar fechado que persistia no ar, mesmo com as janelas abertas. Por fim, resolveu perguntar. Mal começara a abrir a boca para falar, porém, a mulher, como se lesse seu pensamento, interrompeu outra vez o trabalho e virou-se para ela, não por deferência, pois era evidente que a mãe de Sofía e tudo que tivesse a ver com esse apartamento — e, lógico, com a pessoa que o ocupara — só podiam ser para ela motivo de aborrecimento, um peso que nunca se cansaria de amaldiçoar, e sim para reforçar com toda a sua hostilidade o efeito do que estava prestes a dizer, de modo que garantisse que a mãe de Sofía nunca mais voltasse a cruzar seu caminho, e com uma voz neutra, sem o menor sinal de dor ou de piedade, mas sim de dramaticidade, contou-lhe que a srta. Sanz, a quem chamou de "a reverenda babaca da minha irmã", tinha morrido na semana passada numa clínica clandestina de Saavedra, não sabia bem se antes, depois ou durante o aborto que decidira fazer, depois de muito deliberar, para segurar o homem que a engravidara, o único, ao que lhe constava, que já pusera as mãos nela em toda a sua vida, um profissional casado e com filhos que a prevenira, ao descobrir a armadilha que lhe armaram, armadilha típica, aliás, das mulheres que sabem que os homens não se aproximarão delas a não ser que estejam mortas, de que, se quisesse ter o menino, que tivesse, mas que nesse caso nunca mais voltaria a vê-lo, nem mesmo em fotos, e que se esquecesse dele para sempre.

9.

Ao amanhecer acordaram-no e encaminharam-no para um escritório gelado, mais estreito que sua cela, onde um desconhecido de terno e sobretudo estendeu-lhe, cortesmente, a mão, e empurrou para ele a caixa de papelão retangular, parecida com as de sapatos, sem tampa, com o número dezenove escrito na frente, que o próprio oficial que de noite tirara suas impressões digitais acabava de apanhar num velho móvel de madeira dividido em escaninhos. Rímini reconheceu o relógio, o cinto, os cadarços do tênis, a bolsa, o molho de chaves, e esse butim, que vinte horas antes, obrigado a largá-lo pelo oficial que o prendia, parecera-lhe um capital inestimável, que nunca recuperaria, agora, que por fim o recuperava, pareceu-lhe de uma pobreza desoladora. Ficou olhando para ele durante alguns segundos sem se mover, sem ver, como quem olha o nadar insosso de peixes num aquário, e se o advogado, antes de tudo pelo tédio da hora, pelo tempo que as hesitações de Rímini o faziam perder, pela espécie completamente infrutuosa de cliente que Rímini era para ele, não interviesse do modo brusco como interveio, virando a caixa como covilhete de dados e entornando os objetos pessoais sobre a escrivaninha, Rímini provavelmente os teria deixado ficar ali sem nenhum pesar, até com satisfação, pensando que um patrimônio tão modesto dificilmente encontraria um habitat mais adequado que essas quatro paredes de papelão sem guardião mais responsável que o oficial que agora, dando-lhe as costas, voltava a meter a caixa vazia no escaninho que lhe cabia.

"Está tudo aí?", perguntou o advogado. Rímini assentiu, assinou um formulário na linha pontilhada que o advogado apontava com um dedo manchado de nicotina e, em vez de utilizá-los, o que seria esperado ao menos no caso do cinto, do relógio, dos cadarços, guardou-os lentamente, como se fossem muitos, até avolumar desagradavelmente os bolsos da calça. Apareceu outro formulário. O advogado disse "aqui" no mesmo instante em que Rímini voltava a ver a ponta amarelada do dedo assinalando um espaço em branco no papel, como se a voz brotasse do dedo. Rímini olhou-o com um misto de surpresa e desconfiança. "É a saída", explicou o advogado. Como todo especialista, dava-se ao luxo, na presença de um neófito, de substituir frases completas, cansativas e nem sempre eficazes, por palavras soltas que pareciam agir como porta-vozes imperativos, em nome de tudo que omitiam. Rímini assinou sem entender direito o que assinava. Recuperava a liberdade com a mesma resignação com que a perdera. Tudo era novo para ele, como uma dessas cenas de sonho em que os objetos aparecem intactos, reluzentes, como se tivessem sido comprados de última hora para a cena, e parecem anunciar uma farsa ou uma armadilha. Amarfanhando-a como um lenço, o advogado guardou a cópia do formulário no bolso. "Vamos", disse, e segurou seu cotovelo, empurrando-o suavemente para a porta, onde uma campainha começava a soar. Saíram, atravessaram o hall da delegacia, onde uma mulher de pantufas e penhoar esperava sentada, aplicando uma lata fria de refrigerante sobre um olho roxo, e antes que o advogado pudesse abrir a porta, Rímini atrasou-se alguns passos, burlando um segundo sua escolta, e exclamou com voz fraca, como se ainda dormisse: "O Riltse!" — mas, sem perceber direito, provavelmente fustigado pelo olhar de estupor que lhe assestou o advogado, já estava lá fora.

Lá fora estavam a rua, os carros com as faixas nas portas, o pequeno local de fotos de identificação, o boteco cuja cortina metálica se espreguiçava com estrondo nesse momento, os mesmos signos do mundo que Rímini devia ter visto no dia anterior, quando o traziam a bordo do camburão, mas que agora, com um ardor incômodo nos olhos, menos atordoado pelas intermitências do sono que pela brusquidão, pela falta de contratempos com que acabavam de arrancá-lo de seu cativeiro, tinha a impressão de estar vendo pela primeira vez. Sofía estava lá, na calçada defronte; descolou-se da parede em que estivera esperando, deslizou de perfil entre os para-choques dos carros e atravessou a rua em direção a ele, a eles, com sua cabeleira em chamas, envolta naquela eterna auréola de claridade que ensombrecia seu rosto, como se estivesse na contraluz. Era a última coisa que esperava ver. No entanto, assim que a viu, sentiu novamente que sua aparição era tão natural, tão previsível quanto a luz avermelhada do amanhecer, o ar fresco ou qualquer uma das evidências indiferentes com que o mundo convencia de sua existência qualquer um que a tivesse esquecido. Viu-a, e tudo se encaixou, como as peças de um quebra-cabeças desfeito que, projetadas ao contrário, reconstruíssem sem nenhuma hesitação a diáfana paisagem original. De saia kilt, pulôver escuro de gola alta, um casaco de couro forrado com pele de cordeiro: Rímini poderia jurar que estava usando a mesma roupa que — quando? No último dia de aula, vinte anos atrás? Mais longe ainda? Na noite em que, presos entre a borda de uma mesinha e um sofá de dois lugares, deliciosamente desconfortáveis, aproveitaram uma trégua na vigilância de Rodi para explorar-se pela primeira vez no tapete da sala, primeiro com uma fome de náufragos, depois, imediatamente, com o desajeitamento dos culpados, enquanto Yves Montand, cortesia de um inesperado risco no vinil, repetia sem parar o mesmo verso de "Les feuilles mortes"? Mas importava quando? Se o passado era esse mar polido, regular, sem limites visíveis, e Sofía seu único rosto, tanto que bastava invocar seu nome para invocá-lo inteiro, que podiam importar os fatos, as datas? E, nesse sentido, era de "fora", Sofía? Um elemento de "fora"? Estava *incluída*? Por que, então, à medida que se aproximava dele, tudo o que havia ao seu redor, o fundo e os acessórios que a situavam e davam-lhe realidade, por que de repente tudo tremia como um reflexo na água e dissolvia-se, e a única coisa que continuava visível era ela, intacta e sozinha no meio do vazio?

Viu-a atravessar a rua, subir na calçada. Mais uma vez, admirou-se da desenvoltura, da naturalidade quase suicida com que Sofía se movia nessa situação excepcional, sem se deixar abater, mas também sem aplacá-la, como se essa excepcionalidade, que para Rímini era um fator central, fosse apenas um acessório destinado a realçar sua soberania. Sim, agora achava que entendia: Sofía — essa Sofía viva, orgânica, tão presente que nem mesmo suprimindo-a teria deixado vago o espaço físico que ocupava no mundo — era feita da mesma matéria que a srta. Sanz, que a barra de sua camisola verde-água, que a sala de aula que os aquecedores a gás continuavam viciando, que a serragem das escadas, que as caras de sono de seus colegas, que ele mesmo, Rímini, em sua versão infantil, com as calças de flanela cinza remendadas nos joelhos e os cadarços dos sapatos sempre desamarrados, estudando com macabro deleite o tremor que sacudia as costas de uma professora desprezada por seu amante casado — a mesma matéria de que eram feitos, um por um, todos os espectros do passado que o haviam visitado durante a noite na delegacia. Um material plano, sem dimensões, mas incessante, e principalmente indestrutível: a matéria de que são feitos os mortos.

O advogado se interpôs entre eles, estendeu a mão a Sofía e disse: "É todo seu". Disse isso com alívio, como se lhe entregasse um animalzinho travesso, de unhas pequenas, mas muito afiadas. Mas depois, antes de sair, virou-se para Rímini e lançou-lhe um último olhar — inquietação ou zelo profissional —, virou-se para Sofía e com a voz um pouco preocupada, como se uma nuvenzinha inoportuna acabasse de arruinar o céu de seu alívio, acrescentou: "Qualquer coisa, me ligue". Sofía não disse nada; nem mesmo assentiu. Agora que a tinha mais perto de si, e que o halo de chamas que envolvia sua cabeça se aquietara um pouco, Rímini descobriu que seu cabelo, que da última vez, no hospital, continuava loiro, loiro como mel, como se lembrava de sempre ter sido, agora era cinza, de um cinza claro e uniforme, como de cinzas. Ela se adiantou alguns passos — Rímini sentiu que o advogado se volatilizava na madrugada —, e eles se abraçaram, ou melhor, Sofía abarcou-o inteiro com seus braços, inexplicavelmente, não só porque Rímini era o dobro dela, mas também por causa do seu casaco de couro, que devia restringir consideravelmente sua margem de manobra, como se finalmente recuperasse o que alguma injustiça divina lhe roubara. E assim, no meio do abraço, sufocado por essa espécie de arapuca de umidade e calor que formavam os hálitos, as mechas de cabelo, o couro do casaco, o forro de cordeiro, a lã do pulôver, os antebraços, Rímini ouviu sua voz fraca, mas clara, perfeitamente nítida, que abria caminho até ele com suavidade e cautela, decidida mesmo a desistir, contanto que não o amedrontasse, e sussurrava-lhe uma única palavra, "Basta", como se o acalmasse, e depois, enquanto o sacudia devagar, como se quisesse acordá-lo, repetia várias vezes, "Basta, basta, basta", até que Rímini sentiu que a voz se adensava, precipitava-se e mudava de estado, tornava-se química, menos uma voz que uma dose, e entrava diretamente em seu sangue e começava a viajar por ele sem pressa, guiada por um só desejo cego: alcançar seu coração, e possuí-lo, e fecundá-lo.

QUARTA

1.

Há quanto tempo eu não olhava você dormir? Há quanto tempo não me oferecia esse espetáculo? (Agora há pouco, uma gota d'água — acabei de tomar banho, é meia-noite e quinze, estou chegando tarde, você está dormindo sem parar há trinta horas — deslizou pelo meu braço, ficou suspensa no cotovelo, como se hesitasse, e caiu e explodiu em seu rosto, a dois milímetros da marca que o lençol deixou na pele, e depois se dividiu num ramo de gotinhas menores, e uma delas foi descendo e descendo por seu rosto enorme, seguindo o declive da face, e desapareceu num canto de sua boca. Então sua língua apareceu, como um bicho que sai da toca, mas já era tarde: não havia mais nada para beber.) Como vê, continuo gostando de escrever. E os parênteses. Não consigo dar jeito nisso. Não tem remédio, Rímini. Não temos remédio. Esse poderia ser o nosso lema. Eu continuo a enfiar frases dentro de frases, e você continua... É muito direto? Vai dizer que sim (mas não diz nada, está mudo, e eu posso ficar falando com você horas e horas, como se fosse uma hipnotizadora, e lavar o seu cérebro, e quando você acordar não vai se lembrar de nada). Mas eu, Rímini, eu continuo vendo. *E o que vejo agora (o pouco que você vai saber, por enquanto, de tudo o que vejo ao olhar você dormir) é que, embora há anos durma sem mim, longe de mim, contra mim, continua dormindo com os braços amassados debaixo do travesseiro (quem me dera ver sua cara de espanto quando acordar e não puder senti-los, pensando, por um segundo, que não existem mais, que alguém — eu, claro, a mulher-monstro, a mulher-faca — os arrancou enquanto você dormia, mas não.* É um erro: *eu, se quisesse os seus braços, Rímini, eu os* petrificaria), *continua dormindo de meias, continua esfregando um pé no outro enquanto dorme, continua babando na fronha, continua falando quando sonha (aliás, sabia que nos sonhos você fala um francês fluente e perfeito?), continua se mexendo demais e puxando os lençóis para o seu lado (nada que com um pouco de trabalho não possamos consertar), continua cobrindo os olhos com o antebraço, como se alguma coisa terrível o afligisse ou o sol o ofuscasse, continua sentando na cama no meio da noite, completamente adormecido, mas com os olhos abertos, assustado, como me contou que fazia quando menino (mas agora está mais velho, não se levanta mais para andar pela casa: agora olha fixo para dois pontos na escuridão, o ventilador de teto, digamos, e meu joelho, que com as dobras desenhadas pelo lençol parece de pedra, e depois de ir de um para o outro várias vezes, quando já esgotou o terror que o sobressaltou, se recostar de novo com um só movimento, como se abaixam, ao apertar de um botão, os encostos das camas articuladas, e é como se nada tivesse acontecido.) A lição de anatomia. Você continua tremendo, Rímini. Coitado, coitadinho do meu Rímini. Meu náufrago. Mas tudo bem, já passou, você já está em casa. Falei com o advogado: entregaram-lhe o quadro, e a mulher retirou a queixa. Foi preciso dar-lhe uma grana, também. Meu advogado resistia. Não gosta de você. (Acho até que ele pensa que papai morreu por sua causa.) Disse que nunca na vida tinha visto uma mulher tão vulgar. Você foi tão baixo assim? Eu sabia que sem mim estava perdido, mas tanto? (Uma cinquentona tingida e cheia de ouro — sim, falo de ore-lhada, não tive o prazer —, um... como é que a gente diz? Personal trainer? Estou falando do cara que me ligou avisando. E você... Ver você saindo da delegacia com aqueles tênis... Não me surpreenderia se tivesse virado alcoólatra, ou viciado em cocaína, ou veado. Mas cair no* esporte?*) Eu devia ter dei-xado você preso, sabia? Não pense que isso não me passou pela cabeça. Mas não por vingança (você me fez mal, fiz mal a você:* fizemos um ao outro *a mesma quantidade de mal, como só acontece entre duas pessoas que não têm remédio). Foi por amor. Me imaginei visitando você na prisão, levando coisas pra você, como nos filmes. Como se estivesse preso por minha* causa. Um crime passional. *Como se você tivesse matado meu amante, o marido que me batia, o patrão que me violentou. Eu sei que roubou o Riltse por mim, por amor a mim. (Não são coisas que se possa explicar a um advogado.) Digo isso assim, agora, enquanto você dorme, porque acordado sei que jamais vai admitir uma coisa dessa. (Homens adoram guardar segre-dos!) E também pensei (você vai dizer que estou louca) em abrir um processo. Agarrar aquela égua e processá-la. Porque o que você fez não foi um roubo: foi uma expropriação, um ato de justiça. Roubar, roubou ela. Roubam os que* compram *Riltses. Não importa quem sejam. Riltse é nosso. Andei procu-rando o quadro nos livros; não encontrei nada. Depois, estú-pida, percebi que os livros só vão até 1976, até onde chegou a nossa juventude, e que não tenho nada que vá além disso. E agora que vejo você dormindo, pela primeira vez fico impressio-nada de ver como está igual. Não, já sei que não é nada de* novo. *Você sempre foi Dorian Gray. Mas quando estávamos juntos eu não conseguia entender isso.* Nós nos amávamos = *éramos iguais = não envelhecíamos.* Nenhum *dos dois. (Mas meu pai morreu, morreu com aquele sorriso no rosto, o sorriso que você deixou nele antes de fugir, e na manhã seguinte meus cabelos estavam grisalhos.) Agora você é Dorian Gray, e eu, o retrato. Queria que mudássemos? Você não pedia isso, um amor maleável, que soubesse passar para outro estado? Pois então. "Eu poderia ser sua mãe." Desculpe, tive que atender. Era Víctor, do hospital. Contei a ele. Disse: "Você não sabe quem está dormindo na minha cama". Pensa que ele ficou sur-*preso? Ninguém *se surpreende. (Viemos de tão longe, Rímini. Temos milhões de anos. Nosso amor é geológico. As separa-ções, os encontros, as brigas, tudo o que acontece e o que se vê, o que tem data, 1976, tudo isso tem tanto sentido quanto uma lajota quebrada, em comparação com o tremor que há milênios faz vibrar o centro da Terra.) Víctor está morrendo. Acho que alguém segurava o telefone pra ele falar. Ele também sentiu a sua falta. Perguntou se íamos dar uma festa. Eu disse que não. Disse que ficasse bem para a inauguração do Adèle H. Preciso ir. As mulheres vão me matar. Tem café na cozinha, tem pão, tem toalhas limpas no banheiro. Deixo aqui a caixa com as fotos pra você. Está intacta, esperando há anos. Não, não tive tempo de fazer outro jogo de chaves. (Agora que penso nisso, não sei se quero que você tenha um jogo de chaves.) Está aqui? É você, realmente, quem protesta em sonhos nessa cama? Adeus, meu belo adormecido. Adeus, meu prisioneiro.*

2.

Acordava por qualquer coisa: o gotejar de uma torneira mal fechada, as corridas furtivas nos canos da calefação, o esforço com que o elevador reagia, cinco andares abaixo, toda vez que algum notívago o chamava. E, naturalmente, a respiração de Sofía. Não roncava. Era um esboço: anunciava o ronco, mas nunca chegava a ele, como esses croquis de quadros que prometem figuras, formas e cores e depois esmaecem e esquecem de completar-se. Respirava com uma intensidade insólita, longamente, como se os pulmões nunca conseguissem se encher de ar. Das primeiras vezes, sobressaltado, mas ainda adormecido, Rímini pensou que ao se virar na cama encontraria uma espécie de animal enfurecido, com os olhos flamejantes e duas colunas de vapor saindo pelo nariz. Mas se acostumou, e com os dias o rosto de Sofía, de boca para cima, aspirando e exalando sem parar, completamente relaxado, aquelas incríveis quantidades de ar, sem fazer barulho, apenas com sibilações tênues que apareciam de vez em quando, muito em segundo plano, e nuançavam a impassível opacidade de sua respiração — esse rosto passou a ser o espetáculo com que o mundo recompensava seus primeiros instantes de insônia. Porque acordava e, após alguns segundos de estupor, pulava, ato contínuo, para um estado de alerta, uma vigília absoluta, sem fissuras, tão pura e homogênea que parecia o fruto laborioso de anos e anos sem dormir, e imediatamente, como quem se lembra de alguma coisa que deixou pela metade e cede à culpa de não tê-la concluído, sentia a necessidade imperiosa de entrar em ação, de fazer algo *já*, de consumir de algum modo a extraordinária quantidade de energia com que acordara. Então, antes de pular da cama e sentar-se, enfronhado no roupão de Sofía, à mesa da copa, rodeado de suas fichas e lápis, redigindo as legendas das fotos — uma tarefa em que logo decidiu mergulhar, pouco tempo depois de voltar a viver com Sofía, e que, reservada primeiro àquelas horas prematuras do dia, pouco a pouco se expandira, tomando também a manhã e ocupando, por fim, grande parte de sua jornada, tantas eram as fotos e tantas, também, as lembranças, que só de olhá-las se amontoavam —, para sair ordenadamente do sono dedicava-se por um bom tempo a olhar Sofía dormir, a estudá-la, tão imóvel ele quanto ela, ou ainda mais, porque era normal que Sofía, ao se descobrir com um gesto muito brusco, ou reagindo de repente ao estímulo de um sonho, mudasse de posição, se afastasse ou se aproximasse de Rímini intempestivamente, às vezes se perdendo de vista, quando se enrolava inteira, por exemplo, nos lençóis e sumia, às vezes, também, quase colada nele, em seu rosto, forçando-o a ficar vesgo, enquanto ele, talvez por um escrúpulo de observador, temeroso de que qualquer movimento pudesse incidir sobre a espontaneidade da experiência observada e, portanto, desvirtuá-la, obrigava-se a permanecer quieto, a conter o fôlego e mesmo a suportar em silêncio as posições mais incômodas, as sobreposições corporais mais extravagantes, contanto que essa quietude fosse preservada. Olhava-a dormir enquanto ele mesmo ia acordando, como se seus olhos extraíssem dela, do poço profundo no qual jazia, o elemento que lhe faltava, que acabava de sair do seu, para acordar totalmente. Olhava-a primeiro com uma ternura distante, convencional, como se olha qualquer coisa programada para enternecer, a foto de um bichinho de estimação, ou de um menino, ou de um menino com seu bichinho de estimação; depois, superada essa fase inicial, entrava num estado de máxima concentração, e a contemplação adquiria um caráter inquisitivo e expectante: olhava-a esperando por algo, como quem monta guarda. E todas as vezes, a cada madrugada, desiludido, pois se em algum momento Sofía dignava-se a responder à expectativa de Rímini, era com os típicos movimentos reflexos dos adormecidos, girar, dar um pontapé, coçar-se, apoderar-se com veemência de um pedaço de lençol, nunca com a grande revelação que Rímini parecia estar espreitando. Ele descobria que o que o fazia demorar-se junto desse corpo adormecido, que o que o intrigava e maravilhava ao mesmo tempo, a tal ponto que chegava a passar a seu lado uma hora ou mais, tempo suficiente para que a noite fechada em meio à qual começara a olhá-la fosse clareando e o silêncio começasse a povoar-se com os primeiros sons tímidos do dia, não era tanto a possibilidade de que, adormecido, emitisse algum sinal inesperado, capaz de articular os segredos que ocultava durante a vigília, mas a maneira natural, completamente despreocupada, com que, adormecida, Sofía dava um jeito de estar ali, a centímetros dele, inerte, tão abandonada que Rímini a tinha a sua inteira mercê, e ao mesmo tempo longe, muito longe, a uma distância que nenhuma medida de comprimento podia mensurar, encerrada na órbita de seu sono, essa esfera que Rímini podia perturbar, acariciando-a, por exemplo, ou beijando-a, e também destruir, se a acordasse, mas nunca, fizesse o que fizesse, compartilhar com ela.

Sofía tinha razão: ninguém se surpreendeu muito. Começando pelo próprio Rímini. Ao sair da delegacia naquela madrugada e ver Sofía, pensou, com uma espécie de perplexidade maravilhada, na facilidade e na rapidez com que o mundo introduzia em sua vida mudanças que, se tivesse decidido produzir por conta própria, consumiriam séculos, e exigiriam uma determinação que sabia que jamais teria. Mas isso foi tudo: um relâmpago de lucidez que brilhou, deslumbrou-o — apagando no clarão branco as presenças de Sofía e do advogado — e pagou-se assim que se sentiu desaparecer no abraço de Sofía. Aceitou sua nova vida sem protestar, com a impassível docilidade de um órfão, e sua nova vida o acolheu com hospitalidade e benevolência: não estava disposta a esquecer seus desaforos, mas a desativá-los minimizando-os, reduzindo-os à categoria de pecados de juventude, graves, mas estouvados, sem intenção, e que, como o fato de ele ter voltado deixava muito claro, nunca tinham representado uma verdadeira ameaça. Além do mais, tudo lhe parecia tão familiar… Não conhecia o apartamento de Sofía, mas foi só entrar nele, respirar o perfume que pairava no ar — um cheiro denso, doce, que qualquer um teria atribuído ao enclausuramento, e Sofía, ao calor do lar — para adivinhar a primazia esmagadora da madeira, madeira clara, com veios finos, carvalho envelhecido, o único material que Sofía considerava suficientemente *experimentado* para conviver com ela, para sentir que o conhecia de memória, tanto que se um corte de luz os mergulhasse, bem agora, na mais completa escuridão, poderia orientar-se às cegas, por sua conta, guiado somente pelas instruções da lembrança. Fiel a seus princípios, que lhe ordenavam o apego a tudo que tivesse uma história, Sofía, por outro lado, não havia jogado nada fora. Rímini deixou-se envolver por esse déjà-vu geral, atmosférico, e não demorou a identificar o elenco de relíquias no qual descansava, a mesa da copa, as cadeiras, a biblioteca e as poltronas de vime — que Sofía conseguira herdar da avó de Rímini com o argumento, ao que parece irresistível, de que Rímini os desejava mais que tudo no mundo, só que *não sabia disso* —, o grande tapete branco e felpudo, como um urso polar achatado de boca para baixo, a velha mesa com rodas, originalmente para garrafas, que Sofía continuava a usar para o telefone, os abajures de falso pergaminho, os edredons — um cobrindo a cama, a mesma cama, o outro em cima do sofá da sala —, os descansos de copo de cortiça, as estampas de plantas e pássaros na cozinha, o rádio de válvula, sempre milagrosamente em forma... E tudo isso, que tinha sido dele e que fora rejeitado e esquecido por ele, tudo isso, agora, voltava a acolhê-lo incondicionalmente, sem rancor, até com certa misericórdia, como se acolhe o doente que volta para casa depois de passar semanas internado num hospital. E quando Sofía abriu diante dele todos os seus armários, marcando a naturalidade de seu gesto, desta vez sim, com uma pincelada de solenidade, como se lhe desse acesso a uma câmara secreta, centro último de sua soberania, e Rímini começou a acomodar, no espaço que ela mesma se encarregara de desocupar para ele, a roupa que conseguira sobreviver aos vaivéns de seus últimos anos — duas ou três mudas gastas, quase idênticas, das quais Sofía se dera ao trabalho de extirpar a última, a que Rímini vestia ao sair da delegacia, para doá-la imediatamente ao orfanato com o qual contribuía regularmente, convencida, por uma profissão de fé animista já familiar para Rímini, de que a roupa, assim como os objetos pessoais em geral, e principalmente os lugares, levava as marcas das circunstâncias nas quais fora usada e, marcada, retinha, dessas circunstâncias, uma espécie de aura mágica que parecia ficar arquivada, em estado de latência, e que em contato com os estímulos apropriados sempre podia libertar-se de novo —, pareceu-lhe que não havia absolutamente nada entre a roupa de Sofía que já não tivesse visto antes, nos armários da última casa que dividiram, nada, nem um traje, nem um material, nem uma cor, nem uma roupa da moda — começando, logicamente, pelo aroma que parecia envolver toda a roupa, lavanda, saquinhos de lavanda intercalados entre os pulôveres, pendurados nos cabides, semeados na gaveta de meias, e que saltara sobre Rímini assim que Sofía abrira as portas. Não, não estava voltando para uma casa, nem para o amor de uma mulher, nem mesmo para um passado — porque a casa e o amor de uma mulher e mesmo o passado nunca são totalmente imunes à ação do tempo. Voltava para um museu: o museu em que havia nascido, que o formara, do qual fora roubado e que, no decorrer dos anos, não só se negara a preencher seu lugar com outra peça como o preservara assim, vazio, contra tudo, como se preserva o local onde ocorreu um milagre, com a esperança, ou melhor, a certeza, de que cedo ou tarde ele, Rímini, voltaria a ocupá-lo, e o milagre se produziria outra vez.

Falou com seu pai. A notícia de sua volta não só não o surpreendeu como pareceu aliviá-lo, como se ele também tivesse interesses no museu e a repatriação da peça pusesse fim a uma longa temporada de incertezas. Depois, para explicar uma naturalidade que podia parecer suspeita, Sofía confessou que já lhe antecipara algo. Com essa curiosa mescla de surpresa, escândalo e orgulho que as formas benignas da traição provocam, Rímini percebeu que nem o exílio de seu pai em Montevidéu, nem a vida errática de Sofía, nem a distância de Rímini, equidistante de ambos, nada disso jamais impedira que seu pai e Sofía, à sua revelia, continuassem em contato. Então Rímini — que anos atrás, refletindo, chegara a comparar o rompimento com Sofía com a explosão de um planeta, do planeta todo, uma explosão tão formidável e maciça que era impensável que seus pedaços, Rímini e Sofía em primeiro lugar, mas também o pai de Rímini, Víctor e todos os que, a seu modo, participaram dele, pudessem voltar a unir-se algum dia, e muito menos reproduzir o tipo de união em que viviam antes da explosão — descobriu que tudo isso não passara de ilusão, e que ele fora, em grande medida, sua vítima. Porque era evidente que ou o planeta não explodira e era Rímini, ao contrário, que simplesmente fora excluído dele — a *única coisa*, aliás, que podia explicar que agora, ao voltar, encontrasse tudo como antes —, ou explodira, sim, mas os pedaços, depois de vagar sem rumo por algum tempo, finalmente se reuniram, recompondo o planeta original e soldando-se, e só a quietude de Rímini, que de todos os pedaços, no fim das contas, talvez fosse, no fundo, o que menos longe conseguira ir, permitira que ao voltar todas as falhas do planeta já estivessem cicatrizadas.

Não, não era um Ulisses que retornava a Ítaca depois de sobreviver ao ciclope, a Circe, ao canto das sereias. Era um desses seres frágeis e obstinados, acabados por uma doença especialmente perversa, o álcool, por exemplo, ou os transtornos da memória, que, de quando em quando, com uma regularidade que seus familiares conhecem muito bem, tão bem quanto os sinais que já aprenderam a decifrar para saber a que se ater, mandam que se mude e, com a anuência de seus entes queridos, que já tentaram dissuadi-los, aguentá-los ou confiná-los à força e fracassaram, desaparecem sem deixar rastros, para depois de alguns dias voltar, exaustos, com os espinhos da excursão marcados na roupa e no corpo, e bater à porta — vá saber em que sarjeta perderam as chaves —, e quando ela se abre levantam os olhos para o rosto querido, envergonhados, mas repletos de uma ânsia febril, esperando as boas-vindas exultantes e dramáticas que pensavam garantir ao desaparecer, e o que encontram, na melhor das hipóteses, é um sorriso tênue, meio de manual de misericórdia, tapinhas nas costas, palavras de alento ditas em voz alta para disfarçar o ruído da dupla volta na chave com que se fecha a porta da rua, ou então uma careta de tédio, uma espécie de desgosto longamente cultivado e uma lista com todas as obrigações que o fugitivo foi acumulando durante seu desaparecimento e que agora o esperam. Não, não houve nenhuma épica em seu regresso; nem mesmo a do fracasso ou a da vingança. E, no entanto, depois de uma ligeira decepção, Rímini sentiu que era melhor assim, que nessa falta de surpresa e emoção também havia algo doce, balsâmico, que amenizava os perigos da intensidade e o acompanhava, acalentando-o, no trânsito para uma vida que era nova e velha ao mesmo tempo, do mesmo modo que, quando menino, na véspera de uma operação, a metade de um comprimido ministrado por sua mãe bastava para embaçar o transe mais temido, a viagem de maca do quarto à sala de cirurgia, com um véu de indiferença quase voluptuoso.

Consolo inesperado, a curiosidade — a curiosidade!, não mais a felicidade, nem o espanto, nem a comoção — que não encontrou em seu próprio pai, nem em Víctor, nem, é claro, em Sofía, mas tampouco naqueles que nunca antes o tinham visto pessoalmente, satélites incorporados à órbita de Sofía durante sua ausência, para os quais Rímini, por mais que Sofía tivesse falado dele, não era alguém que voltava, mas simplesmente um desconhecido, uma aparição, uma *primeira vez* —, essa curiosidade Rímini acabou por encontrar nas mulheres do Adèle H. Salvo o pedreiro e o instalador de gás que participaram dos trabalhos de reforma do local, para os quais a arquiteta não conseguiu encontrar os equivalentes femininos que conseguira para a eletricidade, a pintura ou a carpintaria, Rímini foi o primeiro homem a pisar no Adèle H. Em parte por isso, que já lhe conferia certa aura de estranhamento, em parte pela expectativa que as inconfidências de Sofía haviam despertado em suas sócias, e em parte, ainda, porque assim que transpôs a porta, obnubilado pelo contraste entre a luz do dia e a escuridão do interior, não viu os degraus que desciam e cambaleou, e, não fosse por Sofía, que o segurou pelo braço, quase aterrissa sobre uma prancha de vidro retangular que duas mulheres do grupo transportavam, a entrada de Rímini não podia ter passado menos despercebida, e teria sido cômica, de levar às gargalhadas, se as mulheres não a tivessem "apagado" lançando-lhe em cima o manto de seus olhos distantes, como Rímini, com o tempo, frequentando-as ali, no Adèle H., ou quando as acompanhava para fazer compras, ou nas reuniões quinzenais que Sofía convocava em seu apartamento, onde Rímini recebia, servia café e bolinhos, lia a ordem do dia e cuidava das atas, descobriria que contemplavam todas as coisas do mundo. Quantas eram? Oito? Dez? Doze? O número sempre irregular, as caras sempre parecidas e o efeito grupal uniforme eram tais que ele nunca chegou a saber. Naquela tarde, a tarde de sua apresentação à sociedade, segundo a expressão usada por Sofía, colocada entre aspas com ironia, para quebrar o gelo depois do tropeço inicial, Rímini beijou, entre sorrisos, meia dúzia de mulheres formadas em semicírculo, enquanto ouvia e esquecia no ato os nomes com que Sofía as identificava, e ao terminar cruzou as mãos sobre o púbis, como se estivesse nu, e baixou a cabeça, deixando-se avaliar em silêncio, longamente, enquanto lhe chegava da cozinha o zumbido encarniçado de uma broca. Foi aprovado.

Mais que aprovado, na verdade Rímini sentiu-se adotado. Extinta a curiosidade inicial, que durou o suficiente para que as mulheres corroborassem com ele, sobre ele, as versões que Sofía antecipara, convidaram-no a entrar, a acomodar-se — o que não era fácil, dado que a única cadeira que não estava com a tinta fresca servia, às vezes, de escada para uma mulher de macacão que isolava com fita, na ponta dos pés, alguns pedaços de fio elétrico —, e lhe falaram em voz baixa, sempre bem de perto, com uma suavidade e uma lentidão que todas pareciam compartilhar, como se as tivessem aprendido no mesmo curso de etiqueta. Quem se surpreendeu foi ele. Por alguma razão, não era o tratamento que esperava encontrar. Sabia do Adèle H.; sabia, também, da existência da sociedade na qual Sofía vinha trabalhando há dois anos, a sociedade das Mulheres que Amam Demais, e que acabara substituindo, para felicidade definitiva de Sofía, a inesgotável coleção de seminários, laboratórios e oficinas a que entregara a maior parte dos últimos vinte anos de sua vida. Mas isso era tudo. Se Sofía não lhe deu maiores detalhes, não foi por discrição, nem por hesitação, mas porque Rímini não se atreveu a pedi-las, ou porque Sofía entendia que assim, dando o fato por consumado, Rímini se incorporaria ao projeto, como gostava de chamá-lo, de maneira límpida e rápida, e poupariam o trâmite sempre maçante das transições. Na verdade, o nome do grupo o intimidava um pouco, e quando Sofía mostrou-lhe o logotipo com uma sigla que uma das mulheres desenhara para a papelada interna, custou-lhe disfarçar certo desconforto. "Não é perfeito?", disse Sofía, aconchegando-se a ele, admirando como as três maiúsculas se cravavam, fazendo-o sangrar, num pequeno coração púrpura.

Mesmo assim, a recepção o desconcertou. Eram corteses, de uma amabilidade melíflua. Falavam com delicadeza, saboreando, como se acariciassem, e não só quando se dirigiam a ele, a quem, afinal de contas, por ser o homem de Sofía, era lógico que devessem alguma consideração especial, mas com qualquer um, sempre, quando falavam entre elas, davam ordens ao pessoal que zanzava pelo Adèle H. ou discutiam — se fosse possível deduzir da palavra a carga de agressividade que encerra — algum problema candente da causa numa reunião de grupo. Levantar a voz parecia ser entre elas um misto de esbanjamento e vulgaridade, de ineficiência e ultraje. O mesmo ocorria com os movimentos, os gestos, a maneira tão peculiar como tinham de administrar suas presenças físicas: tudo era macio, curvo, fluido. Mais que caminhar, sempre envoltas em túnicas ou vestidos folgados, pareciam deslizar, um pouco como essas gueixas que, vistas só da cintura para cima, parecem avançar de forma contínua, como que sobre uma esteira rolante, e pareciam estender o mesmo domínio que exerciam sobre o corpo ao espaço, aos objetos e ao corpo dos outros, de modo que entre elas e o mundo desaparecia toda possibilidade de violência, de acaso, e mesmo de intercâmbio involuntário, tanto que, impelidas por uma espécie de infalível alento coreográfico, fruto, sem dúvida, pensava Rímini, das dezenas de disciplinas corporais que se misturaram e fermentaram nelas ao longo dos anos, não só era raríssimo vê-las tropeçar, esbarrar nas coisas, ou, como se diz, meter os pés pelas mãos, como, por um efeito mágico, ou técnico, como o que se produz quando eliminamos de repente o som da TV e a imagem continua a desfilar muda, pareciam não fazer ruído, nenhum ruído, em todo caso, que superasse o umbral íntimo do roçar, tornando-se estranhamente imateriais. E no entanto, no fundo dessa fluidez, que Sofía, questionada certa vez por Rímini, atribuíra a uma das paixões unanimemente compartilhadas pelo grupo, a paixão pelo *ligado*, inimiga, por definição, de todas as forças que tentavam entrecortar a continuidade da vida — escorando a naturalidade desse mundo poroso, livre de estrondos e colapsos —, Rímini não tardou a reconhecer o rumor inconfundível do esforço. *Como trabalhavam! Quanta disciplina*, pensou, e o único elemento do quadro que até esse momento o contrariava, a sombra de mal-estar ou amargura que, por momentos, tinha a impressão de ver sobrevoar os rostos dessas mulheres tão donas de si mesmas, de repente, recortado contra aquele fundo laborioso, adquiriu todo o sentido. Trabalhavam, trabalhavam em tempo integral, vinte e quatro horas por dia, porque o ramo a que se dedicavam, a harmonia entre o corpo e o mundo, não parava para descansar nem mesmo durante o sono, e o trabalho, não importa o efeito de graça ou de leveza que causasse, consumia-as irremediavelmente, como um tormento ou uma doença invisível. Eram mulheres cansadas, e talvez desse cansaço viesse o ar melancólico, um pouco fora de moda, que exibiam não só na roupa, nos gostos e nos anacronismos verbais que vez por outra coloriam suas frases, mas também no próprio corpo, nos racimos de rugas junto aos olhos, nas estrias das asas do nariz, na desordem em que mantinham o cabelo, que parecia sempre recém-descolado do travesseiro, na ignorância, quase no desdém, que professavam pela maquiagem, e também na distância narcotizada da qual contemplavam o mundo, ao que parece respeitando-o, com uma tolerância que, à primeira vista, não excluía certa curiosidade, quando, ao contrário, na verdade o desqualificavam da maneira mais drástica e negavam-lhe qualquer possibilidade de surpreendê-las, como se não tivessem trinta, quarenta, cinquenta anos, as idades que figuravam em seus documentos, mas séculos ou milênios, a idade sobre-humana que se gabam de ter os que dizem já ter visto tudo.

Naquela tarde, uma mulher, em particular, chamou sua atenção. Diferentemente das outras, que tinham ficado quietas no semicírculo, obrigando-o a ir a seu encontro para cumprimentá-las, deu dois passos à frente, quase o interceptando, e apoderou-se da mão que ele, só por comodidade, posto que ainda lhe faltavam cinco ou seis por cumprimentar, mantinha suspensa no ar. Reteve-a entre as suas por algum tempo, excessivo, em comparação com o contato fugaz que suas colegas tinham preferido, enquanto sorria só com um lado da boca e o olhava fixamente com seus olhos cinzentos, aguados, como que à beira do pranto, e depois, ao fim de alguns minutos nos quais Rímini sentiu que esperava algo, algo que ele, perturbado pela dedicação que ela lhe concedia, era incapaz de adivinhar, atraiu-o para si e deu um jeito, por meio de uma misteriosa combinação de manobras e pressões, de se reunirem num abraço íntimo e se beijarem longamente, como velhos amigos que por fim se reencontram, mas fazendo de conta que era ele, Rímini, e não ela, quem decidira esse nível de efusividade. "Meu querido", ouviu a mulher sussurrando-lhe no ouvido. "Que volta você deu!" E sentiu que a mulher o afastava de repente, como se desse fim a uma insistência que Rímini absolutamente não exercia, e voltava a fitá-lo com seus olhos nublados, satisfeita e comovida ao mesmo tempo, como se o reencontro tivesse saldado uma dívida que sempre considerara impagável. "Viu só, Isabel?", disse Sofía em tom triunfal. "E você dizia que não ia se lembrar." *Isabel*, pensou Rímini. Já ia para a próxima mulher, obedecendo aos passos de uma cerimônia que desconhecia, mas que entrevira certo dia, distraído, na televisão, uma transferência de cargos diplomáticos ou um beija-mão no Vaticano, quando o nome que acabava de ouvir, e que, para sua surpresa, já começava a repercutir em alguma parede secreta de sua memória, o fez reter por alguns segundos a imagem do rosto que deixava para trás — a pele branca, as pálpebras caídas, o cinza quase transparente dos olhos —, e lembrou-se dela, e bastou-lhe rejuvenescê-la um pouco, devolver-lhe aos cabelos a cor que as cãs tornaram opaca, limpar sua voz da aspereza dos anos, já que todo o resto, a túnica indiana, as calças pretas, o corpo firme, mais jovem, sempre, do que todo o resto, mantinha-se exatamente igual, para voltar a vê-la onde a vira pela última vez, sentada no sofá da sala do apartamento da rua Vidt, com um prato de strudel de maçã sobre os joelhos, iguaria infalível, feita com suas próprias mãos, da qual ia desprendendo delicadamente os bocados que levava com o garfo, mantendo a outra mão embaixo, palma para cima, à maneira de rede, até os lábios de Frida Breitenbach. Então todos os rostos se tornaram familiares para ele, como se, iluminados pelas ressonâncias que Isabel conseguira desencadear, saíssem repentinamente da escuridão. Pensou identificar algumas; deu-se ao luxo, mesmo, de nomeá-las mentalmente, usando os velhos nomes dolorosos que começavam a despertar em sua memória. Milagros, Rocío, Mercedes. Viu todas com um pratinho de *strudel* sobre os joelhos, revezando-se para manter entretida a goela da mestra, e ouviu todas, sem exceção, confessando entre sussurros, em alguma das zonas francas do apartamento — o corredor, o quarto dos casacos, o elevador ou a porta da rua, sempre trancada, quando desciam a fim de abri-la para alguém que ia embora e aproveitavam —, os últimos pormenores de sua acidentada vida sentimental. *Últimos* era modo de dizer; daria na mesma se fossem os primeiros, tal a dificuldade de distinguir, nessas mulheres, amores da maturidade de paixões juvenis, todos marcados pela mesma sombra de insatisfação e desventura, amores não correspondidos, abortados ou nunca declarados, paixões desesperadas, sem saída, que arrasavam com tudo — as *vítimas do amor*, como Frida lhes dizia na cara, com um leve tremor irônico na voz que mais tarde, em particular, quando o grosso dos convidados já fora embora e um círculo mais íntimo prolongava o sarau na cozinha, ao calor das chamas das bocas do fogão, reunidos ao redor dos despojos do banquete, Sofía entre eles, naturalmente, e também Rímini, transformava-se num desprezo sem atenuantes, brutal, sem dúvida, mas muito mais apropriado que a zombaria para acompanhar as expressões que usava, agora que estavam ausentes, para designá-las, e que afloravam em seus lábios em cascata, *cordeirinhos de quarta, carne para sacrifício, viúvas vocacionais* etc., descrições insultantes das quais os outros, pensava Rímini, podiam se sentir a salvo apenas por estarem presentes e porque supunham, com uma credulidade que Frida, em que pese todas as tentativas, não conseguia desativar, que o fato de terem sido escolhidos por Frida como confidentes de seu furor os eximia de serem, um dia, seus destinatários. Era fugindo das desqualificações de Frida, de sua vigilância ou tão somente de seu olhar, que as Milagros, as Rocíos, as Isabéis, valendo-se dos pretextos mais triviais e inverossímeis, abandonavam a sala e aproveitavam os menores entrecruzamentos para comentar, sem dar nomes, em frases cochichadas pela urgência e pela ameaça, o último abandono, a última traição, a última noite de insônia, o último telefonema não respondido, os últimos sonhos esfumados, e era ali, naquelas escaramuças clandestinas, com toques de conspiração, que Rímini costumava encontrá-las por acaso, quando ia ao banheiro ou levava garrafas vazias para a cozinha, aos pares, às vezes em três, as cabeças juntas, os corpos um pouco encurvados, como se tentassem proteger os segredos que compartilhavam, e ao vê-lo sorriam, aturdidas, e desfaziam instantaneamente a reunião, dispersando-se ou concentrando-se na tarefa que originalmente se haviam atribuído para deixar a sala, como se vissem em Rímini não só a testemunha indesejada, o intruso, mas o delator que podia prejudicá-las.

Embora a frase que ela lhe sussurrara no ouvido o tivesse perturbado, obrigando-o a pensar se algum dia não houvera entre eles algo mais que a intimidade um pouco forçada do cenáculo Breitenbach, foi graças a Isabel, no entanto, e à efusividade com que havia alterado as regras do protocolo, que Rímini pôde comprovar em que medida a benevolência das boas-vindas era pessoal, era dirigida a ele em particular e obedecia, mesmo, a certa gratidão. Descobriu que se sua volta era um fato feliz para as mulheres do Adèle H., não era somente porque reatava algo interrompido e cauterizava as feridas da interrupção, abonando novamente a crença, tão vital para certo tipo de fé amorosa, de que em matéria de sentimentos não há como estabelecer limites rigorosos, não há fim, nada nunca termina realmente, tudo permanece pendente, indefinido, em estado de espera, e mesmo no caso de uma relação que termine, no sentido de que se rompa e cada membro seja ejetado numa direção diferente e tudo aquilo que possam ter compartilhado se dilacere e se divida em duas metades irreconciliáveis, mesmo neste caso, por mais que um ou ambos reivindiquem o rompimento no momento mesmo em que ele se consuma, justificando-o com fatos, causas, argumentos convincentes, nenhum dos dois jamais terá condições de saber positivamente se isso, a cujo fim dizem assistir, termina de verdade ou só faz uma pausa para entrar em outra fase, por exemplo, de latência. Havia algo mais: a volta de Rímini era um caso-testemunho, a prova, talvez a primeira realmente cabal, de que a causa das mulheres que amavam demais podia ter um final feliz, diferente, para não dizer diametralmente oposto, do tipo de desenlace que costumava coroá-la e que, como demonstravam as Isabéis, as Mercedes, as Rocíos, como a própria Sofía demonstrara antes que a história sofresse a virada que sofrera, não passava de um extenso catálogo de infortúnios. Até então, até o momento em que Sofía comunicou ao grupo que Rímini voltara ao curral, a causa — como as fundadoras do Adèle H. denominavam uma paixão que já não estavam dispostas a esconder, como quando a confundiam com uma doença, nem a experimentar com vergonha, mas tampouco a manter dentro da moldura de uma experiência pessoal — só conhecera uma única forma: o calvário, que deparava intensidades satisfatórias, mas sempre parecia garantir o mesmo final de desgosto e desassossego. Não era apenas uma mística do sofrimento: era uma mística da derrota. Amar em excesso *não podia* dar certo. Mas era justamente esse fracasso inexorável, com toda a sua carga de tristeza e desolação, que dava à causa seu valor profundo de verdade — como se na angústia, no desespero ou em qualquer um dos abismos nos quais essas mulheres eram condenadas a descer por um amor desproporcional, e dos quais costumavam voltar à superfície pouco depois, arrasadas pela dor, mas com a bandeira da causa mais alta do que nunca, embora nem sempre fosse assim, a julgar pelas tentativas de suicídio, as internações, os acompanhantes terapêuticos, os remédios que, muitas vezes consumidos em quantidades aterradoras, as únicas, por sinal, capazes, a essa altura, de surtir algum efeito, eram os verdadeiros responsáveis pelo ar distante com que olhavam o mundo, como se ao se instalarem nesse inferno sentimental, vizinho da destruição e da morte, essas mulheres pudessem tocar o coração da verdade com um leve estender de mão.

Talvez agora pudessem ter tudo, como Sofía passara a limpo numa das primeiras reuniões do grupo depois do regresso de Rímini. Ter tudo: o excesso de amor, o calvário, a verdade — e a felicidade. E ter tudo sem ceder em nada, isso era o mais importante, o motivo de orgulho que nessa mesma reunião, celebrada na cozinha ainda em obras do Adèle H., em meio ao frio e à umidade mais espantosos, devolvera a essas mulheres toda a vitalidade, o brio emocional de que pareciam ter sido privadas. E nesse ponto, ainda que com pesar, todas — não apenas Sofía, que, em última instância, graças aos anos de relação estável que passara com Rímini, era a única que podia se gabar de não ter sido alvo do desprezo de Frida nesse sentido — tiveram de depor o ódio, os rancores que a morte de Frida, longe de aplacar, multiplicara, e render-se à evidência de que a prédica Breitenbach, prédica sem dúvida extrema a que elas, incluindo-a na longa militância de Frida contra tudo o que representasse fragilidade feminina, sempre haviam resistido, não só não tinha nada de disparatado como revelava ser extraordinariamente certeira e dava em cheio no alvo, no centro mesmo do alvo a cujos pés tinham ido morrer, ao longo dos anos, as flechas lerdas, tristes, trêmulas, com as quais elas tentaram atingi-lo. Era assim, levando ao excesso o excesso de amor, que as mulheres que amavam demais podiam conquistar o que perseguiam, possuí-lo e franquear o acesso a alguma forma de felicidade amorosa. Assim — e não limitando, nem refreando, nem mascarando o excesso com todas essas formas apresentáveis que só lhe dariam uma existência social à custa de traí-lo irremediavelmente.

De tal modo devem ter se rendido à evidência que, naquela

mesma tarde, sentadas em bancos montados com pilhas de tijolos, empenhadas em combater o frio da obra com o aquecedor usado pelos pedreiros, duas das mulheres do grupo chegaram a questionar a única coisa que até o momento, dois anos depois do funeral de Frida, berço da ideia do Adèle H., mantivera-se intacta: o nome. Se era assim, se a volta de Rímini provava, com efeito, que nem a derrota nem a amargura da solidão eram fatores essenciais à causa, mas contingências, e que o excesso de amor, além de ser o que sempre fora — princípio de não correspondência e de dissipação, sinônimo da mais irreversível bancarrota emocional —, também podia ser um motor, uma força de atração formidável, mais poderosa, na verdade, quanto mais intransigente, escolher a filha caçula de Victor Hugo para musa não era apenas um erro, mas um severo equívoco ideológico. Agora, na era pós-Rímini do grupo — segundo a expressão que Sofía deixou cair nessa mesma tarde, sem pensar, naturalmente, no debate que suscitaria pouco depois, enquanto desocupava a prancha de madeira que usavam como mesa para distribuir os pratos, os talheres, as porções de strudel e as doses de Cointreau —, todas as vicissitudes da malograda Adèle pareciam remeter a uma pré-história superada: não só sua paixão pelo tenente Pinson, que conhecera em sua própria casa, numa das célebres sessões de espiritismo organizadas por seu pai, paixão única, verdadeiramente devoradora, pela qual Adèle, depois de rejeitar o único homem que a amava de verdade, o pobre Auguste Vacquerie, e que tinha as mais sérias intenções de tomá-la por esposa, abandonara tudo, seu pai doente, que só voltaria a vê-la muito tempo depois, sumida na demência, para interná-la na clínica de Saint Mande, onde permaneceria os últimos quarenta anos de sua vida tocando piano, fazendo jardinagem e escrevendo seu diário em código, sua mãe, cujo nome herdara, seus dois irmãos, Charles, tradutor de Shakespeare, e François-Victor, aprendiz de fotógrafo, e por fim Guernsey, a ilha insignificante na qual seu pai, o maior poeta da França, fora obrigado, com o golpe de Estado de Napoleão III, a exilar-se. Tudo, Adèle deixou absolutamente tudo para empreender sozinha as viagens mais estranhas, e considerando a época, segunda metade do século XIX, sem dúvida menos recomendáveis para uma mulher de apenas trinta anos, primeiro Halifax, Nova Escócia, Canadá, onde soube que estava o regimento no qual Pinson passava as tropas em revista, depois Barbados, sempre atrás das pegadas de Pinson, a quem então, embora deambule pelas ruas usando seu sobrenome, como se fosse efetivamente sua esposa, nem sequer reconhece quando se cruzam — não, não apenas isso, o *affaire* Pinson, esse amor solitário que a leva a mentir, a vestir-se de homem, a mudar de identidade, a fazer-se passar por Leopoldine, sua irmã morta, a contratar um hipnotizador para arrancar de seu amado adormecido o voto de amor que se obstina em negar-lhe quando desperto. Tudo isso para sustentar o lema do qual não irão distraí-la nem o fracasso, nem o sofrimento, nem o desprezo, nem sequer o mais profundo transtorno mental, e sim a morte, somente a morte: *o amor é minha religião* — mas também a extraordinária desproporção entre seu sacrifício e seu anonimato, entre seu talento musical e as raríssimas marcas que o testemunham, entre a intensidade com que viveu e o desdém com que a história lhe pagou: Adèle, Adèle H., eternamente eclipsada pela tragédia de sua irmã Leopoldine, morta com o marido no mar de Villequier. Adèle H.: engolida para sempre, ao morrer, em 1915, pelo fragor da Primeira Guerra Mundial.

A discussão foi viva, mas não prosperou: uma dessas faíscas súbitas que sobressaltam uma paisagem quieta, ameaçam revolucionar tudo e depois se extinguem na mesma velocidade com que irromperam. Nada mudou, em parte pelo rigor das condições em que ocorria a reunião, que não pediam que estancasse, mas que avançasse, que abreviasse o mais rápido possível o tempo que as separava da inauguração, em parte pelo estado de apatia em que mergulhara a maioria do grupo, que, salvo no caso de Sofía, de Isabel e de duas opositoras, ignorava tudo sobre Adèle H. e, por conseguinte, só podia ficar completamente indiferente a qualquer discussão a respeito, e em parte, ainda, pelo pulso firme, sutil e à primeira vista desinteressado, aprendido sem dúvida nos anos passados com Frida Breitenbach, essa artista da manipulação, com que Sofía defendeu a necessidade de manter-se o nome original, argumentando, entre outras coisas, que já aparecia em todo lugar, não só no enorme cartaz da entrada, escrito numa vaga réplica em neon da cursiva do século XIX, e nos dois menores do interior, que, encomendados com dois meses de antecedência, estavam para chegar, mas também nos cardápios, nos guardanapos, nas caixas de fósforo, nas bolachas, nos pratos, nas taças de vinho e, naturalmente, na papelada em haviam imprimido os artigos com que inundavam havia semanas o mercado das mulheres sozinhas. No entanto, nessa noite, quando Sofía, com a ponta do nariz avermelhada e a voz um pouco tocada, voltou do Adèle H. e contou-lhe o incidente, Rímini percebeu que essas razões práticas, por mais acatáveis que fossem, não bastavam para explicar uma defesa tão ferrenha do nome. Como se dera desde o primeiro dia de sua volta, havia passado a tarde inteira examinando fotos, as mesmas centenas de fotos que deviam ter repartido quando se separaram, que Rímini, incapaz até mesmo de olhá-las, com medo que o arrastassem num desses redemoinhos emocionais nos quais sempre temia afogar-se, fora "esquecendo", sem querer, mas com total deliberação, na casa de Sofía, e que Sofía conservara em duas grandes caixas retangulares ao longo dos anos, protegendo-as de tudo, dos acidentes das mudanças, por exemplo, mas também da curiosidade nefasta e ameaçadora de alguns homens e, sobretudo, de seu próprio rancor, que mais de uma vez quase a fizera descarregar nelas todas as represálias que não podia descarregar em Rímini. Olhava para as caixas, tentando organizá-las cronologicamente, e embora não tivesse avançado muito — porque mal caía sobre uma foto, uma foto qualquer, em vez de limitar-se a registrar os detalhes que lhe teriam servido para situá-la no tempo, idade dos personagens, roupas, carros, lugares, sem contar, caso houvesse, a referência de data e hora que às vezes figurava no verso de algumas cópias, deixava-se abismar por sinais ínfimos, privados, que só ele e, eventualmente, Sofía podiam reconhecer, e que o transportavam para uma forma estranha e pura do passado, na qual as dobras internas do tempo eram apagadas por uma oceânica continuidade sentimental —, depois de algumas horas, quase sem perceber, começara a numerar as fotos e a escrever num caderno, sob o número que correspondia a cada uma, as impressões que sua memória ia irradiando enquanto a contemplava. Estivera, como disse a Sofía quando a viu chegar, levantando os olhos e dissipando a bruma que os velava para poder vê-la, flutuando durante horas no passado. Talvez por isso, porque o relato da controvérsia sobre o nome o surpreendeu no meio do caminho, com um pé no presente e outro ainda no terreno das escavações, de onde, evidentemente, não lhe era fácil sair, talvez por isso tenha descartado as razões práticas e saído em busca das verdadeiras. Começou a escarafunchar entre as fotos. Vira uma ao passar, não lhe dera importância, mas a imagem, em vez de se dissipar, deixara um resíduo, uma espécie de veneno mnemônico que mais tarde, quando algum estímulo inesperado o excita, ilumina de repente a imagem que pensávamos ser irrelevante e a deixa prenhe de um estranho pressentimento. Encontrou-a: era uma foto ruim de praça. Um casal de adolescentes se abraçava num banco de pedra contra um fundo de tentáculos de umbu ou de paineira. Os galhos da árvore, em todo caso, eram mais nítidos que as figuras, meio borradas pelo erro de cálculo do fotógrafo e pela velocidade do gesto com que o garoto, se é que era um garoto, tentava consolar a garota, se é que era uma garota, carregando a meia tonelada de couro e de lã de ovelha que se acumulava na manga de seu *gamulán*. Barrancas de Belgrano, inverno, começou a dizer Rímini enquanto lhe passava a foto, A *história de Adèle H.* — um dos primeiros filmes que viram juntos. O primeiro, supunha. Encontraram-se à porta do cinema, uma sala da avenida Cabildo, hoje desaparecida e já então decrépita, estragada pela umidade e pelo fedor de mijo de gato, que só sobrevivia graças a um documentário sobre um antológico festival de rock americano e, claro, às sucessivas gerações de jovens lotando, anos a fio, as sessões da madrugada para vê-lo, completamente indiferentes, um pouco por fanatismo, um pouco pelo estado de estupefação coletiva em que entravam, à deterioração cada vez mais séria da cópia, cujos saltos, obnubilações e emendas de emergência já tinham deixado simplesmente de entorpecer a fluidez do filme para começar, numa seleção arbitrária, mas nem sempre disparatada, a extirpar-lhe canções e até bandas inteiras, de tal modo que o que distinguia as gerações de jovens que desfilavam pelo cinema, além da idade, eram os diferentes elencos de músicos que o tempo e a degradação do celuloide lhes haviam deparado. Não era apenas o primeiro filme que viam juntos; era, talvez, a primeira vez que saíam, a primeira vez que — demasiado audazes, demasiado inocentes — transplantavam seu modesto, tímido, ainda imperfeito libreto amoroso do mundo do colégio, onde nascera e onde, mal e mal, funcionava com alguma naturalidade, para a selva do mundo exterior, que só por ser desconhecida decerto lhes pareceria hostil. Nem bem entraram, porém, na bilheteria, Rímini, que, previdente, tinha na mão o dinheiro exato a fim de abreviar ao máximo o trâmite da compra dos ingressos, teve de suportar o escrutínio dos olhos do bilheteiro, que Sofía interrompeu sem querer quando, ao sair do segundo plano no qual esperava, deu um passo à frente e, inclinando-se para verificar o horário da sessão, interpôs sua bela mão de fumante precoce entre o olhar do carrasco e o corpo inerme de sua vítima. Ganhara uma batalha, não a guerra. Depois de alguns segundos, feliz, ou ao menos aliviado, Rímini entregou as entradas ao lanterninha e seguiu em frente, arrastado pelo ímpeto de seu otimismo, disposto a entrar na sala em penumbras sem mais, sem esperar que as cortasse e devolvesse, e teve de parar de chofre, freado pelo braço do lanterninha, que se abaixara feito uma cancela, e por sua voz neutra, que soava como máquina, perguntando sua idade. Sou maior, protestou Rímini, enquanto uma onda de rubor inflamava suas faces. Quantos anos você tem?, insistiu o homem. Dezesseis, disse. Encarou-o. Quer que eu mostre a identidade? Sim, disse o lanterninha. Então, já humilhado, sem nada a perder, Rímini deu-se ao luxo de bufar com uma veemência exagerada, um sinal de indignação cívica que provavelmente aprendera com o pai, que jamais passava por um guichê, uma cabine de pedágio ou um posto de alfândega sem desencadear algum escândalo, um motim particular, em miniatura, cujos rastros, imperceptíveis para todo mundo, depois entesourava como troféus de uma guerra interminável, e procurou seu documento com toda a indolência de que se sentia capaz, como se censurasse o lanterninha pelo tempo precioso que os fazia perder com sua desconfiança. E quando o encontrou, depois de apalpar uma alarmante série de bolsos vazios e ver como sua segurança e seu aprumo, falsos, porque eram a segurança e o aprumo de quem está dentro da lei e mesmo assim foi humilhado, começavam a se estilhaçar, mostrou-o a ele com fúria, praticamente esfregando-o em sua cara. Mas o lanterninha perdera todo o interesse. Viu a cédula por alto, limitou-se a dar uma batidinha em seu ombro, empurrando-o para a sala, depois estalou os dedos com impaciência e passou a pedir aos poucos espectadores que zanzavam pelo hall do cinema que fizessem fila com as entradas na mão. Tudo terminara, já estavam lá dentro, sentados onde queriam, sem vizinhos, mas Rímini continuava atordoado pela vertigem da incerteza que acabava de viver, envolto numa nuvem de insensibilidade em que os beijos, as carícias e a excitação de Sofía desfaziam-se como volutas de fumaça, e da qual só conseguiu sair alguns minutos depois, quando as luzes da sala começaram a se apagar e, antecipando-se à escuridão total, como num surto de impaciência, as cores das paisagens pintadas por Victor Hugo ocuparam toda a tela. *A história de Adèle H. é uma história real. Trata de fatos que realmente aconteceram e de pessoas que realmente existiram.* Desde que essa legenda apareceu, segundos depois das aquarelas, até a cena em que Adèle, sozinha no quarto de pensão, em Halifax, escreve pela primeira vez em seu diário, seguiram o filme juntos, em silêncio, aconchegados um ao outro, como se a sala escura fosse uma intempérie hostil, primeiro avatar de um simulacro de naufrágio em dueto que repetiriam à exaustão nos anos seguintes.

Adèle desembarca no porto, de noite, a única mulher num contingente de homens. Em busca de um quarto, faz uma parada no Hotel Halifax, mas o povaréu a intimida e acaba por afugentá-la. O cocheiro então a deixa numa pequena pensão familiar, para cuja dona, a sra. Saunders, apresenta-se como Miss Lewly, a primeira da série de identidades falsas que usará ao longo da vida. Dorme. No dia seguinte, visita um escrivão público e encarrega-o — elevando um pouco a voz, porque o dr. Lenoir é, como se diz, um pouco duro de ouvido — de procurar um tenente inglês chamado Pinson, do regimento XVI de Hussardos. Inventa uma história, a primeira, também, de uma longa série, segundo a qual é uma sobrinha, uma sobrinha muito romântica — não ela, que, conforme declara duas vezes, uma depois da outra, não tem o menor interesse nesse tenente —, a que, perdidamente apaixonada por Pinson, foi separada dele, contrariando a vontade dos dois, pela repentina mudança de seu regimento para Halifax. Minutos depois, na rua, Adèle para, indecisa, diante da vitrine de uma loja, a livraria Whistler, onde, escoltado por uma bela jovem que leva nos braços um casal de cãezinhos, o tenente Pinson — Rímini e Sofía sabem que é ele: sabiam antes de ver seu rosto pela maneira como Adèle o vê, e seus olhos, ao fitá-lo, parecem empalidecer, perder a cor, tornar--se literalmente transparentes, como olhos de cega — despede-se do livreiro. Adèle, para não ser vista, afasta-se da janela. Espera que Pinson e sua acompanhante saiam e se distanciem e só então entra na livraria. Improvisa um pretexto plausível — precisa de papel: deve redigir um "testemunho" e necessita, mais que de algumas folhas, de uma resma inteira — para entabular conversa com o livreiro. Aquele homem que acabara de sair, não era o tenente Pinson? Com efeito, um bom cliente: não está há muito tempo em Halifax e já tem sua reputação, diz o sr. Whistler. Ao menos, é o que dizem. Ah, sim? E o que mais dizem?, pergunta Adèle. Também dizem que tem muitas dívidas, mas aqui sempre paga em dinheiro. Desculpe, senhora... Senhorita. Senhorita: é parente de Pinson? Sim, diz Adèle, é meu cunhado, mas nos vemos muito pouco: não me dou bem com minha irmã. Antes de se despedir, visivelmente interessado em Adèle, o livreiro lhe oferece os serviços de sua biblioteca circulante, que Adèle promete considerar.

Anoitece. Adèle volta à pensão; a sra. Saunders a convida para jantar com ela; o marido precisou sair: contrataram-no para servir no banquete do Clube de Oficiais. Adèle, já no alto na escada, detém-se para perguntar se os oficiais britânicos estarão presentes. Claro, diz a sra. Saunders: o banquete é em homenagem ao regimento de Hussardos! Adèle fica pensativa. Então, diz, como se pensasse em voz alta, meu primo vai estar lá. Você tem um primo em Halifax? Sim, o tenente Pinson. Uma ideia súbita brilha nos olhos de Adèle. Eu o chamo de primo, mas na verdade não somos parentes. Fomos criados juntos: é filho do vigário do povoado. Para dizer a verdade, apaixonou-se por mim desde que éramos crianças. E olhe que jamais permiti que alentasse a menor esperança. Há tanto tempo não nos vemos! Talvez essa seja uma boa ocasião para nos reencontramos. Se eu lhe desse uma carta, a senhora poderia fazer com que lhe fosse entregue? Adèle se tranca no quarto. Nossa separação me destruiu, escreve, iluminada por uma lamparina; pensei em ti todos os dias desde que partiste, e sei que sofres tanto quanto eu. Nunca recebi nenhuma das cartas que me enviaste, e tenho certeza de que também não recebeste nenhuma das minhas. Mas agora estou aqui, Albert, do mesmo lado do oceano, e tudo será como antes. Logo voltarei a sentir teus braços me envolvendo. Estou muito perto, Albert. Te espero e te amo. Tua Adèle.

Mais tarde, a sra. Saunders admira o álbum de desenhos de Adèle. Foram feitos por meu irmão, diz Adèle. Belo retrato, diz a mulher. É você? Não, é minha irmã mais velha. Vive na Europa? Não, morreu há muito tempo. Meu Deus, diz a sra. Saunders, sinto muito. Leopoldine se afogou meses depois que nossa mãe fez este retrato dela. Tinha dezenove anos, acabara de se casar. Tinham saído para um passeio de bote. O marido morreu com ela. Nosso pai estava viajando, muito longe. Soube por acaso, pelo jornal, e quase enlouqueceu de dor. E você?, diz a sra. Saunders. Deve ter sentido uma grande tristeza. Adèle não desvia os olhos do retrato da irmã. Leopoldine era a preferida de todos, diz. Parece tão adorável! Adèle abre um porta-joias e apanha um colar. Este colar era dela. Sempre o levo comigo. Depois de contemplá-lo, a sra. Saunders tenta colocá-lo em Adèle, que se afasta bruscamente. Não, não, eu jamais poderia usá-lo. Eu a entendo, senhorita Adèle: sempre quis ter irmãos e irmãs, sabe? Não!, diz

Adèle, intimidando a mulher com sua veemência, a senhora não me entende! Não sabe a sorte que tem de ser filha única! Naquela noite, quando o sr. Saunders volta do banquete, Adèle praticamente o metralha com perguntas: se viu seu primo, como estava vestido, de que falou. E a carta?, pergunta a sra. Saunders. Entregou-lhe a carta? Sim, claro, diz o sr. Saunders. Bem, o que está esperando?, diz a senhora: entregue sua resposta à senhorita Lewly. Não, diz o sr. Saunders: não houve resposta. O tenente leu a carta, mas não quis respondê-la. Oh, não importa, diz Adèle, reprimindo uma expressão de desalento, na verdade eu não esperava nenhuma resposta. Enquanto Adèle se afasta e sobe as escadas, a sra. Saunders interroga seu marido sobre o menu. O chef do general Doylee encarregou-se da comida. Teve sopa de tartaruga, frango ao curry... Lá de cima vem o som da porta do quarto de Adèle, que se tranca. Sabe, diz o sr. Saunders, o tenente nem chegou a abrir a carta. Limitou-se a olhar o envelope, deu de ombros e guardou-a num bolso sem abri-la. Esquisito, não? Para um homem apaixonado... Fade-out da imagem; quando volta a clarear, Adèle se debate em meio a um pesadelo: está de camisola, deitada de costas na cama, mas há água por toda parte, como se o quarto inteiro estivesse naufragando, e ela em luta desesperada para manter a cabeça à tona.

No dia seguinte passa no banco, onde um funcionário lhe entrega uma carta. Adèle parece decepcionada. Esperava algo mais, uma transferência de dinheiro. O funcionário nega com a cabeça: talvez em algumas semanas. Outra vez em seu quarto, Adèle corta em dois uma folha de papel que extrai da resma e escreve: Queridos pais: se parti sem avisar foi para evitar outra dessas discussões que em nossa família até as coisas mais insignificantes deflagram. Se o tenente Pinson deixasse seu posto neste momento estaria desperdiçando toda sua carreira. De modo que não posso abandoná-lo agora. Como os senhores sabem, eu o amo, e ele me ama. Queremos nos casar. Mas não farei nada sem o vosso consentimento e espero de ambos uma resposta. Com o amor mais profundo, Adèle. P.S.: Pai, o senhor me deve as mensalidades de maio e junho. Sei que parte do dinheiro está sendo transferida pelo British Bank da América do Norte, mas precisarei da totalidade da soma, dado que a vida em Halifax é muito cara.

Enquanto espera, Adèle mata o tempo zanzando pela orla marítima da cidade. Cruza com um oficial, dá meia-volta e corre até alcançá-lo. Toca-o no ombro. O oficial para e olha para ela com um ar desconcertado. Ela baixa os olhos, vexada, e se afasta. Tranca-se no quarto. Devemos considerar as pequenas coisas da vida como se tivessem importância, escreve em seu diário. Sei que as batalhas morais se travam a sós. A milhares de milhas de minha família, vejo a vida de maneira diferente. Posso aprender tudo sozinha, por minha conta, mas para amar preciso dele.

Então Sofía estremeceu, como que eletrizada, e começou a chorar em silêncio. Chorou tanto e de modo tão contínuo que pouco tempo depois, quando Rímini, que de tanto estreitá-la já estava com os antebraços completamente ensopados, compreendeu que o episódio deixava de ser um acidente favorável, um desses pretextos que promovem, disfarçados de contrariedade, a aceleração de uma proximidade que a timidez, o pudor ou a insegurança frequentemente adiam, para ser algo mais, algo de uma ordem que não conhecia, mas que exigia que tomasse imediatamente uma decisão, e compreendeu também que ela não conseguiria continuar vendo o filme, com os olhos de tal maneira congestionados que não podia mais abri-los sem que um ardor terrível a obrigasse a fechá-los no ato, e a tal ponto era densa, quando conseguia mantê-los abertos por alguns segundos, a cortina de lágrimas que velava as imagens na tela. Foi um choro recorde: quarenta minutos contados no relógio, a partir da frase de Adèle H. que o desencadeara, até o momento em que, já em Barrancas de Belgrano (para onde Rímini, depois de tirá-la à força do cinema, conseguira arrastá-la, segundos depois que o fotógrafo da praça, surpreendendo-os no banco, tirasse a foto que Rímini mostrava agora), foram interceptados por uma dupla de ciganas que brotaram do nada, dos troncos das árvores, do coreto, da uma das múltiplas tocas disfarçadas que mantinham na praça, e deixaram os dois zonzos com gestos vagamente feiticeiros, sussurros ameaçadores, promessas, tocando-os, dando-lhes pequenos empurrões no peito e nos ombros, e quando Rímini e Sofía caíram em si já estavam separados, ela de um lado do caminho, os pés afundados na terra de um canteiro, com a cigana quase em cima dela, meio pendurada em sua roupa, ele do outro lado, tentando retomar o controle da mão na qual a cigana lia os vislumbres de um porvir qualquer. Só um terror como o que lhes despertou esse par de monstros policromáticos, em quem a arte da adivinhação já não era um patrimônio étnico, mas um trâmite que pareciam executar de memória, dose mínima de exotismo requerida para poder passar sem mais, de maneira cada vez mais rápida, aliás, à verdadeira e única instância atraente da situação, o pedido de dinheiro — só um terror assim, lembrou Rímini, podia fazer que Sofía saísse do transe e parasse de chorar, como efetivamente acontecera. Rímini deu um puxão no próprio braço, espantou o assédio da cigana e foi resgatar Sofía, que remexia nos bolsos em busca de alguma moeda, e quando fugiam correndo senda acima, em direção ao banco onde tinham estado sentados e onde o fotógrafo, agora, esperava para vender-lhes a foto, Rímini olhou-a, observou seu rosto com atenção, como se quisesse verificar se a emboscada cigana não tinha deixado rastros, e descobriu que tinha as faces brancas, frescas, reluzentes, com aquele brilho que as ruas despedem quando o sol volta a iluminá-las depois de uma chuva torrencial.

Mas Sofía não conseguia se reconhecer na evocação. Além da facilidade para o choro, que não mudara e que sempre hasteara como prova de uma sensibilidade sobrenatural, todos os elementos do quadro lhe eram familiares, o filme sobre o caso Adèle H., naturalmente, o cinema da avenida Cabildo, a primeira saída com Rímini, e o pedido de documentos, e a praça, e as ciganas — mas não a ordem em que Rímini os dispusera, muito menos a unidade de tempo que os enfeixava. A foto, para não ir muito longe: era ela, sim, Sofía, e o banco era de madeira verde-clara e tinha um encosto levemente curvado, sim, e a praça era Barrancas, sim, e o garoto que a abraçava, que parecia, na verdade, querer cobrir-lhe o rosto com seu abraço, como se a protegesse da lente do fotógrafo, usava, com efeito, um *gamulán*, mas poderia jurar que não era Rímini, com quem Sofía, por sinal, não se lembrava de algum dia ter ido a Barrancas, e sim seu mais imediato antecessor, um garoto chamado Moacyr, filho transviado de um diplomata brasileiro, bem menor do que ela e também muito mais experiente, cujo currículo, aos treze anos, ostentava uma série de alardes invejáveis como ter viajado de avião, ter assistido a dois ou três grandes shows de rock, ter tido um par de namoros maduros — sexo incluído —, conhecer uma variada gama de drogas, suportar uma mãe bonita e alcoólatra e ser parente distante de um fundador da Bossa Nova, e que na cena da foto, se bem lembrava, empenhava-se em convencê-la das virtudes do amor livre tal como o comungavam no palacete que ocupava num dos bairros mais exclusivos da cidade; o mesmo, diga-se de passagem, onde ficava a praça seca em que Rímini, quando menino, conforme confessara certa vez a Sofía, recém-iniciado na arte de andar de bicicleta, quebrara a cara indo de encontro a um mastro em cujo extremo flamejava a bandeira argentina.

Não iriam pôr-se de acordo, mas tampouco pareciam se importar muito com isso, pois estavam afastados da órbita na qual esse tipo de desentendimento costuma surtir algum efeito negativo. Sofía, entretanto, celebrou o equívoco como uma vitória: a pormenorizada legenda que Rímini estampara ao pé da foto era para ela um sintoma inquestionável de saúde. Rímini não voltara, apenas: também voltara a recordar, e essa ressurreição da memória em alguém como ele, convencido, durante tantos anos, de que todas as suas possibilidades de sobreviver dependiam de sua capacidade de esquecer, e de que não haveria para ele nenhum destino sentimental se não se livrasse, antes, do lastro do passado, era para ela um conseguimento inestimável, no fundo o único êxito verdadeiro, tanto que, em comparação, o retorno físico de Rímini, sua presença na casa, em sua cama, entre suas coisas, e mesmo no Adèle H., mesmo desempenhando as funções que efetivamente desempenhava, em primeiro lugar restabelecer pouco a pouco um equilíbrio que há anos estava alterado, e depois encarnar, pelo simples fato de estar ali, em todos esses lugares onde antes brilhara por sua ausência, a evidência de que a volta dos homens era efetivamente possível, e ser a prova viva dessa evidência, transformava-se para Sofía num fato menor, que a orgulhava, mas do qual podia, se fosse o caso, prescindir. Mas voltar a recordar era a chave do voltar verdadeiro, a pedra fundamental, tudo — do mesmo modo que se desligar da memória, perder ou protelar lembranças, deixar escoar ou esquecer eram a chave, o princípio, o modelo de toda perda e desaparecimento. E não era assim, no fundo, que o excesso de amor costumava tornar-se visível pela primeira vez? Recortando-se contra um fundo de amnésia como um excesso de memória? O aniversário esquecido, o detalhe que passa despercebido, o contexto que cercou um fato e que agora resiste a retornar: não era assim, com efeito, que começavam as tragédias?

Foi só nessa tarde estranha, povoada de pequenos portentos desconcertantes, em que Rímini, de maneira totalmente espontânea, tivera a ideia de trazer à luz os bastidores de uma foto na praça, que Sofía teve a certeza de que ele realmente voltara para ela. Viu-o recordar, foi testemunha da convicção e da naturalidade com que desdobrou essas imagens, tão vívidas, por outro lado, que ninguém acreditaria que tinham mais de vinte anos de vida, e muito menos que tinham passado sete desses vinte enterradas num porão, e esse ensimesmamento tornou-o mais real, a seus olhos, que tudo aquilo a que estivera se aferrando para certificar-se de que o recuperara: seu cheiro, seus arroubos de rubor, o rumor de seus passos, o modo brusco como abria uma janela ou recuava uma cadeira, o lampejo de medo que continuava a cruzar seus olhos cada vez que a fitava — signos que, ao lado da densidade e do peso de sua evocação, pareciam leves, frívolos, provisórios. Por isso o deixou falar até o fim, reprimindo uma a uma todas as objeções que lhe ocorriam enquanto examinava a foto. E se decidiu, afinal, confessá-las, abrindo entre eles um intervalo de ansiedade que depois, rapidamente, dissolveram rindo, foi somente pela confiança absoluta que a animava. Preservar a memória de alguns reparos que, por outro lado, não tinham como colocá-la em risco — isso não era honrá-la; era desmerecê-la. A memória era a garantia, a única. Todo o resto era ar ou pó, e cedo ou tarde estava fadado a extinguir-se.

Como Rímini comprovaria pouco depois, quando, ao irromper no meio de uma reunião para servir café, anunciar um telefonema ou a chegada de uma integrante ou apresentar um cheque para Sofía assinar, flagrava um retalho dos debates que exaltavam o grupo, a famosa ressurreição da memória não tardou a substituir, no rol de objetivos da causa, o alvo que até então abrangera todos eles: a volta do homem. Talvez fosse uma simples questão de meios e de fins, mas durante um tempo, entrasse no começo ou no fim da reunião, pegasse-as de surpresa ou lhes desse tempo para disfarçar, baixar a voz ou mudar de assunto,

Rímini quase não as ouviu utilizar outras expressões além de *arquivo, capital mnemônico, administração do passado*, nem discutir outro problema que não fosse o dos modos de — segundo a curiosa expressão que Sofía usou certa vez em sua presença — *fazer* uma memória nos homens. Todo o resto ficara em segundo plano: as técnicas de reconquista, a sedução, os ardis sexuais, o mimetismo emocional, as chantagens — tudo era efêmero, insuficiente, ineficaz, como o demonstravam à larga os episódios de falsos retornos que povoavam as histórias sentimentais das mulheres do Adèle H.: homens que voltavam depois de dias, meses ou anos de separação, movidos pelos motores mais típicos e supostamente mais provados, arrependimento, busca de amparo, desejo, saudade de intimidade e comunhão, que eram acolhidos com a hospitalidade de todas as reconciliações — misto de incondicionalidade, romantismo a toda prova, ousadia, tolerância, disposição permanente de negociar e vontade de agradar — e que dias, meses ou anos mais tarde, fatalmente voltavam a virar fumaça, dilapidando todo o capital investido e deixando seco, na mais completa esterilidade, o poço que lhes dera de beber. Mas a plenitude, os laços, a permanência, a gravidez, tudo que os métodos tradicionais de reconciliação só deparavam de forma incompleta e momentânea, com as desilusões de praxe, a memória, em compensação, podia tornar possível. Fazer uma memória nos homens, ouviu Sofía dizer na inauguração, falando para um punhado de jornalistas desconcertadas enquanto o rosto imenso e pálido de Adèle H. se projetava em todas as paredes do bar, do mesmo modo que os homens passaram séculos fazendo filhos nas mulheres. Em alguns casos, no de Rímini, por exemplo, bastaria reavivar a memória já existente, despertá-la do sono em que vegetava e atiçá-la de todas as maneiras até devolver-lhe a dinâmica, os reflexos, a paixão pelo detalhe e a doce, complacente, acolhedora domesticidade que a tornavam insubstituível na hora de sedimentar o amor; em outros, em que o tempo de separação ou o rancor já tivessem arrasado tudo, seria preciso implantá-la. Como ocorre com alguns espécimes vegetais que, uma vez transplantados, murcham e agonizam, parecendo, porém, reviver milagrosamente assim que suas raízes voltam a entrar em contato com a terra original, não tanto por uma razão biológica, porque as propriedades da terra na qual se tentou plantá-las, afinal de contas, não diferem tanto das de seu berço, e se diferirem sempre é possível nivelá-las — sendo que mesmo assim o transplante inevitavelmente não vingaria —, mas porque esse simples contato é como uma chispa e é suficiente para reconstruir de imediato, em toda a sua complexidade, o tecido vital no qual amadurecera até então, esse contexto sutil em que certas propriedades da terra, do ar, da luz e da umidade são decisivas, mas se, e tão somente se forem combinadas com um fator essencial, o tempo, o período que a planta passou em contato com elas, sofrendo sua influência benéfica mas também, por sua vez, influenciando-as — era isso que acontecia, segundo Sofía, com os homens perdidos: exatamente a mesma coisa. Conforme o que Rímini leu numa das primeiras atas de reunião do Adèle H. que lhe coube transcrever, a lembrança de amor era a unidade mínima do amor, a nervura que permitia reconstituir toda a folha, e a folha com sua flor, e a planta inteira, e não só a planta e seu lugar na terra, mas todo o ecossistema do qual a planta era, em última instância, o fruto. O homem inconstante, o desapegado, o adúltero, o fauno incontinente, o esquivo eram figuras problemáticas, ossos duros de roer, desafios incertos; mas o amnésico — esse era o ponto cego, a quintessência da refração. Ao homem que ama e que esquece, tão enganoso, tão comum, preferiam sem dúvida aquele que odeia e recorda, aquele que entesoura cada lembrança porque ela é o motivo de seu ódio, que não pretende deixar de lembrar porque quer ir em frente, e odiar até o final. O horizonte do primeiro é o desamor, o desaparecimento; o do segundo, no mínimo uma vontade encarniçada de estar e de persistir, e, no máximo, quem sabe, a possibilidade de ter uma recaída, de afundar nas redes do amor se, em meio ao furor revisionista, uma reminiscência agradável — um gesto de amparo, uma chispa de calor, uma cena que o faz rir — o pega de surpresa e o flecha novamente.

A inauguração foi um sucesso. Sofía e seu séquito de mulheres foram as heroínas da noite; Rímini, a seu modo, meio em surdina e sutil, o astro. O público triplicou as previsões mais otimistas, e Rímini viu-se obrigado a sair no meio da festa para reabastecer as geladeiras. Ao voltar, empurrando com dificuldade um transbordante carrinho de supermercado, com garrafas até nos bolsos, Sofía interceptou-o na boca do corredor de serviço e, adoçando a voz no último instante, ameaçou despedi-lo se voltasse a sumir sem avisar. Estivera procurando por ele em toda parte. Uma nova leva de convidadas acabara de chegar, e a facção mais radical subira nas tamancas, exigindo-lhe, num airado tom de reivindicação coletiva, que o tirasse do porão onde o mantinha guardado e o emprestasse por um momento. Sofía não o encontrara; as mulheres, sentindo-se logradas, não só ameaçaram ir embora como também difamar o Adèle H. no reduzido, mas influente, círculo das terapias vivenciais. Rímini demorou um pouco a entender que o portento de feira de que falavam era ele. Podia ter se dado ao luxo de não entender. Sofía o pegou pela mão e o levou quase arrastado até o salão, onde detectou de imediato, em meio ao tumulto, um punhado de mulheres magras e cinzentas, com lenços amarrados no pescoço, nos pulsos e nos tornozelos, como se fossem presentes, que bufavam em coro diante dos copinhos plásticos — a louça também não fora suficiente — onde alguém vertera as últimas gotas de uma última garrafa. "Meninas, *voilà*", disse Sofía, e empurrou-o para elas com suavidade, como se empurra um menino tímido para a turma de baby-sitters que se encarregarão de tomar conta dele. As mulheres se viraram para ele, também em coro, e enquanto Rímini, só para amenizar o desconforto, ocupava-se enchendo seus copos, examinaram-no com os olhos bem abertos, com nostalgia e aturdimento, como se fosse o último exemplar de uma espécie extinta ou o primeiro de outra que estava por nascer. Tudo durou quase nada, segundos, até que o efeito hipnótico se dissipou e as mulheres voltaram a si e deram umas risadinhas nervosas e enrubesceram, como se percebessem que o hipnotizador aproveitara o transe para desnudar-se ou desnudá-las.

Só então a ficha de Rímini caiu. Estava num lugar entulhado de gente, onde — salvo Sofía, Isabel e as outras, que, aliás, sempre tendiam a se misturar — não conhecia ninguém e onde todo mundo o conhecia, e o único nome que lhe ocorreu para batizar essa vertiginosa assimetria foi *fama*. Rímini era uma celebridade. E contrariando suas prevenções, nascidas, como as de qualquer pessoa comum, da inveja e da fruição com que seguia pelos jornais ou pela televisão as ingratidões que a fama depara aos famosos, não tinha nada de desagradável. Era como flutuar. Pensou, então, no êxtase que parecia inundar os astros do rock quando se atiravam de costas sobre o público e se deixavam transportar assim, crucificados de boca para cima, por centenas e centenas de braços anônimos. É verdade que, abandonado à própria sorte pela brigada de moças que deviam cuidar dele — bailarinas, estudantes de psicopedagogia, mestres jardineiras, a maioria filhas mais ou menos rebeldes das mesmas mulheres às quais se supunha que deviam servir, que, por mais desconcertante que lhes parecesse, tinham aproveitado a popularidade de Rímini para desertar de suas funções e matavam o tempo na cozinha, beliscando as sobras do bufê, ou no banheiro, fumando (a única fumaça permitida no salão era a do incenso) e falando de homens —, e obrigado, portanto, a multiplicar-se em todos os pontos do Adèle H. onde alguém precisasse de alguma coisa, Rímini não tinha tempo nem forças para deter-se e encarnar, por um minuto que fosse, a nova personalidade que lhe atribuíam os olhares fugazes, mas evidentemente intencionais, das convidadas. Ia e vinha incansavelmente, até que, de repente, teve a impressão de sentir uma pressão pontual em alguma parte do corpo, na nuca, nas costas, num dos lados do rosto, como se um dedo invisível e delicado o tocasse ou um fio puxasse somente ele, e virava-se, sempre sem se deter, e todas as cabeças que se aglomeravam em seu campo visual tremiam e saíam de foco — todas menos uma, a da desconhecida que acabava de tocá-lo a distância com os olhos, que continuava a mirá-lo e se recortava nítida na paisagem borrada. Podiam sorrir para ele ou não, oferecer-lhe sua cumplicidade ou sua altivez, mas o que todos esses olhares compartilhavam, além do interesse, que as obrigava a fixar-se nele sempre além da conta, era uma certa ascendência. Olhavam-no para confirmar nele, em seu rosto, em seu jeito, em sua maneira de se mover ou de se vestir, o que já sabiam dele, e também simplesmente para fazer que ele soubesse que sabiam disso, embora tomando todo cuidado para não deixar transparecer nenhuma pista que pudesse revelar em que consistia, exatamente, esse saber. Era uma situação puramente abstrata: o ápice da antirreciprocidade. O importante não era tanto o segredo — pois o que uma desconhecida podia saber de Rímini que Rímini já não soubesse? —, mas a *forma segredo*; ou seja: a relação desigual de forças, o sentido ambíguo, a meio caminho entre a chantagem e a curiosidade lasciva que esses olhares instituíam, apenas Rímini, ao devolvê-los, podia convalidar.

No meio da noitada, porém, esse regime assimétrico, fadado por sua própria abstração, ao menos teoricamente, a ser eterno, desequilibrou-se. Já havia menos gente; respirava-se melhor. Um pouco antes, com o Adèle H. lotado, Sofía aproveitara um breve remanso de quietude para subir ao palco, onde, experimentando em si mesma o holofote — o único acessório teatral que as finanças do grupo permitiram comprar —, que a recortou contra a escuridão e lhe arrancou uma risadinha aguda, como se a luz lhe fizesse cócegas, anunciou o programa que coroaria a inauguração. Tal como estava previsto, o anúncio provocou certo êxodo, o justo para arejar um pouco o ambiente e decantar o público. Fiéis à causa, muitas foram embora alegando que era tarde: se ficassem, acabariam se deitando de madrugada, e de manhã cedo se apresentariam maldormidas para seus pequenos exércitos de mulheres sofredoras, que não queriam desanimar com o triste espetáculo de suas olheiras, enxaquecas e sua rigidez corporal. Ficando, infringiriam a autodisciplina que regulava suas vidas, contradizendo todas as razões pelas quais estavam ali nessa noite, no Adèle H., e não em outro lugar. Muitas também foram embora por acreditar que o melhor já passara, por frivolidade. A música mudou, as janelas se abriram de par em par, e o público se distribuiu em grupos mais íntimos. Algumas continuaram a conversar em voz baixa; outras ficaram contemplando em silêncio, abanando-se com o menu, a pobre Adèle voltando a sonhar que era Leopoldine, afogando-se na grande parede branca do fundo; outras, agora que podiam, dedicaram-se a explorar o lugar pela primeira vez e observaram, de passagem, que assim como a mudança de clima da noitada obrigara a substituir a vitalidade das pandeiretas gregas — um velho souvenir que Isabel trouxera de um workshop em Paris, onde a surpreendera a estreia de *Zorba, o grego* — por um repertório de dolentes canções sefarditas — contribuição de Sofía, que continuava fiel a seus ídolos da adolescência —, também era hora de renovar a bebida. "Cointreau!", ordenou Sofía — e Rímini saiu disparado rumo ao porão, onde o grupo entesourava uma exclusiva provisão de álcool para as tertúlias mais íntimas. Vinha dali, subia a escada estreita de cimento com duas garrafas de licor na mão quando viu despontar no alto uma mulher jovem, a mais jovem, provavelmente, que veria ao longo de toda a noite, tão jovem que parecia de outro mundo, a qual fechou a porta às suas costas e desceu — e Rímini teve a impressão de que ou estava nua, ou vestia uma malha cor de carne perfeita, de um realismo de arrepiar, e que a corda escura que tinha enrolada no pescoço e descia até envolver seu corpo como uma teia de aranha era realmente isso: um fio de telefone —, e saltando feito uma amazona pendurou-se nele, literalmente, estreitando-lhe a cintura com a firmeza de suas coxas treinadas, e começou a beijá-lo com avidez e devoção, desesperadamente, como se quisesse empapelá-lo de beijos, enquanto entre um beijo e outro intercalava uns sussurros agonizantes. "Sim", dizia, "eu também me ajoelhei em Londres diante da rosa de Riltse." "Sim", dizia, "eu também delirei de febre em Viena e me deixei apalpar por um médico do Hospital Britânico." "Sim", dizia, "eu também tive uma brotoeja alérgica no Rio de Janeiro e lambuzei a cara com cremes que de nada adiantaram." "Sim", dizia, "eu também ouvi a chuva sobre um telhado de zinco enquanto abortava." "Sim", dizia, "eu também choro até ficar cega com o encontro de Rocco e Nadia no terraço da catedral." Não rolaram por milagre. Rímini aguentou o peso e os beijos da garota sem se mover, escorado por sua própria surpresa, mas deixou cair uma das garrafas de licor, que se decapitou na quina de um degrau e começou a se esvaziar. "Case comigo", sussurrou a garota, roçando-lhe o pescoço com seus caninos úmidos. Rímini riu e afastou-a um pouco para olhá-la. Queria ver se era real; queria ver se ainda podia olhar uma mulher real nos olhos. Tinha uma pele muito fina e branca, um bigode de gotinhas de suor bordejando-lhe o lábio superior e uma cratera minúscula entre as sobrancelhas, lembrança de uma das varicelas mais astutas que ele já vira. Rímini teve vontade de chorar.

Abraçou-a. "Não seja covarde: case comigo", ouviu a garota repetir, enquanto sentia seu jovem queixo acomodar-se no oco de seu ombro como num berço, o velho berço que sempre estivera a sua espera.

Quantos anos ele levara para conquistar essa covardia? Vinte? Trinta? Para desperdiçá-la assim, com uma mulher capaz de recitar os dois ou três momentos máximos de sua vida — da dele — de cor, sem um único erro, e cuja juventude bastava para extenuá-lo? Sentiu-se tão velho que a imagem do ancião agonizante de 2001 — *Uma odisseia no espaço* assaltou-o como se fosse uma lembrança pessoal, outra das fotos ao pé das quais redigia todos os dias as legendas autobiográficas que Sofía nem mesmo lia. Redigiu: *Rímini em seu leito de morte, solene e feliz, depois de receber e recusar a última oferta de redenção sentimental de sua vida.* Mais tarde, em plena função — uma Pentesileia acima do peso, transbordante de entusiasmo, acabava de declarar seu amor a um Aquiles invisível, encarapitado no balcão, em algum ponto entre os uísques e as tequilas —, quando a tocaia na escada do porão começava a adotar a forma como provavelmente se lembraria dela pelos próximos vinte anos, Rímini, que ziguezagueava encurvado entre as mesas para não turvar a visão do público, virou a cabeça e reconheceu sua acrobática pretendente em cima do palco, cravada contra o cortinado do fundo pela luz do holofote, recitando uma passagem de *A voz humana*, ou melhor, vociferando-a no bocal do telefone que segurava na altura dos olhos, como se fosse a cabeça cortada do homem que outra vez a abandonara, e onde ia morrer, atado com um nó desesperado, como Rímini descobriu nesse instante, o fio que lhe envolvia o pescoço, cachecol mortal, e serpenteava por todo o seu corpo. E quando chegou até Sofía, que contemplava a cena boquiaberta, disse: "É sua aluna, não?". Sofía assentiu com a cabeça. "Que idade ela tem?", perguntou Rímini. Sofía condescendeu em inclinar a cabeça para ele, mas sem afastar os olhos do palco: "Não sei: é incalculável", disse, ou foi isso que Rímini deduziu do longo bocejo alcoolizado que ela exalou. Estava tão bêbada que quando a garota terminou não conseguiu aplaudir: juntou as mãos no ar, olhou-as fixamente, num desses comoventes alardes de concentração que os bêbados costumam exibir e, como se quisesse evitar-lhes uma humilhação desnecessária, deixou-as cair sobre as coxas, mortas, até que a garota desceu do palco e uma mulher mais velha, cuja idade, em todo caso, já era calculável, subiu para tomar seu lugar e, fazendo ranger junto do microfone algumas páginas de bordas carcomidas, maltratadas de propósito para que parecessem antigas, fingiu ler — *Queridos pais: acabo de me casar com o tenente Pinson. A cerimônia teve lugar no sábado numa igreja de Halifax. No futuro deverão dirigir-se a mim desta maneira: "Sra. Pinson, 33 North Street, Halifax, Nova Escócia"* —, e em quinze minutos de monótona intensidade mandou ver uma versão abreviada do epistolário de Adèle H. Então, quando as cem sombras que tinham seguido imóveis o espetáculo se puseram de pé e levantaram as mãos para o céu, para esse céu próximo onde as pás do ventilador não paravam de girar, soltando gritos eufóricos como fogos de artifício, Sofía não quis ficar atrás. Começou a levantar-se lentamente, com prudência; tentou gritar, somar sua voz ao fragor geral, mas assim que abriu a boca sentiu um gosto amargo que lhe subia do fundo do estômago, e seus joelhos bambearam. Rímini segurou-a antes que desabasse. Sofía ficou deitada em seus braços, de costas, ele inclinado sobre ela, olhando-a bem de perto, como um par de dança petrificado. Isabel, Rocío, Mercedes — alguém os viu, uma das bacantes que dançavam ao seu redor, em transe, deve ter reparado na pequena estampa de conto de fadas na qual haviam ficado congelados, porque de repente uma voz gritou, outra pronunciou seus nomes, alguns dedos apontaram para eles, e o facho de luz do holofote, ainda excitado pela saída de cena de Adèle H., afastou-se do palco, riscou com uma enérgica raia branca os corpos que se aglomeravam para contemplar o prodígio e finalmente caiu sobre eles, nimbando-os com o resplendor mágico que faltava ao feitiço para ser irresistível. Os aplausos e gritos tornaram-se ensurdecedores; o cerco de mulheres estreitou-se. Mais que bacantes, agora eram amazonas, as amazonas que a roliça Pentesileia que meia hora antes vomitava sua paixão por Aquiles não fizera subir ao palco com medo que ele viesse abaixo, e que agora, literalmente fora de si, transportadas menos pelo álcool que pelo fervor acumulado ao longo da noite e pela consciência — tão típica das bebedeiras, tão suspeitas — de protagonizar um momento único, que não se repetirá, que mudará tudo, foram à forra, estreitando filas para celebrar a alegoria ao vivo que Sofía interpretava, inconsciente, nos braços de seu homem. Em cima de uma cadeira, uma mulher propôs pintá-los; outra, mais impaciente, relampejou sua máquina fotográfica sobre os bailarinos imóveis. Rímini olhou para Sofía e a viu pálida, com olheiras, com os lábios quase roxos. Pareceu-lhe, mesmo, que tremia. Levantou-a e levou-a, enquanto o holofote se desesperava para iluminá-los e alguém começava a cantar uma versão em italiano de "My man".

Continuaram a ser príncipe e bela adormecida na rua, no táxi — confortados pelo motorista, um ruivo sentimental que os confundiu com um casal de recém-casados — e também na escada do edifício de Sofía, onde Rímini, preocupado em não acordá-la, acabou pisando no longo cinto do vestido, que desamarrara no táxi para ficar mais confortável, e quase quebram o pescoço. "Menos luz, menos luz", gemeu Sofía. Rímini pensou em ir assim até a cama, menos por um anseio romântico que pelo medo de não aguentar mais seu peso, e fizeram isso, depois de um breve rodeio pelo banheiro, onde Sofía se livrou em três vezes, civilizadamente, de boa parte do álcool que bebera durante a noite. Depois Rímini transportou-a até o quarto, encarregou-se de tirar sua roupa e entraram no paraíso fresco dos lençóis. Por alguns segundos ouviu-a respirar, deslizar no sono, e quando percebeu estavam grudados um no outro como ventosas. Fizeram amor quase dormindo, sem se soltar, esfregando-se com uma ébria indolência. Rímini nem sequer estava certo de tê-la penetrado. Gozou rápido, mais rápido que ela, em todo caso, e enquanto os espasmos o sacudiam teve a certeza, inexplicável, mas muito convincente, de que essa porção de sêmen que expulsava às cegas, sem saber muito bem onde, era a última. Sentiu um alívio imenso, universal, como o que certa vez experimentara depois de uma tempestade selvagem, quando a chuva parou e o fragor do vento voltou a ser um murmúrio suave e amigável. Pensou em Lucio; queria poder medir sua altura pondo a mão de lado contra o próprio corpo, como vira muitos pais fazendo. Já não se lembrava de seu rosto. Sentiu unhas nas costas, abraçavam-no, Sofía gozava. Entre seus gemidos, curtos e sobressaltados, Rímini teve a impressão de que ela dizia alguma coisa, nomeava alguém, um desses rastros que a língua deixa no sono quando atravessa o ar da vigília; depois, nada.

Rímini logo soube que não dormiria e espantou-se, mais uma vez, com a atração que a insônia exercia sobre ele. Todos dormiam menos ele, e essa excepcionalidade banal o fazia sentir-se estranhamente superior, dava-lhe poder, imunidade, tempo — não só o tempo em si que roubava a seu próprio sono mas o que, por um singular mecanismo vampiresco, extraía do sono unânime dos demais. Tinha a impressão de estar correndo em vantagem, como se o suplemento de vigília que se abria diante dele fosse uma dessas oportunidades únicas, absolutamente privilegiadas, que, bem aproveitadas, podem estabelecer entre aquele que as recebe e aqueles que dormem uma diferença irreversível. Afastou-se de Sofía, levantou-se na cama e permaneceu um instante quieto, olhando para a escuridão, atordoado pelas infinitas possibilidades que pareciam brigar entre si para ocupar essas inesperadas horas de ócio. Começou a avaliá-las uma a uma, de modo, pensou, a explorar responsavelmente sua condição privilegiada, mas então descobriu que todas estavam em pé de igualdade, que ofereciam o mesmo interesse e tinham os mesmos direitos. Acabou tomando a decisão mais conservadora: vestiu um roupão e sentou-se no tapete da sala para trabalhar na classificação das fotos. Os preparativos da inauguração interromperam-lhe a tarefa quando entrava em 1976; mal tivera tempo de escrever o ano com lápis branco numa das folhas de Canson preto que usava como separador. Virou um envelope, o menos vultoso dos oito enormes envelopes de papel Kraft, e uma cascata de fotos caiu sobre seus joelhos. Distribuiu-as um pouco ao acaso sobre o tapete, para evitar sobreposições, e aproveitou para separar e agrupar à parte as fotos com as quinas arredondadas, sinal de que haviam sido tiradas com uma câmera Instamatic e, portanto, pareciam pertencer à década de 1970. E de repente, enquanto as sobrevoava de uma maneira geral, aproximativa, como costumamos fazer, para que o impacto não seja tão brutal, quando empreendemos uma tarefa que exigirá toda a nossa atenção, percebeu que algo nele, nas fotos, na relação entre as fotos e ele, havia mudado, de maneira sutil, mas definitiva. Quase todas as fotos que separou tinham as cores completamente alteradas. Nunca foram boas; nem mesmo na época, quando eram contemporâneas da felicidade que retratavam: eram velhas, mas os carros, as casas, os móveis, a roupa — tudo parecia novo, novo em folha, como se cada foto retratasse alguma coisa que acontecia pela primeira vez. Agora, no alto, tudo tendia para o amarelo ou para o vermelho sujo, acinzentado, da luz que se usa nas câmaras escuras dos fotógrafos. Mas essa corrupção cromática foi o que menos o perturbou. Ao fim e ao cabo, não era algo próprio de todas as fotografias? E não era essa a razão última que explicava a sobrevivência de algo tão primitivo quanto a fotografia? O desejo de ver como esse pedaço de papel, teoricamente destinado a imortalizar um rosto, um corpo, um lugar, um instante de amor, *também* se deteriorava, envelhecia, era mortal? Não: perturbou-o olhar dez, vinte fotos, e perceber que, salvo eles dois, Sofía, ele mesmo, desfigurados pela época e pela distância, mas irredutíveis, *não reconhecia mais ninguém.* Até os lugares onde posavam — uma varanda contra um fundo de árvores, a frente de uma livraria, uma barraca de praia, um vitrô queimado pelo sol — eram-lhe desconhecidos. Os dois estavam em foco, sempre, mas todo o restante, os cenários, as pessoas com as quais compartilhavam o quadro, os objetos, inclusive o bassê que, numa foto tão borrada que parecia tirada por uma câmera psicodélica, farejava uma das barras da calça boca de sino de Sofía — tudo parecia nublar-se e redobrar-se e emudecer atrás de um véu opaco. Rímini procurou seus pais, os pais de Sofía, algum Víctor jovem e saudável que agitasse a mão naquele passado inocente. Viu rostos, idades, gestos, roupas, detendo-se neles com avidez esperançosa. Depois, como nada o flechou, e só a flechada podia saciá-lo, resignou-se a olhá-las com indolência, desiludido, como quem põe à prova uma série de atores para escolher os que irão interpretar os papéis principais de uma peça de teatro. Ali estavam eles, Rímini, Sofía, perdidos num mundo falso, construído especialmente para a foto, ou enviados por engano a uma terra paralela da qual foram abolidos todos os sinais de familiaridade... Seria possível? Voltou ao álbum, retrocedeu e, como quem busca terra firme, começou a folhear os capítulos que já organizara. Olhou as fotos, devorando, literalmente, as legendas. Sim, já as vira antes. Sim, podia reconhecê-la. Era sua própria letra, mas quem eram todas aquelas pessoas sorridentes que levantavam as taças para a câmera? De

603

onde saíra aquele Fiat 600? A quem exibia seus pobres bíceps raquíticos aquela pobre mulher de óculos escuros e turbante? Leu: "No cais, com Lucrecia e Cinthia, dez minutos depois de almoçar mexilhões à provençal e cinco antes de andar pela primeira vez de ambulância". Esfregou os olhos, obrigou-se a reler. Lucrecia? Cinthia? Ambulância? Já não bastava não entender o que estava escrito?, ainda por cima todos esses subentendidos... De que tipo de transe tinham saído aquelas linhas? Pôs-se de pé e olhou com desconfiança ao redor, como se temesse que nesses dez ou quinze minutos de atordoamento tudo tivesse mudado. Quietos na penumbra, os objetos o tranquilizaram. Ocorreu-lhe que talvez Sofía pudesse pôr as coisas no lugar. Foi até o quarto e sentou-se na beira da cama, mas só se atreveu a tocá-la quando conseguiu parar de tremer. Sofía grunhiu, deu uma volta inteira na cama, descobrindo-se completamente, e continuou a dormir de cara para a outra parede, na mesma posição em que Rímini a surpreendera. Ia cobri-la, estava com o edredom suspenso sobre seu corpo, quando viu uma linha de sombra que saía de seu sexo e serpenteava no lençol branco. Inclinou-se e tocou o lençol com a ponta dos dedos. Era sangue. E então, inclinando-se um pouco mais, aproximou o rosto e pôde vê-lo brotando da fenda da vulva — primeiro um brilho súbito, como se a pele se umedecesse de repente, depois uma bolha, uma borbulha minúscula que nem bem inflara já tinha estourado, e no final um fio, um fio vermelho, brilhante, que deixou seu rasto sobre a pele e foi morrer na grande mancha que Rímini acabava de descobrir no lençol. Então Rímini entreabriu seu roupão e viu que também seu sexo gotejava sangue. Recuou, refez em sentido inverso o caminho que o levara da sala ao quarto e foi borrando com a sola dos pés o rastilho de gotículas que soltava no chão. Voltou para o quarto, deitou-se junto de Sofía, adormeceu. Sonhou com uma cidade de casas baixas e pobres, ensurdecedora, onde os policiais comandavam o trânsito com apitos e havia pelo menos meia dúzia de ópticas e lojas de óculos por quadra. Óptica 10, leu — ou talvez, no próprio sonho, já estivesse recordando. Óptica Luz, Óptica Carron, Óptica Mia, Óptica Universal, Óptica Exprés, Óptica Jesucristo, Óptica Nessi, Óptica Paraná, Óptica Americana. Viu seus dois pés descalços pisando um tapete de grama artificial que cercava uma piscina no último andar de um edifício castigado pelo sol. Quando acordou, uma luz fraca entrava pela persiana. Nenhuma mudança. Continuavam dessangrando-se.

ESTA OBRA FOI COMPOSTA PELA SPRESS EM ELECTRA E IMPRESSA EM OFSETE
PELA GEOGRÁFICA SOBRE PAPEL PÓLEN SOFT DA SUZANO S.A.
PARA A EDITORA SCHWARCZ EM FEVEREIRO DE 2022

A marca FSC® é a garantia de que a madeira utilizada na fabricação do papel deste livro provém de florestas que foram gerenciadas de maneira ambientalmente correta, socialmente justa e economicamente viável, além de outras fontes de origem controlada.